ULLSTEIN

Das Buch

Mitten auf dem englischen Land treffen sechs Menschen aufeinander, alle auf der Suche nach ihrem ganz persönlichen Glück. Gemeinsam bewohnen sie eine wunderschöne alte Remise. Schriftstellerin Jessica Lloyd, gerade von Korfu zurückgekehrt, hofft eine neue Heimat zu finden. Kate Morris träumt von einem romantischen Zuhause mit Alec, der sich von seiner Familie getrennt hat. Alles andere als romantisch, eher eine Zweckgemeinschaft, ist Amandas Ehe mit Tony. Wird sich das in der neuen Umgebung ändern? Josh hingegen kämpft gegen eine schwere Krankheit an und sieht in seinem neuen Heim vor allem eine Zufluchtsstätte. Werden die neuen Bewohner von Cholmford Hall Mews finden, wonach sie sich sehnen? Oder vielleicht etwas ganz anderes?

Die Autorin

Erica James, Jahrgang 1960, wuchs in Hampshire, England, auf. Heute lebt sie mit ihren Söhnen Edward und Samuel in Cheshire.

In unserem Hause sind von Erica James bereits erschienen:

Wie ein frischer Wind
Zeit für ein neues Glück

Erica James

Wo dein Zuhause ist

Roman

Aus dem Englischen
von Ulrike Bischoff

Ullstein

Für Edward und Samuel

Der Ullstein Taschenbuchverlag ist ein Unternehmen
der Econ Ullstein List Verlag GmbH & Co. KG, München
Deutsche Erstausgabe
1. Auflage 2001

Titel der englischen Originalausgabe: A Sense of Belonging
[redacted]se, London)
Übersetzung: [redacted]schoff
[redacted]
Umschlagk[redacted] Lohmüller [redacted]H & Co. KG, Berlin
[redacted]altung: DYA[redacted]n, Düsseldorf
[redacted]abbildung: Mauritius
[redacted]aus der Sabon
Sa[redacted]eaten[redacted]en
Druck und Bindearbeiten: Elsnerdruck, Berlin
Printed in Germany
ISBN 3-548-25031-9

Besonderer Dank

Da dieses Buch ohne die Hilfe und Unterstützung zahlreicher Menschen nie zustande gekommen wäre, sollen sie ihre Anerkennung (oder Schuld) zugesprochen bekommen, ob sie es wollen oder nicht.

Lebensretter-Dank schulde ich Big G für stille, beruhigende Augenblicke.

Dankbar erhebe ich mein Glas auf Helena, die sich in ihrer Küche unzählige alberne Ideen anhörte, während ich den Wein einschenkte und sie das Mittagessen kochte.

Zwerchfellerschütternder Dank gilt Maureen, weil sie mir sagte: »Also weißt du, das ist jetzt einfach nicht dran«, und mich immer im richtigen Moment zum Lachen brachte.

Herzlichen Dank sage ich Morris Phillips, der mir den Einblick in seine Geschäfte ermöglicht hat.

Das Gleiche gilt für Susan Howard von Avocado Cards in Huddersfield.

Mit Respekt danke ich Jane Wood von Orion sowie Selina Walker und Sarah Yorke.

Anerkennenden Dank schulde ich Helen Spencer für ihre telefonischen Beratungen.

In aller Bescheidenheit möchte ich all jenen danken, die mir von ihren persönlichen Erfahrungen mit multipler Sklerose erzählt haben. Mein besonderer Dank gilt Sue Argent, die ich jederzeit mit meinen Fragen anrufen durfte. Ihre Einstellung zum Leben und ihre außerordentliche Charakterstärke können uns allen ein Vorbild sein. Danke, Sue.

Mein liebevoller Dank gilt den beiden Jungen im Hinterzimmer, Edward und Samuel, die genau wissen, wann sie in Deckung gehen müssen, weil etwas schief geht, und deren Überlebenskünste mit jedem Buch, das ich schreibe, wachsen.

Und schließlich möchte ich die Gelegenheit beim Schopf ergreifen und Jonathan Lloyd von Curtis Brown danken, der so gar keine Ähnlichkeit mit Piers Lambert hat!

»Ein Roman ist ein Spiegel, der über eine Landstraße spaziert: Bald füllt er Ihre Augen mit Himmelblau, bald mit dem Schmutz der Pfützen.«

Stendhal (Henri Beyle)
1783–1842
(*Rot und Schwarz*, 2. Buch, Kap. 19.
Frankfurt/Main, 1989, S.439)

Anfang

Kapitel 1

ENDE

Nachdenklich betrachtete Jessica Lloyd das letzte Wort, das sie gerade getippt hatte, und grinste dann schief.

Nicht, weil sie gerade ihren jüngsten Roman beendet hatte oder weil dieses harmlose Wörtchen ihren strengen Agenten maßlos ärgern würde – »Ich weiß, wann es zu Ende ist, Jessica, das brauchen Sie mir nicht zu sagen, ich bin doch nicht blöd« –, sondern weil sie nicht an so etwas wie ein Ende glaubte, auch auf die Gefahr hin, dass sie hochtrabenden Unsinn reden mochte. Ihrer Erfahrung nach ging es im Leben nur um Anfänge.

Und gerade heute wollte sie das unbedingt glauben.

Sie schaltete ihren Laptop aus, stand auf, reckte die Arme über den Kopf und lehnte sich gegen die weiße Brüstung, die ihre kleine Terrasse von dem felsigen Abgrund trennte. Die Ellbogen auf den sonnengewärmten Stein gestützt, schaute sie auf die Bucht mit dem kristallklaren Wasser in Urlaubsprospekt-Blau. Der Junimorgen war stickig heiß und das Meer ruhig, fast sanft, aber Jessica wusste genau, dass schon am frühen Nachmittag ein starker Wind vom Wasser her aufkommen und Brecher mitbringen würde, für die dieser Teil von Korfu bei allen Windsurfern berühmt und beliebt war.

Im Augenblick war jedoch alles ruhig.

Sie trat wieder in den Schatten der weinberankten Pergola und räumte die Sachen auf dem Holztisch zusammen, an dem sie gearbeitet hatte. Dann verkabelte sie in ihrer winzigen Küche den Laptop mit dem Drucker, der neben dem Brotkasten auf dem Kühlschrank fehl am Platz wirkte, und druckte das letzte Kapitel von *Ein sorgloses Leben* aus. Während das Gerät seine Arbeit tat, schenkte sie sich ein Glas eiskaltes Mineralwasser ein und trank es in einem Zug aus. Es war elf Uhr. Sie war früh aufgestanden, um ihren Roman fertig zu schreiben, und hatte seit kurz nach sieben auf der Terrasse gearbeitet. Den Rest des Tages blieb ihr nun Zeit, sich zu verabschieden.

Seit sechs Jahren lebte sie auf Korfu und hatte jeden einzelnen der zeitlos dahinplätschernden Tage genossen. Kurz nach ihrem dreißigsten Geburtstag war sie auf die Insel gekommen und hatte sich in die bezaubernd sorglose Lebensweise der Einheimischen verliebt, die ihrem eigenen Temperament so sehr entsprach.

Auch die Liebe hatte sie hier gefunden, zumindest hatte sie es damals geglaubt. Jetzt war sie sich nicht mehr so sicher.

Zuerst hatte sie Christos kennen gelernt, der versucht hatte, ihr wenigstens das Kochen beizubringen – vielmehr: Seine Mutter hatte es versucht. Als ihm schließlich dämmerte, dass Jessica absolut kein Interesse am Kochen hatte und er entweder selbst kochen oder nach Hause zu seiner Mutter gehen musste, wenn er etwas Anständiges zu essen haben wollte, suchte er sich ein hübsches Mädchen aus dem Ort, das aussah, als könne es sein Lieblingsgericht zubereiten. Sie trennten sich ohne Bitterkeit mit dem Gefühl, dass sie beim nächsten Mal vielleicht mehr Glück hätten.

Dann führte das Schicksal sie mit Gavin zusammen.

Er war selbstbewusst, sicher und amüsant, ein origineller Freidenker, wie er ihr unaufhörlich versicherte.

Er lebte seit zwei Jahren auf der Insel, arbeitete als Segellehrer und versuchte vom ersten Moment an ebenso wie Christos, ihr beizubringen, was ihm wichtig war. In seinem Fall also das Segeln. Segeln war ihr zwar fast so verhasst wie Kochen, aber Gavin faszinierte sie derart, dass sie sich nach besten Kräften bemühte, seinen begeisterten Ausführungen zuzuhören. Noch mehr Mühe gab sie sich, seine Anweisungen praktisch umzusetzen, aber es war hoffnungslos. Sie begriff nie, was eine Halse war. In jeder Unterrichtsstunde brachte sie das kleine Boot mindestens ein halbes Dutzend Mal zum Kentern – die Tatsache, dass Gavin vom Ufer aus schrie, jedes zehnjährige Kind könne das verdammte Ding segeln, half auch nicht gerade. »Dann soll es doch!«, schrie sie eines Tages zurück, ließ das Boot treiben und schwamm beleidigt davon.

Das Segeln war ein Alptraum, aber der Sex war himmlisch.

Und wenn sie hinterher im Mondschein auf ihrem Bett oder auf ihrer abgeschiedenen Terrasse in der Sonne lagen, sang er ihr etwas vor oder erzählte ihr Witze.

Doch der Sex, die Lieder und die Witze – und Gott sei Dank auch das Segeln – sollten bald der Vergangenheit angehören.

Sie hatte Gavin nicht gesagt, dass sie weggehen wollte, weil ihr ohnehin klar war, wie er auf ihre Erklärungsversuche reagieren würde. Er würde sie mit diesem Verlorener-kleiner-Junge-Blick ansehen und sagen: »Das kann nicht dein Ernst sein!« – in Gavins Welt meinte nie jemand das ernst, was er sagte. Dann würde er eine Flasche Wein öffnen und darauf bestehen, dass sie über die Sache noch einmal unter Mond und Sternen auf der Terrasse sprachen, weil er genau wusste, dass sie ihm dort keine zwei Minuten lang böse sein konnte. In seiner Arroganz würde er natürlich annehmen, dass sie seinetwegen ginge. »So bin ich nun mal, das hat nichts zu bedeuten«, würde er sagen und sie ins Schlafzimmer lotsen. Und nachdem sie sich geliebt hätten, würde er ihr ins Ohr raunen: »Bleib, Jessica, geh nicht.«

Und sie würde nachgeben. Einfach so.

Sie seufzte. Es war nicht gut, zu viel an Gavin zu denken. Nicht in diesem Stadium. Sie wusste schließlich, wie gut er ihre Schwächen zu nutzen verstand. Schon lange hatte sie gemerkt, dass sein größtes Talent darin bestand, sie um den kleinen Finger zu wickeln. Obwohl sie sich schämte, es zuzugeben, ging es im Grunde nur um Sex. Was Gavin so attraktiv machte, war nicht, dass er ihren Körper so gut verstand und immer genau das Richtige tat, sondern seine schiere Energie im Bett, die sie stöhnend nach mehr verlangen ließ. Falls Sex je zur olympischen Disziplin erhoben würde, wäre Gavin der Mark Spitz dieser Sportart.

Grinsend stellte sie sich vor, wie Gavin seine jüngsten Seitensprünge als Training entschuldigen würde.

Sie goss sich noch ein Glas Wasser ein, trank es aus und beschloss, noch eine Runde zu schwimmen, bevor sie mit ihrem Motorboot nach Kassiopi fuhr. Als sie gerade ihren Badeanzug angezogen hatte, klingelte das Telefon.

Es war ihre Mutter.

Jessica bekam einen Schreck. Ihre Mutter rief nur selten an. Meist meldete sich Jessica telefonisch bei ihr. Zuletzt hatte Anna vor einem halben Jahr angerufen, um ihr zu sagen, dass sie für eine Bypass-Operation ins Krankenhaus musste. Völlig ruhig hatte sie erklärt: »Tu nichts Albernes, Jessica, das heißt, komm bloß nicht sofort her, ich gehe nur für ein paar Tage ins Krankenhaus. Es gibt offenbar ein Problem mit meinem Herzen. Viel Lärm um nichts, vermutlich.« Nur Stunden nach dem Anruf hatte Jessica bereits in panischer Angst, ihre Mutter nie wieder zu sehen, im Flugzeug nach Manchester gesessen. Den ganzen Flug über hatte sie an nichts anderes denken können und zur Bestürzung ihres Platznachbarn ständig geweint und geschnieft.

Eigentlich standen sie sich nicht sonderlich nah, nicht wie andere Mütter und Töchter, die Jessica kannte und die ständig zusammen sein mussten, aber dennoch liebten sie sich. Allerdings hatten sie beide das Bedürfnis, unabhängig voneinander zu leben.

»Was ist?«, fragte Jessica nun. »Was ist passiert?«

»Reg dich nicht auf, mir geht es gut. Ich wollte nur hören, ob ich dich nicht bewegen kann, es dir noch einmal zu überlegen.«

»Keine Chance«, erklärte Jessica lächelnd. »Hier ist alles erledigt, und du weißt verdammt gut, dass ich den Vertrag für das Haus in Cholmford Hall Mews unterschrieben habe, du kannst also zur angekündigten Zeit mit mir rechnen.«

»Wann war das noch mal?«

Jessica schüttelte den Kopf. »Soll das heißen, du hast meinen Brief verloren?«

»Schon möglich.«

»Ehrlich, Mum, du bist ein hoffnungsloser Fall.«

»Überhaupt nicht. Nachdem ich mich jahrelang um Papierkram habe kümmern müssen, bin ich froh, dass ich es jetzt nicht mehr tun muss. Nun sag schon, wann du heute Abend ankommst, dieser Anruf kostet mich ein Vermögen.«

»Mit ein bisschen Glück sehen wir uns kurz nach elf.«

»So früh?«

»Du verstehst es wirklich, deiner Tochter das Gefühl zu geben, geliebt zu werden.«

»Ich arbeite dran, Jessica, aber es ist nicht leicht.«

Als Jessica den Hörer auflegte, wünschte sie fast, die Zeit bis zu ihrem Abflug sei schon vorbei. Sie wollte nach Hause. Seltsam, seit Jahren hatte sie England nicht mehr als ihr Zuhause empfunden.

Sie nahm ein Badetuch von der Stuhllehne und ging den steilen Fußweg am Ende ihrer Terrasse hinunter. An einer Kehre blieb sie in der glühenden Hitze stehen und schaute über das glitzernde Wasser. In der Ferne zeichneten sich verschwommen im Hitzedunst die Berge der albanischen Küste ab. Um sie herum roch es süßlich nach Zypressen, und unermüdlich zirpten die Zikaden in den Olivenbäumen. Eigentlich müsste sie doch etwas empfinden, dachte sie, während sie die Aussicht betrachtete. Müsste sie diese Insel, die ihr früher wie ein herrliches Paradies vorgekommen war, nicht zumindest mit ein bisschen Wehmut verlassen?

Aber genau daran lag es wohl, es war kein Paradies mehr.

Vorsichtig ging sie weiter den Weg hinunter und umging lockere Steine.

Als sie den winzigen Streifen Kiesstrand erreicht hatte, der zu ihrem Haus gehörte und auf dem ihr kleines Boot an den überhängenden Ast eines Eukalyptusbaums gebunden war, legte sie ihr Handtuch auf einen Felsen und glitt in das klare, türkisblaue Wasser. Es war herrlich kühl und erfrischend. Mit langsamen, regelmäßigen Schwimmzügen entfernte sie sich von der Küste.

Das würde sie in England vielleicht vermissen.

Doch selbst der Gedanke an das kalte Chlorwasser in einem öffentlichen Schwimmbad in Cheshire ließ sie nicht daran zweifeln, dass ihre Entscheidung richtig sei.

Als ihre Mutter im Januar ins Krankenhaus gekommen war, hatte Jessica ein ungutes Gefühl beschlichen. Zum ersten Mal hatte sie sich gefragt, ob sie nicht ihr gesamtes Erwachsenenleben ein bisschen zu selbstsüchtig geführt hatte.

Das Problem bestand darin, dass ihre Mutter eine starke, scharfsichtige und sehr unabhängige Frau war und Jessica mit der Erwartung großgezogen hatte, dass sie sich ebenso entwickeln würde. Und so hatte ihre Mutter sie bei der ersten Gelegenheit ermutigt, flügge zu werden und das Nest zu verlassen. An Heirat oder Kinder hatte sie noch nie gedacht, das kam ihr einfach nicht in den Sinn. Die Gutenachtgeschichten, die sie als Kind erzählt bekam, handelten nicht von jungen Mädchen, die von gut aussehenden Prinzen auf der Suche nach einer hübschen, gefügigen Ehefrau gerettet wurden, sondern von Frauen, die heldenhaft gegen den Strom schwammen, wie Jeanne d'Arc, Amy Johnson, Florence Nightingale und sogar Ginger Rogers, die alles machte, was Fred Astaire tat, nur in Schuhen mit hohen Absätzen und rückwärts. »Egal, was du willst, glaub daran, dass du es schaffen kannst, dann schaffst du es auch«, sagte ihre Mutter ihr oft abends, wenn sie ihr einen Gutenachtkuss gab. »Und das Wichtigste ist, dass du Spaß an dem hast, was du tust.«

Manche Kinder hätte das wohl angespornt, ehrgeizige Überflieger zu werden, doch Jessica nicht. Allerdings pflanzte es ihr von Kindheit an die Haltung ein, nur das zu tun, was sie auch wirklich tun wollte. Sie entwickelte eine unglaubliche Zielstrebigkeit und Fähigkeit darin, alles, was sie anfing, auch erfolgreich zu vollenden. Mit achtzehn schloss sie die Schule ab, und da sie eine leidenschaftliche Skifahrerin war, diesen Sport aber nicht finanzieren konnte, beschloss sie, in einem Ski-Ort in den französischen Alpen als Zimmermädchen zu arbeiten, wo sie in ihrer spärlichen Freizeit ihre Abfahrtstechnik perfektionierte. Anschließend ging sie nach Colorado und arbeitete dort als Skilehrerin. Als sie nach Europa zurückkehrte, reiste sie mit einem dicken Rucksack über die griechischen Inseln und stieß dort zufällig auf eine Reisegesellschaft, die dringend für einige Wochen eine Reiseleiterin auf Korfu als Aushilfe suchte. Als dieser Job endete, war Jessica klar, dass sie einen Ort gefunden hatte, den sie so bald nicht verlassen wollte. Sie arbeitete zunächst in einer Taverne, wo sie Christos kennen lernte, und wenn sie nicht gerade den Touristen Moussaka und Feta-Salat mit Retsina und Ouzo servierte, war sie mit Block und Stift am Strand zu finden. Denn sie hatte recht überraschend eine neue Leidenschaft entdeckt und setzte sie sofort um: Sie schrieb einen Roman. Sie brauchte fast ein Jahr, und als er fertig war, schickte sie ihn ihrer Mutter, damit sie ihn las. Ohne Jessicas Wissen tippte Anna das Manuskript ab und schickte es einem Agenten in London. Einige Monate später, kurz nachdem Christos seine Erziehungsversuche an Jessica aufgegeben hatte, schrieb ihre Mutter, dass ein Verlag sich für ihr Buch interessiere. »Sie bieten richtiges Geld«, schrieb sie, »kein Trinkgeld, sondern gute Bezahlung. Du kommst am besten sofort her und schaust, was du davon hältst.«

Das tat Jessica auch. Zuerst traf sie sich mit dem Agenten, dem ihre Mutter das Manuskript geschickt hatte, dann mit dem Verleger. Nachdem der Vertrag unterzeichnet war, flog sie eine Woche später zurück nach Korfu, gab sofort ihre Stelle in der Taverne auf, kaufte sich neue Schreibblocks und Stifte und begann einen neuen Roman.

Als sie nun den steilen Pfad zu dem weiß gekälkten Haus hinaufging, das sich anheimelnd an den Hang schmiegte, dachte sie an das dritte Buch, das sie gerade beendet hatte und heute Abend neben einigen ausgesuchten Erinnerungsstücken an Korfu mit nach England nehmen wollte. Das Haus war möbliert gemietet, und sosehr ihr auch die Schnitzereien aus Olivenholz und die Teppiche und Wandbehänge in den leuchtenden Farben ans Herz gewachsen waren, machte es ihr nichts aus, sie zurückzulassen. In ihrem neuen Haus würden sie so fehl am Platz wirken wie Urlaubsandenken, die außerhalb ihrer angestammten Umgebung nur noch albern aussehen, oder wie billiger Wein, der am Urlaubsort einfach am besten schmeckt.

Sie warf ihr Badetuch über die Wäscheleine, die zwischen zwei Olivenbäume gespannt war, und hatte plötzlich das unbehagliche Gefühl, dass ihre Entscheidung, Gavin und ihre idyllische Lebensweise aufzugeben und nach England zurückzukehren, etwas damit zu tun hatte, endlich erwachsen zu werden.

Sie konnte ihr sorgloses Leben einfach nicht länger rechtfertigen. Sie konnte nicht mehr ignorieren, was sie ihrer Mutter schuldig war. Und ob ihre Mutter es zugeben mochte oder nicht, Anna brauchte die Hilfe ihrer Tochter.

Ab und zu beschlich Jessica allerdings die seltsame, bedrohliche Ahnung, dass diese Version nicht ganz der Wahrheit entsprach, sondern dass sie in Wirklichkeit durch eine Laune der menschlichen Natur das Bedürfnis hatte, von ihrer Mutter gebraucht zu werden.

Wie auch immer, mit sechsunddreißig Jahren hatte sie erkannt, dass Korfu ihr nicht das zu bieten vermochte, was sie jetzt mehr brauchte als alles andere.

Sie ging ins Haus, um zu duschen und sich umzuziehen, mehr denn je davon überzeugt, dass sie mit ihrer Ahnung Recht hatte: Ihre Zeit auf der herrlichen ionischen Insel war abgelaufen. Es war richtig, nach England zurückzugehen, wo ein neues Zuhause auf sie wartete, nicht bei ihrer Mutter – das wäre für sie beide eine Katastrophe –, sondern ganz in der Nähe, von wo aus sie hoffentlich heimlich ein Auge auf Anna haben konnte.

Vielleicht würde sie ja sogar das finden, wonach sie in tiefsten Herzen suchte, vielleicht würde das Heim, das sie sich in Cholmford Hall Mews einrichten wollte, ihr ja das Gefühl geben, dorthin zu gehören.

Kapitel 2

Kate Morris schaute begeistert aus dem großen Rundbogenfenster im sonnigen Wohnzimmer des Hauses Cholmford Hall Mews 5 und glaubte, im Himmel zu sein. Sie fragte sich, wie sie bei diesem herrlichen Ausblick auf sanft gewellte Felder und Wälder je im Haus fertig werden sollte.

Nun, eins stand fest, heute hatte sie keine Zeit, dazustehen und zu träumen. Es gab viel zu tun, und das Meiste wollte sie erledigt haben, bevor Alec abends von der Arbeit nach Hause kam. Sie wollte ihn überraschen, wollte, dass ihr erstes gemeinsames Heim perfekt wurde.

Sie waren zwar erst am Tag zuvor eingezogen, und ihr war durchaus klar, dass sie ihre Ansprüche vielleicht eine Spur zu hoch ansetzte, aber sie wollte unbedingt alles richtig machen.

Sie kehrte dem Fenster den Rücken und wandte sich einer der großen Umzugskisten zu, die mitten im Zimmer standen. Kate nahm das zerknüllte Zeitungspapier heraus, das obenauf lag, und wickelte eines der Päckchen aus. Es war eine gerahmte Fotografie von Alec und seiner Familie – dem McLaren-Clan, wie sie sie nannte –, aufgenommen am letzten Weihnachtsfest. Das Foto zeigte Alecs Tochter Ruth, die nicht viel jünger war als Kate, ihren Mann Adam und ihren niedlichen Sohn, den vierjährigen Oscar mit seinen dunklen Augen, der Kate neben Alec der Liebste des ganzen McLaren-Clans war.

In der Mitte des Bildes stand Alec, groß und dominierend wie ein stolzer Patriarch, umgeben von seiner Familie. Kate strich über sein Gesicht mit den grau melierten Schläfen und jenem Lächeln, das bei ihrer ersten Begegnung so beruhigend auf sie gewirkt hatte. Die Brille mit dem Goldrand hatten sie eine Woche vor Weihnachten gemeinsam ausgesucht. Auch sie war auf dem Foto zu sehen. Kritisch betrachtet, sah sie eine große junge Frau Ende zwanzig, die wie ein schlaksiges Schulmädchen mit hängenden Schultern wirkte, als wolle sie sich unsichtbar machen, weil sie sich in einer Familie, zu der sie nicht wirklich gehörte, fehl am Platz fühlte. Genauso hatte sie auch auf den Fotos ihrer eigenen Familie immer ausgesehen, so traurig es auch war. Die Wichtigste auf diesem Gruppenfoto, was Kates zukünftiges Glück anging, war Melissa McLaren.

Melissa und Alec hatten sich vor über zwei Jahren scheiden lassen, aber Kate war klug genug, zu wissen, dass ein Stück Papier die Bindung nie vollständig zu lösen vermochte, die nach einer so langjährigen Ehe zwischen einem Paar bestand. Zumal sie sich weiterhin täglich in der gemeinsamen Firma sahen, die sie zusammen leiteten. Kate wusste nur zu gut, dass manch eine Frau in ihrer Lage unglücklich wäre, weil ihr Partner immer noch so viel Kontakt zu seiner Exfrau hatte, aber Kate war fest entschlossen, das, was zwischen ihr und Alec war, niemals durch etwas so Kleinliches wie Eifersucht zu gefährden. Sie kannten sich zwar noch nicht ganz ein Jahr, aber ihre Liebe war Kate so wertvoll wie nichts anderes.

Sie stellte die Fotografie auf den Kaminsims zu einigen anderen Dekorationsstücken, die sie bereits ausgepackt hatte, nachdem Alec heute Morgen zur Arbeit gefahren war. Schade, dass er ausgerechnet heute ins Büro musste, es wäre schön gewesen, ihr Heim gemeinsam mit ihm einzurichten.

Sie hatten sich im vergangenen Herbst kennen gelernt, und

zwar durch eine Heiratsvermittlung, was im McLaren-Clan jedoch niemand erfahren durfte. »Ich könne es nicht ertragen, wenn Melissa wüsste, dass ich es nötig hatte, auf diesem Weg jemanden kennen zu lernen«, hatte Alec Kate erklärt. Es war nicht unbedingt schmeichelhaft, so etwas gesagt zu bekommen, aber Kate verstand, was er meinte, und respektierte sein Bedürfnis, seinen Stolz zu wahren. Hatte sie es nicht ganz ähnlich empfunden?

Theoretisch wären sie wegen ihres Altersunterschieds gar nicht zusammen gekommen, aber durch eine Computerpanne hatte die Heiratsvermittlung in jener Woche Hunderte Kurzbiographien an unpassende Partner versandt, und da sie beide neugierig waren, hatten sie und Alec sich in einem Weinlokal in Knutsford verabredet.

»Entschuldigen Sie den Mangel an Originalität«, hatte Alec am Telefon gesagt, »aber wie erkenne ich Sie? Ich habe so was noch nie gemacht.«

»Ich bin groß für mein Alter und habe ziemlich viel Haare«, hatte sie scherzhaft geantwortet.

Er hatte ihr vom ersten Augenblick an gefallen, als sie ihn in das Weinlokal kommen sah – noch bevor sie wusste, dass er derjenige war, mit dem sie sich verabredet hatte. Er trug einen weiten Regenmantel über einem Leinenanzug und einem blassgrünen Hemd, das zu seiner Augenfarbe passte, wie sie später bemerkte. Noch besser gefiel ihr, dass er ohne Zögern auf sie zukam und sagte: »Sie müssen Kate Morris sein. Ihr Haar gefällt mir, Sie sehen aus wie eine ätherische Schönheit von Burne-Jones.«

Die Heiratsvermittlung gab allgemein den Rat, dass zwei Menschen bei ihrem ersten Rendezvous maximal eine halbe Stunde miteinander verbringen sollten. Sie und Alec blieben den ganzen Abend zusammen. Sie tranken etwas in dem Weinlokal und gingen anschließend in ein Restaurant in der

Nähe. Sie fand ihn umgänglich und fühlte sich in seiner Gesellschaft wohl. Er sprach leise mit einem ganz leichten schottischen Akzent und gab sich selbstbewusst und sicher, obwohl er ihr am nächsten Tag gestand, dass er entsetzliche Angst gehabt hatte, sie könne ihn alt und langweilig finden. Aber Alec hatte gar nichts Altes und Langweiliges an sich, er war spontan und unterhaltsam, und als das Abendessen vorüber war, hatte sie sich schon in ihn verliebt. Später brachte er sie an ihren Wagen, sagte, dass er den Abend sehr genossen habe, und fügte hinzu: »Ich nehme an, es besteht keinerlei Hoffnung, dass Sie einem Mann mittleren Alters den Gefallen tun, nächste Woche mit ihm essen zu gehen?«

»Nein«, antwortete sie, »nein, ich glaube nicht.«

Er senkte enttäuscht den Blick – bis heute hatte sie ihn nie wieder so niedergeschlagen erlebt wie damals. »Ich dachte nur, es sei eine Frage wert«, murmelte er verlegen und starrte in ein Schaufenster, »aber ich verstehe es, so läuft das vermutlich bei dieser Art Treffen.«

Sie legte ihm die Hand auf den Arm. »Sie verstehen gar nichts«, widersprach sie. »Ich habe nein gesagt, weil ich nicht bis nächste Woche warten kann. Wie wäre es mit morgen Abend?«

Sofort lächelte er erfreut. »Meinen Sie das ernst?«

»Ja.« Sie erwiderte sein Lächeln. »Warum nicht?«

Er machte eine verlegene Handbewegung. »Es gibt eine Million Gründe dafür. Zum Beispiel, dass ich zwanzig Jahre älter bin als Sie.«

»Eigentlich sogar einundzwanzig Jahre.«

Er stöhnte. »So viel?«

»Alt genug, mein Vater zu sein.«

»Macht Ihnen das nichts aus?«

»Wo sollen wir essen gehen?«

»Hier? Egal. Wo Sie wollen. Ach, Kate, geben Sie mir etwas,

das Ihnen gehört, damit ich morgen früh beim Aufwachen nicht feststellen muss, dass ich nur geträumt habe.«

Kate lächelte nun beim Auspacken in sich hinein und hoffte, dass sie diese erste Begegnung nie vergessen würde. Als sie zwei weitere Umzugskisten ausgeräumt hatte, klingelte es an der Tür. Sie stieg durch das Gewirr ungeöffneter Kartons im Flur und öffnete die Haustür. Vor ihr stand eine Frau mit einem großen Blumenstrauß.

»Kate Morris?«

»Ja, das bin ich.«

»Für Sie.«

Kate nahm die Blumen und sah der Frau nach, die ihren Lieferwagen auf dem kiesbedeckten Hof wendete und durch den Torbogen davon fuhr. In der Küche legte Kate die Blumen auf den Tisch und las das Kärtchen, das angeheftet war. »Kate, mein Liebling, es tut mir Leid, dass ich an diesem ganz besonderen Tag nicht bei dir sein kann. Bitte arbeite nicht zu viel. In Liebe, Alec.«

Kate schluckte ihre Glückstränen hinunter. Noch nie hatte jemand sie so liebevoll behandelt.

Kapitel 3

Vom Küchenfenster des Hauses Cholmford Hall Mews 2 sah Amanda Fergusson den Lieferwagen des Blumengeschäfts wegfahren. Sie hatte beim Anblick des schönen Blumenstraußes einen Anflug von Neid empfunden. Tony war kein Typ für Blumen, vielleicht ab und an Pralinen, ja, aber Blumen nur selten. Andererseits war es schon in Ordnung so, denn sie war auch nicht gerade sentimental veranlagt.

Sie schloss die Spülmaschine und räumte weiter die Frühstückstheke ab. In Gedanken war sie immer noch bei der hübschen jungen Frau drüben in Hausnummer 5, die wahrscheinlich grässlich sentimental war und ständig solche romantischen Liebesbezeugungen von ihrem ... Amanda zögerte. Was war er wohl?

Ihr Ehemann?

Nein. Der Mann, der sie heute Morgen vor der Haustür geküsst hatte, als könne er es nicht ertragen, von ihr getrennt zu sein, war kein Ehemann. Amanda hatte einen und kannte den Unterschied: Bei Tageslicht gaben Eheleute sich ein Küsschen, während Liebhaber sich richtig küssten.

Andererseits konnten sie auch frisch verheiratet sein. Ja, wahrscheinlich. Frisch verheiratet und noch in den Flitterwochen. Das ging schnell vorbei, wie bei Tony und ihr. Es war

Amanda auch nicht entgangen, dass zwischen den beiden ein beträchtlicher Altersunterschied lag.

Während sie weiter aufräumte, hörte sie aus dem angrenzenden Fernsehzimmer Tonys sechsjährige Tochter Hattie zum Kinderprogramm singen. Amanda lauschte. Das Kind klang gut gelaunt und fröhlich. Das war keineswegs immer der Fall.

Als Amanda Tony vor anderthalb Jahren kennen gelernt hatte, war er noch nicht über den Tod seiner Frau hinweggekommen, die ein Jahr zuvor bei einem Autounfall gestorben war. Außerdem hatte er Schwierigkeiten, die beruflichen Anforderungen und die Betreuung seiner kleinen Tochter unter einen Hut zu bringen. Mehrere unzuverlässige Kindermädchen nacheinander hatten weitere Unruhe in Hatties Leben gebracht.

Dank Amanda verlief Tonys und Hatties Alltag jetzt in ruhigeren Bahnen, auch wenn sie selbst zuweilen ins Schwimmen geriet. Die Ehe mit Tony lief durchaus nicht so, wie sie es sich vorgestellt hatte, aber sie arbeitete daran. Ihr eigentliches Problem war jedoch weniger Tony als vielmehr Hattie. Manchmal wünschte sie, Tony würde sich bei der Erziehung seiner Tochter mehr auf sie verlassen. Viel zu schnell mischte er sich ein und untergrub ihre Autorität, wenn sie sich wieder einmal bemühte, dem Mädchen Disziplin beizubringen.

Erst am Abend zuvor hatten sie sich gestritten. Ständig war Hattie aus dem Bett gekommen, einmal hatte sie Durst, dann war es ihr zu heiß. »Ich kann nicht schlafen«, sagte sie. Sofort schlug Tony vor, Hattie solle sich ein Weilchen zu ihnen setzen, aber Amanda wusste, dass sie fest bleiben und Hattie klar machen mussten, dass Erwachsene Zeit für sich brauchten. Doch Tony setzte seinen Willen durch, und Hattie saß zwischen ihnen auf dem Sofa und wollte natürlich nicht wieder nach oben gehen. Als sie schließlich auf Tonys Schoß einschlief und er sie in ihr Zimmer brachte, war es mittlerweile fast Mitternacht, und sie gingen ebenfalls erschöpft und schlecht gelaunt zu Bett.

»Kann ich was zu trinken haben?«

Amanda drehte sich um und sah Hattie in der Tür stehen. »*Bitte*«, sagte sie. »Kann ich *bitte* was zu trinken haben?«

»Bitte«, wiederholte Hattie genervt.

Amanda goss Apfelsaft in einen Plastikbecher und stellte ihn auf die Frühstückstheke. »Klettere auf den Hocker.«

»Ich will drüben trinken«, sagte Hattie und zeigte auf das Fernsehzimmer.

»Entweder hier oder gar nicht.«

Hattie starrte sie trotzig an.

Amanda spürte einen Machtkampf aufziehen. »Du kennst die Regeln«, sagte sie, »wo Teppiche sind, außerdem noch neue Teppiche, darfst du weder essen noch trinken.«

»Daddy lässt mich aber ...«

»Dann hat Daddy Unrecht.«

Hattie sah sie mit großen Augen an.

Amanda war wütend auf sich selbst. Schon wieder hatte sie sich nicht nur als böse Stiefmutter präsentiert, sondern auch noch mit der Grundregel gebrochen: Daddy hatte niemals Unrecht. Der einzige Ausweg aus diesem Dilemma war, entweder nachzugeben – und das hatte sie nicht vor – oder abzulenken. »Lass uns ein bisschen rausgehen«, schlug sie vor. »Komm, wir wollen der netten Frau guten Tag sagen, die gestern neu eingezogen ist.«

Kate hatte fast alle Umzugskisten im Wohnzimmer ausgeräumt und wollte sich gerade eine wohlverdiente Kaffeepause gönnen, als es zum zweiten Mal heute an der Tür klingelte.

Zuerst sah sie das kleine Mädchen, das wohl ein paar Jahre älter als Oscar war.

»Wir dachten, wir kommen mal rüber und stellen uns vor«, sagte die Frau hinter dem kleinen blonden Kind. »Wir wohnen in Nummer 2 drüben an der Ecke. Ich bin Amanda und das ist Hattie.« Hattie versuchte sofort, sich hinter Amanda zu verstecken.

»Nun komm schon, sei doch nicht so schüchtern«, sagte Amanda und gab ihr einen kleinen Schubs.

Kate beugte sich zu Hattie hinunter und lächelte sie an. »Hallo«, sagte sie. »Ich bin Kate. Möchtest du reinkommen und mir beim Auspacken helfen? Ich habe noch so viel zu tun! Es wäre schön, wenn du mir ein bisschen helfen könntest.«

Hattie musterte Kate eingehend, schob sich dann an Amanda vorbei und trat ins Haus.

»Ich wollte mir gerade Kaffee machen, möchten Sie auch eine Tasse?«

»Ja, gern«, antwortete Amanda, »aber nur, wenn wir Sie nicht aufhalten. Wie ich sehe, haben Sie noch viel zu tun.«

Kate ging vor in die Küche und strich sich das lange Haar aus dem Gesicht. Sie warf einen Blick auf das Chaos im Flur, das sie noch in Angriff nehmen musste. »Da haben Sie Recht«, seufzte sie. »Aber keine Sorge, das schaffe ich bestimmt bis heute Abend, besonders, wo Hattie mir jetzt hilft.« Sie lächelte das kleine Mädchen an, das sie aufmerksam ansah.

»Du hast so schönes Haar«, sagte Hattie überraschend.

»Danke, du aber auch.«

»Nein, meins ist schrecklich. Ich möchte es so lang haben wie du, aber Amanda sagt, so kurz ist es leichter zu kämmen.«

»Da hat Amanda völlig Recht«, erklärte Kate diplomatisch und fragte sich, in welchem Verhältnis Amanda wohl zu diesem niedlichen Mädchen stehen mochte – Stiefmutter, Tante oder Kindermädchen? Ihre Mutter war sie sicher nicht. »Aber wenn du mal groß bist und dich selbst um dein Haar kümmern kannst, darfst du es tragen, wie du willst.«

»Das mach ich auch«, sagte Hattie mit einem Seitenblick auf Amanda.

»Was möchtest du trinken?«, fragte Kate, die deutlich spürte, dass das Verhältnis zwischen ihren beiden Besucherinnen nicht das beste war.

»Kann ich Apfelsaft haben, bitte?«

»Du hast aber gute Manieren! Tut mir Leid, ich habe nur Orangensaft und Grapefruitsaft. Oder wie wäre es mit Milch?«

»Milch, bitte.«

Amanda beobachtete die Szene zwischen Hattie und ihrer neuen Nachbarin mit Unbehagen. Hatte schon der Anblick der Blumen, die morgens eingetroffen waren, sie neidisch gemacht, so empfand sie noch größere Eifersucht, als sie sah, mit welcher Leichtigkeit diese gertenschlanke Schönheit ein freundschaftliches Verhältnis zu ihrer Stieftochter aufbauen konnte. Amanda hatte fast ein halbes Jahr gebraucht, Hattie auch nur ein Lächeln abzuringen.

»So«, sagte Kate und nahm das Tablett mit den Getränken. »Ich glaube, jetzt haben wir alles, was wir brauchen. Ach, Hattie, könntest du bitte die Keksdose mitnehmen? Ja, die große rote Dose. Schaffst du das? Wunderbar!«

»Wo gehen wir denn hin?«, fragte Hattie.

»Ins Wohnzimmer, das ist das einzig aufgeräumte Zimmer im Haus.«

»Ist da ein Teppich?«

»Ja«, sagte Kate verwundert. »Wieso?«

Hattie antwortete nicht, bedachte ihre Stiefmutter jedoch mit einem viel sagenden Blick.

Amanda, die hinter ihnen herging, war ärgerlich und fühlte sich ausgeschlossen. »Was für hübsche Blumen«, sagte sie, als sie den riesigen Strauß auf einem glänzenden Ecktisch im Wohnzimmer entdeckte. »Ich habe gesehen, wie sie heute

Morgen gebracht wurden, Sie Glückliche.« Sie ging hinüber, um sich die Blumen näher anzusehen und einen Blick auf die Karte zu erhaschen, die an der Vase lehnte. Als sie zu Kate aufschaute, bemerkte sie erstaunt, dass das Mädchen rot wurde.

»Alec ist sehr romantisch ...«

»Ist Alec dein Mann?«, fragte Hattie, zog sich die Schuhe aus und machte es sich in einem großen Sessel bequem.

»Gewissermaßen«, antwortete Kate und reichte Amanda eine Tasse Kaffee. »Milch?«

Amanda schüttelte den Kopf und hoffte, dass Hattie fragen würde, was »gewissermaßen« hieß.

»Zucker?«

»Nein, danke.« Sie wartete auf Hatties Nachfrage, aber das alberne Kind war viel zu sehr damit beschäftigt, Kate anzustrahlen, die ihr gerade ein Glas Milch gab. Fast wünschte sie, Hattie würde sich danebenbenehmen und die Milch über den teuer wirkenden Sesselbezug verschütten, wie sie es zu Hause manchmal tat, dann würde sich ja herausstellen, wie diese gelassene Schönheit damit umging.

»Wann sind Sie denn eingezogen?«, erkundigte sich Kate, nachdem sie sich auf den niedrigen Hocker neben Hatties Sessel gesetzt und ihr einen Keks angeboten hatte.

»Vergangene Woche. Wir waren die Ersten. Es war komisch, so ganz allein hier zu sein. Es ist sehr still. Ich bin nur froh, dass ich ein Auto habe, sonst würde ich mich völlig von der Welt abgeschnitten fühlen.«

Kate schaute aus dem großen Rundbogenfenster, das fast die gesamte Schmalseite des Raums einnahm. »Aber es ist doch herrlich hier, finden Sie nicht? Die Umgebung ist so schön. Ich glaube, ich will hier nie mehr weg. Die ganze Anlage hat eine gute Ausstrahlung. Spüren Sie das auch?«

»Ehm ... ja«, log Amanda. Seit sie eingezogen waren, fühlte sie sich vor allem ungeheuer erschöpft. Auspacken und einräumen, Stoff- und Tapetenmuster aussuchen – das alles entsprach nicht gerade ihrer Vorstellung von Vergnügen, zumal sie sich jetzt den ganzen Tag um Hattie kümmern musste, weil sie sie wegen des Umzugs noch vor Schuljahresende aus der Schule genommen hatten. Zum ersten Mal, seit sie nach ihrer Heirat ihre Stelle bei einer Baugesellschaft aufgegeben hatte, um für Hattie Hausfrau und Mutter zu spielen, sehnte sie sich nach ihrem früheren Leben – hinter unbezahlten Hypothekenraten herzujagen war im Vergleich dazu ein Kinderspiel.

»Wohnt sonst noch jemand hier, oder sind wir die Ersten?«, erkundigte Kate sich und bot Amanda einen Keks an.

Amanda war über die Wohnanlage gut informiert, da sie sich mit Sue, der Maklerin, angefreundet hatte, die drei Tage in der Woche im Musterhaus arbeitete. Doch nicht einmal Sue wusste genau, wie Kate und Alec zueinander standen. »Für Nummer 1 ist gerade ein Kaufvertrag abgeschlossen worden und Nummer 4 ist schon verkauft«, erzählte sie.

»Haben Sie ein Ahnung, wer die anderen Käufer sind?«

»Ihre unmittelbare Nachbarin ist offenbar eine bekannte Schriftstellerin. Sie schreibt Liebesromane, ich habe allerdings noch nie von ihr gehört, aber ich lese solche Bücher auch nicht. Wenn ich mal Zeit zum Lesen habe, ziehe ich Bücher vor, die mehr Substanz haben.«

»Wie interessant. Wissen Sie, wie sie heißt?«

»Jessica ... Jessica Soundso. Ich erinnere mich nicht an den Nachnamen, was beweist, dass sie *so* bekannt nicht sein kann.«

»Sie heißt Jessica Lloyd«, warf Hattie kauend ein.

»Hattie, mit vollem Mund spricht man nicht«, wies Amanda sie zurecht und sagte dann zu Kate: »Aber Hattie könnte Recht haben.«

»Ich weiß, dass ich Recht habe«, trumpfte Hattie auf. »Als die Frau im Musterhaus gestern den Namen gesagt hat, musste ich nämlich an Vanessa Lloyd aus meiner alten Schule denken. Ist sie berühmt?«

Kate grinste. »Das weiß ich nicht, aber ich habe früher in einer Leihbücherei gearbeitet, und da waren Jessica Lloyds Bücher ständig ausgeliehen. Sie schreibt sehr gut.«

»Na, dann sollten wir wohl auf der Hut sein und uns benehmen, sonst tauchen wir noch in ihrem nächsten Roman auf«, lachte Amanda.

»Und was ist mit Hausnummer 1, wissen Sie, wer da einzieht?«

»Sue aus dem Musterhaus sagt, ein einsamer Junggeselle. Sie meint, er sei sehr zurückhaltend.«

Kapitel 4

»Du bist verrückt!«

Josh ignorierte seinen Bruder und fuhr weiter die schmale Straße zwischen hohen Hecken entlang, die an manchen Stellen seinen Shogun seitlich streiften. Er hoffte, dass ihnen kein Wagen entgegenkam, denn wenn er sich recht erinnerte, gab es auf dem nächsten halben Kilometer keine Ausweichmöglichkeit.

»Ich meine es ernst«, hakte Charlie nach. »Du musst verrückt sein, dass du auch nur daran denkst, hier draußen zu leben! Hier gibt es kein Nachtleben außer den Eulen, die dich mit ihrem ständigen Huhu-huhu zum Wahnsinn treiben. Was ist bloß in dich gefahren?«

Josh sagte immer noch nichts. Er hatte mit dieser Reaktion gerechnet und seinen Bruder absichtlich erst mitgenommen, um ihm das Haus zu zeigen, nachdem er den Vertrag abgeschlossen und das Umzugsunternehmen bestellt hatte, das seine Sachen aus seiner Wohnung in Bowden herbringen sollte. Und er wusste nur zu gut, dass sein Bruder sich in Wahrheit keine Sorgen über den Mangel an Geselligkeit auf dem Land machte. Die eigentlichen Einwände sollten erst noch kommen. Er wollte nichts davon hören, wusste aber, dass kein Weg daran vorbeiführte. Es war so unausweichlich wie vieles in seinem Leben.

»Besteht die Chance, dass du mir eine Antwort gibst?«

»Besteht die Chance, dass du mir unvoreingenommen zuhörst?«, entgegnete Josh gelassen und fuhr langsam über eine schmale Brücke, die über den Kanal führte. Er hielt an, um die Aussicht zu genießen, und hoffte, dass sie auch seinen Bruder beeindrucken würde – dass sie ein bisschen entwaffnend auf Charlies vehemente Missbilligung wirken möge. Ein Stück rechts der Brücke lag eine bunt gestrichene Barke vor Anker. Auf dem Bug stand ein Jack-Russell-Terrier mit einem rot getüpfelten Halsband, der wie wild einen majestätisch vorbeigleitenden Schwan anbellte. Auf der anderen Seite der Brücke befand sich ein adrett weiß gestrichenes Häuschen mit einem Garten in voller Blüte, gesäumt von einem Treidelpfad mit Trauerweiden, die ihre eleganten Zweige ins Wasser tauchten.

»Und?«, fragte Josh.

»Na gut, ich gehe es unvoreingenommen an«, brummte Charlie widerwillig.

Josh fuhr weiter. Die schmale Straße wurde allmählich breiter, und die Hecken schrumpften, so dass sie den Blick auf reifende Kornfelder freigaben, die sanft in der Brise wogten. Die Männer bogen rechts in eine Allee mit majestätischen Kastanien ein, deren Äste sich über der Straße zu einem dichten Blätterdach wölbten.

Charlie blieb ungerührt von der Postkartenlandschaft. Er begriff einfach nicht, welcher Teufel Josh geritten hatte. Warum um alles in der Welt hatte er etwas so Verrücktes gemacht? Und auch noch heimlich! Was war in ihn gefahren, dass er sich hier draußen in der Einöde ein Haus gekauft hatte? »Ist es das?«, fragte er, als er das große Gebäude vor sich sah.

»Ja.« Josh fuhr langsam durch den Torbogen von Cholmford Hall Mews und hielt vor Haus Nummer 1 an der linken Ecke der U-förmigen Wohnanlage, die aus ehemaligen Scheunen entstanden war. »Ich hole eben die Schlüssel«, sagte er.

Langsam und steif ging er über den Hof zum Musterhaus, wo er die Maklerin in der Küche antraf. Sie hockte auf einem Barhocker und las eine Zeitschrift, die sie rasch zuschlug und unter eine Broschüre schob, als sie ihn bemerkte.

»Kann ich die Schlüssel haben?«, fragte er. »Ich möchte jemandem das Haus zeigen.«

»Sicher, Mr Crawford. Kein Problem.« Sie trat an einen Aktenschrank, der in einer Ecke der Küche stand, und holte einen Umschlag mit beschrifteten Schlüsseln heraus. »Sie ziehen nächste Woche ein, nicht wahr?«, sagte sie in der Hoffnung, ihn in ein Gespräch verwickeln zu können. Er sah ziemlich gut aus. Außerdem verstand er es, sich anzuziehen – aber Männer, die Schwarz trugen, hatten ihr schon immer gefallen. Schade, dass sie ihn einfach nicht zum Reden brachte. Er war zwar immer höflich, aber nicht gerade entgegenkommend. Auch jetzt bedankte er sich lediglich für die Schlüssel und ging.

Als Josh den Hof überquerte, war von Charlie nichts zu sehen, aber das Gartentörchen von Haus Nummer 1 stand offen. Sein Bruder stand mitten auf dem frisch angelegten Rasen. Der Garten war genauso aufgeteilt wie bei Haus Nummer 5. Die beiden Grundstücke waren mit fast 2000 Quadratmetern die größten und hatten einen herrlichen Blick auf Bosley Cloud und den Peak District.

»Bewunderst du die Aussicht?«, fragte Josh.

»Eigentlich nicht, ich kriege Platzangst. Da lobe ich mir doch die Vorstadt.«

»Du Philister. Komm, ich zeige dir das Haus.«

Während Josh seinen Bruder durch die leeren, hallenden Räume führte, wartete er darauf, dass er endlich zur Sache käme. Charlie war selten still, und das unbehagliche Schweigen zwischen ihnen ging ihm allmählich an die Nerven. So war es in letzter Zeit auch bei der Arbeit. Ohne ein Wort zog Charlie Aufgaben an sich, die normalerweise in Joshs Ressort fielen. Selbst als sie ihre letzte Reise nach Hongkong geplant hatten, war Charlie davon ausgegangen, dass Josh nicht mitkommen würde. Er hatte vorzutäuschen versucht, dass Josh in Manchester gebraucht werde, um ihre nächste Handelsmesse vorzubereiten.

»Okay«, sagte Charlie schließlich, als er alle Zimmer gesehen hatte und sie wieder im Wohnzimmer angekommen waren. Sie standen vor dem großen Rundbogenfenster und schauten auf den Garten und die dahinterliegende Hügellandschaft hinaus. »Ich gebe zu, das Haus ist toll. Ich will sogar so weit gehen, einzuräumen, dass mir die Umgebung gefällt. Es hat einen gewissen ländlich-schicken Charme, obwohl ich mir für mich niemals vorstellen könnte, hier zu leben. Ich würde mir zu abgeschnitten vorkommen.«

»Aber?«

Es verging ein Weilchen, ehe Charlie weitersprach. »Ach, hör schon auf, Josh, du weißt genau, wo das ›Aber‹ liegt.«

Josh schüttelte den Kopf. »Erkläre es mir bitte.«

Charlie wandte den Blick nicht von dem unebenen Rasen. Er konnte sich einfach nicht dazu durchringen, es auszusprechen. Wie sollte er auch? Wie sollte er seinem Bruder, mit dem er sich so gut verstand, sagen, dass alles gegen ihn war, dass er eines Morgens in nicht allzu ferner Zukunft die Treppe in seinem eigenen Haus nicht mehr bewältigen würde, ganz zu schweigen von einem schweren Rasenmäher, der für diesen weitläufigen Garten nötig war.

»Du sagst ja gar nichts, Charlie! Erzähl mir nicht, dass du nach den rechten Worten suchst.«

Charlie schaute seinen Bruder an. »Mach dich nicht über mich lustig, das ist unfair.«

Joshs Miene verhärtete sich. »Du hast Recht«, sagte er, »du

hast völlig Recht. Es ist unfair. Es ist unfair, dass ich multiple Sklerose habe und in diesem Haus leben möchte. Ich sollte vernünftig sein und mich anpassen und zu dem Behinderten werden, als den ihr mich haben wollt. Ich sollte das Handtuch werfen und in einen deprimierend kleinen Scheißbungalow ziehen und das ganze Haus mit Rampen und was weiß ich noch allem ausstatten lassen.«

»Das habe ich nicht gesagt.«

»Nein. Das brauchtest du auch gar nicht. Es steht dir ins Gesicht geschrieben, seit ich dir gestern Abend von diesem Haus erzählt habe.«

Charlie strich sich durchs Haar. Vor neun Monaten hatte man bei Josh MS diagnostiziert, und er wusste, dass er sich allmählich an diese plötzlichen Wutausbrüche seines jüngeren Bruders gewöhnen sollte, aber es gelang ihm nicht. Es fiel ihm sogar immer schwerer, richtig darauf zu reagieren. Wenn er ehrlich war, jagte die Wut seines Bruders ihm Angst ein, weil sie Joshs Angst vor der Krankheit verriet.

»Wer hat was von einem Bungalow gesagt?«, sagte er, um etwas Licht in Joshs Vorwürfe zu bringen. »Und überhaupt, was hat dich an deiner Wohnung gestört? Warum musst du so plötzlich die Zelte abbrechen und so weit von allen wegziehen, die du kennst?«

Langsam ging Josh durch das Zimmer und lehnte sich an den Kaminsims aus geschnitzter Eiche. Er spürte, wie seine linke Fußsohle zu kribbeln begann, und wusste genau, dass sich das Prickeln innerhalb von Stunden als regelrechte Nadelstiche bis ins Bein ausweiten und diesen Teil seines Körper fast völlig gefühllos machen würden. Mit ein bisschen Glück wäre die Taubheit morgen wieder verschwunden. Sie konnte aber auch Tage und Wochen anhalten. »Wenn du es unbedingt wissen willst, ich bin es leid, dass ihr mich alle anstarrt«, sagte er, »du, Mum und Dad, alle im Büro, ihr seht mich ständig so mitleidig an! Der arme Josh, denkt ihr, erst siebenunddreißig und dazu verurteilt, bald nur noch in einem Rollstuhl dahinzuvegetieren.«

Charlie zuckte zusammen, konnte aber nicht verhindern, dass seine Sorge in Wut umschlug. Er ballte die Fäuste in den Hosentaschen. »Weil uns etwas an dir liegt, du undankbarer Hund!«

»Aber ich bin's leid!«, schrie Josh ihn an. »Wenn mir schon nicht mehr viel Zeit für ein lohnendes Leben bleibt, habe ich verdammt noch mal vor, das wenige zu genießen, und das heißt, dass ich hier auf dem Land leben möchte und ich selbst sein darf und nicht irgendeinem Klischee von einem Krüppel entsprechen muss, das euch vorschwebt.«

»Aber hier ist es so einsam«, versuchte Charlie einzuwenden.

Josh war jedoch Vernunftgründen nicht mehr zugänglich. »Na prima!«, schrie er, »dann hört ihr mich wenigstens nicht schreien, wenn ich die Schnauze voll habe und mich umbringe!«

Kapitel 5

Bevor Jessica nach Kassiopi fuhr, lenkte sie ihr Boot in eine abgelegene Bucht, in der lediglich zwei extravagante Ferienvillen standen, umgeben von purpurn blühendem Oleander und hoch aufragenden Zypressen. Beide Villen hatten direkten Zugang zu einem kleinen Sandstrand, auf dem gerade zu Mittag gegrillt wurde, wie Jessica sofort sehen und riechen konnte. Über das Wasser wehten die ausgelassenen Stimmen der Kinder herüber, die in den Tümpeln zwischen den Felsen herumtollten und sich gegenseitig nass spritzten, während ihre Eltern sich auf Liegestühlen sonnten und ihnen in regelmäßigen Abständen auf Englisch zuriefen, sie sollten vorsichtig sein.

Jessica lächelte die Kinder an, die ihr zuwinkten, und manövrierte ihr Boot behutsam an den altersschwachen hölzernen Anlegesteg, den man eigens für die beiden Ferienvillen und das bescheidenere Haus ihrer Freunde weiter oben am Hang gebaut hatte. Sie stellte den Motor ab, sprang aus dem Boot und vertäute es an dem Pfosten, den Helen und Jack immer benutzten. Dann kletterte sie den steilen, bewaldeten Hang hinauf.

Als sie das Häuschen mit den milchweißen, von Bougainvilleen überrankten Mauern und dem korallenroten Dach erreichte, war sie erhitzt und außer Atem. Ihre beiden Freunde räkelten sich auf Deckstühlen im Schatten ihrer Terrasse, die Jack den Winter über gebaut hatte. Ausnahmsweise trug er heute Shorts, aber Helen hatte wie üblich keinen Faden am Leib, abgesehen von einer Sonnenblende.

»Hi«, sagte sie, als sie Jessica bemerkte. »Du siehst aus, als könntest du was zu trinken vertragen.«

Jessica ließ sich auf einen Stuhl fallen und fächelte sich mit der Hand Kühlung zu. »Ja, bitte«, sagte sie, nahm ihre Sonnenbrille ab und wischte sich den Schweiß aus dem Gesicht. »Ein Fass Wasser dürfte reichen, bitte mit einem Eisberg, so groß wie der, an dem die *Titanic* zerschellt ist.«

Helen lachte, dass ihre großen, sonnengebräunten Brüste wabbelten. Helens Körper hatte Jessica schon immer fasziniert: Neben der prachtvoll Rubensschen Fülle von Helens sinnlichen Kurven in satten Terrakottafarben empfand sie ihre eigene Figur, die nur hier und da eine Ausbuchtung aufzuweisen hatte, als viel weniger weiblich. Bevor Helen und Jack sich hier auf der Insel niederließen, hatte sie nach eigenem Bekunden nur hausmütterchenhafte Kleidung von der Stange getragen. Wenn man sie nun anschaute, war schwer vorstellbar, dass ein so sinnlicher, großzügiger Körper je in etwas sträflich Langweiliges gezwängt gewesen sein könnte. Helens Körper war wie geschaffen, ihn zur Schau zu stellen, was sie mittlerweile auch stolz tat. Als sie und Jack endlich ihre englische Verklemmtheit abgestreift hatten, war Jack anfangs in einem Zustand ständiger Erregung herumgelaufen, wie Helen Jessica erzählt hatte. Das bewirkte wahre Wunder für ihr Sexualleben, welches zu Hause in Huddersfield allmählich an Schwung eingebüßt hatte.

»Du lernst es wohl nie, was?«, sagte Helen nun. »Wie lange lebst du jetzt hier? Und du läufst immer noch in der Mittagshitze herum, wo jeder vernünftige Mensch höchstens eine Flasche Wein aufmacht.«

»Ich weiß nicht, ob in unserem Kühlschrank Eisberge versteckt sind, aber ich will sehen, was ich für dich tun kann«, sagte Jack und stand auf.

Jessica sah ihm nach, als er ins Haus ging, und fragte sich nicht zum ersten Mal, was seine ehemaligen Kollegen bei der Bank in Huddersfield wohl denken würden, wenn sie seinen jetzigen Lebensstil zur Kenntnis nähmen.

Achtundvierzigjährige Finanzmanager hatten normalerweise nicht viel für ein solches Boheme-Leben übrig, aber als Jack und Helen vor drei Jahren nach einem zweiwöchigen Korfu-Urlaub voller Seligkeit wieder nach Huddersfield zurückgekehrt waren, hatten sie festgestellt, dass die Zwänge eines Arbeitslebens von neun bis fünf und das Privatleben in einer schicken Einfamilienhaus-Siedlung am Stadtrand ihren Vorstellungen nicht mehr entsprachen. Jack hatte Jessica erzählt, wie er eines Morgens mit seiner ordentlich getippten Kündigung zur Arbeit gegangen war, um seine zwanzigjährige Firmenzugehörigkeit zu beenden und mit seinem Chef zu besprechen, welche Auswirkungen dieser Schritt auf seine Rente hätte. Allerdings hatte er nicht damit gerechnet, dass sein Chef ihm ausgerechnet an dem Tag von sich aus seine Entlassung im Rahmen eines Stellenabbaus ankündigen und ihm kleinlaut eine großzügige Abfindung anbieten würde. Sofort heuchelte Jack Enttäuschung und wutschnaubende Empörung über eine derartige Behandlung und lief anschließend gleich auf die Toilette, um sein Kündigungsschreiben zu vernichten.

In aller Eile verkauften sie ihr großes Haus, zogen nach Korfu und kauften sich von Jacks Abfindung zwei Ferienhäuschen. Eins bewohnten sie selbst, das andere vermieteten sie an Touristen. Und um das Maß voll zu machen, ließ Helen ein altes Hobby aus der Zeit wieder aufleben, als sie noch nicht als Lehrerin arbeitete, und fing an zu malen. Mittlerweile verkaufte sie geschmackvolle Aquarelle mit Motiven der Umgebung an Touristen, die Helen liebevoll als Tom und Barbara Good von Korfu bezeichnete.

»Kannst du dir vorstellen, je hier wegzugehen?«, fragte Jessica Helen unvermittelt.

Helen sah sie an. »Was für eine absurde Frage. Geht's dir noch gut?«

Jack kam mit einem Tablett mit Getränken wieder auf die Terrasse. Er reichte Jessica ein großes Bierglas mit Wasser und mehreren Eiswürfeln und ein zweites Glas mit Weißwein. Dann reichte er seiner Frau ein Glas Wein. Sie erzählte ihm: »Jessica stellt mir gerade ganz komische Fragen. Na los, Jessica, frag Jack, mal sehen, was er dir antwortet.«

»Schieß los«, forderte Jack sie auf und machte es sich auf seinem Deckstuhl bequem.

Lächelnd erklärte Jessica: »Ich habe nur gefragt, ob ihr euch vorstellen könnt, die Insel je zu verlassen.«

»Schon möglich, aber nur, um an einen Ort zu gehen, der genauso vollkommen ist.« Jack starrte Jessica an. »Also, was ist los? Wieso fragst du?«

Jessica trank ihr Wasser, ließ einige Eiswürfel in ihren Mund gleiten und zerkaute sie knirschend.

»Nun sag schon, was ist los?«, schloss Helen sich an.

»Nicht viel, ich bin nur gekommen, um mich zu verabschieden.«

»Verabschieden?« Helen und Jack schauten sich erschrocken an. »Wie meinst du das?«, sagten sie wie aus einem Mund.

»Ich gehe zurück nach England.«

Helen setzte sich abrupt auf und beugte sich breitbeinig vor, ohne auf ihre Nacktheit zu achten.

»Ehem«, räusperte Jack sich mit hoch gezogenen Augenbrauen, »man kann alles sehen, Helen.«

Jessica grinste amüsiert, weil Jack offenbar doch nicht sämtliche Konventionen abgelegt hatte.

Helen schnalzte abwehrend mit der Zunge, schloss aber Jack zu Gefallen die Beine. »Warum, Jessica?«, fragte sie. »Ich begreife das nicht, hier ist es doch paradiesisch!«

»Ich weiß«, pflichtete Jessica ihr bei, »aber ich glaube, genau das ist teilweise das Problem. Es ist zu einfach, so zu leben, wie wir es tun. Es ist, als wären wir alle in diesem Leben wie in einem wunderbaren Ballon eingekapselt, der das Beste von allem enthält, was wir uns nur wünschen können ... aber ich habe allmählich das Gefühl, dass mein perfekter Ballon geplatzt ist.«

Helen schaute sie verständnislos an. »Ich glaube, das verstehe ich nicht. Was ist falsch daran, das Leben zu genießen?«

»Nichts ... solange man das Gefühl hat, dass es richtig ist.«

»Und das hast du nicht mehr?«

Jessica wandte sich kopfschüttelnd an Jack. »Nein, es genügt mir nicht mehr.«

»Wie viel Paradies willst du denn noch, um Himmels willen?«, rief Helen.

»Ich glaube, ich suche gar nicht nach einem Paradies. Wohl eher nach dem Gegenteil. Ich habe das Gefühl, dass ich mir meinen Platz im Leben noch nicht verdient habe.«

»Ach du lieber Himmel, du bist doch wohl nicht auf irgendeinem Schuldgefühlstrip, oder? Erzähl mir nicht, dass du vorhast, dich auf einen persönlichen Kreuzzug für masochistische Lust zu begeben! Du hast es zu gut gehabt, und jetzt ist es Zeit für ein bisschen Strafe – bist du darauf aus? Büßerhemd und geregelte Arbeit?«

»Helen, hör auf, Jessicas Worte ins Lächerliche zu ziehen«, warnte Jack.

»Das mache ich ja gar nicht«, fuhr sie ihn an.

Plötzlich musste Jessica lachen. »Hört auf, ihr beiden. Und

Helen, hör bitte auf, so böse zu gucken, das passt nicht zu deinem wundervollen Körper.«

»Dann sag schon, Jessica, was hat dich dazu gebracht, auf einmal die umgekehrte Shirley Valentine zu spielen?«, fragte Jack.

»Ich weiß nicht, ob ich es euch erklären kann. Ich weiß nur, dass ich mich in diesem Leben hier nicht mehr wohl fühle. Ich habe das Gefühl, nicht hierher zu gehören.«

»Was sagt Gavin dazu?«, erkundigte sich Helen.

»Ehm ... er weiß nicht, dass ich gehe.«

»Was?«

»Wann fährst du?«, fragte Jack.

»Heute Abend.«

»*Was?*«

»Helen, hör bitte auf, ständig ›was‹ zu fragen.«

»Hör zu, Jack, ich sage so oft ›was‹, bis ich dieses Mädchen hier zu Verstand gebracht habe. Sie kann nicht weggehen, sie darf einfach nicht!«

Jessica verabschiedete sich von ihren Freunden und überließ sie ihrem Geplänkel. Sie ging den steilen Weg an den Strand hinunter, band ihr Boot los, ließ den Motor an und fuhr nach Kassiopi in der Hoffnung, dass die nächsten Freunde, von denen sie Abschied nehmen wollte, sie nicht ganz so streng ins Gebet nehmen mochten.

Nachdem sie den geschäftigen Hafen erreicht hatte, in dem sich unzählige Fischerboote zwischen den Caiques drängten, die auf Touristen warteten, machte sie sich auf den Weg zu Costas' Restaurant und beschloss, ihm und seiner Familie sicherheitshalber zu erklären, dass sie nach England zurückgehe, um sich um ihre Mutter zu kümmern. Ein griechischer Mann wie Costas dürfte Verständnis für familiäre Verpflichtungen aufbringen.

Costas umarmte sie herzlich, küsste sie immer wieder und legte ihr die Arme um die Taille. Dann zog er sie in den hinteren Teil des Lokals, fort von den Gästen, küsste sie noch einmal und fragte sie in einem Atemzug, wie es ihr gehe, was ihre Schriftstellerei mache und wann sie ihn endlich zum Helden eines ihrer nächsten Romane machen würde. Sein Englisch war hervorragend, wenn auch ein bisschen amerikanisiert, da er es gelernt hatte, als er bei einem seiner zahlreichen Vettern in dessen Restaurant in Chicago arbeitete. Er rief in die Küche, und sofort kam seine Mutter durch den Perlenvorhang, gefolgt von einer noch älteren Frau, Costas Großmutter. Die beiden Frauen strahlten Jessica an. Sie mochten sie, ganz besonders seit sie beide im ersten Kapitel ihres ersten Romans verewigt hatte, der auf Korfu spielte. Sie konnten so gut wie kein Englisch, doch obwohl Jessica ganz passabel Griechisch sprach, bestand Costas immer darauf, dass sie Englisch sprach, damit er in Übung blieb. Jessica hatte den Verdacht, dass er damit vor den Frauen der Familie angeben wollte.

»Ich kann nicht lange bleiben«, erklärte sie, nachdem sie sein Angebot, etwas zu essen und zu trinken, dankend abgelehnt hatte, »ich bin nur gekommen, um mich zu verabschieden.«

»Verabschieden?«, wiederholte er, »wieso?«

»Ich gehe zurück nach England.«

Costas vergaß völlig, für seine Mutter und seine Oma zu übersetzen. Geduldig warteten sie darauf, aber er sagte nichts. »Für immer?«, fragte er Jessica.

Sie nickte. »Ich denke schon.«

Er grinste.

»Das überrascht dich offenbar gar nicht.«

»Nein. Das habe ich schon oft erlebt. Für Besucher verliert die Insel früher oder später ihren Reiz.«

Jessica gab ihm einen Kuss.

»Wofür ist der?«, fragte er.

»Dafür, dass du der Erste bist, der mich versteht. Danke.«

Nachdem Jessica sich von Costas und seiner Familie verabschiedet hatte, ging sie durch den belebten Hafen über den Platz zu Dimitrios, dem Eigentümer ihres Hauses, der mit seiner Frau Anastasia eine laute Bar betrieb, die schamlos die Anforderungen einer speziellen Sorte englischer Touristen erfüllte. Selbst im August, wenn die Hitze weit über 30 Grad Celsius stieg, servierten sie Steak und Nierenauflauf mit breiigen Erbsen, und abends spielten sie keine Bouzouki-Musik, sondern zeigten Videos von Fernsehserien wie *Das verrückte Hotel* oder *Men Behaving Badly*, um ihre Gäste zu unterhalten.

Jessica unterhielt sich für ein Weilchen mit Dimitrios – Anastasia besuchte leider gerade ihre Mutter –, und reichte ihm schließlich die Zweitschlüssel zu ihrem Haus. Nachdem sie die nötigen Papiere unterschrieben hatte, ging sie zu ihrem Boot zurück.

Als sie wieder nach Hause kam, wartete Gavin auf der Terrasse auf sie.

Nachdem Jessica sich von ihren engsten Freunden verabschiedet und die Formalitäten der Hausübergabe erledigt hatte, war sie innerlich schon auf den Flug nach England und auf ihr neues Leben eingestellt.

Aber nun war Gavin da, und zwar überaus präsent.

Ein Blick genügte, um all ihre sorgfältig zurechtgelegten Pläne zunichte zu machen.

Er lehnte lässig an der Brüstungsmauer und schaute zu ihr herunter, während sie die letzten Stufen nahm. Sein schulterlanges, sonnengebleichtes Haar wehte in der Nachmittagsbrise, die gerade aufgekommen war, und sein weißes T-Shirt kräuselte sich auf seiner Brust. Da er seine Lieblings-Ray-Ban-Brille trug, konnte sie seine Miene nicht erkennen, aber sie hatte den Eindruck, dass er schon eine geraume Weile auf sie wartete und gesehen haben musste, wie ihr Boot um den Felsvorsprung von Kassiopi bog, und sie den steilen Hangweg hinaufging. Sie fragte sich, was ihn um diese Tageszeit hergeführt haben mochte, zu der er normalerweise Touristen Segelunterricht gab, bevor das Meer zu rau wurde.

»Wieso arbeitest du nicht?«, fragte sie und ging geradewegs ins Haus.

»Peter ist für mich eingesprungen«, erklärte er, folgte ihr und schob seine Sonnenbrille auf den Kopf.

»Wieso?«, fragte sie, runzelte aber sofort die Stirn. Diese Frage hatte sie selbst heute zu oft gehört.

»Helen hat mich angerufen.«

»Ach.«

»Was hattest du vor, Jessica, wolltest du mir einen Brief schreiben?«

Sie dachte an den Briefumschlag in ihrer Handtasche. »Es tut mir Leid«, sagte sie schuldbewusst.

»Nein, es tut dir nicht Leid.« Wie sie befürchtet hatte, zeigte seine Miene jenen bestürzten Ausdruck, der ihn in einen gekränkten kleinen Jungen verwandelte.

»Und dir?«, fragte sie. »Tut es dir Leid, dass ich gehe, oder bist du nur beleidigt, dass ich dir vielleicht ein paar Ungelegenheiten mache?«

Darauf gab er keine Antwort. »Helen konnte mir nicht genau sagen, warum du gehst.«

Jessica grinste. »Dazu ist sie viel zu trunken vom ionischen Nektar.«

Ihre Metapher kam bei Gavin nicht an. Stirnrunzelnd trat er auf sie zu. »Ist alles in Ordnung?«

»Ich denke schon«, sagte sie und war sich plötzlich der

Wärme seines Körpers bewusst. Sie hielt den Atem an, da sie wusste, dass sie in seinen Bann geraten würde, sobald sie seinen Geruch einatmete. Er würde sie an all die Lust erinnern, auf die sie bald verzichten musste.

»Ist es meinetwegen? Gehst du deshalb fort?«

Seine Arroganz gab ihr die nötige Kraft. Wie typisch, dass er glaubte, die ganze Welt drehe sich nur um ihn! Sie ging hinaus auf die Terrasse. Er folgte ihr. Umgeben vom lauten Zirpen der Zikaden in den Olivenbäumen schauten sie beide aufs Meer und die schimmernden Umrisse Albaniens hinaus, wo vor kurzem so viele sinnlose Kämpfe stattgefunden hatten.

»Dass du mit anderen Frauen schläfst, hat mich anfangs sehr verletzt«, sagte sie entschlossen, aufrichtig zu Gavin zu sein, aber auch nicht in Bitterkeit von ihm zu gehen. »Aber dann ist mir allmählich klar geworden, dass es nicht unsere Beziehung ist, die mich an meinem Leben hier stört. Es ist etwas viel Wichtigeres. Mir ist plötzlich aufgefallen, dass mich hier nichts mehr hält.«

»Nicht einmal ich?«

Immer noch diese Arroganz! »Nein, Gavin, nicht einmal du. Außerdem gibt es genug andere Frauen für dich, du brauchst mich nicht. Und ich fürchte, genau das möchte ich, dass jemand mich braucht.«

»Wie deine Mutter?«

Sie musste grinsen. »Wie scharfsichtig von dir ... und wie untypisch.«

Er zuckte die Achseln. »Jedem das Seine, so bin ich eben.«

»Du meinst, jeder Frau das Ihre?«

Er besaß den Anstand, sich abzuwenden.

»Übrigens«, sagte sie, da sie spürte, dass ihr Gespräch sich dem Ende zuneigte, »ich weiß, dass du nichts von Motorbooten hältst, aber du kannst meins trotzdem haben. Mach damit, was du willst.«

»Danke.« Er legte ihr die Hände auf die Schultern und küsste sie. »Viel Glück, Jessica. Ich hoffe, du findest, was du suchst. Soll ich dich zum Flughafen bringen?«

Kapitel 6

Alec überlegte, ob er Kate anrufen und sagen sollte, dass er sich jetzt auf den Heimweg machte, aber er konnte es gar nicht mehr abwarten, zu ihr zu kommen, und wollte sich nicht noch länger aufhalten. So schloss er sein Büro ab, warf seine Aktentasche auf den Rücksitz seines Saab 900, schob das Verdeck zurück und fuhr auf der A34 Richtung Süden nach Hause.

Es war merkwürdig, nicht auf der gewohnten Strecke nordwärts über Alderley Edge nach Wilmslow zu fahren, wie er es getan hatte, so lange er sich erinnern konnte, aber vermutlich würde ihm die neue Route schon bald vertraut werden. Als er an Capesthorne Hall mit seiner ungewöhnlichen Fassade voller Türmchen vorüberfuhr, kam ihm flüchtig die Idee, für Kate und sich Karten für das Freiluftkonzert zu besorgen, das dort im nächsten Monat stattfinden sollte. Der Gedanke an Kate zog ihn nur noch schneller nach Hause, und er trat das Gaspedal durch.

Er fragte sich, ob die Euphorie, die ihn jedes Mal überkam, wenn er an sie dachte, sich wohl je legen mochte. Er konnte sein Glück immer noch nicht fassen, dass ein Mädchen wie Kate sich für ihn interessierte, geschweige denn ihn liebte.

Aber nachdem er mittlerweile so viel erlebt hatte, war er fest überzeugt, dass das Leben immer neue Überraschungen bereithielt, ganz gleich für wie berechenbar man es auch halten mochte. Er hätte sich zum Beispiel niemals vorstellen können, dass er einmal ein derart erfolgreiches Unternehmen für Postkarten leiten würde.

Er hätte auch nie gedacht, dass er je geschieden sein würde. Seine Ehe mit Melissa war zwar nicht gerade perfekt gewesen, aber er hatte immer geglaubt, dass sie genügend Gemeinsamkeiten – vor allem ihre Tochter und die gemeinsame Firma – besäßen, die sie zusammenschweißten, komme, was da wolle. Sie machten die üblichen Konflikte durch, die das Leben für jedes Ehepaar so großzügig bereithielt, vor allem für ein Paar, das zusammen lebte und arbeitete, aber er hatte die Streitereien und Irritationen als Teil der Ehe akzeptiert. Rückblickend fiel ihm auf, dass er möglicherweise allzu passiv und geneigt gewesen war, sich an das Gelöbnis *in guten wie in schlechten Zeiten* zu halten und einfach alles hinzunehmen. Melissa war letzten Endes nicht mehr dazu bereit gewesen. Sie hatte beschlossen, ihre Ehe zu beenden, die sie mit einem ziemlich langweiligen Buch verglich, durch das man sich trotz der öden Stellen durchkämpfen musste, weil es ein Klassiker war. Recht drastisch hatte sie ihm erklärt, sie sei es leid, sich immer durch dasselbe Buch zu mühen, und wolle etwas Neues lesen. »Ich habe keinen anderen«, hatte sie gesagt, als ob das die Sache für ihn einfacher mache, »ich will nur einfach nicht mehr mit dir verheiratet sein.« Wie ihm später klar wurde, hatte ihre pragmatische Herangehensweise zumindest bewirkt, dass sie ihre Scheidung zivilisiert über die Bühne brachten.

Als sie an einem tristen, regnerischen Novemberabend aus ihrem gemeinsamen Haus in Wilmslow ausgezogen war, hatte er sich ein Leben ohne Melissa anfangs gar nicht vorstellen können. Am nächsten Morgen hatte sie ihm im Büro erklärt: »Ich bin keins von diesen habgierigen Weibern. Ich erwarte lediglich, was mir zusteht: die Hälfte vom Haus, den Ersparnissen und der Firma. Hier ist der Name meines Anwalts.«

Das war das Gute an Melissa, sie war überaus nüchtern, organisiert und ausgeglichen. Nichts brachte sie aus der Ruhe.

Nein. Das stimmte nicht ganz. Einmal hatte er Melissa völlig sprachlos erlebt: beim letzten Weihnachtsfest, als sie Kate zum ersten Mal sah.

Er hatte mitbekommen, wie es ihr den Atem verschlug und sie ihrer Tochter Ruth zuflüsterte: »Ganz hübsches Lärvchen, aber ob hinter den glänzenden Augen und dem bezaubernden Lächeln wohl noch was Lohnendes steckt?«

Grinsend bog er von der Hauptstraße in die Kastanienallee ein, die nach Cholmford Hall Mews führte. »O ja, Melissa«, sagte er triumphierend vor sich hin, »dahinter steckt etwas Lohnenderes, als du es dir je vorstellen kannst.«

Er parkte vor dem Haus und sah Kate durch das Küchenfenster, das zum Hof lag. Sie musste wohl gerade geduscht haben, denn sie trug ihren weißen Bademantel und hatte ein Handtuch um den Kopf geschlungen.

Er ging ins Haus, stellte seine Aktentasche an der Treppe im Hausflur ab und rief scherzhaft in echter Hollywood-Manier: »Hi, Honey, ich bin wieder da.«

Sie kam in den Flur und schlang die Arme um ihn. »Tatsächlich!«

Er drückte sie fest an sich, küsste ihren schlanken Hals und sog den Duft ihrer Haut ein. »Du riechst himmlisch.«

»Das Abendessen ebenfalls, hoffe ich. Es ist fast fertig.«

Er küsste sie und öffnete ihren Bademantel. »Kann das noch warten?«

»Kannst *du* noch warten?«

Er zog ihr das Handtuch vom Kopf, so dass ihr nasses Haar bis auf ihre Hüften fiel. »Nein.« Damit zog er sie die Treppe hinauf.

Als sie sich später zu Tisch setzten, schenkte Alec Wein ein und reichte Kate ein Glas. »Zum Wohl. Auf unser erstes richtiges Essen in unserem eigenen Heim.«

Sie stießen an.

»Es macht dir doch nichts aus, in der Küche zu essen?«, fragte Kate. Eigentlich hatte sie gehofft, rechtzeitig mit dem Einräumen des Esszimmers fertig zu werden, war aber schließlich doch zu müde gewesen, um Alecs gesamtes Porzellan und die Gläser auszupacken. Dennoch hatte sie sich alle Mühe gegeben, es ihnen in der Küche nett zu machen und den Tisch mit Servietten, Duftkerzen und sogar einigen Blümchen aus Alecs Strauß für ein romantisches Essen zu zweit zu decken.

»Natürlich nicht«, lachte Alec. »Es ist wunderbar. Ich weiß gar nicht, wie du es geschafft hast, heute so weit zu kommen und auch noch richtig zu kochen. Das Haus sieht fantastisch aus. Du bist einfach fabelhaft, wirklich.« Er beugte sich vor und gab ihr einen Kuss.

»Und wie war dein Tag?«, erkundigte sie sich, in seinem Lob schwelgend.

»Hektisch. Wir haben Ärger mit dem Lager in Oxford. Vermutlich muss ich irgendwann in den nächsten Wochen hinfahren und mich darum kümmern.«

»Kann Melissa nicht fahren?« Kate wusste, dass es albern war, aber sie hatte es nicht gern, wenn Alec über Nacht fort bleiben musste.

»Das schon, aber ich würde lieber selbst hinfahren. Komm doch mit.«

»Bist du sicher?«

»Natürlich. Wir könnten in einem netten Hotel absteigen. Das wäre doch eine schöne Abwechslung von der vielen Arbeit, die du hier hast.«

»Wäre ich dir denn nicht im Weg?«

»Überhaupt nicht! Es ist mir viel lieber, wenn du mitfährst. Außerdem haben teure Hotelzimmer einen ganz eigenen aphrodisischen Reiz.«

»Nutzen *meine* Reize sich schon ab?«, fragte sie verschmitzt.

Er nahm ihre Hand. »Nicht in einer Million Jahren.«

Amanda kippte die Reste von Tonys Abendessen, das er kaum angerührt hatte, in den Abfalleimer. Schon wieder lag ein katastrophaler Abend hinter ihnen. Wenn Tony seiner Tochter doch nicht immer nachgeben würde! Er musste doch einsehen, dass dieses Kind ihn um den kleinen Finger wickelte. Wie viele Gutenachtgeschichten brauchte sie denn noch, um Himmels willen?

Sie ging ins Wohnzimmer, schaltete das Fernsehen ein und sortierte die Stoff- und Tapetenmuster, die sie in den letzten Wochen gesammelt hatte. Sie musste sich endlich entscheiden, in welchen Farben sie das Wohnzimmer gestalten sollte. Sie war es leid, ohne Vorhänge zu leben.

Oben in Hatties Schlafzimmer saß Tony neben seiner Tochter auf dem Boden. Sie lehnten beide mit dem Rücken an ihrem Bett und schauten sich ein Buch über Delphine an, das sie vor einem Jahr in Amerika gekauft hatten, als sie im Urlaub in Sea World in Orlando waren.

»Weißt du noch, wie der riesige Wal uns alle nass gespritzt hat?«, fragte Hattie.

Er grinste bei der Erinnerung an diesen Urlaub, nicht weil es seine Flitterwochen mit Amanda gewesen waren, sondern weil die Reise seiner Tochter solchen Spaß gemacht hatte. »Ja, wir waren klatschnass, nicht wahr?« Er zog sie fester an sich.

»Und dann ist der Wal noch einmal in dem Becken an uns vorbeigeschwommen und hat uns noch mehr bespritzt. Können wir da noch mal hin?«

Tony schlug das Buch zu und legte es auf Hatties Nachttisch neben ein gerahmtes Foto ihrer Mutter. »So, jetzt ist es aber Zeit, dass dein hübsches Köpfchen in die Federn kommt.«

Widerstrebend kletterte Hattie ins Bett und ließ sich von Tony mit dem weiß gerüschten Federbett zudecken.

»Können wir da noch mal hin?«, wiederholte Hattie erwartungsvoll und streckte ihm die Ärmchen zu einer letzten Umarmung entgegen.

»Mal sehen«, sagte er und gab ihr einen Kuss auf ihre weiche Wange. Schnell umklammerte sie seinen Nacken und zog ihn herunter, bis er neben ihr lag.

»Wir haben die Frau besucht, die gestern eingezogen ist«, erzählte sie in der Hoffnung, ihren Vater noch ein bisschen länger bei sich zu halten.

»Und, ist sie nett?«, fragte er.

»Sehr. Sie hat so schöne Haare! Sie gehen ihr bis an die Hüften.«

»Ich pass auf, ob ich sie mal sehe. Aber jetzt wird wirklich geschlafen.« Er gab ihr noch einen Kuss und ergriff die Flucht.

Als er das Licht ausschaltete und dann die Treppe hinunterging, schmerzte sein Kopf vor Müdigkeit. Er war völlig ausgelaugt. Schon seit fünf Uhr morgens war er auf den Beinen und seit halb sechs unterwegs, weil er um neun bei einem Kunden in Reading hatte sein müssen, der ihn bis zwei Uhr aufgehalten hatte. Anschließend war er zum nächsten Termin nach Birmingham gefahren. Und als er schließlich kurz nach acht nach Hause kam, war Amanda aufgebracht und wütend, weil Hattie sie beim Abendessen verrückt gemacht hatte.

»Möchtest du was trinken?«, fragte er Amanda, die im Wohnzimmer fernsah.

»Soll ich uns Kaffee machen?«, bot sie an und stand auf.

Er schüttelte den Kopf. »Ich brauche was Stärkeres.«

»Im Kühlschrank steht noch Wein. Ich hole ihn.«

Er ließ sich aufs Sofa fallen, schob das Durcheinander auf dem Couchtisch beiseite und legte die Füße hoch. Während ein raubgieriger Jeremy Paxman im Fernsehen gerade einen armen Hund von Politiker zerpflückte, schloss Tony die Augen und bemühte sich, nicht an die ganztägige Sitzung zu denken, die ihm nach dem Wochenende bevorstand: Einer der Chefs der Firma wollte aus den Staaten herüberkommen, um die Effektivität ihrer britischen Niederlassung zu prüfen. »Keine Sorge, Tony«, hatte Bradley Hurst gestern Morgen am Telefon versichert, »Sie sollen wissen, dass Arc in Großbritannien stark engagiert ist. Ich will lediglich, dass wir uns zusammensetzen, um unsere Lage zu klären.« Das letzte Mal, als Bradley Hurst – der Schlächter, wie der gesamte Verkauf der Firma den neuen Vizepräsidenten von Arc Computers nannte – ihre Lage geklärt hatte, hatte das zu einem drastischen Personalabbau geführt. Als Verkaufschef für Großbritannien war Tony sich völlig darüber im Klaren, dass sie ständig mit einem Angriff von Bradley Hurst rechnen mussten, so gut die Umsatzzahlen auch aussehen mochten. Der Mann war skrupellos und sang sich wahrscheinlich jeden Abend beim Zubettgehen sein persönliches Mantra vor: Ein Angestellter weniger ist ein gesparter Dollar, zwei Angestellte weniger sind zwei gesparte Dollar, drei Angestellte weniger sind ... Es war eine kurzsichtige Firmenpolitik, die auf lange Sicht nicht funktionieren konnte.

Als Amanda mit einer Flasche Wein und zwei Gläsern wieder ins Zimmer kam, lagen ihre sorgfältig sortierten Stoff- und Tapetenmuster auf dem Boden verstreut, und Tony war fest eingeschlafen. »Scheißglückliche Familie«, brummte sie vor sich hin.

Jessicas Flug hatte eine Stunde Verspätung. Sie hoffte, dass ihre Mutter sich keine Sorgen machte, denn sie hatte zwar versucht, sie vom Flughafen auf Korfu aus anzurufen, um ihr zu sagen, dass sie später käme, hatte sie aber nicht erreicht. Nach der Landung in Manchester hatte sie es noch einmal versucht, aber in Willow Cottage war immer noch niemand an den Apparat gegangen. Tapfer hatte sie gegen die Vorstellung angekämpft, dass ihre Mutter, nur Zentimeter vom Telefon entfernt, reglos auf dem Boden läge, und hatte sich stattdessen ausgemalt, sie jäte in ihrem makellos gepflegten Garten noch spät Unkraut und achte weder auf die Zeit noch auf das Klingeln des Telefons im Haus.

Als sie nun hinten im Taxi saß, das im Schneckentempo durch die dunkle Landschaft von Cheshire kroch, und nur noch wenige Minuten Fahrt vor ihr lagen, schalt Jessica sich für ihre eigene Dummheit. Ihre Mutter war all die Jahre recht gut zurechtgekommen, ohne dass jemand sich Sorgen um sie machte, zumal nicht solche Sorgen, die ihre Tochter in eine neurotische Idiotin verwandelten.

Idiotin hatte Helen sie lauthals genannt, als sie und Jack sie zum Flughafen brachten. Gavin hatte zwar angeboten mitzukommen, aber sie hatte ihm erklärt, es sei ihr lieber, wenn er es nicht täte. »Tränen und Gefühlsduselei würden mir im Augenblick nicht gut tun.«

Bei Helen bestand keinerlei Gefahr von Tränen oder Gefühlsduselei. Sie war immer noch wütend, dass Jessica fortging. »Du bist eine Idiotin, Jessica! Eine komplette Idiotin. Aber pass auf, was ich dir sage: Wenn du erst ein paar Monate wieder in England bist, wirst du alles bereuen.«

»Vermutlich hast du Recht«, antwortete Jessica, »aber ich gehe trotzdem zurück.«

»Noch was: Warum hast du uns eigentlich nicht gesagt, was du ausheckst?«, fragte Helen.

»Weil du versucht hättest, mich davon abzubringen.«

Und das war die Wahrheit. Ihr war klar, dass sie Helen und

Jack mit ihrer Heimlichtuerei gekränkt hatte, aber es wäre einfach zu riskant gewesen, ihnen von ihrem Vorhaben zu erzählen. Hätte sie ihnen gesagt, dass sie bei ihrem letzten Englandaufenthalt, als ihre Mutter im Krankenhaus lag, ein Haus gesehen hatte, das sie vielleicht kaufen wolle, dann hätten sie alles darangesetzt, es ihr auszureden.

»Sie waren wohl in Urlaub, was?«, erkundigte sich der Taxifahrer, als er nun zum ersten Mal den Mund aufmachte.

»Ja«, antwortete sie kurz angebunden, da sie nicht schon wieder erklären wollte, weshalb sie nach England zurückkam. Die beiden gesprächigen jungen Burschen, die im Flugzeug mit Glatzköpfen, Nasenringen, sonnengebräunten Gesichtern und prallen Tragetaschen aus dem Duty-free-Shop neben ihr gesessen hatten, waren fassungslos gewesen, dass sie nicht den Rest ihres Lebens auf Korfu leben wollte.

»Irgendwo, wo's heiß und schön ist?«, erkundigte sich ihr Taxifahrer weiter.

»Sehr heiß und sehr schön«, erklärte sie wahrheitsgemäß.

»Na ja, jetzt fängt wieder der Alltag und die Wirklichkeit an, was? So ist das mit dem Urlaub, es bleibt nichts davon übrig außer ein paar verwackelten Fotos.«

Zu müde, um sich auf ein tiefgründiges Gespräch einzulassen, ließ Jessica den Mann seine persönliche Philosophie darlegen und schaute besorgt auf die Straße. Nachdem der Fahrer die Schleusen seiner Gesprächigkeit geöffnet hatte, schien er jegliches Interesse an den dunklen, engen Sträßchen verloren zu haben und schaute immer wieder zu ihr nach hinten, um das Gesagte zu unterstreichen.

»Hier müssen Sie langsam fahren«, sagte sie plötzlich und beugte sich vor, »da kommt eine schmale Brücke und dahinter biegt ein Weg links ab. Da ist es.«

Im hellen Mondlicht wirkte Willow Cottage bezaubernd mit seinen weiß gekalkten Mauern, die fast völlig unter den duftenden Blüten mehrerer Kletterrosen und einer Klematis verschwanden. Genau so hatte Jessica das Haus, in dem sie aufgewachsen war, immer in Erinnerung gehabt. Ihr Leben mochte einige Drehungen und Wendungen genommen haben, aber Willow Cottage blieb sich immer gleich.

Der Taxifahrer war beeindruckt. »Wenn ich hier wohnen würde, bräuchte ich nicht in Urlaub zu fahren.«

Ungeduldig wartete Jessica, bis der Mann gemächlich um den Wagen geschlendert war, um ihr Gepäck aus dem Kofferraum zu holen. Nun mach schon, brummte sie in sich hinein. »Wie viel bin ich Ihnen schuldig?«, fragte sie, als sie schließlich von voll gestopften Reisetaschen umgeben war.

»Sagen wir, vierundzwanzig.«

Das nenne ich Straßenraub, dachte Jessica, als sie den Rücklichtern des Wagens nachsah. Dann schaute sie am Haus hinauf und fragte sich, wieso ihre Mutter wohl noch nicht an die Tür gekommen war.

Nein!, rief sie sich zur Ordnung. Halte dein Schriftstellerinhirn in Schach, deine Mutter liegt nicht tot auf dem Axminsterteppich!

Als sich auf ihr Klingeln hin nichts regte, öffnete sie die Haustür mit dem Schlüssel, der versteckt unter einem großen Stein lag, den Anna von einem Besuch auf Korfu im Handgepäck mitgebracht hatte.

Sie fand ihre Mutter oben in einem der unbewohnten Zimmer. Sämtliche Möbel waren ausgeräumt und der Boden mit alten Flanellbettlaken ausgelegt. Anna stand auf der obersten Sprosse einer Stehleiter, einen Pinsel in der einen und einen Topf Farbe in der anderen Hand. Aus einem Ghettoblaster schmetterten die drei Tenöre, Pavarotti sang gerade »Nessun dorma«.

Jessica drehte Pavarotti leiser. Als ihre Mutter sie plötzlich bemerkte, schrak sie sichtlich zusammen und schrie laut auf.

»Jessica, was denkst du dir dabei, dich so anzuschleichen? Du hast mich zu Tode erschreckt!«

»Tut mir Leid«, sagte Jessica, selbst erschrocken – *mein Gott, der Schreck hätte ihre Mutter umbringen können*! »Ich habe nicht darüber nachgedacht. Tut mir Leid. Alles in Ordnung? Möchtest du dich hinsetzen?«

»Mir geht's gut«, sagte Anna gereizt. Sie kam von der Leiter, stellte den Farbtopf auf ein Stück Zeitung und sah ihre Tochter an. Als sie die Sorge in der Miene ihrer Tochter bemerkte, dachte sie: Arme Jessica, sie glaubt, ich sei völlig gebrechlich geworden. »Da braucht es schon mehr als einen kleinen Schreck, um mich umzubringen«, sagte sie gut gelaunt. »So, jetzt lass mich eben den Pinsel in ein Glas mit Lösungsmittel stellen, dann mache ich uns etwas zu trinken. Wie war dein Flug? Ach, übrigens, willkommen zu Hause.«

Kapitel 7

Das Wochenende gestaltete sich für Jessica und Anna gleichermaßen schwierig. Jessica gluckte meist ängstlich besorgt um ihre Mutter herum und ließ sie keinen Moment aus den Augen. Anna dagegen nutzte jede Gelegenheit, den Argusaugen ihrer Tochter zu entfliehen.

»Findest du wirklich, dass du das tun solltest?«, fragte Jessica automatisch bei fast allem, was Anna anpackte: Sie sagte es, als ihre Mutter die Bilderleiste fertig grundieren wollte, die sie am Abend vorher zu streichen begonnen hatte, und als ihre Mutter in der Toilette auf einem Hocker stand, um eine Glühbirne auszuwechseln.

»Hör zu, Jessica, so geht das nicht weiter«, sagte Anna schließlich.

»Allerdings, da hast du Recht. Jetzt komm von dem Hocker runter und lass mich das machen.«

Bereits am Sonntagnachmittag herrschte eine deutlich gespannte Atmosphäre. Jessica fand Anna im Garten, wo sie mit einer schwer beladenen Schubkarre kämpfte. »Was denkst du dir eigentlich?«, rief sie und lief über den Rasen zu ihrer Mutter. »Dermot kommt zweimal in der Woche, um dir im Garten zu helfen. Lass ihn doch die schwere Arbeit machen!«

»Das ist keine schwere Arbeit. Und jetzt lass mich bitte in

Ruhe«, sagte Anna, legte die Hände, die in zerschlissenen Gartenhandschuhen steckten, fest um die Griffe der Schubkarre und gab sich redlich Mühe, nicht aus der Haut zu fahren. »Geh und tu was Sinnvolles. Mach einen Spaziergang. Schau dir dein neues Haus an. Mach irgendwas. Aber lass mich in Ruhe den Dung untergraben.« Energisch drehte sie den Walkman lauter, den sie sich um die Taille gebunden hatte, und schwankte zu einem Stück von Chopin, das Jessica aus ihrem Kopfhörer dröhnen hörte, durch den Garten.

Jessica sah zu, wie ihre Mutter wütend eine Gabel Mist nach der anderen auf den Rosenbeeten verteilte. Da sie ihre eigene Wut besänftigen musste, beschloss sie, tatsächlich spazieren zu gehen. Sie stapfte über den Rasen vor das Haus und zwischen den Weiden hindurch, die zu beiden Seiten der Stufen zum Kanal wuchsen.

Zuerst marschierte sie wütend den Treidelpfad entlang, schlug nach langen Grashalmen, die auf Ampferblätter und Butterblumen niedersausten, und brüllte im Geiste ihre Mutter an, weil sie so verstockt und uneinsichtig war. Allmählich machte sich jedoch die besänftigende Wirkung des ruhig dahinfließenden Wassers bemerkbar und brachte sie wieder zur Vernunft.

So war es ihr schon ergangen, als sie noch ein Teenager war. Der Kanal war ihr Zufluchtsort, wenn sie sich mit Anna über etwas so Unwichtiges wie ihre Haarfarbe oder ihre zu kurzen Röcke gestritten hatte. Sie schrien sich an, jede überzeugt, dass die andere im Unrecht sei, dann stürmte Jessica in einem Anfall jugendlicher Empörung hinaus und lief auf den Treidelpfad. Spätestens bei der ersten Biegung des Wasserlaufs und ihrem Lieblingsbaum hatte sich ihre Wut meistens gelegt und sie lehnte sich an die Platane und wusste gar nicht mehr, worüber sie sich eigentlich so aufgeregt hatte.

Als sie jetzt die Platane erreichte und sich an den riesigen

Stamm lehnte, kam gerade ein hübsches rot-grünes Boot vorüber. Lächelnd nickten die Leute an Bord ihr zu. Sie erwiderte das Lächeln und sah zu, wie sie gemächlich ihre Fahrt fortsetzten.

Nachdem ihr Ärger und ihre Wut verflogen waren, gestand sie sich ein, dass sie wohl früher nach Cholmford Hall Mews ziehen musste, als sie ursprünglich geplant hatte. Eigentlich hatte sie vorgehabt, gut eine Woche in Willow Cottage zu bleiben und dann in ihr neues Haus zu ziehen, aber schon ein einziges Wochenende erwies sich für sie beide als zu nervenaufreibend. Sie vermutete, dass ihre Mutter mit all ihren Unabhängigkeitsbeweisen lediglich ihr Terrain abstecken und ihr demonstrieren wollte, welche Bereiche sie eindeutig für sich zu behalten gedachte.

Eingedenk dessen rief Jessica gleich am nächsten Morgen, einem Montag, bei der Maklerin im Musterhaus von Cholmford Hall Mews an. »Ich weiß, ich habe gesagt, ich würde erst nächste Woche einziehen, und wir hatten vereinbart, dass Sie das Musterhaus so lange benutzen können, aber besteht vielleicht die Möglichkeit, dass ich schon früher einziehen kann?«

»Sie haben Glück. Da die Arbeiten an Haus Nummer drei früher fertig geworden sind, können wir es provisorisch als Musterhaus nutzen. Es ist zwar nicht mit diesem hier zu vergleichen, aber es wird schon gehen. Ich bin gerade dabei, meine Sachen rüberzuräumen. Heute Nachmittag dürfte ich fertig sein. Ich sehe keinen Grund, warum Sie nicht morgen einziehen sollten, wenn Sie bis dahin über Ihren Anwalt die vertraglichen Bedingungen erfüllen können. Hier ist alles für Sie bereit. Der Teppichboden wurde am Samstag gereinigt, und die Möbel, die nicht Bestandteil des Kaufvertrages sind, wurden schon in Nummer drei gebracht. Möchten Sie herkommen und sich alles noch einmal ansehen?«

Zuerst wollte Jessica nein sagen, aber dann überlegte sie, dass es ihr und ihrer Mutter gut täte, sich ein bisschen voneinander zu erholen. »Ja, ich komme später kurz rüber, so gegen zwei.«

Sie rief ihren Anwalt an, der erklärte, er würde alles rechtzeitig erledigen, und nach dem Mittagessen machte sie sich auf den Weg nach Cholmford Hall Mews, das kaum anderthalb Kilometer von Willow Cottage entfernt war.

Es war ein warmer, sonniger Tag, und als Jessica die kleine Landstraße entlangschlenderte und in den kühlen Tunnel der Kastanienallee trat, fiel ihr ein, wie oft sie als Kind hier gespielt hatte. Mit Hilfe ihrer Mutter hatte sie auf diesem flachen Stück Straße Fahrrad fahren gelernt. Anna war es nie müde geworden, von dem Tag zu erzählen, als Jessica verlangt hatte, die Stützräder von ihrem Fahrrad abzunehmen. Dieser Beweis, ein »großes Mädchen« zu sein, hatte für ihre Mutter bedeutet, dass sie stundenlang mit einer Hand am Sattel und der anderen am Lenker neben ihr herlaufen musste, für den Fall, dass Jessica zu schnell fuhr oder die Kontrolle über ihr Fahrrad verlor.

»Lass los, lass los!«, hatte sie Anna angeschrien. »Ich kann es allein, nimm deine Hand weg!« Und als Anna zum ersten Mal losließ, fiel Jessica prompt um und ging als Häufchen Elend mit zwei zerkratzten Knien und angeknackstem Stolz aus dieser Erfahrung hervor.

Jessica musste grinsen, wenn sie darüber nachdachte, dass ihre Mutter mittlerweile vermutlich immer noch nicht mehr von ihr hielt, als sie damals von jener mageren, eigenwilligen Viereinhalbjährigen gehalten hatte. Damals war Cholmford Hall Mews nichts weiter als ein paar verfallene Scheunen, die einzigen Gemäuer, die von Cholmford Hall übrig waren, das den Heimatbüchern zufolge ursprünglich einmal ein hochherrschaftliches Jagdschlösschen gewesen war. Kurz nach dem Ersten Weltkrieg war das Herrenhaus bis auf die Grundmauern aus dem 18. Jahrhundert niedergebrannt, und jahrelang hatte niemand sich imstande gesehen, das Haus wiederaufzubauen, da die Familie Cholmford ihr Vermögen schon lange verloren hatte. In den fünfziger Jahren wurde das Land an einen Bauern der Umgebung verkauft, der den Schutt der Ruine fortschaffte, das Gelände als Weideland nutzte und in den Scheunen Traktoren und landwirtschaftliche Maschinen unterstellte. Erst im vergangenen Jahr entdeckte ein örtliches Bauunternehmen auf der Suche nach geeigneten Objekten für Umbauprojekte die inzwischen völlig verfallenen Scheunen und machte ein Kaufangebot.

Als Anna ihrer Tochter von dem Bauprojekt erzählte, tat es Jessica zunächst Leid, dass man den Schlupfwinkel ihrer Kinderzeit zerstören und vermutlich in eine grässliche Beleidigung fürs Auge verwandeln würde. Doch als ihre Mutter sich einige Monate später ihrer Herzoperation unterziehen musste, schaute Jessica sich kurz entschlossen den Fortschritt der Bauarbeiten an. Der Bauunternehmer hatte sich alle erdenkliche Mühe gegeben, fünf gut geschnittene Häuser von hoher Qualität perfekt an die unvergleichliche Umgebung anzupassen. Jessica war beeindruckt und entschloss sich innerhalb weniger Tage, eins dieser Häuser zu kaufen. Anna sagte sie zunächst noch nichts davon, da der Schock über ihr eigenes Handeln sich erst einmal legen musste, bevor sie es ihrer Mutter erklären konnte.

Als Anna ins Krankenhaus kam, konnte Jessica an nichts anderes denken als an die Liebe und die glückliche Kindheit, die ihre Mutter ihr hatte zuteil werden lassen. Selbst der Tod ihres Vaters, als sie erst sechs Jahre alt war, hatte das rosige Bild nicht trüben können, das sie von jenen Jahren besaß.

Und jetzt war es an Jessica, ihrer Mutter all die Liebe und Fürsorge zu vergelten.

Am Dienstagnachmittag zog Jessica in Cholmford Hall Mews ein. Anna half ihr. Beide waren froh darüber und wussten, dass sie sich umso früher an ihre räumliche Nähe gewöhnen würden, je eher Jessica sich in ihrem neuen Heim ein Stück entfernt von Willow Cottage eingerichtet hätte.

Was den Umzug betraf, so gab es nicht viel zu tun. Auszupacken waren lediglich die Reisetaschen, die Jessica von Korfu mitgebracht hatte, sowie ein paar Tragetaschen mit Lebensmitteln aus dem Supermarkt und eine Tasche voller Geschirr, das Jessica sich für ihre leere Küche von ihrer Mutter geborgt hatte. Gemeinsam trugen sie alles aus Annas Fiesta, der auf dem kiesbedeckten Hof parkte, ins Haus.

»Es ist ziemlich protzig«, stellte Anna fest, als sie die Haustür schloss und sich umschaute.

»Das hast du schon gesagt, als du zum ersten Mal hier warst.«

»Ich weiß. Ich hatte wahrscheinlich gehofft, dass es sich seitdem ein bisschen gelegt hätte. Es ist alles ein bisschen zu schick, findest du nicht?«

Jessica musste lachen. Sie wusste genau, was ihre Mutter meinte. Die Musterhausmöbel und das gesamte Dekor waren ganz und gar nicht nach ihrem Geschmack, aber beim Kauf des Hauses war es ihr verlockend erschienen, alles fertig eingerichtet zu haben und sich sozusagen ins gemachte Nest zu setzen.

»Es wird ein Alptraum, diese Sofas sauber zu halten«, unkte Anna und ging zu den beiden riesigen, cremefarbenen Sofas, die um einen auf alt gemachten Eichentisch vor dem Kamin standen. »Das ist wie aus *Schöner Wohnen*. Ich weiß gar nicht, ob das zu dir passt, Jessica.«

»Wie bitte? Du findest wohl, dass etwas Billigeres eher zu mir passen würde? Ein bisschen Sägemehl auf dem Boden und ein paar Fässer zum Sitzen?«

»Dreh mir nicht das Wort im Mund herum. Ich meine ja nur, es ist nicht gerade das, was du gewohnt bist.«

»Das stimmt schon. Na komm, gehen wir rauf, die Badezimmer sind sehenswert. Du wirst bestimmt grün vor Neid.«

»Wozu brauchst du zwei Badezimmer?«, fragte Anna, als sie ihrer Tochter nach oben gefolgt war.

»Brauche ich gar nicht«, sagte Jessica und öffnete eine Tür neben dem Treppenaufgang. »Aber die Bauunternehmer glauben, dass die Leute das heutzutage haben wollen. Na, wie findest du das, es ist der letzte Schrei im Sanitärbereich. Luxuriös, was?«

»Meine Güte, wie viele Ecken und Winkel!«, stellte Anna mit einem Blick in das Wedgewood-blaue Badezimmer fest, dessen weiße Kacheln mit einem Schmuckfries mit griechischen Urnen abgesetzt waren. Die niedrige Toilette und zwei Waschbecken gegenüber der Badewanne waren mit Einbauschränken umbaut. Sie ging hinüber und öffnete einen nach dem anderen. »Was um alles in der Welt willst da bloß alles reintun?«

»Keine Ahnung. Alte Manuskripte vielleicht. Komm, sieh dir mein Badezimmer an, es ist sogar noch toller als dieses. Es hat ein Fenster nach Mow Crop hinüber, und die Badewanne steht erhöht, damit ich die Aussicht genießen kann, wenn ich mich darin aale.«

Als sie die Besichtigung der Badezimmer abgeschlossen hatten und Anna die Massagedüsen in Jessicas Wanne genügend bewundert hatte, gingen sie wieder hinunter. »Wie wäre es mit einer Tasse Tee?«, schlug Anna vor.

»Gute Idee. Ich stelle den Wasserkessel auf. Ach, das geht ja gar nicht. Ich habe keinen.«

»Macht nichts, wir gehen später einkaufen«, erklärte Anna, praktisch wie immer, »fürs Erste mache ich das Wasser in der Teekanne in der Mikrowelle heiß.«

»In welcher Mikrowelle?«, fragte Jessica und schaute sich in der stromlinienförmigen Küche um, in der sie nur eine Reihe Einbauschränke in heller Eiche und eine makellose Arbeitsplatte sah.

Anna trat an die eingebaute Kochzeile. »Diese hier.« Sie drückte auf einen Knopf, und sofort sprang eine kleine Tür auf und gab den Blick in das blitzblanke Innere eines Mikrowellenherds frei. »Du musst dich mit der modernen Küchenausstattung vertraut machen, Jessica. Deine Küche auf Korfu hat mir nie gefallen, sie war so schlicht ... Ach, schau mal, du bist nicht die Einzige, die heute einzieht.«

Sie standen am Fenster und schauten zu, wie ein Möbelwagen rumpelnd auf den Hof fuhr und vor Nummer eins hielt. Kurz darauf parkte ein dunkelblauer Shogun neben ihm. Anna und Jessica sahen den Fahrer aussteigen. Er war groß, schlank und ganz in Schwarz gekleidet – schwarzes T-Shirt, schwarze Jeans, schwarze Jeansjacke über der Schulter und schwarze Schuhe mit dicken, klobigen Sohlen. Leicht hinkend kam er über den Hof.

»Ich glaube, er kommt hier her«, stellte Anna fest.

»Du hast Recht«, antwortete Jessica und zog sich vom Fenster zurück. »Ich möchte wissen, was er will.«

Sie warteten auf sein Klingeln. Aber zu ihrer Verwunderung kam er einfach herein und stand plötzlich in der Küche.

»Die Schlüssel«, war alles, was er herausbrachte. Als er sich jedoch umschaute und Jessicas wenige Habseligkeiten auf der Frühstückstheke bemerkte, lief sein Gesicht rot an. »Ach«, sagte er verlegen.

Jessica war ihm um eine Nanosekunde voraus. »Das ist nicht mehr das Musterhaus«, erklärte sie hilfsbereit, »Sie müssen zu Nummer drei gehen.«

Er sah sie an, als ob er noch etwas sagen wollte, und Jessica war sich auch sicher, dass er den Mund öffnete –, aber dann überlegte er es sich offenbar anders und ging wortlos hinaus.

»Was für ein ungehobelter Mensch«, sagte Jessica, während sie diskret wieder ihren Beobachtungsposten am Küchenfenster einnahmen und ihn zum neuen Musterhaus hinübergehen sahen. »Er hat nicht mal den Anstand besessen, sich für sein Eindringen zu entschuldigen.«

»Ich fand ihn ganz appetitlich«, entgegnete Anna, »auf eine linkisch jungenhafte Art. Er erinnert mich an den Jungen aus *Akte X*, weißt du, an den mit der schönen Haut und dem albernen Nachnamen.«

»Ach, hör auf, Mom. Komm, zeig mir, wie diese verdammte Mikrowelle funktioniert.«

Als Josh die Hausschlüssel bei der Maklerin im Musterhaus abholte, war er froh, dass sie gerade telefonierte und ihn nicht in ein Gespräch verwickeln konnte. Morgens hatte er fassungslos feststellen müssen, dass er ausgerechnet heute, wo er seine ganze Kraft brauchte, um den Umzug zu bewältigen, nicht sprechen konnte. Manchmal war das einfach so. Er wusste nie, was ihn erwartete, wenn er morgens aufwachte. Manchmal verweigerten seine Hände ihm den Dienst, andere Male waren es seine Beine und heute Morgen seine Sprache. Im Kopf konnte er einen Satz perfekt formen, aber wenn er die Worte aussprechen wollte, funktionierte es nicht. Es war zum Verrücktwerden.

Und so erniedrigend!

Er mochte sich gar nicht ausmalen, was die beiden Frauen wohl von ihm denken mussten. Schlimm genug, dass er einfach so in ihr Haus gestapft war, aber noch schlimmer war, dass er sich nicht einmal dafür entschuldigen konnte.

Er ging zu den Möbelpackern hinüber, die inzwischen ausgestiegen waren und eine Zigarettenpause machten, bevor sie seine Sachen ausluden. Im Haus holte er einen Block mit Klebezetteln und einen Stift aus seiner Jacke und schrieb jeweils auf einen Zettel: Wohnzimmer, Esszimmer, Arbeitszimmer, Küche und so weiter, und klebte sie an jede Zimmertür. Da er jeden Umzugskarton beschriftet hatte, hoffte er, dass die Männer ihn nun nicht ständig fragen mussten, wo was hinsollte. Fast den ganzen Tag hatte er versucht, sich zurückzuziehen, um mit niemandem sprechen zu müssen, aber manchmal hatte es sich nicht vermeiden lassen, dass er die Fragen der Männer, die seine Sachen einpackten, beantwortete. Er hatte sich nach Kräften bemüht, ihnen klare Anweisungen zu erteilen, aber er wusste, dass sie ihn entweder für betrunken oder für geistig zurückgeblieben hielten, weil er so undeutlich sprach.

Es war fast sieben Uhr, als die Möbelpacker Josh endlich allein ließen. Er fand die Notration, die er selbst in einen Karton gepackt hatte: Kaffee, Milch, Teebeutel, Kekse, Schokoriegel, Schmerztabletten und eine Flasche Southern Comfort. Er holte die Flasche heraus, suchte gar nicht erst nach einem Glas, und ging langsam und überaus vorsichtig, Schritt für Schritt die Treppe hinauf, wobei er sich mit der freien Hand an dem weißen Treppengeländer festhielt. Als er sein Schlafzimmer erreicht hatte, musste er sich durch die Umzugskartons zu seinem Bett durchkämpfen. Es stand genau da, wo er es nicht haben wollte. Aber das war jetzt egal. Er setzte sich auf die Bettkante und trank einige Schluck Whisky, der ihm in der Kehle brannte und dort eine scheinbar kraftvolle Wärme ausstrahlte. Er wusste, dass er eigentlich nicht trinken sollte, weil Alkohol seine mangelnde Koordination und auch das Nuscheln nur noch verschlimmern würde, aber es war ihm gleichgültig. Er war erschöpft und hatte nicht die Absicht, heute noch mit einem Menschen zu sprechen. Mindestens die nächsten zwölf Stunden wollte er nur noch schlafen. Er trank noch mehr und versuchte dann, den Verschluss auf die Flasche zu schrauben. Diese einfache Aufgabe bedurfte seiner gesamten Konzentration, und als er es schließlich geschafft hatte, ließ er die Flasche zu Boden fallen und sank rückwärts aufs Bett.

Im Nu war er eingeschlafen.

Eine Stunde später klingelte das Telefon. Es war nicht leicht zu finden, da einer der Möbelpacker es unter das Bett gestellt hatte. Schließlich entdeckte er es und tastete unbeholfen nach dem Hörer.

»Josh, hier ist Charlie. Wie geht's?«

»Ichabgeschlafen.«

»Was? Du bist so schlecht zu verstehen! Brauchst du Hilfe? Ich kann rüberkommen, wenn du willst.«

»Lassein.«

Josh knallte den Hörer auf und legte sich wieder hin. Er versuchte, erneut einzuschlafen, aber trotz seiner Müdigkeit war ihm klar, dass es ihm nicht gelingen würde. Außerdem wusste er, dass Charlie noch einmal anrufen würde.

Er hatte Recht. Das Telefon klingelte fast sofort.

»'tschuldigung«, brachte er mühsam heraus.

»Schon gut«, sagte Charlie, »mach dir keine Gedanken. Es klappt heute nicht mit dem Sprechen?«

»Ja.«

»Brauchst du Hilfe?«

Josh hörte, dass Charlie plötzlich besonders deutlich sprach, als ob das Josh helfen könnte, die Worte herauszubringen. Er wusste, dass Charlie nichts dafür konnte, es war wie ein Reflex, ganz so, wie wenn man sich für einen anderen räusperte. Als sie diese Situation das letzte Mal erlebt hatten, hatte Josh wütend und gedemütigt reagiert, weil Charlie mit ihm gesprochen hatte wie mit einem Einfaltspinsel, aber heute Abend war er zu erschöpft, überhaupt etwas zu empfinden.

»Josh, bist du noch dran?«
»Ja«, antwortete er müde.
»Bist du sehr geschlaucht?«
»Ja.«
»Soll ich kommen?«
»Nein.«

Kapitel 8

Amanda dachte angestrengt darüber nach, was sie machen sollte.

Eigentlich hätte ihre Mutter heute Abend auf Hattie aufpassen sollen, aber sie hatte gerade angerufen und Bescheid gesagt, dass sie es nicht schaffen könne. Tony würde sicher wütend werden. Das Verhältnis der beiden war schon schlecht genug, auch ohne dass Rita die Lage noch verschlimmerte. Das war schon so, seit sie Tony ihren Eltern vorgestellt hatte: das gefürchtete Sonntag-Mittagessen-Szenario – gerösteter Freund mit Apple Pie. Ihre Mutter hielt nicht viel von Männern und ließ keine Gelegenheit aus, öffentlich zu erklären, sie seien als Spezies zu einer Bindung gar nicht fähig. »Bindung, du lieber Himmel«, sagte sie oft, »Männer wissen doch nicht mal, was das Wort heißt. Eine triefnasse Rolle Klopapier besitzt mehr Bindungskraft als ein Mann.«

Als sie diese Ansicht auch vor Tony äußerte, hatte er höflich gelacht und gefragt, was denn mit ihrem Mann sei. »Sie sind doch seit über dreißig Jahren verheiratet, hat Amanda mir erzählt, das ist doch eine ziemlich lange Bindung, finden Sie nicht?« Seitdem begegnete Rita Tony mit Argwohn. Sie konnte es nicht leiden, wenn man ihre Äußerungen in Frage stellte.

Selbst an ihrem Hochzeitstag hatte Rita ihrer Tochter, die

gerade in ihr Hochzeitskleid schlüpfte, geraten, es sei noch nicht zu spät, es sich anders zu überlegen.

»Aber ich will es mir gar nicht anders überlegen«, hatte sie ihrer Mutter erklärt.

»Dann solltest du vielleicht noch einmal darüber nachdenken. Ich bin nicht sicher, ob du das schon gründlich genug getan hast. Ist er wirklich der Richtige für dich? Es ist alles so schnell gegangen.«

»Für dich wären selbst zwei Jahre Verlobungszeit zu schnell, Mutter! Und jetzt hilf mir bitte mit dem Reißverschluss. Und mach dir keine Sorgen, ich weiß genau, was ich tue.« Das entsprach der Wahrheit, sie gehörte nicht zu der Sorte Frauen, die etwas dem Zufall überließ. Auch wenn ihre Mutter es nicht erkennen mochte, Tony war genau richtig für sie.

Sie hatte gedacht, der Umzug nach Cholmford, wo sie nicht weit von Rita entfernt wohnten, könne die Lage zwischen ihnen etwas entspannen. Sie hatte sich sogar ausgemalt, dass Rita mehr Kontakt zu ihr, Tony und vor allem zu Hattie bekäme. Sie hatte sich ihre Mutter als liebevolle Großmutter vorgestellt, die viel Zeit mit ihrer neu gewonnenen Enkelin verbringen wolle. »Schon gut, Amanda, ich kümmere mich um sie«, hatte sie ihre Mutter in ihrer Fantasie schon sagen hören, »dann habt ihr beiden ein bisschen Zeit für euch. Ein langes Wochenende für euch allein ist genau das, was ihr beide braucht.«

Sie musste verrückt gewesen sein, zu glauben, das Leben könne so einfach sein.

Und was sollte sie heute Abend machen? In einer Stunde musste sie mit Tony, Bradley Hurst und dessen Frau essen gehen. Es kam nicht oft vor, dass Tony mit ihr über seine Arbeit sprach, aber sie wusste, dass diese ganztägige Besprechung mit Hurst sehr wichtig war. Ihr war auch durchaus klar, welche Rolle man bei der Zusammenkunft heute Abend von ihr erwartete. Wenn sie ehrlich war, hatte sie sogar Spaß daran. Die Rolle der Direktorengattin gefiel ihr. Wenn sie schon nicht selbst arbeiten konnte, war eine Karriere auf dem Rücken ihres Mannes die zweitbeste Lösung. Das war ein weiterer Grund, weshalb sie auf keinen Fall die Gelegenheit versäumen wollte, sich und Tony vor Bradley Hurst als perfektes Paar zu präsentieren. Sie mochte das ganze Drum und Dran, das mit Arc Computers verknüpft war, vor allem aber hatte sie die Vergünstigungen im Auge, die weiter oben auf der Karriereleiter warteten. Im Augenblick war Tony bei Arc Verkaufsleiter für Großbritannien, und obwohl er mit dieser Position offenbar zufrieden war, hatte Amanda andere Pläne. Wer weiß, wenn Tony nur ein bisschen mehr Ehrgeiz an den Tag legte, könnten sie eines Tages nach Amerika gehen, wo der Lebensstandard unglaublich viel höher war.

Aber all das waren Luftschlösser. So viel dazu, die treibende Kraft hinter einem erfolgreichen Ehemann zu sein, sie schaffte es ja nicht einmal, einen Babysitter für den heutigen Abend zu organisieren! Es gab niemanden, an den sie sich hätte wenden können. Seit sie hier ans Ende der Welt gezogen waren, wo sie außer Rita keine Menschenseele kannten, hatte sie niemanden, den sie um Hilfe bitten konnte. All ihre Bekannten lebten mindestens vierzig Kilometer entfernt. Es war hoffnungslos. Nun ja, es blieb ihr wohl nichts anderes übrig, als Tony anzurufen und ihm die Lage zu erklären. Sie würde das Blaue vom Himmel herunterlügen müssen, so als ob ihre Mutter mindestens mit dem Tode rang. Vermutlich würde Tony darüber grinsen.

»Wann kommt Oma Rita?«, fragte Hattie, die gerade ins Schlafzimmer getreten war, wo Amanda aus dem Fenster starrte. Hattie war schon fertig fürs Bett, hatte ihr Nachthemd mit der Schönen und dem Biest an und kaute auf ihrer Zahnbürste.

»Gar nicht«, antwortete Amanda kurz angebunden. »Sie kann nicht.«

Hattie nuckelte an ihrer Zahnbürste. »Heißt das, ihr könnt nicht ausgehen?«

Amanda trat an ihren Frisiertisch und nahm die beheizten Lockenwickler aus ihrem Haar. »Du hast es kapiert.«

Hattie stellte sich neben sie. »Bist du enttäuscht?«

Amanda starrte Hattie im Spiegel an. »Ja«, antwortete sie ehrlich, »ja, und ich glaube, dein Vater wird noch mehr enttäuscht sein. Am besten rufe ich ihn sofort an, solange er noch im Büro ist.«

»Gibt's denn sonst niemanden, der babysitten könnte?« Der Gedanke, dass ihr Vater sich womöglich ärgerte, gefiel Hattie gar nicht.

Amanda nahm die letzten Lockenwickler aus dem Haar und schüttelte den Kopf. Dann begann sie, ihr Haar auszubürsten. »Wir kennen sonst niemanden hier, das ist das Problem.«

»Wir kennen Kate.«

Amanda hielt in der Bewegung inne. Ihr fiel ein, wie es die *reizende* Kate am vergangenen Freitag geschafft hatte, dass Hattie ihr aus der Hand fraß. Eindeutig hatte sie unter Beweis gestellt, dass sie mit kleinen Kindern umzugehen verstand, was Amanda von sich nicht behaupten konnte. Nach diesem Besuch hatte heftige Eifersucht darüber an ihr genagt, dass jemand so gut mit ihrer Stieftochter zurechtkam. Nach dem Kaffee hatte Kate Hattie erlaubt, in der Diele in einigen Umzugskartons mit Büchern herumzustöbern, und hatte sogar ihre Schmuckkassette – die kaum mehr als billigen Modeschmuck enthielt, soweit Amanda sehen konnte – aus dem Schlafzimmer geholt und sie Hattie zum Spielen gegeben. »Ich wäre dir sehr dankbar, wenn du die für mich aufräumen könntest«, hatte sie der strahlenden Hattie erklärt. »Beim Umzug ist alles durcheinander geraten. Schaffst du das wohl?«

Amanda schaute Hattie an und entdeckte einen Hoffnungsschimmer am Horizont. »Du hast Recht, wir kennen Kate, aber glaubst du, dass sie es machen würde?«

»Schon möglich, sie war sehr nett zu mir.«

Das »zu mir« entging Amanda nicht. »Wahrscheinlich hat sie für heute Abend schon etwas anderes vor«, sagte sie und bürstete weiter ihr Haar. »Und überhaupt, was würde dein Vater sagen, wenn jemand auf dich aufpasst, den er gar nicht kennt?«

Hattie knabberte schweigend an ihrer Zahnbürste.

Dumme Frage, dachte Amanda, wenn es einen Menschen gab, der Tony einreden konnte, eine schlechte Idee sei gut, dann war es Hattie. »Okay«, sagte sie schließlich, stand auf und schlüpfte in ihre schwarzen Lackschuhe. »Ich gehe rüber zu Kate und frage sie. Einen Versuch ist es immerhin wert.«

Das Taxi setzte Amanda direkt vor dem Restaurant ab. Sie konnte ihr Glück kaum fassen, dass Kate sich sofort bereit erklärt hatte, auszuhelfen.

»Alec kommt erst spät nach Hause, ich passe also gern auf Hattie auf«, hatte sie erklärt. »Ich schreibe ihm nur rasch einen Zettel und komme dann rüber.«

Da Amanda nicht viel für Kinder übrig hatte, konnte sie nicht verstehen, dass jemand so versessen darauf war, einen Abend lang mit dem Nachwuchs anderer Leute eingesperrt zu sein. Aber sie war sehr froh, dass es Menschen wie Kate gab, die dumm genug dazu waren.

Sie sah Tony, der ihr vom anderen Ende des voll besetzten

Restaurants aus zuwinkte, und schlängelte sich zwischen dem Gewirr aus Tischen zu ihm durch. Er küsste sie auf die Wange und machte sie mit den Hursts bekannt. Sie hatte Bradley Hurst noch nie gesehen und war von seinem Anblick völlig überrumpelt. Er war einer der bestaussehenden Männer, die sie je kennen gelernt hatte. Er war groß, sehr groß, hatte stechend eisblaue Augen hinter einer randlosen Brille und so dichtes blondes Haar, dass er Robert Redford in jüngeren Jahren ähnlicher sah als der Schauspieler selbst. Er wirkte und roch wie der Inbegriff von Macht und Erfolg. Seine Frau passte genau zu ihm und hätte direkt aus der Kriminserie *Murder One* stammen können – ein gewiefter Anwältinnen-Typ, der nur aus Kostümchen, Lippenstift und schimmerndem Haar zu bestehen schien. Sie waren ein glamouröses Paar, neben dem Amanda sich vorkam wie ein kleines Hausmütterchen, das vergessen hat, Schürze und Pantoffeln auszuziehen.

»Wie schön, Sie kennen zu lernen«, sagte Bradley, der aufgestanden war und ihre Hand fest drückte. »Tony hat uns schon viel von Ihnen erzählt, wir kennen sogar Ihre Schuhgröße.« Er lachte herzlich, und Amanda zweifelte keine Sekunde an seinen Worten. Sie wusste, wie es bei Arc zuging, da Tony stundenlang Auskünfte über die Mitarbeiter der Firma einholen musste.

»Hi, ich bin Errol«, sagte das Kostüm mit Lippenstift und schüttelte ihr die Hand.

Wie Errol Flynn?, hätte Amanda am liebsten gefragt, konnte sich aber gerade noch beherrschen, da sie wusste, dass man Amerikaner nie nach ihren Vornamen fragen durfte.

Als sie Platz genommen hatten, wartete Amanda erst einmal ab, welche Richtung das Gespräch nach ihrem Eintreffen nehmen würde. Hoffentlich kamen nicht die üblichen Fragen nach ihrem ausgefüllten Tag als Hausfrau und Mutter! Das war einfach zu öde, um darüber ein Wort zu verlieren.

»Tony hat uns gerade erzählt, dass Sie umgezogen sind«, eröffnete Bradley die Unterhaltung. »Das klingt interessant: eine umgebaute Scheune. So was würde Errol und mir auch gefallen, vielleicht draußen in New England. Connecticut wäre auch schön. Waren Sie schon mal in New England, Amanda?«

»Nein.«

»Nein? Tony, das müssen Sie aber ändern! Amanda würde es in New England bestimmt gefallen, das weiß ich. Es ist herrlich für einen Urlaub.«

Tony gab die passende Antwort und zog sich hinter die kopfnickende Diplomatie zurück, die er bereits den ganzen Tag angewandt hatte. Am liebsten hätte er es Bradley Hurst, dem Schlächter, ordentlich gegeben. Wie konnte der Mann es wagen, hier in diesem verdammt teuren Restaurant zu sitzen und ihm zu sagen, er solle seiner Frau einen kostspieligen Urlaub in den Staaten gönnen, wo er ihm gerade heute erst mitgeteilt hatte, dass drei seiner besten Männer gehen mussten! »Wir müssen in diesen Zeiten umstrukturieren, Tony«, hatte er gleich heute Morgen als Erstes gesagt, bevor Tony auch nur sein Jackett ausgezogen und sich an den Schreibtisch gesetzt hatte. »Wir müssen eine neue Vision schaffen, eine Neuorientierung. Es geht um eine stärkere Konzentration. Sie sollten mal sehen, was wir drüben alles machen, das ist eine aufregende Zeit für Arc. Hart, aber spannend.«

Spannend für wen, hätte Tony gern gefragt. Für die wenigen Glücklichen, die noch eine Arbeit hatten? Und wie zum Teufel sollte er die Arbeitsmoral aufrechterhalten, wenn alle im Büro Angst vor dem hatten, was als Nächstes kommen mochte? Sie würden ihn wie einen Aussätzigen behandeln, ihn als ihren

Feind ansehen. Niemand würde mehr mit ihm reden wollen, aus Angst, dass es ihn erwischen könnte, wenn er sich zu weit vorwagte.

Auf der Heimfahrt hörte er zu, wie Amanda von dem Abend schwärmte. »Du hast mir nie erzählt, was für ein interessanter Mann Bradley ist.«

»Das habe ich dir nie erzählt, weil er es nicht ist.«

Amanda lachte. »Unsinn!«

»Ich meine es ernst. Der Mann ist skrupellos.«

»Weil er Geschäftsmann ist. Wenn du eine Firma wie Arc leitest, musst du genau so hart sein und den Leuten die Stirn bieten.« Insgeheim wünschte Amanda, Tony würde ein bisschen mehr Rückgrat zeigen. Während des Abendessens hatte er sich wie ein nasser Waschlappen benommen, hatte kaum den Mund aufgemacht, und wenn doch, hatte er so taktlose Dinge angesprochen wie Bradleys Ansichten zur Weltwirtschaft. Natürlich wusste Bradley, wovon er sprach. Als Vizepräsident von Arc war er sicher besser in der Lage, solche Dinge zu beurteilen, als Tony.

»Erzähl mir von dieser Frau, die auf Hattie aufpasst«, unterbrach Tony ihre Gedanken. »Du hast ihr doch für alle Fälle eine Telefonnummer dagelassen ...«

»Keine Sorge. Natürlich habe ich das getan. Glaub mir, es hat bestimmt keine Schwierigkeiten gegeben. Ich habe noch nie erlebt, dass Hattie sich so gut benimmt wie bei Kate. Wir sollten froh sein, dass sie gleich nebenan wohnt, sie ist ein Geschenk des Himmels, zumal deine Tochter auf Anhieb ganz hingerissen von ihr war.«

Als sie nach Hause kamen, brannte im oberen Stockwerk kein Licht und alles war still. Entweder Hattie schlief schon fest oder ... oder irgendetwas stimmte nicht. Tony ging schnell ins Wohnzimmer, in dem nur eine Lampe brannte. Als er Kate aufstehen sah, die mit gekreuzten Beinen auf dem Boden gesessen und im sanften Licht der Stehlampe ein Buch gelesen hatte, verstand er völlig, warum Hattie so angetan war. Sie war schön. Einfach umwerfend.

Und obwohl die Situation völlig anders war, fiel ihm plötzlich seine erste Begegnung mit Hatties Mutter, Eve, ein.

Damals war es Liebe auf den ersten Blick gewesen.

Kapitel 9

Etwa eine Stunde, nachdem Kate sich von Tony und Amanda verabschiedet hatte, kroch sie ins Bett, schmiegte sich an Alec und kuschelte den Kopf in seine Armbeuge. »Es macht dir doch nichts aus, dass ich nicht da war, als du nach Hause gekommen bist?«

»Natürlich nicht«, antwortete er. »Was für eine dumme Frage.«

Aber es hatte ihm mehr ausgemacht, als er zugeben mochte. Er wusste, dass es irrational war, aber als er nach Hause kam, nach Kate rief und keine Antwort erhielt – nur den Zettel an der Mikrowelle fand, in der sein Abendessen stand –, fühlte er sich ernüchtert und im Stich gelassen. Seit er mit Kate zusammen war, und besonders seit ihre befristete Anstellung als Bibliothekarin ausgelaufen war, hatte er sich daran gewöhnt, dass sie immer zu Hause war, wenn er von der Arbeit kam.

Wenige Wochen, nachdem sie sich kennen gelernt hatten, bat er sie bereits, zu ihm in das triste Haus zu ziehen, das er gemietet hatte, als Melissa und er das *eheliche Heim*, wie ihre Anwälte es kalt nannten, verkauft hatten. Er hätte Melissa durchaus ihren Anteil ausbezahlen können, aber er hatte keinen Sinn darin gesehen, weiter in dem großen Familienhaus zu wohnen, in dem ihn jedes Zimmer, jedes Fleckchen an die Vergangenheit erinnerte. Sobald Kate jedoch bei ihm eingezogen war, verwandelte sich das hässliche Häuschen im Nu wie durch ein Wunder in ein gemütliches, wohnliches Zuhause. Es war, als habe Kate den gesamten zurückhaltenden Charme, der in ihr ruhte, großzügig in allen Räumen versprüht. Sehr bald merkte Alec, dass sein Haus genauso auf Kate reagierte, wie er selbst es getan hatte, als sie ihn aus einem bleiernen, unendlich tristen Leben befreite.

Und an jenes frühere Leben fühlte er sich erinnert, als er an diesem Abend darauf wartete, dass Kate nach Hause kam. Das leere Haus weckte unangenehme Erinnerungen an sein Alleinsein. Damals hatte er die langen einsamen Abende gehasst, die er allein vor dem Fernseher mit einem Imbiss auf dem Schoß verbracht hatte. Er war völlig am Boden zerstört und deprimiert gewesen. Es hatte nicht lange gedauert, bis er unweigerlich in die schlechte Gewohnheit verfallen war, lange zu arbeiten, sich zu Hause nur noch ein flüssiges Abendessen zu gönnen und früh ins Bett zu gehen.

Sehr bald hatte Melissa ihm deutlich zu verstehen gegeben, dass er sich gehen ließ. »Du bist ein Wrack, Alec«, hatte sie eines Morgens im Büro erklärt, als er mit schwerem Kopf zu spät erschienen war. »Und deine Kleider stinken nach Whisky. Geh nach Hause, zieh dich um und schau dir gut an, wie du aussiehst.«

Melissa hatte noch nie ein Blatt vor den Mund genommen. Aber wie so oft hatte sie auch nun Recht, und so zog er sich mit mehr Kraft, als er sich je zugetraut hätte, aus dem Sumpf der Verzweiflung und fing an, über seine Zukunft nachzudenken. Und während er das Haus von mehreren Monaten selbstmitleidiger Verwahrlosung und einem riesigen Stapel alter Zeitungen säuberte, fiel sein Blick auf die Seite mit den Kontaktanzeigen in der *Sunday Times*. War das die Antwort?, fragte er sich und ließ den Finger über die zahlreichen Anzeigen von Ehevermittlungen gleiten. Kurz entschlossen griff er zum Telefonhörer und wählte eine der Nummern. Anschließend bereute er seinen Schritt sofort und brauchte einen großen Whisky, um sich zu beruhigen. Er schämte sich gewaltig, dass er, Alec McLaren, so jämmerlich tief gesunken war, sich mit einer völlig Fremden treffen zu wollen in der Hoffnung, das könne sein Leben auf wundersame Weise zum Besseren wenden.

Aber genau das war eingetreten. Und wie!

Kate war sein Leben. Er wollte nie mehr ohne sie sein, und deshalb hatte er sich heute Abend ohne sie auch so elend gefühlt.

Natürlich hätte er einfach zu ihr ins Haus Nummer zwei hinüber gehen können, aber irgendwie hatte er sich auf die Probe stellen wollen. Wie abhängig war er wirklich von ihr?

»Erzähl, wie war dein Tag?«, fragte Kate, rutschte auf ihre Seite des Bettes hinüber und schaute ihn an.

Er küsste sie auf die Stirn und zog sie an sich. »Nichts Besonderes«, antwortete er. »Aber ich habe unsere Freunde bei W. H. Smith überredet, uns noch in diesem Jahr mehr Platz in ihren Regalen einzuräumen. Du glaubst ja gar nicht, wie eng es mittlerweile wird. Ach übrigens, Ruth hat angerufen.«

»Was wollte sie?« Außer Geld, hätte Kate am liebsten hinzugefügt, aber sie hatte sich geschworen, Alecs Familie niemals zu kritisieren, so groß die Versuchung auch sein mochte. Ihrer Ansicht nach war Alecs Tochter ein verwöhntes Balg – und undankbar obendrein. Sie nutzte ihren Vater schamlos aus, wann es ihr passte.

Vor einigen Monaten hatte Ruth Alec erzählt, dass Adams Ein-Mann-Architekturbüro schwere Zeiten durchmachte. »Die Leute sind heutzutage so knickerig«, hatte sie Alec bei einem sonntäglichen Mittagessen vorgejammert, »sie sehen einfach nicht ein, dass es gar keine bessere Investition gibt als eines von Alecs exklusiven Häusern.«

Pflichtschuldig hatte Alec auf die einzige Weise geholfen, die Ruth im Sinn hatte, und sich von einer großen Geldsumme getrennt. »Es ist doch nur Geld«, hatte er Kate erklärt, als Ruth einige Wochen später verkündete, sie und Adam gäben den kleinen Oscar in die Obhut einer Kinderfrau und führen für ein paar Wochen nach St. Lucia in Urlaub.

»Sie will dich um einen Gefallen bitten«, sagte Alec nun und ließ die Hand von Kates Nacken über ihre Schulter gleiten, um dann ihren Hals mit sanften Küssen zu bedecken.

»Was für einen Gefallen?«, fragte Kate nervös und zog Alecs Kopf hoch. Was konnte Ruth wohl von ihr wollen?

»Das erzähle ich dir morgen früh.« Lächelnd schickte er sich an, sie weiter zu küssen.

Als Tony am nächsten Morgen aufwachte, war Amandas Bett neben ihm leer. Er drehte sich um und schaute auf den Wecker: halb sieben. Mit dem innigen Wunsch, die Uhr möge falsch gehen, schloss er die Augen. Dann fragte er sich, wo Amanda wohl stecken mochte. Sie stand nie vor ihm auf. »Du wirst merken, dass ich kein Morgenmensch bin«, hatte sie ihm in der ersten Nacht erklärt, die sie gemeinsam verbracht hatten.

Das war nur eine der vielen Kleinigkeiten, in denen sie nicht zusammenpassten.

Er zog sich die Bettdecke über den Kopf und dachte über sein verpfuschtes Leben nach. Er hätte Amanda nie heiraten dürfen. Jeder merkte auf Anhieb, dass sie nicht zueinander passten. Aber wie viele Männer hätten in seiner Lage nicht das Gleiche getan?

Nichts hatte ihn auf Eves plötzlichen Tod vorbereitet. Eben hatte sie ihm noch am Telefon gesagt, sie führe jetzt los, um Hattie vom Kindergarten abzuholen, und im nächsten Augenblick war sie tot.

Ein Unfall.

Ein Lastwagenfahrer war am Steuer eingeschlafen. Es hätte an diesem regnerischen, windigen Nachmittag irgendjemanden treffen können.

Aber es war nicht irgendjemand gewesen. Es war *seine* Frau. *Seine* Eve.

Noch monatelang war er selbst wie tot herumgelaufen. Nichts hatte für ihn mehr Sinn gehabt. Sogar Hattie hatte er nur als Problem empfunden, das er bewältigen musste. Seine Arbeitskollegen hatten ihm nach Kräften geholfen, indem sie ihm Arbeit abnahmen und sehr viel Nachsicht aufbrachten. Auch Freunde hatten ihm beigestanden, aber schließlich waren sie es leid gewesen, immer wieder dieselbe traurige Leier zu hören.

Am Ende hatte er allein dagestanden. Und dann war er auf einer Party, die er auf Drängen seiner Freunde besucht hatte, Amanda begegnet. »Du musst mal raus«, hatten sie ihm immer wieder gesagt.

Er hatte unter der Bedingung nachgegeben, dass er nach einer Stunde gehen könne, wenn er wolle, und fünf Minuten vor Ablauf dieser Frist war Amanda in die Küche gekommen, wo er gerade die Magnetbuchstaben auf dem Kühlschrank der Gastgeberin zu dem Satz *Ich habe genug* zusammenstellte.

»Wovon haben Sie genug?«, fragte sie.

Wäre er betrunken gewesen, hätte er ihr die Wahrheit gesagt, dass er genug vom Leben habe, aber weil er stocknüchtern war, antwortete er: »Genug gegessen.«

»Ich auch«, sagte sie. »Stopft Julie ihre Gäste immer so voll?«

»Keine Ahnung. Ich war noch nie hier.«

»Dann haben wir etwas gemeinsam, ich nämlich auch nicht.«

Tony schob die Bettdecke zurück und dachte, dass Amanda

sich gewaltig geirrt hatte. Sie hatten gar nichts gemeinsam. Inzwischen sah er das völlig klar. Er hatte sie geheiratet, weil er ein Narr war, und ein berechnender Narr obendrein. Er hatte in ihr eine Mutter für Hattie gesehen, jemanden, der sein Privatleben organisierte, während er sich um seinen Beruf kümmerte.

Arme Hattie, dachte er, als er aufstand und ins Badezimmer ging, um zu duschen. Arme Hattie. Er hatte geglaubt das Richtige zu tun, wenn er dem Kind wieder eine Mutter suchte. In Wirklichkeit war jedoch alles nur schlimmer geworden. Er wusste, dass Hattie Amanda nie als richtige Mutter ansehen würde, und in gewisser Weise tat Amanda ihm auch Leid. Sie war keine Mary Poppins, aber sie war auch nicht die grausame Cruella De Vil. Sie war einfach nur Amanda, eine Frau, die den Fehler begangen hatte, sich mit einem Mann einzulassen, der über den Tod seiner Frau noch nicht hinweggekommen war.

Seiner ersten Frau, korrigierte er sich. Denn nun war Amanda seine Frau, in guten wie in schlechten Zeiten.

Unten in der Küche machte Amanda Frühstück. Für einen Morgenmuffel war sie erstaunlich munter. Ihre gute Laune war unmittelbar auf den vorigen Abend zurückzuführen. Spätabends im Bett, als Tony schon schlief, hatte sie ein paar Entscheidungen getroffen. Von nun an sollte sich einiges ändern.

Sie wusste schon lange, dass Tony sie nur geheiratet hatte, weil er glaubte, es würde ihm das Leben einfacher machen. Sie hatte sich nie etwas darüber vorgemacht, welche Rolle sie in seinem Leben, genauer gesagt, in Hatties Leben spielen sollte. Und das war in Ordnung, sie wusste gern, wo sie dran war. Aber Tony musste akzeptieren, dass sie ihn ebenso benutzen würde, wie er sie benutzte. Das war ihrer Ansicht nach ein faires Geschäft. Wenn sie die Aufgabe hatte, Tony Hattie abzunehmen, dann konnte sie als Gegenleistung von ihm erwarten, ihr den Lebensstil zu bieten, den sie sich wünschte.

Doch nach dem gestrigen Abend war sie zu dem Schluss gekommen, dass sie ein bisschen mehr an ihrer Ehe arbeiten musste, als sie ursprünglich gedacht hatte, wenn sie das Beste aus Tony herausholen und den Lebensstil erlangen wollte, den sie sich sehnlichst wünschte. Sie musste ihm den Eindruck vermitteln, dass sie ihn in allem unterstützte, was ihm wichtig war – bei seiner Tochter und in seiner Karriere.

Als Bradley und Errol ihre Bilderbuchehe schilderten, hatte sie das nachdenklich gestimmt. Im Grunde vertraten sie die Meinung, dass sie beide als Paar davon profitieren würden, wenn Amanda den größten Teil von Tonys Leben auf ihre Schultern nahm. »Bradleys Beruf ist für mich ebenso sehr meine wie seine Angelegenheit«, erklärte Errol.

Anfangs hätte Amanda auf eine solche Bemerkung am liebsten höhnisch gegrinst. Solch eine idealistische Ansicht konnte nur eine Amerikanerin vertreten. Aber dann fing sie an, über das nachzudenken, was die beiden sagten.

»Wenn man Erfolg haben will, geht es im Wesentlichen darum, die Verpflichtungen einer Karriere zu teilen«, sagte Bradley. »Ich kann mich hundertprozentig auf Errol verlassen. Sie bleibt zu Hause, damit ich im Beruf mein Bestes geben und Erfolg haben kann. Altmodische Werte halten alles zusammen, stimmt's, Schatz?«

»Unbedingt«, antwortete Errol, »ich musste hier und da ein paar Opfer bringen, aber das Ergebnis hat mich für alles entschädigt, was ich zu verlieren glaubte.«

»Und mit Ergebnis meint sie nicht etwa gut gelungene Muffins«, warf Bradley lachend ein.

Wenn Amanda sich die Frau anschaute, die ihr im schicken Kostüm gegenübersaß, fiel es ihr schwer, sie sich zu Hause mit einem Blech frisch gebackener Blaubeermuffins vorzustellen.

»Brad hat Recht«, bestätigte Errol, »ich habe früher als Anwältin gearbeitet, aber wir haben schnell gemerkt, dass wir zwar am selben Seil, aber gegeneinander zogen und einfach nicht vom Fleck kamen. Man könnte wohl sagen, dass unser Leben sich jetzt um Brad dreht und wir meine Fähigkeiten in seine investiert haben.«

»Aber, Schatz, wem erzählst du das! Genau so machen es Tony und Amanda doch auch. Habe ich Recht, Amanda?«

Die Vorstellung, Tony in den Mittelpunkt ihres Lebens zu stellen, war Amanda noch nie in den Sinn gekommen – welche Frau der neunziger Jahre würde das je auch nur in Erwägung ziehen?

Später im Bett stellte sie sich immer wieder die Frage, ob es tatsächlich möglich sei, Tony zu einem machthungrigen Manager wie Bradley zu machen, indem sie sich in eine Errol verwandelte? Schließlich kam sie zu dem Schluss, dass es einen Versuch wert sei ... auch wenn sie nur so tat, als ob ihr Leben sich ausschließlich um Tony drehte.

Sie holte Tonys Frühstücksei aus dem Topf mit kochendem Wasser und stellte es in den Porzellaneierbecher auf dem Tisch. Als sie Schritte auf der Treppe hörte, schenkte sie rasch eine Tasse frisch aufgebrühten Kaffee ein.

Tony blieb verblüfft in der Tür stehen.

»Guten Morgen«, sagte sie munter, »hast du gut geschlafen?«

Immer noch verdutzt, kam er herein. Er hatte noch nie erlebt, dass Amanda so früh aufstand und dann auch noch flötete wie eine Stewardess. »Gibt es was zu feiern?«, fragte er vorsichtig mit einem Blick auf den Tisch, der mit Frühstückssets, Servietten, Orangensaft in Gläsern, einer Kanne Filterkaffee und sogar einem Frühstücksei gedeckt war. Was hatte sie vor?

Lachend führte sie ihn an seinen Stuhl. »In gewisser Weise gibt es schon was zu feiern«, sagte sie, »ich fange an, meine Rolle ernst zu nehmen. So, und jetzt sag mir, was ich dir heute zum Abendessen kochen soll.«

Abendessen! Meine Güte, er hatte schon genug damit zu tun, mit dem Frühstücksei fertig zu werden. Er wusste, dass es undankbar war, aber am liebsten wäre ihm gewesen, Amanda läge wie üblich um diese Zeit noch im Bett und ließe ihn in Ruhe an der Spüle seine Schale Frühstücksflocken hinunterschlingen und dabei aus dem Fenster schauen und allein seinen geplagten Gedanken nachhängen.

Er ließ sich auf den Stuhl fallen, trank zur Stärkung einen Schluck Kaffee und ließ seine Gedanken zum vorigen Abend zurückschweifen. Zu jenem unglaublichen Augenblick, als er Kate zum ersten Mal begegnet war. Sie sah seiner ersten Frau überhaupt nicht ähnlich, aber sein ganzer Körper reagierte auf sie genauso wie auf Eve. Sein Herz hüpfte, sein Puls raste, und als er durchs Zimmer ging und ihr die Hand reichte, hatte er das Gefühl, sie schon einmal getroffen zu haben. »Das war wirklich nett von Ihnen. Ich hoffe, Hattie hat keine Schwierigkeiten gemacht«, sagte er, ohne ihre Hand freizugeben.

»Überhaupt nicht«, antwortete sie, »wir haben uns unterhalten und dann habe ich ihr etwas vorgelesen.«

»Lassen Sie mich raten: *The Secret Garden*?«

Kate lachte. »Ja, ein paar Kapitel, und anschließend *The Tale of Mrs Tiggy-Winkle*.«

Tony war schockiert. Seit Eves Tod hatte Hattie sich von niemandem mehr dieses Buch vorlesen lassen. Sie liebte die Art, wie ihre Mutter die Geschichte vorgetragen hatte. Einmal hatte Amanda es versucht, aber Hattie hatte ihr das Buch aus der Hand gerissen.

»Wir sollten uns bei Kate angemessen für gestern Abend bedanken«, hörte er jetzt Amanda sagen und fuhr aus seinen Träumereien auf.

»Ja«, sagte er. »Ja, du hast Recht. Wie wäre es mit Blumen?«

»Blumen«, wiederholte Amanda. Ihre Hand hielt über der Kaffeekanne inne, aus der sie Tony gerade hatte nachschenken wollen – Blumen für eine völlig Fremde, aber nur selten für sie. »Das könnten wir machen, aber ich bin nicht sicher, ob es das Richtige wäre«, sagte sie zögernd. Errol würde in ihrer ehelichen Professionalität sicher nie zulassen, dass sie sich zu etwas derart Niedrigem und Unwürdigem wie Eifersucht herabließe. »Ich weiß zufällig, dass ihr Partner, Alec, ihr gerade einen Strauß geschenkt hat.«

»Ach«, sagte Tony ausdruckslos. Partner. Alec. *Ihr Partner.* So etwas wollte er gar nicht hören.

»Ich habe eine bessere Idee«, erklärte Amanda. »Laden wir sie doch abends mal zum Essen ein, dann können wir gleich die nachbarschaftlichen Beziehungen pflegen. Da wir hier draußen so abgeschieden wohnen, ist es doch sinnvoll, ein gutes Verhältnis zu unseren Nachbarn zu haben, auf deren Hilfe wir ab und zu vielleicht angewiesen sind. Was hältst du davon?«

»Schön«, sagte er und schob sein halb gegessenes Ei fort. »Sieh zu, was du arrangieren kannst. Ich mache mich jetzt besser auf den Weg. Bradley wollte mich heute früh im Büro noch sprechen, bevor er zum Flughafen fährt.«

»Ach, na gut, bestell ihm schöne Grüße, und beim nächsten Mal soll er länger bleiben, damit wir mehr von ihm und seiner reizenden Frau zu sehen bekommen.«

Tony schnitt eine Grimasse. Je weniger er von Bradley Hurst, dem Schlächter, sah, umso besser.

Kapitel 10

Nachdem Alec Kate eine Scheibe Toast mit Marmelade ans Bett gebracht hatte und zur Arbeit gefahren war, dachte sie über das nach, was sie besprochen hatten, während Alec sich anzog.

»Du musst es nicht tun, wenn du nicht willst«, hatte er ihr versichert, »du musst dich nicht verpflichtet fühlen, nur weil Ruth dich darum gebeten hat.«

Aber Kate wusste sofort, dass sie Ruths Angebot annehmen wollte. Es war einfach unwiderstehlich. Sich um Oscar zu kümmern wäre ihr ein Vergnügen. Es war sogar genau das, was sie brauchte, bis sie sich entschieden hatte, was sie beruflich machen wollte.

Sie zog sich an, ging hinunter und stellte fest, dass der Briefträger bereits da gewesen war. Auf dem Teppich in der Diele lagen Briefumschläge unterschiedlicher Größen verstreut. Sie hob sie auf, ging damit in die Küche und schaltete das Radio ein, wo ein aufgebrachter John Humphrey gerade eine arme Seele als inkompetent beschimpfte. Kate suchte einen anderen Sender, bis sie auf Terry Wogan stieß, den einer seiner treuen Hörer der gleichen Unfähigkeit bezichtigte, und öffnete zur gespielten Entrüstung des Iren die Post. Die Briefe waren alle an *Mr Alec McLaren und Miss Kate Morris* adressiert, bis auf einen, der nur an sie gerichtet war. Er kam von Caroline, mit der sie zwei Jahre in der Bibliothek zusammengearbeitet und in einem winzigen Reihenhäuschen in Knutsford zusammengewohnt hatte, bis sie zu Alec gezogen war.

»Da ich deine neue Telefonnummer verloren habe, muss ich dir schreiben – lass uns abends mal zusammen ausgehen.« Caroline hatte diese Nachricht mit grünem Filzstift in großer, gewundener Schrift auf eine Postkarte gekritzelt. Das sah ihr ähnlich, dachte Kate grinsend. Auch die Postkarte war typisch Caroline, sie zeigte einen öligen, bronzefarbenen Muskelmann in einer winzigen Badehose mit Leopardenmuster, neben den ihre Freundin geschrieben hatte: »Das nenne ich einen Mann!«

Zu behaupten, Caroline interessiere sich für Männer, war noch gewaltig untertrieben. Sie war völlig besessen von der Spezies Mann. »Ich habe immer Appetit auf einen guten Mann«, scherzte sie oft, »das einzige Problem ist, dass die meisten wie ein Bic Mac sind. Wenn du einen verschlungen hast, kannst du nach ein paar Stunden schon den Nächsten vertragen.«

Kein Mann hielt sich in Carolines Leben lange.

»Ich weiß nicht, was heutzutage mit den Männern los ist«, beklagte sie sich, nachdem das Liebesleben ihr wieder einmal die Tür vor der Nase zugeschlagen hatte.

»Du erschreckst sie zu Tode, das ist los mit ihnen«, erklärte Kate ihr. »Versuch doch mal, sie nicht so zu bedrängen. Lass sie ab und zu mal hochkommen und Luft schnappen.«

»Ich bin wie ich bin«, antwortete Caroline darauf, »ich will verdammt sein, wenn ich vorgebe, etwas zu sein, was mir nicht entspricht.«

Wenn es eine Eigenschaft an Caroline gab, die Kate Ehrfurcht einflößte, so war es das unglaubliche Selbstbewusstsein ihrer Freundin und ihre unerschütterliche Überzeugung, dass sie im Recht und die anderen im Unrecht waren. Kate war dagegen mit dem Gefühl aufgewachsen, dass alles, was schief ging, ihre Schuld war und sie allen in ihrer Umgebung nachgeben müsse, um mit ihnen auszukommen. Caroline war genau vom Gegenteil überzeugt. Das Wort »Entschuldigung« kam in ihrem Wortschatz ebenso wenig vor, wie ihr je in den Sinn kam, hilfsbereit, entgegenkommend oder nachgiebig zu sein, und das zeigte ihr Verhalten in der Bibliothek nur allzu deutlich.

Caroline hasste *das Publikum*. Sie sah die Bibliotheksbenutzer als lästige Störenfriede an, die sie von der Arbeit abhielten. Und so sauste sie energisch zwischen den Regalen herum und schüchterte damit manche der zaghafteren Besucher ein, die sich gern Zeit nahmen, in aller Ruhe Zeitungen und Zeitschriften durchzublättern. Und wenn Caroline das Bedürfnis überfiel, die mit Lesestoff übersäten Tische aufzuräumen, hatten sie ihren entschlossenen Bemühungen, sie körperlich abzudrängen, kaum etwas entgegenzusetzen.

Unordentliche Kunden konnte Caroline vielleicht gerade noch ertragen, aber für Leute, die sie störten und auch noch eine Antwort auf dumme Fragen erwarteten, hatte sie rein gar nichts übrig. Eines Nachmittags hatte ein älterer Rentner all seinen Mut zusammengenommen und war an den Schreibtisch gekommen, an dem Caroline hinter ihrem Computer verschanzt das neueste Buch von Penny Vincenti las. Er hatte sie gefragt: »Haben Sie vielleicht das Buch, wissen Sie, das über das Leben in einem Dorf in Cheshire während des Krieges?«

»Woher soll ich das wissen?«, fuhr Caroline ihn an. Als Kate sah, dass der arme Mann den Tränen nahe war, schaltete sie sich ein und führte ihn ruhig zu einer Auswahl lokaler Geschichtsbücher.

Ein anderes Mal erwischte Caroline eine Frau dabei, wie sie in einem vermeintlich stillen Eckchen zwischen Reiseliteratur und Karriereratgebern ein Sandwich mit Garnelen und Mayonnaise aß und dabei ein Buch las. Leider hatte sie sich ein Buch ausgesucht, über das sie lauthals lachen musste, und so fiel Caroline über sie her, weil sie andere Bibliotheksbenutzer gestört und städtisches Eigentum beschädigt hatte, indem sie Seite 85 von *Auf frischer Tat ertappt* mit Mayonnaise beschmierte.

Kate erinnerte sich gerade an die erschrocken-verdutzte Miene der Frau, als ihr einfiel, dass *Auf frischer Tat ertappt* der neueste Roman von Jessica Lloyd war.

Kate hatte gesehen, dass ihre neue Nachbarin gestern eingezogen war, und hätte nur zu gern den Mut aufgebracht, an ihrer Tür zu klopfen und sich vorzustellen. Vielleicht schaffte sie es ja heute.

Aber zuerst musste sie Ruth anrufen. Sie sah auf die Uhr – die Bahnhofsuhr von Ikea, die ihre Kolleginnen aus der Bibliothek ihr an ihrem letzten Arbeitstag geschenkt hatten. Es war fast Viertel vor neun. Sie ging in Alecs Arbeitszimmer und suchte in seinem Adressbuch nach Ruths Nummer. Dann wählte sie und wappnete sich für das Gespräch mit Ruth, indem sie mehrmals tief durchatmete. Als am anderen Ende der Hörer abgenommen wurde, schlug ihr ein Heidenlärm entgegen, der sich anhörte wie ein Wutausbruch in einer Soap-Serie im Fernsehen, aber Kate merkte schnell, dass Ruth und Adam sich stritten. Wer war denn nun ans Telefon gegangen?

Vorsichtig sagte sie: »Hallo.«

»Hallo«, antwortete ein leises Stimmchen.

»Oscar, bist du das?«

»Ja.«

»Hier ist Kate.«

»Hallo, ich habe gerade gefrühstückt. Eine große Schale Honig-Pops.«

»Hmm ... lecker, könnte ich vielleicht mit deiner Mami sprechen?«

»Sie hat noch nicht gefrühstückt und sie ist ganz böse auf Papi. Er hat die ganze Milch aufgebraucht.«

»Das tut mir Leid, aber kannst du ihr vielleicht sagen, dass ich am Telefon bin?«

Kate hörte, wie Oscar den Hörer auf etwas Hartes knallte, und lauschte angespannt, ob es ihm wohl gelänge, das Gebrüll zu unterbrechen, das immer noch in vollem Gang war. Sein zartes Stimmchen konnte sie nicht hören, dafür aber Ruths laute und deutliche Frage: »Wer ist am Telefon? Warum hast du das denn nicht gesagt, Oscar? Wirklich, manchmal kannst du sehr ungezogen sein! Kate, bist du das?«

»Hallo, Ruth, ich hoffe, ich rufe nicht im falschen Augenblick an.«

»In diesem Haus ist immer der falsche Augenblick«, antwortete Ruth schlecht gelaunt, »so ist das, mit einem Dummkopf verheiratet zu sein. Hat Dad dir von meinem Vorschlag erzählt? Er hat dir doch hoffentlich gesagt, dass ich die Sache auf einer vernünftigen Basis regeln möchte. Ich bezahle dich natürlich.«

»Ja, das hat Alec erwähnt.«

»Und?«

»Ich helfe dir gern aus.«

»Aber?«

»Kein Aber«, sagte Kate. Arme Ruth, da sie so zynisch und selbst so wenig hilfsbereit war, konnte sie sich nicht vorstellen, dass andere ihr helfen wollten.

»Du meinst, du machst es?«

»Sicher.« Und da Kate zum ersten Mal gegenüber einem Mitglied aus Alecs Familie das Gefühl hatte, Herrin der Lage zu sein, fügte sie hinzu: »Komm doch heute mit Oscar zum Mittagessen herüber, dann können wir die Einzelheiten besprechen.«

Sie verabredeten eine Zeit und beendeten das Gespräch. Nachdem Kate die Küche aufgeräumt hatte, war sie immer noch ganz berauscht von dem Erfolg, dass sie sich mit Ruth hatte unterhalten können, ohne sich wertloser als ein abgeschnittenes Stück Zehennagel vorzukommen. Deshalb beschloss sie, zu Jessica Lloyd zu gehen und sich vorzustellen.

Ein Blick auf das umwerfend hübsche Mädchen vor ihrer Haustür genügte, um in Jessica den dringenden Wunsch zu wecken, sofort nach Notizblock und Stift zu greifen. Sie war die Prinzessin aller klassischen Romanheldinnen. Erbsen unter der Matratze, Spieglein an der Wand, Aschenputtel, ihnen allen konnte sie noch etwas beibringen.

»Ich bin Kate und ... ich möchte nicht, dass Sie mich für aufdringlich halten«, sagte sie zögernd, »aber ich wohne nebenan und dachte, ich schaue einfach mal vorbei und sage guten Tag. Wenn Sie zu tun haben, komme ich ein anderes Mal wieder.«

»Ich habe gar nichts zu tun. Kommen Sie rein. Ich bin übrigens Jessica.« *Ja, komm rein, damit ich mir dich genauer ansehen kann!*

Jessica führte Kate ins Wohnzimmer. »Also, bevor Sie etwas zur Einrichtung sagen, ich habe kein Stück davon selbst ausgesucht, es hat also nichts mit meinem Charakter zu tun«, lachte sie.

Auch Kate musste lachen. »Es muss komisch sein, zu wissen, dass unzählige Leute durch Ihr Haus gelaufen sind, nur um als Sonntagnachmittagsvergnügen ein bisschen in einem Musterhaus herumzustöbern.«

Jessica schnitt eine Grimasse. »Wissen Sie, daran habe ich überhaupt noch nicht gedacht. Aber Sie haben Recht. Was für ein grässlicher Gedanke. Kann ich Ihnen etwas zu trinken anbieten?«

»Tee wäre schön, aber nur, wenn ich Sie ganz bestimmt nicht von etwas anderem abhalte.«

»Überhaupt nicht, ehrlich.«

In der Küche setzte Jessica den Wasserkessel auf, den sie am Nachmittag zuvor mit ihrer Mutter gekauft hatte, und griff nach dem nächstbesten Stück Papier, das zufällig ein Brief der Gasgesellschaft war. Spontan versuchte sie mit ein paar flüchtigen Notizen auf der Rückseite des Briefumschlags ihren Eindruck von dem verblüffenden Mädchen einzufangen, das in ihrem Wohnzimmer saß. *Zum Sterben schönes Haar, Unmengen kupferroter Locken bis auf die Hüften – in der Farbe eines guten, süßen Sherry. Groß und sehr schlank – isst sie überhaupt? Lange, sehr lange Beine, in verwaschenen Jeans versteckt. Sieht wie einundzwanzig aus und gibt mir das Gefühl, hundertzwanzig zu sein! Blasser Teint, hatte vermutlich in ihrem ganzen Leben noch nie einen Pickel! Grünliche Augen, auf eine traurige Art verschleiert. Irische Herkunft? Erinnert mich an die Mädchen aus* Riverdance. *Mag gar nicht daran denken, wie Gavin auf sie reagieren würde!* Den letzten Satz strich sie durch und schrieb: *Gavin Wer?*

Als sie mit ihrer flüchtigen Skizze zufrieden war, brühte sie Tee auf, schnappte zwei der ausrangierten Becher ihrer Mutter und goss etwas Milch in ein angeschlagenes Kännchen, das ebenfalls aus Willow Cottage stammte. Je eher desto besser musste sie wirklich neues Geschirr kaufen.

»Tut mir Leid, dass es so lange gedauert hat«, sagte sie, als sie wieder zu Kate ins Wohnzimmer kam. »Auch für das Geschirr muss ich mich entschuldigen. Die armen alten Becher sehen zwischen diesen schicken Möbeln grauenhaft aus. Sogar ein bisschen exzentrisch.«

Am liebsten hätte Kate gesagt, dass alles wunderbar aussehe und Schriftsteller ohnehin so exzentrisch sein dürften, wie sie wollten, weil man das nicht anders von ihnen erwartete. Stattdessen fragte sie: »Von wo sind Sie hierher gezogen?«

»Von Korfu.«

Kate bekam große Augen. »Korfu? Wie herrlich. Das wird für Sie sicher eine große Umstellung, oder?« Plötzlich schlug sie verlegen die Augen nieder, weil Jessica sie anstarrte.

»Entschuldigung«, sagte Jessica, als sie merkte, dass sie erwischt worden war. Schnell schenkte sie den Tee ein.

»Ich habe die schreckliche Angewohnheit, Menschen anzustarren. Eine Berufskrankheit, sozusagen. Ständig beobachte ich die Menschen. Sie faszinieren mich.« Sie reichte Kate einen Becher Tee.

»Danke. Vielleicht sind Sie deshalb eine so gute Schriftstellerin.«

Entwaffnend ist sie auch noch, dachte Jessica. »Ich weiß nicht, ob ich das bin«, antwortete sie.

»Viele Menschen halten Sie dafür, und ich auch.«

Jessica schaute verlegen auf die angeschlagene Teekanne ihrer Mutter. Mit Lob konnte sie nur schwer umgehen. Vermutlich, weil sie keinem Lob traute. »Und woher wissen Sie, dass ich Schriftstellerin bin?«

»Die Frau drüben aus Nummer zwei hat es mir erzählt ... und sie weiß es von der Maklerin. Aber ich hatte schon vorher von Ihnen gehört. Ich bin Bibliothekarin, oder vielmehr, ich war es.«

»Sie waren es?«

»Eine Stelle wurde bei uns gestrichen. Und da ich als Letzte gekommen war, musste ich natürlich als Erste gehen.«

»Haben Sie schon eine Ahnung, was Sie machen wollen?«

Kate zuckte die Achseln. »Ich habe nicht viel Hoffnung, in der Umgebung eine Stelle in einer Bibliothek zu bekommen. Also werde ich vorerst auf den Enkel meines Lebensgefährten aufpassen, bis ich weiß, was ich wirklich will.«

»Ach«, sagte Jessica und dachte: Dahinter steckt eine Geschichte, über die ich gern mehr erfahren möchte. Doch statt das Gespräch in dieser Richtung zu vertiefen, beschloss sie, ihre Neugier zu bezähmen, bis sie und Kate sich besser kannten. Sie zog die Beine auf das Sofa, griff nach ihrem Becher Tee und ließ sich auf einen ausführlichen Plausch über ihre neuen Nachbarn ein. »Wann sind Sie eingezogen?«

»Am Dienstag vergangener Woche.«

»Waren Sie die Ersten?«

»Nein. Drüben in Nummer zwei wohnt eine Familie ...«

»Mit der Frau, die von der Maklerin alles über mich erfahren hat?«

Kate musste grinsen. »Ja, sie sind als Erste eingezogen.«

»Und wie sind sie?«

»Sie haben ein kleines Mädchen, es heißt Hattie und ist ganz reizend.«

»Und die Eltern, sind sie genauso reizend?«

Da Kate eigentlich nicht zu Klatsch und Tratsch neigte, zögerte sie, zu erzählen, was sie am Abend zuvor von Hattie erfahren hatte, aber da sie in letzter Zeit viel allein gewesen war, war die Verlockung, ungezwungen mit ihrer neuen Nachbarin zu plaudern, fast unwiderstehlich. Eigentlich wäre es auch kein Klatsch, da Amanda ihr selbst am vergangen Freitag erzählt hatte, dass sie Hatties Stiefmutter war. Es war ja schließlich kein Geheimnis, sonst hätte Amanda es nicht erzählt. »Sie sind sehr nett«, sagte sie, »sie ist seine zweite Frau ... die erste ist bei einem Autounfall ums Leben gekommen. Nach dem wenigen, was ich von ihr gesehen habe, fällt Amanda die Rolle der Stiefmutter schwer. Es ist sicher nicht leicht, wenn man nicht von Natur aus gut mit Kindern zurechtkommt.«

»Und sie kommt nicht damit zurecht?«

Kate schüttelte den Kopf, bedauerte es aber sofort. »Das war jetzt wohl nicht sehr nett.«

»Keine Sorge«, beruhigte Jessica sie. »Ich streiche es aus dem Protokoll.« Kates Diskretion amüsierte sie. Schön und skrupelhaft, eine berückende Kombination.

Nach kurzem Schweigen sagte Kate: »Wir könnten Ihnen ein bisschen Geschirr und alles, was Sie sonst noch brauchen, leihen, wenn Sie möchten. Alec und ich haben so viel davon, dass wir es vermutlich nie brauchen werden.«

Jessica war gerührt. Und gespannt. Über diesen Alec musste sie unbedingt mehr erfahren. Ihr war klar, dass sie schamlos neugierig war, aber wenn sie Menschen zum ersten Mal begegnete, weckte das in ihr oft einen unersättlichen Wissensdrang, zumal wenn sie bald einen neuen Roman anfangen wollte und daher nach Inspirationen suchte. »Das ist wirklich nett von Ihnen«, sagte sie, »aber möchten Sie nicht lieber diese Woche mit mir einkaufen fahren und mir helfen, ein paar Dinge auszusuchen?«

Ruth kam schließlich über eine Stunde zu spät zum Mittagessen mit Kate, gereizt und viel zu elegant gekleidet, in einem cremefarbenen Kostüm à la Jackie Onassis mit passender Handtasche, hohen Pumps und Sonnenbrille. Sie war schlecht gelaunt, nachdem sie den ganzen Vormittag vergeblich in den Geschäften nach einer passenden Garderobe für ihre neue Karriere gesucht hatte, und ließ ihre Laune nun am neuen Haus ihres Vaters aus. Sie begutachtete kopfschüttelnd den fantasielosen Zuschnitt – Adam hätte ja so viel mehr daraus gemacht! Unterdessen deckte Kate gemeinsam mit Oscar im Garten den Holztisch für das Mittagessen. Normalerweise hätte sie das längst erledigt, aber sie wusste, wie gern Oscar ihr dabei half.

»Soll ich die Messer hierhin tun?«, fragte er.

»Ja, bitte«, antwortete Kate, »und die Servietten kannst du daneben legen.«

Sie arbeiteten fröhlich zusammen, bis Ruth es leid war, drinnen allein ihre Missbilligung zu äußern, und in den Garten kam, um zu erklären, draußen zu essen sei wahrhaftig keine gute Idee. »Sobald wir sitzen, schwirren die Wespen um uns herum.«

Kate ließ sich jedoch nicht beirren, und wie sich herausstellte, war Ruth die Einzige, die von Wespen belästigt wurde. Ein Paar brummte drohend um sie herum und kam im Sturzflug auf ihren Orangensaft und ihren Salat mit der Honig-Senf-Soße heruntergeschossen. Schließlich wurden sie es leid und flogen davon.

Kate erkundigte sich nach den Einzelheiten ihrer Abmachung. »Um wie viele Tage in der Woche geht es?«, fragte sie und schaute Oscar zu, der fertig gegessen hatte und nun den großen, leeren Garten erkundete.

»Anfangs nur zwei, bis die Sache richtig anläuft. Aber ich denke, dass ich letzten Endes mehr oder weniger Vollzeit arbeiten werde. Adam braucht jemanden, der die Verwaltung seines Büros richtig in die Hand nimmt. Die Frau, die er jetzt hat, ist ein hoffnungsloser Fall. Ich weiß, dass sie häusliche Probleme hat, aber heutzutage muss man über solche Dinge erhaben sein und durch und durch professionell arbeiten, sonst hat es keinen Sinn.«

Nachdem Kate morgens gehört hatte, mit welcher Professionalität Ruth und Adam sich stritten, konnte sie sich des Gedankens nicht erwehren, welche Auswirkungen ihre Beziehung wohl auf die Arbeit haben mochte. Der Gedanke, welche Auswirkungen sie auf ihren Sohn haben musste, war schon schrecklich genug.

»Um welche Zeit möchtest du Oscar morgens herbringen?«

»Ziemlich früh, du wirst also zeitig aufstehen müssen. Dass Dad dich verwöhnt und dir das Frühstück ans Bett bringt, damit ist dann Schluss.«

Kate wurde rot und wünschte, die Wespen kämen zurück. Woher wusste Ruth davon? Alec erzählte doch sicher nichts?

»Und wenn Oscar im September in die Schule kommt, musst du ihn morgens um neun hinbringen und nachmittags um halb drei abholen. Anschließend bekommt er sein Essen. Übrigens, ich möchte nicht, dass er bei dir ungesundes Zeug zu essen bekommt. Er braucht frisches Gemüse und Obst, viel Ballaststoffe. Ich habe eine Liste mit den Sachen dabei, was er essen darf. Kein rotes Fleisch, keine Fischstäbchen, keinen fertigen Orangensaft, nur frisch gepresste Säfte. Und auf keinen Fall Süßigkeiten oder Kekse.«

Armer Oscar, dachte Kate. »Um welche Zeit holst du ihn ab?« Sie fragte sich, wie viel Liebe sie ihm wohl in den kostbaren Stunden würde geben können, die er bei ihr verbrachte.

»Keine Ahnung, zumindest für den Anfang nicht. Wir müssen beide flexibel sein, wenn die Sache funktionieren soll.«

»Hast du eine grobe Vorstellung?«, hakte Kate nach.

»Jetzt versuch nicht, mich auf eine Zeit festzunageln, Kate. Es ist ja schön und gut, dass du in einer gemütlichen Leihbücherei mit festen Arbeitszeiten gearbeitet hast, aber außerhalb des öffentlichen Dienstes, in der wirklichen Welt, müssen die Menschen zu allen Tageszeiten schuften, wenn sie es zu etwas bringen wollen. Ich bin sicher, dass sich das bald einspielen wird.«

»Ja, natürlich«, sagte Kate mit einem Blick aus Oscar, der ganz versunken die Händchen durch den Gartenzaun streckte und Butterblumen und Gänseblümchen von dem verwilderten Nachbargrundstück pflückte.

»Oscar! Hör sofort auf!«, rief Ruth, »du machst dir scheußliche Flecken auf deine neue Hose. Komm hierher, wo ich dich im Auge behalten kann.«

Langsam zog Oscar seine Hand zurück und kam gemächlich zu ihnen herüber. Strahlend reichte er Kate den Strauß zerdrückter Blumen.

»Danke schön«, sagte sie und gab ihm einen Kuss auf die sonnengewärmte Wange. Sie freute sich schon darauf, Oscar ganz für sich zu haben. Das wäre fast, als hätte sie ein eigenes Kind.

Kapitel 11

Fast eine Woche nach seinem Umzug fuhr Josh durch den Torbogen von Cholmford Hall Mews. Er war auf dem Weg zur Arbeit.

Es war noch vor acht Uhr morgens, aber schon recht warm. Er öffnete das Schiebedach und schaltete das Radio aus. An diesem Morgen wollte er die Fahrt zur Arbeit genießen und sich seine gute Laune nicht von schlechten Nachrichten verderben lassen. Er wollte kein Wort von irgendeinem unbekannten Parlamentsabgeordneten hören, der sich darüber ausließ, ob Großbritannien sich der Währungsunion anschließen sollte oder nicht, und es interessierte ihn auch nicht, ob die Friedensverhandlungen in Nordirland wieder einmal abgebrochen wurden.

Aber auch gute Nachrichten wollte er nicht hören, die seine eigenen in den Schatten stellten.

Es war geradezu ein Wunder, das er sich besser fühlte als in den letzten Tagen. Als er an diesem Morgen aufgewacht war, war das Einzige, was ihn noch ärgerte, ein steifes Bein. Das nannte er eine verdammt gute Nachricht! Zum Teufel mit den neuesten Arbeitslosenzahlen der Regierung – den niedrigsten seit Jahren – und mit dem vorsommerlichen Umsatzhoch im Einzelhandel, er, Joshua Crawford, war wieder auf den Beinen und konnte laufen!

Nun ja, laufen zwar nicht gerade, aber er war immerhin auf den Beinen und konnte zur Arbeit fahren.

Als er durch das gedämpft grüne Licht der Kastanienallee fuhr, überlegte er, dass sich seine Erwartungen in relativ kurzer Zeit doch drastisch verringert hatten. Noch vor nicht allzu langer Zeit hätte es ihn mit Angst, Schrecken und Wut erfüllt, wenn er morgens mit einem steifen Bein aufgewacht wäre.

Als er die kleine Brücke über den Kanal erreicht hatte, fuhr er langsamer und bewunderte wie jedes Mal, wenn er hier vorbeikam, das hübsche weiße Häuschen. Es war ein idyllisches Fleckchen, aber das konnte man von Cholmford Hall Mews ebenfalls behaupten.

Gegenüber seinem Bruder oder seinen Eltern würde er es zwar niemals zugeben, aber umzuziehen und sich in seinem neuen Zuhause einzurichten, hatte ihn doch erheblich mehr Kraft gekostet als angenommen. Alle hatten ihm ihre Hilfe angeboten, aber er hatte sie abgelehnt, weil er sich beweisen wollte, dass er es auch allein schaffte. In den ersten Tagen nach dem Umzug verfluchte er ständig seinen geschwächten Körper und dann sich selbst, weil er so viel unnützen Kram angesammelt hatte. Mehrmals fuhr er zur Müllkippe und warf stapelweise Dinge weg, von denen er sich besser vor dem Umzug, wenn nicht schon Jahre früher hätte trennen sollen. Auch zum Secondhandladen einer örtlichen Wohltätigkeitsorganisation fuhr er mehrmals und gab unzählige Säcke mit Kleidungsstücken ab, die ihm nicht mehr passten, weil er in den letzten Monaten abgenommen hatte. Dort entledigte er sich auch eines ganzen Sacks unbenutzter Weihnachtsgeschenke, zu denen ein pfeifender Schlüsselfinder, entspannende und aufmunternde Energie-Chimes, ein Miniatur-Zimmerkegelspiel und ein in Gummi versiegeltes Radio gehörten, das man mit unter die Dusche nehmen konnte. All diese absurden

Geschenke stammten von seinem Vater, der ein perverses Vergnügen daran hatte, Hunderte Versandkataloge zu durchstöbern, die ihm in die Finger kamen. Seine Vorliebe für Unpraktisches hatte zur Folge, dass Josh, Charlie und ihre Mutter sich seit einiger Zeit mit grotesken Geschenken überhäuft sahen.

In diesem Secondhandladen musste er unerwartet einen Tiefschlag für sein Selbstbewusstsein einstecken. Er fragte die ältliche, weißhaarige Helferin, ob sie die Sachen gebrauchen könnten, die im Kofferraum seines Wagen lagen. »Wir freuen uns über alles, was wir bekommen«, antwortete sie und ging prompt mit zu seinem Wagen hinaus, um ihm bereitwillig beim Ausladen zu helfen. Erst nach einer Weile merkte sie, dass er nicht Schritt halten konnte und immer noch zwischen den Ladenregalen einherhumpelte. »Warum haben Sie denn nichts gesagt, Sie armer Kerl?«, fragte sie mit viel sagendem Blick auf seine Beine, »wir hätten die Sachen auch bei Ihnen abholen können, dann hätten Sie sich die Mühe gespart!«

Völlig frustriert musste er zusehen, wie die Frau, die mindestens dreißig Jahre älter war als er, die schweren Säcke aus seinem Wagen hievte. In diesem Augenblick hasste er sich ebenso wie die ganze Situation.

Doch an jenem Tag sollte es noch schlimmer kommen. Als er weitere Umzugskartons auspackte, stieß er auf Squash-Schläger, Tennis-Schläger, Skier und Skistiefel. Sie erinnerten ihn daran – falls er es vergessen haben sollte –, dass er sie nie wieder benutzen konnte. Er verbannte sie in die Garage, wo sie ihn nicht länger höhnisch angrinsen konnten, und versteckte sie unter einer alten Decke. Den Rest des Tages bemühte er sich, ein einfaches Regal aufzubauen, aber bei jeder Drehung des Schraubenziehers brannten seine Hände und Handgelenke, und als er endlich die letzte Schraube festzog, waren seine Hände völlig taub.

Triumphierend, aber völlig erschlagen schlief er in jener Nacht auf dem Sofa, weil er zu erschöpft war, sich die Treppe hinaufzuschleppen.

Als der Neurologe Josh vor einem Jahr die Diagnose mitteilte, hatte er ihm erklärt: »Multiple Sklerose wird Ihr Leben beherrschen und zerstören, wenn Sie es zulassen. Es gibt bestimmte Dinge, denen Sie sich stellen müssen, zum Beispiel das Chaos, das die Krankheit mit sich bringt. Sie ist jeden Tag anders. Sie können nicht viel tun, um dem Unvorhersehbaren an MS entgegenzuwirken. Der beste Rat, den ich Ihnen geben kann, lautet: Nehmen Sie jeden Tag so, wie er kommt.«

Der Arzt hatte ihm weiter erklärt, wie das zentrale Nervensystem funktionierte und dass seines nicht imstande war, Botschaften auszusenden und zu empfangen, weshalb sein Körper nicht so arbeitete, wie er sollte. Während Josh ihm zuhörte, überkam ihn große Erleichterung: Er wurde also doch nicht verrückt. Er hatte sich die Schwäche in seinen Armen und Beinen nicht nur eingebildet, den gelegentlichen Verlust des Gleichgewichtssinns und der Koordinationsfähigkeit, die bleierne Müdigkeit, die ihn ohne Vorwarnung plötzlich überfiel, als stünde er unter Drogen, das Prickeln und Stechen, die Taubheit. Seit fast zwei Jahren tauchten diese Symptome hin und wieder auf, aber weil sie so schnell kamen und gingen, wie ein- und ausgeknipst, hatte er sie für sich behalten und sich gefragt, ob er allmählich zum Hypochonder wurde. Er hatte sich bemüht, sie zu ignorieren, aber als er eines Morgens aufwachte und nicht mehr richtig sehen konnte – mit dem rechten Auge sah er nur noch verschwommen –, überfiel ihn panische Angst, blind zu werden. Er ging ins nächstgelegene Ärztehaus, wurde zu einem Augenarzt überwiesen und von dort weiter zu einem Neurologen. Es folgten unzählige Untersuchungen. Zu diesem Zeitpunkt war er jedoch schon fest davon überzeugt, sterben zu müssen.

»Sie werden schon noch ein paar Jahre bei uns bleiben«, versicherte ihm der Neurologe, als Josh die Diagnose erfuhr und ihm von seinen Befürchtungen erzählte. »Aber eins nach dem anderen. Zuerst müssen wir Ihnen Steroide geben, um die Entzündung des Sehnervs zu bekämpfen.«

»Sehe ich deshalb alles verschwommen?«

»Ja. Das kommt bei MS recht häufig vor. Oft ist das der erste schlüssige Hinweis darauf, womit wir es zu tun haben.«

»Und wird sich das wieder normalisieren? Werde ich wieder sehen können?«

»Ja, das Auge kommt wieder in Ordnung, keine Sorge.«

Aber Josh machte sich Sorgen. Nachdem die erste Erleichterung über die neu gewonnene Klarheit verklungen war, fiel ihm auf, dass der Neurologe ihm zwar verschiedene Ratschläge und Hilfestellungen angeboten, ihm aber nicht gesagt hatte, dass es für seine Krankheit keine Heilung gab. Auf sein Drängen hatte er zugegeben, dass es nicht einmal ein Medikament gab, das ein Fortschreiten der Krankheit aufhalten konnte.

Er bekam Angst.

Und wurde wütend.

Wie hatte ihm das passieren können? Er war doch immer so fit gewesen. Noch nie war er nennenswert krank gewesen. Wieso bekam er multiple Sklerose? Und was sollte nun werden? Er las Bücher über MS, und was er dort erfuhr, schürte nur seine Wut und seine wachsende Angst vor dem, was ihn erwartete.

Doch als er jetzt ins Stadtzentrum von Manchester Richtung Deansgate fuhr, war er fest entschlossen, nicht an die Zukunft zu denken. Sie war zu deprimierend. Er reihte sich in die nur langsam kriechende Autoschlange an der Ampel ein und wünschte plötzlich, er wäre nicht hier, sondern in seinem neuen Zuhause in Cholmford.

Charlie mochte ruhig behaupten, dort bekäme er Platzangst, aber Josh wusste, dass es richtig gewesen war, das Haus zu kaufen. Schon jetzt fühlte er sich dort wohl. Er liebte es, im Wohnzimmer zu sitzen und den Blick auf die Kornfelder schweifen zu lassen, die sich leuchtend gelb von üppig grünen Weiden mit Weißdornhecken und einzelnen Eichen und Buchen abhoben, und das alles vor den sanften Konturen einer Hügelkette.

Als Josh in *Cheshire Life* von den umgebauten Scheunen gelesen hatte und zum ersten Mal nach Cholmford gefahren war, hatte ihn die abgeschiedene Lage auf Anhieb angesprochen. Er hatte das Bedürfnis, allein zu sein oder sich zumindest allein zu fühlen, denn in seiner Lage war es nicht unbedingt schlecht, wenn wenigstens ein paar Menschen in der Nähe wohnten, wie der Feigling in ihm argumentierte.

Schon seit einiger Zeit wollte er so weit von Manchester fortziehen wie nur irgend möglich. Die tägliche Fahrt zur Arbeit musste sich jedoch in vernünftigen Grenzen halten. Dabei ging es ihm nicht nur darum, eine gewisse Weite um sich zu haben, er brauchte auch Abstand von seinen nächsten Angehörigen.

Seit bei ihm MS festgestellt worden war, fühlte er sich oft eingeengt, als säße er in einer Falle. Er wusste, dass Charlie und auch seine Eltern es gut meinten, aber allmählich schnürte es ihm die Luft zum Atmen ab, dass sie ihn ständig im Auge behielten. Es war einfach zu viel für ihn, nicht nur mit seiner eigenen Reaktion auf die Krankheit, sondern auch noch mit ihrer fertig zu werden. Es war wie ein weiteres Krankheitssymptom. Er glaubte und hoffte, dass er mit sich ins Reine kommen würde, wenn er durch den Umzug auf Distanz zu all ihrer wohlmeinenden Sorge ging. Weiß Gott, er hatte es dringend nötig.

All dies sah er an einem Tag wie diesem recht klar, an dem

sein Körper sich nicht bleiern schwer anfühlte. Solange er sich vergleichsweise gut und normal fühlte, war es einfach, logisch zu denken und seine Ängste in Schach zu halten. Aber das war nicht immer so, wie er nur zu gut wusste.

Er parkte neben dem Wagen seines Bruders auf dem Parkplatz hinter dem Bürogebäude. Crawford and Sons hatte seine Büros in der zweiten Etage eines viktorianischen Lagerhauses, das man in den siebziger Jahren zu Büroflächen umgebaut hatte. In der ersten Etage saß eine Anwaltskanzlei und im obersten Stock ein Anlageberater. Josh witzelte immer, sein Bruder und er seien die einzig ehrlichen Seelen in einem Räubernest.

Josh und Charlie war es nie in den Sinn gekommen, in eine andere Branche als die Bekleidungsindustrie einzusteigen, und als ihr Vater vor dreizehn Jahren beschlossen hatte, in den Ruhestand zu gehen, hatte er die Firma seinen Söhnen übergeben. »Sie gehört jetzt euch, und ich verspreche euch, dass ich meine Nase nicht mehr hineinstecke, die Leitung liegt jetzt ganz in eurer Hand.« Er hatte Wort gehalten, nicht ein einziges Mal hatte er sich in ihre Entscheidungen eingemischt.

Sie arbeiteten für ihren Vater, seit sie beide das College beendet hatten, und hatten schon vorher in allen Ferien ihr Handwerk von ihm gelernt und einen sechsten Sinn für die schnellsten Absatzwege entwickelt – ein Gespür, das sich in den schweren Zeiten der Thatcher-Ära als überaus wertvoll erwies, als man in der Bekleidungsbranche schnell Geld verdienen, aber auch verlieren konnte.

In den achtziger Jahren erlebte die Firma der Crawfords ein Hoch nach dem anderen und beschäftigte zeitweise bis zu vierzig Mitarbeiter. Doch das war vorbei, heute sah die Lage anders aus. Da die geringen Gewinnspannen sie gezwungen hatten, die mittlere Führungsebene völlig abzubauen, gab es heute nur noch 14 Beschäftigte. Angesichts der bitteren Pillen, die sie hatten schlucken müssen, war es zumindest beruhigend, dass sie nach wie vor etwa die gleichen Gewinne erwirtschafteten wie in den fetten Jahren, während viele ihrer Konkurrenten, die sich geweigert hatten, ihr Unternehmen zu verschlanken, untergegangen waren.

Josh war fest überzeugt, dass ihr gegenwärtiger Erfolg ebenso sehr ihrem Vater wie ihrer eigenen Firmenpolitik zu verdanken war, mit der Charlie und er die Firma durch die Rezession gebracht und anschließend mutig die Basis der Einzelhandelsgeschäfte ausgeweitet hatten, die sie belieferten. Genauso wichtig waren jedoch der Ruf und die lange Tradition des Unternehmens. In Hongkong, wo sie die meisten der in Großbritannien verkauften Kleider produzieren ließen, besaß Crawford's einen guten Namen und galt als solide. Einige ihrer Zulieferer, vor allem die älteren, erkundigten sich immer noch nach ihrem Vater. Einer stellte stets die gleiche Frage: »Wie geht es William? Pflegt er immer noch seine Rosen?« Er glaubte, das sei die Lieblingsbeschäftigung aller Engländer im Ruhestand.

Ein weiterer wesentlicher Faktor für das Überleben der Firma war, dass Josh und Charlie ihre Stärken kannten. Sie gehörten in der Welt der Mode nicht zu den Innovatoren, sondern zu den Nachahmern. Das war ein erheblicher Unterschied, und solange ihnen das klar war, konnten sie weiterhin erfolgreich sein.

Josh fuhr mit dem Aufzug in den zweiten Stock. Als Mo, ihre Empfangsdame, ihn sah, stopfte sie rasch ein Buch unter ihren Schreibtisch. Josh war amüsiert. Seit Jahren wussten Charlie und er, dass Mo den größten Teil ihrer Hausaufgaben für die Abendschule im Büro erledigte, und keiner von ihnen hatte sich je darüber beschwert. Er sah sofort, dass sie die fertigen Muster in seinem Büro geplündert haben musste, denn sie trug ein Strick-Top aus der nächsten Frühjahrskollektion und eine schwarze Hose, die zu den derzeitigen Verkaufsschlagern gehörte. Sie grinste ihn an. »Sie haben es wohl nicht ausgehalten, was?«

»Sie haben's erfasst.« Josh bemühte sich, so munter wie möglich zu klingen und beschwingt an Mo vorbeizugehen, aber sein steifes Bein machte ihm einen Strich durch die Rechnung. »Ist Charlie in seinem Büro?«, fragte er.

»Ja, aber ich habe ihm gerade ein Telefongespräch durchgestellt. Soll ich Ihnen Kaffee bringen?«

»Danke, das wäre nett.«

Charlie telefonierte noch, als Josh seine Bürotür öffnete. Als Charlie ihn bemerkte, beendete er rasch das Telefonat.

»Josh, was machst du denn hier? Ich dachte, du bleibst noch eine Woche zu Hause?«

»Mir war langweilig«, log er. Ihm war kein bisschen langweilig, aber er hatte Angst, dass bald kein Platz mehr für ihn in der Firma wäre, wenn er zu lange wegbliebe. Er hatte zwar keine Sorge, dass sein Bruder seine Krankheit ausnutzen und ihn hinausdrängen könnte – das würde Charlie niemals tun –, aber er fürchtete, dass die Leute sich an seine Abwesenheit gewöhnen könnten. Außerdem wusste er genau, dass sein Bruder in den letzten Monaten unverantwortlich viele Überstunden gemacht hatte, um ihn zu entlasten. So konnte es nicht weitergehen.

Er setzte sich Charlie gegenüber, und Mo brachte ihnen Kaffee, den sie auf den fast völlig von Faxen, Verträgen und Spezifikationen überhäuften Schreibtisch stellte.

»Na, dann bring mich mal auf den neusten Stand«, sagte Josh, als Mo hinausgegangen war. »Was ist mit der fehlerhaften Partie schwarzer Jeans? Haben sie es inzwischen geschafft, die Farbe zu fixieren?«

Charlie lehnte sich in seinem Schreibtischstuhl zurück. »Ja, nach einigen Beschimpfungen haben sie zugegeben, dass es da ein Problem gab. Ich habe ihnen übrigens ein Ultimatum gestellt: Noch einmal so ein Pfusch und sie sind aus dem Rennen. Bist du damit einverstanden?«

»Klar.« Josh spürte, wie das Netz der gut gemeinten Rücksichtnahme ihn umgarnte. Noch vor einem Jahr hätte Charlie ihm diese Frage nicht gestellt. »Und was ist mit den Schwierigkeiten im Lager?«

»Darum kümmere ich mich noch.«

»Da ich ja jetzt wieder hier bin, kann ich das übernehmen.«

»Eigentlich hatte ich vor, im Laufe des Tages im Lager vorbeizufahren«, sagte Charlie zögernd.

»Was heißt das?«

Charlie schob Papiere auf seinem Schreibtisch zurecht, ohne aufzusehen. »Genau das, was ich sage. Ich fahre später hin.«

Frustriert und wutgeladen stand Josh auf, stemmte beide Hände auf den Schreibtisch und beugte sich vor. »Das heißt, der arme alte Josh ist dem nicht gewachsen, nehme ich an. Meine Güte, Charlie, ich bin durchaus imstande, nach Failsworth zu fahren!« Dann nahm er seine gesamte Kraft zusammen, marschierte hinaus und schlug die Tür hinter sich zu. Ohne auf die neugierigen Blicke im gesamten Design-Bereich zu achten, stapfte er wütend über den Holzboden in die Sicherheit seines Büros, ließ sich erschöpft auf seinen Stuhl fallen und schlug die Hände vors Gesicht.

Als er wieder aufschaute, stand Charlie in der Tür. »Tut mir Leid«, sagte er und kam herein.

»Ja, mir auch.«

Nach kurzem Schweigen sagte Josh schließlich: »Hör zu, Charlie, wir müssen miteinander reden. So kann das nicht weitergehen ... von allem anderen mal abgesehen, habe ich einfach nicht die Kraft dazu. Und die Energie, die ich habe, möchte ich nicht darauf verschwenden, dir zu beweisen, dass ich immer noch in der Lage bin, hier ein Wort mitzureden.«

Charlie nickte. »Kapiert. Sollen wir später zusammen zu Mittag essen? Dann kannst du mir ja den Kopf waschen.«

»Nein, ich habe eine bessere Idee. Komm heute Abend zu mir zum Essen. Bis dahin fahre ich nach Failsworth und regele die Sache im Lager. Okay?«

Charlie nickte. »Okay.«

Kapitel 12

Überraschend erhielt Jessica einen Anruf ihres Agenten.

Überraschend aus zwei Gründen: Zum einen war es so früh am Morgen, dass Jessica noch gemütlich im Bett lag und döste, und zum anderen rief Piers selten jemanden vor dem Spätnachmittag an, nicht etwa, weil er lange schlief, sondern weil er ständig den Eindruck erweckte, er sei ein so viel beschäftigter Mann, dass er vormittags gar keine Zeit habe, überhaupt zum Telefon zu greifen.

Er war ein merkwürdiger Agent, der nichts von jenem aalglatten Charme besaß, den Jessica in ihren begrenzten Kontakten mit der Verlagswelt kennen gelernt hatte. Seine Begrüßung nun am Telefon war ein typisches Beispiel für die völlige Missachtung, die er den in solchen Situationen üblichen Gepflogenheiten entgegenbrachte.

»Jessica, sind Sie es?«, fragte er. Er meldete sich nie mit Namen. Wenn Piers sich schon herabließ, jemanden anzurufen, dann erwartete er, dass sein Gesprächspartner Grips genug hatte zu wissen, wer er war. Am anderen Ende der Leitung hörte sie ein seltsames Brummen, das sie erst nach einer Weile identifizierte. Piers rasierte sich. Der Mann hatte vielleicht Nerven! Er war sogar zu knickerig, ihr seine ungeteilte Aufmerksamkeit zu schenken. Vermutlich saß er an seinem Schreibtisch, das Telefon auf Freisprechanlage geschaltet, schob mit einer Hand einen Rasierapparat über seine runzelige Haut und lud mit der anderen den Provisionsvertrag mit einem Autor auf seinen Computer-Monitor.

»Hallo, Piers, wie geht's?«, sagte sie demonstrativ. Sie mochte zwar noch im Bett liegen und geistig noch nicht voll auf der Höhe sein, aber sie war durchaus bereit, der Höflichkeit genüge zu tun – im Gegensatz zu ihm.

»Ich bin fix und fertig, und für Smalltalk habe ich überhaupt keine Zeit. Ich habe *Ein sorgloses Leben* gelesen.«

»Und?«

»Nicht schlecht.«

Das war wirklich ein Lob, dachte Jessica. Wenn Piers sich so gnädig äußerte, war das schon bemerkenswert. »Vielen Dank«, sagte sie.

»Viel besser als das Letzte, das Sie rausgehauen haben«, sagte er, immer noch mit dem brummenden Rasierapparat im Hintergrund.

»Nett, dass Sie das sagen.« *Es war schließlich nur auf die Bestsellerlisten gekommen!* Warum blieb sie eigentlich bei ihm? Es gab in London jede Menge anderer Literaturagenten, zu denen sie wechseln konnte. Warum gab sie sich mit ihm ab?

Nun, ganz einfach deshalb, weil er grundehrlich zu ihr war. Bei ihm gab es kein Drumherumreden. Kein Schöntun. Kein Getue. Keinen literarischen Snobismus. Keine Seelenmassage. Und wenn es je auch nur die geringste Andeutung von Speichelleckerei gegeben hätte, hätte sie ihn längst fallen lassen wie die sprichwörtliche heiße Kartoffel. Oder war es ein heißes Brikett? Was auch immer. Jedenfalls etwas Heißes.

Außerdem war da noch sein unbestreitbares Talent, umwerfend gute Verträge auszuhandeln. Die Vorauszahlungen, die Jessica seit Erscheinen ihres ersten Romans erhalten hatte, reichten für ihre bescheidenen Ansprüche und hatten es ihr ermöglicht, das Haus in Cholmford Hall Mews zu kaufen. Sie machte sich nichts vor: Piers war an ihrem guten Einkommen nicht unbeteiligt. Es war nur jammerschade, dass er sich nicht ein bisschen netter benehmen konnte. Ein paar aufmunternde Worte konnte auch sie hin und wieder gebrauchen.

»Ich möchte, dass Sie herkommen«, sagte er.

Plötzlich saß sie hellwach im Bett. Er zitierte sie zu sich? Was hatte sie falsch gemacht? Wollte er sie nicht mehr als Agent vertreten, oder was? Oder schlimmer, hatte der Verlag beschlossen, ihr keinen neuen Vertrag anzubieten? Hatten sie eine neue Jessica Lloyd aufgetan? Keine Autorin war unersetzbar.

»An welchen Termin hatten Sie gedacht?«, erkundigte sie sich ruhig und machte sich schon Sorgen um ihre nächste Hypothekenrate.

»Übermorgen.«

»Übermorgen?«, wiederholte Jessica, fest überzeugt, dass dieser »Stellungsbefehl« nur schlechte Nachrichten bedeuten konnte. »Aber ich bin gerade erst umgezogen«, griff sie nach der erstbesten Ausrede, die ihr einfiel, »ich habe noch furchtbar viel zu tun. Ich muss ...«

»Das weiß ich alles, Jessica.« Sein Ton machte deutlich, dass er zu beschäftigt war, als dass er mit häuslichen Details behelligt werden wollte. »Aber es ist wichtig.«

»Gut, um welche Zeit?«

»Seien Sie um halb eins hier. Ich lasse uns einen Tisch zum Mittagessen reservieren.«

Sie hörte, wie er statt sich zu verabschieden den Rasierapparat ausschaltete.

Fest entschlossen, nicht weiter über ihr Gespräch mit Piers zu grübeln, machte sie sich Kaffee, nahm einen Küchenstuhl mit auf die rechteckige Terrasse und versuchte sich vorzustellen, wie der bislang noch leere Garten wohl aussehen mochte, nachdem ihre Mutter ihn sich vorgeknöpft hätte. Anna plante schon begeistert alle möglichen geschwungenen Beete, die sie mit Ablegern und Sämereien aus Willow Cottage füllen wollte. »Am Zaun pflanze ich dir ein paar Rudbeckien«, hatte sie erst dieser Tage erklärt, »und dann setze ich Glockenblumen und Königskerzen. Vielleicht auch etwas Akelei, aber nicht zu viel, sie halten sich manchmal nicht so gut. Ein Hibiskus würde die sonnige Lage und den fetten Boden mögen.« Jessica verstand nicht viel von Pflanzen und überließ den Garten gern ihrer Mutter, solange sie es nicht übertrieb.

Gähnend reckte sie sich in der Morgensonne und warf einen Blick auf ihr T-Shirt, das auf der Brust den Aufdruck trug: *Windsurfer machen's nass und im Stehen.* Es hatte zu den Kleidungsstücken gehört, die Gavin in ihrem Haus zum Wechseln deponiert hatte. Obwohl er es seit Monaten nicht getragen hatte, roch sie ihn immer noch in jeder Faser. Eigentlich hatte sie es auf Korfu lassen wollen, aber in letzter Minute hatte sie es in einem Anfall von Schwäche doch noch in ihre Reisetasche gestopft. Und als sie am Abend zuvor nicht hatte einschlafen können, suchte sie es heraus und zog es an. Der weiche, abgetragene Stoff fühlte sich auf der Haut vertraut und gemütlich an und weckte Erinnerungen an Gavin. Im Nu war sie eingeschlafen.

Aber heute Morgen, vor Piers' Anruf, war sie mit Gavins Geruch in der Nase aufgewacht und hatte ihn mit Leib und Seele sehnlichst vermisst. Nun ja, vielleicht doch nur körperlich. Auf die seelischen Qualen, die er ihr mit seiner Weigerung bereitet hatte, eine feste Bindung einzugehen, konnte sie gut verzichten.

Sie trank ihren Kaffee aus und ließ die Hand über Gavins

T-Shirt gleiten. Sie hätte nicht gedacht, dass sie ihn derart vermissen würde. Eigentlich hatte sie sich vorgestellt, einfach ein neues Leben ohne Gavin anzufangen. Das hatte sie schließlich schon öfter gemacht. Jedes Mal, wenn sie durch die Welt gezogen war, hatte sie sich recht mühelos aus eigener Kraft eine neue Existenz aufbauen können. Aber dieses Mal wurde es vermutlich etwas schwieriger, da die Erinnerung an Gavin sich als hartnäckiger erwies, als sie erwartet hatte.

Sie hatte zudem angenommen, dass sie Korfu vermissen würde, aber seltsamerweise war dies nicht der Fall. Ab und an dachte sie gern an die stille Bucht, die ihr so lange ein Zuhause gewesen war, und an die Freunde, die sie dort gefunden hatte. Manchmal stellte sie sich Helen und Jack vor, die sich glücklich wie ein Paar lärmender Zikaden auf ihrer Terrasse zankten. Aber wie lange würde ihr Glück dauern, fragte sie sich. Ob auch *ihre* Zufriedenheit eines Tages umschlagen würde? Jessica hoffte es nicht, denn sie wollte, dass die beiden glücklich waren.

Sie wünschte auch Gavin, dass er glücklich war.

Sie musste grinsen. Sie brauchte sich nichts vorzumachen, Gavin würde immer glücklich sein. Er war viel zu geradeheraus, um nicht glücklich zu sein. Nichts würde ihm je Kummer bereiten können, weil er einfach nicht imstande war, etwas ernst zu nehmen. Aus diesem Grund konnte er auch untreu sein. Wenn es *ihm* nicht wichtig war, warum sollte es dann anderen etwas ausmachen, war seine unausgesprochene Philosophie.

Früher hatte sie nie darüber nachgedacht, aber eigentlich waren Gavin und Piers sich recht ähnlich. In mancher Hinsicht hätten sie zwar nicht verschiedener sein können, aber in anderen Dingen glichen sie einander sehr. Piers kam es vermutlich gar nicht in den Sinn, dass eine beiläufige Bemerkung wie *Viel besser als das Letzte, das sie rausgehauen haben*, zutiefst verletzend war.

Der Gedanke, einen Tag in London zu verbringen, war Jessica grässlich. Die Stadt war vermutlich stinkend heiß und entsetzlich überlaufen von Touristen, die sie mit zerknitterten Stadtplänen in der Hand nach dem Weg fragten – vergeblich, da Jessica sich in London ebenso wenig auskannte wie sie. Früher, wenn sie sich mit Piers oder ihrer Lektorin in der Stadt getroffen hatte, war sie anschließend nach Korfu geflogen, heilfroh, wieder in die friedliche Ruhe ihres Häuschens zu kommen. Sie war kein Stadtmensch, und mehr als einen Tag in London hielt sie nicht aus.

Abermals grübelte sie besorgt, was Piers ihr wohl zu sagen haben mochte. Was war so wichtig, dass er es nicht am Telefon besprechen konnte? Hatte es mit ihrem neuen Manuskript zu tun? Sie überlegte, ob sie ihre Lektorin anrufen sollte, bis ihr einfiel, dass Cara sicher noch in Urlaub war und *Ein sorgloses Leben* wohl noch ungelesen auf ihrem Schreibtisch lag.

Was immer Piers ihr mitzuteilen hatte, es musste bis Freitag warten. Heute wollte sie mit Kate einkaufen fahren. Es war schon komisch, je öfter sie Kate sah, desto älter und welterfahrener kam sie selbst sich vor. Früher hatte sie immer nur ältere Freunde und Bekannte gehabt und ihre entsprechende Rolle nur zu gern gespielt. Aber da Kate fast zehn Jahre jünger war als sie, musste Jessica sich in ihrer Gesellschaft zwangsläufig anders verhalten. Was besagte das über sie? Die Seelenklempner würden wohl etwas über das bekannte Peter-Pan-Syndrom und Korfu als Niemals-Land murmeln. Mochten die Seelenklempner sagen, was sie wollten, und ihr eigenes Seelenleben nach Belieben erforschen. Sie hatte keine Angst, erwachsen zu werden. Hatte sie nicht gerade aus diesem Grund Korfu verlassen? Die Verantwortung für ihre Mutter hatte ihr im übertragenen Sinne eine schallende Ohrfeige verpasst und ihr gezeigt, was ihre Pflicht war.

Und mit diesem überaus erwachsenen Gedanken ging sie ins Haus, um sich anzuziehen.

Kate schloss gerade die Haustür ab, um zu Jessica zu gehen, als sie Schritte über den Hof kommen hörte. Es war Amanda.

»Gut, dass ich Sie noch erwische«, sagte Amanda und trat schnell näher. »Tony und ich möchten uns bei Ihnen bedanken, dass Sie uns neulich abends ausgeholfen haben, und deshalb haben wir uns gefragt, ob Sie und Alec am Samstagabend zu uns zum Essen kommen möchten.«

»Das ist aber wirklich nicht nötig«, antwortete Kate, »es hat mir Spaß gemacht, auf Hattie aufzupassen.«

»Kommen Sie doch bitte trotzdem zum Abendessen. Wir würden uns freuen. Sagen wir, gegen acht?«

»Vielen Dank.« Kate hoffte, dass ihr Ton verbindlich genug war. »Soll ich etwas mitbringen?«

Amanda lachte. »Ja, ein bisschen von Ihrer magischen Wirkung auf Hattie, damit sie uns einen Abend mal nicht stört. Sie kann ziemlich lästig sein, wenn sie ins Bett gehen soll.«

»Mal sehen, was ich machen kann«, sagte Kate steif und kam plötzlich zu dem Schluss, dass ihr erster Eindruck von Amanda sie nicht getäuscht hatte. Sie konnte sie nicht leiden.

Als sie sich zum Gehen wandte, fragte Amanda: »Fahren Sie weg?«

Die Frage lag nahe, aber Kate widerstrebte es, Amandas Neugier zu befriedigen. Nur weil sie Nachbarinnen waren, mussten sie ja nicht über jeden Schritt Bescheid wissen, den die andere tat. Außerdem wollte sie nicht, dass Amanda sich ihnen anschloss. Sie freute sich auf den Tag mit Jessica und hatte keine Lust, ihn sich von Amanda verderben zu lassen.

»Ich fahre nur einkaufen«, antwortete sie, um einen sparsamen Umgang mit der Wahrheit bemüht.

»Sie wollen in Ruhe shoppen gehen?«

Bevor Kate antworten konnte, trat Jessica aus dem Haus. Jetzt sind wir dran, dachte Kate.

Amanda winkte Jessica zu. Sie hatte noch keine Gelegenheit gehabt, sich dieser angeblich berühmten Schriftstellerin vorzustellen – von deren Berühmtheit sie erst noch überzeugt werden musste –, und so ergriff sie sofort die Gelegenheit und ging auf Jessica zu. »Hallo, ich bin Amanda und wohne in Nummer zwei, drüben an der Ecke.«

»Hi, Kate hat mir erzählt, dass Sie als Erste eingezogen sind. Wie haben Sie sich eingelebt?«

»Allmählich kehrt wieder Ordnung ein – Sie wissen ja, wie das ist.«

Wenn Jessica sich Amandas Marine-Outfit anschaute – blauer Blazer, perfekt gebügelte, knielange weiße Shorts mit Bügelfalten in Habachtstellung und weiß-blaue Schuhe –, beschlich sie das Gefühl, dass Amanda eine völlig andere Vorstellung von Ordnung hatte als sie.

»Ich bin gerade rübergekommen, um Kate und Alec für Samstag zum Abendessen einzuladen. Möchten Sie nicht auch kommen?«, fragte Amanda.

Kate hoffte, dass Jessica ja sagte. Einen ganzen Abend mit Amanda festzusitzen, während Alec sich mit Tony unterhielt, gefiel ihr gar nicht. Ihr Wunsch wurde erfüllt. »Vielen Dank, gern. Um welche Zeit?«, hörte sie Jessica sagen.

»Gegen acht, und fühlen Sie sich nur ja nicht verpflichtet, sich schick zu machen, es geht ganz lässig zu.«

»Was der eine als lässig empfindet, ist für den anderen der beste Sonntagsstaat«, lachte Jessica.

Amanda starrte sie verständnislos an und wandte sich wieder Kate zu. »Viel Spaß beim Einkaufen.«

Als sie in Kates Mini durch den Torbogen fuhren, sagte sie: »Danke, dass Sie Amandas Einladung angenommen haben. Ich weiß nicht, ob ich es ohne moralische Unterstützung einen ganzen Abend mit ihr ausgehalten hätte.«

»Wagen Sie es ja nicht, sich in letzter Minute zu drücken und mich allein zu lassen! Unter dem Vorbehalt, dass ich Amanda gerade mal zwei Minuten gesehen habe, wüsste ich doch zu gern, ob sie auf Sie die gleiche Wirkung hat wie auf mich. Möchten Sie auch am liebsten etwas unerhört Unhöfliches tun oder sagen, nur um zu sehen, wie sie reagiert?«

Kate musste grinsen. »Eigentlich nicht. Um ehrlich zu sein, sie macht mich unsicher und befangen. Aber das gilt für viele Menschen.«

»Wie seltsam.«

»Aber es ist wahr.«

»Ich hoffe, ich mache Sie nicht auch befangen.«

Als Kate keine Antwort gab, sagte Jessica: »Darf ich das als Bestätigung auffassen, dass ich Ihnen gehörig Angst einjage?«

»Nein. Nein, ich habe nur überlegt, wieso Sie mich *nicht* nervös machen.« Sie fuhr langsam über die Kanalbrücke und bemerkte, dass Jessica den Hals reckte, um einen Blick auf das weiße Haus zur Rechten zu werfen. Jessica hatte ihr erzählt, dass ihre Mutter dort wohnte. »Ein schönes Haus«, sagte sie im Vorbeifahren.

Widerstrebend wandte Jessica den Blick von Willow Cottage. Sie wusste genau, dass ihre Mutter nicht zu Hause war, sondern ein paar Tage bei Freunden verbrachte, aber sie kam einfach nicht gegen den Zwang an, ständig auf ihre Mutter aufpassen zu wollen. Es war schon beunruhigend, dass sie in so kurzer Zeit ein geradezu fanatisches Bedürfnis entwickelt hatte, sich um ihre Mutter Sorgen zu machen. Mit einem Anflug echter Scham fiel ihr auf, dass sie sich früher um Anna weniger Sorgen gemacht hatte, weil das Sprichwort *Aus den*

Augen, aus dem Sinn ganz offensichtlich der Wahrheit entsprach.

»Und hier sind Sie aufgewachsen?«, fragte Kate.

»Geboren und aufgewachsen«, bestätigte Jessica.

»Wie herrlich! Ich wünschte, ich wäre auch in so einer Umgebung groß geworden.«

Jessica hörte die Wehmut aus Kates Bemerkung heraus. »Lassen Sie sich nicht von ein paar hübschen Rosen vor der Tür täuschen«, warf sie leichthin ein. »So, und jetzt erzählen Sie mir, wohin wir fahren.«

»Ich dachte, am Besten nach Macclesfield. Da kann man recht gut parken, und ich bin sicher, da bekommen Sie fast alles, was Sie brauchen.«

»Hervorragend, je früher ich das hinter mich bringe, umso besser. Übrigens, danke, dass Sie mich fahren. Mum wollte mir unbedingt ihr Auto leihen, aber dann haben Freunde sie eingeladen, für ein paar Tage zu ihnen nach Abersoch zu kommen. Das ist auch so eine Sache, um die ich mich unbedingt kümmern muss.«

»Was?«

»Ein Auto. Ich werde verrückt, wenn ich nicht bald eins habe.«

»Hatten Sie auf Korfu ein Auto?«

»Nein. Entweder ich bin zu Fuß gegangen oder mit dem Boot gefahren.«

»Das klingt sehr romantisch. Vermissen Sie das nicht alles? Hier muss es doch im Vergleich dazu ziemlich alltäglich sein.«

»Das ist alles relativ. Selbst das Einkaufen mit dem Boot wird auf Dauer alltäglich.«

»Vermutlich.« Nach einer Weile fügte Kate hinzu: »Ich hoffe, das gilt nicht auch für die Liebe.«

»Das ist ein ziemlicher Gedankensprung«, stellte Jessica fest und hoffte gespannt auf weitere Erläuterungen.

Aber Kate schwieg, richtete den Blick unverwandt auf die Straße und behielt ihre Gedanken für sich. Wenn sie zuweilen darüber nachdachte, wie sehr sie Alec liebte, war sie fest überzeugt, dass etwas so Kostbares nicht von Dauer sein konnte. Eigentlich war sie kein pessimistischer Mensch, aber in gewisser Weise wartete sie beinahe darauf, dass ihre Beziehung scheiterte.

Kapitel 13

Als Kate und Jessica kurz nach sechs Uhr nach Hause kamen, quoll der kleine Wagen fast über vor Tragetaschen, Kartons mit Porzellan, Gläsern und Bettwäsche. Die sperrigeren Einkäufe, die sie nicht im Mini hatten unterbringen können, sollten in ein paar Tagen angeliefert werden.

Kate half Jessica, alles ins Haus zu tragen. Als sie schließlich nach Hause kam, hatte sie auf dem Anrufbeantworter eine Nachricht von Ruth, die ihr befahl – nicht etwa sie bat –, sofort zurückzurufen.

Kate entschloss sich, diesen Befehl einfach zu ignorieren, was ihr bisher noch nie bei einem Mitglied aus Alecs Familie gelungen war, und bereitete das Abendessen vor. Sie zerdrückte eine Knoblauchzehe, tat sie mit einem Löffel Olivenöl in eine Pfanne, schälte eine Tomate, schnitt sie in kleine Stücke und gab sie dazu. Gerade griff sie nach einem Topf mit frischem Basilikum, als das Telefon läutete. Da sie vergessen hatte, den Anrufbeantworter abzuschalten, brüllte Ruths Stimme sie aus der Diele an.

»Du kannst doch unmöglich immer noch unterwegs sein«, rief sie schlecht gelaunt.

Kate war versucht, Ruth weiterhin zu ignorieren, aber da ihr einfiel, dass sie ja praktisch bei Alecs Tochter angestellt war, nahm sie die Pfanne vom Herd und ging ans Telefon, um Ruth aus ihrer misslichen Lage zu befreien.

»Tut mir Leid, ich bin gerade erst nach Hause gekommen«, dehnte sie die Wahrheit um etwa zwanzig Minuten. »Falls du Alec sprechen möchtest, er ist noch nicht da.«

»Nein, ich will nicht Dad sprechen, sondern dich. Du musst morgen auf Oscar aufpassen. Ich bringe ihn gegen halb neun vorbei.«

»Aber ich dachte, ich soll mich erst ab übernächster Woche um ihn kümmern.«

»Ich weiß, das hatten wir so abgemacht, aber es ist etwas dazwischengekommen.«

Ja, dachte Kate, ein Mittagessen mit einer Freundin vermutlich. »Tut mir Leid, Ruth, aber ich kann dir nicht helfen, jedenfalls nicht morgen.«

»Was? Wie meinst du das, du kannst nicht?«

»Alec muss morgen ins Lager nach Oxford, und ich fahre mit.«

»Du kannst ja wohl ein anderes Mal mitfahren, Dad fährt doch ständig nach Oxford.«

Kate umklammerte den Hörer fester. Sie durfte sich von Ruth wirklich nicht so herumkommandieren lassen. »Alec wollte gern, dass ich mitfahre. Wir bleiben über Nacht in einem Hotel und kommen erst am nächsten Tag zurück.«

Ein lautes Schnauben am anderen Ende zeigte Kate deutlich, was Ruth davon hielt, dass ihr Vater die Nacht mit einer einundzwanzig Jahre jüngeren Frau in einem Hotel verbrachte.

»Na ja, ich kann nur sagen, dass der arme Oscar am Boden zerstört sein wird«, erklärte Ruth. »Ich habe ihm versprochen, dass er den ganzen Tag bei dir bleiben darf. Jetzt wird er sich wahrscheinlich vor Enttäuschung in den Schlaf weinen. Wenn Kinder eins brauchen, dann ist es Stabilität und Zuverlässigkeit, Kate. Ich hätte nicht gedacht, dass ich ausgerechnet dir das erklären muss.«

Kate zuckte zusammen. Sie hatte gewusst, dass sie es ihr Leben lang bereuen würde, sich von Ruth Einzelheiten über ihre unglückliche Kindheit entlockt haben zu lassen. Als sie Alecs Familie am zweiten Weihnachtstag zum ersten Mal sah, war irgendwann eine ganz harmlose Bemerkung gefallen, die zu diesem demütigenden Geständnis geführt hatte. Den ganzen Morgen hatte sie in der Küche gestanden, um das Mittagessen vorzubereiten, und hatte sich dabei bemüht, nicht an die bevorstehende Begegnung zu denken. Doch während sie mit aller Macht wünschte, diesen Tag einfach ausfallen lassen zu können, war Alec zuversichtlich, dass alles gut gehen würde. Seine Ruhe wunderte sie. Kate hatte zwar nicht erwartet, dass er genauso nervös war wie sie, aber seine joviale Art – scheinbar freute er sich sogar darauf, seine Exfrau zu sehen – verstärkte nur ihre eigene Besorgnis. Das Wort *Trophäe* kam ihr in den Sinn, als er ihr half, ein passendes Kleid auszusuchen. Als die Gäste eintrafen, war sie starr vor Angst und überließ Alec die Begrüßung seiner Familie, während sie sich in der Küche versteckte und hörte, wie er ihnen die Mäntel abnahm und etwas zu trinken anbot.

»Sie werden dich mögen! Wer könnte dir schon widerstehen?«, raunte er ihr ins Ohr, als er schließlich kam, um sie zu holen.

»Melissa zum Beispiel«, flüsterte sie.

Er küsste sie und zog sie an der Hand ins Wohnzimmer.

»Das ist Kate«, verkündete er, den Arm um ihre Schulter gelegt. Wie vorauszusehen, waren aller Augen auf sie gerichtet – besonders Melissas –, und mit dem inständigen Wunsch, im Boden zu versinken, murmelte sie ein paar Höflichkeiten und flüchtete sich zu Alecs Enkel Oscar, der auf dem Boden saß und ein Buch anschaute.

»Hallo«, sagte sie und setzte sich neben den Jungen auf den Boden. »Hast du das zu Weihnachten bekommen?«

Er hob zögernd den Kopf, schaute sie aus großen, nachdenklichen Augen an und sagte: »Ja. Liest du es mir vor?«

Darum brauchte er sie nicht zweimal zu bitten. Sie überließ es Alec, den Rest seiner Familie zu unterhalten, nahm Oscar das Buch aus der Hand und begann, leise vorzulesen, um die anderen nicht auf sich aufmerksam zu machen. Nach einer Weile gesellte sich Ruth zu ihnen, setzte sich mit einem Glas Wein in der Hand auf einen Sessel Kate und Oscar gegenüber und sah die beiden aufmerksam an. Kate nahm sich mit Mühe zusammen und las weiter, so gut es ging. Als die Geschichte zu Ende war, blätterte Oscar, der inzwischen auf ihrem Schoß saß, das Buch wieder an den Anfang zurück und sagte: »Noch mal, bitte.« Strahlend umarmte sie ihn und war froh, dass sie zumindest einen Freund in Alecs Familie gefunden hatte.

»Schmeißen sich alle Kinder so an dich ran?«, fragte Ruth.

»Ich ... weiß nicht«, antwortete Kate.

»Ich denke immer, dass Leute, die besonders kindisch sind, auch am besten mit Kindern zurechtkommen. Findest du nicht auch?«

Die Beleidigung war nicht zu überhören, und so sagte Kate das Erstbeste, was ihr einfiel. Es erwies sich als grober Fehler. »Ich mag es einfach, wenn Kinder glücklich sind. Ich weiß, wie es ist, unglücklich zu sein.«

Ruth' Miene wechselte. Sie beugte sich gespannt vor und fing an, Kate auszufragen, wie sie es wohl schon vorgehabt hatte, seit sie wusste, dass ihr Vater mit einer skandalös jungen Freundin zusammenlebte. Kate bemühte sich nach Kräften, das Bombardement an Fragen zu parieren, aber ihre Anspannung und die natürliche Abneigung gegen Verstellung machten es ihr einfach unmöglich, sich gegen ein so entschlossenes Verhör zur Wehr zu setzen. Als Ruth mit ihr fertig war, hatte sie ihr sämtliche Einzelheiten entlockt und sich unausgesprochen ein Urteil gebildet: Kate neigte aufgrund ihrer unglücklichen Kindheit dazu, sich einen Liebhaber zu suchen, der ihr den Vater ersetzen konnte, den sie nie gekannt hatte, und kompensierte mit ihrer Kinderliebe die mangelnde Zuwendung ihrer flatterhaften Mutter, die sich von einer katastrophalen Beziehung in die Nächste gestürzt hatte. Und wenn es wirklich so wäre, was war dabei? Spielte das eine Rolle? Ließ sich denn nicht bei jedem das Verhalten auf seine Kindheit zurückführen? Doch sosehr Kate sich vor sich selbst rechtfertigen mochte, so konnte sie nicht verhindern, dass ihr bei Ruth' Fragen hundeelend zumute wurde.

Mehrmals schaute Kate während dieses Verhörs Hilfe suchend in Alecs Richtung, der sich jedoch mit Melissa unterhielt und nichts von ihrer Not merkte.

Schließlich kam Oscar ihr zu Hilfe. »Ich hab Hunger«, erklärte er. »Was gibt's zum Mittagessen?«

»Ich sollte mich wohl mal darum kümmern«, sagte sie rasch, hob Oscar von ihrem Schoß und stand auf. Er kam mit ihr in die Küche, und seitdem waren sie die besten Freunde.

Als Kate nun an ihren kleinen Freund und seine Enttäuschung dachte, wenn sie nicht das täte, was seine Mutter von ihr verlangte, konnte sie die Vorstellung, dass er sich in den Schlaf weinte, nicht ertragen. Sie suchte nach einer Lösung, die allen gerecht würde. Sie wollte weder Alec enttäuschen noch Oscar wehtun. Plötzlich kam ihr eine Idee. Sie war sich nicht sicher, wie Alec sie aufnehmen würde, aber da Oscar schließlich sein Enkel war, hatte er bestimmt nichts dagegen.

Aber Alec hatte etwas dagegen.

»Wie bitte?«, fragte er, als Kate ihm abends erzählte, was sie mit Ruth vereinbart hatte.

»Ruth wollte, dass ich auf Oscar aufpasse, und da habe ich vorgeschlagen, er könne doch mit uns nach Oxford kommen, wenn sie nichts dagegen hat ... Ich dachte, es macht ihm vielleicht Spaß. Und dir auch.«

»Du meinst, es würde *dir* Spaß machen.«

Kate war wie vor den Kopf geschlagen. So kalt und scharf hatte sie Alec noch nie sprechen hören. »Ich ... ich verstehe dich nicht, du weißt, dass ich Oscar gern um mich habe, ich mag ihn sehr.«

Alec drehte sich auf dem Absatz um, ging hinauf ins Schlafzimmer und warf Krawatte und Jackett aufs Bett. Dann trat er ans Fenster und schaute auf die Berge in der Ferne. Als seine Wut sich nach einer Weile legte, meldete sich ein viel schlimmeres Gefühl: Scham. Er war erschüttert über seinen plötzlichen Wutausbruch.

Nach den Gründen für sein Verhalten brauchte er gar nicht erst zu suchen. Es lag an seiner eigenen Unsicherheit. Er hatte solche Angst, Kate zu verlieren, dass er irrational und Besitz ergreifend wurde. Er konnte nicht damit umgehen, dass sie außer mit ihm auch noch mit anderen Menschen zusammen sein wollte.

Verflucht! Er war sogar eifersüchtig auf Oscar.

Auch wenn er schon gehört hatte, welche zerstörerische Kraft der Dämon Eifersucht besitzen konnte, hatte er sich bisher nicht vorstellen können, wie zerstörerisch er tatsächlich war.

Er wollte Kate auf der Fahrt nach Oxford ganz für sich allein haben. Er hatte vorgehabt, den Termin im Lagerhaus so schnell wie möglich hinter sich zu bringen und den Rest der Zeit mit Kate zu verbringen. Er hatte sogar Champagner auf ihr Hotelzimmer bestellt und sich auf eine verführerische Nacht gefreut.

Nicht darauf, die Nacht über Babysitter zu spielen!

Er schlug mit der Faust auf das Fensterbrett, dass Kates Schmuckschatulle klapperte.

Unten hörte er eine Tür ins Schloss fallen und sah Kate vom Haus fortgehen. Er wusste, dass er ihr eigentlich nachlaufen müsste, aber er blieb reglos und bestürzt stehen. Noch nie hatte er einen solchen Schmerz empfunden. Er sah, wie sie den Hof überquerte und an den Garagen vorbeiging. Dann fing sie an zu laufen, so dass ihr wunderschönes Haar sich ausbreitete wie ein Fächer. Sie rannte über die Weide, auf der manchmal die Schafe eines Bauern aus der Umgebung grasten, und verschwand in der Dunkelheit.

»Wo guckst du hin?«

Charlie drehte sich vom Fenster zu seinem Bruder um, der gerade ins Zimmer gekommen war.

»Du hast mir gar nicht erzählt, dass du so umwerfend gut aussehende Nachbarinnen hast.«

»Das wusste ich auch nicht.«

»Also diese da ist eine Schönheit und sie lief in den Sonnenuntergang wie eine verschreckte Gazelle.«

Josh dachte an die einzige Nachbarin, der er in Cholmford Hall Mews bislang begegnet war, und zwar ausgerechnet, als es ihm hundsmiserabel ging. Das Einzige, was er von der Frau aus Nummer vier noch in Erinnerung hatte, war, dass sie schlank und unglaublich braun war. Aber er hatte den Eindruck, dass sie nicht der Vorstellung entsprach, die Charlie von einer Schönheit hatte. Er kannte Charlies Geschmack bei Frauen. Meist gehörten sie zu der sehr großen, kurvenreichen Sorte. Und soweit er wusste, gab es in seiner Nachbarschaft keine, die in diese Kategorie fiel. Aber er hatte sich auch noch keine sonderliche Mühe gegeben, seine Nachbarn kennen zu lernen.

»Wie sah sie denn aus?«, erkundigte er sich und setzte sich auf das Sofa. Er war froh, sein Bein entlasten zu können, das fast den ganzen Tag wie Ballast an ihm gehangen hatte. Er nahm seine Dose Bier von dem Glastisch.

Charlie gesellte sich zu ihm. »Ich glaube, ich habe mich gerade in einen Engel verliebt, der direkt aus dem Himmel kam.«

Josh hätte sich fast an seinem Bier verschluckt. »Du hast was?«

Charlie grinste. »Na gut. Vielleicht nicht. Aber sie war unheimlich geschmeidig und sah toll aus, wie aus einem präraffaelitischen Gemälde, weißt du?«

»Was, du meinst die Bilder, auf denen die Frauen aussehen, als hätten sie sich das Genick gebrochen?«

»Ja, genau die.«

»Also, habe ich das richtig verstanden: Da draußen auf der Wiese ist eine Frau mit gebrochenem Genick, in die du dich verguckt hast?«

Charlie seufzte. »Sehr treffend.«

Josh stand auf. »Ich glaube, du brauchst noch ein Bier.«

Charlie kam mit ihm in die Küche, und während Josh den Kühlschrank öffnete, nahm er den Deckel von dem Topf, in dem das Curry köchelte. »Wann ist das Essen fertig? Ich sterbe vor Hunger.«

Josh warf ihm eine Dose Bier zu. »Wenn wir miteinander geredet haben.« Er setzte sich auf einen Hocker an der Frühstücksecke mitten in der Küche.

»Ach, jetzt wird's ernst, was?«

»Du hast es kapiert.«

Charlie setzte sich seinem Bruder gegenüber. »Hör zu«, sagte er.

»Es tut mir Leid wegen heute Morgen.«

»Ja, mir auch, ich habe überreagiert. Aber wenn wir eine Wiederholung dieses kleinen Fiaskos vermeiden wollen, müssen wir einiges klären. Mein Körper mag vielleicht nach Kräften versuchen, mich – und alle anderen – davon zu überzeugen, dass ich so viel wert bin wie ein Wasserkessel aus Schokolade, aber mein Kopf ist völlig in Ordnung. Okay?«

Charlie nickte. »Das weiß ich, Josh, es ist ja nur ...«

»Ich weiß, was das ›Nur‹ bedeutet: Du glaubst, du müsstest mich entlasten. Aber was denkst du, wie lange du das noch schaffst? Die zusätzliche Arbeit, die du dir aufhalst, macht dich fix und fertig. Ich weiß ja nicht, ob du in letzter Zeit mal in den Spiegel geguckt hast, aber dein gutes Aussehen ist eindeutig dahin.«

»Frecher Hund!«

»Ja, also, mach was dran. Hör auf, mich wie einen Pflegefall zu behandeln, und lass mich meine Arbeit tun, so gut ich kann. Und geh du jeden Abend zu einer vernünftigen Zeit nach Hause und ins Bett. Sonst haben wir am Ende keine Firma mehr zu leiten, weil wir beide es vermasselt haben.«

Charlie trank einen großen Schluck Bier und sah seinen Bruder nachdenklich an. »Ich habe deine Worte vernommen, und im Prinzip bin ich deiner Meinung. Aber ...« – er hob die Hand, als Josh den Mund aufmachte – »spring mir nicht gleich an die Kehle, aber was glaubst du, wie lange *du* das noch schaffst?«

»Soll ich ehrlich sein?«

»Ja.«

»Ich weiß es nicht. An manchen Tagen geht es mir so gut, dass ich das Gefühl habe, ich könnte ewig so weitermachen. An anderen fühle ich mich wie tot. Aber das weißt du ja.«

»Du glaubst also nicht, wenn du etwas weniger arbeiten würdest, könntest du ... du weißt schon, könntest du länger ...« Er vermochte es nicht auszusprechen.

Josh nahm es ihm ab. »Du meinst, wenn ich aufhöre zu arbeiten und mich schone, könnte ich sechzig werden, statt schon Mitte vierzig den Löffel abzugeben?«

Charlie schluckte. »Ich wünschte, du wärst nicht so verdammt direkt.«

»Aber darum geht es doch bei deiner Frage, oder? *Oder?*«, drängte Josh, als Charlie ihm keine Antwort gab.

»Ja«, brummte Charlie finster und starrte unverwandt auf die Bierdose in seiner Hand. Ein Leben ohne Josh konnte er sich einfach nicht vorstellen. Es war undenkbar. Sie waren nicht wie andere Brüder. Sie hatten sich immer so nahe gestanden, dass sie die Gesellschaft des anderen nie leid wurden. Sie waren zusammen aufgewachsen, hatten zusammen gespielt, studiert, gearbeitet und sogar gemeinsam Urlaub gemacht. Manche mochten behaupten, das sei unnatürlich, Brüder könnten sich nicht so nahe stehen, ohne dass daran etwas faul sei. Aber er liebte seinen Bruder und würde alles für ihn tun. Erst als er aufsah, merkte er, dass Josh seine Frage beantwortete.

»Ich habe keine Ahnung, ob es mein Leben verlängert, wenn ich mich schone, aber ich kann doch nur das tun, was ich für gut halte. Und im Augenblick ist es mir wichtig, so weiterzumachen, als ob dieser ganze Alptraum nie angefangen hätte.«

»Wie kann ich dir am besten helfen?«

»Indem du mich unterstützt.«

»Das habe ich die ganze Zeit getan.«

Josh schüttelte den Kopf. »Nein. Du hast Mitleid mit mir gehabt. Und Mitleid ist das Letzte, was ich brauche.«

Charlie zerdrückte die leere Bierdose in seiner Hand. »Okay. Ich will mein Bestes versuchen.« Und da er einen etwas leichteren Ton anschlagen wollte – mehr konnte er von diesem Thema vorerst nicht verkraften –, sagte er: »Aber dafür musst du mir deine Nachbarn vorstellen. Ich möchte dieses fantastische Mädchen kennen lernen, das gerade über die Felder geflohen ist.«

Josh starrte auf die zerdrückte Bierdose und fühlte sich selbst wie erschlagen. »Wahrscheinlich gibt es sie gar nicht«, sagte er und stand langsam auf. »Sie ist nur eine mythische Vision, die dein Körper dir vorgespiegelt hat, um dich zum Narren zu halten.«

Es war schon fast dunkel, als Alec Schritte auf der Treppe hörte. Leise, vorsichtige Schritte.

Er hatte sich nicht vom Fleck gerührt, seit Kate geflohen war. Er stand immer noch am Schlafzimmerfenster, den Kopf an die kühle Scheibe gelehnt. Als sie hereinkam, drehte er sich zu ihr um. Es war unverkennbar, dass er sie sehr gekränkt hatte. Sie sah bleich und zerbrechlich aus. Als er bemerkte, dass sie geweint hatte, nagten Scham und Schuldgefühle an ihm.

»Es tut mir Leid«, murmelte sie. »Ich hätte dich vorher wegen Oscar fragen sollen. Ich hätte daran denken müssen.«

Alec war entsetzt, dass sie glauben konnte, sie sei im Unrecht, und im Nu war er bei ihr und nahm sie in die Arme. Er drückte sie so fest an sich, dass er sie nach Luft ringen hörte.

»Ich bin es, der sich entschuldigen muss«, flüsterte er und grub sein Gesicht in ihr wundervolles Haar. Er konnte sie nicht ansehen. Nicht, weil er nicht sehen wollte, wie sehr er ihr wehgetan hatte, sondern weil er nicht wollte, dass sie seine Tränen sah.

Kapitel 14

Richard Branson sei Dank, dachte Jessica, als ihr Zug pünktlich in Euston Station einlief. Die Höllenfahrt war überstanden.

Der dicke Mann, der ihr gegenübersaß und die Ursache für zweieinviertel Stunden Fegefeuer gewesen war, klappte seinen Laptop zu und räumte sein transportables Büro zusammen, das sich stetig weiter in Richtung Jessica ausgebreitet hatte, je länger der Zug durch die von der Sonne ausgetrocknete Landschaft Mittelenglands zockelte. Vergebens hatte Jessica versucht, ein wenig Platz für sich zu beanspruchen.

Was Jessica anging, hatten Reisen die seltsame Eigenschaft, selbst in den duldsamsten Menschen Revieransprüche, wenn nicht gar Killerinstinkte zu wecken. Autobahnen, auf denen jeder Fahrer sich als *King of the Road* sah, waren schon schlimm genug, aber nichts bedrohte die Intimsphäre so sehr wie eine Zugfahrt. Besonders wenn das Neueste aus dem High-tech-Waffenarsenal zum Einsatz kam: das Handy.

Und der dicke Mann ihr gegenüber gehörte wohl zu den Besten auf diesem Gebiet der Kriegsführung.

Natürlich hätte sie sich gar nicht erst in das Abteil zu Schweinchen Dick setzen dürfen, und schon gar nicht einen halben Schritt von ihm entfernt, aber sie hatte nur die Wahl gehabt zwischen ihm und einem plärrenden Baby weiter hinten im Zug.

Von Anfang an war jedoch klar, dass bis London niemand auch nur einen Augenblick Ruhe finden würde. Wenn er nicht stapelweise Papiere durchblätterte oder auf der Tastatur seines Laptops klapperte, telefonierte er. Und dabei ging er keineswegs diskret vor.

»Ja!«, brüllte er in das kleine Handy, das er an sein fleischiges Gesicht drückte. »Ja, ja! Ja, machen Sie das! Danke. Geben Sie mir Bescheid, wie's gelaufen ist. Wir hören voneinander.«

Als der Zug in Watford Gap einlief, hatten Jessica und die übrigen Mitreisenden schon genug. Aber offenbar traute sich keiner, etwas zu unternehmen. Ein oder zwei raschelten mit ihren Zeitungen in der Hoffnung, Schweinchen Dick genügend zu beschämen, dass er leiser war. Jemand schnalzte sogar missbilligend mit der Zunge. Als der grässliche Mann sich aus seinem Sitz hievte und zum Speisewagen ging, fand Jessica, dass es an der Zeit war, zu handeln. Sobald er außer Sicht war, nahm sie einen seiner gelben Klebezettel und schrieb in Großbuchstaben: »Noch ein Mucks von Ihnen, Schweinchen Dick, und Sie sind TOT.« Diesen Zettel klebte sie auf seinen Laptop. Ihre Nachbarn lasen, was sie geschrieben hatte, und grinsten dankbar.

»Ich hätte es nicht besser ausdrücken können«, pflichtete eine zierliche, grauhaarige Dame ihr bei, die seit Stoke Pfefferminz lutschte.

Schweinchen Dick kam mit mehreren Tüten voller Essen und Getränke zurück und quetschte sich wieder auf seinen Platz. Sobald er den Zettel auf seinem Laptop sah, riss er ihn ab, hielt ihn hoch und fragte: »Wer war das?« Dabei schaute er sich wütend im Abteil um.

Alle schwiegen. Keiner sah ihn auch nur an. Es war, als gäbe es ihn gar nicht.

In der verbleibenden halben Stunde Fahrzeit herrschte himmlische Ruhe.

Sobald Jessica konnte, zwängte sie sich an Schweinchen Dick vorbei und stieg aus dem Zug. Auf dem Bahnsteig bahnte sie sich einen Weg durch das Menschengewirr zur Rolltreppe, die zu den U-Bahn-Ebenen führte. Sie hatte Glück. Gerade war ein Zug eingefahren, und sie fand einen Stehplatz, dicht gedrängt an einen Doppelgänger von George Michael mit Schnurrbart und allem Drum und Dran. Er roch wunderbar und sah ziemlich gut aus, aber nach zwei lustigen Stunden neben Schweinchen Dick hätte sogar Robin Cook die höchste Punktzahl auf dem Sexometer erreicht.

In Charing Cross stieg Jessica aus und ging das kurze Stück zu Piers' Büro zu Fuß, das gleich neben dem Haymarket lag.

Sie war fest überzeugt, dass ihre Karriere als Schriftstellerin zu Ende sei. Nachts hatte sie sich unruhig im Bett hin- und hergewälzt – selbst Gavins T-Shirt hatte nicht geholfen – und im Geiste immer wieder dasselbe Szenario durchgespielt: Ihr Verlag war nicht mehr an ihr interessiert, Piers konnte keinen anderen Verlag finden, der sie nehmen wollte, und vermutlich hatte er sich deshalb auch so untypisch großzügig mit seinem Lob über ihr neues Buch gezeigt. Obwohl sie fest überzeugt war, dass es so sein musste, wandte ein kleines Stimmchen der Vernunft ein, dass Piers der Letzte wäre, der Bedenken hätte, ihr diese Nachricht am Telefon zu eröffnen. Wenn eine Autorin ihr Verfallsdatum überschritten hatte, dürfte Piers keine Probleme damit haben, sie zum Teufel zu jagen. »Jessica«, würde er sagen, »es ist Zeit, dass Sie Ihren Schreibtisch räumen. Nehmen Sie auf dem Weg nach draußen das Formular mit, mit dem Sie sich arbeitslos melden.«

Als Jessica die Glasfront des Bürogebäudes erreichte, wo Piers im zweiten Stock saß, schwitzte sie, und ihr Magen schlug Purzelbäume. Sie konnte kaum atmen, und in ihrem

Hinterkopf krallte sich ein dumpfer Schmerz fest. Nervöse Anspannung konnte einen wirklich umbringen!

Sie drückte auf den Rufknopf für den Aufzug, und als er kam, trat sie in die verspiegelte Kabine und kramte in ihrer Handtasche nach Schmerztabletten. Sie fand nur zwei lose Paracetamol voller Flusen, rieb sie ab und steckte sie in den Mund. Eine konnte sie schlucken, die andere klebte ihr auf der Zunge und ließ sie das Gesicht verziehen, dass jeder professionelle Grimassenschneider vor Neid erblasst wäre. Der Aufzug hielt abrupt, die Tür ging auf – und vor ihr stand ein makellos gekleideter Piers in Nadelstreifenhose, hellblauem Hemd und klassischer Krawatte. Trotz ihrer Übelkeit bemerkte Jessica, dass er perfekt zu dem marineblauen Teppichboden passte, auf dem er stand.

»Les Dawson, nehme ich an«, sagte er, als er ihr verzerrtes Gesicht sah.

Diese Bemerkung war das Witzigste, was sie je von Piers gehört hatte. »Ich brauche ein Glas Wasser«, krächzte sie. Die Tablette steckte mittlerweile fest in ihrer Kehle und ihre Geschmacksknopsen sandten Notsignale aus. Mayday! Mayday! Giftalarm! Verlassen Sie das Schiff! Damit teilte ihr Körper ihr unmissverständlich mit, dass Piers bald eine ganz schöne Sauerei auf dem Teppichboden seines Büros hätte, wenn nicht sofort etwas geschähe.

Piers' Assistentin Stella wurde gerufen, um Jessica zu helfen, und als sie schließlich wieder von der Toilette kam, hatte sie sich so weit gefasst, dass sie sich von Stella in Piers' Büro führen lassen konnte. Er wartete schon auf sie.

»Es tut mir Leid«, sagte sie, »es muss an der Luft hier in London liegen, sie bekommt mir nicht.«

Er bedachte sie mit einem Blick, als wolle er sagen: Sind Sie endlich fertig? Dann nahm er sein Jackett von der Rückenlehne seines Stuhls und zog es an. »Gehen wir essen.«

Jessica hatte gehofft, dass Piers sie von ihren Qualen erlösen möge, bevor sie in das Restaurant gingen. Aber vielleicht war er ja so sadistisch, dass er es genoss, sie auf die Folter zu spannen. Nun ja, dann würde sie eben das teuerste Gericht nehmen, das auf der Karte stand. Das geschähe ihm nur recht.

Er führte sie ins Caprice.

»Hier war ich letzte Woche mit Nick Hornby«, erzählte er ihr, während sie die Speisekarte studierten.

»Mit wem?«, fragte Jessica, obwohl sie genau wusste, wen Piers meinte. Sie hatte *Fever Pitch – Ballfieber* gelesen, sobald das Buch in die Buchhandlungen von Kassiopi vorgedrungen war. Es war das erste Mal, dass Piers auch nur andeutungsweise versuchte, ihr zu imponieren. Was ging hier vor? Eben ein Scherz, jetzt ein eklatanter Fall von Angeberei. Gleich würde er ihr noch eröffnen, dass A. A. Gill sein Trinkkumpan sei. Bei dem Gedanken schauderte sie.

Er senkte seine Speisekarte und sah sie an. »Sie werden sich auf Ihre neue Rolle einstellen müssen, Jessica«, erklärte er streng. »Da Sie jetzt wieder in England sind, gibt es keine Entschuldigung mehr, sich abzuschotten.«

»Wieso muss ich mich auf meine neue Rolle einstellen?«, fragte sie Piers. Sie wurde regelrecht kühn. Aber warum auch nicht? Wenn sie schon den Laufpass bekam, konnte sie ebenso gut bis zum Letzten kämpfen.

Er gab keine Antwort, sondern machte einer vorbeigehenden Kellnerin ein Zeichen und bestellte das Mittagessen. Als er fertig war, sahen er und die Kellnerin Jessica auffordernd an.

»Ich nehme die Ente auf Spargelbett und danach die gebratene Hühnchenleber mit Rösti. Aber ich möchte die Leber durchgebraten und nicht mit einem Klumpen Erdbeergelee darin, wenn ich sie anschneide.« Sie knallte die Speisekarte auf den Tisch und lehnte sich zurück. Allmählich schlüpfte sie tatsächlich in die neue Rolle: unangenehm und aufsässig.

»Dann nehmen wir eine Flasche Rotwein«, sagte Piers, ohne ihren Auftritt zu beachten, und gab ihr damit das Gefühl, sich wie ein ungezogenes Kind benommen zu haben. »Ich denke, der 94er St. Chinian passt ganz gut.«

Als sie allein waren, sagte er: »Wie gefällt es Ihnen in Ihrem neuen Haus?«

Das ging nun wahrhaftig zu weit. Piers machte Smalltalk. Also wirklich, so ging das nicht weiter. »Piers«, sagte sie, »würden Sie bitte zur Sache kommen?«

»Zur Sache?«

»Ja. Warum um alles in der Welt haben Sie mich hierher geschleift?«

Er grinste. Nun ja, es kam einem Grinsen zumindest recht nahe – ein leichtes Heben der Mundwinkel. Für den Bruchteil einer Sekunde sah er fast gut aus. Noch nie hatte Jessica Piers als gut aussehenden Mann wahrgenommen, aber nun fand sie, wenn er den Dreh mit dem Lächeln herausbekäme, hätte er zumindest eine Chance, halbwegs anständig zu wirken, sogar wie ein Heiratskandidat. Soweit sie wusste – ihre Hauptinformationsquelle war Stella –, hatte Piers nie geheiratet und machte auch jetzt, mit siebenundvierzig, nicht den Eindruck, als habe er es vor. Jessica hätte aber darauf wetten können, dass er nicht schwul war, obwohl sie keine Ahnung hatte, wieso sie sich da so sicher war. Vielleicht schloss seine brüske Art das einfach aus, auch wenn Schwule nicht alle so schwuchtelig herumlaufen mussten wie Julian Clarey.

Als der Wein kam, gab Piers der Kellnerin Anweisung, sie allein zu lassen, und schenkte Jessica und sich jeweils ein großes Glas ein.

»Ich denke, das ist das, was feine Pinkel als Champagner-

Moment bezeichnen. Aber Sie kennen mich gut genug, um zu wissen, dass ich weder ein Champagner-Typ noch ein feiner Pinkel bin, also wird der Wein wohl reichen. Kommen Sie, erheben Sie Ihr Glas.«

Jessica tat, was Piers sagte, schaute ihn aber argwöhnisch an. Was führte er im Schilde? War das ein Moment der Schwäche, bevor er ihr den endgültigen Schlag versetzte?

»Auf Ihren nächsten Vertrag«, sagte er. »Herzlichen Glückwunsch.«

»Meinen was?«

»Das haben Sie doch gehört. Na los, trinken Sie schon.«

Sie nippte an ihrem Glas, trank dann einen großen Schluck, gefolgt von einem noch größeren. »Und warum haben Sie mir das nicht am Telefon gesagt?«

Er lehnte sich zurück. »Ich wollte es Ihnen persönlich sagen. Ich finde, der Anlass hat es verdient. Es ist noch nichts definitiv, und die endgültige Entscheidung liegt natürlich bei Ihnen, aber was halten Sie davon, den Stall zu wechseln?«

»Ich glaube, das müssen Sie mir erklären.«

Ihr erster Gang kam, und während sie ihre Servietten auseinander falteten, Salz und Pfeffer auf das Essen streuten und Wein nachschenkten, erklärte Piers: »Wie Sie wissen, haben Sie mit *Ein sorgloses Leben* Ihren laufenden Vertrag erfüllt, und das heißt ...«

»Das heißt, dass ich nicht mehr unter Vertrag stehe.«

»Genau. Und ich finde, Sie sind über Ihren jetzigen Verlag hinausgewachsen.«

»Wie kommen Sie darauf?«

»Ich habe ein Angebot von einem anderen Verlag bekommen, der bereit ist, sehr viel Geld für Sie zu bezahlen.«

Jessica griff nach ihrem Weinglas. »Wie viel? Und welcher Verlag?«

»Eins nach dem anderen.«

Sie trank ihren Wein in großen Zügen und bemühte sich, das Zittern ihrer Knie unter dem Tisch zu unterdrücken. Es war alles so anders gekommen, als sie es sich vorgestellt hatte! Sie stemmte beide Füße fest auf den Boden in der Hoffnung, dem Zittern Einhalt zu gebieten, aber es half nichts. Ihre Beine vibrierten weiterhin auf und ab wie Ventile.

»Man bietet Ihnen einen Vertrag für zwei Bücher an«, hörte sie Piers sagen. Doch plötzlich brach er ab und starrte sie an. »Jessica, füßeln Sie etwa mit mir?«

»Bestimmt nicht!«, kreischte sie und zwang ihre Beine mit aller Willenskraft zur Ruhe.

Er sprach weiter, allerdings mit seltsamer Miene. »Wie gesagt, ein Vertrag über zwei Bücher und etwa das dreifache Honorar, das Sie derzeit bekommen.«

Jessica leerte ihr Glas und machte große Augen. Das Besteck auf dem Tisch klapperte, weil ihre Beine wieder zu schlockern anfingen.

Piers füllte ihr Glas und sagte: »Was sagen Sie dazu?«

»Ehm ... angenommen, ich komme mit der neuen Lektorin nicht zurecht?«

Piers verdrehte die Augen. »Für das Geld würde ich versuchen, auch mit Dschingis Khan zurechtzukommen, Jessica.«

»Aber mir gefällt es da, wo ich bin.«

»Dann müssen Sie eben das niedrigere Angebot annehmen.«

»Und das wäre?«

»Ein Vertrag über zwei Bücher und das Doppelte von dem, was Sie jetzt bekommen.«

Jessica dachte über Piers' Eröffnungen nach. Es fiel ihr schwer. Eben hatte sie noch gefürchtet, ihre nächste Hypothekenrate nicht bezahlen zu können, und jetzt fühlte sie sich wie Barbara Taylor Bradford. »Selbst wenn ich das niedrigere Angebot annehme, ist das immer noch ein Haufen Geld, oder?

Ich meine, es ist viel mehr, als ich je gedacht hätte zu bekommen! Fantastillionen mehr.«

»Eine erstaunliche Ausdrucksweise haben Sie, wenn es um Geld geht, Jessica. Sie bekommen doch nur das, was einer Autorin von mir zusteht. Wie ist übrigens Ihre Ente?«

Kurz nach drei Uhr verließen sie das Restaurant und fuhren mit dem Taxi wieder in Piers' Büro. Jessica hatte vor Schreck und Aufregung kaum einen Bissen gegessen, aber viel mehr getrunken, als ihr gut tat. Sie bemühte sich, aufrecht sitzen zu bleiben, rutschte aber immer wieder auf dem Rücksitz zur Seite. Einmal landete ihr Kopf sogar auf Piers' Schulter. Wäre sie nüchterner gewesen, hätte sie ihren Kopf lieber in einen Backofen gesteckt.

In seinem Büro gab Piers Stella die Anweisung, Kaffee zu bringen, viel Kaffee.

»Ich bin nicht betrunken«, erklärte Jessica und sank in einen Sessel.

»Und ich bin der Erzbischof von Canterbury«, antwortete er trocken.

Sie kicherte und konnte gar nicht wieder aufhören, bis ihr Tränen über die Wangen liefen. Piers kam herüber und reichte ihr ein Taschentuch.

»Danke«, sagte sie und presste das Taschentuch vor ihr Gesicht. Das saubere Leinen roch nach Rasierwasser. *Piers benutzte Rasierwasser?* Wieso war ihr das noch nie aufgefallen? Sie versuchte, ihn sich zu Hause in seinem Junggesellenbadezimmer vorzustellen, wie er sich mit Givenchy oder Chanel for Men besprühte. Aber es war sinnlos. Das Einzige, was sie sich vorstellen konnte, war Piers, der sich in seinem Büro rasierte und viel zu beschäftigt war, um sich mit so banalen Dingen wie Toilettenartikeln für Herren abzugeben.

Sie schaute zu ihm auf. Er stützte sich mit beiden Händen am Schreibtisch ab. Vermutlich versuchte er es wieder einmal mit einem Lächeln, denn seine Mundwinkel waren eindeutig etwas mehr nach oben gezogen als zuvor. Plötzlich fragte sie sich, wie er wohl im Bett sein mochte. Steckte hinter dieser strengen Fassade ein leidenschaftlicher Mann, der in den Laken wahres Dynamit war? Es brauchte ja gar nicht im Schlafzimmer zu sein, wie wäre es mit dem Büro, breitbeinig auf dem Schreibtisch? Der Gedanke, dass sie es ganz gern in Erfahrung bringen würde, ernüchterte sie auf Anhieb. *Brr! Sie hatte tatsächlich in Erwägung gezogen, mit Piers zu schlafen!*

Schnell griff sie nach der Tasse, die Stella vor einiger Zeit gebracht hatte, und trank, obwohl der Kaffee schon fast kalt war.

»Haben Sie sich erholt?«, fragte Piers und zog sich hinter seinen Schreibtisch zurück.

»Ehm ... ja, danke«, sagte sie und gab sich Mühe, sicher und sachlich zu klingen und vor allem aufrecht zu sitzen. »Tut mir Leid, das war der Schreck. Wissen Sie, die ganze Aufregung ...«

Er starrte sie mit leicht seitlich geneigtem Kopf an.

Er weiß es, dachte sie. Er weiß, was ich gerade gedacht habe. Sie wand sich in ihrem Sessel.

»Also?«, sagte er bedächtig, »wie sieht Ihre Entscheidung aus?«

Sie räusperte sich. »Ehm ... ich weiß es nicht.«

Er schüttelte den Kopf. Gefühlsduselei, sagte seine Miene, nichts als Gefühlsduselei. »Ich brauche Sie sicher nicht daran zu erinnern, dass Sie an Ihre langfristige Zukunft denken müssen.«

»Das weiß ich alles, aber es geht nicht nur ums Geld«, erwiderte sie lahm, »es ist der persönliche Aspekt des Arbeitsverhältnisses. Cara und ich kommen gut miteinander aus. Ich möchte keine neue Lektorin.«

»Ich dachte, das hätten wir schon geklärt.«

Sie runzelte die Stirn.

Er hob abwehrend die Hände. »Okay. Wenn Sie diesen Schritt nicht tun wollen, mir ist das recht. Die Entscheidung liegt ganz bei Ihnen.«

Da Jessica eine Weile allein sein wollte, um sich die Sache in Ruhe zu überlegen, ging sie zur Toilette. Es war lächerlich, aber nach zehn Minuten Grübelei beschloss sie, dass sie bleiben würde, wo sie war, wenn die Klospülung beim ersten Mal einwandfrei funktionierte. Wenn sie den Hebel zweimal betätigen musste, wie es normalerweise bei fremden Toiletten der Fall war, würde sie das Geld nehmen und sich aus dem Staub machen. Sie hielt den Atem an und drückte mit aller Kraft auf den Hebel – Frank Bruno hätte es nicht kraftvoller tun können.

Dann ging sie zurück zu Piers. »Ich bleibe bei Cara und ihrem Team«, erklärte sie bestimmt, ohne ihm in die Augen zu sehen – ihr Entschluss, das niedrigere Angebot anzunehmen, bedeutete auch für ihn eine finanzielle Einbuße.

Kommentarlos bot er ihr noch eine Tasse Kaffee an und bestand darauf, sie persönlich zum Bahnhof zu bringen.

»Wird von jetzt an für mich der rote Teppich ausgerollt, da ich nun zu Ihren Großverdienern gehöre?«, sagte sie, als sie auf den Bahnsteig gingen.

»Ich habe Sie immer gut behandelt, Jessica.«

Sie blieb stehen. »Piers, Sie haben mich noch nie zum Zug gebracht, und im Übrigen haben Sie mich abscheulich behandelt, seit ich Sie kenne. Sie bekommen zehn Prozent von allem, was ich verdiene, und geben mir das Gefühl, der letzte Dreck zu sein.«

Er hob die Augenbrauen. »Schön zu wissen, dass ich in meinem Job so gut bin. Und wenn es Sie wirklich interessiert, warum ich Sie zum Zug bringe: In Ihrem jetzigen Zustand traue ich Ihnen nicht mal zu, Ihre eigene Nasenspitze zu finden.«

Kapitel 15

Jessica fand einen Sitzplatz in einem relativ leeren Abteil und hoffte, dass diesmal kein Klon von Schweinchen Dick auf sie lauern mochte.

Als der Zug auslief, schloss sie die Augen. Ihre Kopfschmerzen fingen wieder an. Sie brauchte dringend ein bisschen Schlaf.

Aber das Nickerchen half auch nicht, und als sie Rugby erreichten, hatten sich die Kopfschmerzen zu einer echten Migräne ausgewachsen. Der dumpfe Schmerz breitete sich über die ganze rechte Seite ihres Kopfes aus und pochte so eindringlich wie ein Presslufthammer. Jessica hielt die Augen geschlossen, um sich vor dem grellen Licht zu schützen, und als der Zug in Crewe hielt, stellte sie sich auf dem Gang an ein offenes Fenster und hoffte, dass die kühle Abendluft ihr helfen möge.

Aber es funktionierte nicht, und als der Zug zwanzig Minuten später endlich Cholmford Station erreichte, wankte Jessica wie ein Zombie über den menschenleeren Bahnsteig. Einen Bahnschalter gab es nicht und eine Telefonzelle war ebenfalls nicht in Sicht. Jessica war völlig allein und verfluchte sich, dass sie nicht schon vorher ein Taxi zum Bahnhof bestellt hatte. So blieb ihr nur übrig, zu Fuß zu gehen.

Fast eine Meile taumelte sie die leeren Sträßchen entlang

und hatte das Gefühl, ihr Kopf würde gleich platzen. Ihr war so hundeelend, dass sie schon versucht war, sich auf die Straße zu legen und zu warten, bis ein Auto sie überfuhr und von ihren Qualen erlöste – wenn doch nur ein Auto käme! Jessica hatte mittlerweile das Stadium erreicht, in dem die Migräne sie zugleich krank und leichtsinnig machte. Da das Haus ihrer Mutter nicht mehr als eine Meile entfernt sein konnte, wankte sie weiter. Aber es hatte keinen Sinn. Keinen Schritt brachte sie mehr zustande. In einer Lücke in der Hecke entdeckte sie einen Baumstumpf, versteckt im hohen Gras an der Böschung. Sie setzte sich darauf und versuchte, langsam und tief durchzuatmen. Um sie herum war alles still. Noch war es nicht ganz dunkel. Noch nie hatte sie sich so einsam und verlassen gefühlt. Ein perfekter Abend für einen Mord, dachte sie. Kein Mensch würde ihre Schreie hören. Niemand würde als Belastungszeuge in den Sechs-Uhr-Nachrichten auftreten. Sie verfluchte gerade ihre Mutter, weil sie am abgelegensten Ende von Cheshire wohnte, als sie ein Auto kommen hörte.

»Bitte, lieber Gott, lass es jemand sein, der bereit ist, einer Dame in Not zu helfen«, betete sie, als sie die Scheinwerfer näher kommen sah und aufstand. Um dem Fahrer keine andere Wahl zu lassen, als anzuhalten, stellte sie sich mitten auf die Straße. An ihre Sicherheit verschwendete sie keinen Gedanken – der Mensch hinterm Steuer konnte von ihr aus der verrückte Massenmörder von Cheshire auf der Suche nach seinem nächsten Opfer sein. Wenn er sie in handliche Stückchen hackte, wäre ihr das auch recht – sie würde sogar stillhalten, damit er seine Sache ordentlich machte –, denn dann würde ihr Kopf endlich aufhören zu schmerzen. Vielleicht sollte sie darauf bestehen, dass er ihr zuerst den Kopf abschlug.

Josh bremste. Er schaltete Michael Nymans *A Draughtsman's Contract* aus und erkannte im Näherkommen die Frau, die auf der Straße stand. Es war seine Nachbarin aus Nummer vier. Er stieg aus und ging zu ihr. Sie sah gar nicht gut aus, sehr blass und mit trübem Blick. Außerdem zitterte sie.

»Bitte«, sagte sie, »wer Sie auch sein mögen, können Sie mich nach Cholmford Hall Mews mitnehmen? Und falls Sie der verrückte Massenmörder sind, dann überlegen Sie doch bitte, ob Sie sich nicht einen freien Abend gönnen können.«

Josh grinste. »Okay, aber nur ausnahmsweise.« Er half ihr in den Wagen.

Während der nächsten hundert Meter schwieg sie, aber dann platzte sie heraus: »Stopp!«

Er trat auf die Bremse, und bevor er aussteigen und ihr seine Hilfe anbieten konnte, stand sie schon am Straßenrand und beugte sich über einen Busch Brennnesseln.

Nach einer Weile stieg sie wieder in den Wagen. Josh reichte ihr ein Päckchen Papiertaschentücher. »Ich bin nicht betrunken«, murmelte sie, »falls Sie das denken. Ich habe Migräne, die erwischt mich immer so schlimm. Es tut mir Leid.«

»Sagen Sie Bescheid, wenn ich noch mal halten soll«, sagte er.

»Keine Sorge, das mache ich bestimmt.« Sie legte den Kopf gegen die Kopfstütze und schloss die Augen. Sie sah wirklich elend aus. Er fragte sich, ob sie ihn wohl schon erkannt haben mochte.

Insgesamt mussten sie dreimal anhalten. Als sie schließlich Cholmford Hall Mews erreichten, parkte Josh so dicht vor Nummer vier, wie er konnte. Er ging um den Wagen und öffnete die Beifahrertür. »Alles in Ordnung?«, sagte er. »Sie sind zu Hause. Haben Sie die Hausschlüssel?«

Sie stieg aus, machte ein paar Schritte und fiel nach vorn. Fast hätte sie Josh umgeworfen, als sie ohnmächtig in seine Arme sank.

Sobald er sein Gleichgewicht wiedergefunden hatte, beschloss er, sie am besten zurück in den Wagen zu schieben und mit zu sich nach Hause zu nehmen. Er konnte sie ja so nicht allein lassen.

Als er den Motor anließ, kam sie wieder zu sich. »Ich dachte, ich wäre schon aus dem Auto gestiegen«, sagte sie benommen.

»Waren Sie auch, aber Sie sind ohnmächtig geworden.« Er fuhr über den Hof.

»Oje, ich mache Ihnen ziemliche Umstände, was?«, sagte sie kleinlaut. »Wohin fahren wir?«

Er zog die Handbremse an. »Zu mir. Ich glaube, Sie sollten jetzt nicht allein bleiben. Keine Sorge, ich verspreche Ihnen hoch und heilig, dass ich heute als Massenmörder meinen freien Abend habe.«

Zum ersten Mal sah sie ihn an. »Gerade ist mir eingefallen, wer Sie sind. Sie sind mein ungehobelter Nachbar, nicht wahr?«

Josh runzelte die Stirn über diese Beschreibung.

»Was tun Sie normalerweise, wenn Sie so eine schlimme Migräne haben?«, erkundigte er sich, als sie im Haus waren.

Sie lehnte sich benommen gegen die Wand, ihr war schwindelig. »Bett, Wärmflasche und völlige Dunkelheit.«

»Okay, schaffen Sie die Treppe?« Es war komisch, einem anderen Menschen diese Frage zu stellen, die gewöhnlich an ihn gerichtet wurde. Sie kamen nur langsam voran, und Josh war froh darüber, dass seine Nachbarin nicht schneller gehen konnte, da er so mit ihr Schritt halten konnte.

Im oberen Stock brachte er sie ins Gästezimmer. Das Bett war zwar nicht bezogen, aber er zog eine Bettdecke und Kopfkissen aus dem Schrank. Dann holte er eine Wärmflasche. »Ich fülle sie Ihnen gleich«, sagte er.

Unten in der Küche setzte er Wasser auf, holte für alle Fälle einen Eimer unter der Spüle hervor, füllte die Wärmflasche und nahm rasch noch eine Schachtel Papiertücher vom Fensterbrett. Dann ging er mühsam wieder hinauf. Leise klopfte er an und ging hinein. Sie lag nach dem einsamen Paar Schuhe auf dem Boden zu urteilen vollständig angezogen im Bett und schlief schon fast. Er reichte ihr die Wärmflasche und stellte die anderen Dinge neben das Bett auf den Boden.

»Ich lasse Sie jetzt allein«, flüsterte er, »rufen Sie einfach, wenn Sie etwas brauchen.«

Als sie nickte, schlich er leise hinaus.

Jessica schlug die Augen auf, machte sie aber sofort wieder zu. Sie wollte nicht wach werden. Sie wollte weiter in Gavins Armen liegen. Sie hatten sich unter wolkenlosem Himmel am heißen Strand geliebt – es war wie in *Verdammt in alle Ewigkeit*, allerdings in Farbe und ohne die donnernde Brandung. Doch sosehr sie sich auch bemühte, der Traum war verschwunden.

Und ihre Migräne ebenfalls.

Als sie wieder die Augen öffnete, fiel ihr ein, wo sie war – im Gästezimmer ihres Nachbarn. Sie spähte unter die Bettdecke. Sie war vollständig angezogen. Dann war es ja gut. Mit einem Blick auf ihre Uhr stellte sie fest, dass sie mehr als eine Stunde geschlafen hatte. Langsam, ganz langsam setzte sie sich auf. Wenn sie sich in diesem Stadium zu schnell bewegte, würde der stechende Schmerz wiederkommen. Sie schob sich die Kissen unter die Schultern und schaute sich im halb dunklen Zimmer um. Für einen Mann, der gerade erst eingezogen war, wirkte alles sehr ordentlich und sauber. Nur Vorhänge hingen noch nicht am Fenster.

Von unten hörte sie Musik, die Klänge einer bekannten Oper, aber sie erinnerte sich nicht an den Titel. Es irritierte sie, dass er ihr nicht einfiel. Puccini, beschloss sie, eindeutig Puccini. Aber welche Oper?

Nachdem sie zehn Minuten lang ruhig im Bett gesessen hatte, wagte sie es, vorsichtig aufzustehen, und stellte fest, dass das Schwindelgefühl sich ebenso verflüchtigt hatte wie die Übelkeit. Es war ihr ein bisschen peinlich, nach unten zu gehen. Schließlich schlief sie nicht jeden Tag im Haus eines Mannes, den sie so gut wie gar nicht kannte und der seine nachbarschaftliche Hilfsbereitschaft mehr als erfüllt hatte.

Er saß im Wohnzimmer, über einen Stapel Papiere gebeugt. Aus einer beeindruckenden Stereoanlage in der Ecke kam immer noch Puccini.

»Hi«, sagte er, als er sie bemerkte, legte seine Arbeit beiseite, nahm die Brille ab und stand auf. »Wie geht es Ihnen?«

»Als hätte ich eins mit der Bratpfanne über den Kopf bekommen«, sagte Jessica und blinzelte ins Licht.

»Ist es Ihnen zu hell? Ich schalte es aus, wenn Sie wollen, und lasse nur eine kleine Lampe an.«

Sie nickte dankbar. Als er durchs Zimmer ging, fiel ihr auf, dass er wesentlich stärker humpelte als bei ihrer ersten Begegnung.

Er bemerkte ihren Blick und sagte schnell: »Eine alte Skiverletzung, das kommt und geht. Bitte, setzen Sie sich doch.«

Sie zögerte. »Ich sollte jetzt besser gehen. Sie haben mir schon so viel geholfen! Das Mindeste, was ich tun kann, ist Sie in Ruhe zu lassen.«

»Unsinn. Ich mache Ihnen etwas zu trinken. Was möchten Sie haben?«

»Tee wäre schön.« Sie war froh, dass er ihr nicht das Gefühl gab, sofort verschwinden zu müssen, und während er in der Küche war, machte sie es sich in dem Sessel bequem, der am weitesten von der Lampe entfernt stand.

Wer ihr Nachbar auch sein mochte, er hatte Geschmack. Das Zimmer war zwar sparsam möbliert, wirkte aber gemütlich und anheimelnd. Der Sessel, in dem sie saß, passte zu dem schwarzen, abgenutzten Ledersofa mit den terrakottafarbenen Kissen. Davor stand ein Glastisch, an dem ihr Nachbar gearbeitet hatte, und auf dem Boden lag ein schwarz-roter Teppich, der ein deutliches Rothko-Gepräge erkennen ließ. Die übrigen Möbel waren modern, offenbar aus Buche, und bildeten vom Stil her einen Kontrast zu den schmiedeeisernen Lampen. An den Wänden hingen in vergoldeten Rahmen einige Drucke von historisierenden Bauwerken im Stil der italienischen Renaissance und die deckenhohen Einbauregale zu beiden Seiten des offenen Kamins standen voller Bücher. Jessica stellte erfreut fest, dass ihr guter Samariter offenbar gern las.

Ganz anders als Gavin.

Seit Enid Blytons *Noddy*-Geschichten hatte Gavin sicher nichts mehr gelesen.

Schade, dass sie immer noch so benommen war, sonst hätte sie sich die Habseligkeiten ihres Nachbarn gern näher angesehen.

»Haben Sie schon Schmerztabletten genommen?«, fragte er, als er mit zwei großen Tassen und einem Päckchen unter dem Arm hereinkam.

»Nein, das war ja das Problem. Ich hatte keine bei mir.«

Er stellte die Tassen auf den Glastisch und reichte ihr das Päckchen. »Versuchen Sie es mit diesen«, sagte er und setzte sich auf das Sofa, »bei mir wirken sie gewöhnlich gut.«

»Haben Sie auch schon mal Migräne?«

»In letzter Zeit nicht mehr so oft.« Das entsprach der Wahrheit. Es mochte ja manches andere bei ihm nicht stimmen, aber die Migräneanfälle hatten tatsächlich nachgelassen. Ein fairer Tausch, könnte man sagen.

Jessica las die Hinweise auf der Rückseite der Packung, drückte zwei Tabletten aus der Umhüllung und nahm sie mit einem Schluck Tee ein. »Das ist wirklich nett von Ihnen«, sagte sie, »ich weiß nicht, was ich gemacht hätte, wenn Sie nicht vorbeigekommen wären.«

»Keine Ursache«, sagte er lächelnd.

Was für ein Lächeln, dachte Jessica. Dieser Mann könnte Piers noch einiges beibringen.

»Ich heiße übrigens Josh, Josh Crawford.« Er lehnte sich in dem weichen Ledersofa zurück und streckte seine langen Beine aus.

»Und ich bin Jessica Lloyd und kann Ihnen versichern, dass ich normalerweise nicht abends zur Unterhaltung herumlaufe und in die Büsche kotze.«

Er grinste wieder.

Wow! Als der Sex-Appeal verteilt wurde, musste er ganz vorn in der Schlange gestanden haben.

»Wissen Sie, ich wollte mich schon lange bei Ihnen entschuldigen«, sagte er.

»Wofür denn, um Himmels willen?«

»Für neulich, als ich einfach bei Ihnen hereingeplatzt bin, um meine Schlüssel zu holen. Ich hatte keine Ahnung, dass das Musterhaus jetzt woanders ist.«

»Ach das! Vergessen Sie's. Und falls Sie sich dann besser fühlen: Meine Mutter fand Sie sehr appetitlich. Das hat *sie* gesagt, nicht ich.«

»Und Sie?«

»Ich fand Sie äußerst ungehobelt.«

Überrascht über ihre Offenheit, senkte er den Blick. »Dann hoffe ich, dass meine Rettungsaktion heute Abend mein grauenhaftes Benehmen von neulich etwas wettgemacht hat.«

Jessica grinste. »Wenn Sie es so sagen, bleibt mir wohl keine andere Wahl, als mich voll und ganz der Einschätzung meiner Mutter anzuschließen.«

Als er aufsah, bemerkte er, dass sie sich ein bisschen über ihn lustig machte. »Gut«, sagte er und ging auf ihren Ton ein.

»Lebt Ihre Mutter, die bei Männern einen so hervorragenden Geschmack hat, in der Nähe?«

Jessica lachte. »Ja, ganz nahe sogar. Wir sind vorhin an ihrem Haus vorbeigekommen. Ich hätte es Ihnen gezeigt, aber ich war anderweitig beschäftigt. Es steht unmittelbar neben der Kanalbrücke.«

Er hob eine Augenbraue. »Das? Ein herrliches Haus, und eine schöne Lage.«

»Das sagt jeder.«

»Sind Sie da aufgewachsen?«

Jessica nickte, und da die Musik gerade zu Ende ging, trank sie ihren Tee aus. Es war wohl der richtige Augenblick, sich zu verabschieden. »Ich sollte jetzt wirklich gehen«, sagte sie und beugte sich vor, um ihre leere Tasse auf den Tisch zu stellen.

»Es ist schon spät.« Dabei wollte sie eigentlich nur zu gern noch bleiben und plaudern. Nachdem sie nun festgestellt hatte, dass ihr ungehobelter Nachbar keineswegs solch ein Ungeheuer war, wie sie gedacht hatte, brannte sie darauf, ihn besser kennen zu lernen.

»Ach, bleiben Sie doch ruhig noch«, sagte Josh. »Es ist mir sogar sehr lieb, weil es mich von der Arbeit abhält.«

Jessica warf einen Blick auf die geöffneten Aktenordner auf dem Tisch. »Na gut«, sagte sie.

»Möchten Sie etwas essen?«

»Nein danke, aber ich hätte gern noch eine Tasse Tee.«

Sie schaute ihm nach, als er aus dem Zimmer humpelte, und stand dann ebenfalls auf und inspizierte die zwei hohen CD-Türme aus Buchenholz. Es war nahezu jede Musikrichtung vertreten: Soul, Choräle, Reggae, Frank Sinatra – *Frank Sinatra?* –, Rock, Klassik und Blues. Als sie nachschaute, welche CD sie gerade gehört hatten, stellte sie fest, dass sie sich geirrt hatte. Es war doch nicht Puccini, sondern Verdis *La Traviata*.

Als Josh zurückkam, sagte sie: »Können wir die CD noch einmal hören?«

»Sicher.« Er stellte die Tassen auf den Tisch, kam herüber und drückte die Start-Taste. Sie standen so dicht beieinander, dass Jessica selbst im Dämmerlicht das Dunkelbraun seiner Augen bemerkte, als er sie ansah. Ihr fiel auf, wie stark seine Pupillen geweitet waren. *Stoff für Liebesromane!* Sie räusperte sich und setzte sich wieder in ihren Sessel.

»Und wo waren Sie heute?«, fragte er und nahm ebenfalls wieder Platz. »Für einen Streifzug durch die Umgebung sind Sie zu schick angezogen.«

Sie warf einen Blick auf ihr vom Schlafen zerknittertes Kostüm – das Einzige, das sie besaß. »Ich war in London.«

»Zum Vergnügen oder beruflich?«

»Kann London je ein Vergnügen sein?«

»Das kommt auf den Blickwinkel an.«

»Es war eindeutig beruflich, und ich fürchte, ich habe mich zeitweise sehr schlecht benommen.«

»Ach?«

»Ich bekam eine wunderbare Nachricht, hatte aber mit dem Gegenteil gerechnet, und auf den Schreck trank ich beim Mittagessen, von dem ich keinen Bissen herunterbekam, zu viel und hätte meinem Agenten fast ein eindeutiges Angebot gemacht. Nun wissen Sie, wie schlimm ich war.« Stöhnend ließ sie den Kopf hängen, weil sie sich wieder an ihr Verhalten im Taxi und in Piers' Büro erinnerte.

Josh lachte. »Das waren sehr viele Informationen in einem Satz. Besteht die Hoffnung, dass Sie sie für mich entwirren?«

Grinsend schaute Jessica auf. »Ein anderes Mal. Jetzt bin ich zu müde.«

»Gut, wenn Sie Ihren Tee getrunken haben, erweise ich mich als perfekter Gentleman und begleite Sie über den Hof.«

»Ich möchte wirklich nicht, dass Sie sich solche Mühe machen, nicht mit ihrem Bein.« Sobald ihr das herausgerutscht war, wusste Jessica, dass sie etwas Falsches gesagt hatte. Es war, als zöge eine Wolke so schwarz wie sein Hemd über sein Gesicht. »In Zukunft werden Sie es mit dem Skifahren etwas ruhiger angehen müssen«, versuchte sie die Situation zu entschärfen, »Knochen, Bänder und Muskeln brauchen immer ewig, um zu heilen.«

»Ja«, sagte er ausdruckslos, »vermutlich haben Sie Recht.«

Als Jessica fort war, drehte Josh den CD-Spieler lauter, und der letzte Akt von *La Traviata* hallte laut durch den Raum. Er warf sich aufs Sofa.

Er war wütend.

Nicht auf Jessica – sie konnte ja nicht wissen, was ihre Bemerkung für ihn bedeutete. Nein, er war wütend auf sich. Warum nahm er sich solche Dinge derart zu Herzen? Wieso konnte er sie nicht einfach abtun? Es war eine beiläufige Bemerkung gewesen. Weiter nichts. Sie hatten sich doch gut verstanden, bis er sich wie ein Idiot benahm.

Und noch etwas. Warum hatte er gelogen? *Ein Skiunfall! Es kommt und geht!* Allerdings. Was hatte er sich bloß dabei gedacht?

Abgesehen davon, dass er bei Jessica einen guten Eindruck hinterlassen wollte?

Abgesehen davon, dass er sie überzeugen wollte, dass er kein schwacher, langweiliger Krüppel war.

Ach, zum Teufel! Was sollte das alles?

Trotz seiner Wut musste er bei der Erinnerung, wie sie beide an der Stereoanlage gestanden hatten, grinsen. Für den Bruchteil einer Sekunde hatte er daran gedacht, Jessica zu küssen. Früher hätte er keinen Moment gezögert. Er hätte sie sich geschnappt und zum Sofa manövriert.

Er stand auf und holte sich etwas Scotch aus dem Esszimmer.

Wie in alten Zeiten, dachte er. In den guten alten Zeiten ... bevor alles schief gelaufen war. Bevor er Gleichgewichtsstörungen bekommen hatte. Bevor seine Beine sich anfühlten wie Blei. Und vor jener demütigenden Nacht in Hongkong, als er eine kleine Treppe hinuntergefallen war und alle ihn für betrunken gehalten hatten.

Er trank noch einen Schluck Scotch.

Seine letzte Freundin war davongelaufen, als sie erfuhr, dass der Mann, mit dem sie ging, vermutlich im Rollstuhl enden würde.

Ein Glück für sie, dass sie noch laufen konnte.

Gut, dass er sie los war.

Kapitel 16

Es war Samstagnachmittag. Die Sonne schien heiß durch das Fenster und lockte Tony einfach, sein Arbeitszimmer zu verlassen, wo er die Umsatzzahlen dieses Monats prüfte, und nach draußen zu gehen.

Der Gedanke war angenehm, und Tony war durchaus geneigt, der Versuchung nachzugeben, um dem endlosen Wirbel zu entkommen, den Amanda im Haus veranstaltete, um es für die Gäste am Abend vorzubereiten. Sie hatte Staub gewischt, geputzt und gebohnert, seit sie aufgestanden war. Im Augenblick staubsaugte sie gerade den Flur, und als sie dem Arbeitszimmer näher kam, hatte er das Gefühl, dass ihm der Atem aus dem Leib gesaugt wurde.

Ein Spaziergang mit Hattie war genau das, was er brauchte. Er schaltete seinen Computer aus und schickte sich an, dem Turbo-Monster entgegenzutreten, das sich zu seinem Arbeitszimmer durchfraß.

»Warum gehst du nicht ein bisschen mit Hattie spazieren?«, rief Amanda über den Lärm hinweg. In diesem Augenblick sah er in ihr ein ebensolches Turbo-Monster wie in der Maschine, die sie bediente. »Das würde ihr bestimmt gefallen.«

»Gute Idee«, sagte er, verärgert, dass Amanda etwas vorschlug, worauf er schon selbst gekommen war.

Hattie lief voraus, während er gemächlich folgte. Sie gingen durch das hohe Gras, und je weiter sie sich vom Haus entfernten, desto seltsamer empfand er es, dass er ausnahmsweise Amandas Segen besaß, mit Hattie allein zu sein. Das kam selten vor. Sonst wollte Amanda immer, dass er mehr Zeit mir ihr verbrachte.

Er wusste, dass ihr die Rolle der Stiefmutter schwer fiel, aber in den letzten Monaten – die vergangene Woche ausgenommen – hatte er sich zuweilen arg zwischen seiner Frau und seiner Tochter hin- und hergerissen gefühlt. Vielleicht war das ja nicht anders zu erwarten gewesen. Möglicherweise hatte die zweite Frau mehr Grund zur Unsicherheit als die erste. Da sie sich an einem unbekannten Vorbild messen lassen musste, brauchte und *verdiente* sie vermutlich mehr Liebe und Bestätigung als die erste Frau. Falls das stimmte, wie Tony vermutete, dann war er sicher nicht in der Lage, Amanda dies zu geben.

Als sie den kühlen Schatten eines Wäldchens erreichten, fragte Hattie: »Sollen wir auf einen Baum klettern?«

Sie suchten einen geeigneten Kandidaten aus: eine Eiche, die einen Ast gerade tief genug herunterreckte, dass Tony Hattie hinaufheben konnte. Sie rutschte auf dem dicken Ast an eine hohle Stelle dicht am Stamm und wartete, bis Tony nachkam. Er sprang hoch und zog sich hinauf.

»Hier ist es toll, nicht?«, sagte Hattie und schmiegte sich an ihn. »Wir können meilenweit gucken. Da drüben ist unser Haus, siehst du? Da.«

Er schaute in die Richtung, in die sie zeigte, und ließ die Beine baumeln. Seit Jahren hatte er nichts anderes mehr erklettert als die Karriereleiter, und hier mit Hattie zu sitzen weckte Erinnerungen an seine glückliche Kindheit. Damals war das größte Dilemma, dem er sich ausgesetzt sah, ob er wohl noch Zeit hatte, mit seinen Freunden auf der Straße Nachlaufen zu spielen, bevor seine Mutter ihn zum Abendessen rief. Heute stand er vielleicht vor dem größten Dilemma seines Lebens – der Frage, wie seine Ehe weitergehen sollte.

Zu diesem deprimierenden Schluss war er am Abend zuvor auf dem Heimweg gelangt. Er hatte einen grauenhaften Tag hinter sich, da er dreien seiner erfahrensten Verkäufer hatte mitteilen müssen, dass sie bei Arc nicht mehr gebraucht wurden. Bei jedem Gespräch hatte er Bradley Hurst wegen seiner Kurzsichtigkeit verflucht. Gute Leute wie Dave, Alan und Richard gehen zu lassen, war gegen jede Vernunft, da sie letzten Endes bei ihren wichtigsten Konkurrenten landen und jahrelang erworbene Kenntnisse und wertvolle Erfahrungen mitnehmen würden.

Dave besaß den Anstand zu sagen: »Ich nehme es dir persönlich nicht übel, Tony. Ich weiß, dass es nicht deine Schuld ist. So läuft das eben.«

Aber Alan und Richard waren wütend, besonders Alan, und er hatte guten Grund dazu, denn seine Frau und er erwarteten gerade ihr drittes Kind. »Du bist ein elender Jasager, Tony«, knurrte er zwischen zusammengebissenen Zähnen. »Glaub ja nicht, wir wüssten nicht, wie dicke du mit diesem Mistkerl Hurst bist. Jedes Mal, wenn er rüberkommt und dir die neuesten Anweisungen erteilt, kriechst du ihm doch praktisch in den Hintern, um dich bei ihm beliebt zu machen.«

Die Beschimpfungen eskalierten so weit, dass Tony Alan schließlich aus seinem Büro werfen musste. Als er ging, ließ er jedoch keinen Zweifel daran, dass er Tony für den Verlust seines Arbeitsplatzes verantwortlich machte. Als er am vorigen Abend spät über nahezu leere Straßen nach Hause fuhr, hatte er nicht übel Lust gehabt, einfach alles hinzuschmeißen. Er hatte genug von einer beruflichen Situation, in der es nichts zu gewinnen gab. Schließlich schuftete er nicht wie ein Sklave, seit er die Schule verlassen hatte, nur um sich so beschimpfen zu lassen.

An der Abzweigung in die Kastanienallee stellte Tony seinen Porsche ab und dachte darüber nach, was er eigentlich noch bei Arc Computers wollte. War das wirklich das Leben, das er sich für sich vorgestellt hatte? Als er in der zunehmenden Dunkelheit in seinem Wagen saß, hatte er nicht gewusst, was ihn mehr deprimierte, seine Arbeit oder seine lieblose Ehe.

»Daddy?«

Er drehte sich zu Hattie um. Im gesprenkelten Sonnenlicht erkannte er an ihrer Miene, dass sie wohl schon eine geraume Weile versuchte, seine Aufmerksamkeit zu erregen.

»Entschuldige, was hast du gesagt?«

»Warum guckst du so traurig, Daddy? Ist es wegen Mummy, vermisst du sie noch?«

Ihre Worte versetzen ihm einen Stich. »Ja«, sagte er aufrichtig. Und es stimmte. Jedes Mal, wenn er seine Tochter ansah, erinnerte sie ihn an Eve.

»Vermisst du sie jetzt im Moment?«

»Ein bisschen«, gestand er. Ein Teil von ihm – den er vor dem Rest der Welt, einschließlich Hattie, geheim hielt – vermisste Eve tatsächlich Tag für Tag. Ihm fiel auf, dass seinem Leben seit ihrem Tod die Orientierung fehlte. Mit Eve hatte er eine Richtung verfolgt – einen gemeinsamen Kurs –, die er zielstrebig und gern einschlug. Jetzt hatten diese Lebensziele an Bedeutung verloren und kamen ihm oberflächlich, banal und reizlos vor. Beruf. Ehe. Selbst das neue Haus, das er und Amanda unbedingt hatten kaufen wollen. Wenn er ehrlich war, hatte eigentlich Amanda die Entscheidung für Cholmford Hall Mews gefällt. Sie wollte auf keinen Fall in das Haus ziehen, in dem er und Hattie damals gewohnt hatten, und besorgte sich bei allen möglichen Maklern Exposés über sämtliche Häuserangebote der Umgebung. Zumindest erklärte sie ihm schließlich offen und ehrlich, wie sie sich in dem Heim fühlen würde, das er und Eve sich geschaffen hatten. So unsensibel war er nun auch wieder nicht, von Amanda zu erwarten, dass sie in Eves Haut schlüpfte.

Jetzt überlegte er, was Amandas plötzliche Veränderung in den letzten Tagen bewirkt haben mochte. Seit sie mit den Hursts ausgegangen waren, verhielt sie sich anders. Es war, als habe sie ein neues Kapitel begonnen und gebe sich alle Mühe, ihm zu gefallen. Es war gefühllos von ihm, aber er konnte nicht umhin, sie mit einer der Roboterfrauen aus dem Film *Die Frauen von Stepford* zu vergleichen. Ihm war auch aufgefallen, dass sie sich bemühte, besser mit Hattie auszukommen, und darüber sollte er sich eigentlich freuen. Aber tief im Inneren wusste er, dass alles, was Amanda tat, sinnlos war, wenn sich nicht auch seine Einstellung erheblich änderte.

»Es ist, als ob wir weggelaufen wären«, sagte Hattie und schaute ihn an. »Keiner weiß, wo wir sind. Wir könnten einfach für immer und ewig hier auf dem Baum bleiben.«

»Für immer und ewig« hallte es in seinem Kopf wider. Lächelnd nahm er seine Tochter in den Arm und holte ein Päckchen Fruchtbonbons aus der Hosentasche. »Die habe ich aus der Dose im Küchenschrank stibitzt«, gestand er und bot ihr eins an.

Sie kaute knirschend auf dem Erdbeerbonbon und lutschte es anschließend auf. Als sie fertig war, sagte sie: »Als Kate auf mich aufgepasst hat, hat sie mir erzählt, dass es hier einen Weiher gibt. Sollen wir ihn suchen? Vielleicht könnten wir ja ein bisschen planschen.«

»Wenn du magst.«

Sie kletterten vom Baum, zuerst Tony, dann glitt Hattie in seine ausgebreiteten Arme. Während sie tiefer in den Wald gingen, musste Tony sich eingestehen, dass Hattie, als sie Kate erwähnte, in ihm beunruhigende Gedanken geweckt hatte – tief verborgene Gedanken, die er bislang nicht hatte in Worte fassen können – oder besser: wollen – aus Angst vor der Selbsterkenntnis, die sie ihm bringen würden. War es möglich, dass seine Gefühle für Kate mit dem Schlamassel in seinem Leben zusammenhingen? Brachten das Chaos und das Durcheinander ihn dazu, sich irrational zu verhalten? Flüchtete seine belastete Seele sich in die Einbildung, eine Frau zu lieben, die er gar nicht kannte? Und falls es so war, was sollte dann aus ihm werden? Stand er kurz davor, ins Irrenhaus zu kommen?

»Iiii!«, rief Hattie, als sie den großen Weiher mit seinem modrig grünen Wasser erreicht hatten, »da will ich nicht drin baden. Was machen wir jetzt?«

»Wie wäre es mit Verstecken spielen?«

»Gute Idee. Ich verstecke mich als Erste.«

»In Ordnung, aber nur unter der Bedingung, dass du nicht in die Nähe des Wassers gehst. Verstanden?«

Nickend hüpfte sie davon. »Mach die Augen zu und zähl bis fünfzig«, rief sie über die Schulter zurück.

Tony zählte laut, und hatte dabei das Gefühl, das sei der Countdown für sein Leben.

Als sie schließlich alle erdenklichen Verstecke durchprobiert hatten, hob Tony Hattie auf seine Schultern und ging langsam mit ihr durch die heiße Nachmittagssonne nach Hause. Er hatte es nicht eilig, wieder in Amandas entschlossene Bemühungen zu geraten, ihre Nachbarn zu beeindrucken, und wenn es nicht so heiß gewesen wäre und Hattie nicht unbedingt etwas zu trinken gebraucht hätte, wäre er gern noch länger draußen geblieben. Er hatte diesen Nachmittag mit Hattie genossen, und als er nun ihre müden Beinchen drückte, die über seine Schultern baumelten, beschloss er, mehr Zeit mit ihr zu verbringen, ganz gleich, welcher Wahnsinn auch auf ihn lauern mochte.

Als sie an Haus Nummer eins vorbeikamen, sah er seinen

unmittelbaren Nachbarn in den Wagen steigen. Bis jetzt hatte sich ihm noch keine Gelegenheit geboten, sich mit ihm bekannt zu machen, und so nutzte Tony die Chance, ihn zu begrüßen.

Kapitel 17

Endlich, endlich war Oscar eingeschlafen.

Alec schaltete den Kassettenrekorder aus und setzte damit seinen Qualen das dringend benötigte Ende. Seit Oxford hatte er, wie es ihm vorkam, immer wieder dasselbe banale Lied gehört, und wenn er noch einmal das quietschende »Eh-oh« der Teletubbies hören müsste, würde er die verdammte Kassette aus dem Wagenfenster werfen. Er warf einen Seitenblick auf Kate und bemerkte, dass sie ihn ansah.

»War es sehr schlimm für dich?«, fragte sie.

»Ja«, antwortete er, drückte dann aber lächelnd ihre Hand. »Das war nur Spaß. Aber es ist ganz schön anstrengend, ihn die ganze Zeit zu unterhalten, findest du nicht?«

Kate war nicht seiner Meinung, sagte aber nichts, um ihn nicht zu ärgern. Die Fahrt nach Oxford hatte Spaß gemacht und viel dazu beigetragen, die Wunden ihres Streits von Donnerstagabend zu heilen, dennoch war Kate bemüht, das Boot nicht mit einer falschen Bemerkung ins Wanken zu bringen.

Alec hatte sich zwar tief zerknirscht bei ihr entschuldigt, aber, was er gesagt hatte versetzte ihr noch immer einen Stich. ›Du dachtest, *dir* würde es Spaß machen‹. Noch nie hatte sie so viel Kälte in Alecs sonst so sanfter Stimme gehört, nie hätte sie gedacht, dass er sie absichtlich würde verletzen wollen.

Aber er hatte ihr ja gar nicht wehtun wollen, wie er ihr im Bett immer wieder versichert hatte, nachdem sie lange draußen im Dunkeln gesessen hatte.

»Ich weiß nicht, was in mich gefahren ist«, sagte er und wiegte sie in den Armen. »Es tut mir so Leid, wirklich.« Dann schlief er fast sofort ein, während sie noch wach lag und sich Gedanken über ihre Zukunft mit Alec machte.

Noch vor ein paar Tagen hatte sie gedacht, sie habe durch Alec endlich völligen Frieden und das Gefühl der Zugehörigkeit gefunden, nach dem sie sich ihr Leben lang gesehnt hatte. Als sie nun nachts in der leeren Dunkelheit lag, kamen ihr Bedenken, ob sie sich wohl geirrt haben könnte.

Sie schlüpfte aus dem Bett und schlich leise nach unten. Während sie sich etwas zu trinken nahm, fragte sie sich, ob sie vielleicht aus jenem menschlichen Grundbedürfnis heraus, zu lieben und geliebt zu werden, zu vorschnelle und unrealistische Erwartungen in Alec gesetzt haben mochte. Hatte sie in ihrer bereitwilligen Hingabe an einen Mann, von dem sie glaubte, er könne ihr die Liebe und Sicherheit geben, die sie brauchte, vielleicht eine entscheidende Frage übersehen, die sie sich hätte stellen sollen, bevor sie sich so bedingungslos auf ihn einließ? Hatte ihre belastete Kindheit sie in eine Situation gebracht, die zum Scheitern verurteilt war?

Aber wer konnte schon sagen, was eine annehmbare Basis für eine Liebesbeziehung war und was nicht? Welche Rolle spielte es, dass sie einen Mann liebte, der alt genug war, ihr Vater zu sein? Wichtig war doch nur, *dass* sie ihn liebte.

Und sie liebte Alec.

So sehr, dass sie bereit war, ihren Kinderwunsch für ihn aufzugeben.

Sie hatte immer eigene Kinder haben wollen, aber Alec hatte von Anfang an klar gemacht, dass er keine mehr wollte.

»Ich bin zu alt, um das alles noch einmal durchzumachen«, hatte er ihr gesagt, »viel zu alt. Ich möchte das Leben mit dir genießen, und nicht nachts aufstehen, um Fläschchen heiß zu machen und Windeln zu wechseln.«

Und weil sie sich in seiner Liebe und Zuneigung so wunderbar sicher und geborgen fühlte, war sie zuversichtlich, dass sie dieses große Opfer verwinden würde. Aber die Sehnsucht nach einem Kind war nie weit weg, und Oscars zunehmende Präsenz in ihrem Leben erinnerte sie eindringlich an das, was sie versäumte.

»Woran denkst du?«, fragte Alec plötzlich.

»An das Essen heute Abend bei den Leuten aus Nummer zwei«, sagte sie. Es war das erste Mal, dass sie Alec belog. War das der Anfang? Fingen sie jetzt an, ihre wahren Gefühle voreinander zu verbergen, aus Angst, einander wehzutun oder zu ärgern?

»Wird es sehr langweilig, was meinst du?«, unterbrach er ihre Gedanken.

Sie grinste, entschlossen, ihre Sorgen beiseite zu schieben. »Es wäre schlimmer, wenn Jessica nicht käme.«

»Da hast ja anscheinend schon eine Freundin gefunden. Das freut mich.«

»Wirklich?« Sofort bereute sie ihre Frage.

Alec schaute sie an.

»Was für eine komische Frage. Warum sollte es mich denn nicht freuen?«

Sie schwieg, aber Alec wusste, warum sie das gesagt hatte. Es geschah ihm Recht. Immerhin hatte er sich neulich als Besitz ergreifender Liebhaber aufgespielt. Dieses Verhalten hatte ihr unzweideutig gezeigt, dass er sie ganz für sich haben wollte und es nicht ertragen konnte, sie mit anderen zu teilen. Er wünschte sehr, sie könnten diesen Donnerstag beide vergessen, aber er wusste, dass es unmöglich war. Sein Gefühl völliger Wertlosigkeit zwang ihn, bei Kate die Bestätigung zu suchen, dass er sie doch nicht so sehr verletzt hatte, wie er zu wissen glaubte. Und mehr als alles andere wollte er glauben, dass sie ihm verziehen hatte. »Bist du immer noch böse wegen neulich Abend?«, fragte er behutsam.

Doch bevor Kate antworten konnte, sagte ein verschlafenes Stimmchen von hinten: »Ich muss mal.«

Um vier Uhr hielten sie vor dem georgianischen Cottage von Ruth und Adam. Kate amüsierte sich immer darüber, dass Adam selbst in einem so stilvollen Haus wohnte, für andere aber die verrücktesten Häuser entwarf, die sie je gesehen hatte.

Der Anblick des leuchtend roten MR2 auf der Einfahrt amüsierte sie dagegen gar nicht. Und während Alec den Motor abstellte und seinen Sicherheitsgurt löste, kämpfte Kate gegen das dringende Bedürfnis an, sich die Haare zu kämmen und ihr Aussehen im Spiegel zu überprüfen.

Oscar lief voraus und schlug gegen die Haustür, während Kate und Alec mit seinem Gepäck und seinem Kindersitz folgten. Ruth öffnete die Tür.

»Ich war in Oxford«, verkündete Oscar aufgeregt. »Kate ist mit mir in einem großen Bus gefahren, der gar kein Dach hatte, und wir haben so viel gesehen ...«

Aber Ruth hörte ihm gar nicht zu. »Da seid ihr ja endlich«, sagte sie an Kate gewandt. »Warum habt ihr nicht angerufen, dass es so spät wird?«

»Aber es ist doch noch gar nicht spät«, antwortete Kate.

»Na los, Ruth, aus dem Weg, damit wir die Sachen abstellen können«, sagte Alec, ohne die Unhöflichkeit seiner Tochter zu bemerken.

Sie ließ die beiden herein. »Nein, nicht da, Dad«, sagte sie, »du stellst ja den ganzen Flur zu. Bring es durch ins Spielzimmer.«

Kate folgte Alec, und ihre Schritte hallten auf dem gebohnerten Holzboden. Sie stellten Oscars Kindersitz neben eine ordentliche Reihe mit Kästen voller Bauklötze, Puzzles und Spielzeugtierchen. Noch nie hatte Kate gesehen, dass die Spielsachen in diesem Zimmer verstreut gelegen hätten. Sie befürchtete sehr, dass Oscar nur selten die Ordnung der Spielkisten durcheinanderbringen durfte.

»Einen Drink gibt es wohl nicht?«, fragte Alec.

Falls doch, wollte Kate keinen haben. Sie hatte es eilig, fort zu kommen. Einer Begegnung mit Melissa fühlte sie sich nicht gewachsen. Aber Alec war ganz versessen darauf, etwas zu trinken.

»Nach allem, was ich seit gestern durchgemacht habe, habe ich mindestens einen dreifachen Whisky verdient.«

Ruth führte sie in den gepflegten Garten. Kein Wunder, dachte Kate, schließlich kam zweimal wöchentlich ein Gärtner und kümmerte sich um den Rasen und die Beete. Sie beobachtete, wie Oscar zu seinem Vater ging und ihm von der Rundfahrt durch Oxford in dem offenen Bus erzählte, aber ebenso wie Ruth hörte auch er seinem Sohn nicht zu, sondern unterhielt sich angeregt mit einem gut gekleideten Herrn in Alecs Alter. Kate kannte ihn nicht und fragte sich, wer er sein mochte.

Enttäuscht kam Oscar wieder zu Kate und schob seine Hand in ihre. »Sie hören mir nicht zu«, sagte er traurig.

»Mach dir nichts draus, sie sind im Augenblick zu beschäftigt. Wer ist der Mann, mit dem dein Vater sich unterhält?«

»Weiß nicht.« Oscar zuckte die Achseln. »Ich hole mir was zu trinken.«

Für ein Weilchen stand Kate allein da. Alec hatte sich inzwischen mit einem großen Whiskyglas zu Adam gesellt und wurde dem Fremden vorgestellt.

»Hallo, Kate«, hörte sie plötzlich eine seidige Stimme hinter sich. Es war Melissa. »Wie war es in Oxford? Es war ja sehr mutig von dir, Oscar mitzunehmen. Ich wette, Alec fand jede Minute grauenhaft. Aber es ist gut, dass du versuchst, ihn zum praktizierenden Großvater zu machen. Obwohl, wenn ich ehrlich bin, glaube ich, dass es Zeitverschwendung ist.«

»Alec hat es sehr gefallen«, log Kate.

»Das bezweifle ich stark«, lachte Melissa. »Als Ruth in diesem Alter war, konnte er sie nicht ertragen, also besteht wohl kaum Grund zu der Annahme, dass Oscar in seiner Wertschätzung höher rangiert. Entschuldige mich, ich muss ein Wort mit Alec reden. Der arme Teufel sieht völlig erschlagen aus.«

Kate schaute Melissa nach, deren hohe Absätze bei jedem Schritt leicht in den weichen Rasen einsanken. So wenig Kate Alecs Exfrau leiden konnte, musste sie doch zugeben, dass Melissa immer noch sehr attraktiv war. Sie kleidete sich teuer und erwachsen, wie Kate es nannte, und gab sich so selbstsicher und gelassen, dass sie sich neben ihr wie eine unscheinbare, tollpatschige Fünfzehnjährige vorkam. Melissa strahlte so viel Sicherheit und Weltgewandtheit aus, wie Kate wahrscheinlich nie besitzen würde, und oft fragte sie sich, was Alec in einem Mädchen wie ihr wohl sehen mochte, nachdem er so lange mit einer derart beeindruckenden Frau verheiratet gewesen war.

Als Kate Melissa nun zu Alec gehen sah, der mittlerweile mit Adam allein war, stieg in ihr die vertraute Eifersucht auf.

»Hallo.«

Sie drehte sich um und bemerkte neben sich den Unbekannten, der sich soeben noch mit Adam und Alec unterhalten hatte. Aus der Nähe betrachtet sah er eigentlich gar nicht so gut aus, seine Augen waren zu blass und sein Kinn zu kantig.

Er gehörte offenbar zu jenen leicht übergewichtigen Männern, die ihr gutes Aussehen ihrer teuren Kleidung verdankten.

Er streckte die Hand aus und stellte sich vor: »Tim Wilson.«

Sie schüttelte ihm die Hand. »Und ich bin Kate.«

»Ich weiß«, antwortete er. »Ich habe schon viel von Ihnen gehört.«

»Tatsächlich?«

»Sie sind doch Alecs Freundin?«

Sie nickte. »Und wer sind Sie?«

»Man könnte wohl sagen, dass ich Melissas Freund bin.«

Kate war ihre Überraschung offenbar anzumerken.

»Hat Sie noch nie von mir gesprochen?«

Kate schüttelte den Kopf.

Er schien enttäuscht. »Nun ja, wir sind noch nicht lange zusammen.«

Kate war neugierig und wunderte sich, wieso Melissa nicht mit ihrem neuen Freund angegeben hatte. »Wie haben Sie sich denn kennen gelernt?«, fragte sie.

»Ach, wie üblich – Dinnerparty, Blicke über den Tisch ... Und Sie und Alec?«

»Ganz ähnlich«, log sie.

»Und wie kommen Sie damit klar, dass die beiden sich immer noch jeden Tag sehen?«

Kate folgte seinem Blick durch den Garten zu Alec und Melissa, die sich nach wie vor unterhielten.

»Das macht mir nichts aus«, log Kate wieder. Wie viele Lügen das heute schon waren, dachte sie elend.

Er betrachtete sie prüfend. »Mir schon«, sagte Tim ausdruckslos, »es macht mir sogar verdammt viel aus.«

»Aber, Tony, wie konntest du mir das antun? Jetzt wird das ganze Essen eine einzige Katastrophe!«, schrie Amanda.

»Unsinn, dann gibst du ihnen eben nicht so große Portionen.«

Verzweifelt bemühte sich Amanda, ihre Wut zu bezähmen. Aber es fiel ihr nicht leicht. Sie hatte sich solche Mühe mit dem Abendessen gegeben, und jetzt ruinierte Tony alles, indem er von seinem Spaziergang mit Hattie einfach daherkam und erklärte, er habe ihren anderen Nachbarn ebenfalls zum Essen eingeladen! Was stellte er sich eigentlich vor, wie sie das machen sollte? Wundertaten wie die Brotvermehrung standen ihr nicht zu Gebote.

»Tut mir Leid«, sagte er, »daran habe ich nicht gedacht. Wie kann ich dir helfen?«

Bei diesen Worten fiel ihr plötzlich ihr Vorbild ein. Was würde Errol Hurst in einer solchen Situation wohl tun? Wie würde sie reagieren, wenn Bradley unerwartet mit einer Wagenladung japanischer Kunden nach Hause käme, die er zum Essen eingeladen hatte? Ruhig und kompetent wäre sie. Keine häuslichen Auftritte. Keine Schuldzuweisungen. Nur die professionelle Bereitschaft, ihrem Mann die erforderliche Rückendeckung zu geben, die er für seinen Erfolg dringend brauchte. Errol wäre so einfallsreich, dass sie vermutlich das Aquarium des Nachbarn plündern würde, um Sushi zu servieren, wenn sie damit Bradleys Karriere fördern konnte. Na gut, was Errol konnte, schaffte sie schon lange.

»Soll ich rübergehen und ihm sagen, dass wir nicht genug zu essen haben?«, bot Tony an. »Er hätte sicher Verständnis dafür, machte einen netten Eindruck.«

Amanda starrte Tony an und rang sich mühsam ein Lächeln ab. »Sei doch nicht albern. Das kriege ich schon hin, überlass das nur mir. Jetzt hat wenigstens jeder einen Tischpartner.« Als sie sich abwandte, staunte sie selbst, wie überzeugend sie klang. Fast hätte sie lachen müssen.

Auch Tony staunte. Wie konnte Amanda in einem Moment

so wütend und im nächsten scheinbar derart verständnisvoll sein? Es war wirklich seltsam. Ob dies hormonell bedingt war?, fragte er sich. Oder einfach schizophren?

Kapitel 18

Eine Minute nach acht lauerte Jessica aus dem Küchenfenster, ob Kate und Alec schon Richtung Haus Nummer zwei gingen. Da niemand zu sehen war und sie auf keinen Fall als Erste eintreffen wollte, beschloss sie, ihre Mutter anzurufen und ein bisschen mit ihr zu plaudern, um so das Unvermeidliche hinauszuzögern.

Fast hatte sie schon gewählt, als ihr einfiel, dass Anna ja noch verreist war. Verdammt, was jetzt? Sie konnte nicht einfach dasitzen und Däumchen drehen. Ihr Blick fiel auf die *Sunday Times* der letzten Woche, die sie noch nicht ganz gelesen hatte. Sie blätterte sie durch, bis sie zu den Buchrezensionen kam, las, wer was über wen zu sagen hatte, und war froh, dass dort keiner ihrer Romane von den hochnäsigen Literaturkritikern abgehandelt wurde. Dann schaute sie im Fernsehprogramm nach, was sie an diesem Abend verpassen würde.

Mm, um neun Uhr lief *Prime Suspect*. Aha! Die ideale Verzögerungstaktik: Den neuen Videorekorder zu programmieren würde ewig dauern. Bis sie zu Amandas Abendessen käme, wäre sie vermutlich schon in Rente.

Um sieben Minuten nach acht schaute Josh auf die Uhr und dann aus dem Küchenfenster, um zu sehen, ob sich bei den anderen etwas rührte. Besonders in Nummer vier.

Als Tony sich ihm nachmittags vorgestellt und ihn zum Abendessen eingeladen hatte, hätte er beinahe dankend abgelehnt, aber als er hörte, wer sonst noch kommen sollte, hatte er spontan seine Meinung geändert. Er hatte Jessicas Gesellschaft am Abend zuvor genossen und sah keinen Grund, ungesellig zu sein und eine Gelegenheit auszulassen, sie wieder zu sehen.

Um zehn Minuten nach acht schlüpfte Kate aus Alecs Armen und sagte: »Komm, wir sollten uns beeilen, wir sind schon zu spät.«

Er zog sie wieder zu sich aufs Bett und küsste sie. »Ich wünschte, wir müssten nicht hingehen.«

»Ich auch, aber ich habe Jessica versprochen, dass wir nicht in letzter Minute kneifen. Also beeil dich und zieh dich an.«

Er grinste. »Noch ein Kuss, dann denke ich darüber nach.«

Um einundzwanzig nach acht stellte Jessica zu ihrer Verwunderung fest, dass sie es geschafft hatte, den Videorekorder zu programmieren, und da ihr nichts anderes mehr übrig blieb, ergriff sie die Schachtel Pralinen für Amanda und machte sich auf den Weg.

Um zweiundzwanzig nach acht nahm Josh eine Flasche Rotwein aus dem Weinregal in der Küche und beschloss, dann eben als Erster zu erscheinen.

Um dreiundzwanzig nach acht öffneten sich gleichzeitig drei Haustüren, und vier Gäste standen sich auf dem Hof gegenüber. Josh wartete, bis die anderen auf seine Seite des Hofes herüberkamen.

Nachdem sich alle miteinander bekannt gemacht hatten, sagte Jessica zu Josh: »Ich wusste gar nicht, dass Sie auch eingeladen sind.«

»Ich glaube, das war ein nachträglicher Einfall.«

»Dann sind wir ja schon zu zweit.«

Sie gingen hinter Kate und Alec her. Josh erkannte auf den ersten Blick, warum sein Bruder von Kate hingerissen war. Sie sah tatsächlich entzückend aus, obwohl er selbst sich mehr zu Jessica hingezogen fühlte. Sie sah heute wesentlich besser aus als am Tag zuvor. Die Blässe und die dunklen Ränder unter den Augen waren verschwunden, und zum Vorschein gekommen war eine überaus attraktive Frau. Das eng anliegende Lycra-Top und der lange Wickelrock standen ihr gut – beides hatte Crawford's im letzten Jahr zu Tausenden verkauft. Er bemerkte, wie der Rock sich bei jedem Schritt leicht öffnete, und fragte sich, wieso ihm diese fantastischen Beine am vorigen Abend entgangen waren.

Amanda öffnete ihnen die Tür und führte sie ins Wohnzimmer, nachdem ihre Gäste ihr Blumen, Wein und Pralinen übergeben hatten. Sie reichte einen Aperitif aus Weißwein mit Cassis herum, der bereits eingeschenkt auf einem Tablett bereitstand, und Josh nahm höflich sein Glas, obwohl er lieber ein Bier getrunken hätte. Er erwischte Jessica dabei, dass sie beim Anblick des Aperitifs das Gesicht verzog, und sie tauschten ein wissendes Lächeln.

»Tony kommt sofort herunter«, sagte Amanda, während sie Alec und Kate ihre Gläser reichte, »er bringt nur eben Hattie ins Bett. Nehmen Sie doch bitte Platz.«

Jessica wartete ab, auf welchen Sessel Amanda sich setzte, und suchte sich dann das Sofa, das am weitesten von ihrer Gastgeberin entfernt stand.

Josh gesellte sich zu ihr. »Wie geht es Ihnen?«, fragte er leise.

»Wesentlich besser, vielen Dank. Sie waren gestern Abend übrigens großartig, ein richtiger Held.«

Er grinste. »Gern geschehen.«

»Was? Wer war ein Held?«, unterbrach Amanda unhöflich Alec, der ihr gerade als Antwort auf ihre Frage erklärte, was er beruflich machte.

Jessica hatte nicht übel Lust, eine haarsträubende Geschichte über sich und Josh zu erfinden, aber da sie ihr Publikum nicht kannte und nicht sicher sein konnte, ob Josh mitspielen würde, beschloss sie, die Fiktion auf ein Minimum zu beschränken.

»Sagen wir, dass dieser nette junge Mann sich trotz der Umstände, in die wir gestern Abend geraten sind, wie ein perfekter Gentleman verhalten hat.«

Sie hätte nicht an Josh zu zweifeln brauchen.

»Und es wäre alles andere als korrekt, wenn ich Ihnen mehr sagen würde, als Jessica es gerade getan hat«, fügte er hinzu. »Meine Lippen sind versiegelt, ein Gentleman verrät niemals eine Dame.«

Alec und Kate lachten, aber Amanda wartete auf eine ausführliche Erklärung. Doch dann wurde sie durch eine Bewegung an der Tür abgelenkt. Jessica folgte ihrem Blick und sah ein hübsches kleines Mädchen im Nachthemd an der Hand eines gut aussehenden blonden Mannes. Tony und Hattie, nahm sie an.

»Also Hattie, was habe ich dir gesagt?«, sagte Amanda mit einem leichten Anflug von Gereiztheit, während ihre Miene unverhohlenen Ärger zeigte. Jessica stellte fest, dass sie ernstlich zornig war, und erinnerte sich, wie Kate ihr erzählt hatte, dass Amanda nicht gerade die ideale Stiefmutter sei.

»Hattie wollte nur allen gute Nacht sagen«, sagte Tony beschwichtigend. Er führte seine Tochter ins Zimmer.

»Nun ja, das ist ja nicht verkehrt«, räumte Amanda ein,

»aber dann geht's ins Bett, Fräulein, und zwar ohne Theater. Jetzt ist es Zeit für die Erwachsenen.«

»Oje«, lachte Jessica. »Dann sollte ich mich besser zu Hattie gesellen.« Amandas Miene gab Jessica Grund zu der Annahme, dass sie gerade zur Hauptfeindin avanciert war.

Kurz nachdem Amanda Hattie ins Bett geschickt hatte, beorderte sie ihre Gäste ins Esszimmer, wies ihnen die Plätze an und teilte ihnen mit, was es zu essen gab.

»Es ist ein Rezept von Gary Rhodes«, erklärte sie laut und unterbrach Tony, der sich gerade an seinem Ende des Tisches mit Kate und Alec unterhielt. »Ich weiß, er macht ein bisschen viel Schau und Dekoration drumherum, aber seine Rezepte sind wirklich gut. Finden Sie nicht auch, Kate?«

O Gott, dachte Jessica, als ihr klar wurde, dass Amanda alle in das Tischgespräch einbeziehen würde, ob sie wollten oder nicht. Keiner von ihnen würde sich schmollend hinter seine Serviette zurückziehen dürfen.

Es dauerte ein Weilchen, bis Kate den Mund leer hatte und ihr höflich zustimmen konnte. »Aber ich mag auch die Beiden Dicken Damen«, fügte sie hinzu.

»Wirklich?«, fragte Amanda. »Das überrascht mich.«

»Sie sind so originell, dass ...«

»Originell, ja, aber so unhygienisch«, sagte Amanda verächtlich und entzog Kate ihre Aufmerksamkeit, um sich an Josh zu wenden. »Und Josh, wie ist es mit Ihnen? Kochen Sie gern? Oder gehören Sie in der Küche zu dieser schrecklichen Sorte Mann, die ein Riesenchaos veranstaltet?«

Jessica konnte kaum fassen, wie rüde diese Frau sich benahm. Stopf ihr doch jemand ein Brötchen in ihr großes Maul, hätte sie am liebsten über den Tisch geschrien. Falls Josh von Amandas Unterstellung, dass er als allein stehender Mann in Ernährungsfragen ein kompletter Idiot sei, getroffen war, so zeigte er es nicht, was Jessica sehr gefiel.

»Ich komme ganz gut zurecht«, antwortete er ausweichend. »Besonders mag ich die Thai-Küche.«

Im Stillen applaudierte Jessica ihm zu dieser subtilen Ohrfeige für ihre Gastgeberin.

Nach langem, lastendem Schweigen aß sie den letzten Bissen ihrer Lachsmousse und dachte: Das läuft ja hervorragend! Wie gut wir uns alle amüsieren! Sie fragte sich, wie Helen Mirren gerade mit ihrem Kriminalfall zurechtkommen mochte.

»Erzählen Sie uns von Ihrer Schreiberei, Jessica«, forderte Amanda sie auf. »Schließlich haben wir nicht jeden Tag eine Schriftstellerin in unserer Mitte. Ich hatte auch mal vor, ein Buch zu schreiben.«

Geht das schon wieder los, dachte Jessica. Wenn sie für jede, die ihr das gesagt hatte, ein Pfund bekommen hätte, könnte sie längst mit Bestsellerautor Jeffrey Archer mithalten.

»Aber ich hatte nie Zeit dazu«, fuhr Amanda fort. »Ich hatte immer zu viel zu tun.«

Ja, ja, ja. Auch das hatte sie schon gehört.

»Es muss herrlich sein, wenn man sein Geld so leicht verdienen kann wie mit Schreiben.«

Fast wäre Jessica aufgesprungen, um ihr das Maul zu stopfen. *Leicht! Sie würde es ihr geben: leicht!*

»Ich glaube nicht, dass es so einfach ist«, warf Kate diplomatisch ein. »Wenn es so wäre, würden es doch alle machen, egal, ob wir beschäftigt sind oder nicht.«

Jessica bedachte Kate mit einem dankbaren Blick.

»Na ja, das weiß ich nicht«, erwiderte Amanda. »Verkaufen Sie viele Bücher, Jessica? Gestern habe ich eins von Ihnen im Supermarkt gesehen.«

»Ich komme zurecht«, antwortete Jessica. Knickeriges Biest, dachte sie, denn ihr war durchaus aufgefallen, dass Amanda ihr Buch nur »gesehen«, nicht »gekauft« hatte.

»Ich wusste gar nicht, dass Sie schreiben«, nutzte Josh eine kurze Gesprächspause, in der Amanda auf einem Stück Gurke kaute.

»Ich hänge es auch nicht an die große Glocke«, sagte Jessica – *kein Wunder, solange es Leute wie Amanda gab.*

»Jessica ist eine hervorragende Autorin«, lobte Kate sie großzügig. »Ich habe ihre beiden Bücher gelesen.«

»Und welche Art Romane schreiben Sie?«, fragte Josh.

»Liebeskomödien«, antwortete Jessica. »Vermutlich nicht ganz Ihr Fall – nicht genug Spannung und Verfolgungsjagden.«

Alec lachte. »Nach dem, was Kate mir erzählt hat, sind Ihre erotischen Szenen ganz schön spannend.«

»Aber alles im Rahmen des guten Geschmacks«, scherzte Jessica.

»Ich nehme an, Sie müssen ungeheuer viel recherchieren«, sagte Josh verschmitzt grinsend.

»Ja, ungeheuer viel«, griff Jessica seinen Ton auf.

Langsam lehnte Josh sich zurück. »Sagen Sie mir Bescheid, wenn ich Ihnen in Zukunft dabei helfen kann.« Er sah sie unverwandt an.

Jessica hielt seinem Blick stand und führte vielsagend ihr Weinglas an die Lippen. »Wer weiß, vielleicht komme ich darauf zurück.«

Amanda war entgeistert, wie gut Jessica und Josh sich bereits verstanden, und räumte Teller und Besteck zusammen. Als sie Tony mit einem Tu-doch-was-Blick bedachte, stand er sofort auf und schenkte die Gläser nach. Insgeheim beneidete er Jessica und Josh um ihren kleinen Flirt. Es erinnerte ihn an Eve und ihn. Sie hatten sich bei einer Management-Schulung kennen gelernt, und vom ersten Augenblick, als er sie sah, war er fest entschlossen gewesen, sie vor Ablauf des dreitägigen Kurses ins Bett zu bekommen. Am Ende des ersten Tages, an dem sie fünf Stunden lang »den Geist öffnende Rätsel« gelöst hatten, wie der Schulungsleiter es nannte, flirteten sie bereits unverhohlen miteinander. Am zweiten Tag wurden sie im Aufzug des Hotels erwischt, als sie sich küssten, und am letzten Tag, als sie eigentlich nachmittags den Vortrag »Jedes Problem lässt sich von mehr als einer Seite sehen« hätten hören sollen, liebten sie sich in seinem Hotelzimmer. Die Erinnerung an eine so glückliche Zeit seines Lebens ließ ihn einen Blick in Kates Richtung riskieren. Wenn doch der Abend nur schon vorbei wäre! Mit Kate in einem Raum zu sitzen, ohne sich mit ihr unterhalten zu können, wie er es wollte, war einfach unerträglich.

Noch unerträglicher war Alecs Gegenwart.

Das Schlimmste aber war, dass Tony den Mann mochte. Es war ihm unbegreiflich, dass er sich so mühelos mit Alec unterhalten und sich dabei gleichzeitig vorstellen konnte, wie es wäre, Kate in Armen zu halten.

»Für mich keinen Wein mehr, danke.«

Tony sah, dass Josh sein Glas mit der Hand bedeckte.

»Entschuldigung«, sagte er zerstreut. »Kann ich Ihnen etwas anderes bringen?«

»Ich hätte gern Wasser, bitte.«

Josh schaute zu, wie Tony sein Wasserglas füllte, und warf dann einen Blick zu Jessica hinüber. Sie unterhielt sich, leicht nach links gewandt, mit Alec, aber er hatte den Eindruck, dass sie genau spürte, wie er sie anstarrte.

Als er am Abend zuvor im Bett über Jessica nachgedacht hatte, war ihm völlig klar gewesen, dass er sie attraktiv fand, und als er sie nun über den Tisch hinweg ansah, merkte er, dass er zum ersten Mal seit langer Zeit Verlangen nach einer Frau hatte. Der Impuls war stärker als die Angst und das verlorene Selbstvertrauen, die ihn beschlichen hatten, seit seine Krankheit diagnostiziert wurde. Die drohende Impotenz war einer der Aspekte seiner Krankheit, die ihn am meisten schreckten. Was, wenn er nicht konnte? Wenn sein verräterischer Körper ihn im Stich ließe? Einer der Spezialisten, die er vor einigen Monaten im Krankenhaus konsultiert hatte, hatte das Thema einfach abgetan, als Josh ihn danach fragte. »Machen Sie sich darüber keine Sorgen. Das können Sie immer noch tun, wenn es so weit ist.« Auf Josh wirkte der Mann, als hätte er das Interesse an Sex schon vor Jahren verloren. Du hast leicht reden, dachte Josh wütend.

Und da seine letzte Freundin ihm davongelaufen war, war das Thema Sex ohnehin nur noch ein hypothetisches Problem gewesen.

Aber jetzt ... na ja, jetzt beschäftigte es Josh sehr. Und er hatte das Gefühl, dass auch Jessica daran dachte. Oder war das nur Wunschdenken?

Jessica erklärte als Erste, sie sei müde und müsse nach Hause. »Es war ein sehr netter Abend«, sagte sie mit vorgetäuschtem Gähnen. So ganz gelogen waren ihre Worte nicht. Abgesehen von Amanda hatte sie die Gesellschaft genossen, nachdem alle etwas lockerer geworden waren. Sie schob ihre leere Kaffeetasse fort und stand auf.

»Ich habe gar nicht gemerkt, das es schon so spät geworden ist«, sagte Josh und stand ebenfalls auf. Er wollte nicht, dass Jessica ohne ihn ging.

Darauf erklärte auch Alec, er und Kate hätten einen langen Tag hinter sich und würden jetzt auch lieber gehen.

Man bedankte sich, verabschiedete sich, und schließlich gingen die vier Gäste hinaus. Es war schon nach Mitternacht und am Himmel über dem Hof funkelten helle Sterne. Es war sehr still.

»Na dann, gute Nacht«, sagte Alec zu Jessica und Josh, »es war schön, Sie beide kennen zu lernen. Wenn Sie mal nachbarschaftliche Hilfe brauchen, klopfen Sie ruhig an unsere Tür.«

»Das Gleiche gilt für meine Tür«, sagte Jessica, »sagen Sie ruhig Bescheid, wenn Sie etwas brauchen. Kate, wir trinken im Laufe der Woche mal Kaffee zusammen, ja?«

Arm in Arm gingen Kate und Alec über den knirschenden Kies.

»Also«, sagte Josh und sah Jessica an.

»Also«, wiederholte sie.

»Sie würden wohl nicht noch einen Schlummertrunk mit mir trinken, oder?«

»Ich dachte schon, Sie würden gar nicht fragen.«

Kapitel 19

Als Jessica am nächsten Tag aufwachte, war es schon gegen Mittag.

Auf Korfu hatte sie nie lange geschlafen. Ihre Lieblingszeit war früh am Morgen, wenn noch niemand anderes auf war. Manchmal war es so still, dass sie die Schellen der Ziegen auf den Bergen hinter ihrem Haus hören konnte. An solchen Tagen schien es, als habe sie die Insel für sich allein. Dann konnte sie am besten arbeiten. Sie machte sich eine Kanne Kaffee und einen Teller mit vor Butter triefendem Toast – das ortsübliche Frühstück aus Joghurt und Honig mit Feigen, das Helen und Jack so sehr mochten, war nichts für sie – und setzte sich auf die Terrasse. Jeden Morgen genoss sie aufs Neue die Aussicht auf die friedliche Umgebung. Oft wünschte sie sich, nicht Schriftstellerin zu sein, sondern Helens Begabung zum Malen zu besitzen. Nur zu gern hätte sie die unzähligen Schattierungen der Blau-, Grün- und Weißtöne eingefangen, die für sie den Inbegriff der Insel ausmachten – Sand, so silbrig wie der Mond, Strände mit sonnengebleichtem Kies, türkisfarbenes Wasser, üppig grüne Zypressen, die ihre Spitzen in einen wolkenlos porzellanblauen Himmel reckten.

Wenn sie die Aussicht genug bewundert hatte, machte sie sich an die Arbeit. Stunden vergingen, in denen sie sich mühelos in den Charakteren verlor, die sie gerade entwarf und als

Ausgeburt ihrer Fantasie in alle möglichen Dramen verwickelte.

Der Gedanke an ihre Arbeit erinnerte Jessica jetzt, dass es höchste Zeit war, ihren nächsten Roman anzufangen. Am vergangenen Freitag bei ihrem Mittagessen mit Piers hatte er nur kurz gefragt, was sie als Nächstes schreiben wolle – vermutlich hatte er nicht weiter nachgehakt, weil er dachte, ohnehin nichts Sinnvolles aus einer Frau heraus bekommen zu können, die sich derart zum Narren machte.

Damit hätte er auch Recht gehabt.

Es kam nicht oft vor, dass sie sich derart gehen ließ, aber neulich hatte sie wahrhaftig keine halben Sachen gemacht. Bei der Erinnerung daran krümmte sie sich und vergrub den Kopf in den Kissen. Gavin hätte ihr schlechtes Benehmen sicher gern zur Kenntnis genommen und es ihr ohne Skrupel vorgehalten, wenn sie je gewagt hätte, auch nur die geringste Missbilligung über eines seiner häufigen Trinkgelage zu äußern.

Sie drehte sich auf den Rücken, starrte an den grässlichen Betthimmel und dachte an Gavin.

Sie fragte sich, was er wohl gerade machte. Vermutlich war er am Strand von Avlaki: Mit Ray Ban auf der Nase und im Wind wehendem Haar versprühte er sicher gerade seinen atemberaubenden Charme an eine Touristin, die er am Abend zuvor in einer Bar in Kassiopi kennen gelernt hatte und die ihm nur zu gern gefallen wollte. »Ich bin noch nie gesegelt«, hatte das alberne Ding wahrscheinlich gezirpt, was Gavin als Aufforderung mehr als genügte. »Dann bringe ich es dir bei« – sein Standardangebot an jede, die dumm genug war, ihm Gelegenheit zu geben, mit seinen Fähigkeiten im und auf dem Wasser anzugeben. »Komm morgen um halb elf an den Strand, dann zeige ich dir die Theorie, und anschließend gehen wir zum spannenden Teil über. Ich garantiere dir, am Spätnachmittag segelst du schon allein, und deinen Erfolg feiern wir hinterher mit einem Drink in der Taverne.« Seine Taktik war unwiderstehlich überzeugend.

Jessica musste es wissen, schließlich war sie selbst darauf hereingefallen.

Seit sie Korfu verlassen hatte, hatte sie sich keinen Augenblick lang vorgemacht, dass Gavin sich vor Sehnsucht nach ihr verzehren würde. Aber sie fragte sich doch, ob er sie vermisste. Wenigstens ein kleines bisschen.

Vermutlich nicht.

Wenn doch, hätte er sich ja bei ihr melden können. Aber nichts. Kein Anruf. Nicht einmal ein Brief.

Aber was hatte sie denn erwartet? Schließlich hatte sie Schluss gemacht.

Es war schon merkwürdig, dass man so eng mit einem Menschen zusammen sein, sich derart auf ihn einlassen konnte und dann mit einem Mal so völlig von ihm getrennt war.

Allerdings hatte ihre Beziehung zu Gavin weniger auf einer Seelenverwandtschaft als auf einer elementaren körperlichen Anziehung beruht. Jack hatte sie oft gefragt, was sie an Gavin fände, worauf Helen ihn nur ausgelacht hatte.

»Jack, du Idiot, der Mann ist ein Adonis, was glaubst du wohl, was sie an ihm findet?«

Helen hatte völlig Recht gehabt. Die körperliche Anziehung zwischen ihnen hatte etwas von einem rasanten Ritt – so oft sie auch miteinander schliefen, jedes Mal hatte sie es gleich erregend empfunden.

Allmählich war Jessica jedoch klar geworden, dass die körperliche Erregung nur etwas für den jeweiligen Augenblick war, und nach einer Weile hatte sie mehr gewollt. Aber mehr hatte der arme Gavin ihr einfach nicht bieten können. Bei dieser traurigen Erkenntnis fühlte sie sich plötzlich alt. In der Jugend waren die Erwartungen wunderbar niedrig und geradlinig, man fand sich mit allem ab. Je älter man wurde, desto höhere und kompliziertere Erwartungen stellte man auch an den Partner: Man erwartete Rücksichtnahme, Respekt, Treue, Verständnis und etwas so Erschreckendes wie eine Zukunftsplanung.

Gavins Vorstellungen von Zukunftsplanung hatten sich auf die Frage beschränkt, was er zu Mittag essen sollte.

Seufzend stand Jessica auf, zog die Vorhänge zurück und stützte die Ellbogen auf das Fensterbrett. Es war ein herrlicher Morgen. Hinter ihrem Garten breitete sich eine sonnige Landschaft mit Feldern und Baumgruppen aus. Schön, ganz anders als die Aussicht, die sie in den letzten Jahren gewohnt gewesen war, aber genauso fesselnd. Sie öffnete das Fenster und beugte sich über die weiß gestrichene Fensterbank.

Sie dachte an Josh, der völlig anders war als alle Männer, die sie bisher kennen gelernt hatte.

Es wäre so einfach gewesen, ihren Flirt am gestrigen Abend bis zu seinem natürlichen Ende weiter zu treiben, aber als die Sache sich auf dem Sofa allmählich heißer gestaltete, war ihr plötzlich in den Sinn gekommen: *Wow! Das habe ich schon mal erlebt, und ich weiß nicht, ob ich für eine flüchtige Affäre zu haben bin.*

Die Schuld hatte sie natürlich nur sich selbst zuzuweisen, sie hätte Josh gar nicht erst ermutigen sollen.

Es kam ihr ziemlich lächerlich vor, dass sie sich zurückzog, als er sie zu küssen versuchte, und murmelte: »Tut mir Leid, ich weiß nicht, ob ich das kann.« Der Gerechtigkeit halber musste sie zugeben, dass sein Vorgehen einwandfrei gewesen war: Langsam war er Zentimeter für Zentimeter näher gerückt, bis ihre Beine sich fast berührt hatten, dann ein zeitlich glänzend eingesetztes Schweigen, ein Blick auf ihre Lippen, seine Hand auf ihrer Schulter und schließlich legte er den Kopf schief – herzerweichend – und setzte zum großen Finale an.

Und sie verdarb ihm alles.

»Mein Fehler«, sagte er, als er ihr Widerstreben spürte und zurückwich, als habe sie ihm eine Pistole an den Kopf gesetzt.

Nachdem sie sich bildlich gesprochen den Staub aus den Kleidern geklopft hatten und ihre betretenen Mienen bemerkten, mussten sie beide plötzlich lachen.

»Es tut mir wirklich Leid«, sagte er mit einem Grinsen so voller Sex-Appeal, dass sie fast gesagt hätte: Ach, was soll's, versuchen wir es doch einfach mal!

»Mir tut es auch Leid«, erwiderte sie, »ich habe mich den ganzen Abend unmöglich benommen. Das liegt entweder an dieser grässlichen Amanda oder ...«

»Oder?«

»Oder an Ihnen.«

Er lachte. »Möchten Sie noch einen Drink?«

Nachdem sie die Flasche Southern Comfort geleert hatten, gingen sie zu Kaffee über und unterhielten sich die ganze Zeit. Er erzählte ihr von der Firma, die er gemeinsam mit seinem Bruder leitete – er erzählte überhaupt sehr viel von Charlie – und von den Reisen, die die beiden zusammen gemacht hatten, sprach aber keineswegs ständig nur von sich. Vielmehr brachte er sie dazu, von ihrem Leben zu erzählen, von ihrer Kindheit in Cholmford, ihrem Nomadenleben und den Gründen für ihre Heimkehr. Sie erzählte ihm von ihrer Mutter und ihrem schwachen Herzen und sogar von Gavin. Außerdem wollte er alles über ihre Schriftstellerei wissen, ganz anders als Gavin, der sich nie für ihre Arbeit interessiert hatte und ihre Bücher als kommerziellen Schund abgetan hatte, den jeder zusammenschreiben könne, wenn er nur wollte – Amanda und er würden sich bestens verstehen.

Jessica fühlte sich in Joshs Gesellschaft so wohl, dass die Zeit wie im Flug verging und es schließlich schon vier Uhr morgens war, ohne dass sie es gemerkt hatten. Auf Zehenspitzen war sie über den Kies im Hof zu ihrem Haus geschlichen, als sich am nächtlichen Himmel schon die erste Morgendämmerung ankündigte.

»Du Rumtreiberin«, sagte sie sich jetzt grinsend, als sie sich vom Schlafzimmerfenster abwandte und ins Badezimmer ging, »was sollen bloß die Nachbarn denken?«

Im provisorischen Musterhaus Nummer drei räumte die Maklerin Sue Fletcher ihre Sachen zusammen. Ihre Arbeit in Cholmford Hall Mews war beendet. Am nächsten Tag sollte sie zu einem anderen Neubauprojekt wechseln. Sie würde Cholmford vermissen, das zu ihren angenehmeren Aufträgen gehört hatte. Es war allerdings eine Schande, dass es ihr nicht gelungen war, das letzte Haus zu verkaufen, aber sie hatte schon die ganze Zeit geahnt, dass sie darauf sitzen bleiben würden. Von allen, die sich das Haus angesehen hatten, waren die gleichen Einwände gekommen: Das durch den Torbogen geteilte Grundstück gefiel ihnen nicht, der Garten gefiel ihnen nicht und vor allem der Preis gefiel ihnen nicht. Jetzt würde sich ein anderer Makler nach Kräften bemühen müssen, es zu verkaufen, aber Sue wusste so gut wie alle anderen, dass es ohne einen erheblichen Preisnachlass äußerst schwierig würde, einen Käufer zu finden.

Doch das war jetzt nicht mehr ihr Problem. Ihre nächste Herausforderung bestand in einem exklusiven Apartmenthaus in Altrincham.

Froh, dass alles in Ordnung war, schloss sie zum letzten Mal die Haustür hinter sich ab und sah, als sie sich umdrehte, den Mann aus Nummer eins zum Tor hinausfahren. Sie erwiderte sein Lächeln und wünschte, dass alle Klienten, mit denen sie zu tun hatte, eine ebensolche Augenweide wären.

Josh fuhr in Windeseile zu seinen Eltern in Prestbury. Er parkte neben Charlies Wagen und ging langsam hinter das Haus, da er annahm, dass bei dieser Hitze alle im Garten saßen.

Er hatte Recht. Sein Bruder lümmelte sich in Shorts und T-Shirt in einer Hängematte, die zwischen zwei Apfelbäume gespannt war, sein Vater hustete und keuchte am Grill, der dichte, atemberaubende Rauchschwaden spie.

Seine Mutter saß in ihrem gewohnten Liegestuhl und löste wie üblich Kreuzworträtsel. Als sie ihn kommen hörte, schaute sie auf. »Hallo, Joshua«, sagte sie und legte die Zeitung beiseite. »Wir hatten schon fast die Hoffnung aufgegeben, dass du noch kommst. Ich wollte Charlie gerade ins Haus schicken, damit er dich anruft. Allmählich haben wir uns Sorgen gemacht.«

Er gab ihr einen Kuss. »Es ist gestern Abend spät geworden«, erklärte er sein ungewohnt spätes Erscheinen zu ihrem monatlichen Familientreffen. Er war erst sehr spät aufgewacht. Obwohl sonst ein Frühaufsteher, hatte er erst kurz nach zwölf aus dem Bett gefunden, und als er in der Küche beim Müsli saß und an Jessica dachte, streifte sein Blick den Wandkalender neben dem Telefon. Plötzlich fiel ihm ein, dass man ihn eine Stunde später gewaschen, rasiert und angezogen in Prestbury erwartete. Sofort hatte er sein Müsli in die Spüle gestellt und war nach oben gegangen, um sich fertig zu machen. Zum Glück bereitete sein Körper ihm keine Schwierigkeiten, als er unter der Dusche stand, und in dem Bewusstsein, dass es ihm wohl einen weiteren Tag gut gehen würde, wagte er zu hoffen, dass seine MS in eine Ruhephase eintrat und die Krankheitssymptome nachließen. Das war schon öfter vorgekommen. Wieso nicht auch jetzt?

»Soll ich dir ein Bier holen?«, bot sein Vater an.

»Schon gut, Dad, ich hole mir selbst eins.«

Als er in die Küche ging und die Kühlschranktür öffnete, hörte er hinter sich Schritte. Es war Charlie. »Möchtest du auch eins?«, fragte er.

»Ja, bitte.«

Josh reichte ihm eine Dose. »Ich habe gestern Abend dein Märchenwesen kennen gelernt«, sagte er.

»Und?«

Josh grinste. »Sie ist wirklich nicht dein Typ.«

»Hey, das möchte ich lieber selbst beurteilen.«

»Außerdem ist sie in ziemlich festen Händen.«

»Scheiße!«

»Nicht solche Ausdrücke, Charles.«

»Entschuldige, Mum«, sagte Charlie zu seiner Mutter, die gerade in die Küche gekommen war.

»Und wie geht es dir?«, fragte sie Josh, ging zu einem Schneidebrett neben der Spüle und ergriff einen Teller mit Gemüse-Kebabs.

Josh bemühte sich, nicht allzu heftig zu reagieren. Er wusste, dass seine Mutter es nicht lassen konnte, ihn zu fragen, und dass sie sich schon alle Mühe gab, es nach einer ganz allgemeinen Höflichkeitsfloskel klingen zu lassen, obwohl es wesentlich eindeutiger gemeint war. Es war dumm von ihm, aber ihm wäre es lieber gewesen, wenn sie ihn rundheraus gefragt hätte: »Also, welcher Teil von dir versagt heute den Dienst?«

»Gut«, antwortete er und versuchte abzulenken: »Und im Haus ist alles schon ziemlich weit eingerichtet. Du und Dad, ihr müsst mich bald mal besuchen.«

»Ja, gern«, antwortete sie. »Und jetzt komm in den Garten und sieh zu, dass du ein bisschen Sonne abkriegst. Du bist viel zu blass, und das ganze Schwarz macht es auch nicht gerade besser. Hast du denn gar keine Kleidung in anderen Farben mehr?«

»Sie hat Recht«, sagte Charlie, als sie nach draußen gingen

und sich ein Plätzchen abseits vom Rauch suchten, »du siehst wirklich blass aus.«

»Wenn du gestern Abend so viel getrunken hättest wie ich, sähst du auch blass aus.«

Charlie hob eine Augenbraue. »Erzähl.«

Josh erzählte ihm von der Einladung zum Abendessen bei seinen neuen Nachbarn.

»So hast du also meinen flüchtenden Engel kennen gelernt«, unterbrach Charlie ihn. »Und wie ist ihr Mann?«

»Ich habe nicht gesagt, dass sie verheiratet ist. Sie lebt mit einem Mann namens Alec zusammen.«

Charlie beugte sich vor. »Nicht verheiratet? Dann ist ja noch nicht alles verloren. Wie ist er denn? Ein richtig cleveres Bürschchen? Oder ist er ein hirnloser Muskelprotz, der sie mit seinen Muckis beeindruckt hat?«

Josh lachte. »Dazu ist sie viel zu klug.«

»Na komm schon, womit muss ich es aufnehmen?«

»Du wirst es kaum glauben: Er muss an die Fünfzig sein, hat graue Haare und ...«

»Du willst mich auf den Arm nehmen!«

»Nein.«

»Du meinst, dieses fantastische Wesen hat sich einem Mann an den Hals geworfen, der fast doppelt so alt ist wie sie? Warum?«

Josh zuckte die Achseln. »Er ist ein netter Kerl, vielleicht steht sie auf Vaterfiguren. Das soll es ja alles geben.«

»Wer mag Vaterfiguren?«, fragte ihr Vater, der die Abwesenheit seiner Frau nutzte, um sich für ein Weilchen von seinen Pflichten am Grill davonzustehlen.

»Eine Nachbarin von mir, in die Charlie sich angeblich verliebt hat.«

Ihr Vater lachte. »Bist du mal wieder zu spät gekommen, Charles?«

»Das würde ich nicht unbedingt sagen. Mit einem Grauhaarigen, dessen Zeit passé ist, kann ich es immer noch aufnehmen.«

»Gegen graues Haar ist doch nichts einzuwenden«, sagte William Crawford und strich sich durch seine eigene Mähne. »Übrigens darf ich dich erinnern, dass du auch schon genügend silberne Strähnen hast.«

»Vielen Dank, Dad.«

»William!«, rief ihre Mutter aus dem Haus, »die Koteletts brennen!«

Rasch begab er sich wieder auf seinen Wachtposten.

»Und wie sind deine anderen Nachbarn?«, erkundigte sich Charlie.

»Ein Ehepaar mit einer kleinen Tochter und ...« Er zögerte kurz.

»Und?«

»Und eine Schriftstellerin.«

»Ach. Ist sie gut?«

»Wie sie schreibt, weiß ich nicht, aber sie ist ...« Josh brach ab. Wie sollte er Jessica beschreiben? Die üblichen Adjektive wie »attraktiv« oder »faszinierend« erschienen ihm unpassend. Sie war mehr als das. Aber was? Interessant? Beeindruckend? Scharfzüngig war sie mit Sicherheit. Und überaus witzig. Aber so beschrieb ein Mann normalerweise keine Frau, die er unbedingt ins Bett bekommen wollte.

»Sie ist *wie*?«, drängte Charlie.

Josh grinste. »Das geht dich nichts an.«

»Ach, *so* ist sie also?«

»Das würde mich jedenfalls freuen.« Josh erzählte seinem Bruder von Jessicas Migräne und seinem Rettungseinsatz. Und er erzählte ihm von der vergangenen Nacht.

Charlie lachte. »Na, eins steht fest: Ich muss wohl alles zurücknehmen, was ich über den Mangel an Nachtleben da draußen gesagt habe. Vielleicht liegt es gar nicht am Alkohol sondern an exzessiver Fleischeslust, dass du so blass bist.«

»Schön wär's.«

»Du meinst, sie war gestern Abend die ganze Zeit bei dir und du hast es nicht geschafft ...«

»Ich habe es langsam angehen lassen.«

»Na komm. Sie hatte nichts für dich übrig, oder?«

»Natürlich hatte sie das.«

»Aber offensichtlich nicht genug.«

Beide lachten und tranken ihr Bier. Josh hörte seine Eltern am Grill streiten – die Koteletts waren gar, aber die Kebabs noch nicht – und war ungewöhnlich entspannt. Sich in so leichtem Ton mit Charlie zu unterhalten erinnerte ihn an früher, als sie sich gegenseitig mit ihren Eroberungen aufgezogen hatten. Das war eines der Dinge, die abrupt aufhörten, sobald man seine Krankheit diagnostiziert hatte. Über Nacht hatte Charlie ihn nicht mehr wie einen Bruder behandelt, sondern wie eine altjüngferliche Tante. Mit den Hänseleien war es ebenso vorbei wie mit ihrem kumpelhaften Verhältnis. Es war, als sei es geschmacklos, einen Mann zu hänseln, der nicht hundertprozentig gesund war – über Krüppel machte man sich nicht lustig.

»Wie heißt sie?«, unterbrach Charlie Joshs Überlegungen.

»Wer?«

»Nun komm schon. Die Frau, die dich hat abblitzen lassen.«

»Ich habe dir schon gesagt, dass sie mich nicht hat abblitzen lassen.«

»Wenn du es sagst.«

»Sie heißt Jessica, Jessica Lloyd.«

»Mm ... hübscher Name. Und was für Bücher schreibt sie?«

»Liebeskomödien, und wie dein Liebling Kate behauptet, schreibt sie hervorragende Sexszenen.«

Charlie hob die Hände gen Himmel, als wolle er Gott danken. »Mein Liebling Kate! Wie süß der Name klingt.«

»Reiß dich am Riemen. Und lass dir eins gesagt sein: Sie wird dich keines zweiten Blickes würdigen. Sie und Alec sind fest liiert.«

Charlie schnitt eine Grimasse. »Nur weil du gestern Abend einen Korb gekriegt hast, brauchst du mir nicht alles madig machen.«

»Ich habe nicht gesagt, dass ich einen Korb gekriegt habe.«

»Was denn sonst?«

»Ich ... wenn du es genau wissen willst, sie hat sich mit mir unterhalten, als ob ich ein ganz normaler Mensch wäre.«

Charlie sah ihn aufmerksam an. »Und was soll das heißen?«

»Das heißt, sie hat nicht, wie so viele andere Leute, mit mir geredet, als ob ich nicht mehr ganz zurechnungsfähig wäre.«

»Geht das gegen mich?«

Josh schüttelte den Kopf. »Ich will lediglich sagen, dass Jessica mich wie einen ganz normalen Mann behandelt hat, weil sie nichts anderes weiß.«

»Sie weiß nichts von deiner MS?«

»Genau.«

»Aber was ist, wenn ...«

»Es gibt kein Wenn. Ich habe nicht vor, ihr von meiner Krankheit zu erzählen, weil ich mir so von ihr keinen Unsinn anhören muss.« Joshs Miene war todernst. »Sie wird mich behandeln wie einen Mann, nicht wie einen Invaliden. Wer weiß, vielleicht habe ich ja sogar Glück.«

Charlie wandte sich ab und schaute durch den Garten zu der alten Schaukel, die an einer Silberbirke hing und die Josh und ihm gehört hatte. Ihre Mutter erklärte immer halb scherzhaft, sie lasse sie als Wink mit dem Zaunpfahl dort hängen, weil sie immer noch hoffe, eines Tages Enkel zu bekommen, die darauf schaukeln könnten.

Er dachte darüber nach, was sein Bruder gerade gesagt hatte. Er hatte den Eindruck, dass Josh diese Jessica mochte und in ihr mehr sah als eine potentielle Eroberung für eine Nacht. Wenn es so war und Josh tatsächlich an eine Chance für eine Beziehung mit ihr glaubte, dann wäre es sicher besser, wenn sie auf Ehrlichkeit basierte, nicht auf Täuschung.

Es wäre dumm, etwas anderes zu denken.

Kapitel 20

Es war Montagmittag, und auf den ersten Blick sah es aus, als sei der Parkplatz des Vicarage voll. Als Kate jedoch an die Rückseite des Lokals fuhr, entdeckte sie eine kleine Lücke und quetschte ihren Mini mit angehaltenem Atem zwischen einen hässlichen Kleinbus und ein weiß gestrichenes Holzfass, bepflanzt mit blau blühenden Hortensien und einer Unmenge gelber und purpurroter Stiefmütterchen.

Sie entdeckte Caroline auf einem Barhocker an der Theke, wo sie so tat, als studiere sie die Speisekarte auf der Tafel rechts von ihr. Aber Kate wusste genau, dass Caroline in Wahrheit eine Gruppe lärmender Geschäftsleute ins Auge gefasst hatte, die am Ende der Bar saßen. Nichts hat sich verändert, dachte sie. »Hi, Caroline!« Sie tippte ihrer Freundin auf die Schulter.

Caroline wirbelte herum. »Das wird aber auch Zeit! Ich sitze hier schon eine Ewigkeit allein herum. So was bringt ein Mädchen in Verruf.«

»Tut mir Leid, es war schrecklich viel Verkehr, aber ich bin sicher, du hast dich in meiner Abwesenheit gut amüsiert.«

»Eindeutig nicht mein Typ dabei«, erklärte Caroline, als sie Kates Blick zum anderen Ende der Bar schweifen sah. »Sie haben nur über Autos und Manchester United geredet. Was trinkst du?«

»Ich hole uns was«, sagte Kate und kramte in ihrer Tasche. »Was möchtest du?«

»Trockenen Weißwein, bitte.«

Kate winkte der Frau hinter der Theke zu, und als die beiden ihre Getränke und zwei Garnelensalate bestellt hatten, gingen sie hinaus in den Garten und suchten sich einen Tisch unter einem Sonnenschirm. Kate setzte sich in den Schatten, während Caroline ihren Stuhl in die Sonne rückte und ihre weite Seidenbluse auszog, unter der ein hauchdünnes, trägerloses Top und sonnengebräunte Schultern zum Vorschein kamen.

»Das ist wirklich furchtbar mit dir«, stellte Caroline selbstgefällig fest. »Du kannst deinen umwerfenden Rotschopf und deine makellose Blässe behalten, da bleibe ich lieber eine langweilige Brünette und genieße jeden Sonnenstrahl.«

»Na ja, ich werde wenigstens nicht aussehen wie eine Dörrpflaume, wenn ich fünfzig bin.«

»Vergiss es. Bis dahin habe ich längst eine Schönheitsoperation hinter mir. Ich lasse mir das Gesicht bis zum Hinterkopf straffen und sehe dann sensationell aus.«

»Du wirst aussehen wie Bette Davis.«

Caroline lachte. »Also wirklich, du bist aber heute frech. Jetzt erzähl, wie es dir geht. Ich will alles wissen. Was macht die große Liebe, ist der Sex immer noch so gut, und hast du dir schon eine neue Arbeit gesucht?«

Caroline nahm nie ein Blatt vor den Mund. »Wenn ich einen etwas stärkeren Charakter hätte, würde ich dir sagen, dass dich das gar nichts angeht«, sagte Kate.

Caroline grinste. »Ja, aber ich weiß, dass du tief im Inneren darauf brennst, mir zu erzählen, wie wunderbar es dir geht, um mir unter die Nase zu reiben, was für ein deprimierend ödes Leben ich führe. Hey, macht es dir war aus, ein bisschen nach rechts zu rücken? Da drüben sitzt ein zum Umfallen toller Typ, und wenn du im Weg sitzt, kann er gar nicht sehen, was ihm entgeht.«

Als Kate zur Seite rückte, blendete sie die Sonne, und so zog sie ihre Sonnenbrille auf.

»Muss das sein?«, fragte Caroline, »mit der Brille siehst du noch glamouröser aus, ungefähr wie Julia Roberts. Nimm das Ding sofort ab.«

»Nein«, sagte Kate bestimmt, »und jetzt hör auf, mich wie einen von den armen Rentnern zu behandeln, die du in der Bibliothek so sadistisch schikanierst, und erzähl mir, was du so getrieben hast.«

Caroline runzelte die Stirn. »Meine Güte, Kate, wer hat dir beigebracht, so selbstsicher aufzutreten?«

»Du! Du hast mir alles beigebracht, was ich kann.«

»So ist das also, jetzt soll ich von meinen eigenen Waffen geschlagen werden?«

Ihr Mittagessen kam, und als sie wieder allein waren, sagte Caroline: »Du siehst wirklich gut aus. Darf ich fragen, ob das der Liebe eines tollen Mannes zu verdanken ist?«

Grinsend griff Kate nach ihrem Besteck. »Du solltest es selbst mal versuchen.«

»Au, das hat gesessen! Du wirst allmählich richtig boshaft, Kate Morris.«

»Es gibt also immer noch keinen anständigen Mann in deinem Leben?«

Caroline seufzte. »Ein bisschen Glück wäre mal ganz schön. Weißt du, ich bin so verzweifelt, dass ich schon daran gedacht habe, mich an eine Heiratsvermittlung zu wenden, du weißt schon, die ständig in der Zeitung inserieren.«

Kate hielt den Mund. Nicht einmal Caroline hatte sie erzählt, wie Alec und sie sich kennen gelernt hatten, und das würde sie auch sicher jetzt nicht tun – Caroline war die Letzte, der sie etwas so Heikles und Privates anvertrauen wollte. Es wunderte sie immer noch, dass sie damals den Mut aufgebracht hatte, heimlich zu dieser Agentur zu gehen. Monatelang hatte sie darüber nachgedacht, bevor sie den Schritt endlich wagte. Es war nicht so, dass es ihr an Freunden gefehlt hätte, nur traf sie immer die falschen Männer. Entweder waren sie zu ernsthaft oder nicht ernst genug, zu still oder zu laut, zu ängstlich oder zu selbstbewusst. Ihre Charakterzüge von vorneherein per Computer mit denen eines gleich gesinnten Mannes vergleichen zu lassen, erschien ihr verlockend. Aber so einfach war die Sache denn doch nicht. Die Möglichkeiten eines Computers waren begrenzt. Es folgten einige katastrophale Abende, bevor sie bei Alec auf Gold stieß. »Warum versuchst du es nicht tatsächlich mal mit einer Vermittlung?«, fragte sie Caroline harmlos.

»Ach, das ist so hoffnungslos! Ich meine, das muss doch genau die falschen Männer anlocken, die Verrückten mit zu kurzen Hosen und grauen Slippern, die sich einer genauso armseligen Frau aufhalsen wollen.«

Es war verlockend, Caroline das Gegenteil zu beweisen. »Aber woher weißt du denn, dass es so kommt?«

»Glaub mir, Kate, ich weiß es einfach.«

»Na ja, vielleicht solltest du es wenigstens mal versuchen. Vielleicht triffst du ja jemand ganz Besonderen. Ich bin sicher, dass es einen Versuch wert ist. Was hast du denn schon zu verlieren?«

Caroline kaute nachdenklich auf einer Garnele. »Glaubst du wirklich?«

Ich weiß es, hätte Kate am liebsten gesagt, nickte aber nur mit dem Kopf und trank an ihrem Mineralwasser.

»Egal, genug von meinem nicht vorhandenen Liebesleben, erzähl mir von deinem. Hör ich schon die Hochzeitsglocken läuten?«

»Alec und ich sind auch ohne zu heiraten glücklich.«

Caroline betrachtete ihre Freundin eingehend. »Die Antwort kam mir eine Idee zu schnell und klang außerdem nicht ganz echt, wenn ich das mal sagen darf.«

Kate wurde rot.

»Will er nicht heiraten?«

»Darüber reden wir nicht.«

Caroline schnaubte spöttisch. »Er meint es nicht ernst mit dir, Mädchen.«

»Doch«, sagte Kate ärgerlich und nur zu bereit, Alec zu verteidigen. »Aber warum sollten wir etwas ändern? Wir sind beide glücklich so, wie es ist. Zwischen uns ist alles perfekt.«

»Hmm ...«, sagte Caroline, alles andere als überzeugt. »Na gut, du lässt mir keine andere Wahl, als nachzuhaken, wie deine Vorstellungen von einer perfekten Beziehung aussehen. Was, wenn ich dich zum Beispiel fragte, wie du eure Beziehung noch verbessern könntest? Und erzähl mir nicht solchen Unsinn, wie euer Leben hätte Ähnlichkeit mit einem Tag bei Adam und Eva, bevor die listige Schlange aufgetaucht ist.«

»Das ist eine alberne Frage.«

»Und wenn schon, gib mir trotzdem eine Antwort.«

Kate wollte nicht. Sie kannte die Antwort, aber sie fürchtete, wenn sie es laut aussprach, könnte das katastrophale Folgen für ihre Beziehung zu Alec haben.

»Nun komm schon«, drängte Caroline. »Es muss ja gar nichts Großartiges sein. Es kann ja auch so was Schlichtes sein wie die Farbe seiner Socken zu ändern. Oder so was Vertracktes wie, ihn von Unterhosen mit Eingriff zu Boxer-Shorts zu bekehren.«

Kate grinste entspannt.

»Es könnte natürlich auch etwas Weltbewegenderes sein«, fuhr Caroline fort, »zum Beispiel, dass du ein Kind willst und er nicht, weil er das schon hinter sich hat.«

Nicht reagieren, befahl Kate sich. Das sind nur Versuchsballons, sie kann es unmöglich wissen.

»Also?«

Sie kam an der Frage nicht vorbei und musste sich etwas Glaubwürdiges einfallen lassen, damit Caroline das Thema fallen ließ. »Ich möchte Alecs Exfrau loswerden«, sagte sie aus einer plötzlichen Eingebung heraus. Es entsprach sogar der Wahrheit.

»Wieso?«, lachte Caroline. »Ist sie ein Problem? Hat er immer noch was für sie übrig?«

»Himmel, nein!«

»Wie kannst du dir da so sicher sein?«

»Wirklich, Caroline, bist du so eifersüchtig auf mich, dass du meine Beziehung zu Alec völlig auseinander nehmen musst?«

Caroline besaß den Anstand, beschämt dreinzuschauen. »Spielverderberin«, sagte sie. »Na komm, iss auf, dann hole ich uns noch etwas zu trinken. Noch mal dasselbe?«

»Ja, bitte.«

Als Caroline wiederkam, sagte sie: »Also, wenn du so langweilig bist und nichts von dir und Alec erzählen willst, dann sag mir wenigstens, wie du finanziell zurechtkommst und was du unternimmst, um eine neue Stelle zu finden.«

Da Kate sich nun auf ungefährlicherem Terrain bewegte, schob sie ihren leeren Teller von sich und sagte: »Ich habe ein bisschen für schlechte Zeiten gespart, das reicht noch für ein Weilchen, aber ... ich glaube, ich werde den Beruf wechseln.«

»Klingt interessant. An was hast du gedacht? Bei deiner neu gewonnenen Selbstsicherheit würdest du eine ideale Arzthelferin abgeben.«

Kate grinste zwar, dachte aber darüber nach, was ihre Freundin gesagt hatte. Hatte sie sich tatsächlich verändert? Konnte sie inzwischen wirklich selbstsicherer auftreten? »Bei all den Stellenkürzungen habe ich wenig Hoffnung, in der näheren Umgebung eine Stelle als Bibliothekarin zu bekommen, da liegt es auf der Hand, eine Umschulung zu machen.«

»Erzähl weiter.«

»Was hältst du von Lehrerin?«

Caroline stöhnte. »Die einzige Schule, an der ich mich als Lehrerin sehen könnte, wäre eine reine Jungenschule voller Heranwachsender mit überschäumendem Testosteronspiegel. An welche Altersgruppe hattest du denn gedacht?«

»Grundschüler.«

Wieder seufzte Caroline. »Na ja, du warst schon in der Bibliothek die Einzige, die diese kleinen Monster bändigen konnte. Du hättest Maggie am Samstag sehen sollen, als wir unseren ersten Vorlesenachmittag der Sommerferien hatten! Ich dachte, sie verprügelt den kleinen Jungen, der sie ständig unterbrochen hat: ›Bitte, Miss, bitte, Miss.‹ Erst als Maggie die Geschichte fertig vorgelesen hatte und alle Kinder aufstanden, merkte sie, warum der kleine Quälgeist sie ständig gestört hatte. Er musste aufs Klo, und schließlich hat er einfach auf den Teppich gemacht.«

»Der arme Kerl.«

»Arme Maggie, meinst du wohl. Du weißt doch, wie hygienebesessen sie ist. In letzter Zeit wird sie immer schlimmer. Inzwischen trägt sie sogar Handschuhe und sagt, Bibliotheksbücher sind durchschnittlich stärker mit Keimen verseucht als eine öffentliche Toilette. Sie glaubt, am schlimmsten seien die Bücher, die Männer ausgeliehen haben. Vermutlich hat sie sogar Recht.«

Kate lachte.

»Und was hält Alec davon, dass du Fräulein Lehrerin wirst?«

»Ich habe noch nicht mit ihm darüber gesprochen.«

»Wieso nicht?«

»Die Idee ist mir erst am Wochenende gekommen.« Es war ihr am Samstagnachmittag eingefallen, als sie darauf wartete, dass Alec sein Gespräch mit Melissa beendete. Melissas Freund, Tim, hatte sie gefragt, was sie beruflich mache. Als sie es ihm sagte, erwiderte er: »Ich kann mich gar nicht erinnern, dass Bibliothekarinnen so attraktiv sind wie Sie.« Sie wurde rot und hoffte, dass Melissa seine Bemerkung nicht gehört hatte.

»Und wieso stempeln Sie keine Bücher mehr und sagen den Leuten, sie sollen leise sein?«, fragte er.

»Ich wurde wegrationalisiert.«

»Das tut mir Leid. Haben Sie schon eine Ahnung, was Sie in Zukunft tun wollen?«

»Ehrlich gesagt, ich weiß es noch nicht. Mir ist klar, dass das ziemlich jämmerlich klingt.«

»Keineswegs, aber was würden Sie denn am liebsten tun, wenn Sie die freie Wahl hätten?«

Sie dachte für ein Weilchen darüber nach, und als sie Oscar auf sich zukommen sah, fiel ihr die Antwort ein. »Ich mag Kinder, vielleicht könnte ich etwas in dieser Richtung machen.«

»Lehrerin vielleicht?«

»Ja«, hatte sie erwidert, und als Oscar nach ihrer Hand tastete, hinzufügt: »Ich glaube, das würde mir großen Spaß machen.«

»Hallo! Ist jemand zu Hause?«

»Entschuldige, Caroline«, sagte Kate. »Ich war ganz in Gedanken.«

»Das habe ich gemerkt. Also, was willst du wegen der Umschulung unternehmen? Wenn du dich beeilst, kannst du vielleicht schon im Herbst mit der Ausbildung anfangen. Komm doch mal in die Bibliothek und sieh dir das Informationsmaterial an.«

Voller Optimismus fuhr Kate nach Hause, wobei ihr auffiel, dass ihre Stimmung vor dem Mittagessen wohl schlechter gewesen sein musste.

Seit sie ihre Stelle verloren hatte und zu Alec gezogen war, hatte sie ihr eigenes Leben möglicherweise zu schnell hintangestellt. Es war ja gut und schön, sich einfach treiben zu lassen, aber so konnte es nicht weitergehen. Den Sommer über würde sie auf Oscar aufpassen, wie sie es Ruth versprochen hatte, aber im Herbst musste sie sich wieder um ihr eigenes Leben kümmern.

Es war schön gewesen, Caroline wiederzusehen. Eine der größten Stärken ihrer Freundin war, dass sie andere dazu brachte, ihr Leben in die eigenen Hände zu nehmen.

Sie beschloss, auf dem Heimweg am Supermarkt Halt zu machen und etwas Besonderes für das Abendessen zu besorgen. Sie musste feiern, dass aus einer vagen Idee eine klare Entscheidung hervorgegangen war.

Für sie war es eine wichtige Entscheidung, und sie war überzeugt, dass nun zwischen Alec und ihr alles wieder ins Lot kommen würde.

Wenn sie berufliche Perspektiven hatte, an denen sie arbeiten konnte, brauchte sie sich nichts zu wünschen, was sie sowieso nicht bekommen konnte.

Kapitel 21

Jessica machte sich vor zu arbeiten. Vielmehr, sie versuchte, es sich vorzumachen.

Sich über einen Schreibblock beugend und nachdenklich am Ende eines Bleistifts knabbernd, gab sie das beeindruckende Bild einer Schriftstellerin ab. Das Problem war nur, dass das Blatt Papier leer war und der unbenutzte Bleistift nadelspitz.

Ihr Versuch, eine Handlung zu skizzieren, war nicht sonderlich erfolgreich.

Es lief sogar deprimierend schlecht. Kein Wort hatte sie seit morgens um acht geschrieben. Jetzt war es halb elf, und die große Muse des Liebesromans musste erst noch aus dem Bett kommen, Make-up auflegen, Stöckelschuhe anziehen und in Jessicas Arbeitszimmer erscheinen.

Vielleicht würde sie ja nie mehr kommen.

Vielleicht hatte die Göttin, die Jessica bisher so gute Dienste erwiesen hatte, sie ja verlassen und war auf Korfu geblieben. »Vergiss es«, hatte die Göttin zu ihren zahlreichen Schwestern der griechischen Mythologie gesagt, als sie von Jessicas Plänen erfuhr, die Insel zu verlassen, »ich schufte mich doch nicht in einem nasskalten Außenposten namens England kaputt.«

Jessica warf den Bleistift hin. Er hüpfte von der Tischplatte gegen den Drucker, und die Miene brach ab.

»Geschieht dir recht«, sagte Jessica mit kindlicher Genugtuung.

Bisher war es ihr nicht schwer gefallen, einen neuen Roman anzufangen. Es hatte ihr sogar Spaß gemacht, voller Vorfreude auf das leere Blatt Papier zu starren und auf Ideen zu warten. Dieses Stadium, bevor sie dazu überging, an ihrem Laptop zu arbeiten, gefiel ihr am besten. Solange sie noch kein Wort geschrieben hatte, konnte sie sich vorgaukeln, ihr nächster Roman werde die Krönung ihres Werkes, ihr *opus magnum*. Weltweit würde er bei Kritikern Beifall finden, wie man es zuvor noch nie erlebt hatte – selbst Germaine Greer und A. S. Byatt würden es hintergründig amüsant und anregend finden. In Windeseile würde es Rang 1 auf der Bestsellerliste der *Sunday Times* erklimmen und länger dort bleiben als Helen Fieldings *Bridget Jones*. Nicht nur das, sämtliche bekannten Fernseh- und Filmproduzenten würden danach lechzen, es als Serie zu verfilmen.

Aber das waren Luftschlösser, nicht ernst zu nehmen.

Jessica stand auf. Es war Zeit für eine Tasse Kaffee, ihre sechste heute.

Nicht, dass sie sie zählte.

Nicht, dass sie allmählich Verfolgungswahn bekam.

Während sie in der Küche darauf wartete, dass das Wasser kochte, dachte sie an das Gespräch mit ihrer Lektorin, die gestern Nachmittag angerufen hatte – eine weitere Mahnung, dass sie bald mit ihrem neuen Roman anfangen musste. Cara war gerade aus dem Urlaub zurückgekommen, hatte übers Wochenende *Ein sorgloses Leben* gelesen und rief an, um ihr zu sagen, wie gut das Buch ihr gefallen habe. »Es ist toll, Jessica, eindeutig Ihr Bestes.«

»Danke, das fand Piers auch.«

»Wenn das so ist, haben wir wohl das Buch des Jahrzehnts in der Hand.«

Beide lachten, dann gratulierte Cara ihr zu ihrem neuen Vertrag über zwei weitere Bücher. »Wir sind alle ganz begeistert, dass Sie bei uns bleiben.«

»Sie wissen ja, wie das ist«, scherzte Jessica, »besser den Teufel, den man kennt.«

»Wir planen eine massive Werbekampagne für *Ein sorgloses Leben*«, erklärte Cara ihr. »Sobald der Umschlag gestaltet ist, schicke ich Ihnen eine Kopie. Haben Sie schon eine Idee für das nächste Buch?«

»Ehm ... darüber möchte ich noch nicht sprechen.«

»Gut, machen Sie sich keine Gedanken, Jessica. Wir können uns ja darauf verlassen, dass Sie uns etwas Gutes liefern.«

Als Jessica nun an Caras Lob dachte, während sie einen Keks in ihren Kaffee tunkte und aus dem Küchenfenster schaute, überfiel sie die Angst. *Wir können uns ja darauf verlassen, dass Sie uns etwas Gutes liefern.* Und, wenn es diesmal nicht klappte? Wenn mehr als diese drei Bücher einfach nicht in ihr steckten und alles, was sie von nun an schrieb, gewollt wirkte, nur ein Abklatsch ihrer bisherigen Romane war und nur noch für den Wühltisch im Kaufhaus taugte?

Und es ging um so viel Geld!

Es war erschreckend, dass man ihr eine so unglaubliche Verantwortung aufbürdete. Das war mit ein Grund, weshalb sie das lukrativere Angebot, das Piers ausgehandelt hatte, abgelehnt hatte: Je höher der Vorschuss, desto größer war die Verantwortung.

Was war sie doch für ein jämmerlicher Waschlappen!

Sie tunkte noch einen Keks in ihren Kaffee und schaute zu, wie er aufweichte. Dann beschloss sie, dass jemand ihr den Kopf zurechtrücken musste.

Am besten eignete sich dazu ihre Mutter. Sie hatten am Abend zuvor miteinander telefoniert, nachdem Anna von ihrem Ausflug nach Nordwales zurückgekommen war, und Jessica hatte ihr gesagt, sie werde im Laufe des Tages bei ihr hereinschauen. Das konnte sie ebenso gut jetzt wie später tun.

Während sie zu Fuß zum Haus ihrer Mutter ging, versuchte sie, nicht an den vertanen Vormittag am Schreibtisch zu denken.

Sie zwang sich stattdessen, die Blumen zu bestimmen, die am Wegrand standen. Zuerst kamen die leichten: Gänseblümchen, Butterblumen, Löwenzahn. Auch die buschigen Wicken mit den hübschen blass lila Blüten erkannte sie noch und das Kreuzkraut, das sich wuchernd am Wegrand breit machte. Aber es hatte keinen Zweck. Der Naturlehrpfad lenkte sie auch nicht von ihren Sorgen ab. Worüber sollte sie nur in ihrem nächsten Roman schreiben? Vielleicht ein Handbuch über die am wenigsten begangenen Wanderwege von Cheshire?

Dass sie nicht schreiben konnte, machte sie ganz fertig. Es war für sie ein völlig neues Phänomen. Noch nie hatte sie die von allen Autoren gefürchtete Schreibblockade erlebt. Aber jetzt. Und zwar ausgiebig.

Die Inspiration zu ihren früheren Büchern hatte sie meist aus ihren eigenen Erfahrungen bezogen – die Hauptfigur ihres ersten Romans war eine junge Rucksackreisende, in ihrem zweiten Buch, *Auf frischer Tat ertappt* hatte Gavin die Hauptrolle gespielt, was kaum verwundern konnte, und *Ein sorgloses Leben* hatte mehr als nur flüchtige Ähnlichkeit mit ihrem eigenen Leben.

Seit sie jedoch in Cholmford wohnte, hatte sie mehrmals versucht, ihr neues Buch anzufangen, war aber jedes Mal kläglich gescheitert. Es war, als seien ihr die Ideen ausgegangen. Anfangs hatte sie die Schuld auf ihre neue Umgebung geschoben und sich nach jedem Fehlschlag eingeredet, dass es am nächsten Tag klappen würde. Es lag nicht einmal daran, dass sie den Anfang des ersten Kapitels nicht hinbekam, es war viel schlimmer. Ihr fehlten die Charaktere. Sie hatte keinen Ort und keine Handlung. Kurz, in ihr herrschte gähnende Leere. Kein Wunder, dass sie am vergangenen Samstagabend Amanda fast erwürgt hätte. *Es muss herrlich sein, sein Geld mit etwas so Leichtem wie Schreiben zu verdienen.* Ha! Diese grässliche Frau sollte es doch mal einen Tag lang versuchen, dann wusste sie, wie es war, wenn man vor dem kreativen Nichts stand!

Merkwürdig schien nur, dass sie mit absoluter Sicherheit sagen konnte, was sie *nicht* schreiben würde. Das war einfach. Sie wollte keine schlecht kaschierte Kopie eines Klassikers schreiben. Die Bücherregale waren voller moderner Neufassungen von *Jane Eyre*, *Stolz und Vorurteil*, *Emma* und in jüngster Zeit *Rebecca*. Sie war die munteren jungen Dinger leid, die immer ihren Helden bekamen.

Sie wollte auch kein Buch jenes Genres schreiben, in dem eine gelangweilte, unscheinbare Hausfrau über Nacht 20 Pfund abnimmt und es mit kaum mehr als einer neuen Wimperntusche schafft, dass der sexy Liebhaber ihr zu Füßen liegt.

Sie war die Frauen mittleren Alters, die etwas aus ihrem Leben machten, ebenso leid wie die jungen munteren Dinger, die ihren Helden bekamen.

Wo blieb denn da die Wirklichkeit?

Wo war denn das nüchterne, knallharte Porträt, das alle Männer als Schweinehunde darstellte, die keine Mühe wert waren?

Was blieb also übrig, nachdem sie die meisten derzeit gängigen Themen für Liebesromane verdammt hatte?

Eine gute, pralle Mordgeschichte?

Wenn Piers Wind von dem Dilemma bekäme, in dem sie steckte, wäre sie das Mordopfer.

Mein Gott, was war nur mit ihr los? Wieso war sie plötzlich so zynisch gegenüber Liebe und Romantik?

Abrupt blieb sie auf der Straße stehen.

Gavin!

Das war los. Es war seine Schuld, dass sie nicht schreiben konnte. Er hatte ihr die Liebe ausgetrieben und jetzt konnte sie nicht mehr darüber schreiben.

»Zum Teufel mit dir, Gavin!«, schimpfte Jessica laut vor sich hin. Erschreckt flog ein Spatz aus dem Gebüsch auf und brachte sich auf einem Weißdorn in Sicherheit.

Während sie weiter die Straße entlangstapfte, stellte sie fest, dass Gavin ihr nicht nur ihre Muse gestohlen hatte, sondern auf hinterhältige Weise mit ihr machte, was er wollte.

Als Jessica Willow Cottage erreichte, wartete ihre angestaute Wut nur darauf, sich zu entladen.

Ihre Mutter hievte gerade einen großen Stein aus dem Kofferraum ihres Wagens.

»Verflixt«, murmelte Anna, als sie die wutschnaubende Miene ihrer Tochter sah. »Ich hatte gehofft, ihn verstecken zu können, bevor du kommst.«

»Das kann ich mir denken!«, polterte Jessica los, trat an den Wagen und schob die Hände ihrer Mutter von dem riesigen stibitzten Brocken nordwalisischer Küste fort. »Was denkst du eigentlich, was du hier machst?«

»Ich dachte, das wäre ziemlich offensichtlich.«

Jessica kämpfte mit dem Felsbrocken, bis er in die Schubkarre kippte, die ihre Mutter an den Wagen geschoben hatte. Die Karre schwankte und wäre fast unter dem Gewicht des Steins umgefallen.

»Hättest du nicht was Kleineres finden können?«

Anna grinste. »Da sind noch mehr.«

»Noch mehr!«, schrie Jessica und folgte ihrer Mutter, die schwankend die Schubkarre hinter das Haus schob.

»Ich lege einen Steingarten an«, sagte Anna über die Schulter.

»Ich fasse es nicht«, stöhnte Jessica, als sie neben dem Steinhaufen stand. »Das sind ja genug, um Stonehenge Konkurrenz zu machen!«

»Ach, nun übertreib mal nicht.«

»Und was ist mit dem Wagen, wenn du dir schon um deine eigene Federung keine Sorgen machst? Der Kofferraum muss den ganzen Weg von George und Emily bis hierher auf dem Boden geschleift haben.«

»Es ist *mein* Körper und *mein* Wagen, damit mache ich, was ich will.«

Jessica runzelte die Stirn. Wieso konnte ihre Mutter sich nicht so benehmen, wie es für ihre Situation passend schien? Wieso konnte sie sich nicht damit zufrieden geben, ein bisschen Unkraut zu jäten und hin und wieder morgens einen Kaffeeklatsch zu halten, statt Unsinn zu machen? Warum hatte sie diesen verdammten Drang, sich umzubringen? »Was hat George sich eigentlich dabei gedacht, das zu gestatten? Ich habe geglaubt, ich könnte mich auf ihn verlassen.«

»Hör zu Jessica, ich weiß, dass du es nur gut meinst, aber könntest du dich bitte ein bisschen beruhigen? Und zu deiner Information: George war gar nicht da, als Emily und ich den Wagen beladen haben. Mach ihm also keine Vorwürfe. Komm, hilf mir, den Stein aus der Schubkarre zu kippen.«

Jessica tat, worum ihre Mutter sie gebeten hatte. »Entschuldige«, sagte sie, als der Stein zu seinen Gefährten rollte, »aber ich kann einfach nicht anders als mir Sorgen um dich machen.« Sie wusste, dass sie ihre Frustration und Wut auf sich selbst an Anna ausgelassen hatte.

»Ich weiß, Liebes. Aber ehrlich, mir geht es gut. So, jetzt setz dich ein bisschen hin und erzähl mir, was du getrieben hast, während ich fort war. Ach, bevor ich es vergesse, George und Emily lassen dich herzlich grüßen, ihnen hat dein letztes

Buch gut gefallen. Sie möchten wissen, wann das nächste erscheint. Ich habe gesagt, du schreibst ihnen und erzählst es ihnen selbst.«

Jessica verdrehte die Augen. »Briefe sind auch das Einzige, was ich im Augenblick zustande bringe.«

Anna merkte, dass ihre Tochter ungewöhnlich niedergeschlagen war. »Komm, setz dich auf die Schaukel und erzähl mir alles, während ich die Rosen schneide«, schlug sie vor. Ohne Jessicas Antwort abzuwarten, ging sie voraus.

Die Schaukel war Annas ganzer Stolz. Sie hatte die stabile Konstruktion aus Holzbalken und Metallträgern Jessica zu ihrem zehnten Geburtstag geschenkt und mit rosaroten Kletterrosen beranken lassen. Nach all den Jahren war eines der schönsten Rosenspaliere daraus geworden.

Jessica setzte sich auf den hölzernen Sitz und sog den süßen Duft der Rosen ein. Sie rochen so blumig zart wie in ihrer Kindheit. Plötzlich überkam sie die traurige Erkenntnis, dass diese herrlichen Rosen eines Tages nur noch in ihrer Erinnerung existieren würden.

»Was ist denn das Problem?«, fragte Anna, zog eine Rosenschere aus ihrer Rocktasche, knipste die welken Blütenköpfe ab und ließ sie in einen flachen Korb am Boden fallen.

Jessica schaukelte langsam hin und her, was ein rhythmisches Quietschen erzeugte. »Ich kann nicht schreiben«, sagte sie unverblümt.

Anna setzte ihre Arbeit unbeirrt fort. »Du meinst, du hast eine Schreibblockade?«

»Etwas in der Art.«

»Und was willst du dagegen unternehmen?«

»Ich wünschte, ich wüsste es.«

»Erinnere mich bitte daran, dass ich etwas Öl mit nach draußen nehme, diese Schaukel klingt genauso fertig wie du. Hast du eine Ahnung, woher diese Blockade kommt?«

»Versprich mir, dass du nicht die Nase rümpfst oder verächtlich schnaubst.«

»Habe ich das je getan?«

»Oft. Besonders über Gavin. Als du ihn zum ersten Mal gesehen hast, hast du nichts anderes getan, als die Nase zu rümpfen und verächtlich zu schnauben.«

Anna drehte sich um und sah ihre Tochter an. Jessica sagte die Wahrheit. Sie hatte Gavin nie gemocht. »Willst du damit sagen, dass er der Grund für deine Schreibblockade ist?«

Jessica nickte.

»Du liebes bisschen«, war alles, was Anna dazu bemerkte. Dann wandte sie sich wieder ihren Rosen zu.

»Er hat mich so zynisch gemacht, was Liebe und Romantik angeht, dass ich darüber nicht mehr so schreiben kann wie früher, glaube ich.«

Anna rümpfte die Nase.

»Du hast versprochen, es nicht zu tun!«

»Nein, ich habe gar nichts versprochen. Und die Antwort ist ganz einfach. Suche dir eine neue Liebe. Dich ein bisschen zu verlieben, wird deinen Glauben an alles Romantische wiederherstellen.«

»Das kann ich nicht!«

»Warum denn nicht? Es gibt nichts Besseres als eine flüchtige Affäre, um wieder etwas Schwung in dein Leben zu bringen. Und jetzt erzähl mir, was dein Haus macht.«

Jessica staunte über die Worte ihrer Mutter. Eigentlich erwartete man von Müttern nicht solche ungewöhnlichen Vorschläge! Anna wusste noch nicht, dass Jessica bereits ein Angebot bekommen hatte, das ihrem Leben wieder Schwung verliehen hätte, dass sie es aber abgelehnt hatte. Jetzt fragte sie sich, wieso sie es eigentlich ausgeschlagen hatte. Warum war sie vor Josh Crawford zurückgeschreckt? Lag es nur daran, dass sie nach Gavin noch mehr Zeit brauchte? Nun, vielleicht bekam sie ja die Chance, es in Erfahrung zu bringen. Am Abend zuvor hatte Josh angerufen, um sie für den heutigen Abend zum Essen einzuladen.

»Jessica«, sagte Anna stirnrunzelnd, »diese quietschende Schaukel hört mir aufmerksamer zu als du. Ich habe dich gefragt, was dein Haus macht.«

»Entschuldige«, murmelte Jessica und wandte ihre Aufmerksamkeit wieder ihrer Mutter zu. »Es ist ganz schön, aber ich weiß nicht, wie lange ich die Einrichtung noch ertrage.«

»Dann tu was dran.«

»Mache ich.« Jessica musste grinsen. Wie einfach ihre Mutter die Dinge doch sah! Wenn etwas nicht in Ordnung war, lag für sie sofort auf der Hand, es in Ordnung zu bringen – mit einer Affäre, einer neuen Einrichtung, was auch immer. Sie verschwendete nie ihre Kraft darauf, sich über etwas zu beklagen.

»Welches Zimmer stört dich am meisten?«, fragte Anna.

»Ehm ... ich glaube, die Küche, sie ist zu glatt, zu klinisch – wie ein Operationssaal.«

»Dann lass sie mich umgestalten.«

»Und was ist mit Stonehenge?«

»Du weißt doch, dass ich durchaus mehr als zwei Dinge gleichzeitig machen kann.«

»In Ordnung«, willigte Jessica ein. Wenn ihre Mutter ihr half, konnte sie sie wenigstens im Auge behalten. »Es gibt noch etwas, wobei du mir helfen könntest, geht das?«

»Kommt drauf an, was es ist. Es hat doch nichts mit Gavin zu tun, oder?«

»Nein«, antwortete Jessica schroff. »Ich muss mir ein Auto kaufen, und habe überlegt, ob du mich zu ein paar Autohändlern fahren und mir beim Aussuchen helfen könntest.«

»Wann?«

»Heute Nachmittag.«

Anna sah enttäuscht aus. »Ich wollte mit dem Steingarten anfangen.«

»Bitte.«

»Ach, na gut. Aber glaube nicht, dass ich das Interesse verliere und ihn doch nicht anlege, nur weil ich es um einen Tag verschiebe.«

»Daran hätte ich im Traum nicht gedacht.«

»Lügnerin.«

Jessica blieb zum Mittagessen bei Anna und erzählte ihr von ihrem neuen Vertrag.

»Heißt das, du wirst jetzt märchenhaft reich?«

»Sei nicht albern. Es heißt, dass ich viel harte Arbeit vor mir habe ... wenn ich nur einen Anfang fände.«

Nach dem Essen machten sie sich auf die Suche nach einem Wagen für Jessica.

»An was hattest du gedacht?«, fragte Anna ihre Tochter, als sie in Cholmford losfuhren. »Willst du deinen Vorschuss in etwas Brandneues und Todschickes stecken? Ich lasse mich gern stilvoll herumkutschieren. Wie wäre es mit einem kleinen Sportwagen? Damit sähen wir bestimmt gut aus.«

»Ich hatte mehr an einen gebrauchten Kleinwagen gedacht.« Jessica wusste zwar, dass sie bald ganz anständig verdienen würde, aber nachdem sie jahrelang aus dem Rucksack gelebt hatte, war es ihr unmöglich, das Geld mit vollen Händen auszugeben.

»Du willst mir doch wohl nicht erzählen, dass du einen langweiligen alten Metro von einem noch langweiligeren alten Trautchen kaufen willst, der nie über den dritten Gang hinausgekommen ist?«

»Das wäre immer noch besser als dein Fiesta, der als Förderkorb gedient hat. Ehrlich, Mum, der Wagen sieht grauenhaft aus. Wann hast du ihn das letzter Mal sauber gemacht?«

Jessica hielt das Einpackpapier einer Schweinepastete hoch, das im Kassettenfach gesteckt hatte.

»Du entwickelst dich zu einer richtigen alten Meckertante. Was habe ich bei dir nur falsch gemacht?«

»Gar nichts. Ich bin die Stimme der Vernunft.«

Anna stöhnte. »Ich werde dich doch wohl nicht allzu oft sehen, wo du jetzt wieder hier lebst, oder?«

»Danke, Mum, ich liebe dich auch.«

»Man kann auch zu viel des Guten haben, weißt du.«

»Das merke ich allmählich auch.«

»Gut. Dann wissen wir ja beide, wo wir dran sind. Jetzt erzähl mir von deinen neuen Nachbarn. Wie sind sie? Genauer, was steckt hinter diesem gut aussehenden Mann, den wir bei deinem Einzug gesehen haben? Ist er Single, verheiratet, geschieden oder schwul?«

Jessica lachte. »Ich hätte nicht übel Lust, dir gar nichts zu erzählen.«

»Du kannst ja auch zu Fuß zum Autohändler gehen.«

»Okay, überredet.« Jessica erzählte ihrer Mutter erst von Tony und Amanda und dann von Kate und Alec. »Ich mag sie, sie sind nett. Sie sind nicht verheiratet, aber sehr verliebt. Sie ist viel jünger als er und sieht umwerfend aus, weiß es aber selbst gar nicht.«

»Du meinst, sie ist dumm?«

»Nein. Sie hat etwas Naives, das sehr erfrischend wirkt. Am liebsten würde ich sie eines Tages als Romanfigur verwenden.«

»Und was ist mit ihm? Ist er ein Schwerenöter mittleren Alters?«

»Überhaupt nicht. Er ist genau der Mann, den ich gern zum Vater gehabt hätte.« Sofort wünschte sie, sie hätte das nicht gesagt.

»Tut mir Leid, dass ich dir den Gefallen nicht tun konnte, Jessica.«

»So habe ich das nicht gemeint.«

Anna grinste ihre Tochter an. Vor Jahren hatte Jessica sie ständig bedrängt, sich einen Mann zu suchen. Aber als allein erziehende Mutter und Leiterin einer gut gehenden Stellenvermittlung hatte sich nie eine Gelegenheit ergeben. Wäre es anders gekommen, wäre Jessica heute vielleicht nicht so übertrieben fürsorglich.

»So«, sagte sie, »damit haben wir also Mrs Aufsteiger und ihren niedlichen Gatten, Mr und Mrs Turteltäubchen von nebenan, und was ist mit unserem gut aussehenden jungen Mann? Was gibt es über ihn zu erzählen? Wie ich sehe, hast du ihn dir bis zum Schluss aufgehoben. Wäre er der Geeignete, dir über deine Schreibblockade wegzuhelfen?«

»Ehrlich, Mum, warum fragst du mich nicht gleich, ob ich gern mit ihm schlafen würde?«

»Ich dachte, das hätte ich gerade getan.«

Jessica bedachte ihre Mutter mit einem gespielt schockierten Blick und erzählte ihr, wie ihr Nachbar sie nach der Rückkehr aus London gerettet hatte. Anschließend schilderte sie in Kurzfassung von dem Schlummertrunk nach dem Abendessen bei Tony und Amanda.

»Und?«, fragte Anna, als sie fertig war.

»Nichts und.«

»Bist du sicher?«

»Denk bitte daran, dass es bestimmte Dinge gibt, die eine Tochter ihrer Mutter nicht erzählen kann.«

»Das muss mir entfallen sein. Hatte ich dir nie gesagt, dass ich dich adoptiert habe?«

Jessica lachte. »Vergiss es. Mehr erzähle ich dir nicht über ihn. Also steck deine Nase nicht in mein Privatleben, sondern guck auf die Straße. Ich hatte völlig vergessen, wie grauenhaft du Auto fährst.«

Sie hatte beschlossen, ihrer Mutter nicht zu erzählen, dass

sie abends bei Josh zum Essen eingeladen war, und so sollte es auch bleiben, bis sie wusste, wie sie zu ihm stand. Es war ja schön und gut, dass ihre Mutter ihr eine Liebelei mit einem ihrer Nachbarn empfahl, aber wie sollte es weitergehen, wenn die Geschichte vorbei wäre und Josh und sie sich trotzdem ständig begegneten?

Außerdem hatte Anna sicher Unrecht. Sich so bald nach Gavin Hals über Kopf in die Arme eines anderen zu stürzen schien ihr keine vernünftige Idee zu sein, egal aus welchen Gründen.

Es klang eher nach einem guten Rezept für eine Katastrophe.

Kapitel 22

Josh las noch einmal das Rezept für thailändische Teigtaschen mit Lachs und machte sich an die Arbeit.

Er rieb das kleine Stück Ingwerwurzel, zerdrückte die Knoblauchzehe, presste zwei Limonen aus, hackte eine Frühlingszwiebel und etwas Koriander und gab alles in eine Schüssel. Anschließend ließ er im Mikrowellenherd ein Stück Butter schmelzen und legte eine der dünnen Teigplatten zurecht. Als er sie mit der zerlassenen Butter bestreichen wollte, musste er sich sehr auf die Bewegungen seiner rechten Hand konzentrieren.

Es ist alles in Ordnung, sagte er sich, entschlossen, die zunehmende Taubheit und das Prickeln in seinen Fingern zu ignorieren. Keine Sorge, das geht vorbei.

Aber die grausame Stimme der Erfahrung widersprach höhnisch: *Wenn du jetzt schon Schwierigkeiten hast, einen Backpinsel zu halten, wie willst du dann Jessica später ihrer Kleider entledigen? Denk an all die Knöpfe und Häkchen, die zu bewältigen sind!*

Er jagte die Stimme der Erfahrung zum Teufel und machte weiter, aber der Backpinsel fiel ihm aus der Hand, rollte über die Kante der Kochinsel und landete auf dem Boden. Er hob ihn auf, warf ihn in die Spüle und kramte in der Schublade nach einem zweiten Pinsel. Als er ihn gefunden hatte, legte er die zweite Teigplatte auf die erste und bestrich sie mit zerlassener Butter.

Es wird schon gehen, sagte er sich. Es ist ja nur die eine Hand, die verrückt spielt, ich kann immer noch behaupten, ich hätte sie mir heute verletzt.

Wie denn?, meldete sich wieder höhnisch die Stimme der Erfahrung, *vielleicht beim Squash*?

Er schob den Gedanken an das, was er nicht sehen wollte, einfach beiseite, genau wie die Erinnerung an den Gesichtsausdruck seines Bruders, als er ihm am Sonntagnachmittag von Jessica erzählt hatte. Er wusste genau, was Charlie dachte, aber es war ihm egal.

»Ich bin nicht auf eine ernste Beziehung aus, die schwerwiegende Verpflichtungen mit sich bringt«, hatte er Charlie gesagt, als sie nach dem Essen die Küche aufräumten, während ihre Eltern draußen in der Sonne dösten. »Das hat ohnehin keinen Sinn. Ich will nur ein bisschen Spaß ... solange es noch geht.«

»Aber hättest du nicht lieber was Festes?«

»Wie gesagt, das hat doch keinen Sinn. Was habe ich denn einer Frau schon zu bieten?«

Josh wusste, dass es egoistisch war, aber an diesem Abend wollte er nur an sich denken. Neulich hatte Jessica zwar nicht mit ihm ins Bett gehen wollen, aber er hatte fest vor, dafür zu sorgen, dass es heute anders lief. Zum Teufel mit den Konsequenzen!

Er machte den Lachs im Teigmantel fertig und ging ins Esszimmer, um nachzusehen, ob er auch nichts vergessen hatte. Den Tisch hatte er schon gedeckt, sobald er von einem Kundenbesuch in Stoke nach Hause gekommen war. Jetzt musste er nur noch die Kerzen anzünden, wenn Jessica kam.

Im Wohnzimmer betrachtete er die Blumen, die er auf dem Heimweg gekauft hatte. Die großen, cremefarbenen Lilien waren die imposantesten Blumen, die der Laden zu bieten gehabt hatte. »Sie halten tagelang«, hatte die Floristin erklärt, »und duften himmlisch.« Jetzt fragte er sich, ob sie nicht ein bisschen zu aufdringlich waren. Das ganze Zimmer war von ihrem üppigen, durchdringenden Duft erfüllt. Vorsichtig nahm Josh die Vase, die am Kamin stand, und stellte sie auf ein niedriges Tischchen am offenen Fenster, durch das eine kühle Brise hereinwehte. Dann trat er zurück. Er wusste zwar nicht genau, warum, aber irgendwie wirkten sie dort fehl am Platz.

Da er keine geeignetere Stelle fand, brachte er sie wieder an den Kamin. Anschließend schüttelte er die Kissen auf Sofa und Sesseln auf und rückte die Zeitschriften auf dem Beistelltisch zurecht.

Verdammt, dachte er, allmählich entwickelte er sich wohl zu einer neurotischen Hausfrau, die den Zierkissen mit der Handkante den exakten Kniff verpasste.

Er konnte jedoch der Versuchung nicht widerstehen, nach oben zu gehen und auch einen prüfenden Blick ins Schlafzimmer zu werfen. Er strich die Bettdecke glatt, die er vorher frisch bezogen hatte, schob mit dem Fuß seine Schuhe unter das Bett und zog die Nachttischschublade auf. Ein neues Päckchen Kondome blinzelte ihn an, und bevor die höhnische Stimme sich wieder melden konnte, schloss er die Schublade und inspizierte das Badezimmer. Alles war sauber und ordentlich. Im Abfluss der Badewanne befanden sich keine Haare und im Waschbecken keine Bartstoppeln. Selbst die Handtücher hingen gerade.

Als er wieder nach unten ging, wehte ihm aus der Küche der verlockende Duft nach Knoblauch und Limonen entgegen. Er schenkte sich ein Glas Wein aus der Flasche ein, die bereits entkorkt im Kühlschrank stand, und beglückwünschte sich. Alles war bereit für einen verführerischen Abend. Jetzt brauchte Jessica nur noch zu kommen.

Jessica hatte die Zeit völlig vergessen.

Nach dem anstrengenden, aber erfolgreichen Nachmittag der Autosuche hatte sie sich ein Bad eingelassen. Und während sie im heißen, duftenden Wasser gelegen und an den bevorstehenden Abend gedacht hatte, war das Wunder geschehen – plötzlich kam ihr die Inspiration für ihr neues Buch und sogar der Titel fiel ihr ein.

Erstaunlicherweise hatte sie das ihrer Mutter zu verdanken. Aber das durfte Anna nie erfahren.

Um keine ihrer wertvollen Ideen zu vergessen, hatte Jessica sich nur rasch ein Badetuch umgeschlungen und war ins Arbeitszimmer gegangen, wo sie in ihrem kreativen Hoch einige Charaktere und eine grobe Handlung skizzierte.

Erst als ihr Nacken und ihre Schultern vor Anspannung zu schmerzen anfingen, weil sie schon so lange über den Schreibtisch gebeugt saß, fiel ihr wieder ein, dass sie sich eigentlich für die abendliche Einladung zurechtmachen wollte. Sie ging in die Küche und schaute auf die Digitaluhr des Elektroherdes: Es war zwanzig vor neun. Erschrocken stellte Jessica fest, dass sie schon eine halbe Stunde zu spät war.

Sie lief hinauf und schlüpfte in das Erstbeste, was ihr in die Finger kam: der Wickelrock, den sie bereits zum Abendessen bei Tony und Amanda getragen hatte, und ein weites, ärmelloses Oberteil in der Farbe von Elfenbein, in dem sie noch brauner wirkte als sonst. Sie steckte ein Paar goldene Ohrringe an, bürstete sich die Haare und war im Nu unten an der Haustür. Erst hier fiel ihr auf, dass sie vergessen hatte, einen Slip anzuziehen. Oben riss sie eine Schublade auf und stellte fest, dass nur noch ein sauberer da war, ein uraltes Teil, das schon zu viele Strapazen hinter sich hatte, um noch als anständig zu gelten. Sie schlüpfte in das abgetragene Mischgewebe aus Baumwolle und Lycra in einem verwaschenen Grau-Rosa, raste wieder hinunter und dachte im letzten Moment daran, die Flasche mitzunehmen, die sie für Josh besorgt hatte.

Als sie an seiner Tür klopfte, war sie erhitzt und außer Atem.

Josh hingegen machte den Eindruck, als habe er etwas Besseres verdient als ihr zusammengeschustertes Outfit und ihre altersschwache Unterhose.

Er strahlte sie an und sah von Kopf bis Fuß so toll aus, dass ihr fast das Herz stehen blieb. Sie war so in seinen Anblick versunken, dass sie fast den Kuss verpasst hätte, den er ihr auf die Wange gab. Gerade noch rechtzeitig reagierte sie und spürte seine Lippen an ihrer Haut.

»Hier, die ist für Sie«, sagte sie und reichte ihm die Flasche Southern Comfort. »Weil ich Ihnen geholfen habe, die letzte leer zu machen.«

»Danke, vielleicht brechen wir sie später noch an. Kommen Sie mit in die Küche, ich bin gerade beim Kochen.«

Als sie hinter ihm herging, dachte sie: hmm, knackiger Hintern. Selbst sein Humpeln fand sie attraktiv, da es ihm etwas interessant Verletzliches verlieh. Als sie an der Tür der Gästetoilette vorbeikamen, stieg ihr eine durchdringende Mischung aus WC-Reiniger und Duftspray in die Nase. Der Junggeselle hatte sich also alle Mühe gegeben.

In der Küche schaute sie zu, wie er ein Blech mit Croûtons aus dem Backofen nahm. Beim köstlichen Duft nach Knoblauch und Olivenöl lief ihr sofort das Wasser im Mund zusammen. »Es tut mir übrigens Leid, dass ich zu spät gekommen bin«, sagte sie.

»Allmählich hatte ich mich schon gefragt, ob Sie mich versetzen«, sagte er, schloss die Backofenklappe mit dem Fuß und kippte die perfekt geratenen Croûtons in eine blau-gelbe Steingutschüssel. »Ich wäre sehr enttäuscht gewesen.«

»Ach, das würde ich niemals tun«, sagte sie, »es ist nicht

meine Art, Leute zu versetzen.« Sie hatte den Eindruck, dass sie schon wieder heftig miteinander flirteten.

»Gut, ich bin froh, das zu hören. Also, welche Entschuldigung haben Sie für Ihr Zuspätkommen? Und ich erwarte etwas sehr Einfallsreiches und Originelles von Ihnen, eine der üblichen Erklärungen reicht mir nicht von einer Schriftstellerin.«

Sie lachte. »Also gut, Crawford – ich darf Sie doch so nennen?«

»Wenn es Ihnen Spaß macht. Obwohl ich gern wüsste, wieso.«

»Wie langweilig. Aber sagen wir einfach, ein bisschen Förmlichkeit kann nicht schaden. Sie trägt sehr dazu bei, den Umgang zu erleichtern.«

Er stellte das Backblech in die Spüle. »Ein interessanter Gedanke, der mehr als nur einen Anflug von Oscar Wilde erkennen lässt.«

»Sie wollen mich doch wohl nicht des Plagiats bezichtigen?«

Lachend drehte er sich um. »Das würde ich nie wagen. So, und was ist jetzt Ihre Entschuldigung für die Verspätung?«

»Himmel, Sie sind wie ein Hund mit einem Knochen. Würden Sie mir glauben, wenn ich Ihnen sagte, dass Einbrecher mitten in der Nacht in mein Haus eingedrungen sind, mir sämtliche Uhren gestohlen haben und ich keine Möglichkeit hatte, die Uhrzeit festzustellen?«

»Nein. Versuchen Sie es noch mal.«

»Ein örtlich begrenztes Erdbeben?«

»Hoffnungslos.«

»Verschlafen?«

Er schüttelte den Kopf.

»Gut, ich gebe es zu, ich war mit einem anderen Mann zusammen und hatte großartigen Sex.«

Er grinste. »Endlich die Wahrheit. Ein Glas Wein?«

»Ja, danke.«

Er schenkte ein Glas ein und reichte es ihr.

»In Wirklichkeit bin ich zu spät gekommen, weil ich endlich mit meinem neuen Roman angefangen habe.« Sie erzählte ihm, wie niedergeschlagen sie noch morgens gewesen war. »Sie können sich nicht vorstellen, was für eine Erleichterung es für mich ist, wieder in Fahrt zu kommen. Ich hatte heute ein paar ziemlich unangenehme Momente, als ich dachte, ich hätte meine Inspiration verloren.«

»Es freut mich, dass es nicht so ist. Darf ich den Titel erfahren?«

Sie zögerte. Normalerweise sprach sie nicht allzu viel über ein neues Buch, bis sie es im Kopf klar hatte – ein neuer Roman war wie ein winziges, flackerndes Flämmchen, das sofort erlosch, wenn man zu fest blies. Dennoch beschloss sie, es ihm zu erzählen. Wahrscheinlich würde er es komisch finden. Nun ja, zumindest wenn er wüsste, was ihre Mutter ihr heute vorgeschlagen hatte. »Es soll *Eine flüchtige Affäre* heißen. Was halten Sie davon?«

Nun zögerte er.

»Gefällt es Ihnen nicht?«, fragte sie besorgt.

»Nein. Ich meine, doch. Doch, das ist gut.« Josh senkte den Blick und beschäftigte sich eingehend mit den Croûtons, die er über den Salat streute. *Eine flüchtige Affäre*, dachte er. Es passte hervorragend zu dem, was er im Sinn hatte.

Als sie sich zum Essen setzten, war Jessica beeindruckt. »Sie haben sich sehr viel Mühe gemacht, Crawford«, sagte sie scherzhaft, während Josh die Kerzen auf dem Tisch anzündete. »Oder essen Sie immer so?«

Er grinste. »Nur, wenn ich jemand Besonderem imponieren will.«

»Ach«, antwortete sie kokett, »heißt das, dass ich jemand Besonderes bin?«

Er reichte ihr eine Schüssel mit Kartoffeln, die in Butter geschwenkt und mit Schnittlauch bestreut waren. »Was glauben Sie?«

»Ich glaube, dass Sie selbst den Teufel um den kleinen Finger wickeln können und dass ich vor Ihnen sehr auf der Hut sein sollte«, sagte sie und nahm sich einige Kartoffeln zu ihrem Lachs. »Außerdem muss man bei einem Mann, der so gut kochen kann, immer besonders misstrauisch sein. Alles in allem, mein lieber Crawford, finde ich, dass Sie zu gut sind, um wahr zu sein. Es muss noch eine andere Seite an Ihnen geben, die Sie verborgen halten.«

Er schüttelte den Kopf. »Sehen Sie, das ist es ja, das unterstellt man mir ständig.«

»Das kann ich mir denken. Lassen Sie sich von mir gesagt sein, dieses ganze Zeug vom neuen Mann, der in der Küche ein Genie ist, wird Ihnen gar nichts nutzen. Die meisten Frauen wird das nur verunsichern und bis auf die Knochen erschrecken.«

Er grinste. »Das allein dürfte als Grund schon ausreichen, so weiterzumachen. *Bon Appetit!*«

Der Lachs war ebenso perfekt wie das gesamte Essen, und als sie fertig waren, ging Josh in die Küche, um Kaffee zu machen, während Jessica sich ins Wohnzimmer setzte.

Allein in der Küche, stieß Josh triumphierend die Faust in die Luft. *Jaaa!*

Alles lief genau nach Plan. Sie verstanden sich wunderbar. Jetzt brauchte er Jessica nur noch etwas Kaffee und ein paar Gläser Southern Comfort zu geben und dann konnte es nach oben gehen. Ja, ja, jaaa!

Dass er kaum noch Gefühl in der rechten Hand hatte, dämpfte sein Selbstvertrauen kein bisschen, und er gratulierte sich zu seiner Leistung beim Essen: Er hatte es geschafft, mit der Gabel in der rechten Hand zu essen, was keine allzu große

Geschicklichkeit erforderte, und hatte mit der linken das Essen klein geschnitten.

Wenn sein Glück anhielt, würde er auch den Rest des Abends durchstehen.

Er füllte den kolumbianischen Kaffee in die Kanne und stellte sie auf das Tablett zu den Tassen und Untertassen und den Pfefferminztäfelchen. Als er wieder ins Wohnzimmer kam, stand Jessica am Bücherregal und drehte sich um, sobald sie ihn hörte.

»Wieso interessieren Sie sich für multiple Sklerose?«, fragte sie und hielt ein Buch hoch: *Multiple Sklerose und wie man mit ihr fertig wird.*

Josh umklammerte das Tablett und ging vorsichtig durchs Zimmer. Seine Euphorie war verflogen. Er stellte das Tablett auf den Glastisch, ließ sich auf das Sofa fallen und schluckte, um den Schreck zu verwinden. Gleichzeitig suchte er verzweifelt nach einer überzeugenden Ausrede.

Sie kam zu ihm, das Buch immer noch in der Hand. »Ich weiß so gut wie gar nichts über diese Krankheit«, sagte sie.

»Die meisten Menschen brauchen darüber auch nichts zu wissen«, sagte er unverbindlich.

»Vermutlich nicht. Aber kennen Sie denn jemanden mit MS?«

Er schluckte und hoffte, Charlie möge ihm verzeihen. »Ja, meinen Bruder Charlie.«

Sie legte das Buch auf den Tisch. »Oh, das tut mir Leid.«

Da er die Situation noch retten konnte, schenkte er mit der intakten Hand Kaffee aus und begann ein Lügennetz zu knüpfen, mit dem er Jessica zufrieden zu stellen und sich aus der Klemme zu ziehen hoffte. »Charlie hat es nicht so ganz schlimm erwischt«, sagte er bemüht beiläufig, »es tritt nur hin und wieder auf, und er wird schnell müde. Aber meistens merkt man ihm gar nichts an.«

»Wann hat es denn angefangen?«

»Vor ein paar Jahren. Es kam aus heiterem Himmel.« Nach einer Pause sagte er: »Können wir das Thema fallen lassen?«

»Natürlich«, antwortete sie. »Entschuldigung, es war sehr indiskret von mir.« Jessica hatte schon gespürt, dass Josh seinem Bruder sehr nahe stand, aber nun hörte sie aus seinem Ton ernste Sorge um Charlie heraus und ärgerte sich über ihre unsensiblen Fragen.

»Wie wäre es mit ein bisschen Musik?«, schlug Josh vor und ging zum CD-Spieler. »Worauf haben Sie Lust?«

Jessica war beschwipst genug, dass sie am liebsten »auf Sie« gesagt hätte, aber gerade noch nüchtern genug, sich zurückzuhalten und stattdessen zu sagen: »Suchen Sie etwas aus.«

Er legte *The Best of Chris Rea* auf und sofort ertönte »The Road to Hell«. Die Ironie entging ihm nicht. Er schenkte zwei Gläser Southern Comfort ein.

Für ein Weilchen saßen sie schweigend nebeneinander und hörten der Musik zu. Jetzt oder nie, dachte Josh, dem bewusst war, dass nur Zentimeter zwischen ihnen lagen. Es war Zeit, die Initiative zu ergreifen. Als er sich Jessica zuwandte, stellte er fest, dass sie ihn anschaute. Er griff nach ihrer Hand, die auf ihrem Schoß lag, spürte sie aber nicht, da seine Finger völlig taub waren. Mit der intakten Hand streichelte er ihr Gesicht, und als sie keinerlei Anstalten machte, ihn abzuwehren, küsste er sie sanft und sehnsüchtig und spürte, wie sein Körper sich zum ersten Mal an diesem Abend entspannte. Er hatte gar nicht gemerkt, wie angespannt er bis dahin gewesen war. Sanft legte er sie auf das Sofa und schob ihren Wickelrock auseinander. Es war einfacher, als er gedacht hatte.

Ein Kinderspiel.

Er war am Ziel.

Sie wollte ihn genauso wie er sie.

Doch wie aus dem Nichts überfiel ihn plötzlich ein Ekel vor

sich selbst, der wie ein Schlag in die Magengrube wirkte. Ihm war plötzlich völlig klar, was er tat: Er benutzte Jessica, um sich selbst etwas zu beweisen. Sie ins Bett zu bekommen bedeutete für ihn einen Punktsieg über seine Krankheit.

Gleichzeitig mit dieser Erkenntnis schlug eine Welle der Übelkeit über ihm zusammen. Am liebsten hätte er es dem durchdringenden Lilienduft zugeschrieben, aber tief im Inneren war ihm klar, dass es an etwas anderem lag. Er kam sich schäbig und billig vor und wusste, dass er Jessica nicht wie geplant verführen konnte. Alles war irgendwie falsch. Statt des Bedürfnisses nach einer bedeutungslosen leichten Eroberung in den sauberen Laken seines Bettes überkam ihn plötzlich das Verlangen nach etwas Ernsterem, wie er mit Schrecken feststellte.

Aber wonach genau?

Charlies Bemerkung fiel ihm ein: *Hättest du nicht lieber etwas Festes?*

Nein!, hätte er am liebsten geschrien.

Nein. Nein. *Nein!* Zu mehr bin ich nicht fähig. Was habe ich denn einer Frau in einer festen Beziehung schon zu bieten?

Kapitel 23

Zum ersten Mal seit über drei Wochen regnete es. Als Alec an Capesthorne Hall vorüberfuhr, goss es sogar in Strömen. Er schaltete den Scheibenwischer in den Schnellgang und reihte sich langsam am Ende der fast hundert Meter langen Autoschlange vor der Ampel ein. Morgens war um diese Zeit immer Verkehr, und jeden Tag, wenn er hier im Stau stand, schwor er sich, früher zu Hause wegzufahren, um die Stoßzeit zu meiden.

Das dachte er auch jetzt.

Doch während die Scheibenwischer auf der Windschutzscheibe hin- und herfuhren, fragte er sich plötzlich, warum. Warum sollte er?

Warum sollte er auf die wenigen kostbaren Minuten zu Hause mit Kate verzichten, nur um Punkt halb neun statt erst um zwanzig vor neun im Büro zu sein? Was machte das schon für einen Unterschied?

Keinen.

Überhaupt keinen. Er schaffte trotzdem noch das gleiche Arbeitspensum. Warum also?

Nur weil der alte Alec McLaren sein Leben lang in der Überzeugung in die Tretmühle gegangen war, dass die einzige Daseinsform im Festhalten an den puritanischen Grundsätzen bestünde, die sein Vater ihm eingebläut hatte: Nur ein reger Geist ist ein reiner Geist.

Grinsend fragte Alec sich nicht zum ersten Mal, was sein Vater wohl von seiner Beziehung zu Kate gehalten hätte. Vermutlich hätte er geurteilt, dass Alec sich nicht genug mit seiner Arbeit beschäftigen würde. »Deine Seele ist auf Abwege und in den Sumpf des Bösen geraten«, hätte er gesagt.

Als Kind hatte Alec große Angst vor seinem Vater gehabt und den religiösen Einstellungen, die er vertrat, nie etwas abgewinnen können, da ihm ein offenbar kalter und erbarmungsloser Gott zu streng war.

Er hatte den Gott seiner Mutter vorgezogen. Während sein Vater ihm mit seinen Schilderungen von Hölle und Fegefeuer Angst eingejagt hatte, hatte seine Mutter ihm beruhigende Geschichten über einen barmherzigen Gott erzählt, der lieber ein Lächeln auf Alecs Gesicht sähe als verbissene Unterwürfigkeit.

Alec hatte seine Mutter, eine stille, liebevolle Frau, sehr geliebt. Sie hatte ihn als ihr einziges Kind so sehr verwöhnt, wie sie es nur wagte, ohne sich ihrem Mann oder seinem strengen Verhaltenskodex je zu widersetzen. So war es ihr gelungen, Alec eine glückliche Kindheit zu verschaffen.

Er war sich nicht recht sicher, ob er es sich lediglich eingestehen oder genauer erforschen sollte, aber zuweilen erinnerte Kate ihn eindeutig an seine Mutter. Äußerlich waren die beiden völlig verschieden, seine Mutter war eine zierliche, dunkelhaarige Frau, aber beiden gelang es, dass er sich bei ihnen rundum wohl fühlte. Oft, wenn er von der Arbeit zu Kate nach Hause fuhr, empfand er das gleiche Wohlbehagen und die Geborgenheit, die er als Zehnjähriger erlebt hatte, wenn er an einem kalten Winternachmittag aus der Schule kam und seine Mutter ein Blech frisch gebackener Haferplätzchen aus dem Ofen holte.

Letzten Endes hatte die Zeit das Ihre dazu beigetragen, dass Alec die schwierige Beziehung zu seinem Vater verarbeiten konnte. Als Erwachsener hatte Alec den starken Willen und die reservierte Haltung seines Vaters, die immer zwischen ihnen gestanden hatten, zu verstehen und manchmal sogar fast zu respektieren gelernt. Bis heute war er jedoch traurig darüber, dass sie sich nicht näher gekommen waren. Selbst als sein Vater im Sterben gelegen und er mit seiner Mutter stundenlang an seinem Krankenhausbett Wache gehalten hatte, hatte die steife Förmlichkeit wie eine Mauer zwischen ihnen gestanden. Es wäre das Natürlichste von der Welt gewesen, seinen Vater zu umarmen und ihm zu sagen, dass er ihn liebte. Aber er hatte es nicht getan. Selbst in einem solchen Augenblick war es für ihn unvorstellbar gewesen, in Gegenwart dieses Furcht einflößenden Mannes auch nur den Anflug von Gefühlen zu zeigen. Vermutlich hatte sein Vater es so gewollt. Keine Sentimentalitäten. Nur das ruhige Sich-Abfinden mit der Tatsache, dass das Leben vorüber war.

Aber so funktionierte es nicht.

Das Leben war nie ganz vorbei. Jeder Tote hinterließ ein Erbe, das ihn lebendig erhielt. Und Alec hatte von seinem Vater etliche Einstellungen geerbt, die nur schwer abzulegen waren. Es war erschreckend, welch gute Arbeit sein Vater in dieser Hinsicht geleistet hatte. Zum Beispiel die Arbeitsmoral, bis zum Umfallen zu schuften, war tief in Alec verwurzelt, deshalb musste er sich manchmal zwingen, gegen dieses Verdikt aus dem Grab sein Veto einzulegen.

Nein, sagte er sich jetzt, als die Ampel auf Grün sprang und er nach links in die Chelford Road einbog. Nein, er würde nicht früher von zu Hause wegfahren, nur um dem dichtesten Verkehr zu entgehen und zehn Minuten früher an seinem Schreibtisch zu sitzen.

Er erreichte das Bürogebäude gleichzeitig mit Melissa und parkte neben ihrem MR2. Sie schloss die Tür des roten Backsteingebäudes auf, das früher einmal die Dorfschule beherbergt hatte. Noch heute sah es mit den ausgeprägt viktorianischen Fensterbögen von außen wie eine Schule aus, aber innen hatte sich manches verändert. Viele der Wände waren niedergerissen worden, um aus den kleinen Klassenzimmern großzügige Ateliers und Büroräume zu machen. Die Fenster ließen genügend Tageslicht herein, um den drei Designern, die sie derzeit beschäftigten, beste Arbeitsbedingungen zu schaffen. In den Bereichen, wo die Lichtverhältnisse nicht so gut waren, hatten Alec, Melissa und die übrigen Verwaltungskräfte ihre Büros.

Viele der Mitarbeiter waren schon bei Thistle Cards angestellt, seit die Firma 1981 in diese Räume gezogen war. Vorher war das Unternehmen kaum mehr als eine Vision gewesen und bestand lediglich aus Melissa und ihm. Damals hatten sie beide noch eine Vollzeitstelle als Designer bei einer kleinen Werbeagentur und passten abends abwechselnd auf Ruth auf oder arbeiteten in den Terpentindünsten in einem angemieteten Kellerraum unter dem Hundesalon Squeaky Clean, einer Brutstätte für Flöhe, Zecken und alle möglichen anderen Parasiten. Alec wusste gar nicht, was schlimmer war: der Terpentingestank in dem winzigen modrigen Raum, in dem sie bis tief in die Nacht eine begrenzte Postkartenpalette produzierten, oder der ständige Gestank nach nassen Hunden, der durch die morschen Dielenbretter über ihren Köpfen drang.

»Worüber grinst du?«, fragte Melissa jetzt, als sie von der Post aufsah und seine Miene bemerkte.

»Entschuldige, das habe ich gar nicht gemerkt. Ich habe mich nur gerade an was erinnert.«

Sie kam mit in sein Büro. »An was Bestimmtes?«

»Ich musste an Squeaky Clean denken.«

Melissa schauderte. »Ich habe schon lange nicht mehr an diese furchtbaren Zeiten gedacht. Die Gegenwart ist mir lieber.«

Alec setzte sich nachdenklich auf seinen Drehstuhl. »In jeder Hinsicht?«

Die Frage hing in der Luft. Melissa schaute ihn an, überlegte, ob sie ihm antworten sollte, entschloss sich aber dagegen. Einen Exmann zu verletzen war billig. So sagte sie: »Ich möchte ein paar Dinge wegen Birmingham mit dir besprechen.«

Um diese Jahreszeit waren sie immer vollauf mit den Vorbereitungen für die Messe in Birmingham beschäftigt, die im September stattfand und stets unendlich viel Arbeit erforderte. Trotz des organisatorischen Aufwands genossen er und Melissa diese Messe immer wieder, denn hier machten sie ihr Hauptgeschäft und fanden vor allem Zugang zu den Exportmärkten. Ein Drittel ihres Umsatzes machten sie in den Vereinigten Staaten, Japan, Australien und in jüngster Zeit auch in Island. Die Handelsmessen bildeten einen Grundpfeiler der Grußkartenindustrie, ohne den sie gleich hätten einpacken können.

»Was ist? Gibt es Probleme?«, fragte er.

Melissa setzte sich ihm gegenüber. »Natürlich nicht, nun denk doch nicht immer gleich das Schlimmste.«

Das erinnerte ihn an Montagabend, als er nach Hause gekommen war und Kate schon darauf gebrannt hatte, ihm etwas zu erzählen. »Setz dich«, sagte sie, »ich muss dir was sagen, und bitte zieh nicht gleich wieder voreilige Schlüsse und denk das Schlimmste.«

»Was ist?«, hatte er vorsichtig gefragt. Ihm ging der schreckliche Gedanke durch den Kopf, dass Kate ihm gleich eröffnen werde, sie sei schwanger. Verkrampft und mit versteinerter Miene, um sich nicht zu verraten, setzte er sich in den Sessel. Er wusste, dass Kate gern ein Kind hätte, und ihm war klar, welche Reaktion sie auf eine solche Nachricht von ihm erwarten würde. Als sie ihm sagte, sie habe beschlossen, sich zur Lehrerin umschulen zu lassen, zog er sie auf den Schoß und nahm sie in den Arm.

»Das ist eine glänzende Idee«, sagte er und küsste sie. »Fantastisch.«

Wenn er jetzt an seine Erleichterung dachte, dass Kate nicht schwanger war, fiel ihm auf, wie selbstsüchtig er war. Das war keine angenehme Erkenntnis. Vielmehr ließ sie äußerst unangenehme Rückschlüsse auf ihre Beziehung zu. Sicher liebte er Kate mehr als jeden anderen Menschen, aber es war nur allzu deutlich, dass er sie nicht genug liebte, um sie restlos glücklich zu machen. Dagegen war Kates Liebe zu ihm völlig selbstlos. Sie war bereit, um ihrer Liebe willen auf etwas zu verzichten, was sie sich sehnsüchtig wünschte: eine eigene Familie.

Zu welchen Opfern war er für Kate bereit? Mein Gott, er besaß nicht einmal den Anstand, sie zu heiraten.

Nachdem er und Melissa die anstehenden Fragen zur Messe in Birmingham geklärt hatten, griff er zum Telefon. Er hatte plötzlich das Bedürfnis, Kates sanfte, liebevolle Stimme zu hören. Er brauchte die Bestätigung, dass er nicht nur ein Mistkerl war.

Kate legte den Telefonhörer auf und goss Oscar einen Becher Kakao ein.

»War das Opa?«, fragte er vom Tisch her, wo er gerade malte.

»Ja«, sagte sie und reichte ihm den Becher.

Oscar legte seinen Pinsel vorsichtig auf die Zeitung, mit der Kate den Tisch teilweise abgedeckt hatte.

»Möchtest du einen Reiskeks?«

Er schüttelte den Kopf.

»Ein Plätzchen?«

Er strahlte. »Ja, bitte.«

Kate holte die Keksdose aus dem Schrank und setzte sich neben ihn. Sie öffnete den Deckel und reichte ihm die Dose. Oscar nahm ein Plätzchen mit Cremefüllung und knabberte daran. Dann sah er sie nachdenklich an. »Wenn du mit Opa verheiratet wärst, wärst du dann meine Oma?«

Kate lächelte. »Ich glaube nicht«, sagte sie, amüsiert bei der Vorstellung, Oma zu sein.

»Gut. Ich möchte nicht, dass du wie Oma Melissa bist.«

So sehr es Kate auch gefallen mochte, ein bisschen über Melissa herzuziehen, konnte sie sich doch beherrschen, sich mit Oscar auf dieses Thema einzulassen. »Oma Melissa und ich sind ganz verschieden.«

»Ich mag sie nicht«, gestand er mit gesenktem Blick. »Sie schimpft immer mit mir.«

»Nun ja«, sagte Kate bedächtig, »wenn du ungezogen warst, hat sie das Recht, mit dir zu schimpfen.«

Er sah sie trotzig an. »Ich war aber gar nicht ungezogen. Ich habe nur gesagt, dass ich dich mehr mag als sie.«

»Ach, Oscar, so etwas darfst du nicht sagen.«

»Warum nicht?«

»Weil ... weil es Oma Melissa bestimmt wehtut, wenn du so was sagst, und man darf anderen Menschen nicht wehtun. Das ist nicht nett.«

»Ich wollte ihr ja nicht wehtun«, sagte er besorgt. »Aber Mummy sagt, ich darf nicht lügen ... Ich habe nur die Wahrheit gesagt. Ich habe Oma Melissa nur gesagt, dass ich dich mehr mag als jeden anderen. Was ist denn da dran falsch?«

Nichts, dachte Kate, jedenfalls nicht, wenn man ein viereinhalbjähriger Junge ist. »Hör mal«, lenkte sie ihn ab, »wie kommst du denn mit deinem Bild voran?«

Oscar trank seinen Kakao, stellte den Becher neben das Marmeladenglas mit grünlich grauem Malwasser und nahm den Pinsel. »Jetzt male ich den Himmel. Hilfst du mir?«

»Wenn du möchtest. Aber du fängst an, und ich male am Ende noch ein bisschen.«

Kate sah zu, wie Oscar den Pinsel in das Wasserglas tunkte und eine Farbe im Farbkasten aussuchte. Er rieb die stumpfen Borsten auf dem blauen Farbtöpfchen und bemalte mit kräftigen Pinselstrichen den oberen Bildrand. Kate stellte fest, dass er langsam und sorgfältig arbeitete. Sein Gesicht war vor Konzentration ganz angespannt, seine Zunge lugte aus einem Mundwinkel, und die mit Farbe verschmierten Augenbrauen waren zusammengekniffen.

Es war Oscars erster Tag bei Kate und Ruth' erster Arbeitstag bei Adam. Obwohl sie Kate am vergangenen Abend am Telefon angekündigt hatte, sie käme um acht Uhr, tauchte sie erst um Viertel vor neun auf. »Die Straßen sind der reinste Alptraum«, sagte sie zu Kate, während sie Oscar im strömenden Regen aus dem Wagen holte, »ich kann einfach nicht begreifen, dass die Leute so egoistisch sind, alle allein im eigenen Wagen zu fahren. Haben sie denn noch nie was von öffentlichem Nahverkehr oder Fahrgemeinschaften gehört?«

Am liebsten hätte Kate vorgeschlagen, dass Ruth doch mit Adam zur Arbeit fahren sollte, um die Straßen in der Hauptverkehrszeit wenigstens um einen Wagen zu entlasten, aber sie verkniff es sich, nahm Oscar an die Hand und brachte ihn in die Küche.

»Ich habe seinen Anorak und seine Gummistiefel mitgebracht, damit du mit ihm spazieren gehen kannst«, sagte Ruth und warf die Sachen in der Diele auf den Boden. »Er muss mindestens eine halbe Stunde an die frische Luft.« Es klang, als sei er ein Hund. »Und hier sind ein paar Reiskekse, die er statt Plätzchen essen kann. Ich will nicht, dass du ihn mit irgendeinem Mist voll stopfst. Gegen sechs hole ich ihn ab.«

Ohne Oscar zum Abschied auch nur einen Kuss zu geben,

war sie aus dem Haus gestürmt, und Kate und er hatten ihr von der Haustür aus nachgewinkt.

»Da, ich hab dir die Ecke übrig gelassen«, sagte Oscar nun und reichte Kate den Pinsel.

»Danke. Aber sollen wir da nicht eine schöne leuchtende Sonne hinmalen? Was hältst du davon?«

Er schaute aus dem Küchenfenster und betrachtete die Landschaft, die er gerade malte. »Heute scheint aber keine Sonne, es regnet«, sagte er.

Lächelnd erwiderte sie: »Dann benutzen wir eben unsere Fantasie. Lass uns eine Sonne malen, mit ein bisschen Glück hört der Regen dann vielleicht auf, und wir können spazieren gehen.«

»Ich brauche frisches Wasser.«

Kate ging mit dem Marmeladenglas an die Spüle, wechselte das Wasser und wusch den Pinsel aus. Als sie es Oscar brachte, klingelte das Telefon.

Es war Caroline. »Hi, hast du ein bisschen Zeit?«

»Sicher, aber nicht allzu viel, Oscar ist bei mir.«

»Oscar? Wer ist das denn? Ein toller Hecht?«

»Toll ja, Hecht nein. Er ist Alecs Enkel.«

»Ach ja, ich erinnere mich, du hast davon erzählt. Egal. Du wirst es nicht glauben, aber ich habe deinen Rat befolgt.«

»Du hast Recht, das glaube ich nicht. Du hörst doch nie auf das, was ich sage, geschweige denn, dass du danach handeln würdest.«

»Diesmal schon. Ich habe mich bei einer Kontaktvermittlung angemeldet.« Die beiden letzten Worte flüsterte sie ins Telefon. »Und wenn du auch nur ein Wort davon zu irgendjemandem verlauten lässt, bringe ich dich um. Kapiert?«

Kate grinste. »Keine Sorge, ich halte den Mund. Erzähl.«

»Ich will dich jetzt nicht mit Einzelheiten langweilen, aber wenn alles gut geht, habe ich heute in einer Woche schon mein erstes Rendezvous. Ich hoffe nur, dass es niemand ist, den ich kenne. Kannst du dir vorstellen, wie peinlich das wäre?«

»Vergiss nicht, für ihn wäre es doch genauso peinlich.«

»Das kann gar nicht sein.«

»Es stimmt aber. Die Männer sind genauso aufgeregt wie du.« Alec hatte ihr erzählt, wie nervös er vor dem Treffen mit ihr gewesen war. »Fast hätte ich gekniffen«, hatte er zugegeben. »Als ich den Wagen geparkt hatte und zu dem Weinlokal ging, war mir ganz schlecht vor Nervosität.«

»Wie kommt es, dass du plötzlich solche eine Expertin in diesen Dingen bist?«, fragte Caroline.

»Bin ich gar nicht«, wehrte Kate rasch ab, »ich kann mir nur vorstellen, wie das sein muss, das ist alles.«

»Hör zu, ich muss jetzt gehen, hier wimmelt es von alten Männern in Regenmänteln, die nichts Besseres zu tun haben, als die Bibliothek unsicher zu machen. Zum ersten Mal seit Wochen regnet es, und da kommen sie doch tatsächlich mit triefend nassen Regenschirmen herein und tropfen den ganzen Teppichboden voll. Übrigens, wann kommst du wegen der Informationen über die Lehrerausbildung vorbei?«

»Wie wäre es mit Anfang nächster Woche?«

»Komm am Dienstagmorgen, dann können wir anschließend zusammen zu Mittag essen.«

»Vielleicht bringe ich Oscar mit.«

»Er kann mitkommen, wenn du ihm einen Maulkorb anlegst. Tschüs.«

Kate legte den Telefonhörer auf und bemerkte, als sie aufsah, dass zwei Gestalten im Regen über den Hof huschten. Amanda und Hattie.

Himmel, was wollte Amanda denn nun schon wieder?

Kapitel 24

Amanda nahm die beheizten Lockenwickler aus ihrem Haar und bürstete es aus. Zunächst kämmte sie ihren vollen Bob so, dass er wie üblich ihr Gesicht einrahmte. Kritisch betrachtete sie sich anschließend im Spiegel und beschloss, etwas völlig anderes auszuprobieren. Sie kämmte das Haar zurück und fixierte es mit Haarspray für extra festen Halt, bevor es wieder ins Gesicht fallen konnte. Als sie fertig war, betrachtete sie lächelnd ihr Spiegelbild. Nicht schlecht, dachte sie. Gar nicht schlecht.

Aber im Augenblick war sie ohnehin sehr mit sich zufrieden.

Sie hatte endlich Vorhänge und Tapeten für das Wohnzimmer ausgesucht und einen Dekorateur gefunden, der nicht bis Weihnachten völlig ausgebucht war, und zudem hatte sie es geschafft, Hattie heute Abend der Maria von Trapp von Cholmford aufzuhalsen, damit Tony und sie ihre Mutter zum Essen ausführen konnten. Falls heute Abend alles gut lief – und es gab keinen Grund, daran zu zweifeln – würde ihre Mutter nächsten Monat ein paar Tage auf Hattie aufpassen, und Tony und sie konnten zusammen zu der Wochenendveranstaltung fahren, die Arc Computers für die Mitarbeiter organisierte.

»Es ist nichts Besonderes«, hatte Tony morgens beim Frühstück erklärt, »nur der übliche Schwindel, um das Team zu motivieren.«

Tony mochte ja der Ansicht sein, dass ein langes Wochenende in Gleneagles nichts Besonderes sei, aber sie war da völlig anderer Meinung. Verglichen mit dem, was sie gewohnt war, fand sie es himmlisch, sich drei Tage lang verwöhnen zu lassen, und sie war fest entschlossen, dieses Wochenende in vollen Zügen zu genießen. Sobald Tony und seine langweiligen Kollegen bei ihrem Golfkurs wären oder was sie sonst da machen mussten, hatte sie vor, das Fitnesscenter des Hotels zu nutzen und sich anschließend im Schönheitssalon verwöhnen zu lassen, solange sie wollte. Und nach drei Tagen Sauna, Tangpackungen, Epilieren, Wachsbehandlung, Massage und Maniküre würde sie als völlig neue Frau aus dem Wochenende hervorgehen. Sie konnte es gar nicht erwarten.

Das Einzige, was ihr dieses herrliche Wochenende verderben konnte, war, wenn Rita sich weigerte, ihren Part zu übernehmen.

Unten hörte sie die Haustürklingel. Gut. Die ach so zuverlässige und nette Kate war da.

Tony ließ Kate herein und nahm sie mit in die Küche, wo er gerade die Reste von Hatties Abendessen wegräumte. »Es ist sehr nett von Ihnen«, sagte er, »ich hoffe, wir nutzen Sie nicht allzu sehr aus.«

Lächelnd schüttelte sie den Kopf. »Bestimmt nicht.«

Er bemühte sich, sie nicht anzustarren, aber als er sah, wie sie ihr herrliches Haar aus dem Gesicht strich, stieg eine Woge in ihm auf, wie er sie seit langem nicht mehr erlebt hatte.

Eine Woge des Verlangens.

Keine plätschernde kleine Welle.

Es war ein regelrechter Roller.

Ein Brecher.

Eine Sturzflut.

Eine wahre Flutwelle.

Verdammt, es war ein Niagarafall der Begierde.

Er räusperte sich und schabte den Rest von Hatties Teller in den Mülleimer. Pass auf, Tony, sagte er sich, als er einen Klecks Tomatenketchup auf einen halb gegessenen Apfel plumpsen ließ, du bildest dir das ein. So eine Wirkung kann kein Mensch haben.

Falsch!

Eve hatte auch diese Wirkung auf ihn gehabt. Eve hatte ihn auf den ersten Blick umgehauen.

Er schluckte. Warum erinnerte Kate ihn immer an Eve? War es, weil sie die gleiche Wirkung auf ihn hatte?

»Hallo, Kate.« Es war Hattie. Sie kam gerade aus dem Badezimmer, und Tony roch die süße Mischung aus Schaumbad und Puder. Er beobachtete, wie sie zu Kate ging, und beneidete sie um die herzliche Umarmung. »Liest du mir was vor wie beim letzten Mal?«, fragte sie Kate.

»Das kann ich tun«, antwortete Kate. »Geh doch schon mal nach oben und suche aus, welche Bücher du magst.«

Hattie strahlte. »Das habe ich schon.«

Lachend ging Tony zu Hattie und nahm sie auf den Arm. »Was bist du doch für eine schreckliche Opportunistin«, sagte er und gab ihr einen Kuss. Sie schlang die Arme um seinen Hals und küsste ihn schmatzend auf die Lippen.

»Kommst du nach oben und sagst mir gute Nacht, bevor du gehst?«, fragte sie ihn mit großen, bittenden Augen.

»Daran wird mich niemand hindern.« Sanft stellte er sie wieder auf den Boden. »So, nun ab ins Bett, ich komme gleich.« Er sah ihr nach und sagte zu Kate: »Möchten Sie etwas trinken?«

»Nein, danke.«

»Bestimmt nicht?«

»Nein.«

»Etwas essen?«

Sie lächelte. »Ich habe schon ein Butterbrot gegessen.«

»Ist das alles?«

»Danke, ich brauche nichts.«

»Dann kann ich Ihnen also gar nichts bieten?« Verflixt! Was redete er denn da? – *Dann kann ich Ihnen also gar nichts bieten?* Warum trug er nicht gleich ein klobiges Goldarmband und falsche Sonnenbräune und belegte einen Crash-Kurs in Zweideutigkeiten für Fortgeschrittene?

»*Kate*«, rief ein Stimmchen von oben, »kommst du?«

Bevor Kate antworten konnte, stöckelte Amanda auf hohen Absätzen in die Küche. »Sie dürfen sich von Hattie nicht so herumkommandieren lassen, Kate«, sagte sie, öffnete ihre Lederhandtasche, steckte ein Taschentuch hinein und ließ den Verschluss zuschnappen.

Hattie kommandiert Kate nicht herum, hätte Tony Amanda am liebsten angefahren und betrachtete mit kritischem Blick die Kleidung seiner Frau.

Sie trug eine elegante beigefarbene Leinenhose mit einem marineblauen Blazer und gerade die richtige Menge Goldschmuck – jedes Stück mehr hätte protzig gewirkt. Ihr sorgfältiges Make-up betonte ihre hohen Wangenknochen und kaschierte die Fältchen um ihre Augen. Etwas an ihrem Haar war anders als sonst, aber er wusste nicht genau, was. Jeder, der Amanda zum ersten Mal sah, würde sie als selbstsichere, elegante Erscheinung bezeichnen, als Inbegriff einer Frau Mitte dreißig, die wusste, was sie wollte, und ihr Leben nüchtern im Griff hatte. Genau das hatte ihn anfangs zu ihr hingezogen. Er hatte in ihr die Fähigkeit vermutet, sein chaotisches Leben in die Hand zu nehmen. Er hatte in ihr einen Menschen gesehen, der all seine Probleme würde lösen können.

Aber inzwischen war ihm klar, dass sie ihm nur weitere Probleme eingebracht hatte.

Er riskierte einen flüchtigen Seitenblick auf Kate. Der Gegensatz zwischen den beiden Frauen hätte nicht größer sein können. Kate trug eine verwaschene Jeans mit einem winzigen Baumwollpulli, der nicht nur tief ausgeschnitten, sondern auch so kurz war, dass er nicht bis an den Hosenbund reichte und einen Fingerbreit verlockender Haut an der Taille sehen ließ. Sie trug keinen Schmuck und, soweit Tony sehen konnte, auch kein Make-up. Neben ihrer wunderbar natürlichen, frischen Erscheinung wirkte Amanda steif und overdressed.

»Ich gehe kurz Hattie gute Nacht sagen«, sagte er und floh aus der Küche, bevor seine Miene ihn verraten konnte. Er bildete sich nichts ein, sagte er sich, als er die Treppe hinaufging. Seine Gefühle für Kate waren kein Hirngespinst, sondern ebenso real wie das, was er für Eve empfunden hatte. Warum tat das Schicksal ihm das an? Warum hatte es zugelassen, dass er die Falsche heiratete, und verhöhnte ihn jetzt mit genau der Art von Frau, mit der er Liebe und Glück hätte finden können?

In der Küche sagte Amanda: »Sie wissen ja, wo alles zu finden ist. Nehmen Sie sich Kaffee oder Tee oder was Sie sonst noch möchten. Wir kommen nicht allzu spät wieder, so gegen halb zwölf, denke ich.«

»Schon recht«, sagte Kate, »machen Sie sich darüber keine Gedanken.«

»Ich hoffe, Alec hat nichts dagegen, dass Sie das für uns tun.«

»Überhaupt nicht. Er muss heute Abend ohnehin lange arbeiten, aber vielleicht kommt er später noch herüber. Sie haben doch nichts dagegen?«

»Natürlich nicht.«

Kate, die sich in Amandas Gegenwart unbehaglich fühlte und das Gespräch nicht in die Länge ziehen wollte, sagte: »Ich glaube, ich gehe nach oben und lese Hattie etwas vor. Ich wünsche Ihnen einen schönen Abend.«

Vor Hatties Schlafzimmertür blieb sie unsicher stehen und wusste nicht recht, ob sie hineingehen sollte. Sie wollte Hattie und ihren Vater nicht stören, die sich leise und vertraut miteinander unterhielten. Als sie sich umdrehte und wieder hinuntergehen wollte, knarrte eine Bodendiele verräterisch.

»Kate, bist du das?«, rief Hattie.

Sie öffnete die Tür und ging hinein. Tony saß neben Hattie auf dem Bett. Einen Arm hatte er um ihre Schultern gelegt, und plötzlich fiel Kate auf, was sie in ihrer eigenen Kindheit vermisst hatte. Sie konnte sich nicht erinnern, dass jemand sie zu Bett gebracht hätte, als sie klein war. Ihre Mutter hatte immer zu viel mit ihrem eigenen Leben zu tun gehabt, als dass sie sich zu ihr aufs Bett gesetzt und ihr einen Gutenachtkuss gegeben hätte. Selbst heute war ihre Mutter noch zu sehr mit sich beschäftigt, um sich um Kate zu kümmern. Ihr Kontakt beschränkte sich auf eine Weihnachtskarte und einen Scheck und gelegentlich einen Geburtstagsgruß aus ihrer neuen Heimat in Sydney, wo sie mit ihrem dritten Mann lebte. So war es schon seit Jahren. Kate machte ihrer Mutter keine Vorwürfe, das wäre sinnlos gewesen, manche Menschen waren einfach nicht für die Elternrolle geschaffen.

Kate merkte, dass Tony sie unverhohlen auf eine Art anstarrte, die sie unerklärlich aufwühlte.

Das Essen war grauenhaft und die Gesellschaft die reinste Hölle.

Die grässliche Rita war die Letzte, mit der Tony einen Abend verbringen wollte. Während er die künstlich roten Kirschen aus dem riesigen Stück Schwarzwälder Kirschtorte angelte, wünschte er, Amandas Vater wäre bei ihnen, statt bei der Sitzung seines Heimatvereins Protokoll zu führen. Roy war zwar der langweiligste Mensch der Erde und konnte dem ganzen Universum mit seinen Ausführungen über antike Grabstätten der Umgebung auf die Nerven gehen, aber seine Anwesenheit hätte zumindest eine beruhigende Wirkung gehabt.

Tony zwang sich, mit halbem Ohr zuzuhören, worüber seine Frau und seine Schwiegermutter redeten. Aber ihr Gespräch interessierte ihn nicht. Was kümmerte es ihn, ob ein Nachbar von Rita eine Baugenehmigung für die Erweiterung seines Hauses beantragt hatte? Mehr als bereitwillig ließ er seine Gedanken zu Kate schweifen.

Er überlegte, wie er es anstellen konnte, sie allein zu treffen. Ihm war klar, dass er mit dem Feuer spielte, aber er vermochte nicht dagegen anzugehen. Er wollte mit ihr zusammen sein. Er wollte sie nur ein einziges Mal berühren, vielleicht sogar küssen. Vielleicht würde das den Bann brechen, mit dem sie ihn belegt hatte. Er versuchte sich einzureden, dass es nur eine vorübergehende Verliebtheit war und es keinem von ihnen schaden würde.

»Das stimmt doch, Tony?«

»Entschuldige«, sagte er, bei seiner Unaufmerksamkeit ertappt.

Amanda sah ihn stirnrunzelnd an. »Ich habe Mum gerade von dem wichtigen Wochenende erzählt, bei dem wir für Arc als Gastgeber fungieren sollen.«

Jetzt war es an ihm, die Stirn zu runzeln. Es war ihm neu, dass sie bei der Veranstaltung die Gastgeber sein sollten. Aber ein Tritt unter dem Tisch gab ihm zu verstehen, dass Amanda die Bedeutung dieses Wochenendes absichtlich übertrieb, um sich die Unterstützung ihrer Mutter zu sichern.

»Ja«, log er, »es dürfte eine recht interessante Geschichte

werden.« Zum Teufel, es dürfte die übliche Routineveranstaltung werden, um das, was von der Belegschaft noch übrig war, auf Trab zu bringen, damit sie sich für die Firma zu Tode schufteten. Etwas Schlimmeres konnte er sich kaum vorstellen.

Nein, das stimmte nicht. Ein Wochenende mit Rita wäre weitaus schlimmer.

Er wusste nicht, woran es lag, aber diese Frau besaß die unangenehme Eigenschaft, ihn jedes Mal, wenn sie sich begegneten, bildlich gesprochen auszuweiden. Er hielt sich zugute, dass er fast mit allen Menschen auskam, aber seine Schwiegermutter konnte er nicht beeindrucken. Sie zeigte ihm unverhohlen, dass er den Erwartungen, die sie für ihre Tochter gehegt hatte, nicht gerecht wurde. Wäre er Arzt oder Anwalt gewesen oder auch nur Steuerberater, dann hätte er vor ihren Augen vielleicht Gnade gefunden, aber ein Verkaufsdirektor war für sie kaum mehr als ein Händler, der mit einem Koffer voller Putzlappen von Haus zu Haus ging.

Das war natürlich eine Frage des Standesdünkels. Für sie war er nur ein Arbeiter in Holzschuhen aus Rochdale. »Rochdale?«, hatte sie bei ihrer ersten Begegnung enttäuscht gesagt, als er ihr auf ihre Frage: »Und woher stammen Sie?«, geantwortet hatte. Stellte ein normaler Mensch heutzutage noch eine solche Frage? Normalerweise hatte seine Sprechweise keine nennenswerte ortsbedingte Färbung, aber ihr Kreuzverhör über seine Herkunft hatte in ihm das Verlangen geweckt, zu seinen Wurzeln zurückzukehren und in breitestem Dialekt zu reden.

Von jenem Tag an stand felsenfest, dass Rita ihn nicht leiden konnte.

Selbst am Telefon konnte sie sich nicht überwinden, mehr als das Nötigste mit ihm zu sprechen. »Ist meine Tochter da?«, fragte sie lediglich, wenn er zufällig einmal ans Telefon ging. Sie wahrte nicht einmal den Schein, höfliche Konversation machen zu wollen.

Ihre Großzügigkeit war ebenso ausgeprägt wie ihre Gesprächsbereitschaft. Im vergangenen Jahr hatte sie ihnen zu Weihnachten Salz- und Pfefferstreuer geschenkt, die nicht zusammenpassten.

Ein bisschen wie er und Amanda.

Vielleicht hatte Rita das von Anfang an gewusst und es ihm zu verstehen geben wollen.

Tony lenkte seine Aufmerksamkeit wieder auf das, was Amanda sagte. Offenbar wollte sie gerade auf das Wesentliche kommen.

»Deshalb haben wir uns gefragt, ob du uns vielleicht helfen könntest.«

»Womit?«, fragte Rita mit verkniffenen Augen und spitzen Lippen.

Was glaubst du wohl, womit, du dumme Kuh!, hätte Tony am liebsten über den Tisch gebrüllt.

»Mit Hattie«, fuhr Amanda tapfer fort, »wir haben überlegt, ob du wohl zu uns kommen und auf sie aufpassen könntest. Wir haben sonst niemanden, den wir fragen können.«

Ritas Augen waren fast verschwunden und die Lippen argwöhnisch nach innen gezogen. »Wie lange?«, fragte sie nach einer Weile.

»Es wäre nur für ein paar Tage.«

Rita starrte ihre Tochter an. »Genauer, bitte.«

»Von Freitagmorgen bis Sonntagabend«, warf Tony ein.

»Ich weiß nicht«, sagte Rita, ohne Tony eines Blickes zu würdigen, »ich habe meinen Terminkalender nicht bei mir. Im August bin ich auf Kegeltour.«

»Ja, ich weiß«, sagte Amanda, »du fährst am ersten Augustwochenende, wir am zweiten.«

Tony musste Amandas Hartnäckigkeit bewundern, aber er hegte keine allzu großen Hoffnungen, dass Rita sich zu einer Einwilligung überreden ließe. Aber um ehrlich zu sein, es war ihm egal. Ihm lag nichts an einem Wochenende, das den Teamgeist heben sollte, nachdem er von der ganzen Firmenpolitik derart ernüchtert war. Im vergangenen Jahr war das noch anders gewesen. Damals herrschte im Unternehmen eine gute Moral, und er hatte sich viel Mühe gegeben, ein Kindermädchen für Hattie zu organisieren, um mit von der Partie zu sein und sich mit den anderen zu amüsieren. Aber welchen Sinn sollte es dieses Mal haben? Da Bradley Hursts Schlachtermesser dräuend über ihnen allen schwebte, dürfte es mit dem Spaß wohl nicht weit her sein.

Vor allem gefiel ihm jedoch der Gedanke nicht, Hattie seiner Schwiegermutter zu überlassen. Je länger er darüber nachdachte, desto weniger konnte er der Aussicht, seine Tochter dieser Hexe auszuliefern, etwas abgewinnen.

»Vielleicht verlangen wir ja zu viel von dir«, hörte er sich sagen, »wir hätten dir nicht so die Pistole auf die Brust setzen sollen. Vergiss es einfach.«

Er handelte sich einen heftigen Tritt und einen Blick von Amanda ein, der den stärksten Mann vernichtet hätte. Auch seine Schwiegermutter hob skeptisch eine allzu stark gezupfte Augenbraue.

Nachdem sie Rita zu Hause abgesetzt hatten, herrschte im Wagen lastendes Schweigen. Tony hatte nicht vor, den Mund aufzumachen. Da er wusste, dass Amanda wütend auf ihn war, brauchte er nur zu warten, bis sie sich genügend beruhigt hatte, um die Worte in der richtigen Reihenfolge ausspucken zu können.

Das geschah dann auch unweigerlich. »Was hast du dir eigentlich dabei gedacht?«, zischte sie. »Nachdem ich mir alle

Mühe gegebenen habe, sie milde zu stimmen, kommst du einfach so angetrampelt und wirfst alles über den Haufen.«

Er beschloss, ehrlich zu sein, auch wenn es gefährlich war, aber das war ihm mittlerweile egal. »Ich möchte nicht, dass deine Mutter auf Hattie aufpasst. Wenn du es wirklich wissen willst, ich will überhaupt nicht, dass sie sich je um meine Tochter kümmert.«

»Was?«

»Du hast mich sehr gut verstanden.«

»Ich kann es einfach nicht glauben!«

»Du hast mich gefragt. Und es wäre besser, wenn du mir glaubst.«

Schweigend fuhren sie weiter. Als sie die kleine Brücke über den Kanal erreichten, fand Amanda ihre Sprache wieder. »Meinst du das ernst oder bist du nur wütend auf sie? Ich weiß ja, dass ihr beiden euch nicht gerade gut versteht.«

Was für eine Untertreibung! »Ich meine es ernst. Ich möchte Hattie nur bei jemandem lassen, der sie wirklich mag. Das ist bei deiner Mutter eindeutig nicht der Fall. Sie würde es lediglich aus Pflichtgefühl tun, und das ist nie die richtige Motivation.« Er musste es schließlich wissen.

Amanda war sprachlos. »Na ja, das war's dann wohl. Dann können wir also nicht fahren. Es sei denn ...«

»Es sei denn ...?«

»Es sei denn Maria von Trapp springt ein.«

»Wer?«

»Kate natürlich, wer sonst.«

»Nein«, erklärte er bestimmt. »Auf keinen Fall. Wir haben uns ihr genug aufgedrängt. Du wirst sie nicht fragen, das wäre nicht fair.«

Den Rest der Fahrt legten sie schweigend zurück.

Amanda starrte auf die dunklen Felder hinaus. Sie war wütend auf Tony, aber fest entschlossen, sich nicht um ihr Verwöhnwochenende bringen zu lassen. Sie wusste genau, dass sie Kate doch fragen würde. Wahrscheinlich schon morgen. Sie würde ein paar Blumen kaufen und bei ihr klingeln, so wie sie es heute Morgen getan hatte.

Als sie nach Hause kamen, saß Kate allein im Wohnzimmer und las.

»Alec ist nicht mehr gekommen?«, fragte Tony, dessen Laune sich bei Kates Anblick schlagartig besserte.

Sie stand auf. »Nein, er musste noch zu Hause am Computer arbeiten.«

Amanda ließ sich in einen Sessel fallen. »Diese Schuhe bringen mich um«, sagte sie schlecht gelaunt, streifte die Pumps ab und rieb sich die Füße.

»Ist mit Hattie alles in Ordnung?«, fragte Tony.

»Kein Problem. Ihr geht es bestens.«

»Gut. Das ist wunderbar. Ich bringe Sie hinaus.«

Er führte sie in die Diele, und als sie nach der Türklinke griff, tat er, was er schon im Restaurant geplant hatte: Er legte seine Hand auf ihre. »Lassen Sie mich das machen, sie klemmt manchmal ein bisschen.«

Für den Bruchteil einer Sekunde berührten sich ihre Hände, und da ihm nur wenig Zeit blieb, um den zweiten Teil seines Plans auszuführen, öffnete er die Tür, sagte gute Nacht und küsste Kate flüchtig auf die Wange.

Ein Kuss, so harmlos wie eine nachbarschaftliche Dankesschuld.

Ein Kuss, so schuldbewusst wie Ehebruch.

Er schaute ihr nach, wie sie im Dunkeln über den Hof ging, die Haustür von Nummer fünf aufschloss und noch einen Blick zurückwarf.

Er winkte und wusste, dass er sie noch einmal berühren musste.

Einmal war nicht genug.

Aber das hatte er schon vorher geahnt. Er hatte sich nur vorgemacht, die Schwärmerei sei so leicht zu überwinden.

Kapitel 25

Liebe Cara!

Exposé für »Eine flüchtige Affäre«

Die Geschichte, soweit sie steht:

Unsere Heldin Clare (achtundzwanzig und feurig wie ein Tabasco-Sandwich) hat genug von ihrem aussichtslosen Job bei einer großen Versicherung und will schon kündigen, als ihr Chef passenderweise tot umfällt. Ein Ersatz ist schnell gefunden: Miles, ungefähr dreißig, durchaus attraktiv, aber schüchtern, unverheiratet und sexuell unerfahren – wie der Büroklatsch aus dem dritten Stock, von wo er befördert wurde, wissen will. Er steckt seine gesamte Energie lieber in die Arbeit als in die Aufgabe, Frauen zu erobern. Sofort erkennt Clare die Möglichkeiten, die ihr neuer Chef ihr zu bieten hat, und nicht nur ihre Beförderung, sondern auch Miles im Blick, beschließt sie, eine flüchtige Affäre mit ihm anzufangen, um etwas gegen ihre Langeweile und für ihre Karriere zu tun. Miles' Aufmerksamkeit zu erregen erweist sich jedoch als wesentlich schwieriger, als Clare gedacht hat.

Ich hoffe, diese Geschichte findet Ihre Zustimmung.

Mit freundlichen Grüßen

Eine Kopie geht an Piers Lambert.

Jessica tippte den Brief mit zwei Durchschlägen, je einen für Piers und für ihre Unterlagen, und nachdem sie sie unterschrieben und die Couverts adressiert hatte, schaute sie aus dem Fenster ihres Arbeitszimmers auf Joshs Haus und fragte sich, ob sie wohl das falsche Deodorant benutzte.

Seit Dienstagabend war eine ganze Woche vergangen, und allmählich beschlich sie das Gefühl, dass Crawford sie ebenso ignorierte wie der neue Chef Clare in *Eine flüchtige Affäre*. Er hatte sie weder besucht noch angerufen.

Sollte er sie doch ignorieren.

Was kümmerte es sie, wenn er keine Lust hatte, seine Zeit mit ihr zu verbringen.

Zu ihrer Verärgerung kümmerte es sie leider sehr. Mann, und wie es sie kümmerte! Josh Crawford schien ihr mit seinem sexy Lächeln und dem knackigen Hintern genau das geeignete Gegenmittel gegen die Malaise zu sein, die Gavin bei ihr hinterlassen hatte.

So gesehen kam ihr ihr Interesse an Josh schon ein bisschen berechnend vor. Vielleicht geschah es ihr ja recht, dass die Dinge sich so entwickelt hatten. Aber das war jetzt ohnehin nur noch Spekulation. Josh hatte offensichtlich nicht das geringste Interesse an ihr.

Ihr Blick schweifte von seinem Haus auf die Postkarte, die auf dem Fensterbrett stand. Es war die übliche malerische Hafenansicht von Kassiopi: Fischerboote und Vergnügungsschiffe, aufgereiht am Kai, im Hintergrund Geschäfte und Tavernen mit gestreiften Markisen, ein Gedränge sonnengebräunter Touristen und über den pastellfarbenen Häusern ein unglaublich blauer Himmel.

Ebenso unglaublich war der Absender der Postkarte.

Er hieß Gavin. Auf der Rückseite stand außer ihrer Adresse nur: *Ich wünschte, du wärst hier. Verdammt, ich vermisse dich. Komm zurück!*

Ja, richtig! Was glaubte er eigentlich, wen er damit zum Narren halten konnte?, hatte sie sich als Reaktion auf diese unerwartete Nachricht gefragt.

Glaubte er wirklich, ein paar hingekritzelte Worte würden genügen, damit sie ins nächste Flugzeug nach Korfu sprang?

Stellte er sich etwa vor, sie säße traurig und einsam in England und trommele mit den Fingern den Takt ihres Herzschmerzes?

Sie war nicht traurig.

Sie war nicht einsam.

Und ganz bestimmt verzehrte sie sich nicht vor Sehnsucht nach Gavin – wenigstens nicht mehr als er nach ihr.

Selbst in ihren wildesten Träumen hielt sie es nicht im Entferntesten für möglich, dass Gavin mit gebrochenem Herzen auf sie wartete.

Keine Chance! Höchstwahrscheinlich war er gerade eifrig damit beschäftigt, Silikon-Sally ihren geschmeidigen, von Menschenhand geschaffenen Körper mit Sonnenmilch einzureiben. Und wenn nicht ihr, dann einem anderen Strandhäschen.

Aber tief in den dunklen, von Kerzenlicht romantisch erhellten Winkeln ihrer kindlichen Leichtgläubigkeit, wo sie immer noch an Märchen und das Christkind glauben wollte, wollte sie auch an Gavin glauben. Sie wollte, dass er sie vermisste, dass er mit einem gewaltigen Schlag zur Vernunft gekommen sei und nun klar sehe, was er an ihr verloren hatte.

Beim Geräusch eines Autos schaute sie wieder aus dem Fenster und sah Joshs nachtblauen Shogun in den Hof fahren, gefolgt von einem schnittigen offenen Kabrio, dessen Motor mit einem imposant kehligen Röhren erstarb. Hübsch, dachte Jessica. Sie sah zuerst Josh und dann auch den Fahrer des zweiten Wagens aussteigen. In einer Hand trug er eine Aktentasche, in der anderen eine braune Papiertragetasche, auf der verräterische Fettflecke verdächtig nach Schnell-Imbiss aussahen. Wer immer der Mann sein mochte, der heute Abend in Cholmford Hall Mews Nummer 1 zu Abend aß, er war etwas kleiner als Josh, sah aber ebenso gut aus und war genauso gut gekleidet, nur trug er statt Joshs üblichem Schwarz ein lebhaft orange-grün kariertes Hemd und hatte sich eine helle Wildlederjacke über die Schulter gehängt.

Der Gedanke an das köstliche Essen, über das Josh und sein Freund sich gleich hermachen würden, trieb Jessica auf der Suche nach etwas Essbarem aus ihrem Arbeitszimmer.

Erst jetzt merkte sie, dass sie völlig ausgehungert war, und während sie in ihrem fast leeren Kühlschrank nach einer kulinarischen Inspiration suchte – sie musste sich wirklich angewöhnen, regelmäßiger einkaufen zu gehen –, dachte sie an das Abendessen bei Josh.

Er hatte sich neulich wirklich große Mühe gegeben, und das nicht nur in der Küche. Nach ihrer Erfahrung griffen alleinstehende Männer nur selten zum WC-Reiniger, wenn hinter dieser ungewohnten Tätigkeit nicht ein besonderes Motiv steckte, nämlich eine Frau in ihr Bett zu locken.

Wieso hatten an jenem Abend plötzlich alle Alarmlampen rot aufgeleuchtet?

Eben waren sie noch drauf und dran, ihr Nachspiel zum Abendessen bei Tony und Amanda zu wiederholen – nur hatte sie dieses Mal fest vorgehabt, bereitwillig mitzumachen –, und im nächsten Moment war Josh aufgestanden und hatte erklärt, es sei schon spät und er müsse am nächsten Morgen früh aufstehen.

Es war völlig unverständlich.

Es sei denn, er hätte es absichtlich so geplant, um ihr mit gleicher Münze heimzuzahlen, dass sie ihn angemacht und dann hatte abblitzen lassen. Hatte er ein schmutziges Spiel mit ihr getrieben, um ihr zu beweisen, dass keine Frau damit durchkam, Josh Crawford an der Nase herumzuführen? War es das?

Konnte er wirklich so stolz und kleinlich sein?

Charlie machte sich Sorgen um Josh. Deshalb hatte er vorgeschlagen, dass sie sich nach der Arbeit etwas zu essen holen und den Abend gemeinsam verbringen sollten.

Charlie hatte seinen Bruder nicht mehr so niedergeschlagen erlebt, seit Josh von seiner MS erfahren hatte. Seit ein paar Tagen war es besonders schlimm, Josh schien sich von allen in seiner Umgebung abzukapseln. Er war verschlossen, finster und unterbrach sein brütendes Schweigen nur mit Zynismus, den er grausam und stichelnd gegen jeden richtete, der ihm in die Quere kam.

Erst am Tag zuvor hatte Charlie, als er ins Büro kam, Mo in Tränen aufgelöst vorgefunden. »Ich habe ihn doch nur gefragt, ob ich ihm eine Tasse Kaffee bringen soll«, erzählte sie. »Und er reißt mir gleich den Kopf ab. In Zukunft kann er sich seinen Kaffee selbst machen.«

Charlie wusste, dass Mo etwas für Josh übrig hatte, aber unter normalen Umständen hätte sie ihm ohne Umschweife Paroli geboten, wenn er sie so behandelte. Doch seit in der Firma alle von seiner Krankheit wussten, scheute sie davor zurück, ihm offen die Meinung zu sagen. »Was ist bloß in ihn gefahren?«, fragte sie Charlie, sobald Josh nach Failsworth aufgebrochen war, um nach einer verloren gegangenen Lieferung zu fahnden, und damit allen Gelegenheit bot, für ein paar Stunden aus ihren Verstecken zu kriechen.

»Ich wünschte, ich wüsste es«, hatte Charlie geantwortet.

Er wünschte wirklich, er wüsste, was in seinem Bruder vorging. Und deshalb war er nun hier. Er hatte vor, nicht eher wieder zu gehen, bis er erfahren hatte, was Josh in der Firma so unleidlich machte.

»Noch ein Bier?«

Charlie schaute von seinem Lamm-Korma auf und sagte: »Ich hole es schon.«

Fast war er schon aufgestanden, als Josh entgegnete: »Bleib sitzen. Das ist mein Haus, und wenn ich dir was zu trinken anbiete, dann hole ich es auch. Okay?«

Charlie schaute zu, wie Josh durch die Küche humpelte und den Kühlschrank öffnete. Als er wieder zu der Frühstückstheke kam und ihm eine Dose Budweiser reichte, hätte Charlie sie ihm am liebsten ins Gesicht geschleudert. Entsetzt über seine Wut auf Josh fragte er sich, ob ihr Leben wohl je wieder wie früher werden mochte. Aber das war vermutlich kaum möglich. Josh konnte nie mehr so sein, wie er einmal gewesen war. Es war ungerecht und egoistisch, das von ihm zu erwarten. Charlie fühlte sich keineswegs wohl bei dem Gedanken, aber er wusste einfach nicht, wie lange er das launische Gebaren seine Bruders noch ertragen konnte.

Schweigend aßen sie weiter und spülten ihr Essen gelegentlich mit einem Schluck Bier hinunter. Als Charlie es nicht mehr aushielt, schob er seinen halb vollen Teller von sich. »Mir reicht's«, sagte er.

Josh schaute auf. »Ich hoffe, du meinst das Essen, denn wenn du jetzt vorhast, mir eine von deinen verdammten Predigten zu halten, kannst du gleich wieder gehen. Ich bin nicht in der Stimmung dazu.«

»Das ist es ja gerade: In was für einer Stimmung bist du eigentlich? Anscheinend gibst du dir alle Mühe, jeden gegen dich aufzubringen.«

Josh zuckte gleichgültig die Achseln. »Ist mir nicht aufgefallen.«

Charlie zählte im Stillen bis fünf, bevor er so ruhig wie möglich fragte: »Was ist los mit dir, Josh? Warum benimmst du dich so?«

Josh trat an das Fenster, das zum Hof lag. Er sah Jessica in ihrer Küche und wandte sich ab. »Du kapierst es einfach nicht, was?«

»Das Einzige, was ich sehe, ist, dass du alle und jeden für deine MS bestrafst, und wenn du meine ehrliche Meinung hören willst: Ich finde, das nervt.«

»Vielleicht hast du ja Recht«, antwortete Josh ausdruckslos, »aber du müsstest mal erleben, wie das ist, wenn dir sämtliche Träume genommen werden. Stell dir vor ... stell dir vor, du willst was und weißt genau, dass du es nicht kriegen kannst ... dass alles, was dir zur Verfügung steht, nur zweite Wahl und nicht der Mühe wert ist.«

Charlie wusste nicht, was er dazu sagen sollte. Ihm waren nicht sämtliche Träume genommen worden. Er wusste nicht, was für ein Gefühl das war, und hoffte, es auch nie erleben zu müssen. »Reden wir hier ganz allgemein oder geht es um was Konkreteres?«

»Was zum Teufel glaubst du wohl?«

Charlie hatte keine Ahnung. »Josh, ich kann keine Gedanken lesen, also hör auf mit dem Scheiß und sag mir, was los ist.«

Josh setzte sich, nahm seine Dose Bier und drehte sie in den Händen. »Ich weiß ja selbst nicht, ob ich es verstehe«, sagte er. Es drängte ihn, über die Gefühle zu sprechen, die ihn schon die ganze Woche quälten, aber jedes Mal, wenn er es in Worte fassen wollte, und sei es auch nur für sich selbst, schürte es nur seine Wut und seine Verbitterung. Seit ihm an jenem Abend mit Jessica schlagartig klar geworden war, dass er weit mehr von ihr wollte, als er ursprünglich gedacht hatte, war er völlig durcheinander, deprimiert und demoralisiert. Sein angeschlagenes Selbstbewusstein sagte ihm, dass er von einer Frau wie Jessica nicht das geringste Interesse an ihm erwarten durfte, da er ihr so wenig zu bieten hatte. Und falls sie sich doch mit ihm einließe, wie lange würde es wohl halten, wenn sie die Wahrheit erführe? Wie lange würde die Sache dauern, bis sie lieber mit einem Mann zusammen wäre, der ihr nicht irgendwann zur Last fallen musste?

Als er aufsah und merkte, dass Charlie auf eine Antwort wartete, tat sein Bruder ihm plötzlich Leid. Armer Charlie, er wollte ihm unbedingt helfen und war offensichtlich ratlos. Ganz wie er selbst. »Erinnerst du dich an den Sonntag neulich bei Mum und Dad, als du mich gefragt hast, ob mir eine festere Beziehung nicht lieber wäre als eine Eroberung für eine Nacht?«, fragte er.

»Ja«, sagte Charlie vorsichtig.

»Na ja, du hattest Recht ... und das ist das Problem.«

»Geht es um deine Nachbarin Jessica?«

Josh nickte, glitt von seinem Hocker und ging langsam durch die Küche. Als sein Bein zu schmerzen anfing, blieb er am Fenster stehen und starrte auf den Hof hinaus. Charlie stellte sich neben ihn.

»Und wo liegt das Problem?«, fragte er. Er konnte es sich zwar recht gut vorstellen, wollte aber, dass Josh es aussprach.

»Wie ich dir neulich schon gesagt habe: Welchen Sinn hat es, mich auf eine ernsthafte Beziehung einzulassen oder das auch nur in Betracht zu ziehen? Was habe ich Jessica schon zu bieten?«

»Eine ganze Menge, denke ich.«

Josh schüttelte den Kopf. »Ein paar gute Jahre vielleicht ... und wenn mein Gesundheitszustand sich danach wirklich verschlechtert, was dann? Ich bin wohl kaum das große Los des Jahrzehnts, oder?«

»Willst du es nicht ihr überlassen, das zu entscheiden?«

»Ich will kein Mitleid von ihr.«

»Gehört sie denn zu der mitleidigen Sorte?«

Josh dachte darüber nach. Ihm fiel ein, dass Jessica ihn Crawford nannte und ihm vorwarf, mit seiner Art könne er selbst den Teufel um den kleinen Finger wickeln. Er dachte an ihr lebhaftes Gesicht und ihre leicht spöttischen Augen. Sie strahlte eine Kraft aus, die ihn faszinierte. Jedes Mal, wenn er mit ihr zusammen war, spürte er ihre Vitalität und Charakterstärke. »Nein«, sagte er mit dem Anflug eines Lächelns. »Nein, sie gehört nicht zu der mitleidigen Sorte.«

»Na dann lass es doch einfach drauf ankommen und sieh zu, was draus wird. Und wenn es nicht klappt, liegt es garantiert daran, dass sie gemerkt hat, was für ein Blödmann du bist.«

»Glaubst du?«

Charlie grinste. »Ja, das glaube ich. So, und wann lerne ich sie endlich kennen?«

Es war kurz nach zehn, als Josh Charlies Wagen durch das Tor davonfahren sah. Er blieb noch für eine Weile in der Haustür stehen und dachte über die Aufmunterungsversuche seines Bruder nach.

Hatte Charlie Recht? Lohnte es sich, um Jessica zu werben?

Mit dem Quantum Bier eines ganzen Abends in sich, fand er, dass jetzt der richtige Augenblick sei, es in Erfahrung zu bringen. Er würde sofort zu ihr gehen und sie einladen, noch in dieser Woche mit ihm essen zu gehen. Außerdem nahm er sich vor, ehrlich zu ihr zu sein, ohne Rücksicht auf die Folgen. Wenn es ihr nicht gefiele, dass er demnächst ein Krüppel war, dann musste er das eben ertragen. Er musste ohnehin lernen, mit Demütigungen umzugehen.

Josh zog seine Haustür zu und ging über den Hof, doch mit jedem Schritt schwand sein Selbstvertrauen mehr.

Er war ja verrückt. Verrückt zu glauben, dass Jessica auch nur im Entferntesten an ihm interessiert sein könnte. Er schaute auf die Uhr. Es war doch sicher schon zu spät, bei ihr zu klingeln? Als er schon fest entschlossen war, auf dem Absatz kehrtzumachen, sah er sie aus dem Küchenfenster schauen. *Verdammt!* Was jetzt? Welche Ausrede konnte er für sein spätes Kommen vorbringen?

Es blieb ihm keine Zeit, sich etwas auszudenken, da sich ihre Haustür plötzlich öffnete und sie vor ihm stand. Sie sah aus, als habe sie gerade ins Bett gehen wollen. Sie trug lediglich ein T-Shirt, auf dem der Aufdruck prangte: *Windsurfer machen's nass und im Stehen.* Es war schwierig, nicht auf ihre langen Beine zu starren.

»Hi«, sagte sie und spürte seinen Blick deutlich. »Was führt dich denn um diese Zeit her?«

»Ich ...« Er stockte, strich sich mit der Hand durchs Haar und trat verlegen von einem Bein aufs andere. »Ich habe nur gedacht ...«

»Du bist zufällig vorbeigekommen und hast dich gefragt, ob ich wohl etwas Zucker für dich habe, oder?«

»Nicht ganz.«

»Dann vielleicht Kaffee?«

Er schüttelte den Kopf. Scheiße, warum war er nur so nervös? Und wo zum Teufel war das alkoholgestützte Selbstvertrauen geblieben, das er so dringend gebraucht hätte?

»Also, Crawford, ich weiß zwar, dass ich Schriftstellerin bin, aber selbst mir geht jetzt allmählich der Text aus, du musst mir schon helfen.«

Er schluckte. Vielmehr, er hätte geschluckt, wenn seine Kehle nicht völlig ausgetrocknet gewesen wäre – war es die Begierde beim Anblick von Jessicas Beinen oder einfach nur Nervosität? »Ich habe mich gefragt, ob du vielleicht mit mir spazieren gehen möchtest«, sagte er. *Spazieren gehen!* Er konnte selbst nicht fassen, was er da sagte. Hatte er denn völlig den Verstand verloren? Da hätte er auch gleich eine Joggingrunde um den Block vorschlagen können.

Sie starrte erst ihn an, dann den Nachthimmel. »Hmm ... der Mond und die Sterne sehen ja ganz nett aus. Wieso nicht? Ich zieh mir nur schnell was an. Komm doch so lange rein.«

Er stand in der Diele, hörte Jessica oben rumoren und hoffte, dass sie nicht allzu viel anziehen möge. Kurze Zeit später kam sie in einem ausgeleierten Sweatshirt und Jeans wieder.

»Du hast deine Beine versteckt«, sagte er enttäuscht.

»Und du hast mich die ganze Woche ignoriert.« Sie schloss die Haustür hinter sich und ging vor ihm her über den Hof. Er bemühte sich, mit ihr Schritt zu halten. Schließlich drehte sie sich um und sagte: »Tut mir Leid, gehe ich zu schnell?«

»Ja«, gab er zu. »Und ich habe dich nicht ignoriert.«

»Wo hast du denn dann gesteckt? Ich habe mehrmals versucht, mich bei dir für das Abendessen zu bedanken, aber jedes Mal, wenn ich an deiner Tür geklopft habe, kam keine Antwort. Schließlich habe ich dir einen Zettel in den Briefkasten gesteckt.«

»Den habe ich gesehen, danke. Das war aber nicht nötig.«

»Sicher war es nötig. Du hast dir viel Mühe gegeben.«

»Eigentlich nicht.«

»Hast du gegen alles, was ich sage, etwas einzuwenden?«

Da er keine Antwort gab, gingen sie schweigend weiter. Es war eine warme, stille Nacht, und als sie in das Wäldchen kamen, knackten trockene Zweige laut unter ihren Füßen. Der Mond schien hin und wieder silbrig durch das Laub der Bäume und beleuchtete ihren Weg. Es dauerte nicht lange, bis Joshs Bein ihm zu schaffen machte. Er musste sich ausruhen, und als er eine umgefallene Eiche entdeckte, zog er Jessica dorthin.

»Also«, sagte sie, als sie neben ihm auf dem bemoosten Stamm saß. Sie hatte das Kinn auf ihr angezogenes Knie gestützt.

»Also?«

»Also, was machen wir hier, Josh?«

Er zuckte die Achseln. »Ich wollte gern spazieren gehen und dachte, du hättest vielleicht Lust, mitzukommen.«

»Machst du oft nächtliche Spaziergänge?«

»Eigentlich nicht. Ich wollte nur die Gelegenheit haben, mit dir zu reden.«

»Aha, wenn das so ist: Ich bin ganz Ohr.« Sie stellte ihr Bein wieder auf den Boden und schaute ihn mit jenem spöttischen Funkeln in den Augen an, das er mittlerweile kannte. »Schieß los.«

Er räusperte sich und schickte sich an, zu sagen: *Hör zu, so sieht es aus: Ich bin siebenunddreißig, nicht unattraktiv, wie man mir sagt, und finanziell gut gestellt. Ich habe ein eigenes Haus, einen Wagen und ein mehr als gesundes Interesse an Sex – besonders mit der richtigen Partnerin. Das einzige Manko ist, dass ich mit einiger Wahrscheinlichkeit in ein paar Jahren nur noch Ballast für dich bin. Also, wie ist es? Sollen wir beide es miteinander versuchen?* Verdammt! Er konnte das nicht. »Würdest du noch mal mit mir zu Abend essen?«

Ein Grinsen schlich auf ihr Gesicht. »Ja. Aber nur unter einer Bedingung.«

»Und die wäre?«

»Dass du mit den Ausflüchten aufhörst und die romantische Gelegenheit nutzt, die sich dir hier unter dem Sternenhimmel bietet, und mich küsst.«

Er musste laut lachen, und während sein Lachen durch die Dunkelheit hallte, fiel die ganze Anspannung der vergangenen Woche von ihm ab. Wenn er in der kurzen Zeit, die er Jessica kannte, eines gelernt hatte, dann war es, dass ihre Gegenwart eine fantastische Wirkung auf ihn hatte. Ihr Humor war ungemein heilsam.

»Ich warte.«

»Willst du über mich herfallen, Jessica?«, fragte er grinsend.

»Bestimmt nicht. Ich will nur einen Kuss.«

»Im Rahmen deiner Recherchen?«

»Schon möglich.«

»Na ja, dann sollten wir die Einzelheiten wohl vorher klären, oder? An welche Art von Kuss hattest du gedacht?«

»Mal sehen, was du so zu bieten hast.«

Er gab ihr einen züchtigen Kuss auf die Wange.

»Tut mir Leid, aber solche Romane schreibe ich nicht. Meine Leserinnen erwarten von meinen Helden schon ein bisschen mehr.«

Er rückte näher und küsste sie flüchtig auf die Lippen.

»Besser, aber eigentlich hatte ich mir etwas Sinnlicheres erhofft, wie neulich abends.«

»Das hättest du mir sagen sollen.« Er nahm ihr Gesicht in beide Hände und küsste sie ausgiebig. »Entsprach das eher deinen Vorstellungen?«

»Ich weiß nicht recht«, sagte sie atemlos. »Könntest du es mir noch mal zeigen?«

Während sein Mund auf ihrem lag, tastete sich eine seiner Hände unter ihr Sweatshirt vor. Ihr Körper erbebte, als er ihre Brust fand. Dass sie auf seine Berührung sofort ansprach, ließ in ihm etwas explodieren. Er hatte nur noch eins im Sinn und schob sie ganz sanft nach hinten. Leider hatte er vergessen, dass sie auf einem Baumstamm saßen, und so landeten sie in einer weichen Schicht Laub und Farn. Ihr glückliches Gelächter erfüllte das Wäldchen.

Nachdem sie ihre Gliedmaßen sortiert und sich wieder gesetzt hatten, lehnte Jessica den Kopf an Joshs Schulter. »Warum hast du mich letzte Woche abblitzen lassen?«, fragte sie.

Er nahm ihre Hand und überlegte, was er ihr antworten sollte. War jetzt der Augenblick der Wahrheit gekommen?

Nein. Nein, er konnte es nicht. Noch nicht. Jetzt schaffte er es noch nicht. Er wollte sich seine Gefühle durch nichts verderben lassen. »Ich habe dich doch nicht abblitzen lassen«, log er.

Sie hob den Kopf und sah ihn an. Direkt in die Augen. »Doch. Du konntest es gar nicht abwarten, mich aus dem Haus zu kriegen.«

Bei ihrer Offenheit zuckte er zusammen. »Na gut«, gab er zu, »du hast Recht.« Um wenigstens teilweise bei der Wahrheit zu bleiben, erklärte er: »Ich war an dem Abend wohl nicht sonderlich feinfühlig, oder? Eigentlich hatte ich vor, dich ins Bett zu kriegen, aber plötzlich schämte ich mich über mein eigenes Vorgehen. Es kam mir zu berechnend vor... und das war nicht gut. Ich weiß selbst nicht, ob ich es verstehe, aber plötzlich wurde mir klar, dass ich mehr wollte, als ich ursprünglich im Sinn hatte ... und ich wollte, dass du es auch willst.« Er beobachtete genau, wie sie seine Erklärung aufnahm. »Es tut mir Leid«, fügte er hinzu.

Sie sah ihn unverwandt an. Dann grinste sie. »Crawford, du steckst voller Überraschungen.«

Allerdings, dachte er, aber er sagte: »Komm, lass uns zurückgehen. Es wird kühl.«

Als Jessica ihre Haustür aufgeschlossen hatte, fragte sie: »Möchtest du noch was trinken? Wein, Kaffee, Cognac oder ...« Mit unerwarteter Heftigkeit nahm Josh sie in die Arme, presste sie gegen die Wand und küsste sie.

»Oder Tee?«, brachte sie hervor, als er sie schließlich zu Atem kommen ließ.

»Ich habe keinen Durst«, flüsterte er.

»Ich auch nicht«, raunte sie. »Josh, warum flüstern wir eigentlich?«

Er grinste. »Das soll romantisch sein.«

»Das muss ich mir merken.«

»Machen das die Helden in Liebesromanen nicht auch so? Ich dachte, sie reden nur in heiserem Flüsterton.«

»In meinen Büchern nicht.«

»Ach, na ja, egal ... Jessica?«

»Ja.«

Er schaute ihr so tief in die Augen, dass sie vor Verlangen ganz schwach wurde. Sie sah, wie sein Adamsapfel sich beim Schlucken bewegte.

»Glaubst du, wir könnten vielleicht ...«

»Du flüsterst ja gar nicht mehr«, unterbrach sie ihn, »heißt das, das romantische Zwischenspiel ist vorbei?«

»Nein, es heißt, dass es jetzt ernst wird.«

»Ernst?«

»Ja. Ich wollte dich nämlich gerade fragen, ob du mit nach oben gehen möchtest.«

»Wozu?«

»Ich dachte, ich könnte deinen herrlichen Körper langsam ausziehen und dich lieben. Aber nur, wenn du willst.«

»Darüber muss ich erst nachdenken.«

»Lass dir Zeit. Ich hab's nicht eilig.«

»Mit vielen Küssen, so wie eben?«

»Das gehört dazu.«

»Zärtlichkeiten?«

»Jede Menge.«

»Überall?«

»Auf jeden Fall.«

»Von der schmetterlingszarten Sorte?«

»Noch zarter.«

»Herzklopfen?«

»Wie ein Dampfhammer.«

»Lustvolles Stöhnen?«

»Laut genug, um die Nachbarn aufzuwecken.«

»Eins werdende Körper?«

»Eine vollkommene Synthese der Intimität.«
»Höhenflüge wie bei einem Vogel?«
»Bis ins Weltall.«
»Das ›Halleluja‹? Darauf müsste ich schon bestehen.«
»Sollst du haben, gefolgt von der Ouvertüre 1812.«
»Mit Kanonen?«
»Und Feuerwerk.«
Sie grinste. »Du zeichnest ein verlockendes Bild.«
»Und die Antwort?«
»Ach, die war von Anfang an ja.«

Mitte

Kapitel 26

Kate starrte gebannt auf das weiße Stäbchen in ihrer Hand. Was sie seit dem Bank Holiday im August vor gut einer Woche vermutet hatte, bestätigte sich nun: Sie war schwanger.

Schwanger!

Sie schwelgte in ihrem Geheimnis. Bislang hatte sie noch niemandem von ihrer Vermutung erzählt, weder Caroline noch Jessica und nicht einmal Alec.

Alec schon gar nicht.

Aber jetzt musste sie es ihm sagen. An diesem Abend kam Alec von der einwöchigen Messe in Birmingham nach Hause. Er hatte gewollt, dass sie mitfuhr, aber da sie wusste, dass auch Melissa anwesend war, hatte sie darauf verzichtet. Sie hatte nicht die geringste Lust, eine Woche mit Melissa im selben Hotel zu wohnen. Lieber war sie zu Hause geblieben und hatte im Geiste die Tage gezählt, bis sie frühestens den Schwangerschaftstest machen konnte, den sie schon heimlich ins Haus geschmuggelt hatte.

Sie starrte weiter auf das weiße Stäbchen, und trotz der Beklommenheit, die sie bei dem Gedanken beschlich, Alec die Neuigkeit mitzuteilen, machte sich ein euphorisches Glücksgefühl in ihr breit. Ihr größter Wunsch ging in Erfüllung. Am liebsten wäre sie in die Luft gesprungen, hätte in die Hände geklatscht und in der Küche einen Freudentanz vollführt. Wahrscheinlich hätte sie das auch gemacht, wenn nicht in dem Moment das Telefon geklingelt hätte. Sie hüpfte hinüber und nahm den Hörer ab. »Hallo«, sagte sie in der Hoffnung, dass es Alec war – er hatte jeden Tag mindestens zweimal angerufen.

Aber es war Melissa. »Kate, ich habe nicht viel Zeit, hier ist unglaublich viel los, aber ich habe beim Frühstück mit Alec gesprochen und er hat vorgeschlagen, dass ich mit dir sprechen soll. Hast du den Terminkalender zur Hand?«

»Er ist im Arbeitszimmer, warte einen Moment.« Beschwingt ging Kate hinüber ins Arbeitszimmer und sang innerlich vor sich hin: *Ich bekomme ein Baby.* Sie fand Alecs Terminkalender, der immer auf seinem Schreibtisch lag, und nahm das Gespräch am zweiten Apparat an. *Ich bekomme ein Baby!*

»Melissa, bist du noch dran?« *Ich bekomme ein Baby!* Es würde herrlich sein, die Worte über die Lippen zu bringen.

»Ja, ich bin noch dran. Blättere mal zum 22. November. Das ist ein Samstag. Habt ihr da beide Zeit?«

Ein Baby! Ihr eigenes Kind! »Ja.«

»Gut. Ich gebe an dem Abend eine Dinnerparty für Alec, da es ja ein besonderes Jahr für ihn ist.«

Kate erstarrte. »Besonders«, wiederholte sie. »Wie meinst du das?«

»Gütiger Himmel, Kate, sag mir nicht, dass du vergessen hast, dass Alec am 15. November fünfzig wird. Du organisierst doch sicher auch etwas für ihn? Ich habe bewusst das Wochenende danach genommen, weil ich dachte, dass du an seinem Geburtstag eine Party für ihn gibst.«

Kate war beschämt. Alecs fünfzigster Geburtstag. Wie hatte sie das nur übersehen können?

»Du hast es offensichtlich vergessen. Egal, ich muss gehen. Alec und ich essen mit ein paar japanischen Großhändlern zu Mittag.«

Kate legte den Hörer auf und ließ sich auf einen Stuhl fallen. Sie war am Boden zerstört, nicht weil sie noch keinen Gedanken an Alecs Geburtstag verschwendet hatte, sondern weil Melissa ihr zuvorgekommen war. Die Exfrau des Mannes, den sie liebte – *des Vaters ihres Kindes* –, hatte sie vorgeführt und regelrecht an den Pranger gestellt.

Außerdem ärgerte es sie, dass Alec und Melissa zusammen zu Mittag aßen.

Und gefrühstückt hatten sie auch zusammen.

Sie hätte doch mit zu der Messe fahren sollen. Er hatte es gewollt, aber sie hatte ihn enttäuscht und war lieber zu Hause geblieben, um selbstsüchtig die Hoffnung auf die Erfüllung ihres größten Wunsches zu hegen.

Und jetzt? Was sollte sie jetzt machen? So tun, als hätte sie schon lange eine Party geplant? Und wen sollte sie dazu einladen?

Sie beschloss, zu Jessica zu gehen. Sie würde Rat wissen.

Im Laufe des Sommers hatten sie und Jessica sich richtig angefreundet. Wenn Jessica mit ihrem Buch nicht recht vorankam, machten sie lange Spaziergänge, manchmal nur zu zweit, gelegentlich auch mit Oscar. Wenn er dabei war, nahmen sie ein Picknick mit und Jessica sagte ihm, sie gingen auf Erkundungstour. Sie kannte sich gut in der Gegend aus und hatte herrliche Wanderungen mit ihnen unternommen, aber ihr Lieblingsweg führte am Kanal entlang. Hier stromerte auch Oscar am liebsten herum, besonders wenn Boote vorüberfuhren. Meist war er anschließend zu müde, den ganzen Weg nach Hause zu laufen, und dann trugen sie ihn abwechselnd auf dem Arm.

Jessica und Kate trafen sich nicht nur tagsüber, sondern sie gingen hin und wieder auch zu viert aus, Kate und Alec und Jessica und Josh. Erst neulich hatte Alec zu Kate gesagt, was für ein hübsches Paar ihre Nachbarn seien. Das fand Kate auch.

Jessicas Witz und Verstand, die mancher Mann als Bedrohung empfinden mochte, hatte Josh ein ausgewogenes Maß an quicklebendigem Humor entgegenzusetzen. Manchmal hatte Kate jedoch den Eindruck, dass Joshs Charakter noch andere Facetten besaß, die er nur durchschimmern ließ, wenn er nicht auf der Hut war. Als sie neulich zusammen ausgegangen waren, hatte sie bemerkt, dass Josh ungewöhnlich still war und müde und gequält wirkte. Damals hatte sie gedacht, es läge daran, dass er eine hektische Woche in London verbracht hatte. Aber als sie ein paar Tage später auf einen Drink bei Jessica waren, wirkte er noch genauso erschöpft. Sie fragte sich, ob er wohl zu schwer arbeiten und unter großem Druck stehen mochte.

Aber Joshs Probleme gingen sie nichts an. Sie hatte mit ihren eigenen genug zu tun.

In der Küche räumte sie den Schwangerschaftstest weg und ging dann zu Jessica hinüber. »Störe ich?«, fragte sie, als Jessica sie hineinließ. Sie hatte immer Angst, sie von der Arbeit abzuhalten.

»Du kommst genau zur richtigen Zeit. Ich hänge bei Kapitel elf fest und kann eine Ablenkung brauchen. Sollen wir ein bisschen an die frische Luft gehen?«

Sie schlugen den Weg zum Wäldchen ein und gingen dann nach Südosten durch die frisch abgeernteten Felder. Obwohl die Mittagssonne jetzt im September nicht mehr so hoch am leicht bewölkten Himmel stand wie noch vor einigen Wochen, war es warm genug, dass Jessica ihr Sweatshirt auszog und um die Hüften band. »Also, was hast du auf dem Herzen?«, fragte sie unvermittelt.

Kate sah auf. »Ach du Schreck, ist das so offensichtlich?«

»Klar. Das lange Gesicht ist äußerst verräterisch.«

»Ich habe mich gerade von Alecs Exfrau niedermachen lassen«, sagte Kate elend.

»Erzähl weiter.«

»Und was das Schlimmste ist, ich habe es meinem Egoismus zuzuschreiben. In den letzten Wochen war ich so mit mir selbst beschäftigt, dass ich Alecs Geburtstag völlig vergessen habe.«

»Und Melissa hat daran gedacht?«

Kate nickte.

»Ach du liebes bisschen, das hört sich wirklich nach einer lebensbedrohlichen Situation an. Ich meine, du hast ihn vergessen und sie hat daran gedacht ... Wow! Tut mir Leid, aber ich verstehe wirklich nicht, was daran so schlimm sein soll. Sie war schließlich weiß Gott wie lange mit dem Mann verheiratet, da dürfte ihr das Datum ins Gehirn eingraviert sein.«

»Es kommt noch schlimmer: Es ist sein fünfzigster Geburtstag.«

»Und?«

»Das ist doch was Besonderes! Melissa gibt ihm zu Ehren eine Dinnerparty.«

»Ihm zu Ehren, meine Fresse! Sie will ihm unter die Nase reiben, dass er in die Jahre kommt.«

»Er kommt nicht in die Jahre«, verteidigte Kate ihn.

»Entschuldige, ich hätte es netter sagen können, aber du weißt ja, was ich meine.«

»Ich glaube, sie macht das nur, damit es aussieht, als ob mir nichts an Alec läge. Als ob ich der Sache nicht gewachsen wäre.«

Jessica merkte, dass Kate ehrlich bekümmert war, aber sie bezweifelte, ob viele Frauen sich so viel Mühe machen würden, nur um die neue Partnerin ihres Exmannes zu untergraben. Im Laufe des Sommers hatte sie Kate gut genug kennen gelernt, um zu wissen, dass sie sich manchmal von ihrer eigenen Unsicherheit unterkriegen ließ. »Alec weiß doch, was du für ihn empfindest, und das ist das Einzige, was zählt«, sagte sie.

»Aber das reicht doch wohl nicht, oder? Es geht ja nicht nur darum, Alec zu gefallen, ich muss mich auch vor Melissa beweisen.«

»Ach komm schon, Kate, überleg doch mal, was du da gerade gesagt hast. Das ist doch lächerlich.«

»Nein, überhaupt nicht, ich habe bereits darüber nachgedacht. Manchmal denke ich an nichts anderes mehr. Alle zweiten Ehefrauen und Freundinnen müssen sich beweisen. Ständig stehen wir in Konkurrenz zu der verdammten Frau, deren Stelle wir eingenommen haben. Das gehört alles zu dem verfluchten Dreiecksverhältnis.«

Noch nie hatte Jessica Kate fluchen hören, im Gegenteil, sie hatte bei ihr selten etwas Heftigeres als ein Niesen erlebt. Hier war eindeutig etwas nicht in Ordnung. »Bist du schon mal auf die Idee gekommen, dass es auch umgekehrt sein könnte?«, fragte sie.

»Du meinst, dass Melissa mit mir konkurriert?« Kate schüttelte den Kopf. »Du hast sie noch nicht kennen gelernt, sie ist nicht der Typ, der sich beweisen müsste. Sie ist unglaublich selbstbewusst und ruht in sich selbst.«

»Du hörst dich an, als hättest du Angst vor ihr.«

»Ich habe panische Angst vor ihr ... und ich bin eifersüchtig auf sie. Ich bin fest überzeugt, wenn sie es noch einmal auf Alec abgesehen hätte, würde sie keinen Augenblick zögern.«

»Und wenn schon? Nach allem, was ich von dir und Alec gesehen habe, ist er verrückt nach dir, er lässt dich kaum aus den Augen, und mir ist aufgefallen, dass er auch die Finger nicht von dir lassen kann, wenn wir zusammen ausgehen. Es ist wie bei verliebten Teenagern.«

Kate wurde rot. »Aber angenommen, Alec ist nur bis über beide Ohren in mich verliebt, angenommen, es ist gar keine Liebe?«

Darüber musste Jessica erst nachdenken. Hatten Kate und

Alec Probleme? War Kate deshalb so nervös? Und wenn es so war, welchen Rat konnte sie ihr geben?

Sie hatten das Ende des Feldwegs erreicht und kletterten über einen Zauntritt auf einen Pfad, der zum Kanal hinunter und am Ufer entlang nach Willow Cottage führte.

»Du hast meine Frage nicht beantwortet«, drängte Kate, als sie den Zauntritt hinter sich gebracht hatten.

»Ich überlege, was dahinter steckt, dass du plötzlich das Vertrauen in eure Beziehung verloren hast. Es kann doch nicht nur daran liegen, dass Melissa beschlossen hat, ein Essen für ihren Ex zu geben. Du hast mir doch selbst erzählt, dass es ständig Familientreffen gibt, was soll bei diesem anders sein? Bist du sicher, dass dir nicht etwas anderes Sorgen macht?«

Sorgen war nicht das richtige Wort. Kate konnte kaum fassen, dass sie noch vor einer Stunde vor Begeisterung über die Tatsache, dass sie ein Kind erwartete, völlig aus dem Häuschen geraten war. Aber dann war Melissa mit ihrem Anruf wie ein Raubvogel aus heiterem Himmel über sie hergefallen und hatte ihr das Glück aus den Händen gerissen.

Tief im Inneren wusste sie jedoch, dass es so nicht war. Melissas Anruf hatte lediglich an den zarten Banden gezupft, die sie und Alec zusammenhielten. Mit erstaunlicher Klarheit erkannte Kate nun, dass nicht etwa Melissa den Schlüssel zu ihrem Glück in Händen hielt, sondern Alec. Wie würde er wohl reagieren, wenn sie ihm erzählte, dass sie ein Kind erwartete? Wenn er nur in sie verliebt war, bedeutete es das Ende ihrer Beziehung – er hatte keinen Zweifel daran gelassen, dass er an weiteren Kindern kein Interesse hatte. Nur ein Mann, der sie wirklich liebte, würde unter solchen Umständen bei ihr bleiben.

»Ich habe gerade festgestellt, dass ich schwanger bin«, gestand sie, »und ich weiß, dass Alec der Gedanke verhasst ist, noch einmal Vater zu werden.«

»Ach«, sagte Jessica, »dann beruhige dich mal wieder. Das ist ein tolles Geburtstagsgeschenk, das Melissa ihm nicht machen kann.«

Kate versuchte zu lachen, aber es gelang ihr nicht. »Ich war so glücklich, als ich es bestätigt fand, aber jetzt habe ich Angst, wie Alec reagieren wird, wenn ich es ihm erzähle. Er wird bestimmt wütend. Vielleicht will er sogar, dass ich es ...«

»Das bezweifle ich sehr«, unterbrach Jessica sie. »Die meisten Männer finden die Vorstellung grässlich, dass ein Kind das Haus auf den Kopf stellt, aber wenn sie tatsächlich mit den Früchten ihrer Lenden konfrontiert werden, finden sie sich meist in die Rolle des stolzen Vaters, ohne dass man sie großartig überreden müsste. Glaub mir, Alec wird ungeheuer stolz sein. Es ist immer eine Bestätigung, wenn ein älterer Mann noch Kinder zeugen kann. Es gibt nicht Besseres als Nachwuchs, um seine Männlichkeit unter Beweis zu stellen.«

Kate sah sie hoffnungsvoll an. »Glaubst du das wirklich?«

Jessica grinste. »Ich bin mir nicht sicher, aber es klingt doch ganz überzeugend, oder?«

Sie hatten inzwischen den Treidelpfad am Kanalufer erreicht. Da es am Tag zuvor geregnet hatte, war der Boden teilweise noch feucht und fühlte sich weich unter den Füßen an. Alles wirkte üppig grün. Hohe Kreuzkrautstängel beugten sich lässig über das Ufer, als wollten die leuchtend gelben Blütenstände, solange niemand zuschaute, ihr Spiegelbild im ruhigen Wasser betrachten. Roter Wiesenklee sprenkelte die hohen Grasbüschel, und hier und da flog eine Biene mit ihrer schweren Nektarlast von Blüte zu Blüte. Als Jessica einen wuchernden Brombeerstrauch entdeckte, blieb sie stehen und pflückte eine Hand voll dicker saftiger Beeren. »Hmm ... herrlich«, sagte sie, als sie eine kostete. Sie bot Kate einige Beeren an. »Iss, du brauchst jetzt so viel Vitamin C, wie du nur kriegen kannst.«

»Ich werde ein bisschen mehr brauchen als nur Vitamin C, um Alec zu sagen, dass wir ein Kind bekommen«, sagte Kate verzweifelt und fing an zu weinen. »Oje, du hältst mich bestimmt für ziemlich albern.«

»Unsinn, du bist deinen Hormonen ausgeliefert und darfst über jede Kleinigkeit weinen, sogar über verschüttete Milch. Darf ich fragen, wie es passiert ist? Ich nehme an, dass wenigstens einer von euch etwas unternommen hat, um dieses freudige Ereignis zu verhindern.«

»Ich habe nie gern die Pille genommen, und bei dem Gedanken an eine Spirale kneife ich die Beine zusammen, also war es Alecs Sache. Ich nehme an, irgendwas ist schief gegangen.«

»Na ja, zumindest kann er dir nicht vorwerfen, dass du absichtlich nicht aufgepasst hättest, es sei denn, er hielte dich der Sabotage für fähig, du weißt schon, hinter seinem Rücken mit Nadeln in bestimmte Dinger zu pieksen.«

Kate wischte sich über die Augen und brachte fast ein Grinsen zustande. »Aber du verstehst doch, wo das Problem liegt, oder? Alec ist sehr dagegen, dass wir eine Familie haben, er hat schon ein grässliches Kind gehabt, und der Gedanke an eine zweite Ruth muss schrecklich für ihn sein. Was glaubst du, wie Josh reagieren würde, wenn du ihm sagtest, dass du schwanger bist?«

Jessica schnaubte lachend. »So eine Art von Beziehung haben Josh und ich nicht.«

Kate runzelte die Stirn. »Du meinst doch nicht ... dass ihr nicht ...«

»Doch, wir haben schon Sex. Nein, ich meinte, dass unsere Beziehung völlig anders ist als Alecs und deine.«

»Wie meinst du das?«

»Gute Frage«, sagte Jessica nachdenklich. Was bedeuteten sie und Josh einander eigentlich? Sie verstanden sich zweifellos gut, mehr als das, zuweilen fühlte sie sich ihm so nah, als habe sie ihn schon immer gekannt. Es machte Spaß, mit ihm zusammen zu sein, und sie mochte seinen raschen, wachen Geist. Er war weltgewandt und gebildet und hatte schnell ihren Respekt gewonnen. Und seit jenem nächtlichen Waldspaziergang im Juli hatte er ihr bewiesen, dass er im Bett ebenso gut war wie in der Küche – zwei Qualitäten, die keine Frau bei der Wahl ihres Partners unterschätzen sollte. Noch immer dachte sie amüsiert an jenen unvergesslichen Abend zurück, als sie zum ersten Mal miteinander geschlafen hatten. Als sie ihm die Tür geöffnet hatte, war er so nervös gewesen, als säße er im Wartezimmer eines Zahnarztes. Seine rührende Verlegenheit hatte ihn unwiderstehlich gemacht und sie provoziert, im Wald einen Kuss von ihm zu fordern. In ihrem Schlafzimmer war seine Nervosität jedoch verflogen und er hatte sie so zärtlich und gekonnt geliebt, dass Gavins Technik sich daneben ausnahm wie die eines Rennfahrers, der auf dem Weg zur Ziellinie möglichst viele erogene Zonen mitnehmen musste – damals hatte sie das als atemberaubend erregend empfunden, aber im Vergleich zu Joshs liebevollem Vorgehen fand sie nun, dass es zu wünschen übrig ließ. Sex mit Gavin hatte in ihr stets den Wunsch nach mehr geweckt, Sex mit Josh hinterließ nur himmlische Zufriedenheit.

Von der körperlichen Seite einmal abgesehen, hatte sie schnell gelernt, Joshs Meinung so sehr zu schätzen, dass sie ihn sogar einige Kapitel von *Eine flüchtige Affäre* lesen ließ, was sie bisher noch niemandem erlaubt hatte – ein unfertiges Manuskript war etwas sehr Zerbrechliches und Verletzliches. Aber Josh hatte sie in dieser Hinsicht eine Sonderstellung eingeräumt. Warum wohl?

Zumal sie in letzter Zeit manchmal ein leichtes Unbehagen über ihre Beziehung beschlich. Er lud sie nur noch selten zu sich nach Hause ein, sondern kam lieber zu ihr, oft unmittelbar nach der Arbeit, und kochte dann ein Abendessen, während sie zu Ende brachte, was sie jeweils gerade tat. Und wenn sie miteinander schliefen, was häufig vorkam, blieb er nie über Nacht.

Wenn sie sein Verhalten objektiv einschätzte, musste sie zugeben, dass Josh sein Leben in völlig separate Bereiche unterteilte, als ob alles, was er mit ihr unternahm, von seinem sonstigen Leben getrennt bleiben müsse. Und das bedeutete wohl, dass ein Teil von ihm ihr immer verschlossen bleiben würde, so nah sie sich auch kommen mochten.

Subjektiv würde sie jedoch sagen, dass Josh letzten Endes genau wie Gavin gegen jede Bindung allergisch war.

Und genau wie Gavin erwies auch Josh sich zuweilen als unzuverlässig. Mehrmals hatte er in der letzten Minute Verabredungen mit ihr abgesagt. Einmal hatte sogar jemand aus seinem Büro, vermutlich eine Sekretärin, angerufen, um ihr zu sagen, es täte ihm Leid, aber er sei in einer Sitzung aufgehalten worden, die vermutlich noch einige Stunden dauern würde.

Man brauchte kein Narr zu sein, um sich zu fragen, ob Josh ein Doppelleben führte. Aber alles deutete auf eine Situation hin, wie sie sie von Gavin und Silikon-Sally kannte.

Was war nur los mit den Männern? Warum mussten sie einen immer betrügen und hintergehen?

Und warum hatte sie Josh noch keinen Tritt versetzt?

Nun ja, ehrlich gesagt war sie gespannt, wie lange er glaubte, ihr etwas vormachen zu können. Und solange sie sich emotional nicht allzu sehr auf ihn einließ – was immer das auch heißen mochte –, war sie sicher, dass er ihr nicht so wehtun konnte wie Gavin.

Und was diesen verlogenen, betrügerischen Kerl auf Korfu anging, der sie angeblich *verdammt vermisste*, so hatte sie seit der Postkarte im Juli keinen Mucks mehr von ihm gehört.

Als sie merkte, dass Kate immer noch auf eine Antwort wartete, sagte sie: »Josh und ich sind ganz anders als Alec und du. Alec sieht man auf den ersten Blick an, dass er eine feste Bindung mit dir möchte. Josh und ich sind nur gute Freunde, wie man so schön sagt.«

»Glaubst du, dass es so bleibt?«

Jessica lachte. »Nach meinen Erfahrungen ja. Ich weiß, es ist kitschig, so was zu sagen, aber ich sehne mich danach, dass ein Mann eines Tages verrückt genug nach mir ist, jede Minute mit mir verbringen zu wollen. Ich komme meinem Idealmann am nächsten, wenn ich über ihn schreibe. Du weißt gar nicht, was für ein Glück du mit Alec hast.«

Damit hatte sie genau das Falsche gesagt.

Kate fing wieder an zu weinen. »Ich weiß genau, was für ein Glück ich habe ... deshalb bin ich auch überzeugt, dass ich ihn verlieren werde.«

Kapitel 27

Josh nahm seine Brille ab, warf sie auf den Schreibtisch, strich sich mit der Hand übers Gesicht und rieb sich die Augen. Er fühlte sich grauenhaft, hundeelend.

Es war erst vier Uhr nachmittags. Normalerweise würde er nicht im Traum daran denken, um diese Zeit das Büro zu verlassen, wenn er noch so viel zu erledigen hatte, aber heute blieb ihm nichts anderes übrig: Wenn er noch länger wartete, bestand die Gefahr, dass er nicht mehr selbst fahren konnte.

Beide Beine brannten wie Feuer. Die Hitze strahlte durch seine Hose, als ob er Fieber hätte. So ging das jetzt schon seit Tagen, morgens fing es ganz gut an, aber nachmittags setzten das Prickeln und das quälende Brennen ein. Etwas Ähnliches hatte er im vergangenen Jahr schon einmal erlebt, aber nicht annähernd so schlimm wie jetzt und schon gar nicht in beiden Beinen gleichzeitig. Vermutlich hatte seine MS sich verschlimmert.

Im Sommer hatte er für kurze Zeit geglaubt, seine Krankheit sei zum Stillstand gekommen. Die Symptome waren abgeklungen und er hatte deutlich mehr Energie gehabt. Selbst sein Bein war beweglicher geworden. Seine Beziehung mit Jessica hatte sicher viel dazu beigetragen, seine Lebensgeister zu wecken, und hatte ihm damit wieder Selbstvertrauen gegeben und sein allgemeines Wohlbefinden gebessert. Ein paar herrliche Wochen lang war es, als habe er die Uhr zurückdrehen und wieder ganz wie früher sein können.

Aber diese Zeit der Besserung, wenn es denn eine war, blieb von grausam kurzer Dauer. Die einzige Vorwarnung, dass diese Ruhephase vorüber war, bestand in einer bleiernen Müdigkeit, die ihn beschlichen hatte, als er nach der einwöchigen Messe im Earls Court mit Charlie aus London nach Hause fuhr. Als sein Bruder ihn in Cholmford absetzte, waren seine Arme und Beine schwer, und er fühlte sich linkisch. An jenem Abend ging er mit Jessica, Kate und Alec aus, war aber alles andere als eine angenehme Gesellschaft für sie, da er seine gesamte Konzentration aufbringen musste, um sich auch nur am Gespräch zu beteiligen. Als er endlich zu Hause war – nachdem er Jessica mit der lahmen Ausrede, er sei müde, abgewimmelt hatte –, fiel er ins Bett und wachte erst am nächsten Nachmittag auf. Seine Koordinationsfähigkeit und sein Gleichgewicht waren dahin, und als er endlich die Kunst des aufrechten Ganges meisterte, ohne vornüberzufallen, fühlten seine fast völlig tauben Füße sich an, als wateten sie durch dicke Watte. Es war ein grauenhaftes Wochenende.

Er setzte seine Brille wieder auf und versuchte, sich auf die Modellentwürfe für die nächste Sommerkollektion zu konzentrieren. Aber es hatte keinen Sinn. Das Einzige, woran er denken konnte, war der quälende Schmerz in seinen Beinen und das dringende Bedürfnis, in eine Wanne mit eiskaltem Wasser zu tauchen. Er musste nach Hause. In der Hoffnung, abends noch etwas arbeiten zu können, warf er die Unterlagen in seine Aktentasche und stand auf. Plötzlich wurde ihm schwarz vor Augen.

Als er wieder zu sich kam, kniete Charlie neben ihm. Mo konnte er zwar nicht sehen, aber er hörte ihre besorgte Stimme im Hintergrund.

»Ist alles in Ordnung? Soll ich einen Arzt holen oder sonst was?«

Durch den Nebel in seinem Kopf hindurch fragte sich Josh, was ›sonst was‹ wohl sein mochte. Er versuchte, sich aufzusetzen, aber sofort setzte in seinem Kopf ein hämmernder Schmerz ein. Als er sich vorsichtig an die linke Schläfe fasste, wo das Pochen am stärksten war, und anschließend seine Hand betrachtete, war sie voller Blut.

»Es sieht schlimmer aus, als es ist«, beruhigte Charlie ihn und reichte ihm ein Taschentuch. »Mo, holen Sie bitte den Erste-Hilfe-Kasten.«

Als Mo diskret die Tür hinter sich geschlossen hatte, fragte Charlie: »Was ist passiert?«

»Woher zum Teufel soll ich das wissen?«, fuhr Josh ihn an. Er schob Charlies Hand fort und stand entschlossen auf. »Ich habe meine Sachen zusammengepackt, um nach Hause zu fahren, und dann führst du dich hier plötzlich auf wie Florence Nightingale.«

Es klopfte an der Tür. Mo kam mit dem Erste-Hilfe-Kasten herein und reichte ihn Charlie. Sie bemühte sich, Josh und das Blut, das ihm seitlich am Gesicht heruntertröpfelte, nicht anzustarren. »Soll ich sämtliche Anrufe auf Eis legen?«, fragte sie.

»Ja«, antwortete Charlie, »sagen Sie allen, wir rufen morgen zurück.«

Als sie wieder allein waren, brachte Charlie Josh dazu, sich hinzusetzen, damit er seine Wunde versorgen konnte. »Wie gesagt, es sieht schlimmer aus, als es ist. Ich glaube nicht, dass es genäht werden muss, aber ich lege einen Druckverband an.«

Während sein Bruder mit Desinfektionsmittel, Mull und Pflaster hantierte, kramte Josh in der roten Plastikschachtel nach Schmerztabletten. Da es nichts Stärkeres gab als Paracetamol, nahm er vier Tabletten und hoffte, dass sie nicht nur gegen seine Kopfschmerzen, sondern auch gegen das Brennen in seinen Beinen helfen würden. Er fragte sich, was passiert sein konnte. Er musste mit dem Fuß irgendwo hängen geblieben und gestolpert sein und sich dabei den Kopf an der Schreibtischplatte gestoßen haben. Das war die einzig logische Erklärung.

Es musste so gewesen sein.

O Gott, bitte lass es so gewesen sein, dachte er verzweifelt. Keine Ohnmachtsanfälle. Das könnte er nicht ertragen. Dann dürfte er nicht mehr Auto fahren. Das wäre das Ende seiner Unabhängigkeit, damit wäre alles vorbei.

»So«, sagte Charlie, als er fertig war. »Was jetzt?«

»Ich will nach Hause«, sagte Josh matt.

»Gut, ich fahre dich.«

Josh war zu schwach, um sich mit seinem Bruder zu streiten. Er wusste, dass er nicht allein fahren konnte und sich geschlagen geben musste.

Er bezweifelte sogar, ob er aus eigener Kraft aus dem Büro, geschweige denn bis zum Parkplatz gehen konnte.

Sie warteten, bis alle anderen nach Hause gegangen waren, dann half Charlie seinem Bruder zum Aufzug und brachte ihn ins Erdgeschoss. Er holte seinen Wagen vor den Haupteingang. Kurz darauf fuhren sie durch den dichten Verkehr zur Stoßzeit aus Manchester auf die A45. Beide schwiegen. Josh hatte den Kopf gegen die Kopfstütze gelehnt und die Augen geschlossen.

Als sie nach Cholmford Hall Mews kamen, parkte Charlie so nah wie möglich am Haus. »Versuch ja nicht, mir zu helfen«, warnte Josh, als er die Wagentür öffnete. »Ich will nicht, dass ...«

»Stell dich bloß nicht so an!«

Da Josh immer noch zu schwach war, sich gegen seinen

Bruder zu wehren, legte er den Arm um seinen Nacken und ließ sich von ihm ins Haus bringen. Nur einmal schaute er über die Schulter, ob Jessica ihn wohl sah. Es war nichts von ihr zu sehen.

Charlie brachte ihn ins Wohnzimmer, wo er erschöpft aufs Sofa sank. Inzwischen tat ihm alles weh, besonders die Beingelenke. Das Brennen hatte sich im ganzen Körper ausgebreitet. Er streifte die Schuhe ab, zerrte an seinem Jackett und an den Hemdknöpfen.

»Was brauchst du? Was soll ich dir holen?«, fragte Charlie, dem plötzlich auffiel, wie krank sein Bruder aussah. Sein Gesicht war gerötet, und feine Schweißperlen traten ihm auf die Stirn. Die Lippen waren bleich und verkniffen. Er sah schrecklich aus.

»Lass mir ein Bad ein«, murmelte Josh, lehnte sich zurück und schloss die Augen, »ein kaltes, ich verbrenne.«

Charlie ging zu ihm und fühlte seine Stirn. »Scheiße!«, sagte er, »du hast Recht. Bist du sicher, dass du keine Grippe hast?«

»Ich wünschte, es wäre so.«

Charlie ging hinauf und ließ ein Bad ein. Während er das Wasser aus den Hähnen schießen sah, wünschte er, mehr für Josh tun zu können. Vielleicht hatte Mo ja Recht gehabt und er hätte doch einen Arzt rufen sollen.

Als er wieder nach unten kam, war Josh in der Küche. Er hatte sich bis auf seine Boxershorts ausgezogen und lag ausgestreckt auf den Fliesen, einen Beutel tiefgefrorener Erbsen auf einem Knie, ein gefrorenes Brot auf dem anderen. Der Anblick erinnerte Charlie an die Zeit, als sie nach einer Party bei einem Freund beide betrunken mit einem umgestürzten Gemüseregal auf dem Küchenboden gelandet waren. Aber damals war das komisch gewesen. Heute litt Josh Höllenqualen.

»Es ist herrlich«, sagte Josh, als er Charlie bemerkte, »besser als Sex.«

»Lass das ja nicht Jessica hören.«

»Sie ist eine sehr verständnisvolle Frau«, sagte Josh und schob den Beutel Erbsen auf seinen Knöchel.

»Und warum hast du ihr noch nichts von deiner MS erzählt, wenn sie so verständnisvoll ist?«

»Woher willst du wissen, dass ich ihr nichts erzählt habe?«, schimpfte Josh.

»Erzähl mir keinen Mist! Ich hab gesehen, wie du über die Schulter gelauert hast, als ich dich ins Haus brachte. Du hattest unheimlichen Schiss, dass sie dich so sieht ... so, wie du wirklich bist.«

Ganz langsam stand Josh auf, räumte die Erbsen und das Brot wieder in den Gefrierschrank und ging steif aus der Küche, wobei er hin und wieder an der Wand Halt suchen musste.

Charlie folgte ihm in die Diele und die Treppe hinauf. »Also?«, sagte er, als Josh in der Badewanne saß. »Hast du ihr die Wahrheit gesagt?«

Josh ignorierte seinen Bruder und tauchte mit dem Kopf in das kühle Wasser. Er öffnete die Augen und sah durch die Kräuselwellen verzerrt Charlies Gesicht, das ihn anstarrte. Wie einfach wäre es, allem eines Tages ein Ende zu setzen, dachte er. Er bräuchte nur ein paar Tabletten, eine Flasche Scotch und könnte sich dann einfach mit dem Rest seines Lebens untergehen lassen.

Er schloss die Augen, blieb, wo er war, und spürte nur noch den Druck seiner Lungen. Plötzlich wurde er aus dem Wasser gerissen, und Charlie funkelte ihn wütend an. »Daran darfst du nicht mal denken, du Mistkerl!«, brüllte er. »Denk nicht mal dran!« Er war richtig zornig und hatte Tränen in den Augen.

Josh senkte beschämt den Kopf und schnappte hustend und prustend nach Luft. Als er wieder gleichmäßig atmen konnte, sagte er: »Es tut mir Leid. Sagen wir mal, ich hatte eine schlechte Woche.«

Charlie nahm ein Handtuch, trocknete sich Hände und Arme und setzte sich auf den Klodeckel. »Bei deinem Hang zu Ironie muss das wohl eine maßlose Untertreibung sein.«

Josh lehnte den Kopf gegen den Rand der Wanne. »Hör zu, ich habe es dir schon mal gesagt, ich habe keine Kraft, dir zu erläutern, was ich durchmache. Meine Kraft reicht kaum für mich. Ich versuche zu lernen, allein mit alldem fertig zu werden, das ist alles. Ich will dir nicht ständig zur Last fallen.«

»Genau das hast du gerade gemacht, na großartig. Was glaubst du eigentlich, wie ich mich dabei fühle, genau zu wissen, dass du wer weiß was durchmachst und dir von mir nicht helfen lässt? Du kannst uns nicht einfach ausschließen, mich, Mum, Dad ... und auch Jessica.«

»Sie braucht es nicht zu wissen«, sagte Josh scharf.

»Warum nicht? Wieso glaubst du, du hättest das Recht, zu entscheiden, wer was wissen muss?«

»Sie braucht es nicht zu wissen, weil ... weil ich mich wahrscheinlich nicht mehr mit ihr treffen werde.«

»Was?« Charlie war verblüfft. Bis jetzt hatte er Jessica noch nicht kennen gelernt, aber nach allem, was er von Josh wusste, hatte er den Eindruck, dass sie ihm gut tat. Von den letzten Tagen einmal abgesehen, hatten sich seine launischen Anwandlungen gebessert, und er wirkte wesentlich ausgeglichener.

»Guck mich nicht so an«, sagte Josh und griff nach dem Stöpsel. Zitternd stieg er aus der Wanne und schlang sich ein Badetuch um. »Warum machst du dich nicht nützlich und sorgst dafür, dass wir was zu essen kriegen? Im Kühlschrank steht noch Lasagne, schieb sie in die Mikrowelle. Ich komme gleich runter.«

Als Josh allein war, legte er sich aufs Bett und starrte an die Decke. Sein Körper hatte sich abgekühlt, aber die Kopfschmerzen waren geblieben. Er betastete den Druckverband, den Charlie ihm angelegt hatte. Er war triefnass, und frisches Blut sickerte durch. Josh atmete tief durch. Was sollte er nur machen? Nicht nur mit seiner Krankheit, sondern auch mit Jessica? Wollte er wirklich mit ihr Schluss machen?

Nein. Das hatte er nur aus einem Reflex auf Charlies Vorhaltungen gesagt.

Er hatte keine Ahnung, wie es ihm gelungen war, die Wahrheit so lange vor Jessica verborgen zu halten. Ihm war jede Täuschung zuwider, und er hasste sich für die unzähligen Lügen, die er ihr erzählt hatte. Nicht ein einziges Mal hatte sie bohrend nachgefragt, nicht einmal, wenn er sie versetzt hatte. Er schämte sich, dass er ihr aus Egoismus die Wahrheit vorenthielt, nur um ihre Beziehung aufrechtzuerhalten. Entsetzt über das Ausmaß seiner Täuschungen, schlug er die Hände vors Gesicht und erinnerte sich an den Katalog der Lügen, die er erfunden hatte: Er hatte Mo bei Jessica anrufen lassen, um ihr zu sagen, er sei in einer Sitzung aufgehalten worden, obwohl er in Wahrheit Sprechprobleme hatte und kaum mehr als zwei Worte über die Lippen brachte. Er hatte in letzter Minute Verabredungen zum Essen abgesagt, weil irgendein Körperteil ihm den Dienst versagte. Und das Schlimmste war, dass er sich weigerte, eine ganze Nacht mit ihr zu verbringen.

Das erschien ihm besonders verletzend. Wenn sie miteinander geschlafen hatten, zog er sich sofort an und ging. Einmal hatte sie gesagt: »Crawford, ist dir mein Bett für mehr als eine schnelle Nummer nicht gut genug?« Lachend hatte er sie geküsst und war langsam über den dunklen Hof in sein einsames Bett geschlichen, obwohl er am liebsten neben Jessica gelegen, auf ihren gleichmäßigen Atem gelauscht und die Wärme ihrer Arme gespürt hätte. Aber er konnte es nicht riskieren, sich dieses Vergnügen zu gönnen, weil er nie wusste, wie es ihm am nächsten Morgen gehen würde. Wenn er neben ihr aufgewacht wäre und nicht richtig hätte gehen, sprechen oder greifen können, hätte sie sicher wissen wollen, was mit ihm los war, und dann wäre das ganze Spiel aufgeflogen.

Nicht, dass er ihre Beziehung als Spiel ansah, es war alles andere als das. Er war gefährlich nahe daran, sich einzugestehen, dass ihm mehr an Jessica lag als an jeder anderen Frau bisher. Und um alles nur noch schlimmer zu machen, hatte er keine Ahnung, was sie eigentlich für ihn empfand, weil er sie bewusst auf Abstand hielt.

Jetzt wünschte er, er hätte ihr von Anfang an von seiner MS erzählt. Wenn er damals den Mut aufgebracht hätte, würde er jetzt nicht in diesem Dilemma stecken. Aber er hatte solche Angst gehabt, sie zu verlieren, dass er den Mund gehalten und jeden Tag genommen hatte, wie er kam, in der Hoffnung, dass ein Wunder geschähe und er ihr die Wahrheit nicht zu sagen brauchte. Denn ihm war klar, dass ihre Beziehung zu Ende wäre, wenn sie die Wahrheit erführe. Sosehr er Lügen auch hasste, blieb ihm also nichts anderes übrig, als weiter zu lügen ... es war die einzige Möglichkeit, weiter mit Jessica zusammen zu sein.

In der Küche summte die Mikrowelle und gab dann ihr durchdringendes Klingelzeichen. Charlie deckte den Tisch fertig und ging dann nach oben, um nach Josh zu sehen. Er lag in seinem feuchten Badetuch auf dem Bett und schlief tief und fest. Vorsichtig zog Charlie das Badetuch fort und deckte seinen Bruder mit der Bettdecke zu.

Unten nahm er sich einen Teller Lasagne. Erst als er fertig gegessen hatte, fiel ihm ein, dass er eigentlich mit Rachel zum Abendessen verabredet war. Rachel arbeitete seit einigen Wochen in der Anwaltskanzlei im Stockwerk unter den Büros von Crawford's. An sich war sie nicht sein Typ, aber offenbar durfte er inzwischen nicht mehr wählerisch sein. Er nahm sein Jackett von der Lehne des Küchenstuhls und holte sein Handy heraus.

Rachel war nicht sonderlich entzückt, als er sich entschuldigte und erklärte, es sei etwas dazwischengekommen. Er konnte ihr keinen Vorwurf machen, auch er war nicht gerade begeistert, wie die Lage sich entwickelt hatte.

Aber Josh wohl auch nicht, vermutete er.

Kapitel 28

Während Kate das Abendessen machte, hörte sie Alec oben duschen. Er war gerade erst aus Birmingham zurückgekommen. Auf der M6 war der Teufel los gewesen. Wegen mehrerer Baustellen und einem Unfall nördlich von Stafford kam er schließlich erst anderthalb Stunde später als erwartet nach Hause. Mehrmals rief er sie von unterwegs per Handy an, um ihr zu sagen, dass es länger dauern würde, und um sich die Zeit zu vertreiben.

»Was machst du gerade?«, fragte er, als er zwanzig Minuten nach seinem ersten Anruf erneut anrief.

»Ich unterhalte mich mit dir«, sagte sie ausweichend. Sie konnte ihm unmöglich erzählen, dass sie vor dem Spiegel in der Diele stand und sich prüfend von der Seite betrachtete, ob man ihrer Figur wohl schon eine Veränderung ansah. Außerdem hatte sie überlegt, wie sie Alec die Neuigkeit am besten beibringen sollte.

Das tat sie auch jetzt wieder.

Es gab viele Möglichkeiten, aber sie hatte sich noch für keine entscheiden können.

Sie könnte beginnen: *Liebling, ich muss dir was sagen.* Das klang grauenhaft, wie ein abgedroschener Dialog aus einer Sitcom-Serie.

Oder: *Alec, du wirst es nicht glauben, aber ich bin ...«*

Das hörte sich viel zu oberflächlich an.

Fast so schlimm wie: *Rate mal, was los ist, Alec.*

Sie schnitt weiter Schinken für die Carbonara klein, warf ihn in die Pfanne und rührte halbherzig mit einem Holzspatel um. Sie konnte gut nachfühlen, wie es der armen Maria gegangen sein musste! Was hatte das arme Mädchen durchgemacht, nachdem der Erzengel Gabriel ihr erschienen war und sie auf Joseph warten musste, der nach einem harten Arbeitstag nach Hause kam. Joseph, vertrau mir, zweifle nicht an mir, aber denk dir nur, ich bekomme ein Kind. Joseph, warum schaust du mich so wütend und ungläubig an?

Wieder wendete sie den Schinken und seufzte.

»Was gibt es denn zu seufzen?«

Kate wirbelte herum und traf Alec mit dem Holzspatel an der Brust. Als sie nach einem Geschirrtuch griff, hielt er ihre Hand fest und führte sie an seine Lippen.

»Ich habe dich so vermisst.« Er zog sie in seine Arme. »Versprich mir, dass du im Februar mit zu der Messe in Harrogate kommst. Eine Woche ohne dich ist einfach zu lang.«

»Ich will mein Bestes tun«, sagte sie und schlüpfte aus seinen Armen, um nach den Spaghetti zu sehen, die überzukochen drohten.

Alec sah zu, wie Kate sich in der Küche zu schaffen machte. Irgendetwas stimmte nicht. Er merkte es an ihrer Haltung. Die entzückende Geschmeidigkeit ihrer Bewegungen war verschwunden. Sie wirkte so steif und unbeholfen, wie sie es sonst in Melissas Gegenwart war.

»Hat Melissa dich angerufen?«, fragte er, obwohl er genau wusste, dass es so war. Er nahm sich eine Hand voll geriebenen Käse von einem Teller neben dem Herd und fragte sich, ob seine Exfrau Kate in ihrer unverblümten Art geärgert hatte. Er hätte Kate selbst anrufen sollen, statt es Melissa zu überlassen.

»Ja, sie hat angerufen«, sagte Kate und hoffte, sich hinter dem Gespräch über Melissas Anruf verschanzen zu können, bis sie den Mut fand, Alec ihre Neuigkeit mitzuteilen.

Doch auch im Laufe des Abends kam sie ihrem Geständnis keinen Schritt näher. Sie aßen im Wohnzimmer und schauten dabei in Channel Four eine Sendung über die Veränderungen in der Lage der britischen Arbeitskräfte. Kate hatte kein Interesse daran, aber Alec war völlig vertieft, schüttelte hin und wieder den Kopf und deutete missbilligend mit der Gabel auf den Fernsehschirm. »Das ist alles übertriebenes chauvinistisches Geschwätz. Es ist doch eine Binsenweisheit, dass ein Mann besser arbeitet, wenn man ihn anständig bezahlt.« Er wandte sich an Kate. »Diese Idioten haben ja keine Ahnung ... Kate, alles in Ordnung? Du hast ja gar nichts gegessen.«

Sie schob ihren unberührten Teller von sich. »Ich bin nur müde. Kümmere dich nicht darum.«

Alec stellte sein Tablett auf den Boden, griff nach der Fernbedienung und schnitt einem Industriellen das Wort ab, der wie eine fette Katze wirkte und über den Mangel an Motivation beim Durchschnittsbriten klagte. »Kate«, sagte er sanft, »ich weiß, dass irgendetwas nicht stimmt. Bist du ... ärgerst du dich immer noch, dass du die Lehrerinnenausbildung nicht machen kannst?«

Kate schüttelte schuldbewusst den Kopf. Sie hatte Alec angelogen. Als sie schon drauf und dran war, ihre Bewerbung für die Umschulung abzuschicken, war ihr der Verdacht gekommen, dass sie vielleicht schwanger sei. Daraufhin hatte sie sich entschlossen, auf die Umschulung zu verzichten, da sie ohnehin sinnlos gewesen wäre, wenn sie bald ein eigenes Kind zu versorgen hätte. Alec hatte sie erzählt, man habe ihre Bewerbung abgelehnt, weil sie die Bewerbungsfrist verpasst habe.

»Du ärgerst dich doch nicht, dass Melissa die Dinnerparty gibt, oder?«, hakte Alec nach.

Wieder schüttelte sie den Kopf und hoffte inständig, dass ihr die rechten Worte wie durch eine Eingebung einfallen mochten. Aber sie kamen nicht. Stattdessen platzte sie heraus: »Möchtest du, dass ich zu deinem Geburtstag eine Party gebe? Ich habe noch nichts organisiert, weil ich erst wissen wollte, was du dir wünscht. Schließlich will ja nicht jeder eine Party, oder? Und ich weiß ja, dass du es nicht magst, wenn so viel Aufhebens um dich gemacht wird. Ach ... entschuldige Alec, die Wahrheit ist, dass ich deinen Geburtstag ganz vergessen hatte. Es tut mir Leid.«

Alec lächelte sie erleichtert an, weil er endlich wusste, was sie so bedrückt hatte. »Das ist schon in Ordnung«, sagte er, »ich werde sowieso nicht gern daran erinnert, wie alt ich bin.«

»Aber du bist doch nicht alt«, protestierte Kate vehement, »ich liebe dich so, wie du bist.« Plötzlich schlang sie die Arme um seinen Hals und drückte ihn fest an sich. »Ich möchte, dass sich zwischen uns nie etwas ändert.«

»Das wird es auch nicht«, flüsterte er ihr ins Ohr. »Ich werde nicht zulassen, dass sich je etwas zwischen uns ändert. Außerdem habe ich mich schon entschieden, was ich an meinem Geburtstag mache: Ich lade dich zu einem romantischen Wochenende ein. Nur wir beide, keine Familie, keine Freunde, um die wir uns kümmern müssten. Nur wir beide.«

Kate barg das Gesicht an seinem Hals und klammerte sich an ihn. *Nur wir beide*. Sie konnte es ihm jetzt nicht sagen, nicht jetzt.

Alec lächelte in sich hinein und dachte an seinen Plan, mit Kate nach Venedig zu fahren, wo er sie an seinem fünfzigsten Geburtstag bitten wollte, ihn zu heiraten – das hätte er schon vor Monaten tun sollen. Er hoffte nur, dass sie ja sagte.

Kapitel 29

Es war spät in der Nacht. Tony ließ den Wagen langsam ausrollen. Er wollte Hattie nicht aufwecken. Sie schlief auf dem Rücksitz, seit er in Exeter auf die Autobahn gefahren war. Amanda schlief ebenfalls mit zur Seite geneigtem Kopf. Als er die Fahrertür öffnete und sich die Innenraumbeleuchtung einschaltete, wachte sie auf und streckte die Beine. »Gut, wir sind zu Hause. Endlich.«

Sie sprach ihm aus dem Herzen. Auch er war mehr als froh, zu Hause zu sein. So froh wie noch nie. Ihr Last-Minute-Urlaub in einem Cottage in Devon hatte sich als das reinste Fegefeuer gestaltet, und meist hatte er sich inständig nach Cholmford zurückgesehnt. In der Anzeige hatte es geheißen, das reetgedeckte Cottage sei idyllisch gelegen, urig und gemütlich. Aber nichts davon stimmte. Es war so beengt, feucht und trostlos, dass das winzige Reihenhaus, in dem er aufgewachsen war, im Vergleich dazu wie ein Palast wirkte. Und da es fast jeden Tag in Strömen regnete, waren sie gezwungen, drinnen zu bleiben und einen Zellenkoller zu riskieren oder sich den anderen armen Feriengästen anzuschließen, die trübselig zu Schmetterlingsfarmen, Käsereien und anderen lukrativen Geschäften schlenderten. Offenbar dienten sie nur zur Unterhaltung gelangweilter und deprimierter Touristen, die zu genervt waren, um sich zu wehren und zu sagen: Zum Teufel mit euren so genannten Attraktionen, ich hau ab! Was war das nur, das Menschen im Urlaub bewegte, sich derart zum Narren halten zu lassen?

Eigentlich hatte er erwartet, dass Amanda als Erste die Nase voll gehabt hätte, aber sie hatte in einer Art perverser Anwandlung erklärt, ihr gefiele es. Seltsam.

Tony trug Hattie ins Haus, legte sie ins Bett und zog ihr die Sandalen aus, bevor er sie zudeckte. Als er sie auf die Stirn küsste, drehte sie sich zur Seite. Da er ihrer warmen kleinen Wange nicht widerstehen konnte, gab er ihr noch einen Kuss.

Unten sah Amanda schon die Post durch, die Kate für sie auf die Frühstückstheke gelegt hatte. »Irgendwas Dringendes?«, fragte er und dachte an das Geschenk, das Hattie und er für Kate ausgesucht hatten.

Der Vorschlag, wegzufahren, war von Amanda gekommen, die auch die Idee gehabt hatte, dass Kate in ihrer Abwesenheit ein Auge auf das Haus haben sollte. »Es macht ihr sicher nichts aus, ein paar Blumen zu gießen«, hatte Amanda gesagt. »Was hat sie denn sonst schon den ganzen Tag zu tun, wenn Alec bei der Arbeit ist.«

Als Dank dafür, dass Kate die Blumenkästen mit den Geranien und Lobelien gegossen hatte, hatte Amanda ihr eine Halb-Pfund-Dose Toffees aus Devonshire mitbringen wollen. Tony stellte sich jedoch etwas anderes vor. Er ging mit Hattie einkaufen und suchte mit ihr einen handbemalten Seidenschal für Kate aus, den sie in einem schicken Lädchen für kunsthandwerkliche Qualitätsprodukte entdeckten. Amanda erzählte er nicht, was der Schal gekostet hatte, und Hattie hatte hoffentlich nicht begriffen, wieso er nicht bar, sondern mit seiner Barclaycard bezahlte.

Die Vorstellung, wie Kate strahlend sein Geschenk auspacken würde, hatte ihn während der letzten Woche weitgehend aufrecht gehalten. An den unendlich langweiligen Regentagen waren ihm noch andere Gedanken durch den Kopf gegangen, die er jedoch als wilde Fantasien eines Verzweifelten abtat.

Wilde Fantasien hin oder her, sie hatten ihn in den langen leeren Nächten beschäftigt, wenn er Amanda in jenem winzigen Cottage nicht hatte entkommen können. Anfangs hatte er versucht, den lebhaften Wachträumen von Kate und ihm zu widerstehen – wie er es auch drehen und wenden mochte, es war falsch, neben Amanda zu liegen und sich zu wünschen, dass sie Kate wäre –, aber letzten Endes hatte er nur einschlafen können, wenn er diesen Fantasien nachgab.

Und jetzt tat er es wieder, aber nicht in jenem Loch von einem Schlafzimmer mit Schimmelflecken an den Tapeten, die an manchen Stellen mit Heftzwecken und Klebeband befestigt waren, sondern in ihrem eigenen bequemen Bett.

Hier war es noch schlimmer.

Es war schließlich ihr Ehebett, kein anonymes, billiges Sperrholzding mit modriger Matratze, das schon Tausende unglückliche Paare geteilt hatten.

Schuldbewusst lenkte er seine Gedanken auf etwas weniger Beschämendes.

Morgen hatte Hattie ihren ersten Schultag, und als Überraschung hatte er sich noch einen Tag Urlaub genommen, um sie selbst zur Schule zu bringen. Er würde sich nicht lange aufhalten, er wollte ihr nur helfen, ihre Klasse zu finden, und sich dann in aller Stille davonstehlen. Anschließend hatte er vor, Kate den Seidenschal zu bringen, wenn ... wenn Alec aus dem Weg war und Amanda den Wocheneinkauf im Supermarkt erledigte.

Amanda genoss die himmlische Ruhe im Haus.

Tony hatte Hattie zur Schule gebracht und las nun im Wohnzimmer die Zeitung, während sie in ihrer herrlich geräumigen, hellen Küche, die mindestens viermal so groß war wie die grässliche Kochzeile in Devon, ihren Einkaufszettel schrieb. Aber schon bald schweiften ihre Gedanken von den Milchprodukten ab zu ihrer Woche in Devon.

Ihr Urlaub ließ sich nur als eine einzige Katastrophe bezeichnen. Noch nie hatte sie Tony so genervt erlebt, und das freute sie. Er hatte es nicht besser verdient. Es geschah ihm ganz recht nach dem demütigenden Wochenende, das er ihr vor einem Monat zugemutet hatte.

Das Arc-Wochenende in Gleneagles – auf das sie sich so gefreut hatte – war ganz anders verlaufen, als sie es sich vorgestellt hatte. Es gab weder die Maniküre und Massage noch elegante Abendessen mit exzellenten Gerichten in interessanter Gesellschaft und vornehmer Umgebung.

Stattdessen waren sie in einer heruntergekommenen Absteige untergebracht, in der abends nicht einmal genügend heißes Wasser für ein Bad zu Verfügung stand, nachdem sie fast den ganzen Tag völlig durchnässt durch Schlamm gewatet waren – allerdings nicht durch die teure Sorte, die so gut für die Haut war.

Bei der Erinnerung daran schauderte sie.

Es war demütigend.

Und ungerecht obendrein.

Als sie Hattie gegen Tonys Wunsch, aber sehr zu Hatties Freude, Kate und Alec aufgehalst hatten und in dem Hotel im tiefsten Shropshire eintrafen, mussten sie feststellen, dass alle anderen schon mindestens drei Stunden vor ihnen angekommen waren und diese Zeit nach ihrem prahlerischen Gehabe zu urteilen größtenteils in der Anne-Boleyn-Bar verbracht hatten.

Der Hotelbesitzer, der zu dieser Zeit Urlaub in Marbella machte, war ein Fan von Heinrich VIII. und hatte sich alle

Mühe gegeben, diese Vorliebe seinen Gästen zu vermitteln: Sämtliche Zimmer trugen entsprechende Namen. Tony und sie bekamen die Sir-Thomas-Moore-Suite, und nachdem sie ausgepackt hatten, gesellten sie sich zu den anderen in die Bar. Tony machte sie mit den Ehefrauen seiner Kollegen bekannt und verschwand, um sich mit den Männern zu unterhalten. Die Frauen kannten sich alle, und schon bald wurde deutlich, dass Tonys Frau bei der gegenwärtigen Angst um die Arbeitsplätze bei Arc Computers als Feindin galt. Eine der Ehefrauen, eine zierliche Frau mit starkem Manchester-Akzent und den längsten künstlichen Fingernägeln, die Amanda je gesehen hatte, fragte sie, mit welchem Krimi von Agatha Christie die Einstellung von Arc gegenüber seinen Angestellten wohl die größte Ähnlichkeit habe. Amanda antwortete: »Ich habe keine Ahnung.«

»Mit *Zehn kleine Negerlein* natürlich ... *da war es nur noch keiner.*«

Amanda lachte höflich, merkte aber dann, dass sie als Einzige lachte. Es war kein Scherz.

Befangen kämpfte sie sich durch den Abend, fischte im Thomas-Cranmer-Speisesaal ein verdächtiges braun gelocktes Haar aus ihrem Coq au vin und bemühte sich nach Kräften, sich bei ihren beiden Tischnachbarn einzuschmeicheln. Sie gab es schließlich auf, als einer, der sich offensichtlich das Hirn schon mit jeder Menge Bier vernebelt hatte und nun auch noch billigen Piesporter hinterherschüttete, sie ständig mit Eve anredete.

»Also, Eve, was macht Ihre niedliche kleine Tochter, von der Tony immer so schwärmt?«, fragte er sie mindestens sechsmal, obwohl die anderen ihm warnende Blicke zuwarfen.

In jener Nacht tat sie kaum ein Auge zu, da die Thomas-Moore-Suite unmittelbar über der Anne-Boylen-Bar lag und das Personal offenbar noch nie etwas von Polizeistunde gehört hatte. Als sie sich am nächsten Morgen zum Frühstück anzogen, erklärte Tony ihr das Programm für den Tag.

»Was?«, schrie sie mit einem Blick aus dem schmutzigen Fenster in den strömenden Regen, der den von Unkraut überwucherten Tennisplatz in ein großes Wasserbecken verwandelt hatte. »Orientierungsmarsch? Aber ich habe gar nichts Passendes anzuziehen, um durch den Wald zu laufen.«

»Mach dir darüber keine Gedanken, das Hotel ist auf solche Aktivitäten spezialisiert. Sie stellen Gummistiefel, Regenjacken und alles, was du brauchst, zur Verfügung.«

»Den Teufel tun sie! Ich habe hier noch nichts entdeckt, was auch nur entfernte Ähnlichkeit mit einem Schönheitssalon oder einem Fitnesscenter hätte.«

»Ich habe dich gewarnt«, sagte er. »Ich habe dir gesagt, dass es keine der üblichen Veranstaltungen wird. Angesichts des Personalabbaus in der Firma fand Marty das gewohnte extravagante Geprasse in Gleneagles unangebracht.«

»Und das hier ist angebracht?«

Tony zuckte resigniert die Schultern, wie er es manchmal tat – bei einem Mann wie Bradley Hurst würde man solch ein jämmerliches Achselzucken nie erleben.

»Warum hast du mir nicht konkret gesagt, was mich hier erwartet?«

»Ich habe nichts davon gewusst. Marty hat alles organisiert. Es sollte eine Überraschung werden.«

Die Überraschung war gelungen.

Sie bildete ein Team mit der Frau mit den künstlichen Fingernägeln, die Wendy hieß, und mit Marty, der sie am Abend zuvor ständig Eve genannt hatte.

»Na gut, Wend und Mand«, sagte Marty Hände reibend, da er sich offenbar für den Einzigen ihrer Gruppe hielt, der für eine Führungsrolle qualifiziert war. »Es geht zwar nicht um ein Wettrennen im eigentlichen Sinne, aber ich möchte, dass wir mindestens zwanzig Minuten vor den anderen das Ziel erreichen. Denken Sie dran: Es gibt keine Gewinner, nur Verlierer. Mand, Schätzchen, haben Sie so was schon mal gemacht? Können Sie mit dem Kompass umgehen?«

Sie kamen als Letzte an, was vermutlich an dem Sitzstreik lag, den Amanda Marty lieferte. Nicht, dass er es bemerkt hätte, der Mann war dickfellig und unsensibel wie eine Asphaltstraße.

»Ich gehe keinen Schritt weiter!«, hatte sie ihn angeschrien, als sie zum dritten Mal im Morast ausgerutscht war. Der Regen triefte ihr von ihrem schlecht sitzenden Südwester ins Gesicht und schwemmte die Reste ihres Make-ups davon, das sie aufgelegt hatte, bevor Tony ihr das Tagesprogramm eröffnete. »Ich laufe jetzt schon seit über fünf Stunden in diesem grässlichen Regen herum, ich gehe keinen Schritt weiter. Mir reicht's.« Sie setzte sich auf den schlammigen Boden und fügte hinzu: »Zurück müssen Sie mich tragen.«

»Hey, Mand, Schätzchen«, sagte Marty in einem Lass-uns-vernünftig-sein-Ton und hockte sich neben sie, »jetzt kommt der Punkt, wo Sie Ihren Grips anstrengen müssen. Ihr Körper ist müde und macht einen Putschversuch gegen Ihr Gehirn, da müssen Sie einschreiten und ihm Paroli bieten.«

»Scheiße!«

Wendy lachte laut. »Genau das will ich hören: Ein offenes Wort.«

»Und Sie können auch den Mund halten!«

Wendy ignorierte sie. »Wenn's schwierig wird, ist es Zeit für ein Schlückchen.« Sie lehnte sich gegen einen Baum, zog einen Flachmann aus der Tasche und trank einen Schluck. Die Gelassenheit dieser Frau ärgerte Amanda noch mehr.

Das Wochenende wurde nicht besser, und als sie endlich auf dem Heimweg waren, schwor Amanda sich innerlich, Tony eine Lektion zu erteilen, und wenn es das Letzte wäre, was sie tat. Er hatte *natürlich* gewusst, was Marty organisiert hatte. Schließlich war es sein Job, zu wissen, was vorging, oder?

Als sie dann am vergangenen Wochenende in das Cottage in Devon kamen, das sie über eine Kleinanzeige in der *Sunday Times* gebucht hatten, und feststellten, dass es kaum mehr als ein reetgedeckter Kohlenschuppen war, frohlockte Amanda insgeheim. Tonys Miene, als sie die Tür aufschlossen, war ihr ein Hochgenuss.

»Das ist ja ekelhaft«, sagte er mit einem Blick auf das speckige Sofa und die Kaffeeringe auf dem Tisch im Wohnzimmer, das kaum größer war als ihr Badezimmer. »Hier können wir nicht bleiben. Hier stinkt's.«

»Ach, findest du?«, sagte sie. »Ich finde es ziemlich urig.«

Als die Tage sich in die Länge zogen, und es nur in Strömen regnete, dachte sie boshaft: Jetzt weißt du, wie das ist. Und das ist noch gar nichts verglichen mit dem, was du mir in Shropshire zugemutet hast.

Amanda schaute auf ihren Einkaufszettel. Weit war sie noch nicht gekommen.

Das gleiche Gefühl hatte sie auch in Bezug auf ihre Ehe. Ihre Versuche im Frühsommer, ihrem Leben mit Tony eine Zielsetzung zu geben, waren an der Erkenntnis gescheitert, dass aus Tony nie ein zweiter Bradley Hurst werden konnte. Ihm fehlte einfach der Killerinstinkt. Das Einzige, woran ihm offenbar lag, war Hattie.

War Hattie glücklich?

Würde sie in der neuen Schule zurechtkommen?

Natürlich. Dieses Mädchen mit ihrem unheimlichen Geschick, andere zu manipulieren, gehörte eindeutig zu den Überlebenskünstlern. Man brauchte sich nur anzusehen, welchen Narren Kate an ihr gefressen hatte. Und wie sie Tony um den kleinen Finger wickelte, war einfach zum Kotzen – sich einen Tag Urlaub zu nehmen, nur um sie in die Schule zu bringen! Jämmerlich. Er hatte doch bestimmt Wichtigeres zu tun! Bradley Hurst würde sicher nicht so ein Theater um ein verwöhntes Kind machen.

Als Amanda ihren Einkaufszettel fertig hatte und einen Strich unter den letzten Posten machte, zwang sie sich, der unangenehmen Wahrheit ins Auge zu sehen, dass ihre Ehe mit Tony wohl zum Scheitern verurteilt war. Hatte es anfangs so ausgesehen, als könnten beide mit dieser Vernunftehe glücklich werden, so gestaltete sich ihr Zusammenleben mittlerweile wie ein Schlachtfeld dauerhafter Unzufriedenheit. Amanda hatte sich schon seit einiger Zeit damit abgefunden, dass Hattie sie ebenso wenig leiden konnte wie sie umgekehrt. Aber inzwischen empfand sie die gleiche Abneigung auch gegen Tony.

Eigentlich empfand sie nur noch diese Abneigung.

Tony dachte schon, Amanda würde gar nicht mehr in den Supermarkt fahren. Meine Güte, wie lange brauchte sie denn noch, um einen Einkaufszettel zu schreiben?

Er betrachtete sich noch einmal prüfend im Garderobenspiegel. Sein Haar war frisch gewaschen, er trug saubere Kleidung – er hatte eine Ewigkeit gebraucht, das Richtige auszusuchen – und hatte fast in seinem Aftershave gebadet.

Ob das wohl reichte, Kate zu imponieren?

Nun ja, es war an der Zeit, es in Erfahrung zu bringen.

Er schloss die Haustür ab, richtete seinen Hemdkragen, räusperte sich und schlenderte über den Hof. Dann klopfte er leise an die Tür – in Anbetracht seiner Absichten wäre jedes lautere Geräusch ihm wie eine eklatante Absichtserklärung vorgekommen.

Er wartete, dass Kate an die Tür kam.

Er wartete und wartete.

Schließlich klopfte er noch einmal, dieses Mal etwas lauter.

Keine Antwort.

Er schaute über die Schulter auf die Fenster hinter sich, die ihn anstarrten. Sein schlechtes Gewissen war so offensichtlich, dass jeder, der ihn beobachtete, sofort hätte wissen müssen, was er im Schilde führte. Er wollte schon aufgeben und akzeptieren, dass Kate wohl nicht zu Hause war, als er drinnen etwas hörte.

Ganz langsam ging die Haustür auf und Kate tauchte auf. Sie weinte. Mehr als das, sie bebte am ganzen Körper, und Tränen liefen ihr über das bleiche Gesicht. Es musste etwas Schreckliches passiert sein.

Bestürzt über ihren Kummer trat Tony ins Haus, nahm Kate in die Arme und schloss die Tür hinter sich.

Kapitel 30

Jessica saß in ihrem Arbeitszimmer und versuchte, die Spannung zwischen Clare und Miles zu erhöhen. Sie hatte den vertrackten Mittelteil von *Eine flüchtige Affäre* erreicht, in dem sie ihren Lesern ein bisschen Liebesgeplänkel zwischen ihren beiden Hauptfiguren bieten musste, damit es ihnen nicht langweilig wurde und sie das Buch – und seine Autorin, Jessica Lloyd – nicht beiseite schoben.

Wie jeder Autor wusste Jessica sehr gut, dass eine treue Leserschaft der beste Freund eines Schriftstellers ist und man sie immer mit Respekt behandeln musste. Piers hatte einmal zu ihr gesagt: »Eine treue Leserschaft übers Ohr zu hauen ist eine große Dummheit, Jessica. Achten Sie darauf, dass Sie diesen Fehler nie begehen.« Das war eine so grundlegende Wahrheit wie die Tatsache, dass jede Geschichte einen Anfang, eine Mitte und ein Ende hatte.

Also, komm schon, sagte sie sich, während sie auf den leeren Monitor vor sich starrte, es ist Zeit, dass Clare sich verschärft an Miles heranmacht. Bislang war Clare auf Samtpfötchen um ihn herumgeschlichen, aber mit ihren zarten Andeutungen am Fotokopierer, dass sie mehr zu bieten habe, als man auf den ersten Blick sähe, würde sie Miles' schüchterne Zurückhaltung wohl nie überwinden. Sie musste schon wesentlich direkter werden, zum Beispiel ... zum

Beispiel indem sie ihn in seinem Büro stellte und bei seinen Wertpapieren packte.

Jessica lachte und erinnerte sich plötzlich an die Szene in Piers Büro, als ihre Fantasie mit ihr durchgegangen war und sie sich gefragt hatte, wie es wohl wäre, wenn sie ihren Agenten auf dessen Schreibtisch vernaschen würde.

Und wenn Clare es damit versuchen würde?

Und wenn Miles sich darauf einließe? Ungezügelte Leidenschaft auf Aktendeckeln würde das Tempo sicher schüren.

Sie tippte los und hatte schon bald eine klare Vorstellung von dem Szenario.

»Jessica!«, rief eine Stimme irgendwo aus dem Haus.

»Ja«, antwortete sie geistesabwesend. Sie war so in ihre Arbeit vertieft, dass sie Anna völlig vergessen hatte, die heute ihre Küche umgestalten wollte.

»Es ist Zeit für eine Kaffeepause, findest du nicht?«

Der große Moment für Clare und Miles musste noch warten. Jessica ging in die Küche zu ihrer Mutter, die auf halber Höhe auf einer Aluminiumleiter stand und rund um das Fenster zum Hof die Tapete von der Wand riss. Nachdem sie Kaffee aufgeschüttet hatte, setzten die beiden sich an den Küchentisch, auf dem Farbmuster und einige ältere Ausgaben von *Ideal Home* lagen, die Anna mitgebracht hatte, um Jessica bei der Wahl eines neuen Looks für ihre Küche zu helfen. Gemeinsam hatten sie beschlossen, die Wände »sahneweiß« und Fußleisten und Schränke »sommerblau« zu streichen. Anna hatte ihrer Tochter versichert, dass es ein Kinderspiel sei, die teuren Einbaumöbel abzuschleifen und neu zu streichen. »Ich habe im Fernsehen gesehen, wie sie das machen, es sieht ganz einfach aus. Und wenn wir schon dabei sind, tauschen wir auch die Türgriffe aus.« Jessica hatte keine Ahnung gehabt, dass ihre Mutter sich inzwischen zur Do-it-yourself-Expertin entwickelt hatte. Jetzt sah sie zu, wie Anna in der Keksdose nach einem der letzten Schokoladenplätzchen kramte.

Es machte ihr Spaß, ihre Mutter in der Nähe zu haben. Seit ihrem letzten Streit über den Steingarten, bei dem Anna ihr klar gemacht hatte, dass sie ihre Unabhängigkeit brauchte, hatte sie ihren Beschützerinstinkt etwas in Schach halten können. Es war nicht immer einfach, da Anna zuweilen offenbar eine Art Todestrieb entwickelte. Seit kurzem ging sie morgens ins öffentliche Schwimmbad und prahlte damit, wie viele Bahnen sie in einer Stunde zurücklegen konnte. Gelegentlich begleitete Jessica sie, um sie im Auge behalten und dafür sorgen zu können, dass sie es nicht übertrieb, zumal sie sich gerade erst einen schwarzen Sportbadeanzug, eine obszön wirkende Badehaube und eine Taucherbrille zugelegt hatte.

In ihre Gedanken hinein sagte Anna: »Bis morgen dürfte ich den Rest der Tapete unten haben, dann kann ich anfangen, die Schränke abzuschleifen.«

»Kein Grund zur Eile.«

»Kein Grund, die Sache in die Länge zu ziehen.«

Das war das Problem bei Anna, dachte Jessica, für sie zählte jede Minute, keine Sekunde durfte vergeudet werden. Sie bezweifelte, ob sie das Leben je auf die gleiche Weise sehen würden. Jessica war zwar nicht faul, jedenfalls hielt sie sich nicht dafür, aber sie hatte so lange sorglos in den Tag hineingelebt – Korfioten hatten es nicht eilig –, dass sie alles einfach gelassener anging. Ihre Mutter dagegen war ein menschlicher Dynamo und gar nicht fähig, etwas langsam zu tun.

»Wie kommst du mit dem Schreiben voran?«, erkundigte Anna sich, während sie abermals in der Keksdose grub.

»Ganz gut, ich habe ein bisschen Schwierigkeiten, die weibliche Hauptfigur und den Mann, auf den sie ein Auge geworfen hat, zusammenzubringen, aber gerade, bevor du mich gerufen hast, ist mir eine Lösung eingefallen.«

Anna schaute von dem Plätzchen auf, das sie in ihren Kaffee tunkte. »Und was macht Josh? Du hast in letzter Zeit gar nicht mehr von ihm gesprochen.«

Jessica musste lachen. »Sehr subtil, liebe Mutter. Ich weiß einfach nicht, wie du das schaffst.«

»Also? Was macht er?«

»Gute Frage, ich habe ihn seit ein paar Tagen nicht mehr gesehen.«

»Wie lange?«

»Über eine Woche.«

»Mmm ... klingt nicht gut.«

»Vielen Dank!«

»Du musst dich den Tatschen stellen, Jessica. Wenn er ernsthaft an dir interessiert wäre, würde er dir die Tür einrennen und dich an den Haaren über den Hof zu sich schleifen ... na ja, den Rest kann ich ja wohl deiner Fantasie überlassen. Ich frage mich, ob er vielleicht Interesse an einer reiferen Frau hätte.«

»Vergiss es, reif und überreif sind zweierlei Dinge.«

Aber Jessica wusste, dass ihre Mutter Recht hatte. Die Art, wie Josh plötzlich aus ihrem Leben verschwunden war, gab einem Mädchen kaum Anlass zu Hoffnungen. Ihr war natürlich klar, dass sie jederzeit zu ihm hinübergehen konnte. Aber darum ging es nicht. Zuletzt hatte *sie* ihn angerufen, jetzt war es an ihm, den nächsten Schritt zu tun. Auf keinen Fall würde sie zu ihm hinkriechen. Die Zeiten, in denen sie bettelte, waren vorbei. Dumm, wie sie war, hatte sie das bei Gavin oft genug gemacht.

Josh schaute von seinem Bett aus dem Fenster über die Felder auf die massige Silhouette des Peak District in der Ferne. Es kam ihm vor, als sei es noch gar nicht lange her, dass er und Charlie am Wochenende in Derbyshire Wanderungen gemacht hatten, die gewöhnlich in Langstrecken-Schleichtouren durch die Pubs endeten. Aber in Erinnerungen zu kramen tat ihm nie gut.

Er schlug die Decke zurück, schob langsam die Beine aus dem Bett und stellte die Füße fest auf den Boden. So weit, so gut. Dann hielt er den Atem an und stand auf. Auch das ging gut. Okay, jetzt musste er gehen. Immer noch mit angehaltenem Atem machte er ein paar Schritte.

Jaaa! Er konnte gehen.

Am Abend zuvor, als ihm der Kopf von dem Aufprall auf seinem Schreibtisch noch wehtat, hatte er das Gefühl gehabt, sich nie wieder bewegen zu können. Es war eine große Erleichterung, nun zu merken, dass es doch ging.

Angespornt schlurfte er zum Kleiderschrank und holte eine schwarze Jeans heraus, da er wusste, dass er heute ohnehin nicht würde arbeiten können. Beim Gedanken an die Knöpfe verwarf er die Idee, ein Hemd anzuziehen, da seine Finger so geschickt waren wie eine Staude Bananen, und entschied sich stattdessen für ein T-Shirt. Nun musste er mühsam zur Kommode gehen, um sich Socken und Boxershorts zu holen, und anschließend das ganze Schlafzimmer durchqueren, um in das angrenzende Bad zu gelangen. Als er es endlich erreicht hatte, stützte er sich erschöpft auf das Waschbecken. Aber wenigstens hatte er es geschafft. Verdammt, er hatte es geschafft!

Er machte sich nicht die Mühe, sich zu rasieren. Nachdem er sich gewaschen und angezogen hatte, stand er oben an der Treppe und wappnete sich für den Weg nach unten, der für ihn heute einem Abstieg über die Eigernordwand gleichkam.

Wie er vermutet hatte, war Charlie schon in der Küche und machte Frühstück. Er hatte gewusst, dass sein Bruder ihn nicht allein lassen würde, und war gerührt und dankbar für Charlies Fürsorge, obwohl er viel zu wütend über seine Lage war, um ihm so danken zu können, wie er es verdient hätte.

»Du siehst viel besser aus als gestern Abend«, begrüßte Charlie ihn.

»Danke. Du auch.«

Sie aßen in der Küche. Josh hätte gern auf der Terrasse in der warmen Morgensonne gefrühstückt, aber allein schon der Gedanke an den langen Weg durch die Diele, das Wohnzimmer und über die zwei Stufen in den Garten ließ ihn bleiben, wo er war.

»Ich habe gedacht, ich bleibe heute hier, wenn es dir recht ist«, teilte Charlie ihm mit.

Josh zuckte die Achseln. »Klar.«

»Ich habe Mo angerufen und ihr gesagt, dass wir heute nicht ins Büro kommen. Wenn du dich gut genug fühlst, können wir ja später in einem Pub zu Mittag essen.«

»Und anschließend vielleicht spazieren gehen?« Bei Joshs Sarkasmus warf Charlie das Messer auf den Tisch.

»Hör auf, Josh! Ich versuche doch nur, dir zu helfen!«

Josh rieb sich mit beiden Händen das Gesicht. »Ich weiß, ich weiß«, sagte er. »Manchmal komme ich einfach nicht gegen mich an. Ich habe so viel Wut in mir, dass ich einfach nicht weiß, wohin damit. Es ... es tut mir Leid.«

»Versprich mir eins«, sagte Charlie ernst. »Was dir gestern Abend im Bad durch den Kopf gegangen ist ... du ... du würdest doch niemals ...?«

»Was, mich umbringen?«

Charlie nickte.

»Ich glaube nicht, dass ich das versprechen kann ... das kann wohl niemand. Die finsteren Dämonen der Seele fallen über dich her, wenn du es am wenigsten erwartest, fast so wie die Zeugen Jehovas.«

»Das ist nicht gerade die beruhigende Antwort, die ich hören will.«

»Ja, also, mehr kann ich dir im Augenblick nicht sagen.«

»Aber es gibt so viel, was dich halten sollte.«

»Wirklich?«, fragte Josh ausdruckslos.

»Ja!«, erklärte Charlie abwehrend und bestimmt. »Es gibt so viele Menschen, denen an dir liegt, und von allem anderen mal abgesehen: Wie zum Teufel soll ich denn die Firma allein leiten?«

»Das schaffst du schon«, sagte Josh noch immer völlig ausdruckslos.

»Aber ich will sie nicht allein leiten, ich will dich dabeihaben, sonst ... sonst hat alles keinen Sinn.«

Josh wandte sich ab. Er konnte mit Charlies Ehrlichkeit nicht umgehen. »Hör zu, können wir das Thema fallen lassen?«, murmelte er. »Es hilft keinem von uns weiter.«

»Und was ist mit Jessica?« Charlie hatte sich festgebissen.

Josh sah scharf auf. »Was ist mit ihr?«

»Gestern Abend hast du gesagt, dass du sie nicht mehr sehen willst. Warum? Ist sie kein Mensch, für den es sich zu leben lohnt?«

»Meinst du, daran hätte ich nicht auch schon gedacht?«, fuhr Josh ihn an.

»Dann hör verdammt noch mal mit dem Scheiß auf und tu was. Geh zu ihr rüber und sag ihr die Wahrheit. Lass ihr Zeit, darüber nachzudenken, und fang endlich an, sie mit dem Respekt zu behandeln, den sie verdient, statt sie ständig mit Lügen abzuspeisen. Ja, Mo hat mir erzählt, dass du sie gebeten hast, bei Jessica anzurufen. Ich mag gar nicht dran denken, was du sonst noch ausgeheckt hast.«

Josh starrte seinen Bruder wütend an. »Bist du fertig?«

»Nein!«, schrie Charlie. »Nein, bin ich nicht.« Doch als er krampfhaft überlegte, was er seinem Bruder noch alles verbal an den Kopf werfen konnte, merkte er, dass er geradezu ohnmächtig vor Wut über Joshs verstockte Haltung war. Er stand auf. »Es hat keinen Zweck, ich kann nichts mit dir anfangen, wenn du so bist. Ich bin im Büro, wenn du mich brauchst.«

Da Josh nicht schnell genug aufstehen konnte, um seinem Bruder nachzugehen, hörte er von der Küche aus die Haustür ins Schloss fallen und den Motor seines Wagens anspringen.

Langsam ließ er den Kopf in seine Hände sinken und war unendlich traurig, dass er Charlie ständig so schlecht behandelte.

Kapitel 31

Kate eine Schulter zum Weinen anzubieten war nicht unbedingt Tonys Absicht gewesen, als er eine halbe Stunde zuvor an ihre Tür geklopft hatte, aber etwas anderes blieb ihm unter den gegebenen Umständen kaum übrig.

Inzwischen hatte sie zu weinen aufgehört, hockte aber immer noch zusammengekauert auf der untersten Treppenstufe, wo sie sich hingesetzt hatte, nachdem sie ihm die Tür aufgemacht hatte. Vor ihr stand eine halb leere Schachtel Papiertücher, neben ihr häuften sich durchweichte Tücher. Sein Geschenk lag ungeöffnet neben dem Telefon auf dem Tisch in der Diele. Sie sah den Apparat immer wieder verstohlen an, so auch jetzt. »Wenn er sich beruhigt hat, ruft er bestimmt an, oder?«, sagte sie, und wieder schossen ihr Tränen in die geröteten Augen. Sie schlang die Arme um die angezogenen Knie.

»Vielleicht«, sagte Tony leise neben ihr. Nach allem, was Kate ihm erzählt hatte, hielt er es für ziemlich unwahrscheinlich, dass Alec in den nächsten Stunden anrufen würde. »Er braucht Zeit, um sich abzuregen«, fügte er hinzu. Er musste jedoch zugeben, dass ihm Alecs Reaktion, als Kate ihm eröffnet hatte, dass sie schwanger war, ein bisschen extrem schien. Er erinnerte sich, wie er sich gefühlt hatte, als Eve ihm sagte, dass sie Hattie erwartete. Es war damals für sie beide ziemlich überraschend gekommen, da sie eigentlich so bald noch keine

Kinder gewollt hatten. Aber er hatte eher verwundert als schockiert reagiert. »Wieso denn?«, fragte er als Erstes erstaunt. »Weil du meinen Körper mit deinem Samen getränkt hast, du Dummchen«, antwortete Eve mit einem Strahlen, das ihm zeigte, wie sehr sie sich darüber freute. Zur Feier des Tages gingen sie essen und später schliefen sie zusammen. »Das kann doch dem Baby nicht schaden, oder?«, fragte er hinterher besorgt. Lachend hatte sie sich auf ihn geschoben. »Ehrlich, Männer haben keine Ahnung!«

»Ein Mann braucht Zeit, um sich an den Gedanken zu gewöhnen, dass er Vater wird«, sagte er nun einfühlsam zu Kate. Er drückte ihre Hand. »Ich habe auch ein Weilchen gebraucht, bis ich damit klargekommen bin, dass Eve schwanger war. Ich hatte Angst, das Baby könnte zwischen uns stehen. Männer reagieren manchmal sehr unsicher, wenn sie die Frau, die sie lieben, mit einem anderen Menschen teilen sollen.«

Kate schaute auf Tonys Hand. Er hatte hübsche Hände, fiel ihr auf. »Wie lange hat es gedauert, bis Sie sich daran gewöhnt haben?«

Ein paar Tage, hätte die ehrliche Antwort gelautet, aber die Wahrheit half Kate nicht weiter. »Ein paar Wochen«, log er. »Vielleicht war es sogar länger.«

»Aber es könnte auch sein, dass Alec sich mit dem Gedanken gar nicht anfreunden wird«, sagte sie und starrte ins Leere. Sie sah Alecs Miene von morgens immer noch vor sich, zuerst den Schock, dann die Enttäuschung und schließlich die Wut.

Beim Frühstück hatte sie endlich den Mut aufgebracht, ihm von ihrer Schwangerschaft zu erzählen. Er hörte gerade Sue MacGregor und John Humphreys zu, die der Nation erklärten, dass die Inflation stieg – oder sank? – und es infolgedessen Hausbesitzern schlechter und Investoren besser ging. Das ist mir schnurzegal, dachte Kate, als sie aufstand, das Radio ausschaltete und Alec ansah. Ohne ihre Eröffnung sonderlich zu verbrämen, stellte sie sich einfach vor ihn hin und sagte in nüchternem Ton, der vage an Sue MacGregor beim Verlesen der Nachrichten erinnerte: »Alec, ich bin schwanger. Ich weiß, dass es dir nicht gefällt, aber es ist so, dass ich es auf jeden Fall will.«

Als Erstes fielen ihr seine Augen auf, die plötzlich größer wurden, vermutlich vor Schreck. Dann bemerkte sie, dass seine Hände mitten in der Bewegung erstarrten und schließlich mit den Handflächen nach unten rechts und links neben seinem Teller mit dem halb gebutterten Toast liegen blieben, als spürten sie eine Levitationskraft, die drauf und dran war, den Tisch zum Hüpfen zu bringen.

Langsam, ganz langsam stand er auf und sagte: »Du weißt, dass ich das nicht wollte. Das weißt du genau.« Die Enttäuschung in seinem Ton brach ihr das Herz.

Aber es sollte noch schlimmer kommen. Er machte sich auf den Weg aus der Küche, drehte sich in der Tür noch einmal um und sagte: »Du hast mich benutzt. Ruth hat gesagt, dass es so kommen würde. Sie hat mich gewarnt, aber ich wollte nicht auf sie hören.«

Es war Wut, vorwurfsvolle, blanke Wut, als habe sie das alles geplant.

Von jetzt auf gleich war er verschwunden und hatte die Tür leise hinter sich geschlossen – Alec war kein Mann für dramatische Auftritte, Türen zu knallen war ihm zuwider. Kate sah ihn in den Wagen steigen und zur Arbeit fahren.

Zu Melissa.

Da brach sich der ganze Kummer, der sich über das Wochenende – vielleicht auch schon länger? – angestaut hatte, in haltlosem Schluchzen Bahn. Hatte sie schon immer gewusst, dass es einmal so enden würde?

Während sie versuchte, sich zusammenzureißen und dabei den Frühstückstisch abzuräumen, hörte sie es an der Haustür klopfen. Anfangs ignorierte sie es einfach. Sie wollte keinen Menschen sehen. Aber dann überlegte sie, dass es womöglich Jessica war, die als Einzige von ihrem Dilemma wusste und ihr vielleicht helfen könnte. Als sie die Tür öffnete, stand Tony davor. Was dann geschah, war ihr nur noch verschwommen in Erinnerung – bis auf die Erleichterung, als er sie in die Arme nahm. Sie hasste es, allein zu weinen. Wenn jemand sie in den Armen hielt, wurde der Kummer etwas erträglicher. Er setzte sich zu ihr auf die Treppe, reichte ihr Taschentücher und hörte zu, als sie ihm erzählte, was passiert war.

»Es ist vorbei«, flüsterte sie jetzt. »Ich weiß es. Alec denkt, ich habe es absichtlich gemacht.«

Tony legte ihr den Arm um die Schultern. Wie einfach wäre es, die Lage zu seinem Vorteil zu nutzen, um das Kapitel Alec abzuschließen und Kate für sich zu gewinnen, dachte er. Aber das konnte er nicht. Kates Kummer nahm ihn zu sehr mit, als dass er auch nur an seine früheren Absichten denken konnte. »Nun kommen Sie«, sagte er sanft, »gehen wir irgendwohin, wo Sie bequemer sitzen.«

Sie traten ins Wohnzimmer, wo Kate sich in einen Sessel am Erkerfenster kuschelte. In der Hoffnung, sie wenigstens vorübergehend abzulenken, reichte er ihr das Geschenk, das er vom Dielentisch mitgebracht hatte. »Hier, das ist ein Dankeschön, weil Sie auf das Haus aufgepasst haben, während wir weg waren.«

Sorgfältig entfernte sie die Lagen cremefarbenen Seidenpapiers. »Es ist wunderschön!«, rief sie, als sie das Tuch sah, »aber das habe ich doch gar nicht verdient, ich habe doch nur ein paar Blumen gegossen.«

»Unsinn, das haben Sie sehr wohl verdient. Hattie und ich haben es zusammen ausgesucht. Gefallen Ihnen die Farben?

Wir hoffen, dass Ihnen die verschiedenen Grüntöne gut stehen.« Er merkte, dass er viel zu schnell sprach. Er wünschte sich so, dass sein Geschenk ihr gefiele!

Sie nickte und strich liebevoll über das Seidentuch. »Es ist wunderbar. Vielen Dank. Sagen Sie auch Hattie vielen Dank von mir. Wie geht es ihr?«

So kurz die Ablenkung auch sein mochte, war Tony doch froh, dass es ihm gelungen war. »Gut. Jedenfalls ging es ihr gut, als ich sie vor ein paar Stunden in ihre neue Schule brachte. Als es für mich Zeit war zu gehen, war ich nervöser als sie. Meinen Sie, dass wir Sie später besuchen dürfen, wenn Hattie aus der Schule kommt? Sie möchte Sie so gern sehen. Kinder können einen wunderbar ablenken.« Sofort sah er an ihrer gequälten Miene, dass er das Falsche gesagt hatte. »Entschuldigung, das war unsensibel von mir.«

Sie blinzelte die Tränen zurück, die ihr in die Augen traten. »Ich habe mir immer Kinder gewünscht«, sagte sie trotzig. »Ich hätte gern eine eigene kleine Hattie ... Sie haben großes Glück.«

»Ja«, sagte er leise, »ich weiß.« Und bevor er es sich anders überlegen konnte, fügte er hinzu: »Das war nicht immer so, ich hatte es vorübergehend vergessen, als ... als Eve starb.« Er ballte die Hände im Schoß. »Ich habe das noch nie einem Menschen erzählt, aber ... aber damals hätte ich sie nur zu gern gegeneinander eingetauscht.« Er sprang auf. »Mein Gott, wie muss sich das anhören?« Er lehnte sich gegen das Fenster, stützte die Hände auf das Fensterbrett und starrte hinaus auf die in der Ferne hoch aufragende Silhouette von Bosley Cloud, um sich wieder in den Griff zu bekommen.

Nach einer Weile drehte er sich langsam um und sah Kate an. »Ich meine nicht, dass ich Hattie den Tod gewünscht habe, so war das nicht, ich wollte einfach Eve wiederhaben. Ich wollte sie unbedingt wiederhaben ... ich hätte alles getan, um sie wieder lebendig zu machen.« Bei den letzten Worten verlor er die Fassung und musste mühsam gegen den Schmerz ankämpfen, der ihn immer zu überwältigen drohte, wenn er an Eves sinnlosen Tod dachte. »Ich habe keine Ahnung, warum ich Ihnen das alles erzähle«, sagte er mit leiser, bebender Stimme, »aber ich liebe Hattie mehr, als ich es je für möglich gehalten hätte. Vielleicht aus Schuldgefühlen. Vielleicht will ich ja nur kompensieren, was ich früher einmal empfunden habe.« Er räusperte sich und zwang sich, auch den Rest noch zu sagen. »Und ich weiß, dass ich deshalb auch den größten Fehler meines Lebens begangen habe. Ich habe den Fehler gemacht, zu glauben, Hattie bräuchte dringender eine Mutter als ... als ich eine Frau brauche, die ich lieben kann.«

Sie sahen sich in gespanntem Schweigen an.

»Das habe ich mir gedacht«, sagte Kate schließlich.

Er war verblüfft und setzte sich wieder hin. »Ist das so offensichtlich?«

Sie wich seiner Frage aus, indem sie einfach sagte: »Was wollen Sie jetzt machen?«

Er seufzte kopfschüttelnd. »Ich habe keine Ahnung.«

Kapitel 32

Alec interessierte es nicht, was Susan Ashton von ihrem Zulieferer in Oxford zu sagen hatte. Es war ihm egal, dass die abschließenden Handarbeiten an einer der Weihnachtskartenserien länger dauerten als erwartet. Wenn es nach ihm ginge, hätte Susan ihm auch mitteilen können, dass die gesamte Fabrik abgebrannt sei und niemand überlebt habe.

Er konnte nur an Kate denken.

Warum hatte das passieren müssen?

Alles war doch schön so, wie es war. Jetzt würde sich alles ändern. Alle Pläne, die er geschmiedet hatte, waren ruiniert. Keine romantischen Abendessen zu zweit mehr. Und mit Sicherheit keine romantischen Wochenendausflüge. Die Erfahrung lehrte ihn, dass es mit der Romantik von nun an überhaupt vorbei war.

Er erinnerte sich noch allzu gut, wie es nach Ruth' Geburt gewesen war. Das ganze Haus hatte sie beherrscht. Am schlimmsten hatte er den Geruch gefunden – wohin er auch ging, überall hatte es nach trocknenden Windeln, saurer Milch und Babypuder gerochen. Es hatte kein Entrinnen gegeben.

Damals hatte er sich wie ein Fremder im eigenen Haus gefühlt, der kein Zimmer betreten konnte, ohne Angst zu haben, dass er Ruth störte, die dort in ihrem Körbchen schlief – er hatte es immer absurd gefunden, dass so ein winziges Wesen innerhalb von Stunden nach seiner Geburt nicht nur ein eigenes Imperium besaß, sondern es auch beherrschte und dominierte.

Der Ärger hatte jedoch schon lange vor Ruth' Geburt angefangen, sobald Melissa gemerkt hatte, dass sie schwanger war. Die Schwangerschaft war ihr nicht bekommen, vom ersten Tag an war sie müde und gereizt gewesen, hatte meist schon um halb neun abends im Bett gelegen, und Sex war nicht mehr in Frage gekommen. Nach Ruth' Geburt hatte er geduldig gewartet, dass Melissa grünes Licht gab. Doch als Ruth fünf Monate alt war, hatte er allmählich die Hoffnung aufgegeben, dass es je wieder ein Sexualleben zwischen ihnen geben könnte. Sobald er auch nur andeutungsweise hatte durchblicken lassen, dass er Melissa begehrte, hatte sie ihm den Rücken gekehrt. Erst als sie mit dem Stillen aufgehört hatte, war es allmählich besser geworden. Aber so wie früher wurde es nie wieder.

Seiner Ansicht nach war der erste Riss in ihrer Ehe entstanden, sobald Melissa mit Ruth schwanger war.

Und das Gleiche würde jetzt zwischen ihm und Kate passieren. Ein Kind würde sich zwischen sie stellen. Er wusste es einfach.

Kate würde natürlich abstreiten, dass sich irgendetwas änderte, aber er wusste es besser. Es lag in der Natur. Die Natur verlangte, dass eine Frau sich anders verhielt, sobald sie ein Kind erwartete. Sie selbst merkte es gar nicht, aber ganz allmählich drehten sich all ihre Gedanken nur noch um dieses kleine Wesen, das sie völlig mit Beschlag belegte und keinen Platz für etwas anderes oder einen anderen Menschen in ihrem Leben ließ.

Und noch etwas bewirkte die Natur: Es war nie das Kind von ihnen beiden, sondern immer nur das der Frau.

Ruth war nie sein Kind gewesen. Als er anfangs unbeholfene Versuche unternommen hatte, sie zu baden und anzuziehen, hatte Melissa sich über ihn lustig gemacht, ihn verhöhnt und zum Zuschauer degradiert. Nur mitten in der Nacht, wenn sie zu erschöpft war, die zahnende Ruth zu beruhigen, waren seine Dienste gefragt gewesen.

Er konnte sich durchaus vorstellen, dass Kate behauptete, sie würde nie wie Melissa werden und nie die gleichen Fehler machen, aber tief im Inneren fürchtete er, dass es bei ihr nur noch schlimmer würde: Sie wünschte sich so sehnlichst ein eigenes Kind, dass für ihn vermutlich kein Quäntchen Platz mehr übrig bliebe. Er wurde einfach verdrängt. Überflüssig.

Genau so war es auch gelaufen, als Hattie vergangenen Monat ein Wochenende bei ihnen verbracht hatte. Fast die ganze Zeit hatte Kate mit dem Kind gespielt. Um sich von seiner Eifersucht nicht unterkriegen zu lassen, hatte er fast das ganze Wochenende gearbeitet.

»Also, was soll ich machen, Alec? Soll ich es noch einmal versuchen?«

Susans eindringliche Stimme am anderen Ende der Leitung zwang Alec, sich wieder auf das Gespräch zu konzentrieren. »Entschuldigung, ich muss weg. Sprechen Sie doch bitte mit Melissa über das Problem«, sagte er kurz angebunden.

Er legte den Hörer auf und lehnte sich zurück. Sofort klingelte das Telefon wieder. Er nahm den Hörer ab und brüllte der Sekretärin, die das Gespräch durchgestellt hatte, ins Ohr: »Ich bin beschäftigt und will nicht gestört werden!«

Hatte er denn nirgendwo seine Ruhe?

Offensichtlich nicht, denn nun ging die Tür auf, und herein kam ausgerechnet die Person, mit der er am wenigsten sprechen wollte. Verdammt, das würde ihr gefallen, dachte er. Er schaute zu, wie Melissa einen Stapel Musterkarten auf seinen

Schreibtisch legte, und verspürte zum ersten Mal, seit Tim auf der Bildfläche erschienen war, eine Woge wütender Eifersucht auf ihre Beziehung zu ihm. Wie einfach die beiden es hatten, dachte er neidisch. Da Melissa vor sechs Jahren eine Totaloperation hinter sich gebracht hatte, drohte ihnen keine Schwangerschaft, die alles über den Haufen warf. Und da er den Gedanken an ihre hämische Freude nicht ertragen konnte, stand er rasch auf und zog sein Jackett an. »Was auch immer du willst, es muss warten. Ich gehe heute zeitig zum Mittagessen.«

Melissa starrte ihm nach. Irgendetwas stimmte nicht. In all den Jahren, die sie Alec kannte, hatte sie nur zweimal eine derart gequälte Miene an ihm erlebt: einmal, als seine Mutter starb, und ein zweites Mal, als sie ihm sagte, dass sie die Scheidung wollte. Seinen traurigen, verletzten Blick hatte sie nie vergessen. Damit hatte sie ihm sehr wehgetan, und es erforderte ihre gesamte Kraft, bei ihrem Entschluss zu bleiben. Er hatte nie erfahren, dass sie in jener Nacht beinahe ihre Meinung änderte.

Es war jedoch richtig gewesen. Seither hatte sie nie wieder an ihrem Entschluss gezweifelt. Sie und Alec kamen als Freunde und Geschäftspartner besser miteinander aus denn als Mann und Frau. Sie liebte ihn immer noch und hatte ihn stets geliebt. Vielleicht hatte sie sich deshalb scheiden lassen. Wären sie zusammen geblieben, hätten sie sich am Ende vielleicht nur noch gehasst, und das wollte sie nicht. Es war einer jener Fälle, in denen Grausamkeit die gnädigere Alternative war. Manchmal fiel es ihr jedoch schwer, nach außen Härte zu zeigen, um Alec davon zu überzeugen, dass ihr nicht mehr so an ihm lag wie früher. Kurz nachdem sie ausgezogen war und er zu trinken angefangen hatte, um sich die einsamen Abende zu vertreiben, hatte sie gegen das Verlangen ankämpfen müssen, ihn zu trösten. Stattdessen hatte sie die Rolle des knallharten

Biests gespielt, wie sie es nannte, hatte ihn herumkommandiert und ihm gesagt, er solle sich gefälligst zusammenreißen. Dass sie manche Nacht wach gelegen und sich Sorgen um ihn gemacht hatte, ahnte er nicht.

Aber das war alles Vergangenheit. Jetzt hatte sie Tim, und Alec hatte offenbar sein Glück bei Kate gefunden.

Alec fuhr viel zu schnell über die Landstraße und nahm die Geschwindigkeit erst zurück, als er um Haaresbreite hinter einer scharfen Kurve auf einen Trecker aufgefahren wäre.

Seit einer Stunde raste er schon waghalsig und ziellos durch die Gegend, doch als er nun in das Dörfchen Swettenham kam, beschloss er, eine Pause zu machen und etwas zu essen. Er fuhr zum Swettenham Arms, wo er auf dem kaum besetzten Parkplatz des Lokals sofort eine Lücke fand.

Im Schankraum wehte ihm ein beruhigender Ale-Geruch entgegen. Er bestellte ein Glas Bier und ein Steak und ging an den einzigen freien Tisch in einer Fensternische, wo er noch vor nicht allzu langer Zeit mit Kate gesessen hatte. An jenem warmen, sonnigen Frühlingstag hatten sie gefeiert, dass sie fünf oder sechs Monate zusammen waren, und hatten glücklich und zufrieden in ihrer Liebe geschwelgt. Auf dem Holztisch hatte eine Vase mit einer einzelnen Nelke gestanden, die er herausgenommen und ihr ins Haar gesteckt hatte, eine alberne, sentimentale Geste, über die sie beide ebenso lachen mussten wie das Paar am Nachbartisch.

Heute standen keine Blumen auf dem Tisch, nur ein einzelnes, zerquetschtes Stück Pommes frites war vom Mittagessen eines anderen Gastes übrig geblieben.

Er trank das Bier, und als sein Essen kam, merkte er, dass er keinen Hunger hatte. Er zwang einen Bissen Salzkartoffeln hinunter, gab aber auf, als eine Welle der Übelkeit in ihm aufstieg.

Mit Essen konnte er sein Problem nicht lösen. Auch nicht mit Trinken. Angewidert betrachtete er das fast leere Bierglas. Diesen Weg hatte er schon einmal ausprobiert. Damals hatte es nicht funktioniert und heute würde es auch nichts bringen.

Was sollte er tun?

Nach Hause fahren und mit Kate reden?

Was sollte das nutzen? Reden konnte nur dazu führen, dass einer von ihnen sich auf einen Kompromiss einließe. Und dann?

Wenn er einlenkte, bestand die Gefahr, dass er es Kate immer vorwerfen würde und die kleinste Meinungsverschiedenheit ungeahnte Ausmaße annähme, weil er das Gefühl hätte, ihr ohnehin schon so große Zugeständnisse gemacht zu haben.

Und wenn sie einlenkte – konnte er wirklich eine Abtreibung von ihr verlangen? –, dann könnte er ihr nie wieder in die Augen sehen aus Angst, darin bittere Vorwürfe zu erkennen. Und es würde noch schlimmer kommen: Ihre Bitterkeit würde in schieren Hass umschlagen, weil er das von ihr verlangt hatte.

Wie sie es auch machten, es konnte nicht gut enden.

Er trank sein Bier aus, schob das Essen beiseite, das er kaum angerührt hatte, und zwang sich zu dem Eingeständnis, dass er Kate durch seine selbstsüchtige Liebe höchstwahrscheinlich verloren hatte. Es gab keine Hoffnung mehr für ihre Beziehung.

Caroline war voll auf Kampf eingestellt. »Der Mistkerl! Wie kann er wagen, dir so was zu sagen? Er hat dich doch nur benutzt!«

»Caroline«, zischte Kate, »sei doch leise, die Leute gucken schon.«

»Lass sie doch«, sagte Caroline noch lauter und starrte abwehrend in die Runde, weil sich mittlerweile immer mehr Blicke auf sie richteten. »Sollen sie ruhig hören, was für ein Schwein er ist!«

»Caroline, wenn du nicht sofort aufhörst, gehe ich.«

Caroline sah ihre Freundin verständnislos an. »Ich muss schon sagen, du scheinst das ja ziemlich ruhig hinzunehmen. Bist du denn nicht wütend darüber, wie er dich behandelt?«

»Ich bin viel zu durcheinander und aus der Bahn geworfen, um wütend zu sein«, antwortete Kate. »Können wir jetzt bitte das Essen bestellen und vernünftig miteinander reden?«

Nachdem Tony sich morgens vergewissert hatte, dass sie über die schlimmsten Tränenausbrüche hinweg war, und wieder gegangen war, rief sie Caroline an, um sich mit ihr zum Mittagessen zu verabreden. Sie hatte Glück: Caroline hatte ein paar Tage Urlaub. Das Gute an ihrer Freundschaft war, dass sie Kate immer wieder dazu brachte, ihre Gedanken zu ordnen und einen klaren Kopf zu bekommen. Auf der Fahrt zu dem Weinlokal, in dem sie mit ihrer Freundin verabredet war, hatte sie gewusst, dass sie Carolines überzogener Reaktion auf ihre Neuigkeiten nur ein paar Minuten lang würde zuhören müssen, um ihre Fassung und Kraft wiederzufinden.

Ein gut aussehender Kellner nahm ihre Bestellung auf. Nachdem Caroline versucht hatte, ihn in eine kleine Plauderei zu verwickeln, sagte sie: »So einen hättest du dir suchen sollen, Kate, nicht solch einen alten Trottel, der nicht bereit ist, Verantwortung zu übernehmen.«

Kate runzelte die Stirn. »Alec ist kein alter Trottel, Caroline, wie oft soll ich dir das noch sagen? Er ist erst neunundvierzig.«

Caroline schnaubte. »Wie du meinst. Und was willst du jetzt tun?«

»Ich denke, das hängt davon ab, was Alec tut.«

»Na, was das angeht, bin ich überzeugt, dass er sich aus

dem Staub machen wird, nachdem er ja jetzt seinen Spaß gehabt hat. Ich sage dir, er wird dich aus dem Haus werfen, noch bevor du den ersten Termin für die Vorsorgeuntersuchung hast. Er wird eine rechtliche Vereinbarung aufsetzen, in der er erklärt, dass er die Vaterschaft anerkennt und dir das Geld für die nächsten x Jahre ausbezahlt, und dann heißt es, es war nett mit dir, bla bla.«

»Es kann ja auch sein, dass er es sich anders überlegt«, sagte Kate. Sie war fest entschlossen, Carolines vernichtendes Urteil über Alec zu ignorieren und vorerst den Zweifel für ihn sprechen zu lassen. »Tony sagt, viele Männer reagieren zuerst völlig überzogen, wenn sie erfahren, dass sie Vater werden.«

Interessiert schaute Caroline auf. »Wer ist Tony?«

»Ein Nachbar und er ...«

»Was?«

»Er kam heute Morgen vorbei, als ich gerade meinen hysterischen Anfall hatte. Er war sehr nett.«

»Ach, wirklich?«, feixte Caroline.

»Sei nicht albern«, entgegnete Kate, konnte aber nicht verhindern, dass sie bei dem Gedanken an Tony rot wurde. Sie erinnerte sich, wie er ihre Hand gehalten und sie getröstet hatte. Als er ihr von seinen Problemen erzählte, tat er ihr so Leid, dass sie für eine Weile sogar ihre eigenen Sorgen vergaß. Es war merkwürdig, irgendwie hatte sie die ganze Zeit gewusst, dass Tony und Amanda nicht glücklich miteinander waren. Vielleicht war es auch gar nicht so merkwürdig, schließlich war Amanda kein sonderlich liebenswerter Mensch. Sie strahlte eine Kälte aus, die in krassem Gegensatz zu Tonys natürlicher Herzlichkeit stand. Möglicherweise merkte jeder, der die beiden als Paar kennen lernte, dass er sie unmöglich aus Liebe geheiratet haben konnte. Auch bei Amanda würde sich vermutlich jeder denken können, dass ihre Bereitschaft, Tony zu heiraten, mit Liebe sehr wenig zu tun hatte.

»Also, wie ist er?«, fragte Caroline.

Kate musste grinsen. »Du bis unmöglich, wirklich.«

»Beantworte meine Frage. Ich will wissen, mit welchen Männern du dich abgibst. Erzähl mir alles.«

»Es gibt nichts zu erzählen.«

»Nein, das sehe ich. Du bist so rot geworden wie mein Nagellack.«

Kate gab nach. »Er ist ziemlich groß.«

»Wie groß?«

»Ungefähr 1,80.«

»Haare?«

»Ja.«

»Jetzt werd nicht spitzfindig. Welche Farbe?«

»Ungefähr blond.«

»Augen?«

»Ungefähr blau.«

»Alter?«

»Ungefähr Mitte dreißig.«

»Und wenn ich dich fragen würde, was für einen Wagen er fährt, würdest du sagen, einen ungefähr schnellen. Drückst du dich extra so vage aus?«

Kate grinste. »Er fährt einen Porsche und er ist silbergrau ...«

»Sag's nicht«, unterbrach Caroline, »er ist silbergrau oder so ungefähr.«

Beide lachten.

»Na ja, mit oder ohne den attraktiven Wagen hört es sich so an, als sei er eindeutig eine gute Partie. Wie würde er dazu stehen, das Kind eines anderen anzunehmen?«

»Er ist verheiratet und hat selbst ein Kind. Ende der Geschichte.«

»Irgendwas gerät doch immer dazwischen. Ach gut, da kommt unser Essen.«

Als der Kellner sie wieder allein gelassen hatte, sagte Kate: »Caroline, ich möchte jetzt mal ganz ernst mit dir reden.«

»Muss das sein? Es fing gerade an, mir Spaß zu machen.«

»Ich möchte dich um einen Gefallen bitten. Falls Alec ... falls ich ausziehen muss, kann ich dann eine Weile bei dir bleiben, bis ich weiß, wie es weitergehen soll?«

Innerlich stöhnte Caroline auf. Die Vorstellung, dass überall in ihrem kleinen Häuschen kistenweise Pampers und bespuckte Babylätzchen herumflögen, gefiel ihr ganz und gar nicht, aber da sie in ihrer Einstellung nicht mit dem Feind – also Alec – sympathisieren wollte, erklärte sie munter: »Aber sicher, so lange eins zwischen uns klar ist: Falls ich das Glück habe, einen Mann mit nach Hause zu bringen, bleibst du außer Sichtweite, denn ein Blick genügt, dass er sich nicht mehr für mich, sondern für dich interessiert. Hey, du fängst doch wohl nicht an zu heulen, oder?«

Kate schluckte und zwinkerte ihre Tränen fort. »Ich bin dir wirklich dankbar, das ist alles. Wahrscheinlich ist es gar nicht nötig. Es wird sich schon alles wieder einrenken, aber falls ich eine Bleibe brauchen sollte, ist es schön zu wissen, dass es einen Platz für mich gibt.« Um das Thema zu wechseln, fragte sie: »Erzähl mal, wie läuft es denn mit deinen Verabredungen?«

Caroline wusste, dass sie ein denkbar unsensibler Mensch war – das sagte Kate ihr immer wieder –, aber heute war ihr völlig klar, dass Kate eine Ablenkung brauchte, und so ging sie bereitwillig auf die Frage ihrer Freundin ein. »Du glaubst nicht, was für Blödmänner ich getroffen habe! Es ist nicht zu fassen, dass es so viele Verrückte gibt. Einer hat stundenlang über seine Sammlung roter Keramikdrachen geblubbert. Jedenfalls hätte er das stundenlang getan, wenn ich mich nicht unter dem Vorwand aus dem Staub gemacht hätte, dass mir plötzlich speiübel sei. Ein anderer hat nur über seine Verflossenen geredet. Und noch ein anderer war ein Buddy-Holly-Fan. Er tauchte in einem komisch gepunkteten Anzug im Stil der fünfziger Jahre auf und fragte, ob ich was dagegen hätte, wenn er mich Peggy Sue nennen würde. Ich hab nur noch die Fliege gemacht, raus aus der Tür, auf die Straße und zu meinem Wagen. Zu Hause habe ich mich dann bei einer Tasse heißer Schokolade mit meinem George-Clooney-Album getröstet. Es ist der reinste Alptraum. Am Telefon klingen sie noch ganz normal, aber glaub mir, sie sind alle mindestens so verrückt wie Woody Allen und haben doppelt so viele Komplexe.«

»Aber du musst doch wenigstens *einen* anständigen Mann kennen gelernt haben«, sagte Kate.

»Falls ja, dann ist er mir unter all den Bekloppten nicht aufgefallen.«

Eine Weile lang aßen sie schweigend weiter, bis Kate leise sagte: »Ich muss dir was gestehen.«

»Dir gefällt dieser Tony, was? Ich hab's doch gewusst.«

»Ich wünschte, ich hätte gar nichts von ihm erzählt«, antwortete Kate wütend. »Eigentlich wollte ich dir sagen, dass Alec und ich uns auch über eine Kontaktvermittlung kennen gelernt haben.«

Caroline ließ Messer und Gabel sinken und starrte Kate an, bis ein spöttisches Grinsen auf ihre Lippen trat. »Na ja«, sagte sie und hob ihr Weinglas, »damit schließe ich die Beweisaufnahme ab, Hohes Gericht, in dem ganzen Haufen gibt es nicht einen anständigen Mann.«

Es war schon Spätnachmittag, als Kate durch den Torbogen von Cholmford Hall Mews fuhr. Als Erstes sah sie Alecs Wagen vor dem Haus stehen. Sie war schon versucht, auf der Stelle kehrtzumachen, aber einige Stunden in Carolines Gesellschaft hatten sie für die unausweichliche Konfrontation mit Alec gestärkt. »Ich werde nicht zusammenbrechen«, sagte sie sich entschlossen, als sie neben seinem Saab parkte. »Ich habe die Situation im Griff«, redete sie sich ein, als sie ihren Wagen abschloss. »Ich werde meine Position vertreten.«

Sie öffnete die Haustür.

Er war im Arbeitszimmer über seinen Schreibtisch gebeugt und blätterte einige Briefe durch, die er wohl vom Büro mit nach Hause gebracht hatte. Als sie ins Zimmer kam, drehte er sich um.

»Ich denke, wir sollten es hinter uns bringen«, sagte sie und umklammerte hinter ihrem Rücken die Wagenschlüssel.

»Du hast Recht«, sagte er und folgte ihr in die Küche.

Warum nur fielen große Entscheidungen des Lebens immer in der Küche?, fragte sich Kate, als sie sich über den Tisch hinweg anschauten. Jetzt ist es also so weit, dachte sie. Jetzt ist es wirklich so weit. Jetzt treffe ich meine Entscheidung und stehe dazu. Sie wunderte sich über ihre Ruhe. Heute bin ich um zehn Jahre gealtert, dachte sie.

Alec starrte wie versteinert auf seine Schuhe und wartete, dass Kate etwas sagte. Als sie schwieg, sah er ganz langsam auf. Allerdings schaute er sie nicht direkt an, sondern blickte zum Fenster, dann zum Kühlschrank, wo Kate ein von Oscar gemaltes Bild aufgehängt hatte: Es zeigte Alec und Kate, Händchen haltend, unter ihren Füßen einen grünen Grasstreifen, über ihren Köpfen einen wackeligen Streifen blauen Himmels. Darunter hatte Oscar in seiner krakeligen Kleinkinderschrift geschrieben: *Opa Alec und Kate.*

»Es tut mir Leid«, platzte er heraus, da er das Schweigen nicht länger ertragen konnte. Aber er schaute sie immer noch nicht an, sondern richtete den Blick unverwandt auf Oscars Bild: Kate mit den langen, streichholzdünnen Beinen und er mit einem runden Kugelbauch und winzigen Stummelbeinchen. »Es tut mir Leid«, wiederholte er.

»Was tut dir Leid, Alec?«

Er riss sich von Oscars Gemälde los und sah sie an. Die Nachmittagssonne, die durch das Fenster schien, ließ Kates Haar in einem goldenen Kastanienbraun aufleuchten. Es war mit einem Seidentuch zusammengebunden, das er nicht kannte und dessen Farben das zarte Grün ihrer Augen betonte – ihrer großen, traurigen Augen, die ihn unverwandt ansahen. Noch nie war sie ihm so schön erschienen. Und als ihm dieser Gedanke durch den Kopf ging, löste sich mit einem Mal die gesamte Anspannung und die Schreckstarre dieses Tages und er wusste genau, was er zu tun hatte.

Er ging zu ihr, nahm sie in die Arme und wollte alles wieder gutmachen, was er angerichtet hatte, wollte unbedingt, dass sie ihm verzieh. »Ach, Kate«, flüsterte er, »was ich heute Morgen gesagt habe, habe ich nicht so gemeint. Es war der Schock. Lass mir Zeit, mich an den Gedanken zu gewöhnen. Ich verspreche dir, dass alles gut wird. Ich verspreche es dir.«

Kapitel 33

Am Montagabend fühlte Josh sich schon wesentlich besser. Das Brennen, das ihn seit fast einer Woche gequält hatte, war im Laufe des Wochenendes allmählich abgeklungen, und von der gewohnten Steifheit im Bein einmal abgesehen, ging es ihm heute relativ gut.

Morgens hatte er einige Stunden im Büro verbracht, und nachdem er mit Charlie Frieden geschlossen und ein paar Dinge erledigt hatte, die seit Donnerstag liegen geblieben waren, war er nach dem Mittagessen nach Hause gefahren, die Aktentasche voller Faxe von ihren Lieferanten in Hongkong, um die er sich kümmern musste. Noch bevor Charlie Gelegenheit hatte, es ihm nahe zu legen, beschloss er, es an seinem ersten Tag im Büro ruhig angehen zu lassen.

Das ganze Wochenende lang hatte er sich ausgeruht und viel geschlafen, da es ihm schwer fiel, lange wach zu bleiben. Er gab es nur ungern zu, aber vielleicht sollte er tatsächlich in Zukunft mehr Rücksicht auf seinen Körper nehmen. Mittlerweile war er fest davon überzeugt, dass der Vorfall am letzten Donnerstag in seinem Büro nicht den Anfang von Ohnmachtsanfällen bedeutet hatte, sondern dass er aus schierer Erschöpfung zusammengebrochen war. Sein Körper hatte einfach genug gehabt.

Die einzige Störung am Wochenende bestand in einem Anruf seiner Mutter am Samstagmorgen. Vermutlich hatte Charlie hinter den Kulissen die Fäden gezogen und sie dazu gebracht, ihn anzurufen.

»Bleibt es beim Mittagessen nächsten Sonntag?«, fragte sie. »Du schaffst es doch, zu kommen?« Er registrierte die angespannte Vorsicht in ihrem Ton und wusste, dass sie hin- und hergerissen war zwischen dem drängenden Verlangen, zu ihm zu kommen und zu sehen, wie es ihm ging – wobei ihr völlig klar war, dass er das unter keinen Umständen wollte –, und der Verpflichtung, so zu tun, als wüsste sie nichts von seinem letzten MS-Schub.

»Ja, ich hoffe schon«, antwortete er. Sie tat ihm aufrichtig Leid. Am Tag nach der Diagnose seiner Krankheit war er ziemlich ausfallend gegen sie geworden, weil er sich von der Sorge seiner Familie völlig erstickt gefühlt hatte, und seitdem fasste sie ihn mit Samthandschuhen an. Immer wieder hatte er vor, mit ihr darüber zu reden, aber es hatte sich nie die rechte Gelegenheit ergeben.

Ihr Telefonat dauerte nicht lange. So taktvoll wie möglich fragte sie ihn, wie es ihm ginge, und fügte beiläufig hinzu, dass Charlie mit ihr gesprochen habe. Um zu vermeiden, dass sie ihm mühsam sämtliche peinlichen Einzelheiten aus der Nase zog, erwiderte er: »Es geht mir gut, Mum, bitte, mach dir keine Sorgen. Ich komme nächste Woche, wie üblich.«

Als er den Hörer auflegte, hatte er sich geschworen, endlich einmal in Ruhe mit seiner Mutter über alles zu sprechen.

Als er nun die letzten Faxe bearbeitet hatte, nahm er die Brille ab und lehnte sich zurück. Er schaute durch das Schiebefenster seines Arbeitszimmers über den Hof und überlegte, ob jetzt wohl der rechte Zeitpunkt wäre, sich Jessica zu offenbaren. Er hegte jedoch keine sonderlich großen Hoffnungen, dass sie viel mit ihm würde reden wollen. Es war eine Ewigkeit her, seit sie zuletzt miteinander gesprochen hatten. Sie hatte ihn angerufen, als er sich verdammt elend fühlte, und daher war ihr Gespräch so lebhaft und interessant verlaufen wie eine Rundfunksendung über Parteipolitik. Kein Wunder, dass sie nicht wieder angerufen hatte.

Er schaute auf das Bücherregal neben seinem Schreibtisch. An einem Ehrenplatz zwischen zwei gerahmten Fotos, die Charlie und ihn an den Hängen von Val d'Isère und auf Victoria Peak in Hongkong zeigten, prangten Jessicas Bücher. Er hatte beide gelesen und zu seiner Verwunderung festgestellt, dass er laut darüber lachen musste, obwohl er noch nie zuvor einen Liebesroman gelesen hatte. Ihr Stil war so prägnant, schwungvoll und ironisch wie sie selbst. Deshalb war er sich auch bewusst, dass sie ihn wegen seines Verhaltens in der letzten Zeit ziemlich kurz abfertigen konnte, wenn sie wollte. Sie hatte weiß Gott jedes Recht dazu.

Er schaute wieder aus dem Fenster, drehte die Brille in den Händen und dachte gerade, wie sehr er Jessica vermisste, als er sie in ihr Arbeitszimmer treten sah, das seinem unmittelbar gegenüberlag.

Bevor er es sich anders überlegen konnte, griff er zum Telefonhörer und wählte ihre Nummer, die auf einem Zettel an seiner Schreibtischlampe klebte und ihn seit fast zwei Wochen vorwurfsvoll anstarrte.

Er sah, wie sie das Telefon abnahm. »Hi«, sagte er, »ich bin's. Josh.«

Nach einer Pause hörte er ihre Stimme. »Hm ... lassen Sie mich überlegen, sind Sie Josh Reynolds, der Maler, oder der andere berühmte Joshua, dieser Mann, der die Israeliten ins Gelobte Land geführt hat?«

»Keiner von beiden. Hier ist Josh, der blöde Kerl, der seit ... seit einiger Zeit nichts mehr von sich hat hören lassen.«

»Ach, der! Na ja, ich habe zwar noch eine flüchtige Vorstellung, wie er aussieht, aber ein bisschen müssen Sie mir wohl helfen, ich kann mich nur noch vage an ihn erinnern.«

»Wenn du aus dem Fenster schaust, siehst du vielleicht etwas, das dir weiterhilft.«

Es entstand eine kurze Pause. »Meine Güte, da drüben winkt mir ein Verrückter zu. Stellen Sie sich das vor. Aber warten Sie mal, ich glaube, Sie haben Recht, irgendwas an ihm kommt mir bekannt vor. Allmählich fällt's mir wieder ein.«

»Wie geht es dir, Jessica? Ich habe dich vermisst.«

»Ach ja?«

»Ja.«

»Tatsächlich?«

»Ja, wirklich.«

»Den Teufel hast du.«

»Aber es stimmt, ehrlich.«

»Und warum hast du dich dann nicht gemeldet?«

»Ich war beschäftigt.«

»Crawford, erspar mir den Scheiß. Leg auf, komm rüber und entschuldige dich gefälligst persönlich.«

»Ich ... ich kann nicht.«

»Wieso nicht?«

»Weil ... weil ich mich gerade von einer Grippe erhole.« Verdammt! Er fing schon wieder an! Noch mehr Lügen.

»Warum hast du mir nicht Bescheid gesagt, dass du krank bist? Ich hätte rüberkommen, dir Brühe kochen, deine Stirn abwischen und dekorativ am Fußende deines Bettes stehen können.«

»Gute Idee, aber ich fürchte, ich bin ein schlechter Patient.«

»Die meisten Männer sind schlechte Patienten, glaub mir. Und warum rufst du jetzt an?«

»Ich möchte dich gern sehen.«

»Ich weiß aber nicht, ob ich dich sehen will.«

»Jessica, ich habe doch schon gesagt, dass es mir Leid tut.

Ich hatte furchtbar viel zu tun, bei der Arbeit ging es zu wie im Irrenhaus …«

»Und vergiss nicht, wie krank du warst.«

»Können wir uns morgen Abend sehen?«

»Bist du sicher, dass es dir dazu gut genug geht?«

»Dafür werde ich schon sorgen.«

»Okay. Sei vor halb sieben hier. Und Crawford …«

»Ja?«

»Diesmal keine Ausreden, ja?«

»Bestimmt nicht.«

Fast den ganzen Dienstag betete Josh, dass er gut durch den Tag kam. Falls etwas schief ging und er abends nicht zu Jessica konnte, würde sie ihm nie wieder auch nur ein Wort glauben.

Und da er an diesem Abend endlich mit ihr sprechen wollte, war es wichtig, dass nichts dazwischenkam.

Als er nach ihrem Telefonat aufgelegt und sich etwas zum Abendessen gemacht hatte, war ihm klar geworden, dass es so nicht weitergehen konnte. Es war Zeit, Jessica reinen Wein einzuschenken. Lieber sollte sie die Wahrheit über ihn erfahren, als ihn für einen kompletten Halunken zu halten.

Um halb zwölf Uhr mittags räumte er seine Sachen zusammen und schaltete das Licht in seinem Büro aus. Im Vorzimmer plauderte Mo mit Charlie. Als sie Josh sah, reichte sie ihm eine Karte. Es war eine Einladung.

»Ich habe am Freitag Geburtstag und gebe eine kleine Party. Kommen Sie auch?«

»Natürlich kommt er«, sagte Charlie.

»Ich weiß noch nicht«, sagte Josh zögernd.

»Ach bitte«, bettelte Mo und fügte widerstrebend hinzu: »Wenn Sie wollen, können Sie Jessica mitbringen. Charlie versucht Rachel zu überreden, dass sie auch mitkommt.«

»Ich überlege es mir noch.«

»Du bist ein undankbarer Kerl«, sagte Charlie, als er und Josh gemeinsam zum Parkplatz gingen. »Du hättest Mo ruhig zusagen können.«

»Ich mache nicht gern Versprechungen, die ich vielleicht nicht halten kann.«

Charlie beließ es dabei. Er war es leid, mit seinem Bruder zu streiten. »Hast du heute Abend schon was vor?«

»Ja. Ich treffe mich mit Jessica. Ich ... ich will ihr alles sagen.«

Charlie blieb abrupt stehen. »Von deiner MS?«

Josh nickte.

Charlie wusste nicht, wie er darauf reagieren sollte. Eine oberflächliche Bemerkung wie: »Es wird schon schief gehen, mach dir keine Sorgen«, wäre eine Beleidigung für Joshs Intelligenz. Und obwohl er seinen Bruder oft gedrängt hatte, ehrlich zu Jessica zu sein, unterschätzte er keineswegs das Risiko, das Josh einging. Das abrupte Verschwinden seiner früheren Freundin hatte hinlänglich bewiesen, dass Liebe durchaus nicht mit allem fertig wurde.

»Viel Glück«, war alles, was ihm zu sagen einfiel. »Ruf mich an, wenn ... na ja, du weißt schon.«

»Was? Wenn es nicht gut ausgeht?«

Wie auch immer Josh sich den Verlauf des Abends vorgestellt haben mochte, es kam völlig anders.

Als er um Punkt halb sieben vor ihrer Tür stand und Jessica ihn nicht wie erwartet ins Haus bat, musste er sein Vorhaben, ihr in aller Ruhe alles zu erklären, vorerst aufschieben.

Sie ging zu ihrem Wagen und sagte: »Steig ein, ohne Widerrede. Es ist Zeit, dass du ein bisschen lockerer wirst. Ob du willst oder nicht, du wirst geschlagene zwei Stunden in meiner Gesellschaft verbringen, und zwar im Dunkeln, und du wirst lachen. Wenn du lieb bist, bekommst du vielleicht sogar ein bisschen Popcorn.«

Der Film war als umwerfende Komödie mit Steve Martin in der Rolle eines liebeskranken Ölmagnaten angekündigt.

»Das ist nicht unbedingt mein Fall«, wandte Josh verdrießlich ein, als sie in dem voll besetzten Kino ihre Plätze einnahmen.

»Ja, ich weiß, das ist viel zu primitiv für dich. Aber genau das ist ja das Problem bei dir. Du bist vorzeitig gealtert und hast völlig vergessen, dich zu amüsieren. Lehn dich doch einfach mal zurück und lass das Kind in dir zum Vorschein kommen.«

Als Aretha Franklin zum Abspann *What Now My Love* sang, reihten sie sich in den Strom der Kinobesucher ein, die zum Ausgang drängten. Draußen war es dunkel und es nieselte.

Als Jessica den Wagen aufgeschlossen hatte und sie eingestiegen waren, sagte sie: »Der Film war doch gar nicht so schlecht, oder? Ich habe dich deutlich lachen hören.«

»Ich habe nur dir zu Gefallen gelacht«, gab er zu.

Sie sah zu ihm hinüber und bemerkte zum ersten Mal die heilende Wunde an seiner Schläfe. »Du hast dich verletzt. Wie ist das denn passiert?«

Er zögerte. War das sein Stichwort? War das der richtige Augenblick, ihr die Wahrheit zu sagen? Sollte er ihr jetzt sagen, dass er multiple Sklerose hatte und seine Krankheit ihn in der vergangenen Woche außer Gefecht gesetzt hatte? »Das ist nichts«, sagte er, sich abwendend, »gar nichts Besonderes.«

Jessica ließ den Motor an, setzte aus der Parklücke und sagte, während sie an der Ampel zur Hauptstraße auf Grün wartete: »Josh?«

»Ja?«

»Ich glaube dir nicht.«

»Was glaubst du mir nicht?«

»Dass du etwas mir zu Gefallen tust.«

Es entstand betretenes Schweigen.

»Da irrst du dich«, erklärte Josh schließlich. »Nichts wäre mir lieber, als dir zu gefallen, aber ...«

»Aber-Alarm! Aber-Alarm!«, sagte Jessica, legte den ersten Gang ein und fuhr an. »Ich sehe dräuend ein großes Aber am Horizont.«

Stirnrunzelnd legte er ihr die Hand in den Nacken und streichelte sie an einer Stelle, wo sie es besonders mochte. »Das Aber ist, dass ich nicht weiß, ob ich dem gewachsen bin.«

»Wenn das mal nicht nach einem Mann klingt, der den Rückzug aus einer Beziehung versucht! Du nimmst besser die Hand weg, sonst fahre ich noch dem Vordermann auf.«

Josh zog seinen Arm zurück und beschloss, ihr erst zu Hause die Wahrheit zu sagen. Er wollte ihr Gesicht sehen, wenn sie es erfuhr, er musste ihre Miene deuten können. Das war von entscheidender Bedeutung.

Als sie schließlich vor Jessicas Haus hielten, zog Jessica die Handbremse an und stellte den Motor ab. Ohne ihn anzusehen, fragte sie unvermittelt: »Gibt es eine andere? Wenn ja, dann tu uns beiden den Gefallen, es mir zu sagen. Ich will nur wissen, wo ich dran bin. Das ist, glaube ich, nicht zu viel verlangt.«

Zum Teufel!, dachte sie, ich höre mich an wie eine paranoide Frau mittleren Alters. Gleich werde ich ihm sagen, er soll an die Kinder und die Auswirkungen denken, die es für sie hat. Aber so verhasst ihr der Klang der Worte war, die aus ihr heraussprudelten, wusste sie doch, dass sie es zu Ende bringen musste.

»Wenn es eine andere gibt, finde ich, dass ich das Recht habe, es zu erfahren«, fuhr sie fort. »Einmal bist du da, im nächsten Moment tauchst du wieder ab. Ich bin keine Besitz ergreifende Frau, aber ich lasse mich nicht gern verarschen.

Das habe ich bei Gavin oft genug erlebt, und ich habe nicht vor, so eine Situation schon wieder hinzunehmen. Wenn es natürlich um das uralte Problem geht, dass ein Mann Angst vor einer Bindung hat ...«

»Ich habe keine Angst vor einer Bindung«, warf Josh ein und schaffte es wie durch ein Wunder, ihren wütenden Redefluss zu hemmen, »zumindest nicht so, wie du meinst.« Sie spürte seine Hand auf ihrer Schulter. Er drehte sie langsam zu sich um. »Und es gibt keine andere«, erklärte er bestimmt. »Ich bin entsetzt, dass du das annehmen kannst. Und jetzt sei bitte mal lange genug still, dass ich dich küssen kann. Können wir danach ins Haus gehen? Ich möchte etwas mit dir besprechen.«

Jessica unterdrückte ihre Erleichterung. *Es gab keine andere! Gott sei Dank!*

»Worüber willst du mit mir reden? Degeneration? Wiedervereinigung? Erderwärmung?«

Mein Gott, sie plapperte schon wieder drauflos. Was hatte er heute nur an sich, dass er sie so nervös machte?

Er schüttelte den Kopf. »So banal ist es nicht.«

Wieder musste sie schlucken. »Ach. Dann ist es also was Ernstes? Dann können es nur die ausufernden Kosten für den Milleniumdom sein.«

»Es ist noch ernster.«

»Hör auf, nichts ist ernster als dieses Jahrhundertprojekt. Es sei denn ... aber du meinst doch wohl nicht die Sache mit Charles und Camilla? Darüber willst du doch wohl nicht mit mir reden, oder?«

Sorg doch bitte jemand dafür, dass ich aufhöre!

»Meine Güte, Jessica, halt den Mund.« Mit einem langen Kuss brachte er sie zum Schweigen. »Können wir jetzt hineingehen, bevor ich den Mut verliere?«

Kapitel 34

Im Haus war es dunkel. Jessica schloss die Tür auf.

»*What now my love*«, sang sie munter im Stil von Aretha Franklin. Nichts beruhigte so sehr wie ein guter Kuss. Sie schaltete das Licht in der Diele an. »*Now that you've left me* ...«

»Bitte sing das nicht«, sagte Josh abrupt.

»Warum?«, fragte sie lachend. »Gefällt dir meine Stimme nicht?«

Er folgte ihr in die halb renovierte Küche und beobachtete, wie sie Handtasche und Schlüsselbund auf den Tisch warf. »Das ist es nicht«, sagte er.

Sie schlang die Arme um seinen Hals. »Was dann?«

»Der Text ist zu sentimental ... zu melancholisch.« Und zu nahe an der Wirklichkeit. Vor allem die nächste Zeile: *How can I live through another day watching my dreams turning into ashes and all of my hopes into bits of clay*. Angesichts der Eröffnungen, die er Jessica machen wollte, und ihrer möglichen Reaktion darauf wollte er von solchen Gefühlen nichts hören.

Sie lächelte. »Gegen eine vernünftige Portion schmalziger Melancholie ist doch nichts einzuwenden, das ist gut fürs Herz.«

Er erwiderte ihr Lächeln nicht, sondern sah ihr schweigend

in die Augen. Erschrocken stellte Jessica fest, wie sehr er sich seit ihrer letzten Begegnung verändert hatte. Das jugendliche, gut aussehende Gesicht war zutiefst bekümmert. Er sah blass aus. Aus seinen traurigen Augen sprach tiefe Angst, und als sie sich nun an ihn schmiegte, spürte sie, dass er angespannt und distanziert blieb. »Worüber willst du mit mir sprechen?«, fragte sie, nervös durch die plötzliche Erkenntnis, dass seine Veränderung damit zu tun haben musste. Sofort suchte sie im Geiste nach möglichen Erklärungen für seine Anspannung: Er hatte im Wagen gelogen und es gab doch eine andere, oder schlimmer noch ...

Aber was konnte noch schlimmer sein?

Welches Geständnis hatte er ihr zu machen, das ihm so schwer fiel? Aus seiner Miene sprach unverhohlene Angst.

Ach du liebe Güte, dachte sie. Was war denn heutzutage der Alptraum eines jeden Singles ohne feste Beziehung? Welches Schreckgespenst lauerte überall, wenn es um Sex ging?

Langsam löste sie sich aus seinen Armen und trat einen Schritt zurück. Kein Wunder, dass er in letzter Zeit völlig abgetaucht war. Wahrscheinlich war er krank, aber er hatte keine Grippe. »Du hast Aids, stimmt's?«

Ein Mischung aus Entsetzen und Fassungslosigkeit breitete sich in Joshs Miene aus, doch bevor er antworten konnte, klingelte das Telefon. Beide schreckten auf.

»Ich lasse es klingeln, bis du mir geantwortet hast«, flüsterte Jessica. Sie war starr vor Schreck. Versteinert vor Angst. *Wenn er Aids hat, habe ich mich vielleicht schon angesteckt.* Beim durchdringenden Klingeln des Telefons überlegte sie angestrengt, ob sie je ungeschützten Sex gehabt hatten. Aber sie waren immer vorsichtig gewesen. Selbst beim ersten Mal, als Josh nicht darauf vorbereitet gewesen war, was die Nacht bringen würde, hatte Jessica ein Überbleibsel ihres früheren Liebeslebens hervorgekramt. Sie hatten noch Witze darüber gemacht und getan, als pusteten sie den Staub von dem Päckchen.

»Also?«, drängte sie. »Was hast du mir zu sagen?«

»Bitte, Jessica, mach es nicht so dramatisch und geh an das verdammte Telefon.«

»Nein! Nicht bevor du mir die Wahrheit gesagt hast.«

Er schüttelte den Kopf, ging ans Telefon und nahm den Hörer ab. Es verging ein Weilchen, bis er wieder auflegte. »Jessica«, sagte er mit noch besorgterer Stimme als zuvor, »es war deine Mutter, sie hatte einen Unfall.«

»Nichts Ernstes!«, brüllte Jessica Josh an, als er wieder neben ihr auf dem Beifahrersitz ihres Wagens saß. »Woher willst du wissen, dass es nichts Ernstes ist, verdammt noch mal?«

»Weil sie es gesagt hat«, antwortete er ruhig. »Sie hat gesagt, es sei alles in Ordnung und du sollst dir keine Sorgen machen und nicht gleich das Schlimmste denken.« Als Josh den Anruf entgegengenommen hatte, war er überrascht gewesen, am anderen Ende der Leitung ein schwaches Stimmchen sagen zu hören: »Ich habe keine Ahnung, mit wem ich spreche, aber sorgen Sie dafür, dass Jessica sich nicht aufregt. Erzählen Sie ihr nur, dass ihre Mutter einen kleinen Unfall hatte, und sie möchte doch bitte zu mir kommen, ich bin zu Hause. Erklären Sie ihr, dass alles in Ordnung ist und dass es nichts Ernstes ist.«

Inzwischen war ihm klar, warum Jessicas Mutter ausdrücklich nicht mit ihrer Tochter hatte sprechen wollen. In panischer Sorge raste Jessica durch das Tor und jagte mit Bleifuß über die Kastanienallee.

Es regnete mittlerweile stärker als bei ihrer Rückfahrt vom Kino, und Josh sah, wie sie nach dem Schalter für den Scheibenwischer tastete. »Licht wäre auch nicht schlecht«, schlug er vor.

Jessica bedachte ihn mit einem wütenden Blick. »Nichts, worüber man sich Sorgen machen müsste, du lieber Himmel«, brummte sie vor sich hin, während sie die Scheinwerfer einschaltete. »Ich will dir was sagen: Meine Mutter war angeblich zu einer Routineoperation im Krankenhaus, und damals hat sie auch erklärt, das sei nichts, worüber ich mir Sorgen machen müsste. Als ich dann ins Krankenhaus kam, erfuhr ich, dass sie eine dreifache Bypass-Operation gehabt hatte. Seitdem habe ich gelernt, nicht mehr darauf zu hören, was sie sagt.«

»Vielleicht solltest du aber darauf hören. Vielleicht ist es nicht richtig, sie wie Kassandra zu behandeln.«

»Wie wen?«

»Kassandra, die Prophetin, die dazu verdammt war, dass niemand ihr glaubte.«

»Ich kann es einfach nicht fassen! Meine Mutter könnte sterben und du erteilst mir eine Lektion über griechische Mythologie? Ich bin für sie verantwortlich, und wenn ich mir Sorgen um sie machen will, dann tue ich das verdammt noch mal.«

»Gut, wenn du es so willst.«

»Ja. Genau das will ich.«

»Übrigens, ich habe nicht Aids, darüber brauchst du dir also nicht auch noch Sorgen zu machen. Ich habe dich nicht angesteckt.«

»Im Moment ist mir das schnurzpiepegal«, fuhr sie ihn an. »Das Einzige, was mich interessiert, ist, was meine Mutter in drei Teufels Namen jetzt schon wieder angestellt hat.« Jessica umklammerte das Lenkrad und wusste genau, dass sie sich unmöglich benahm und dass Josh das nicht verdiente, aber solange sie ihre Wut an jemandem auslassen konnte, hatte sie das Gefühl, die Lage gerade noch im Griff zu haben.

Sie hielt vor Willow Cottage, und bevor Josh auch nur ausgestiegen war, hatte sie schon die Haustür mit dem Schlüssel aufgeschlossen, den Anna ihr auf Jessicas Drängen vor einigen Wochen gegeben hatte. Sie rief nach ihrer Mutter.

»Ich bin hier oben«, kam die klägliche Antwort.

Jessica nahm zwei Stufen auf einmal.

Sie fand Anna auf dem Boden ihres Schlafzimmers, umgeben von einer Stehleiter, dem verstreuten Inhalt eines umgefallenen Werkzeugkastens und dem Telefon von ihrem Nachttisch.

»Es tut mir Leid, Jessica, aber ich fürchte, ich habe sie kaputtgemacht«, sagte ihre Mutter mit einem Kopfnicken in Richtung einer enthaupteten Porzellanfigur, die Jessica ihr als Kind geschenkt hatte. Der Kopf war durchs Zimmer gerollt und lag nun mit der Nase im Teppich vor dem Frisiertisch. »Ich habe sie mit dem Fuß vom Fensterbrett gestoßen«, sagte sie, als ob das alles erklären würde. »Ich glaube, ich hab mir den Arm gebrochen, und meine Rippen fühlen sich auch nicht so gut an. Ach, das muss Josh sein.«

Josh kam ins Zimmer. »Hallo«, sagte er mit einem unbekümmerten Lächeln, hockte sich neben die beiden auf den Boden und fing an, das verstreute Werkzeug einzusammeln. »Es sieht aus, als hätten Sie ganz schön gearbeitet.«

»Ich tu mein Bestes«, antwortete Anna. Sie erwiderte sein Lächeln und reichte ihm einen Schraubenzieher, den sie in der Hand gehalten hatte.

»Schaffen Sie es bis zum Bett?«

»Ich muss schon sagen, Sie gehen ganz schön ran! Aber ich weiß nicht, ob das Jessica recht wäre. Sie sieht sowieso schon ziemlich wütend aus.«

»Natürlich bin ich wütend«, platzte Jessica heraus, deren Sorge nun ungehemmt in zornige Erleichterung umschlug. »Wie oft habe ich dir schon gesagt, du sollst vorsichtig sein? Wie hast du das nur wieder geschafft?«

Anna grinste Josh an. »Was meinen Sie, wie lange es dauert, bis von ihr kommt: Ich habe es dir doch gesagt?«

»Dazu habe ich auch jedes Recht. Im Ernst, Mum, du hättest tot sein können.«

»Was, und mich damit um die Gelegenheit bringen, diesen netten jungen Mann kennen zu lernen? Keine Sorge«, sagte Anna mit einem Augenzwinkern zu Josh.

Jessica geriet nur noch mehr in Rage und machte schon den Mund zu weiteren Vorhaltungen auf, aber Josh griff bestimmt ein: »Jessica, das hilft jetzt auch nicht weiter. Mrs Lloyd, schaffen Sie die Treppe, was meinen Sie? Nach allem, was ich sehe, ist das Handgelenk höchstwahrscheinlich gebrochen. Ich finde, wir sollten sofort ins Krankenhaus fahren.«

Tony war nicht in Stimmung, mit Rita zu sprechen. Ohne den geringsten Versuch, höflich zu sein, reichte er Amanda den Telefonhörer und ging nach oben, um zu duschen. Er hatte einen anstrengenden Tag hinter sich. Bradley Hurst, der Schlächter, hatte noch am Spätnachmittag eine Telefonkonferenz anberaumt, die keinen anderen Sinn hatte, als für alle Beteiligten den Feierabend hinauszuzögern.

Auf dem Weg ins Badezimmer öffnete er die Tür zum Kinderzimmer einen Spalt, um zu sehen, ob Hattie schon schlief.

»Daddy, bist du es?«

Lächelnd trat er ein. »Also, du kleiner Kobold, du solltest doch schon seit Stunden schlafen.«

»Ich kann nicht einschlafen.«

Tony strich die zerwühlte Bettdecke glatt und setzte sich auf die Bettkante. »Und warum nicht?« Sofort machte er sich Sorgen, ob sie wohl in ihrer neuen Schule Schwierigkeiten hatte. Er wusste, dass Hattie von Natur aus ein selbstbewusstes Kind war, aber man durfte ihre Fähigkeit, Veränderungen zu verkraften, keineswegs überschätzen. Allerdings erschien es ihm recht unwahrscheinlich, dass es in der Schule Ärger gab, da Hatties Lehrerin erst gestern Amanda gegenüber betont hatte, wie gut sie sich eingelebt hatte.

»Machst du dir wegen irgendwas Sorgen?«, fragte er.

Sie nickte.

Er strich ihr über das Haar. »Geht es um die Schule?«

Sie schüttelte den Kopf.

»Was ist es denn dann?«

Sie zog ihn zu sich herunter und flüsterte ihm ins Ohr: »Es ist wegen Oma Rita.«

»Was ist mit Oma Rita?«, flüsterte er zurück.

»Amanda sagt, dass sie vielleicht für länger zu uns kommt.«

Tony fuhr auf. »Das ist mir neu«, sagte er.

»Amanda sagt, du hättest nichts dagegen.«

»Und wann hat Amanda mit dir darüber gesprochen?«

»Auf der Fahrt von der Schule nach Hause. Sie hat aber gesagt, es soll eine Überraschung sein. Das ist keine schöne Überraschung, oder?«

Tony grinste.

»Muss sie kommen?«

»Mal sehen. Und jetzt wird geschlafen.« Er küsste Hattie auf die Stirn und drückte ihre Hand.

»Du erzählst Amanda aber nicht, dass ich was gesagt habe? Sonst wird sie bestimmt böse auf mich.«

»Natürlich nicht. Schlaf schön.«

Als er schon fast aus dem Zimmer war, setzte sie sich noch einmal auf und sagte: »Daddy, was ist ein Internat?«

Stirnrunzelnd kam er wieder ans Bett. »Wieso fragst du?«

»Ich habe gehört, wie Amanda mit Oma Rita am Telefon über etwas geredet hat, das Internat heißt.«

»Ach, wirklich?«

»Würde mir das gefallen?«

Er schüttelte den Kopf. »Nein, nein, bestimmt nicht«, erklärte er finster. »Und mir auch nicht.«

»Amanda hat zu Oma Rita gesagt, dass es für mich das Beste wäre.«

»Na, da irrt sie sich. Sehr sogar.«

»Was ist denn ein Internat?«

»Nichts, worüber du dir jemals Gedanken machen müsstest. Jetzt ist es aber wirklich Zeit zu schlafen. Gute Nacht.« Er gab ihr noch einen Kuss, fassungslos über die Skrupellosigkeit seiner Frau, hinter seinem Rücken Ränke bezüglich der Zukunft seiner Tochter zu schmieden.

Als Tony aus der Dusche kam, sortierte Amanda im Schlafzimmer eine große Plastikwanne Bügelwäsche aus. Sie nahm es damit sehr genau und bügelte sogar seine Socken. »Wie geht's deiner Mutter?«, fragte er.

»Gut. Sie lässt dich schön grüßen.«

Bestimmt nicht! Rita würde eher nackt über die Straßen von Alderly Edge tanzen, wo sie wohnte, als ihm schöne Grüße ausrichten zu lassen. »Nett von ihr«, sagte er und war fest davon überzeugt, dass Hattie Recht hatte und Amanda jetzt auf »Weichspüler« schaltete, bevor sie ihm eröffnete, dass Rita zu ihnen käme. »Wir haben sie länger nicht gesehen. Was hat sie denn in letzter Zeit so gemacht?«, hakte er nach. *Etwas Nettes und Harmloses wie nächtliche Ausflüge mit dem Ku-Klux-Klan?*

»Ach, das Übliche: Bridge und Bowling. Der Bowling-Club plant demnächst wieder eine Tour.«

»Wie schön.« *Besonders wenn es eine halbjährige Reise nach Australien wäre! Je weiter weg, desto besser.*

Da er sich nicht traute, Amanda wegen der Sache mit dem Internat ins Gebet zu nehmen, ging er ins Bett. Diesen Plan konnte sie jedenfalls vergessen. Das würde er nie zulassen.

Er schloss die Augen und hörte Amanda durchs Zimmer gehen und die Kleider in die Schränke räumen. Er fragte sich, was Kate wohl gerade tun mochte. Er hatte keine Ahnung, wie es ihr ergangen war, seit er sie am gestrigen Morgen gesehen hatte. Er wusste nicht, ob Alec und sie eine Lösung gefunden hatten oder ob Alec sich immer noch weigerte, die Schwangerschaft zu akzeptieren. Amanda hatte er von der ganzen Geschichte nichts erzählt – der Gedanke, dass sie über Kate tratschen könnte, war ihm einfach widerlich. Er hoffte jedoch, dass Kate sich an ihn wenden würde, wenn sie Hilfe brauchte. Für alle Fälle hatte er ihr seine dienstliche Telefonnummer gegeben, und den ganzen Tag über hatte er jedes Mal, wenn das Telefon klingelte, die alberne Hoffnung gehegt, dass sie es sei. Allerdings wusste er auch nicht, wie er ihr helfen sollte. Was er Kate zu bieten hatte, würde die Lage wohl nur noch komplizierter machen.

Er war ein verheirateter Mann mit einem Kind, ein Mann, der sich nie hatte vorstellen können, seine Frau zu betrügen. Aber genau das hatte er jetzt vor, oder? Als er gestern Morgen an Kates Tür geklopft hatte, hatte er nichts anderes im Sinn gehabt, als sie in eine Affäre mit ihm zu locken.

Und wenn er auch nur halbwegs die Chance dazu bekäme, würde er das immer noch tun.

Er drehte sich auf die Seite und zog sich die Decke über den Kopf. Am liebsten wäre ihm, die ganze Welt würde einfach untergehen.

Nein, das stimmte nicht.

Er wollte nur, dass Amanda und Alec verschwanden.

Kapitel 35

Sie kam einfach nicht weiter mit *Eine flüchtige Affäre*: Clare und Miles lagen sich seit einer Woche in den Armen, und ihre leidenschaftliche Umarmung erwies sich als die längste in der Geschichte.

Nach Annas Unfall am Dienstagabend war Jessica nach Willow Cottage gezogen, um für ihre Mutter zu sorgen. Sie hatte Clare und Miles und ihren Laptop mitgenommen, aber so sehr ihr die Tun-sie's-tun-sie's-nicht-Beziehung der beiden auch am Herzen lag, fand sie keine Minute Zeit, sich darum zu kümmern. Wenn sie ehrlich war, fehlte ihr dazu auch die rechte Einstellung. Sie war einfach nicht bei der Sache, weil sie viel zu sehr mit ihrer Mutter beschäftigt war.

Sie hatte gedacht, der Gipsarm würde ihrer Mutter einen Dämpfer versetzen, aber er stellte für sie eher eine Herausforderung dar, und sie hatte Jessica sogar schon damit bedroht.

»Jessica, wenn du mich noch einmal fragst, ob ich es auch bequem habe, haue ich dir dieses verdammte Ding über den Kopf.«

Es war wirklich nicht einfach. Als Jessica nun ein weiteres Holzscheit mit der Messingzange in den Kamin nachlegte, wurde ihr klar, dass sie ihre Mutter zur Einsicht bringen und daran hindern musste, ihren sicheren Lehnstuhl am Feuer zu verlassen.

Sie legte die Zange beiseite und schaute aus dem Fenster. Das Wetter war ebenso launisch wie sie. War es gestern noch heiter und strahlend gewesen und hatte eine warme Septembersonne Morgentau und Frühnebel aufgelöst, so wehte heute ein kalter Nordwestwind, und die Sonne versteckte sich hinter dichten grauen Wolken, die ab und an Regenschauer mitbrachten. Es war nasskalt, ungemütlich und eher winterlich als herbstlich, und so hatte Jessica kurz vor Mittag im Wohnzimmerkamin Feuer angezündet und darauf bestanden, dass Anna sich davor setzte. Ihre Mutter wollte jedoch nicht und beschwerte sich, Jessica behandele sie wie ein Kind. »Nur weil du dich auch wie ein Kind benimmst«, hatte Jessica erwidert, »und jetzt tu bitte, was ich dir sage.«

Nun setzte sie sich zu ihrer Mutter und schenkte Tee ein.

Es war Freitagnachmittag, und sie waren mittlerweile schon drei volle Tage in Willow Cottage zusammengepfercht. Jessica wusste nicht, wie lange sie das noch durchstehen würde. Sie wurde einfach den Gedanken nicht los, dass Annas Unfall auch anders hätte enden können. Ständig musste sie sich deshalb in Erinnerung rufen, dass es gar nicht so schlimm war: Ein gebrochener Arm und eine angebrochene Rippe waren nicht lebensbedrohlich, und ihre Mutter würde sich wieder völlig erholen. Sie beugte sich vor und stellte eine Tasse Tee auf das Tischchen neben dem Sessel ihrer Mutter.

Anna legte die Zeitschrift, die Jessica ihr besorgt hatte und in der sie ohnehin nicht richtig gelesen hatte, zu den Übrigen auf den Stapel, der in Reichweite neben ihr lag. »Danke«, murmelte sie und wünschte, dass es ihr damit ernst wäre. Sie war Jessica so dankbar wie ein Blinder, dem jemand das Licht eingeschaltet hatte. Sie wusste wirklich nicht, wie lange sie ihre Tochter noch ertragen konnte.

Am meisten bedauerte sie an ihrem kleinen Missgeschick – das ihr bei dem Versuch passiert war, einen Fensterriegel in ihrem Schlafzimmer zu reparieren –, dass es in ihr wie auch in Jessica die schlimmsten Seiten zum Vorschein brachte. In ihrem Wunsch zu helfen hatte Jessica sich in ein wahres Ungeheuer von Gefängsniswärterin verwandelt, und Anna fühlte sich wie eine verzweifelte Gefangene, die nur noch den Wunsch hegte zu entkommen.

Sie hob die Teetasse an die Lippen und betrachtete über den Mahagonitisch vor dem Kamin hinweg die unglückliche Miene ihrer Tochter. Sie wirkte mitgenommen und erschöpft. Die Lage bekam ihnen beiden offensichtlich nicht. Sie hatten etwas von einem Ehepaar mittleren Alters, das seit einer Ewigkeit zusammenlebte und sich nichts mehr zu sagen hatte. Solche Paare sah man ständig, Menschen mit bedrückten Mienen, die in Kaufhausrestaurants im ganzen Land gedankenverloren in ihrem abgestandenen Tee rührten.

Es musste etwas geschehen.

Und zwar bald.

»Weißt du, allmählich fühle ich mich schon besser«, erklärte Anna munter.

Jessicas wütender Blick hielt sie jedoch von dem Versuch ab, vorzuschlagen, sie käme nun allein zurecht, und ob es nicht an der Zeit sei, dass Jessica wieder nach Hause führe.

Verloren starrte sie aus dem Fenster in ihren verlassenen Garten und sehnte sich danach, die Ärmel aufzukrempeln und sich die Hände schmutzig zu machen. Das Stillsitzen war wirklich frustrierend, zumal doch so viel zu tun war. Die Pflaumen fielen von den Bäumen wie Manna vom Himmel, die Stützen der Dahlien mussten überprüft werden, falls der Wind stärker wurde, die welken Rosenblüten musste sie herausschneiden, gegen Mehltau hatte sie die Rosen schon seit über zwei Wochen nicht mehr gespritzt, und der Himmel mochte wissen, was die grünen Blattläuse hinter ihrem Rücken trieben. Außerdem warteten die Narzissen- und Tulpenzwiebeln für den Steingarten, den sie im Sommer angelegt hatte, dass sie sie in die Erde brachte. Dermot machte seine Sache ja recht gut und tat sein Bestes, aber schließlich gehörte der Garten ihr und niemand liebte ihn wie sie.

Wenn Jessica doch nur ein Händchen für Pflanzen hätte, dann könnte sie ein bisschen von ihrer übermächtigen Fürsorge in den Garten stecken, statt sie damit zu quälen.

Nein, das war ungerecht, dachte Anna, Jessica tat nur, was sie für das Beste hielt.

»Bist du sicher, dass du nicht arbeiten müsstest?«

Jessica sah ihre Mutter aufmerksam an. »Du gehst vor«, erklärte sie schlicht.

»Aber was ist mit deinem Abgabetermin? Ich weiß doch, wie besorgt du immer bist, ein Manuskript pünktlich abzugeben.«

»Bis dahin ist noch ewig Zeit, der Termin ist erst im nächsten Jahr. Außerdem kann ich Piers und Cara ja anrufen, sie haben sicher Verständnis dafür.«

Anna runzelte die Stirn, dann kam ihr eine Idee. Eine Idee, wie sie sich einen Tunnel aus ihrer Gefängniszelle graben konnte ... Sie brauchte nur heimlich einen Blick in Jessicas Adressbuch zu werfen. Aber wie sollte sie Jessica lange genug aus dem Weg schaffen, um das zu tun?

Eine Gelegenheit bot sich schneller als erwartet, als die Türklingel die bedrückende Stille durchdrang, die mit ihrer wohlmeinenden Tochter im Haus Einzug gehalten hatte.

Jessica stellte ihre Tasse ab und ging rasch an die Tür. Anna horchte, wer da sein mochte – und hoffte, es wäre ein Experte für Flugzeugentführungen, der sich mit Geiselnahmen auskannte. Es dauerte eine Weile, bis sie die Stimme erkannte. Es war Josh. Ein Grinsen machte sich auf ihrem Gesicht breit. Ihr erster Gedanke war, aufzuspringen und ihn hereinzubitten, damit Jessica abgelenkt wäre, und sie nach oben gehen und in den Sachen ihrer Tochter nach dem kostbaren Adressbuch suchen konnte. Aber ihr war völlig klar, dass sie ihr Leben aufs Spiel setzte, wenn sie auch nur aus ihrem Sessel aufstünde, und wenn sie ehrlich war, musste sie sich eingestehen, dass die einzigen Sprünge, zu denen sie noch fähig war, Gedankensprünge waren.

»Wenn es Josh ist, lass ihn doch nicht vor der Tür stehen, sondern bring ihn herein!«, rief sie zu Jessica hinaus. »Ich freue mich über Besuch!« *Ja, es würde die erstickende Eintönigkeit durchbrechen.*

»Hallo, Mrs Lloyd«, sagte Josh, als er Jessica ins Wohnzimmer folgte. Er hatte einen Topf mit weißen Chrysanthemen in der Hand. »Die Blumen habe ich auf dem Heimweg von der Arbeit gesehen und dachte, sie würden Ihnen vielleicht gefallen. Wie geht es Ihnen?«

»Bitte, nennen Sie mich einfach Anna, und mir geht es schon viel besser, danke.«

Jessica schnalzte missbilligend mit der Zunge, nahm Josh die Blumen ab und stellte sie auf die Eichenkommode neben die halb geleerte Pralinenschachtel, die Josh vor ein paar Tagen mitgebracht hatte. »Es ginge ihr wesentlich besser, wenn sie auch nur zwei Minuten still sitzen könnte«, schimpfte sie.

Anna zwinkerte Josh zu, was er mit einem Grinsen beantwortete.

»Jessica, mach doch bitte frischen Tee. Ich bin sicher, Josh hat Durst.«

Jessica bedachte Josh mit einem Blick, der ihm deutlich zu verstehen gab, dass sie von ihm erwartete, diese Geste der Gastfreundschaft abzulehnen.

»Das wäre herrlich«, sagte er.

Anna grinste triumphierend und schaute ihrer Gefängniswärterin nach, die mit dem Tablett aus dem Zimmer ging. Sobald sie mit Josh allein war, beugte sie sich behutsam vor und flüsterte: »Sie müssen mir helfen, sie treibt mich zum Wahnsinn!«

»Earl Grey oder normalen schwarzen Tee?«

Anna fuhr auf und sah Jessica mit finsterer Miene im Türrahmen stehen.

»Normalen, bitte«, antwortete Josh. Als Anna und er wieder allein waren, fragte er: »Wo liegt das Problem?«

»Sie lässt mich einfach nicht in Ruhe, nicht mal für ein paar Minuten. Sie hilft mir nicht, sie malträtiert mich.«

Er lachte.

»Es ist mir ernst, Josh, sie hat sich in ein Ungeheuer verwandelt. Nichts kann ich tun, ohne dass sie Theater macht. Sie bewacht mich auf Schritt und Tritt.«

»Und was soll ich Ihrer Ansicht nach machen?«

»Ich möchte, dass Sie sie für ein paar Minuten aus dem Haus locken, gehen Sie mit ihr spazieren oder was auch immer, damit ich Zeit habe, jemanden anzurufen, der mir helfen kann. Geht das?«

»Ich will es versuchen, obwohl ich mir nicht sicher bin, ob ich es schaffe. Im Augenblick ist sie nicht sonderlich gut auf mich zu sprechen.«

»Mmm ... das ist mir neulich schon aufgefallen, als Sie hier waren. Was haben Sie angestellt? Sie haben Sie doch nicht betrogen, oder? Sie ist nicht gerade versessen auf Männer, die so etwas tun.«

Er schüttelte den Kopf. »Nein, nichts in der Art.«

»Was denn dann?«

Josh zögerte. »Ich ... ich habe ihr etwas verheimlicht, etwas Wichtiges, und das wollte ich ihr an dem Abend, als Sie Ihren Unfall hatten, gerade erklären.«

»Wie spannend! Was denn? Sind Sie in Wirklichkeit ein

weltberühmter Drogenbaron, der sich hier in Cholmford versteckt hält?«

»Wer ist ein Drogenbaron?«, fragte Jessica, die gerade mit einem Tablett hereinkam und es nun zwischen Josh und ihre Mutter auf den Tisch knallte.

»Niemand«, sagte Josh, lehnte sich zurück und betrachtete Jessica, die sich auf das Sofa fallen ließ. Sie wirkte müde, und die Kälte, die sie ihm gegenüber an den Tag legte, war deutlich zu spüren. So hatte sie ihn auch behandelt, als er am Mittwoch auf dem Heimweg aus dem Büro zu Besuch gekommen war. Angeblich hatte er hereingeschaut, um zu sehen, wie es ihrer Mutter ging, aber vor allem hatte er mit Jessica reden wollen. Dazu hatte sie ihm jedoch keine Gelegenheit gegeben, sondern sich in die Küche zurückgezogen, um für Anna und sie das Abendessen zu kochen. Selbst als er Ansätze machte, ihr zu erklären, dass er das Gespräch von Dienstagabend gern fortsetzen würde, hatte sie sich an ihm vorbeigezwängt und geantwortet, sie habe keine Zeit zuzuhören. Sie war den Tränen nahe gewesen, und da er gespürt hatte, dass seine Anwesenheit das gespannte Verhältnis zwischen Mutter und Tochter nur noch verschlimmerte, hatte er sich verabschiedet. Allerdings verstand er nicht, was eigentlich los war. Es war, als ob sie ihm die Schuld am Unfall ihrer Mutter gäbe.

Heute war er abermals gekommen, und zwar, um Jessica zu fragen, ob sie abends mit ihm zu Mos Party käme. Er hegte allerdings keine sonderlichen Hoffnungen, dass sie ja sagen würde, und falls die Miene, mit der sie ihm Tee einschenkte, auch nur im Entferntesten ein Anhaltspunkt war, dann konnte er von Glück sagen, wenn er ohne Ohrfeigen davonkäme.

»Danke«, sagte er, als sie ihm die Tasse reichte. »Wie geht es mit dem Buch voran?« Er hoffte sich mit dieser Frage auf sicheres Terrain zu retten, musste aber bald feststellen, dass dies nicht der Fall war.

»Ha!«, sagte sie wütend, »als ob ich Zeit zum Schreiben hätte!«

Er wechselte einen flüchtigen Blick mit Anna und fragte sich, wie er jetzt noch die Bitte anbringen sollte, ob Jessica abends mit ihm ausging. Die einzige Möglichkeit war wohl, einfach mit der Tür ins Haus zu fallen. Zur Stärkung trank er einen Schluck Tee und sagte: »Ich weiß, es kommt ziemlich kurzfristig, aber möchtest du vielleicht heute Abend mit mir auf eine Party gehen?«

Anna schaute Josh verwundert an. Angesichts der unverhohlenen Feindseligkeit, mit der ihre Tochter dem Mann begegnete, bewies er echten Mut. Sie hielt den Atem an und wartete auf Jessicas Antwort.

Sie bestand in einem verächtlichen Schnauben. »Du erwartest ja wohl nicht, dass ich Anna allein lasse?«

»Ach, so ein Unsinn«, warf Anna sofort ein – *was für eine verlockende Vorstellung, einen ganzen Abend für sich allein zu haben!* »Ich finde die Idee hervorragend, es ist genau das, was du brauchst, um dich aufzurichten.«

»Mich aufzurichten?«, erwiderte Jessica verärgert. »Wer sagt, dass ich das nötig habe?«

»Vielleicht nicht aufrichten im eigentlichen Sinne«, lenkte Anna ein, »aber es wird dich auf andere Gedanken bringen, als dir ständig um mich Sorgen zu machen.« *Himmlisch, einen ganzen Abend vor dem Fernseher zu sitzen, ohne ständig von Jessica gestört zu werden, die der Meinung war, sie solle besser früh ins Bett gehen! Sie würde sich mit einem großen Martini auf dem Sofa ausstrecken und Joshs Schachtel Pralinen plündern.* »Ich finde wirklich, dass du mitgehen solltest«, fügte sie hoffnungsvoll hinzu.

»Das glaube ich gern«, brummte Jessica, »damit du in meiner Abwesenheit Gott weiß was für einen Blödsinn anstellen kannst. Ich traue dir durchaus zu, dass du mal eben den Speicher ausbaust, während ich weg bin.«

Anna gab sich entsetzt über diese Vorstellung. »Ich schwöre auf Ehre und Gewissen, ich würde keinen Blödsinn anstellen. Ich habe meine Lektion gelernt.«

»Und ich verspreche, dass ich Jessica nicht all zu spät nach Hause bringe«, sagte Josh an Anna gewandt. »Ich sorge dafür, dass sie rechtzeitig zurück ist, um Sie zu Bett zu bringen.«

»Na, dann ist die Sache ja zur allseitigen Zufriedenheit geregelt«, stellte Anna munter fest und hoffte im Stillen, Josh möge sein Versprechen nicht allzu wörtlich nehmen. Es war Freitagabend, und auf einem Sender gab es sicher einen guten Spätfilm.

Jessica schaute zuerst Anna, dann Josh misstrauisch an. »Ja, es ist offenbar zu eurer Zufriedenheit geregelt, nicht wahr? Man sollte meinen, dass ihr beiden das miteinander abgesprochen habt.«

Um acht Uhr stand Josh wieder vor Willow Cottage. Als Jessica zu ihm in den Wagen stieg, spürte er, dass sie ihm weiterhin mit Kälte begegnete. Sobald er die schmale Brücke über den Kanal überquert hatte und auf der dunklen Landstraße fuhr, sagte er: »Deine Mutter wird schon zurechtkommen, und falls es Probleme gibt, hat sie ja meine Handy-Nummer.«

»Das weiß ich«, erwiderte Jessica steif.

Wortlos hielt Josh an, stellte den Motor ab und schaute Jessica an. »Okay, was ist los? Was habe ich dir Schreckliches getan, dass du so kalt und grob zu mir bist? An dem Abend, als du mich für den verrückten Mörder von Cholmford gehalten hast, warst du netter zu mir.«

Jessica weigerte sich, ihn anzusehen, und schwieg beharrlich.

»Hör zu, Jessica, noch vor ein paar Tagen warst du ein völlig anderer Mensch. Du warst sexy, voller bissigen Humors und hast mich zum Lachen gebracht, und jetzt ... also, jetzt bist du unleidlich und unglücklich. Was ist nur in dich gefahren?«

»Ich dachte, das wäre ziemlich offensichtlich. Ich habe Wichtigeres zu tun, als dir nonstop ein vierundzwanzigstündiges Unterhaltungsprogramm zu bieten. Und nur zur Information, Alliterationen sollte man tunlichst vermeiden oder mit Vorsicht benutzen.«

Er grinste. »In Zukunft werde ich mir das merken.«

»Gut. Tu das.«

»Hast du noch weitere Ratschläge für mich?«

»Ja. Hör auf, meine Mutter zu ermuntern, mit dir zu flirten. Sie braucht keinen Gigolo, und ich würde nur ungern etwas über sie in der *Sun* lesen. Ich sehe die Schlagzeilen schon vor mir: *Ältere Dame in seltsamen Sex-Skandal verwickelt!*«

»Ich dachte, man sollte Alliterationen tunlichst vermeiden.«

Als sie ihn ansah, entdeckte er den Anflug eines Lächelns in ihrer Miene. In der Hoffnung, das Eis zwischen ihnen gebrochen zu haben, strich er ihr über die Hände, die in ihrem Schoß lagen. »Du liebst deine Mutter sehr, nicht wahr?«

Seine Bemerkung durchbrach Jessicas Schutzwall und ließ den Kummer der letzten Tage aufwallen. Wie aus dem Nichts trat ihr eine Träne in ihren Augenwinkel. Sie senkte den Kopf und biss sich auf die Lippe, um zu verbergen, dass sie dem Weinen nahe war. Sie war wütend auf sich. Wütend, weil sie sonst nicht so nahe am Wasser gebaut hatte. Sie konnte sich gar nicht erinnern, wann sie das letzte Mal geweint hatte. Weinen bedeutete Schwäche, und sie war nicht schwach. Sie war immer schon stark gewesen. Genau wie ihre Mutter. Das hatte sie beide zusammengehalten, als ihr Vater gestorben war. »Du musst jetzt stark sein«, hatte ihre Mutter am Abend nach der Beerdigung gesagt. Es war die einzige Erinnerung, die Jessica an jenen Tag noch hatte: Ihre Mutter saß auf ihrem Bett, hielt ihre Hand und sagte ihr, dass alles gut werde, sie beide aber stark sein müssten.

Sie hörte, wie Josh den Sicherheitsgurt löste, und als er näher rückte und sie in die Arme nahm, wusste sie, dass sie die Tränen nicht länger zurückhalten konnte.

»Ich liebe sie sehr«, schluchzte sie an seiner Schulter, »und ich habe solche Angst, sie zu verlieren! Ich war ihr keine gute Tochter, ich war nie für sie da.«

Er hielt Jessica fest und streichelte sanft ihr Haar.

»Ich bin alles, was sie hat«, sagte Jessica, »ich muss mich um sie kümmern.«

»Aber das tust du doch.«

Sie löste sich aus seinen Armen und kramte in ihrer Handtasche nach einem Taschentuch. »Nein, ich mache es nur noch schlimmer für sie. Es liegt mir einfach nicht, mich wie eine Heilige um andere zu kümmern, das weiß ich.«

»Du musst es nur lockerer angehen, das ist alles.«

»Aber wie denn? Ich versuche es ja, aber am Ende benehme ich mich wie eine grässliche ältliche Matrone, kommandiere Mum herum und reiße allen anderen den Kopf ab ... dir auch.«

»Mir besonders.«

Sie grinste. »Es tut mir Leid. Ich habe dich scheußlich behandelt, stimmt's?«

»Ja«, bestätigte er.

»Neulich abends war ich besonders schlimm, als ich dich angebrüllt und so schreckliche Sachen gesagt habe. Worüber wolltest du an dem Abend eigentlich mit mir sprechen?«

Er strich ihr durchs Haar und ließ die Hand in ihrem Nacken liegen. *Jetzt ist der richtige Zeitpunkt, es ihr zu sagen*, ermunterte er sich. *Mach schon, sag es einfach. Bring es hinter dich. Mach den Mund auf und sag: Jessica, ich habe* MS, *und es tut mir Leid, dass ich dich belogen habe.* »Das hat Zeit«, sagte er stattdessen. Morgen würde er es ihr beichten. Morgen, wenn sie sich wegen ihrer Mutter nicht mehr so aufregte. Langsam rückte er von ihr ab und ließ den Motor an. »Was du jetzt brauchst, ist eine Party, die dich aufmuntert.«

»Du meinst: aufrichtet?«

»Das auch.«

Doch Josh sollte wieder einmal feststellen, dass die besten Vorhaben die Angewohnheit haben, ihre eigenen Wege zu gehen.

Kapitel 36

In Willow Cottage war Anna eifrig dabei, ihren eigenen Plan umzusetzen.

Als Jessica sich im Badezimmer zum Ausgehen fertig machte, war sie ins Schlafzimmer ihrer Tochter geschlichen und hatte in ihrem Adressbuch gefunden, was sie suchte. Nun waren die beiden fort, und Anna wählte die Telefonnummer, obwohl sie kaum zu hoffen wagte, dass um diese Zeit jemand an den Apparat gehen würde.

Als sich sofort jemand meldete, blieb ihr keine Zeit mehr, sich zu überlegen, was sie sagen sollte.

»Ja«, bellte eine wütende Stimme in der Leitung.

»Guten Abend, ist da Piers Lambert?«

»Natürlich, wer sollte sonst so spät abends bei meiner Privatnummer ans Telefon gehen?«

»Also wirklich, Sie sind genauso, wie Jessica Sie beschrieben hat.«

»Wie bitte? Wer spricht denn da?«

»Meine Name ist Anna Lloyd, ich bin Jessicas Mutter.«

»Ach ja? Und was kann ich für Sie tun?«

Anna erzählte es ihm.

Mo teilte sich ein großes viktorianisches Haus in Rusholme mit zwei Technikstudentinnen, einer Friseuse – die oft an Mo

Experimente mit meist haarsträubenden Ergebnissen durchführte – und einem Nachtclub-Rausschmeißer. Josh war erst einmal bei ihr gewesen, als Mo sich nicht wohl gefühlt hatte und er sie von der Arbeit nach Hause fuhr. Damals hatte er den Eindruck, dass neben den bunt gemischten Bewohnern dieses Hauses die Charaktere aus *This Life* wie hölzerne Requisiten aus *Crossroads* wirkten.

Unmittelbar vor dem Haus gab es keinen Parkplatz, aber ein Stück weiter die Straße hinunter fand Josh eine Lücke zwischen einem stahlblauen VW-Käfer und dem Wrack eines Fiat-Panda. Als Josh einparkte, entdeckte er den Wagen seines Bruders schräg gegenüber vor der Ruine eines offensichtlich ausgebrannten Hauses mit verbretterten Fenstern. Er fragte sich, ob Charlie Rachel wohl hatte überreden können, mitzukommen. Es war vermutlich nicht gerade eine Party, wie Rachel sie gewohnt war. Er hielt sie eher für den Typ, der Canapés und Schorle bevorzugte.

»Werde ich mir sehr alt und fehl am Platz vorkommen?«, fragte Jessica in seine Gedanken hinein. »Du hast gesagt, Mo ist erst fünfundzwanzig. Ihre Freunde sind doch bestimmt alle schrecklich jung und trendy?«

Josh grinste. »*Schrecklich* jung und trendy.«

Jessica stöhnte leise. »Ich hab es immer gewusst. Bestimmt gibt es Hip-Hop von einer Wand zur anderen, oversized Jeans, bei denen der Schritt auf dem Boden schleift, Drogen und Leute, die jede Aussage mit dem Wörtchen geil unterstreichen.«

Immer noch grinsend stieg Josh aus. Als Jessica neben ihm auf den Bürgersteig stand und er die Alarmanlage seines Wagens aktiviert hatte, sagte er: »Du wirst doch wohl nicht andere nach deinem eigenen Verhalten mit Mitte zwanzig beurteilen wollen, oder?«

»Bestimmt nicht. Als ich in Mos Alter war, brauchte ich einen klaren Kopf, um jede Menge sexy Kerle über die Hänge von Colorado zu hetzen.«

Er legte den Arm um sie. »Ich weiß nicht, ob mir die Vorstellung gefällt.«

Grinsend schaute sie zu ihm auf. »Wieso nicht?«

»Was glaubst du wohl?«

»Ich bin heute Abend wohl besonders begriffsstutzig, du musst es mir schon erklären.«

»Ich war immer schon der Ansicht, dass Taten mehr sagen als Worte.« Er schob Jessica mit dem Rücken gegen den Wagen, schmiegte sich fest an sie und küsste sie ausgiebig. »Und, gibt dir das ein paar Hinweise?«, fragte er.

»Stellenweise war es ein bisschen kryptisch.«

Er küsste sie noch einmal, länger und intensiver. »Wir müssen nicht zu dieser Party gehen«, sagte er, als sie von einer älteren Dame gestört wurden, die mit ihrem Hund vorüberging. »Wir könnten auch zu dir fahren und ...«

Sie lachte. »Crawford, zügele deine Begierde und bring mich auf diese Party.«

Als ein junger Schwarzer mit Jimi-Hendrix-Frisur und magentafarbenem Samtanzug die Haustür öffnete, ergoss sich das Dröhnen und Wummern von tausend Dezibel über den ungepflegten Vorgarten. Er führte sie in eine große Küche, in der sich eine Schar Gäste um eine Flaschenkollektion drängte, mit der man eine kleine Spirituosenhandlung hätte ausstatten können.

»Bedient euch, Mann«, sagte Jimi Hendrix zu Josh und ließ sie allein.

»Was möchtest du?«, erkundigte Josh sich bei Jessica.

»Etwas Weißwein wäre ganz schön ... *Mann.*«

Grinsend öffnete Josh eine neue Flasche Wein – er hatte von Mo schon genug Geschichten über den Morgen danach gehört, um den bereits geöffneten Flaschen nicht zu trauen.

Nachdem er ihnen zwei Plastikbecher eingeschenkt hatte, sagte er: »Komm, wir suchen das Geburtstagskind.«

Sie fanden Mo draußen in dem langen, schmalen Garten, dessen spärliche Bäume und Büsche mit Lampions geschmückt waren. Im Boden steckten brennende Fackeln und auf allen Fensterbänken brannten flackernde Kerzen. Mo war auf Anhieb zu sehen, und Josh lachte laut auf. Sie hopste auf einem Trampolin und zeigte dabei den begeisterten Zuschauern ihre altmodische Rüschenunterhose. Als sie Josh entdeckte, winkte sie ihm hopsend zu. Er winkte zurück und sah in der Menge rund um das Trampolin seinen Bruder, aber keine Spur von Rachel. Er führte Jessica hinüber, um sie mit Charlie bekannt zu machen.

»Endlich lernen wir uns kennen«, sagte Charlie herzlich, »ich habe schon so viel von dir gehört.«

»Nicht so viel, wie ich von dir«, gab Jessica lachend zurück und stellte fest, dass er der gut aussehende Mann war, den sie mit dem schicken Sportwagen und dem Essen aus dem Schnellimbiss gesehen hatte. Die Ähnlichkeit zwischen den beiden Brüdern war nicht sonderlich ausgeprägt. Wenn sie raten sollte, wer von ihnen der Ältere war, würde sie vermuten, Charlie. Sie fragte sich, ob er Josh um seine jugendliche Erscheinung und die Tatsache beneidete, dass er noch kein einziges graues Haar in seinem dichten dunkelbraunen Schopf hatte. Charlies Haar war dagegen grau meliert und zeigte erste Anzeichen von Geheimratsecken.

»Was ist mit dem Trampolin?«, erkundigte sich Josh.

»Das ist ein Geschenk ihrer Eltern«, erklärte Charlie. »Offenbar hat sie sich als Kind immer ein Trampolin gewünscht, aber sie hielten es wohl erst jetzt für ungefährlich genug, ihr eins zu schenken.«

»Da haben sie sich wohl geirrt«, grinste Josh.

Jessica betrachtete Mo, die mittlerweile auf dem Trampolin

Gesellschaft von einem schönen Asiaten mit einem langen schwarzen Zopf bekommen hatte, der hinter ihm wippte wie der Schwanz eines ausgelassenen Ponys.

»Wer ist der junge Mann?«, erkundigte sie sich.

»Das ist Sid, unser Designer«, erklärte Josh. »Seine Eltern stammen aus Hongkong. Bei unseren Geschäftsreisen in den Fernen Osten ist er für uns unverzichtbar.«

»Und er ist verrückt nach Mo«, fügte Charlie hinzu.

»Es sieht so aus, als würden sie ein schönes Paar abgeben«, stellte Jessica fest, während sie das Gealbere der beiden beobachtete.

»Das wären sie auch, aber leider hegt Mo eine heimliche Liebe zu jemandem ...«

»Hör auf damit, Charlie«, unterbrach Josh ihn, »Jessica will gar nichts davon hören.« Er trank seinen Plastikbecher aus und fragte: »Möchte noch jemand etwas trinken?«

»Nein, danke«, antwortete Jessica, die ihren Wein kaum angerührt hatte.

»Wenn du ohnehin gehst, kannst du mir etwas Alkoholfreies mitbringen.« Charlie reichte Josh seinen leeren Becher.

»Also, zu wem hegt Mo eine heimliche Liebe?«, fragte Jessica Charlie, sobald Josh außer Hörweite war.

»Für meinen Bruder natürlich.«

Jessica runzelte die Stirn. »Und er hat nie ... du weißt schon ...«

»Du lieber Himmel, nein. Mo ist schon bei uns, seit sie siebzehn war. Ich glaube, für uns beide ist sie so was wie eine kleine Schwester.«

»Was sie vermutlich grässlich findet.«

»Falls es so ist, hat sie es nie gezeigt.«

»Aber Männer sind ja bekanntermaßen nicht gerade die scharfsichtigsten und einfühlsamsten Wesen.«

»Wie geht es deiner Mutter?«

Jessica lachte laut auf. »Jetzt machst du mir aber Angst! Mit dieser einen simplen Frage willst du mir beweisen, dass Josh und du miteinander redet, und du einfühlsam genug bist, dich bei einer völlig Fremden nach dem Befinden einer Verwandten zu erkundigen. Das gefällt mir, die Crawford-Brüder sind die Ausnahme von der Regel, sie haben ein Einfühlungsvermögen wie Frauen.«

»Also, wie geht es deiner Mutter denn nun?«, hakte Charlie nach und amüsierte sich über Jessicas unverblümte Art.

Jessica runzelte die Stirn. »Ehrlich gesagt, ich weiß es nicht. Sie hat einen gebrochenen Arm und eine angebrochene Rippe und tut, als ob sie topfit wäre. Wenn es nach ihr ginge, würde sie den Gipsverband und die Schlinge abnehmen, ein Pflaster auf ihr Handgelenk kleben, ihre Gartenhandschuhe anziehen und halb Cheshire umgraben.«

»Du Ärmste! Es ist nicht einfach, sich um andere zu kümmern, was?«

»Das kannst du wohl sagen.« Als sie jedoch Charlies nachdenklichen Ton bemerkte und ihr einfiel, was Josh ihr über seinen Bruder erzählt hatte, sagte sie: »Ich bin sicher, dass es einfach wäre, sich um dich zu kümmern.«

Er schaute sie verdutzt an. »Wollen wir hoffen, dass ich nie in diese Lage komme.«

»Puh, meine Beine sind ganz wackelig, als ob ich auf einem Schiff gewesen wäre.« Mo hatte sich atemlos und verschwitzt von ihrem Gehopse zu ihnen gestellt. Sie griff Halt suchend nach Charlies Arm.

»Herzlichen Glückwunsch zum Geburtstag«, sagte er, hob sie hoch und gab ihr einen Kuss auf die Wange.

»Wo ist Josh?«

»Er tut das, was er am besten kann: Er holt was zu trinken. Das ist übrigens Jessica.«

»Hi«, sagte Jessica. Als Mo sich zu ihr umdrehte, bemerkte

sie, dass die junge Frau sie abschätzig musterte. Verwundert stellte sie fest, wie feindselig sie selbst Mo begegnete. Als Charlie ihr gesagt hatte, dass Mo für Josh schwärmte, hatte ihr Magen lächerliche Kapriolen geschlagen. Es erinnerte sie an jene Zeit, als sie erfuhr, dass Gavin etwas mit anderen Frauen hatte. Verstohlen schaute sie sich um und wünschte plötzlich, Josh möge wieder neben ihr stehen, wo sie ihn sehen konnte ... wo sie ihn im Auge behalten konnte.

Als sie ihn durch die Gästeschar näher kommen sah, war sie erleichtert. Nein, es war keine Erleichterung, sondern etwas anderes. Aber was? Sie beobachtete, wie er hinkend auf sie zu ging, und versuchte ihre Reaktion auf seinen Anblick zu analysieren. War die Kombination dieses attraktiven Gesichts mit den eindringlichen braunen Augen tatsächlich dafür verantwortlich, dass sie so ungewöhnlich weiche Knie bekam? Fand sie diesen schlanken Körper wirklich so hinreißend? War es möglich, dass sie allein schon beim Gedanken an diese Hände, die ihren Körper so zärtlich und einfühlsam streichelten, einen trockenen Mund bekam? Und wo sie schon einmal bei diesem Thema war: Sein Mund hatte einen ganz eigenen Reiz. Was das Küssen anging, so war er eindeutig der Beste. Eine Klasse für sich. Als Gott die Eigenschaften verteilte, die einen Mann für Frauen unwiderstehlich machten, hatte Josh wohl in der ersten Reihe gestanden und das volle Maß erhalten. Und als Gott sah, was er geschaffen hatte, dürfte er wohl gesagt haben: Josh, mein Junge, mit dir bin ich zufrieden.

Jessica schmunzelte, als sie plötzlich merkte, dass es ihr vor Verlangen den Atem verschlug und die Kehle zuschnürte. In einem Zug leerte sie ihren Becher Wein und musste sich dabei eingestehen, dass sie für Josh nicht nur körperliche Begierde empfand. Es war weit mehr. Und das jagte ihr Angst ein.

»Hallo, Mo«, sagte Josh, als er schließlich bei ihnen ankam. Er reichte Charlie seinen Plastikbecher und zog ein kleines

Päckchen aus der Jackentasche. »Herzlichen Glückwunsch zum Geburtstag, das ist von Charlie und mir.«

Strahlend wickelte Mo das Päckchen aus, in dem eine kleine Schachtel zum Vorschein kam. Sie öffnete sie und hob die obere Watteschicht ab. »Wie schön!«, rief sie und hielt ein silbernes Armband hoch. »Es ist toll! Vielen, vielen Dank.« Sie küsste Charlie unbefangen und Josh etwas schüchterner.

Wieder schlug Jessicas Magen Kapriolen.

Als es gegen elf Uhr im Garten zu kühl wurde, gingen Jessica und Josh ins Haus. Ein Raum, den Josh von seinem ersten Besuch als Wohnzimmer in Erinnerung hatte, war heute fast völlig leer geräumt. Im Dämmerlicht tanzten Gäste zu hämmernder Musik, die aus zwei riesigen Lautsprecherboxen dröhnte.

»Wir sollten allmählich gehen«, schlug Josh vor. Es fehlte ihm gerade noch, dass Jessica mit ihm würde tanzen wollen. Da er fast den ganzen Abend gestanden hatte, taugte sein Bein inzwischen zu gar nichts mehr. Sein Knie tat weh, und in Abständen durchzuckte ein stechender Schmerz seinen ganzen Körper. »Ich habe deiner Mutter versprochen, dass ich dich nicht zu spät nach Hause bringe«, fügte er hinzu.

»Ach«, sagte Jessica enttäuscht. »Könnten wir nicht schnell noch einen Boogie tanzen?« Sie hatte genug getrunken, dass sie fand, ihre Mutter könne auch noch ein Weilchen ohne sie auskommen.

Josh zögerte. »Ich ... ich bin kein guter Tänzer.«

Jessica lachte. »Das ist auch nicht nötig.« Als die Musik abrupt zu einer langsamen Schmusenummer wechselte, drängte sie: »Komm schon, das kenne ich, das ist doch Elton John, oder?«

»George Michael, du Dummchen.«

»Das habe ich gewusst.« Sie nahm Joshs Hände und zog ihn auf die Tanzfläche.

Er zog sie fest an sich und hoffte, sie möge nicht merken, das er sich kaum bewegte.

»Du bist angespannt«, stellte sie fest.

»Nur müde«, antwortet er und suchte nach einer Möglichkeit, sie abzulenken. »Kriege ich einen Kuss?«

»Nur einen?«

»Qualität, nicht Quantität, sage ich immer.«

»Na, dann los.«

Während sie sich durch *You Have Been Loved* küssten, verflüchtigte sich Jessicas Angst vor den Gefühlen, die sie im Laufe des Abends erkannt hatte.

Was konnte ihr schon passieren, wenn sie sich in Josh Crawford verliebte?

Während Josh nach Mo Ausschau hielt, um sich zu verabschieden, suchte Jessica das Badezimmer. Auf der Treppe musste sie über einige verschlungene Körper wegsteigen, und als sie das obere Stockwerk erreichte, fand sie Mo ganz allein zusammengesackt auf dem Boden liegen. Sie sah elend aus und hielt sich ein nasses Handtuch an die Stirn. »Ich glaube, Bacardi sollte man nicht so stark schütteln«, stöhnte sie.

»Soll ich Ihnen irgendetwas holen?«, fragte Jessica und hockte sich neben Mo auf den Boden. Mit einem Mal sah sie in ihr nicht mehr die Rivalin, sondern nur noch ein armes krankes Kind.

»Wahrscheinlich lag es an der Pizza, die ich hinterher gegessen habe«, jammerte Mo. »Anchovies bekommen mir nicht. Ich werd's wohl nie lernen. Und die fünf dreifachen Wodkas mit Cola waren wohl auch ein bisschen viel, schätze ich.«

Jessica unterdrückte ein Lachen. »Glauben Sie, etwas kaltes Wasser könnte helfen?«

Mo stöhnte. »Sterben, das wäre es jetzt ... Nichts Heroisches. Nur eine kleine Begegnung zwischen mir und dem Sen-

senmann. Ich würde in aller Stille verschwinden und keinen Ärger machen.«

»Und was ist mit der Beerdigung? Haben Sie da auch besondere Vorstellungen?«

»Ja. Ich will eine Trauerfeier wie Prinzessin Diana mit vielen Blumen und Brimborium. Und ich möchte, dass Josh hinter meinem Sarg hergeht, wenn Sie einverstanden sind.«

»Ich bin sicher, dass er das tut.«

Mo nahm das Handtuch von ihrem Gesicht und schaute Jessica an. »Sie haben Glück. Ich würde alles geben, um mit Ihnen zu tauschen. Sie kümmern sich doch um ihn, ja?«

Jessica runzelte die Stirn. »Er macht auf mich nicht den Eindruck, dass man sich um ihn kümmern muss.«

Mo rang sich ein wissendes Lächeln ab, das jedoch zur jämmerlichen Grimasse geriet. Stöhnend legte sie sich das nasse Tuch wieder auf die Stirn. »Er tut, als ob er das nicht bräuchte, aber in Wirklichkeit braucht er es. Deshalb ist er ja manchmal so verdammt launisch. Aber das haben Sie bestimmt schon gemerkt, einmal ist er obenauf und im nächsten Moment ganz unten.«

Jessica schüttelte den Kopf. »Ich weiß nicht genau, wovon Sie reden.«

»So ist das eben, wenn man MS hat. Und bevor Sie falsche Schlüsse ziehen: Ich liebe ihn nicht aus Mitleid, ich habe ihn schon lange geliebt, bevor seine Krankheit diagnostiziert wurde. Ich hoffe nur, dass Sie ihn nicht genauso fallen lassen wie seine letzte Freundin. Ach, verdammt, ich muss mich schon wieder übergeben.«

Jessica registrierte, wie Mo gerade noch rechtzeitig ins Badezimmer schwankte. Dann ging sie langsam die Treppe hinunter und stellte sich bei jedem Körper, über den sie hinwegstieg, dieselben Fragen.

Warum hat er mich belogen?

Warum hat er es mir verheimlicht?

Hatte er *darüber* mit ihr sprechen wollen?

Und wenn ja, warum hatte er eine so große Sache daraus gemacht?

Was war multiple Sklerose eigentlich?

Plötzlich war sie so wütend, als hätte Josh sie betrogen.

Als sie unten ankam, wartete Josh schon an der Haustür auf sie. Charlie stand neben ihm.

»Wir können Mo nicht finden«, sagte Josh, als er Jessica bemerkte, »jemand hat gesagt, ihr sei nicht gut.«

»Ich habe gerade mit ihr gesprochen«, sagte Jessica kühl. »Wir hatten ein erstaunlich interessantes Gespräch. Aufschlussreich ist vielleicht treffender. Josh, warum hast du mir weisgemacht, dein *Bruder* hätte MS? Warum hast du mir nicht die Wahrheit gesagt?«

Kapitel 37

Jemand hatte die Musik lauter gedreht. Über die Oasis-Nummer *Roll With It* hinweg, die durch den engen Flur dröhnte, sagte Charlie: »Ich glaube, das klärt ihr besser unter euch.« Ohne ein weiteres Wort oder einen Blick öffnete er die Haustür und verschwand in der Nacht.

»Also?«, sagte Jessica. »Ich warte auf eine Erklärung.«

Josh lehnte sich gegen die Wand und senkte den Kopf. »Nicht hier.«

In lastendem Schweigen fuhren sie durch Rusholme, und erst, als sie die A 34 erreicht hatten, sagte Josh: »Ich erkläre dir alles, sobald wir zu Hause sind.« Mit finsterer Miene reichte er ihr sein Handy. »Vielleicht rufst du besser deine Mutter an, um zu hören, ob alles in Ordnung ist, und sagst ihr, dass du später kommst.«

Als sie Cholmford Hall Mews erreicht hatten, parkte er vor seinem Haus. Er schloss die Tür auf, ging geradewegs in die Küche und schenkte zwei große Gläser Southern Comfort ein. Er gab Eiswürfel hinein, reichte Jessica ein Glas und ging mit ihr ins Wohnzimmer. »Setz dich«, sagte er und wies auf das Sofa. Er selbst ging steif zu einem Sessel und ließ sich kraftlos hineinfallen. Dann trank er sein Glas in einem Zug halb leer, starrte unverwandt auf seine Hand und sagte: »Was ist deine erste Frage?«

Jessica betrachtete ihn nachdenklich. »Ich weiß nicht recht«, sagte sie. Auf der Rückfahrt von der Party waren ihr alle möglichen Fragen durch den Kopf gegangen, mit denen sie Josh bombardieren wollte. Als nun die Gelegenheit dazu da war, konnte sie es nicht. Sein offensichtliches Unbehagen nahm ihr den Wind aus den Segeln. Er wirkte so niedergeschlagen. So besiegt. So hatte sie ihn noch nie erlebt.

»Möchtest du nicht wissen, warum ich es dir verheimlicht habe?«, fragte er. »Ich dachte, du brennst darauf, es zu erfahren.« In seinem Ton lag eine Schärfe, die seiner Frage etwas Vorwurfsvolles verlieh. Er sah sie immer noch nicht an.

»Ich weiß es nicht«, sagte sie. »Ich verstehe nicht, warum du aus deiner Krankheit eine so große Sache machst.«

Jetzt sah er sie an. »Weil es für mich eine große Sache ist! Weißt du denn gar nichts über MS?«

Sie schüttelte den Kopf. »Das habe ich dir doch damals schon gesagt, erinnerst du dich nicht?«

»Doch«, fuhr er sie an, »ich erinnere mich sehr gut, mit meinem Gedächtnis ist nämlich noch alles in Ordnung! So weit bin ich noch nicht.« Er schlug die Augen nieder und fuhr sich mit der Hand durchs Haar. »Es tut mir Leid, ich wollte nicht ...« Er leerte sein Glas und knallte es auf den Tisch. »Es tut mir wirklich Leid, Jessica. Dieses Gespräch ist mir so verdammt wichtig, und wie es aussieht, vermassele ich alles.«

Sie bedachte ihn mit dem Anflug eines ermutigenden Lächelns. »Warum erzählst du mir nicht einfach, warum du es für nötig gehalten hast, deine Krankheit vor mir zu verheimlichen? Wenn wir das geklärt haben, kannst du mir sagen, was MS eigentlich ist. Ist das ein guter Vorschlag?«

Er atmete überrascht auf, weil sie so vernünftig war. »Noch einen Drink?«

»Erzähl einfach«, sagte sie sanft.

Er strich sich über das Kinn. »Okay, also los. Aber zuerst

sollst du wissen, dass ich versucht habe, es dir zu sagen ... an dem Abend, als deine Mutter den Unfall hatte.«

»Das habe ich mir schon gedacht.«

»Ich hatte mir fast den ganzen Tag überlegt, was ich sagen sollte.« Er stand auf. »Also, ich brauche auf jeden Fall noch etwas zu trinken. Bist du sicher, dass du nichts mehr möchtest?«

Sie schüttelte den Kopf. Als er wieder ins Zimmer kam und sich setzte, bemerkte sie, wie er nervös das Glas in den Händen drehte. Es war so still, dass sie die Eiswürfel klirren hörte. Sie hätte ihn gern gedrängt, wusste aber, dass sie sich zurückhalten musste. Er brauchte Zeit für sein Geständnis.

Endlich sprach er. »Ich hatte das Gefühl, dir meine MS verheimlichen zu müssen, weil meine letzte Freundin die Flucht ergriffen hat, sobald ich ihr erklärt hatte, was das bedeutete ... und ich dachte, solange du nicht wüsstest, was mit mir los ist, könnte ich weiter mit dir zusammen sein.«

»Und jetzt erwartest du, dass ich die Beine unter den Arm nehme und davonlaufe?«, fragte sie ruhig.

Er zuckte die Achseln. »Vielleicht nicht sofort, aber mit der Zeit schon, ja.«

»Dann hast eine sehr schlechte Meinung von den Menschen, Josh. Was gibt dir das Recht, meinen Gefühlen für dich eine Grenze zu setzen?«

Er sah auf. »Aber du hast selbst gesagt, dass du nichts über MS weißt. Du weißt nicht, was das bedeutet.«

»Dazu kommen wir gleich. Zuerst will ich wissen, wie weit deine Täuschung gegangen ist. Hast du mich deshalb manchmal versetzt?«

Er nickte schuldbewusst. »Öfter, als mir lieb ist.«

Sie lächelte erleichtert. »Und ich war fest überzeugt, dass du mit mir umspringst wie Gavin.«

»Glaub mir, Jessica, dazu hätte ich mehr Energie gebraucht,

als ich besitze ... und selbst wenn ich die Kraft dazu hätte, würde ich das nie mit dir machen.«

Sie kniete sich vor ihn auf den Boden und legte den Kopf auf seine Beine.

»Darf ich dich jetzt etwas fragen?«, sagte er.

»Sicher.«

»Als du bei Mo die Treppe herunterkamst und sagtest, du hättest gerade mit ihr gesprochen, hatte es den Anschein, als ob du wütend wärst. Stimmt das?«

Sie schaute ihn an. »Ich war fuchsteufelswild, wenn du es unbedingt wissen willst, ich hätte Feuer spucken können.«

»Warum?«

»Die Situation hat mich an die Sache mit Gavin erinnert. Ich weiß, es klingt verrückt, aber ich hatte plötzlich etwas über dich erfahren und das war genauso, als hätte ich entdeckt, dass du mich belogen und betrogen hast.«

Er strich ihr übers Haar. »Es tut mir so Leid.«

»Das ist nicht nötig.« Sie drückte seine Hand. »Und jetzt sag mir, was dir eigentlich fehlt. Und keine Beschönigungen. Ich will die Wahrheit wissen. Sag mir alles.«

Er seufzte. »Wo soll ich anfangen?«

»In echter Erzählertradition: Fang von vorn an.«

»Okay. Ich habe eine so genannte schubweise multiple Sklerose.« Sein Ton war ausdruckslos und unbeteiligt, als lese er etwas vor. »Das heißt, die Symptome kommen und gehen. Ich habe keine Kontrolle darüber und bin dem ausgeliefert, was mein Körper mit mir anstellt.«

»Zum Beispiel?«

Er ließ ihre Hand los und strich ihr wieder übers Haar. »Das offensichtlichste und häufigste Symptom ist, dass ich mein Bein nicht bewegen kann, es wird ständig schlimmer ... übrigens, ich fürchte, was das angeht, habe ich dich schamlos belogen.«

Sie lächelte zögernd. »Keine heldenhafte Skiverletzung?«

»Nein.« Dann schilderte er ihr die Liste der Symptome, die sich in den letzten Jahren eingestellt hatten: Sprachschwierigkeiten, Taubheitsgefühle, Prickeln, Erschöpfung, fehlende Kontrolle über seine Gliedmaßen und vor allem der beängstigende Verlust der Sehkraft auf einem Auge.

Als er fertig war, sagte Jessica: »Und was ist mit Heilungsmöglichkeiten?«

Er schüttelte den Kopf. »Gar nichts. Es gibt nicht einmal ein Wundermittel, das die Krankheit zum Stillstand brächte.«

Sie runzelte die Stirn. »Wie ungerecht! Und wie schrecklich für dich.«

»Es ist nicht immer schrecklich«, gab er zu seiner eigenen Verwunderung zu, »die Symptome sind nicht immer gleich stark, es gibt auch gute Tage.«

»Und heute?«

Er grinste. »Heute war es okay, deshalb habe ich ja auch den Mut aufgebracht, dich zu fragen, ob du mit zu Mos Party kommst.«

Sie dachte darüber nach. »Heißt das, ich habe dich immer nur an deinen guten Tagen gesehen?«

Er nickte. »Bis auf damals, als ich eingezogen und bei dir und deiner Mutter hereingeplatzt bin. An dem Tag habe ich kaum ein Wort herausgebracht.«

Jessica erinnerte sich voller Scham an die Situation, da sie sein scheinbar schlechtes Benehmen nun in einem völlig anderen Licht sah. »Es tut mir Leid, ich hielt dich für ungehobelt, und noch mehr tut es mir Leid, dass ich dir das ins Gesicht gesagt habe. Das war scheußlich von mir.«

»Vergiss es«, sagte er leichthin. »Du konntest es ja nicht wissen. Außerdem ist das gar nichts im Vergleich zu dem, was ich mit dir gemacht habe. Ich mag gar nicht daran denken, was du von mir gehalten haben musst, wenn ich jedes Mal verschwand, nachdem wir miteinander geschlafen hatten. Es ist mir sehr schwer gefallen.«

»Mir auch. Wovor hattest du denn solche Angst?«

»Vor dem nächsten Morgen ... dass du aufwachen könntest und die Wahrheit über mich erfahren würdest.«

»Ich nehme an, letzte Woche hattest du in Wahrheit auch keine Grippe?«

»Nein. Ich ... mir ging es die ganze Woche über ziemlich schlecht, ich bin im Büro zusammengebrochen ... Charlie musste mich nach Hause bringen.«

Sie sah ihn besorgt an. »Ach, Josh, ich wünschte, du hättest es mir gesagt, ich hätte dir doch helfen können! Ich hätte für dich da sein können.«

»Es ist schlimm genug, dass ich mit meiner MS konfrontiert bin, auch ohne anderen einzugestehen, was los ist. Meistens sage ich nicht einmal Charlie, wie es mir geht, ich fürchte, es würde ihm das Leben zur Hölle machen.«

»Ich habe den Eindruck, dass er ganz gut in der Lage ist, damit umzugehen.«

»Manchmal bin ich mir da nicht so sicher«, widersprach Josh nachdenklich, »er hat von mir schon manchen Mist einstecken müssen. Meine Eltern übrigens auch. Sogar Mo.«

Jessica grinste. »Wo wir gerade von Mo reden, weißt du eigentlich, dass sie bis über beide Ohren in dich verliebt ist?«

Josh antwortete nicht, sondern zog sie auf seinen Schoß. »Was viel wichtiger ist: Weißt du eigentlich, dass ich mich in dich verliebt habe?«

»Warte mal«, sagte sie mit einem nervösen Kichern, »*ich* bin hier diejenige, die Liebesromane schreibt.«

»Es ist mir Ernst, Jessica. Gott steh dir bei, es ist die Wahrheit.«

»Das höre ich gern, weil ich im Laufe des Abends zu derselben Entscheidung gekommen bin.«

»Tatsächlich? Meine Güte! Wann denn?«

»Als ich dachte, Mo könne eine Bedrohung für mich sein, war ich so eifersüchtig, dass ich das nette Mädchen in der Luft hätte zerreißen können.«

Glücklich lachend drückte Josh Jessica an sich. Er konnte gar nicht fassen, wie der Abend verlaufen war. »Ich nehme an, es besteht keine Chance, dass du über Nacht bei mir bleibst?«

»Hmm ... das Angebot ist verlockend, Crawford.« Sie schmiegte sich in seine Arme und stellte sich auf einen ausgiebigen Kuss ein. Doch plötzlich schoss sie hoch. »Ich habe ja meine Mutter völlig vergessen! Wie spät ist es?«

Er schaute auf seine Armbanduhr. »Ein Uhr.«

»*Was!*« Sie sprang von seinem Schoß.

»Beruhige dich. Wenn es ein Problem gäbe, hätte sie angerufen. Ich hole meine Autoschlüssel und fahre dich zurück.«

»Bist du sicher, dass du noch fahren kannst?«, fragte sie, als er seine Haustür von außen abschloss. »Hast du nicht zu viel getrunken?«

»Das geht schon«, sagte er und öffnete ihr die Beifahrertür. Als sie gerade einsteigen wollte, nahm er sie noch einmal in die Arme. »Ich möchte jetzt schon meinen Gutenachtkuss. Vielleicht bekomme ich später nicht mehr die Chance dazu.«

Kapitel 38

Jessica schmierte ihrer Mutter eine Scheibe Toast. Sie verteilte die Halbfettbutter gleichmäßig bis an die dunklere Kruste und gab etwas von Annas selbst gemachter Orangenmarmelade darauf, die mit Whisky abgeschmeckt war. Auch die Marmelade verteilte sie mit präziser Sorgfalt zu einer gleichmäßigen Schicht. Dabei dachte Jessica die ganze Zeit an Josh.

Am Abend zuvor hatte sie von ihm zwei sehr wichtige Dinge erfahren: zum einen, dass er an einer Krankheit litt, die er mit viel Mühe vor ihr zu verbergen versucht hatte, und zum anderen ... dass er sie liebte.

Er liebte sie tatsächlich.

Erstaunlich!

Einen Mann dazu zu bewegen, sich in sie zu verlieben, war für sie bisher immer ein mühsamer Kampf bergauf gewesen – eigentlich bezweifelte sie sogar, dass es ihr je gelungen war. Gavin hatte sie mit Sicherheit nie geliebt.

Aber Josh liebte sie!

Und sie liebte ihn.

O ja. Sie liebte ihn wirklich. Sich in Josh Crawford zu verlieben war so einfach gewesen wie von einem Baumstamm zu fallen – was sie beide ja in jener Nacht im Wald auch getan hatten.

Was Joshs Krankheit betraf, war sie sich immer noch nicht sicher, wie sie damit umgehen sollte. Ihr war klar, dass Josh den gestrigen Abend als Qual empfunden hatte und dass er sich nach Kräften bemüht hatte, ihr zu erklären, was multiple Sklerose zu haben bedeutete. Doch an diesem Morgen beim Aufwachen war ihr aufgefallen, dass er die Zukunft kein einziges Mal erwähnt hatte.

Wie sah seine Zukunft aus?

Würde er so bleiben, wie er war?

Oder würde sein Zustand sich verschlechtern?

Falls ja, was bedeutete das konkret?

Konnte MS lebensbedrohlich werden?

O Gott! Wieso wusste sie das alles nicht?

Und noch etwas: Wieso hatte sie nie nicht gespürt, dass mit Josh etwas nicht in Ordnung war? Wie blind und unsensibel konnte ein Mensch sein? Meine Güte, sie war doch Schriftstellerin und sollte eigentlich eine gute Beobachterin sein!

Die Erkenntnis, dass sie so oberflächlich war, erschien ihr vernichtend. Sie hatte sich immer nur damit beschäftigt, welche Wirkung Josh auf sie hatte. Wieso war sie in ihrer Sichtweise nur so egoistisch gewesen?

Die Antwort lag vermutlich in ihren Erfahrungen mit Gavin. Da sie entschlossen gewesen war, keinem Mann mehr die Möglichkeit zu geben, sie derart zu verletzen, hatte sie sich wahrscheinlich so intensiv mit ihrem Selbstschutz beschäftigt, dass sie kein Gespür mehr für die Menschen ihrer Umgebung aufgebracht und nur noch an die möglichen Folgen für sich selbst gedacht hatte.

Wie selbstsüchtig von ihr.

Das Gefühl hatte sie auch befallen, nachdem Josh sie am gestrigen Abend nach Hause gebracht hatte. Entsetzt hatte sie festgestellt, dass Anna mit einer Wolldecke auf dem Sofa lag und fest schlief. Das Feuer war fast völlig niedergebrannt, und die schwache Glut starrte sie an wie ein verkörperter Vorwurf, dass sie ihre Mutter den ganzen Abend vernachlässigt hatte. Schuldgefühle überwältigten sie. Wie hatte sie ihre Mutter im Stich lassen können, als sie sie am meisten brauchte? Was war sie nur für eine Tochter, dass sie so verantwortungslos handelte?

Sie schnitt den Toast diagonal durch und reichte ihn über den Tisch.

»Ein Kunstwerk, vielen Dank«, stellte Anna fest, die ihre Tochter seit fünf Minuten scharf beobachtet hatte.

Anna war völlig klar, dass Jessica mit ihren Gedanken woanders war. Aber das galt auch für sie selbst, denn sie wartete ungeduldig auf das Klingeln des Telefons und war schon ganz kribbelig. Piers Lambert hatte versprochen, ihr zu helfen, und nun saß sie am Frühstückstisch und erwartete wider jede Vernunft, das er sein Versprechen auf der Stelle einlöste. Sie hatte sich vorgestellt, dass er gleich am vorigen Abend noch aktiv würde und schon im Morgengrauen mit einer Möglichkeit aufwartete, ihr Jessica vom Hals zu schaffen.

»Was schlagen Sie vor?«, hatte er sofort gefragt, nachdem sie ihm ihr Dilemma geschildert hatte.

»Ich weiß es nicht, deshalb rufe ich Sie ja an.«

»Sie haben doch bestimmt eine Idee im Hinterkopf, sonst hätten Sie mich nicht angerufen.«

Jessica hatte Anna schon oft erzählt, dass ihr Agent bis zur Unhöflichkeit direkt war. Dennoch überraschte sie seine ernste Art und machte ihr gleichzeitig Hoffnung: Das war ein Mann, der ihre Tochter wirklich zur Räson bringen konnte.

»Ich möchte, dass Sie Jessica mit der Peitsche drohen«, erklärte Anna. »Machen Sie ihr klar, dass sie sich mit ihrem neuen Roman beeilen muss. Können Sie nicht einfach so tun, als ob der Abgabetermin vorgezogen worden wäre?«

»Es wäre Sache des Verlages, Jessica das zu sagen, das ist nicht meine Angelegenheit. Und ich fürchte, Jessicas Verlag wird die Erscheinungstermine nicht Ihretwegen verschieben.«

»Aber Sie können doch bestimmt irgendwas tun!«

»Wann hat sie zuletzt an dem Buch gearbeitet?«

»Vor über einer Woche.«

»Das ist ja noch nicht so lange her. Ich denke, Sie übertreiben ein bisschen.«

»Hören Sie, Mr Lambert, ich habe noch mindestens fünf Wochen meinen Arm in Gips, vielleicht auch länger. Kann sie es sich leisten, so lange nicht zu schreiben?«

»Hmm ... vielleicht haben Sie Recht. Überlassen Sie das mir. Gute Nacht.«

Anna wünschte sich von ganzem Herzen, dass er in seinem Handeln genauso energisch und effektiv sein mochte, wie sein Auftreten vermuten ließ.

Tony wusste, dass er Rita gegenüber ein unverhohlen feindseliges Verhalten an den Tag legte. Wenn das so weiterginge, würde er sie bald offen unter Beschuss nehmen. Er wusste allerdings nicht, was ihn an ihr am meisten auf die Palme brachte, ihre Hochnäsigkeit oder ihre Kälte ihm gegenüber. Absichtlich knallte er den Telefonhörer in der Küche auf die Arbeitsplatte, um dem Trommelfell seiner Schwiegermutter einen Schock zu verpassen. Dann rief er Amanda aus vollem Hals zu: »Es ist deine Mum!« Er wusste, dass seine Schwiegermutter bei einem derartigen Verstoß gegen die Anstandsregeln erbleichen würde wie ihre *Daily Mail*, aber es hätte noch schlimmer kommen können. Schließlich hätte er sie auch als *Mummy* bezeichnen können.

Als Amanda in die Küche kam, sagte er: »Ich bringe Hattie zum Ballettunterricht und bin gegen Viertel nach elf wieder da.« Am liebsten hätte er das Telefongespräch belauscht, da er immer noch nicht wusste, was seine Frau und ihre Mutter im Schilde führten, aber da Hattie schon in ihrem rosafarbenen Trikot und einer weißen Strumpfhose an der Haustür wartete, die Ballettschuhe in der Hand, blieb ihm keine Zeit, herumzutrödeln. Ihm ging durch den Kopf, dass es keine schlechte Idee wäre, sich nach Möglichkeiten zu erkundigen, das Telefon abzuhören. Bei der Vorstellung, wohin es führen konnte, wenn er sich auf einen solchen Wahnsinn einließe, musste er grinsen: Am Ende würde er Amanda mit falschem Bart, falscher Nase und Trenchcoat beschatten. Diese Vorstellung war so lächerlich, dass sie ihn aufheiterte, und so tätschelte er seiner Tochter den Kopf und sagte: »Na komm, machen wir uns auf den Weg zum *Schwanensee*.«

Der Saal war voller kleiner Mädchen mit ordentlich zurückgekämmten Haaren und schweißnasser Stirn, die sich mit herausgestrecktem Bauch und Po in atemloser Konzentration an der Stange festhielten und die Knie beugten. Als die Musik aus dem wuchtigen Ghettoblaster aufhörte, entspannten sich die Mädchen, machten einen Knicks vor ihrer Lehrerin und riefen im Chor: *Merci, M'dame.* Dann trampelten sie zu ihren Eltern, die mit lebensrettenden Trinkpäckchen, Chips und Schokoriegeln im hinteren Teil des Saales auf sie warteten. Tony gab Hattie einen flüchtigen Kuss und sah ihr nach, als sie auf Zehenspitzen zu ihrer Gruppe hüpfte. Es war erst ihre zweite Ballettstunde und sie befand sich noch im ersten Begeisterungssturm für ihr neues Hobby. Dann schlüpfte er aus dem Saal und ging zu dem Zeitschriftenladen auf der Hauptstraße von Holmes Chapel.

Die Sonne schien, der Himmel war wolkenlos, und Tony fand diesen Septembermorgen einfach vollkommen. Schon jetzt war zu spüren, dass es nach der morgendlichen Kühle bis mittags warm genug sein würde, um mit einem Glas Wein und der Tageszeitung draußen zu sitzen.

Oder den Rasen zu mähen, wie Amanda sicher von ihm erwartete.

Er wollte schon länger mal mit Josh reden, der so vernünftig war und sich einen Gärtner genommen hatte. Einen Gärtner brauchte Tony eindeutig auch, jemanden, der sich um den Rasen und die Blumenbeete kümmerte, damit ihm Zeit für seine Zukunftsplanung bliebe.

In der Zeitschriftenhandlung kaufte er eine *Daily Mail* für Amanda – wie die Mutter so die Tochter – und die *Times* für sich. Und da er schon einmal hier war, konnte er der Versuchung nicht widerstehen, in den Regalen nach einer Zeitschrift für Hobby-Spione zu stöbern. Unter dem vielfältigen Angebot musste es doch wenigstens ein Magazin für einen begriffsstutzigen Ehemann geben, der wissen wollte, was seine Frau und seine Schwiegermutter ausheckten.

Er bezahlte seine Zeitungen und ging hinaus. Während er noch überlegte, ob er sich die Mühe machen sollte, in der Eisenwarenhandlung ein paar Bilderhaken zu besorgen, mit denen Amanda ihm schon seit einer Weile in den Ohren lag, bemerkte er plötzlich einen leuchtend roten Haarschopf. Es war Kate, die auf die Kirche auf der anderen Straßenseite zuging. Bevor er es sich anders überlegen konnte, rief er schon: »Kate!«

Sie hörte ihn nicht.

Er trat auf die Straße, sprang aber sofort wieder zurück, als ein Autofahrer ihn ungehalten anhupte. Erst jetzt bemerkte sie ihn. Er winkte ihr zu, und als die Straße frei war, ging er zu ihr hinüber. »Hi«, sagte er. Es kam ihm vor, als liege ihre letzte Begegnung, bei der so viel passiert war, schon eine Ewigkeit zurück.

»Hallo«, antwortete sie schüchtern. »Wie geht es Ihnen?«

Er nickte. »Ganz gut. Und Ihnen?«

»Gut.«

»Und Alec?«

»Er bemüht sich, immer das Richtige zu sagen.« Sie senkte den Blick, als bereue sie, was sie gerade gesagt hatte.

»Er wird sich schon dran gewöhnen. Am Ende wird alles gut.« Überrascht stellte Tony fest, wie ernsthaft und ehrlich er klang. Tief im Inneren wünschte er, Alec würde sich nicht daran »gewöhnen«. Er wünschte sich, dass er sich wie ein Schweinehund benähme. Er wollte, dass Alec die Rolle des Bösewichts spielte und mit Buhrufen von der Bühne gejagt würde, damit er, der wunderbare, nette, rücksichtsvolle Tony, der jugendliche Held, die so schändlich behandelte Heldin im Sturm erobern und allen das erwünschte Happyend liefern konnte. »Und, wo wollen Sie gerade hin?«, fragte er, entsetzt über seine Oberflächlichkeit.

Sie zögerte.

»Entschuldigung, ich wollte nicht neugierig sein.«

Sie lächelte. »Ist schon in Ordnung. Ich wollte mich für ein paar Minuten in die Kirche setzen.«

Er betrachtete die strenge Sandsteinfassade, die sich hinter ihnen erhob. Seit Eves Beerdigung hatte er keine Kirche mehr betreten. Damals, an jenem grauenhaften Tag, hatte er in der ersten Bank gesessen und mit einem angeblich allmächtigen und liebenden Gott gehadert, während alle um ihn her beteten und Hymnen des Dankes und des ewigen Lebens sangen. Für ihn war es jedoch unvorstellbar, einem Gott zu danken, der ihm seine geliebte Frau genommen hatte. »Warum?«, fragte er nun. »Warum wollen Sie in die Kirche gehen?«

Sie sah ihn interessiert an. »Weil ich mich dann meist besser fühle.«

Das war für Tony noch unvorstellbarer. »Besser?«, wiederholte er.

»Ja«, sagte sie schlicht. »Ich komme dann immer völlig friedlich wieder heraus.«

»Ach.« Frieden war das Letzte, was er nach Eves Trauerfeier empfunden hatte. Da ihm nichts mehr zu sagen einfiel, betrachtete er die Passanten auf der Straße, die zielstrebig Geschäfte betraten oder verließen. Er war überrascht, als er Kates Hand auf seinem Arm spürte und sie ihn auf die Eichentür mit ihren schweren Beschlägen zuführte.

Im dämmrigen Kirchenraum musste er schlucken. Es war zwar nicht dieselbe Kirche wie damals, aber sie war ihr im Wesentlichen doch recht ähnlich und verströmte den gleichen durchdringenden Geruch nach Alter, Politur und ausgeblasenen Kerzen. Und hatte ebenfalls die Temperatur eines Leichenschauhauses. Trauer und Wut stiegen in ihm auf, bis er völlig verkrampft war. Kate ging weiter. Da er nicht allein bleiben wollte, folgte er ihr. Als sie in eine Kirchenbank schlüpfte, setzte er sich neben sie. Er bemühte sich, an den warmen Sonnenschein draußen zu denken, an Hattie, die munter in ihrem Trikot herumhüpfte, an alles, was ihn von der Erinnerung an jenen schrecklichen Tag ablenkte. Er fingerte an den Zeitungen in seiner Hand herum und warf einen verstohlenen Seitenblick auf Kate. Er war sich nicht sicher, wie er sich verhalten sollte, wenn sie sich in ein Gebet vertiefen wollte. Doch statt zu beten beobachtete sie ihn. Und zwar genau. »Was ist?«, flüsterte er. »Warum starren Sie mich so an?«

»Ich habe die Wut in ihrem Gesicht gesehen«, sagte sie sanft.

Er wandte sich ab. Doch nun schaute er genau auf das Gesicht des gemarterten Christus in dem Buntglasfenster über dem Altar. Rechts daneben hing eine Plakette zum Gedenken an die Gefallenen des Ersten Weltkriegs. Gab es kein Entrinnen vor dem sinnlosen Leiden in der Welt?

»Ich glaube, das war keine gute Idee«, sagte er. »Ich muss gehen, Hattie wird schon auf mich warten.« Er stolperte aus der Bank und ergriff die Flucht. Draußen auf dem Bürgersteig blinzelte er in die grelle Sonne und rang nach Luft. Zu seinem Entsetzen merkte er, dass er zitterte. Er atmete tief durch, um seine Erregung zu bezwingen. Aber es nutzte nichts, alles erinnerte ihn zu sehr an den schrecklichsten Tag seines Lebens. Nach dem Trauergottesdienst war er zitternd zusammengebrochen und hatte geweint. Er erinnerte sich noch an die Reaktion der Umstehenden. Die älteren Familienmitglieder waren in ihren Bänken erstarrt, unfähig und unvorbereitet, damit umzugehen, dass jemand derart die Fassung verlor. Seine besten Freunde hatten ihn getröstet, aus der Kirche geführt und auf einen kräftigen Drink mit in einen Pub genommen, bevor sie mit ihm zum Krematorium fuhren.

Auch jetzt konnte er einen kräftigen Schluck vertragen.

Als hinter ihm die Kirchentür quietschte, drehte er sich um. Es war Kate. »Alles in Ordnung?«, fragte sie besorgt.

»Es tut mir Leid«, antwortete er und atmete wieder ruhiger. »Kommen Sie mit etwas trinken?«

»Für die Pubs ist es noch ein bisschen zu früh«, sagte sie mit einem Blick auf den Red Lion ein Stück weiter unten an der Straße, »um diese Zeit bekommen Sie wahrscheinlich nur Kaffee. Haben Sie nicht gesagt, dass Hattie auf Sie wartet?«

Er schlug sich mit den Zeitungen an den Kopf. »Natürlich, wie dumm von mir. Dann bis bald.«

»Bis dann«, sagte sie.

Keiner von ihnen rührte sich.

»Ist wirklich alles in Ordnung?«, fragte sie noch einmal.

»Ja. Nein ... nein. Sie haben eine seltsame, wunderbare Wirkung auf mich, Kate. Sie erinnern mich an Eve ... und Sie wecken in mir den Wunsch, so verrückte Dinge zu tun, wie Sie zu küssen.« Und genau das tat er plötzlich und heftig. Zum ersten Mal seit Eves Tod küsste er eine Frau voller Leidenschaft. Sein Verstand befahl ihm aufzuhören. Es war Wahnsinn. Das konnte nur verheerende Folgen haben. Aber sein Herz sagte ihm pochend etwas anderes.

Kapitel 39

Als Kate nach Hause fuhr, raste ihr Herz noch immer vor Verwirrung. Es war nicht ihre Art, Männer so ungezwungen zu küssen. Noch schlimmer war, dass sie tief im Inneren gewusst hatte, was Tony anstrebte ... und dass sie es zulassen würde.

Seit jenem Montagmorgen fiel es ihr schwer, die Folgen des Eindrucks abzuschütteln, die nicht nur Tonys Herzlichkeit, sondern auch seine traurigen Lebensverhältnisse bei ihr hinterlassen hatten. Als er von seiner ersten Frau sprach, hätte sie ihn am liebsten getröstet und ihm das gleiche Mitgefühl gezeigt, das er ihr entgegengebracht hatte. Aber sie hatte Angst vor den Konsequenzen, da ihr völlig klar war, dass sie beide in jenem Moment überaus anfällig waren, schwach und schutzlos durch ihr Elend – ein bekümmertes Herz konnte äußerst trügerisch sein.

Später, als Caroline sie beim Mittagessen nach Tony ausgefragt hatte, hatte sie sich nicht dazu hinreißen lassen, ihr mehr als eine rein äußerliche Beschreibung von ihm zu geben. Doch heimlich musste sie an seine sanften blauen Augen denken, die sein Elend nicht hatten verhehlen können, an seine Hand, die ihre gehalten hatte, an sein mit Bedacht ausgesuchtes Geschenk, an seinen Gesichtsausdruck an dem Abend, als sie ins Kinderzimmer kam, während er mit Hattie plauderte.

Damals hatte seine Haltung sie verwundert, weil sie sie nicht einzuordnen vermochte.

Heute verstand sie ihn.

O ja, sie wusste genau, was es zu bedeuten hatte. Sein Verhalten vor wenigen Minuten erklärte alles.

Und was war mit ihrem Verhalten?

Wie ließ sich das erklären?

Wie konnte sie sich zu Tony hingezogen fühlen, obwohl sie Alecs Kind unter ihrem Herzen trug? Das verstieß gegen alles, zu was sie sich je für fähig gehalten hatte.

Sie raste über die Landstraße, weg von Holmes Chapel, als hoffe sie, damit auch Abstand zu allem zu bekommen, was gerade vorgefallen war. Es war nur ein Kuss, sagte sie sich. Ein einziger Kuss. Das war doch noch kein Treuebruch.

Aber sie wusste sehr gut, dass es Untreue war.

Hinterher hatte Tony gesagt: »Wahrscheinlich sollte ich mich dafür entschuldigen, aber das tue ich nicht, denn ich habe es so gemeint. Wann sehe ich dich wieder?«

Mit hochrotem Kopf hatte sie sich rasch auf der Straße umgesehen, ob jemand sie beobachtete. Aber die Passanten, die samstagmorgens hier einkauften, hatten offenbar alle genug mit sich zu tun, und so murmelte sie kopfschüttelnd: »Ich weiß nicht.« Dann flüchtete sie auf den Parkplatz und fuhr los, ohne sich noch einmal umzusehen.

Wann sehe ich dich wieder?

Die Worte hallten in ihrem Kopf wider, als sie durch Cholmford fuhr. Und ebenso, wie sie heute Morgen gewusst hatte, dass Tony sie küssen würde, war ihr jetzt klar, dass er es wieder tun und sie es zulassen würde ... dass sie es wollte.

»Hast du die Blumen geholt?«, fragte Alec, als Kate nach Hause kam.

Sie starrte ihn verständnislos an.

»Du weißt schon, die Blumen für Ruth«, sagte er.

Die Blumen! Sie hatte sie völlig vergessen. Dabei war sie unter anderem nach Holmes Chapel gefahren, um im Blumengeschäft ein hübsches Mitbringsel für Ruth zu holen, bei der sie heute zu Mittag essen sollten. »Ich ... ehm ... ich hab sie vergessen«, sagte sie wahrheitsgemäß.

Alec lächelte. »Die Hormone greifen wohl langsam deine kleinen grauen Zellen an, was?«

»Vermutlich«, bestätigte Kate unbehaglich und fragte sich, ob sie die Schuld an ihrer Untreue wohl auch auf ihre durcheinander geratenen Hormone schieben könnte.

»Nun schau nicht so bekümmert drein, wir besorgen unterwegs noch was. Hast du an die Reinigung gedacht?«

»Ja«, sagte sie erleichtert – zum Glück hatte sie Alecs Anzug in der Reinigung abgegeben, bevor sie in die Kirche ging.

Seit sie in diese Gegend gezogen waren, hatte sie schon oft die kleine Sandsteinkirche besucht und fühlte sich sehr von dem Bau angezogen, der die Dorfmitte beherrschte. Auch an diesem Morgen hatte die sakrale Ruhe sie besonders gelockt, und so war sie dort hingegangen, um sich für eine Weile auszuruhen. Sie hatte über Alec und die Tatsache nachdenken wollen, dass er ihr Kind offenbar akzeptiert hatte.

»Haben sie gesagt, wann er fertig ist?«

»Entschuldige«, sagte sie, »wann *wer* fertig ist?«

Er lächelte nachsichtig. »Dein Gedächtnis lässt wirklich nach, was? Ich habe nach der Reinigung gefragt.«

»Ach so. Am Dienstag.«

»Gut. Möchtest du Kaffee? Ich habe Wasser aufgesetzt. Es ist so schön draußen, ich dachte, wir könnten uns auf die Terrasse setzen. Diese Chance werden wir nicht mehr oft bekommen. Noch ein paar Wochen, dann ist es endgültig Herbst.«

»Ich möchte bitte Tee, Kaffee trinke ich nicht mehr.« Kate ließ Alec in der Küche stehen und verschwand in den Garten, wo sie hoffte, ihre Fassung wiederzugewinnen. Dass Alec so nett zu ihr war, ließ ihre Stimmung noch tiefer sinken. Sie wünschte, er würde sie schlecht behandeln, dann könnte sie wenigstens rechtfertigen, was sie heute Morgen getan hatte. Wie konnte er so höflich sein, während sie daran dachte ... Kate schluckte und zwang sich, in Worte zu fassen, woran sie dachte.

Aber sie schaffte es nicht.

Zum Mittagessen fuhren sie zu Ruth und Adam. Alec hielt an einer Tankstelle und besorgte einen Strauß Nelken, die schon recht müde wirkten. »Die Verpackung lässt etwas zu wünschen übrig«, scherzte er, als er wieder in den Wagen stieg, »aber dann hat Ruth wenigstens etwas, worüber sie meckern kann. Das Mädchen wird immer schlimmer. Manchmal schäme ich mich richtig, zugeben zu müssen, dass sie meine Tochter ist.«

Was das Mäkeln anging, war Ruth offenbar in Höchstform, als sie ihnen die Tür öffnete. »Ihr kommt zu früh«, erklärte sie verärgert.

»Dir auch einen guten Tag«, antwortete Alec fröhlich. »Hier sind ein paar Blumen für dich. Und mach dir keine Sorgen, wir stehen dir nicht im Weg, wenn es dir lieber ist, warten wir im Auto.«

»Dad, du weißt genau, dass Sarkasmus die niedrigste Stufe von ...«

»... Witz ist«, beendete er den Satz für sie. »Ja, das weiß ich. Gefällt dir das denn nicht? Jetzt zeig mir, wo eine gute Flasche Wein steht, dann lasse ich dich in Ruhe. Hallo, Oscar, kleiner Mann, wie geht es dir?«

Oscar kam zu ihnen.

»Gib die Hand, Oscar«, befahl seine Mutter.

Oscar streckte verlegen eine Hand aus.

»Die andere«, sagte Ruth scharf.

Kate beugte sich zu dem Jungen hinunter. »Ich hätte es lieber, wenn du mich umarmst.«

Kopfschüttelnd ging Ruth voraus in die Küche. »Adam!«, rief sie durchs Haus, »Dad und Kate sind da, komm und unterhalte sie, ich hab noch zu viel zu tun.«

Melissa und Tim kamen zu spät, was Ruth noch weiter in Rage brachte. Sie war so mit den Ungelegenheiten beschäftigt, die diese Verspätung ihr bereitete – der Schweinebraten war völlig verbrutzelt, die Kartoffeln nur noch Brei –, dass sie gar nicht bemerkte, was für alle anderen offensichtlich war: Tim und Melissa mussten sich heftig gestritten haben. Sie saßen mit versteinerten Mienen da, wirkten geladen und bereit, bei der kleinsten Provokation unter die Decke zu gehen.

»Tim ist schuld, dass wir zu spät kommen«, sagte Melissa, als Adam ihr ein Glas Wein reichte. »Ich habe ihm gesagt, er soll um zwölf fertig sein, aber er hört ja nicht auf mich.«

»Und ich habe dir gesagt, dass ich erst noch einige wichtige Anrufe erledigen muss.« Tims Ton war scharf vor Wut und seine Augen blitzten bedrohlich.

Als sie sich im Esszimmer an den Tisch setzten, hatte sich die Stimmung etwas entspannt. Welcher Sturm ihr Boot ins Wanken gebracht haben mochte, er hatte sich offenbar gelegt. Melissa erzählte gerade von einem entfernten älteren Verwandten in Aberdeen, der kürzlich seine achtzigjährige Nachbarin geheiratet hatte – eine Frau, die er seit fünfundfünzig Jahren kannte.

»Es war nur eine kleine standesamtliche Trauung«, sagte Melissa, »deshalb war keiner von uns eingeladen.«

»Ich kann nicht behaupten, dass ich unbedingt hätte dabei sein wollen«, sagte Ruth mit einer Grimasse und reichte ihrer Mutter die Fleischplatte. »Stell dir nur vor, der ganze Saal voller Greise, ganz zu schweigen von dem Geruch des Alters! Oscar, leg das Buch weg, wir essen.«

»Was für eine nette Einstellung du zu alten Menschen hast, Ruth«, warf Alec munter ein, »das beruhigt mich sehr. Ich sehe förmlich schon vor mir, wie du dich selbstlos um mich kümmerst, wenn ich mal alt bin. Darauf freue ich mich wirklich schon.«

Ruth reichte Kate die Fleischplatte. »Zum Glück bin ich aus dieser Pflicht entlassen, du hast ja Kate, die dir die falschen Zähne abspülen und die Inkontinenzeinlagen wechseln kann.«

Jeglicher Humor wich aus Alecs Miene. Kate beschloss, Ruth in ihre Schranken zu weisen. »Nun ja«, sagte sie laut und deutlich und schaute Ruth unverwandt an, »wer weiß, vielleicht wird Alec ja noch Vater eines Kindes, das sich gern um ihn kümmert, wenn es mal nötig ist.«

Ruth lachte hämisch. »Also, das ist das Lächerlichste, was ich je gehört habe. Darüber ist Dad Gott sei Dank längst hinweg. Oscar, hier ist dein Teller.«

Alec, der seine übliche Ruhe rasch wiedergewonnen hatte, lächelte Kate dankbar an. Anfang der Woche hatte er Kate ausdrücklich gebeten, niemandem aus seiner Familie von dem Baby zu erzählen. »Das möchte ich ihnen selbst sagen, und zwar dann, wenn ich es für richtig halte.« Mit einem gewissen Maß an Boshaftigkeit fand er nun, dass der Zeitpunkt so gut war wie jeder andere. Sein Ärger über Ruth' unbedachte Bemerkungen überzeugte ihn sogar, dass es keine bessere Gelegenheit geben konnte. Er erhob sein Weinglas, betrachtete es eingehend, drehte es in der Hand und sagte betont lässig: »Du könntest dich nicht noch mehr irren, Ruth. Es ist mir eine große Freude, euch mitzuteilen, dass Kate und ich unser erstes Kind erwarten.«

Die Stille war verblüffend.

Ebenso wie Ruth' Miene.

Als Erster gratulierte ihnen Tim. »Gut gemacht, ihr beiden«, sagte er und fügte mit nachdrücklichem Blick auf Melissa hinzu: »Wäre es nicht komisch, wenn Melissa und ich es euch nachtun würden?« Melissa funkelte ihn an. Unbeeindruckt erhob er sein Glas. »Auf Alecs und Kates Baby, möge es das Erste von vielen werden!«

Halbherzig stimmten die anderen in diesen Toast ein, und Kate spürte, dass die Stimmung so freudig war wie an einem Totenbett.

»Bist du sicher?«, fragte Ruth, sobald der erste Schock sich gelegt hatte.

Alec lachte. »Natürlich sind wir das. Kate hat einen von diesen Tests aus der Apotheke gemacht.«

Ruth lachte höhnisch. »Diese Schwangerschaftstests zum Selbermachen halten nicht, was sie versprechen. Darauf kann man sich nicht verlassen.«

»Ich war natürlich auch beim Arzt«, erklärte Kate mit ruhiger Autorität, während sie Oscar etwas Möhrengemüse gab. »Und er hat es bestätigt, es ist offiziell.«

»Na, wenn das so ist, musst du wohl schwanger sein.«

»Du klingst nicht sonderlich erfreut, Ruth«, sagte Alec boshaft und verbarg seine Überraschung, dass Kate zum Arzt gegangen war, ohne ihm davon zu erzählen, »gefällt dir der Gedanke nicht, dass du ein Brüderchen oder Schwesterchen bekommst?« Mittlerweile genoss er die Situation sichtlich. Er wusste genau, was seine Tochter von ihm dachte, und würde er es ihr schon zeigen.

»Wie kommst du denn darauf?«, antwortete Ruth.

Ihr angespannter, beißender Ton ließ Alec stutzig werden. Offenbar gerieten sie auf gefährliches Terrain. Rivalität unter Geschwistern war durchaus nicht nur Kindern vorbehalten, sondern konnte jedes Alter treffen. Er sah Hilfe suchend zu

Melissa hinüber und hoffte, sie möge die Situation entschärfen – sie hatte Ruth in dramatischen Momenten schon immer beruhigen können –, aber ihre Miene sagte deutlich: Du hast dich selbst in dieses Dilemma gebracht, jetzt sieh auch zu, wie du wieder hinauskommst.

»Was für ein Baby wird es denn?«, fragte Oscar, der mit Messer und Gabel eine Kartoffel jagte.

»Ein vollkommenes«, antwortete Alec blitzschnell und war froh über die Ablenkung, für die sein Enkel gesorgt hatte.

Am anderen Ende des Tisches stöhnte Melissa: »Nicht mal die Tatsache, dass du noch einmal Vater wirst, gibt dir das Recht, so zu reden.«

»Wir müssen noch abwarten, ob es ein Junge oder ein Mädchen wird, Oscar«, sagte Kate, während sie sich fragte, warum sie sich nicht freute, dass Alec seiner Familie von ihrem Baby erzählt hatte, zumal er es als ihr *Erstes* bezeichnet hatte.

Dann fiel ihr auf, was an der Situation nicht stimmte. Alec benutzte ihre Schwangerschaft als Waffe gegen seine wenig liebenswerte Tochter.

Vielleicht auch gegen Melissa.

Bei dem Gedanken lief ihr ein kalter Schauer über den Rücken.

Niemals sollte eins ihrer Kinder als Waffe benutzt werden. Sie fragte sich, ob Alec das Kind wohl nur akzeptiert haben mochte, weil er darin eine Möglichkeit sah, einen Punktsieg über Ruth und seine Exfrau zu erringen.

Kapitel 40

Bis zum frühen Samstagabend hatte Anna sich damit abgefunden, dass Piers ihr wohl nicht vor Montagmorgen zu Hilfe kommen würde und ihr nichts anderes übrig blieb, als sich bis dahin mit Jessicas entnervender Fürsorge abzufinden.

Josh rief als Einziger an, kurz nach dem Frühstück, mit dem Erfolg, dass Jessica nun in der Küche herumwirtschaftete und für sie drei ein sicher ungenießbares Abendessen zusammenrührte.

Als Anna gehört hatte, dass ihre Tochter mit Josh sprach, hatte sie ihr zugerufen: »Lade ihn doch für heute Abend zum Essen ein!« Sie mochte Josh. Sie war von ihm sogar sehr eingenommen, und wenn er nach Willow Cottage kam, würde ihr das eine willkommene Ruhepause von Jessicas despotischer Überwachung verschaffen. Allerdings war es eine Schande, dass der arme Josh wegen ihrer Eigennützigkeit ein Essen herunterwürgen musste, das Jessica gekocht hatte.

Nach diesem Anruf hatte Jessica ihrer Mutter erklärt, warum sie gestern Abend so lange ausgeblieben war. »Ich begreife einfach nicht, weshalb er es vor mir verheimlicht hat«, hatte sie gesagt.

Anna konnte Joshs Gründe jedoch gut nachvollziehen. »Das Problem bei jeder schweren Krankheit oder Behinderung ist, dass sie die hässliche Angewohnheit hat, einem Menschen seine Würde zu nehmen, und davor hat der junge Mann Angst. Er ist intelligent, sieht gut aus und möchte entsprechend behandelt werden. Er will kein schulterklopfendes Mitleid, auch wenn es noch so gut gemeint ist.«

Dann hatten sie den *Gesundheitsratgeber für die Familie*, den Anna erst kürzlich bei ihrem Buchclub gekauft hatte, aus dem Regal geholt und unter dem Stichwort multiple Sklerose nachgeschlagen.

»MS *ist eine Erkrankung des Zentralnervensystems, das heißt des Gehirns und des Rückenmarks*«, begann der Artikel. Weiter war von so genannten Markscheiden die Rede, die zerstört werden, worauf die ungeschützten Nervenfasern Impulse nicht mehr richtig an das Gehirn übermitteln können. In nüchternen Worten hieß es dort, dass etwa zwanzig Prozent der schweren MS-Fälle so starke Behinderungen erfahren, dass sie an den Rollstuhl gefesselt sind.

Als sie zu Ende gelesen hatten, stellte Jessica das Buch mit besorgter Miene wieder ins Regal.

»Am besten lässt du Josh gar nicht wissen, dass wir uns mit dem Thema befasst haben«, schlug Anna vor. »Und denk daran: Er ist immer noch derselbe, den du in den letzten Monaten kennen gelernt hast. Bis jetzt hast du ihn nicht wie einen Kranken behandelt, und es gibt keinen Grund, warum du jetzt damit anfangen solltest.«

»Das weiß ich«, sagte Jessica.

Aber Anna war keineswegs davon überzeugt. Als sie nun die Haustürklingel hörte und ihre Tochter öffnen ging, hoffte sie inständig, dass sie ihren Rat befolgen möge.

Josh brachte fast mehr Geschenke mit, als er tragen konnte. Als er ins Wohnzimmer kam, bemühte Anna sich nach Kräften, sein Hinken zu ignorieren – bislang hatte sie es nie beachtet, aber prompt fiel es ihr nun schwer, den Blick von seinem steifen Bein abzuwenden, das seinen Gang beeinträchtigte.

»Neue Pralinen für Sie«, sagte er und reichte Anna eine flache Schachtel, »ich nehme an, die andere ist mittlerweile leer.«

»Danke, wie umsichtig und aufmerksam von Ihnen«, sagte Anna lächelnd.

Jessica reichte er einen wunderschönen Strauß roter Rosen. »Weil du gestern Abend so verständnisvoll warst«, flüsterte er ihr ins Ohr, als er sie auf die Wange küsste. »Und dann habe ich noch etwas für uns alle mitgebracht: eine Flasche Wein.«

Lächelnd nahm Jessica ihm die Flasche ab. »Hervorragend, das wird einiges dazu beitragen, das grauenhafte Essen zu kaschieren, das ich euch beiden auftische.«

»Soll ich dir helfen?«, bot er an.

Anna lachte. »Gute Idee, Josh. Jessica hat mir erzählt, was für ein guter Koch Sie sind. Schauen Sie doch mal nach, welche kulinarischen Katastrophen sie für uns in petto hat. Ich fürchte, meinem erzieherischen Einfluss ist es nicht gelungen, bei ihr auch nur in Ansätzen die Fähigkeit zu wecken, eine gute Köchin zu sein.«

»So schlimm ist es bestimmt nicht«, sagte Josh, schon auf dem Weg in die Küche.

»O nein«, sagte Jessica zu ihm. »Ich lasse nicht zu, dass du siehst, was ich den ganzen Nachmittag über im Schweiße meines Angesichts gezaubert habe, und außerdem musst du dich setzen.«

Anna biss sich auf die Lippen. Das war genau die falsche Bemerkung, hätte sie am liebsten gerufen. Sie sah es nur allzu deutlich an Joshs Miene. Aber Jessica merkte nichts. Meine Güte, dachte Anna, armer Josh.

Als Jessica aus dem Zimmer ging, setzte Josh sich zu Anna ans Feuer. Er starrte mit gerunzelter Stirn in die brennenden Holzscheite, wirkte nachdenklich und zugleich ungemein verletzlich.

Anna fühlte mit ihm und beschloss, ehrlich zu ihm zu sein. »Jessica hat mir heute Morgen erzählt, was Sie ihr gestern Abend gesagt haben.«

Er schaute finster und wütend auf. »Was? Dass ich sie liebe oder dass ich Invalide bin?«

Anna lächelte verständnisvoll. »So sieht sie Sie nicht, Josh. Lassen Sie ihr Zeit, das alles zu verstehen. Übrigens, von Liebe war nicht die Rede, aber ich freue mich, dass sie so für meine Tochter empfinden. Warum gehen Sie nicht in die Küche und helfen ihr beim Abendessen? Dann kann ich mich wenigstens darauf verlassen, dass wir etwas Appetitlicheres bekommen als nasse Pappe.«

An diesem Abend lag Tony neben Amanda im Bett und konnte nicht einschlafen. Als schaue er sich das entscheidende Tor in einem Fußballspiel immer wieder in Zeitlupe an, so durchlebte er wieder und wieder den Augenblick, als er Kate geküsst hatte.

Und als sie seinen Kuss erwidert hatte.

Dass es keine einseitige Aktion war, hatte ihn überrascht und zugleich gefreut. Sie hatte ihn nicht von sich gestoßen, wie er es eigentlich erwartete. Er hatte sich keine Ohrfeige eingehandelt, kein entrüstetes: »Wie können Sie es wagen!« oder »Was fällt Ihnen ein?« Nichts von alledem, sondern ein langer, köstlicher Augenblick der Wonne.

Sie hatte ihn bereitwillig und mit mehr Leidenschaft geküsst, als er je zu hoffen gewagt hätte. Er hatte keine Ahnung, wann sich wieder eine Gelegenheit bieten würde, sie allein zu treffen, aber er wusste, dass er dafür schon sorgen würde.

Er stand auf, ging hinunter und schaute aus dem Küchenfenster über den mondbeschienenen Hof. In Haus Nummer fünf war alles dunkel. Kate und Alec waren wohl schon zu Bett gegangen. Er wandte sich ab. Er wollte sich Kate nicht mit Alec im Bett vorstellen, den Gedanken, dass ein anderer Mann sie in Armen hielt, konnte er nicht ertragen.

Nun fängt also das Leiden an, dachte er elend.

Als ob er nicht schon genug gelitten hätte.

Kate lag jedoch nicht in Alecs Armen. Sie starrte aus dem Fenster in das Wäldchen hinaus und dachte an den Abend, als Alec und sie sich zum ersten Mal gestritten hatten und sie weinend dort Zuflucht gesucht hatte. Seit jenem Abend war zwischen ihnen irgendwie alles schief gelaufen.

Auch heute Nachmittag hätten sie sich fast wieder gestritten, als sie von Ruth und Adam nach Hause fuhren. Nur Kates Schuldgefühle wegen Tony hielten sie davon ab, Alec wegen der Art und Weise zur Rede zu stellen, wie er seiner Familie verkündet hatte, dass sie schwanger war. Sie erinnerte sich, dass Jessica gesagt hatte, wenn ein Mann relativ spät im Leben noch einmal Vater werde, sei das etwas, womit er sich brüsten könne. War das bei Alec der Fall? Wollte er Ruth und Melissa seine Männlichkeit beweisen, indem er mit seinem ungeborenen Kind prahlte? Schützend legte sie die Hand auf ihren Bauch und bekam plötzlich Angst, dass Alec ihr Kind aus den falschen Gründen lieben könnte.

Aber wie konnte sie sich anmaßen, zu sagen, wie man ein Kind richtig liebte? Jeder Mensch erlebte Liebe auf die ihm eigene Weise, und es war allgemein bekannt, dass Väter und Mütter ihre Kinder sehr unterschiedlich liebten.

Sie seufzte, was die Fensterscheibe vor ihr beschlagen ließ. Sie wischte den Dunstfleck mit der Hand fort und wünschte, ebenso einfach könnte sie die Enttäuschung fortwischen, die stetig in ihr gewachsen war.

Sie wurde von einem wunderbaren Mann geliebt und sie war schwanger – vor nicht allzu langer Zeit war das noch alles gewesen, was sie sich vom Leben wünschte. Aber nun erging es ihr wie mit einem Weihnachtsgeschenk, auf das man sich monatelang gefreut hatte, und wenn man es am Weihnachtsmorgen auspackte, musste man feststellen, dass man es gar nicht mehr wollte.

Was wollte sie denn eigentlich?

Sie drehte sich um und betrachtete Alec, der im Bett lag und schlief. Er wirkte so friedlich, so mit sich im Reinen. Tränen brannten ihr in den Augen, weil sie an der schmerzlichen Erkenntnis zu schlucken hatte – dass sie Alec nicht mehr wollte.

Kapitel 41

Am Montagnachmittag, als der erste Talk-Show-Gast bei Ricki Lake gerade mit seiner größten Angst konfrontiert werden sollte, um sie zu überwinden, klingelte das Telefon. *Annas* größte Angst war, dass sie ihr wunderschönes Heim nie wieder für sich allein haben sollte, dass Jessica ihr Haus in Cholmford Hall Mews verkaufen und für immer nach Willow Cottage ziehen könnte.

Mit der Fernbedienung stellte sie den Ton leiser. Anna hörte Jessica in der Diele telefonieren. An ihrem Ton erkannte sie, dass es nicht Josh war. Rief etwa Piers endlich an? Anna hielt den Atem an und lauschte. Im Stillen betete sie um ein kleines Wunder.

»Woher wissen Sie, dass ich hier bin, Piers?«, fragte Jessica.

»Es ist mein Job, zu wissen, wo Sie sind und was Sie machen, Jessica. Habe ich Ihnen nicht immer gesagt, dass ich dazu da bin, Ihnen das Leben leichter zu machen? Eine Schande, dass Sie für mich nicht das Gleiche tun. Seit Tagen rufe ich bei Ihnen zu Hause an und kriege immer nur Ihre quäkende Stimme zu hören, die mir verspricht, dass Sie mich sofort zurückrufen. Und da Sie nicht die Höflichkeit hatten, das zu tun, war ich gezwungen, unter dieser Nummer anzurufen, die Sie mir gegeben haben, als Sie noch auf Korfu lebten.«

»Ach«, sagte Jessica, verblüfft über die lange Rede. Hatte

sie ihm tatsächlich die Telefonnummer ihrer Mutter gegeben? Sie konnte sich nicht daran erinnern.

»Genau: ach«, sagte er. »Was macht *Eine flüchtige Affäre?*«

»Ehm ...« Wenn Piers sich nach ihrer Schreiberei erkundigte, hatte Jessica immer das Gefühl, wieder in der Schule zu sein. Sobald er auch nur andeutungsweise nach den Fortschritten eines Buches fragte, saß sie wieder im Klassenzimmer und erklärte ihrem anspruchsvollen Lehrer, warum sie ihre Geschichtshausarbeit über die Schlacht von Naseby nicht gemacht hatte. »Ist für eine Weile auf Eis gelegt«, antwortete sie kleinlaut und hielt vorsichtshalber den Telefonhörer etwas weiter vom Ohr entfernt.

»Auf Eis gelegt!«, brüllte Piers, wie sie es geahnt hatte. »So sieht das jetzt also aus, Jessica? Wenn Sie plötzlich richtig Geld verdienen, benehmen Sie sich wie eine Primadonna? Demnächst erwarten Sie noch von mir, dass ich zu Ihnen rauskomme und Ihre Einkäufe erledige! Vielleicht schwebt Ihnen ja auch vor, eine zweite Barbara Streisand zu werden, und Sie wollen, dass ich Rosenblätter für Sie im Klo runterspüle!«

»Mir wäre es lieber, wenn Sie es für mich putzen würden!«

»Das kann ich mir denken. Also, jetzt erklären Sie mir mal, was da eigentlich gespielt wird.«

»Ich habe persönliche Probleme«, sagte Jessica. Auf eine solche Erklärung hätte ihr Geschichtslehrer geantwortet: *Die haben Sie allerdings, Sie können sich nämlich vom Boden kratzen, wenn ich mit Ihnen fertig bin*. Oder: *Miss Lloyd, von Ihren persönlichen Hygieneproblemen möchte ich gar nichts wissen, bitte regeln Sie das und machen Sie Ihre Arbeit.*

»Haben wir die nicht alle?«, erwiderte Piers trocken.

Das kam Jessica merkwürdig vor. Piers gehörte nicht zu den Menschen, die persönliche Probleme hatten, er passte ganz und gar nicht in diese Kategorie. Um persönliche Probleme zu haben, musste man wenigstens ein Mindestmaß an Sensibilität besitzen.

»Meine Mutter hatte einen Unfall, und ich kümmere mich um sie«, sagte Jessica um einen Ton bemüht, der zeigen sollte, dass *sie* das Gespräch bestimmte. In Wirklichkeit klang es eher wie: »Entschuldigung, Herr Lehrer, aber der Hund hat mein Geschichtsbuch gefressen. »Sie hat sich den Arm und eine Rippe gebrochen«, fügte sie hinzu, um Piers zu überzeugen. *Überzeugen!* Was war nur los mit ihr? Warum ließ sie sich von Piers derart einschüchtern? Aber diese Frage kannte sie schon und hatte nicht vor, ihr weiter auf den Grund zu gehen. Es gehörte nicht gerade zu ihren Lieblingsbeschäftigungen, in ihre ganz private Büchse der Pandora vorzudringen. Ihrer Ansicht nach nagelte man am besten den Deckel über diesem ganzen Psycho-Gebrodel zu und kam zu dem Schluss, dass Väter, die starben, bevor ihre Tochter eine Chance hatten, zu einem teuren Mühlstein an ihrem Hals zu werden, eine Menge zu verantworten hatten.

»Das mit Ihrer Mutter tut mir Leid«, riss Piers sie aus ihren Gedanken, »aber ich verstehe nicht ganz, wieso Sie das hindern sollte, an *Eine flüchtige Affäre* weiterzuarbeiten.«

Weil ich nicht klar denken kann, Sie gefühlloser Mensch. Weil ich meine ganze Kraft brauche, um mir um meine Mutter Sorgen zu machen. Das begreift ja wohl selbst ein Neandertaler wie Sie! Und außerdem habe ich mich in einen Mann verliebt, der eine schreckliche unheilbare Krankheit hat.

Und das war die harte Realität, mit der sie sich konfrontiert sah.

Als sie beim Einkaufen am Samstagnachmittag überlegt hatte, was sie abends für Josh kochen sollte, hatte sie vom Supermarkt aus einen Abstecher in die nächstgelegene Buchhandlung gemacht und das einzige vorrätige Buch über MS gekauft. »Danach wird bei uns nicht oft gefragt«, hatte die

Frau an der Kasse erklärt, als sie den Staub von dem kleinen Taschenbuch wischte. »Ich hatte eine Tante, die an MS litt«, erzählte sie, während sie Jessica das Wechselgeld gab, »oder war es was anderes? Ich bringe das immer durcheinander. Jedenfalls ist sie daran gestorben. Ihr Blut wurde zu dick oder zu dünn oder so. Sie war noch jung.« Diese drastischen Bemerkungen hatten Jessica auf der Heimfahrt nach Cholmford ziemlich deprimiert. Erst spätabends, als Josh nach Hause gefahren war – nachdem er tapfer den wässrigen, geschmacklosen Hackfleischauflauf hinuntergewürgt hatte, in dem die Klumpen im Kartoffelbrei das einzig Substantielle waren –, kam sie dazu, in das Buch zu schauen. Allerdings handelte es sich nicht um eine beruhigende Bettlektüre. Als sie das Kapitel »Sexuelle Schwierigkeiten« erreicht hatte, schaltete sie das Licht aus. Daran wollte sie gar nicht denken. Der Sex mit Josh war großartig. Mehr als das, es war der beste Sex, den sie je erlebt hatte. So fantastisch, dass es Kronleuchter zum Schwingen brachte. Aber würde es auch so bleiben?

»Jessica?«

»Entschuldigung, Piers, was haben Sie gesagt?«

»Ich habe gefragt, wieso Sie nicht tun, wofür Sie bezahlt werden.«

Jessica murmelte etwas davon, dass Anna viel Fürsorge brauche.

»Und was soll ich Cara sagen?«

»Gar nichts, ich spreche selbst mit ihr.«

»Dies ist alles äußerst unprofessionell, Jessica, das ist Ihnen doch klar, oder? Besonders, wo ich mir so viel Mühe gemacht habe, einen Fernsehauftritt für Sie zu arrangieren. Aber wie ich sehe, kommt das ja wohl nicht in Frage. Ich werde den Produzenten anrufen und ihm sagen, dass Sie keine Zeit haben.«

»Warten Sie mal – was für ein Fernsehauftritt?«

Piers schob Stella, die im Türrahmen seines Büros wartete, die beiden Briefe zu, die er gerade unterschrieben hatte, lehnte sich zufrieden zurück, weil Jessica den Köder geschluckt hatte, und ließ sie nun an der Angel zappeln. »Keine große Sache, aber es hätte zeitlich ganz gut zum Erscheinen Ihres neuen Hardcovers gepasst. Cara war begeistert, als ich ihr heute Morgen davon erzählte.«

»Dann erzählen Sie es jetzt mir!«

»Es ist eins von diesen neuen Lifestyle-Magazinen im Nachmittagsprogramm. Sie kennen das ja. Die flippigen Jugendlichen von gestern sind erwachsen geworden und präsentieren eine Stunde lang aufmunternden Mist mit dem Tenor: Fühl dich gut, alles ist möglich. Die Idee war, Sie als selbständige, attraktive, weit gereiste junge Frau vorzustellen, die gelegentlich einen Roman herunterschreibt und dabei das Leben in vollen Zügen genießt. Sie waren als Inspiration gedacht.«

Jessica gefiel das Bild, das er von ihr zeichnete. Bescheiden wandte sie ein: »Attraktiv, da bin ich mir nicht so sicher.«

Piers ignorierte ihren Einwand und zog die Angelleine fester an. »Es wäre eine Schande, das Angebot abzulehnen, aber ich verstehe durchaus, dass Sie dazu keine Zeit haben. Die wollen schließlich zu Ihnen rauskommen und einen ganzen Tag mit Ihnen drehen. Es wäre ziemlich zeitraubend.«

»An welchen Termin hatten sie gedacht?«

»Die Fernsehleute haben ziemlich viel zu tun, Jessica. Sie haben gesagt, sie könnten nur nächste Woche oder gar nicht. Aber machen Sie sich keine Gedanken, ich bringe die nötigen Entschuldigungen vor und ...«

»Es ist eine ziemlich gute Chance, nicht wahr? Ich möchte Cara und das Team nur ungern enttäuschen.«

Fast hatte Piers sie schon aus dem Wasser gefischt. Er kannte keinen Autor und keine Autorin, die sich eine Gelegenheit zu einem Fernsehauftritt entgehen ließen. »Aber, wie gesagt, Sie haben ziemlich viel um die Ohren, dafür haben die bestimmt Verständnis.«

Jessica überlegte schon, was sie bei den Fernsehaufnahmen anziehen sollte, am besten etwas Neues, Schickes, zurückhaltend Elegantes, wahrscheinlich in Schwarz. Sie würde nach Wilmslow fahren und sich etwas Schönes gönnen. »Nein«, erklärte sie entschieden, ich muss das professionell angehen. Sagen Sie denen, ich mache es.«

Triumphierend schnellte Piers nach vorn. »Wenn Sie sicher sind«, bemerkte er scheinbar beiläufig und setzte zum entscheidenden Schlag an: »Bevor ich es vergesse, hat Cara schon mit Ihnen gesprochen, weil Ihr nächstes Buch früher erscheint als ursprünglich geplant?«

»Wie viel früher?«

»Im Mai.«

»*Was!*«

»Sie haben es gehört, Jessica. Cara hat gesagt, sie ruft Sie deswegen noch an. Ich rate Ihnen, halten Sie sich ran.«

Mit sich zufrieden legte er den Hörer auf. Jessica hatte schon immer zu seinen umgänglichsten Autorinnen gezählt und ihm noch nie Schwierigkeiten gemacht. Nicht wie andere. Ein Autor erwartete doch tatsächlich von ihm, dass er ihm Theaterkarten und Plätze im Restaurant reservierte, wann immer er in der Stadt war! Die Älteren waren am schlimmsten, sie glaubten, sie lebten immer noch in den Zeiten, als Schriftsteller wie Halbgötter verehrt wurden. Sie begriffen einfach nicht, dass heutzutage niemand mehr einen Pfifferling für ihre Kunstform gab und die Verlage nur noch an Gewinnspannen und Bestsellerlisten interessiert waren. Über weite Teile bestand seine Arbeit darin, die Autoren in ihrer Selbstgefälligkeit und Eitelkeit und die Verleger in ihrem skrupellosen Kommerzialismus zu beschwichtigen.

Bei Jessica war die Rechnung aufgegangen, auf ihre Eitelkeit zu vertrauen. Er hatte nie an seiner Fähigkeit gezweifelt, sie wieder zur Arbeit zu bewegen, aber selbst er hatte nicht damit gerechnet, dass ihm das Glück dabei so wohlwollend zu Hilfe kam.

Am Samstagabend hatte ein alter Freund, der vor zwei Jahren die trüben Gewässer des Verlagswesens gegen die ebenso von Haien verseuchten Gewässer des BBC eingetauscht hatte, ihm beim Essen den Köder geliefert, den er brauchte, um Jessica auf Trab zu bringen.

Max hatte ihm von der neuen Fernsehsendung erzählt, die er gerade produzierte, und von dem Autor, der ihn bedauerlicherweise im Stich gelassen hatte. Dann fragte er ihn, ob er keine Klientin habe, die ein ganz normales, aber interessantes Leben führe. »Wir wollen nichts Bizarres oder Surreales. Alle sind diese dubiosen Erfolgsstorys leid. Exprostituierte, die als Missionarinnen wieder geboren werden, sind out. Dasselbe gilt für Politiker mit befleckter Weste. Wir wollen eine ganz normale Frau, mit der sich der Zuschauer auch identifizieren und der er vielleicht sogar nacheifern kann. Kennst du so eine?«

Nach diesem unwahrscheinlichen Glücksfall hatte ihn an diesem Morgen auch noch Cara angerufen, um ihm zu sagen, dass man einige ihrer wichtigsten Titel im nächsten Jahr verschoben hatte und Jessicas neues Buch vorgezogen werden müsse, ob das für sie ein Problem sei?

Und wenn schon. Bei dem Honorar, das sie bekam, konnte sie sich verdammt noch mal ein bisschen anstrengen. Das sagte er Cara natürlich nicht. »Ich werde es Jessica berichten«, antwortete er, »aber das ist ziemlich viel verlangt. Sie kürzen ihr den Abgabetermin um volle drei Monate. Dafür wird sie sicher eine Gegenleistung erwarten, zum Beispiel einen besonderen Einsatz Ihrer Werbeabteilung.«

Er verschränkte die Hände hinter dem Kopf und lehnte sich zurück. Alles in allem keine schlechte Leistung für einen Tag Arbeit. Und Jessicas Mutter dürfte es gefallen, dass sie nun ihre gebrochenen Knochen in aller Ruhe pflegen konnte.

Genug davon, er hatte schließlich noch andere Arbeit zu erledigen. Er beugte sich vor und zog das Telefon näher. Als Nächstes musste er sich um einen widerspenstigen Krimi-Autor kümmern, der eine Schreibblockade, erhebliche Alkoholprobleme und schon jetzt seinen Abgabetermin um zwei Monate überzogen hatte.

Hätte Anna nicht das Handgelenk in Gips gehabt, sie hätte vor Freude in die Hände geklatscht. Piers hatte sich eingesetzt! Sie bemühte sich sehr, nicht allzu erfreut zu wirken, und sah ihre Tochter ruhig an. »Du willst also sagen, dass sie dein Buch viel früher herausbringen und du entsprechend früher fertig werden musst. Das ist hart für dich, nicht wahr?« Sie hoffte, dass aus ihrem Ton genügend Mitgefühl klang.

»Aber dir kommt es gerade recht, oder?«, sagte Jessica. »Du denkst: Yippee, jetzt hat Jessica keine Zeit mehr, sich um mich zu kümmern, stimmt's?«

»Unsinn, du weißt doch, wie sehr ich es genossen habe, dich hier zu haben – das hat mich in dieser schweren Zeit wirklich aufrecht gehalten.«

»Ha! Du findest es grässlich, dass ich hier bin.«

Anna grinste. »Auf Dauer ja. Es wird einem leicht zu viel, wenn du versuchst, nett zu sein, Jessica, es ist ein bisschen wie mit Süßstoff.«

»Danke für das Kompliment, ich fühle mich geschmeichelt.«

»Unter den gegebenen Umständen ist es das Beste, was ich dir sagen kann. Wann fährst du nach Hause?«

Jessica runzelte die Stirn. »Gar nicht«, erklärte sie verstockt. »Du brauchst jemanden, der sich um dich kümmert. Es gibt Dinge, die du allein nicht schaffst.«

»Zum Beispiel?«

»Eine ganze Menge.« Jessica sah sich unsicher um. »Du kannst die Asche nicht aus dem Kamin räumen, kein Feuer anzünden und vor allem kein Holz hereinholen ...«

»Nur, weil du mich nicht gelassen hast. Wenn ich ganz langsam ...«

»Nein. Das kommt nicht in Frage.« Jessica lief aufgebracht im Zimmer auf und ab. »Ich kann dich nicht allein lassen, ich muss hier arbeiten. Ich richte mich im Esszimmer ein. Nur weil Cara den Abgabetermin vorgezogen hat, muss ich dich nicht allein lassen.«

Vor Enttäuschung hätte Anna am liebsten geweint. »Meine Güte, Jessica, du machst mich wahnsinnig«, platzte sie wütend heraus. »Ich will meine Ruhe haben. Was glaubst du eigentlich, warum ich nie wieder geheiratet habe? Was glaubst du, wieso ich immer in Cholmford gelebt habe, wo mich keine Nachbarn belästigen? Kriegst du das nicht in deinen Dickschädel? *Ich bin gern allein!*«

Jessica blieb abrupt hinter dem Sofa stehen, stützte die Hände auf die Lehne und starrte ihre Mutter verwundert an.

»Wir müssen einen Kompromiss finden«, sagte Anna ruhiger, obwohl sie heimlich darüber nachdachte, ob sie ihre Tochter mit einer Hand wohl erwürgen könnte.

Jessica starrte ihre Mutter immer noch an. Dann kam sie ganz langsam herüber und setzte sich ihr gegenüber. »Du hast Recht.« Sie klang plötzlich niedergeschlagen und resigniert. »Aber wenn es um dich geht, bin ich einfach nicht imstande, einen Kompromiss zu finden. Du hast schließlich dein Leben lang so viel für mich getan.«

»Das war meine Aufgabe«, sagte Anna leichthin, »und ich bin mir nicht mal sicher, ob es stimmt, was du sagst.«

»Doch. Und jetzt ist es an mir, mich um dich zu kümmern, aber du lässt mich nicht. Das ist unfair.«

Anna musste grinsen. »Wenn ich deine Hilfe wirklich brauche, werde ich es dich schon wissen lassen. Versteh nur bitte, dass das jetzt nicht der Fall ist.«

Jessica runzelte wenig überzeugt die Stirn. Sie dachte über den Ausbruch ihrer Mutter nach. »Hast du das wirklich ernst gemeint, dass du nicht wieder geheiratet hast, weil du allein sein wolltest?«

»Völlig ernst. Ich habe meine Freiheit immer genossen. Zugegeben: Das hat wahrscheinlich dazu beigetragen, dass ich selbstsüchtig und schwierig im Umgang mit anderen bin, aber das ist *mein* Leben, und ich will es genauso führen, wie ich möchte.«

»Du willst also, dass ich gehe?«

»Ja, bitte.«

»Aber was ist, wenn etwas passiert?«

»Lass uns doch tun, was Josh vorgeschlagen hat.«

»Was denn?«

»Wir besorgen mir ein Handy, und falls etwas passieren sollte, du weißt schon, dass ich zum Beispiel im Badezimmer zusammenbreche, kann ich dich sofort anrufen.«

»Wie ich dich kenne, lässt du das verdammte Ding irgendwo liegen und findest es dann nicht mehr!«

»Also bitte! So blöd bin ich nun auch wieder nicht.«

»Oder du vergisst, den Akku aufzuladen, und wenn es drauf ankommt, kannst du mich trotzdem nicht anrufen.«

»Deine blühende Fantasie geht mit dir durch, Liebes.«

»Nenn mich nicht ›Liebes‹, das macht mich furchtbar misstrauisch. Gavin hat mich *Liebes* und *Liebling* genannt, bevor ich hinter die Sache mit Silikon-Sally kam. Es ist mir ganz egal, was du sagst, nachts sollte ich wirklich herkommen.«

Anna seufzte. »Nein«, sagte sie bestimmt. »Du kannst jeden Tag kurz hereinschauen, um dich zu vergewissern, dass ich nicht zusammengeklappt bin, aber mehr nicht. Und überhaupt, möchtest du nicht mehr Zeit für Josh haben?«

Jessica wollte schon nein sagen, konnte es aber nicht. Sie wollte tatsächlich mehr mit Josh zusammen sein. Wesentlich mehr. Und da er jetzt nichts mehr vor ihr zu verbergen hatte, würden sie endlich auch mal eine ganze Nacht zusammen verbringen können.

Als Anna das Zögern in Jessicas Miene sah, wusste sie, dass ihre Entschlossenheit ins Wanken geraten war, und hakte nach: »Und wie Piers dir schon gesagt hat, musst du dich auf dein Buch konzentrieren. Er und Cara verlassen sich auf dich. Und jetzt erzähl mir noch mal, warum das Fernsehen uns filmen kommt.«

»*Uns?* An mir, deiner jungen, attraktiven, selbständigen Tochter sind sie interessiert«, sagte Jessica mit einem Gefühl, das große Ähnlichkeit mit Erleichterung hatte.

»Wirklich? Ich wusste gar nicht, dass ich so eine Tochter habe. Aber sie wollen doch bestimmt auch ein paar Aufnahmen von der Umgebung machen, in der du aufgewachsen bist, oder?« Anna überlegte schon, wie sie den Garten für die Kameras in Ordnung bringen konnte. Dermot und sie konnten das Laub, das allmählich fiel, zusammenkehren und damit ein schönes Feuer für den Tag vorbereiten, an dem das Aufnahmeteam kam. Ein Feuer, dessen Rauchfahne in der feuchten Herbstluft hing, vermittelte im Fernsehen immer so viel Atmosphäre. Das würde sicher Spaß machen.

Kapitel 42

Mo versteckte sich schon den ganzen Tag. Sobald sie morgens gesehen hatte, dass Josh das Gebäude betrat, hatte sie sich aufs Klo verkrümelt. Sie hatte sogar Sid überredet, Josh den Kaffee zu bringen. Sid wusste, was auf der Party vorgefallen war, denn als sie endlich wieder nach unten gekommen war, hatte er ihr erzählt, was zwischen Josh und Jessica vorgegangen war. »Du steckst ganz tief drin, Mo«, hatte er gesagt, »so tief, wie es nur geht. Seinen Blick hättest du sehen sollen, furchtbar. So was habe ich noch nie erlebt.«

»Ach du Scheiße!«, rief sie, als ihr mit Schrecken klar wurde, was sie angerichtet hatte, »ach du Scheiße, *Scheiße*!«

»Genau, da steckst du knietief drin«, wiederholte Sid, nahm sie mit in die Küche, schob alle anderen Gäste beiseite und kochte einige Liter schwarzen Kaffee.

»Den brauch ich nicht«, jammerte Mo hysterisch. »Was du mir gerade erzählt hast, hat mich genug ernüchtert.«

»Du trinkst«, befahl er.

Zwischen mehreren Tassen Kaffee, die so stark waren wie türkischer Mokka, sagte sie immer wieder: »Aber ich dachte doch, sie weiß es! Ich dachte wirklich, dass er es ihr gesagt hätte! Woher sollte ich denn wissen, dass er es ihr nicht gesagt hat?«

»Na komm schon«, sagte Sid, als sie sich weigerte, noch

mehr Kaffee zu trinken, »tanz mit mir. Du kannst ein bisschen Aufmunterung vertragen.«

»Nein«, antwortete sie elend.

»Doch, und beim Tanzen können wir uns überlegen, was du Josh am Montagmorgen sagen wirst.«

Und nun war es schon Montagnachmittag gegen halb fünf, und sie hatte immer noch nicht den Mut aufgebracht, mit Josh zu sprechen. Sid hatte sich den ganzen Tag vorbildlich um sie gekümmert, sie mittags zu einem Sandwich eingeladen und versucht, sie zu beruhigen. Sie wusste, dass er ein Auge auf sie geworfen hatte, und eigentlich war er ja auch ganz süß mit seiner coolen Frisur – vielleicht sollte sie ihn ernsthafter in Betracht ziehen ... zumal Josh jetzt wohl nie wieder mit ihr reden würde.

Sie bückte sich unter den Schreibtisch und packte ihre Sachen zusammen, um nach Hause zu gehen. Sie schob einen Stapel Notizen für einen Aufsatz und eine Zeitschrift in ihre Handtasche, beides hatte sie den ganzen Tag über keines Blickes gewürdigt, weil sie viel zu nervös war. Als sie sich aufrichtete, entfuhr ihr ein Schrei – Josh stand direkt vor ihr.

»Noch Zeit für einen kleinen Plausch?«, fragte er.

Es gab kein Entrinnen mehr. Mit bleiernen Schritten folgte sie ihm in sein Büro und spürte, dass aller Blicke auf sie gerichtet waren – es hatte sich schnell herumgesprochen, dass sie bei Crawford's keine Zukunft mehr hatte. Laut hörte sie die klobigen Absätze ihrer kniehohen Kunststoffstiefel auf dem Holzboden widerhallen wie den Takt eines quälend langsamen Todesmarsches. Ihr fiel ein, dass sie zu Jessica gesagt hatte, sie wolle, dass Josh hinter ihrem Sarg hergehe, wenn sie tot sei. Ja, dachte sie, das würde er wohl tun, aber hinterher würde er auf ihrem Grab herumtrampeln. Er *musste* sie doch hassen. Und er hatte jedes Recht dazu. Sie hatte das Einzige getan, was ihn mit Sicherheit auf die Palme bringen musste: Sie hatte hinter seinem Rücken über seine Krankheit getratscht.

Als sie in Joshs Büro ging, sah sie gerade noch, dass Sid ihr über den Rand seines Computers hinweg ermutigend zulächelte. Dann schloss sich die Tür hinter ihr.

»Wie geht es Ihnen?«, fragte Josh.

Sie sah, wie er seine Krawatte lockerte und den obersten Knopf seines Paul-Smith-Hemdes öffnete. Es war eines ihrer Lieblingshemden, das nun attraktiv zerknittert war. Als er die Ärmel aufkrempelte und sich an seinen Schreibtisch lehnte, dachte sie: *Gott, ich liebe ihn.* Aber sofort rief sie sich zur Ordnung: *Jesses, Mädchen, reiß dich zusammen! Jetzt ist nicht der richtige Augenblick für Lust. Gleich wirst du gefeuert. Deine Schuld, Kind. Du bist draußen.* »Gut«, murmelte sie, da ihr plötzlich einfiel, dass Josh sie etwas gefragt hatte.

»Bestimmt?«

Sie nickte zaghaft und rang hinter dem Rücken nervös die Hände. Ihre Finger berührten das Silberarmband, das Josh und Charlie ihr geschenkt hatten. Sie wünschte inständig, sie könne die Uhr zurückdrehen bis zu jenem wunderbaren Moment im Garten, als sie ihr Geschenk ausgepackt hatte.

Er setzte sich, sah sie unverwandt an, nahm seine Brille ab und legte sie auf einen Stapel T-Shirt-Muster. »Ich habe Ihnen noch gar nicht für die Einladung am Freitagabend danken können«, sagte er. »Immer, wenn ich Sie heute gesucht habe, konnte ich Sie nicht finden.«

Mo schluckte und wünschte, er möge endlich zur Sache kommen. Wozu diese Quälerei? Wollte er sie quälen? Hatte sie nicht das ganze Wochenende schon genug gelitten und Angst gehabt, zur Arbeit zu kommen? Sie trat ein bisschen näher an seinen Schreibtisch. »Hören Sie, es tut mir wirklich Leid wegen Freitagabend. Ich hatte zu viel getrunken, mir ging es ganz elend, und da habe ich meinen großen Mund zu weit aufgerissen, es tut mir wirklich ...«

»Ja«, unterbrach er sie, »Jessica hat mir gesagt, dass es Ihnen nicht gut ging, als sie mit Ihnen sprach.«

»Es tut mir Leid, ehrlich.«

Er sah sie freundlich an. »In gewisser Weise haben Sie mir einen Gefallen getan.«

Es dauerte ein Weilchen, bis Mo bemerkte, dass der Anflug eines Lächelns seine verführerischen Mundwinkel umspielte. »Einen Gefallen?«, wiederholte sie verdutzt.

»Ja, aber darauf möchte ich jetzt nicht näher eingehen.« Er nahm seine Brille und spielte damit herum. Das Lächeln war verschwunden.

»Heißt das, Sie wollen mich nicht rausschmeißen?«

Er runzelte die Stirn. »Warum sollte ich?«

»Weil ... wegen dem, was ich Jessica erzählt habe«, antwortete Mo und wünschte, er würde nicht die Stirn runzeln – wusste er denn nicht, dass es ihn nur noch attraktiver machte?

Er schüttelte müde den Kopf. »Vergessen Sie es. Was mir im Augenblick Sorgen macht, ist, dass Sie sich den ganzen Tag vor mir versteckt haben.«

Sie schlug die Augen nieder.

»Schauen Sie mich nicht so an, ich bin doch kein Tyrann.«

Da sie nicht wusste, was sie sagen sollte, starrte sie weiter auf ihre glänzenden Stiefel. Nach einer Weile fragte sie: »Kann ich jetzt gehen? Sonst fange ich nämlich an zu heulen.«

Er kam zu ihr.

»Es muss an der Erleichterung liegen«, schniefte sie. »Charlie und Sie, Sie waren immer so gut zu mir, und dann gehe ich hin und tue das Schlimmste, was nur möglich ist, um Sie zu ärgern.«

»Na kommen Sie, Mo«, sagte er freundlich, »Ich habe Ihnen doch gesagt, dass es in Ordnung ist. Es war ohnehin meine Schuld, mir sollte es Leid tun, dass ich Sie in eine so schwierige Lage gebracht habe.«

Sie schaute auf. »Meinen Sie das ernst?«

Er nickte.

»Das sagen Sie jetzt nicht nur, damit ich mich besser fühle?«

»Bitte, hören Sie auf, sich solche Vorwürfe zu machen.«

Sie rang sich ein zaghaftes Lächeln ab.

»Und jetzt gehen Sie nach Hause und heitern sich auf Ihrem Trampolin auf. Oder noch besser: Retten Sie Sid den Tag und lassen Sie sich von ihm zu einem Drink einladen.«

Als Josh wieder allein war, wählte er die Nummer von Willow Cottage. Er wollte hören, ob er seinen Tag retten und sich für den Abend mit Jessica verabreden könnte.

Es dauerte ein Weilchen, ehe jemand ans Telefon kam. Überrascht hörte er Annas Stimme am anderen Ende der Leitung. »Hallo, Josh. Falls Sie Jessica sprechen möchten, sie ist nicht hier, sie ist unterwegs, um mir ein Handy zu kaufen, wie Sie es vorgeschlagen haben. Sie zieht wieder in ihr eigenes Haus, ist das nicht eine herrliche Neuigkeit?«

»Ich denke schon, aber sind Sie sicher, dass Sie zurechtkommen?«, sagte er.

»Jetzt fangen Sie nicht auch noch an, Josh. Ich dachte, wenn es einen Menschen gibt, auf den ich mich verlassen könnte, dann auf Sie.«

»Schon kapiert. Aber ...« Er zögerte. Ob Anna Hilfe von ihm annehmen würde?

»Aber was?«, fragte sie.

»Nun, falls Sie je etwas brauchen sollten und Jessica nicht behelligen möchten, können Sie mich jederzeit anrufen, das wissen Sie doch, oder?«

»Das ist sehr nett von Ihnen, Josh, und ich verspreche Ihnen, dass ich daran denken werde.«

Nach seinem Telefongespräch mit Anna entdeckte Josh durch die geöffnete Bürotür Mo, die ihre große Moschino-Tasche über die Schulter gehängt hatte und mit Sid plauderte, während er seinen Computer ausschaltete. Er grinste und hoffte, dass Mo nun endlich ihre Zuneigung von ihm auf den armen, geduldigen Sid verlagern würde. Er setzte seine Brille auf und wandte sich wieder den Dingen zu, mit denen er sich beschäftigt hatte, bevor er Mo endlich aufgestöbert hatte. Aber es war zwecklos. Er konnte sich nicht konzentrieren. Das unangenehme Bild, das Mo ihm unausgesprochen von ihm vermittelt hatte, ließ sich nicht so einfach abschütteln. Hielt sie ihn wirklich für fähig, sie einfach so zu entlassen?

Als er am Morgen mit Charlie die Post durchsah, sagte sein Bruder: »Sei bitte nicht so hart zu Mo, sie sieht aus, als ob ihr vor Angst ganz schlecht sei.«

Dabei hatte er gar nicht die Absicht gehabt, über Mo herzufallen. Er war selbst schuld an dem, was passiert war. Er hätte sich nie auf ein derart gefährliches Spiel einlassen dürfen. Schließlich durfte er von Mo nicht erwarten, dass sie Gedanken lesen konnte. Woher sollte sie wissen, dass er Jessica nicht die Wahrheit gesagt hatte?

»Wie ist es gelaufen?«

Sein Bruder schaute zur Tür herein.

»Meinst du, das Gespräch mit Mo?«

Charlie kam herein. »Genau.«

»Es ist alles geklärt.«

»Gott sei Dank.«

»Sie dachte, ich würde sie feuern«, sagte Josh bekümmert.

»Das haben alle gedacht.«

»Aber das ist doch verrückt! Wieso denn? Warum sollte ich?«

Charlie zuckte die Achseln.

»Ich bin doch kein cholerischer Leuteschinder.«

Aber manchmal wirkst du verdammt so, dachte Charlie, sagte aber taktvoll: »Wenn du meinst. Habe ich eine Chance, bei dir heute Abend ein Essen zu schnorren? Ich bin es allmählich leid, mir allein was im Schnellimbiss zu holen.«

»Tut mir Leid, ich hoffe, dass ich Jessica heute Abend sehe.«

»Ach.«

»Wie läuft es mit Rachel und dir?«

Charlie schüttelte den Kopf. »Da tut sich nichts. Wie es aussieht, bin ich schon am ersten Tor gescheitert ... anders als bei dir und Jessica.«

Josh lehnte sich zurück und tippte mit einem Stift auf die Tastatur. »Ich würde nicht gerade behaupten, dass von jetzt an alles reibungslos laufen wird«, sagte er nachdenklich.

»Wieso sagst du das? Als ich dich am Samstag anrief, hast du gesagt, zwischen euch sei alles klar, du hättest ihr alles erklärt. Ich hatte den Eindruck, sie hätte es ganz gut aufgenommen. Besser, als du unter diesen Umständen hoffen durftest.«

»Ich weiß. Es ist nur ...« Er schnippte den Stift über den Schreibtisch. »Ich werde einfach den Gedanken nicht los, dass sie überreagieren könnte.«

»Wie meinst du das?«

Er erzählte Charlie, wie Jessica ihre Mutter mit ihrer ständigen Fürsorge zum Wahnsinn getrieben hatte. »Und bei mir fing sie am Samstag auch schon damit an, als ich bei den beiden zum Essen war. Sie wollte mich nicht helfen lassen und sagte: *Du musst dich setzen*. Ständig behielt sie mich im Auge, als ob ich jeden Augenblick zusammenbrechen könnte.«

»Na ja, vielleicht ist das ja eine Überreaktion deinerseits«, sagte Charlie. »Ich fand Jessica ganz toll, als ich sie bei Mo kennen gelernt habe. Ich hoffe nur, du vermasselst nicht alles, indem du dich benimmst wie ein Vollidiot. Lass ihr Zeit.«

»Ja, das hat ihre Mutter auch gesagt.«

Charlie grinste. »Na, wenigstens scheinst du dich ja mit deiner zukünftigen Schwiegermutter gut zu verstehen.«

Tony stellte sich ganz wie Reggie Perrin seine Schwiegermutter gerade als Nilpferd vor. Es war ein angenehmes Bild, das ihn von Bradley Hurst, dem Schlächter, ablenkte, der am Telefon über die spektakulär guten Umsatzzahlen des vergangenen Monats schwätzte.

»Sie sollen wissen, wie sehr ich das, was Sie machen, zu würdigen weiß, Tony. Sie haben das Ruder tatsächlich herumgerissen.«

»Es gibt keinen Grund, warum der laufende Monat oder auch der nächste nicht ebenso gut werden sollten«, sagte Tony und riss sich von der Vorstellung los, wie Rita halb in eine Schlammpfütze tauchte. Er beschloss, zum Angriff überzugehen. »Müssen wir wirklich die Stellenkürzungen durchziehen, die wir besprochen haben, als Sie neulich hier waren?«

»Aber sicher, Tony. Ich weiß, es ist hart für die Männer, aber Ihnen muss ich ja wohl nicht erst erklären, dass die Zeiten für uns alle schwer sind, wir müssen alles nur Mögliche tun, um den Schwerpunkt zu konzentrieren ...«

Tonys Gedanken schweiften wieder zu der Schlammpfütze, in der nun schon zwei riesige Nilpferde badeten: Bradley Hurst und Bloody Rita.

Auf der Heimfahrt hörte er *Love Over Gold* von den Dire Straits und erlaubte sich, von Kate zu träumen. Es musste eine Möglichkeit geben, sie zu sehen. Aber wie sollte er das anstellen, wenn Alec fast jeden Abend zu Hause war? Von Amanda ganz zu schweigen. Ob er ihr vorschlagen sollte, sich ein Hobby zuzulegen? Kuchenglasuren oder etwas ähnlich Faszinierendes. Irgendwas. Solange es sie einmal wöchentlich aus dem Haus schaffte. Aber dann blieb immer noch Alec. Er war zwar manchmal geschäftlich verreist, aber das kam anscheinend nur sehr selten vor. Heute hatte er Kate zu Hause anrufen wollen, aber jedes Mal, wenn er ihre Telefonnummer herausgeholt hatte, war jemand in sein Büro gekommen. Morgen würde er sie auf jeden Fall anrufen. Er würde früher ins Büro fahren und sie anrufen, bevor die anderen kamen. Allerdings auch nicht zu früh, sonst wäre Alec noch zu Hause.

Er überlegte, ob er Amanda dazu bringen konnte, Alec und Kate zu einem Abendessen einzuladen.

Nein!

Das war keine gute Idee.

Es wäre grauenhaft. Wie sollte er einen ganzen Abend mit Kate in einem Raum verbringen, ohne sie zu berühren?

Eine Einladung zum Abendessen war jedoch genau das, was Amanda plante, obwohl sie es eigentlich nicht tun sollte.

Gegen neun Uhr an diesem Morgen hatte ihre Mutter vor der Tür gestanden und einen überaus merkwürdigen Tag eingeleitet. »Es gibt da etwas, das du wissen solltest«, sagte sie, während sie den Mantel auszog und Amanda reichte. »Du bereitest dich am besten auf einen Schock vor. Tony hat eine Affäre.«

Schock ist jedoch etwas überaus Relatives, und obwohl Amanda die frühmorgendliche Enthüllung ihrer Mutter nicht gerade als kleineres Ärgernis in der Größenordnung eines eingerissenen Fingernagels einstufte, war sie auch nicht so schockiert, dass es ihr die Sprache verschlagen hätte. Sie führte ihre Mutter ins Wohnzimmer, wartete, bis sie sich gesetzt hatte, und fragte dann völlig ruhig: »Bist du ganz sicher?«

»Völlig sicher. Dein Vater war am Samstagmorgen in Holmes Chapel und sah, wie Tony die Frau in aller Öffentlichkeit küsste. So unverfroren, wie du dir nur wünschen kannst. Die Straße war voller Menschen, und die beiden waren völlig versunken in …«

»Ja«, unterbrach Amanda sie rasch. »Ich denke, ich kann es mir vorstellen.« Sie war erstaunt, wie sehr es sie verletzte. Dann fiel ihr auf, dass sie weniger gekränkt als wütend war. Fuchsteufelswild. Tonys Betrug brachte alles in Gefahr. Wenn man ihre Ehe als Geschäftsbeziehung sehen konnte – und das war ihrer Ansicht nach ein durchaus angebrachter Vergleich –, dann hatte sie ihren Geschäftspartner gerade auf frischer Tat ertappt, wie er die Kasse plünderte und die Zukunft der Firma bewusst aufs Spiel setzte. Sie zügelte jedoch ihren Zorn und beschloss, ihn erst später sinnvoll zu nutzen. »Ist Daddy völlig sicher, dass es Tony war?«, fragte sie.

»Ich weiß, dass er nicht gerade der aufmerksamste Mensch ist, Amanda, aber du darfst ihm wohl zutrauen, dass er seinen eigenen Schwiegersohn erkennt.«

»Warum hast du es mir nicht schon früher erzählt?«

»Dein Vater wollte dich nicht aufregen. Selbst mir hat er es erst gestern Abend gesagt. Du weißt ja, was für ein Feigling er sein kann.«

Amanda sagte für eine Weile gar nichts, und auch Rita schwieg. Amanda trat ans Fenster, schaute in den Garten und auf die Felder hinaus und dachte an den vergangenen Samstagmorgen. Was hatten sie da gemacht? Oder besser, was hatte Tony getan? Dann fiel es ihr ein: Er hatte Hattie zum Ballettunterricht gebracht. Das musste es gewesen sein. Während seine Tochter herumgetänzelt war, hatte er sich mit einer Frau getroffen. Aber mit wem?

Rita, die das Schweigen nicht länger ertrug und nicht mehr an sich halten konnte, mit dem herauszuplatzen, was sie von Anfang an hatte sagen wollen, erklärte: »Ich habe dich gewarnt. An deinem Hochzeitstag habe ich dich noch gewarnt, aber du wolltest ja nicht auf mich hören. Ich habe dir gesagt, dass du diesen Schritt nicht gut genug überlegt hast.«

Amanda drehte sich zu ihrer Mutter um. »Jetzt ist nicht der geeignete Zeitpunkt für eine Lektion in Ich-habe-es-dir-ja-gleich-gesagt. Hat Daddy erzählt, wie die Frau aussah?«

»Ja, aber ich glaube kaum, dass das jetzt wichtig ist. Wir müssen besprechen, was wir jetzt tun. Wir müssen ...«

»Bitte, ich will es wissen.« Ein sechster Sinn sagte Amanda, dass sie genau wusste, mit wem Tony sich getroffen hatte.

»Warum? Glaubst du, dass du sie kennst? Jemand aus dem Büro? Ein Seitensprung mit einer Sekretärin, die ihm schöne Augen gemacht hat?«

Amanda schüttelte den Kopf. »Nein. Niemand aus dem Büro. Mehr aus der Nähe.« Sogar sehr aus der Nähe.

»Dein Vater hat etwas von sehr viel rotem Haar erwähnt.«

Ja! Wer sonst als die niedliche Kate? Der Inbegriff unschuldigen Liebreizes. Die liebe, nette Kate.

Da Amanda eine praktisch veranlagte Frau war, die weder das Bedürfnis nach noch die Zeit für Gefühlsduselei hatte – was konnte eine solche Kraftvergeudung schon nutzen? –, sorgte sie dafür, dass sie ihre Mutter bald los wurde, und überlegte, was sie nun tun sollte. Sie war fest entschlossen, so viel wie möglich aus ihrer Ehe herauszuretten, und bis zum Spätnachmittag hatte sie sich eine Strategie zurechtgelegt. Ihr Ziel war, bei der Scheidung einen ordentlichen Reibach zu machen, aber vorher wollte sie sich auf Tonys Kosten amüsieren.

Eine kleine Abendgesellschaft war deshalb fällig.

Sie würde vorschlagen, Alec und Kate im Laufe der Woche zum Abendessen einzuladen. Ihr war klar, dass es besser und für alle wesentlich bequemer wäre, bis zum Wochenende zu warten, aber so lange konnte sie es sicher nicht mehr aushalten – und was kümmerte sie schon die Bequemlichkeit anderer? Es würde bestimmt amüsant werden, zuzusehen, wie die beiden Turteltäubchen sich gegenseitig das Salz anreichten und vielleicht sogar verstohlene Blicke tauschten oder sich flüchtig berührten. Sie konnte ja ein paar subtile Andeutungen fallen lassen, gerade spitz genug, dass ihnen unbehaglich wurde.

Ob Amanda Bescheid wusste?, würden sie sich schuldbewusst fragen.

Woher konnte sie es wissen?

O ja, sie würde sie schon ins Schwitzen bringen.

Sie würde sie leiden lassen.

Und wenn sie sicher war, dass sie ihre eigenen Schäfchen im Trockenen hatte, würde sie zuschlagen.

Kapitel 43

Bis Freitagnachmittag kam Jessica mit *Eine flüchtige Affäre* gut voran. Nur noch fünf oder sechs Kapitel, dann wäre der erste Entwurf fertig.

Seit sie am Dienstagmorgen nach dem Frühstück auf Drängen ihrer Mutter wieder nach Cholmford Hall Mews gezogen war, hatte sie sich an ihrem Laptop gerächt, stundenlang auf die Tastatur eingehämmert und nur Pause gemacht, um sich etwas zu trinken zu holen, aufs Klo zu gehen oder Anna anzurufen, wie sie es versprochen hatte. Doch das schien die Stimmung zwischen ihnen auch nicht gerade zu verbessern.

»Du machst es schon wieder, Jessica!«, hatte Anna sie am Mittwoch angeschrien. »Seit du weg bist, hast du mich insgesamt schon zwölfmal angerufen! Jetzt setz dich an deine Arbeit und lass mich in Ruhe. Mir geht es gut, ich tue nichts Anstrengenderes, als die Zeitung umzublättern.«

»Das glaube ich dir nicht«, hatte Jessica geantwortet. »Wahrscheinlich stehst du schon wieder auf dieser verdammten Leiter und reparierst irgendwas. Beweise mir, dass du im Wohnzimmer bist, schalte das Fernsehen ein.«

»Das kann ich nicht, weil ich im Badezimmer bin.«

»Und was machst du da? Neu kacheln?«, hatte Jessica argwöhnisch gefragt.

»Tschüs, Jessica. Ich werde sicher bald wieder von dir hören.«

Für den Ärger mit ihrer Mutter rächte sie sich an ihren Romanfiguren. Miles bekam von Clare eins aufs Dach, die sich allmählich fragte, ob dieser schüchterne, gut aussehende Mann all diese Mühe überhaupt wert sei. Jessica wusste besser als jeder andere, dass Happyends ihre Spezialität waren, aber in ihrer gegenwärtigen Gemütsverfassung war sie stark versucht, Clare und Miles getrennte Wege gehen zu lassen. Sollte Clare doch eine Power-Frau werden, die sehr gut allein zurechtkam! Sollte sie doch erkennen, dass sie einen Mann genauso wenig brauchte wie ... wie eine widerspenstige Mutter.

Zum Teufel mit ihrer Mutter!

Nein. Das meinte sie nicht so. Sie liebte Anna und wollte ihr unbedingt helfen. Aber wie sollte sie das anstellen? Woher nahmen fürsorgliche und mitfühlende Ärzte und Krankenschwestern nur die Kraft für ihre Arbeit? Aber vielleicht hatten sie es noch nie mit einem so verstockten Menschen wie Anna zu tun gehabt?

Jessica wandte sich wieder Kapitel 32 zu, und als sie mit dem Kapitelende zufrieden war, druckte sie es aus und schaute dabei aus dem Fenster. Kurz darauf sah sie Joshs Wagen auf den Hof biegen.

Sie lächelte. Es gab noch einen Menschen, den sie liebte.

Doch ihre Gefühle für Josh wurden ebenso wie die Liebe zu ihrer Mutter durch Jessicas wachsende Sorge nur bedrückender. In den letzten Tagen hatte sie an ihm eine Veränderung bemerkt. Er war stiller und müder als sonst. Und zuweilen wirkte er leicht in sich gekehrt. Nach allem, was sie in dem Buch über MS gelesen hatte, waren das mögliche Anzeichen auf einen bevorstehenden Krankheitsschub. Aber Amateurdiagnosen am Küchentisch waren eine gefährliche Angelegenheit, die sie nicht riskieren sollte.

Es war kurz nach sieben, und da es draußen bereits dämmerte und ihre Schreibtischlampe brannte, wusste Jessica, dass Josh sie durch das Fenster ihres Arbeitszimmers gut sehen konnte. Er stellte seinen Wagen ab und winkte ihr zu, während er die Tür abschloss. Sie winkte zurück und beobachtete besorgt, wie er langsam zum Haus kam. Selbst im Zwielicht erkannte sie, dass er sehr müde war. Seine Schritte waren langsam und linkisch, und es hatte den Eindruck, als sei seine Aktentasche viel zu schwer für ihn. Voller Mitgefühl ging sie zur Haustür und ließ ihn herein. »Wie war es bei der Arbeit, Liebling?«, fragte sie scherzhaft, nahm ihm die Aktentasche ab und küsste ihn. Sie spürte die bleierne Müdigkeit seines Körpers, als er sich an sie lehnte, aber sein Kuss war alles andere als bleiern.

»Müssen wir heute Abend unbedingt zu Tony und Amanda?«, fragte er und drückte sie an sich.

»Wieso, bist du zu müde?«

Er zog sich von ihr zurück. »Nein, ich habe nur keine Lust dazu.«

Ihr war klar, dass sie etwas Falsches gesagt hatte. »Du kommst gerade recht, ich bin eben mit der Arbeit fertig geworden und trinke jetzt ein Glas Wein, um mich auf heute Abend einzustimmen«, lenkte sie ab.

»Ich trinke auch ein Glas«, sagte er und ging mit ihr in die Küche. »Ich brauche etwas, um Amandas Wirkung zu dämpfen. Bist du ganz sicher, dass wir uns nicht einfach verstecken und nicht hingehen können?«

Jessica grinste. »Sie würde kommen und uns holen. Es gibt kein Versteck für uns. Außerdem habe ich Kate versprochen, dass wir kommen. Du weißt schon: Gemeinsam sind wir stark. Das arme Kind hat panische Angst vor Amanda.«

»Während wir die Frau nur grässlich finden.«

»Etwas in der Art.«

Jessica holte eine Flasche Wein aus dem Kühlschrank, doch bevor sie sie öffnen konnte, klingelte das Telefon. Sie reichte Josh die Flasche und sagte: »Der Korkenzieher ist rechts in der Schublade neben dem Herd, Gläser sind in der Spülmaschine.«

Als sie im Arbeitszimmer den Hörer abnahm, war sie völlig verblüfft, Helens Stimme zu hören. »Helen!«, rief sie laut.

»Kreischst du vor Schreck oder vor Freude wie ein Schwein?«

»Vor Freude natürlich! Wo bist du?«

»Würdest du mir glauben, wenn ich sagen würde: in Huddersfield?«

»Nein!«

»Doch. Wir sind hier, um die üblichen Vorsorgeuntersuchungen beim Arzt und beim Zahnarzt machen zu lassen. Können wir uns mal treffen?«

»Dann vertraust du den Korfioten immer noch nicht deinen Körper an?«

»Ach, meinen Körper schon, aber nicht meine Knochen. Also, wann können Jack und ich dich mal besuchen?«

»Wie wäre es mit morgen? Ihr könnt zum Mittagessen kommen und den Rest des Tages hier bleiben.«

»Schön. Ich gebe dir mal Jack, damit du ihm den Weg beschreiben kannst.«

Nachdem Jessica noch kurz mit Jack gesprochen hatte, ging sie wieder in die Küche und freute sich sehr darauf, ihre alten Freunde wieder zu sehen. Auf dem Weg hörte sie ein Poltern und Klirren.

»Verdammt!«, knurrte Josh verhalten, und als er Jessica in der Tür sah, erklärte er: »Sie ist mir aus der Hand gerutscht.« Er hockte sich auf den Boden und fing an, die Scherben einzusammeln.

»Kein Problem, Tollpatsch«, sagte sie munter. »Komm, lass mich das machen.« Sie schickte sich an, ihn beiseite zu schieben.

»Lass das«, fuhr er sie an. »Ich bin durchaus imstande, den Mist wegzuräumen.«

Verletzt über seine Heftigkeit, sah sie ihn an. »Das weiß ich, ich wollte nur ... ich will nur nicht, dass du dich schneidest.«

Er stand auf. »Soll das heißen, dass ich mich eher schneide als du?«

»Sei nicht albern«, sagte sie bewusst leichthin. Aber seine Miene zeigte ihr, dass er sich davon nicht täuschen ließ. Als er ging, hätte sie ihm am liebsten nachgerufen, er solle nicht so kindisch sein. Aber sie traute sich nicht. Dass sich zu dem Ärger mit ihrer Mutter jetzt auch Josh wie ein schmollendes Kind benahm, war das Letzte, was sie gebrauchen konnte. Sie räumte die Scherben fort, holte eine neue Flasche Wein, öffnete sie und ging, als sie sich genügend beruhigt hatte, mit zwei Gläsern ins Wohnzimmer, wo Josh am Fenster stand und in die Dämmerung starrte. Sie schaltete das Licht an und trat behutsam neben ihn.

Er drehte sich um. »Es tut mir Leid«, sagte er.

»Mir auch.« Sie reichte ihm ein Glas Wein. Während er es unbeholfen nahm und sie seine Hand sah, wurde ihr klar, warum er die Flasche hatte fallen lassen. Seine Finger krampften sich gekrümmt zusammen.

Entsetzt schaute sie auf und entdeckte in seiner Miene Wut und Frustration. »Machen wir das jetzt öfter?«

»Was?«, fragte er. Er wusste, dass Jessica seine Hand angestarrt hatte, und schob unbehaglich wegen ihrer unausgesprochenen Sorge das Glas von der rechten in die linke Hand.

»Dass der eine sich beim andern entschuldigt«, sagte sie.

Er zuckte die Achseln. »Vermutlich.«

Sie setzten sich. »Du musst ehrlicher zu mir sein, Josh. Wenn du mir gesagt hättest, dass du die Flasche nicht ...«

»Glaub mir, so einfach ist das nicht.«

Sie stellte ihr Glas ab, nahm seine Hand und streichelte sie sanft. »Wie fühlt sich das an?«, fragte sie.

Er wollte ihr seine Hand entziehen, aber sie ließ es nicht zu. »Sag es mir, bitte, ich möchte es wissen«, drängte sie. »Tut es weh?«

»Ein bisschen.«

»Wird es schlimmer, wenn ich darüber streiche?«

Kopfschüttelnd atmete er tief aus und hätte am liebsten zugegeben, dass es ihm gut tat. Aber er brachte es nicht über sich. »Am schlimmsten finde ich, dass es mich so tollpatschig macht.«

»Und schlecht gelaunt?«, fragte sie.

»Das auch.«

Sie strich ihm weiter über den Handrücken, drehte seine Hand schließlich um und streichelte die Handfläche. Ganz allmählich beugte und streckte er die Finger, die sie ebenfalls einen nach dem anderen massierte. Doch wie eine Blume, die sich abends schließt, krümmte sich seine Hand langsam wieder zu ihrer verkrampften Haltung, nur lag ihre Hand diesmal fest in seiner.

Kate wünschte, sie hätte Amanda Anfang der Woche ehrlich geantwortet: »Nein, Amanda, Alec und ich können am Freitagabend nicht zum Essen kommen, weil dein Mann der körperlich attraktivste Mann ist, dem ich je begegnet bin, und ich fürchte, dass ich vor Begierde vergehe, wenn ich den ganzen Abend mit ihm in einem Zimmer sitze.«

Starker Tobak.

Und schockierend.

Spielten ihre Hormone wieder verrückt? Oder sah so echte Liebe aus?

Bei Alec hatte sie sich immer geborgen gefühlt. Sicher und geborgen. Umsorgt und beschützt.

Tony hatte eine völlig andere Wirkung auf sie. Der Gedanke an ihn machte sie tollkühn. Es mochte seltsam klingen, aber er bewirkte, dass sie alle Vorsicht in den Wind schlug.

Und das tat sie gewiss!

Am Dienstagmorgen hatte er sie angerufen, kurz nachdem Ruth Oscar zur ihr gebracht hatte. Als sie seine Stimme hörte, durchströmte sie etwas wunderbar Beschwingendes.

»Bist du allein?«, fragte er.

»Nein«, sagte sie.

»Ist Alec noch da?«

»Nein. Oscar ist bei mir.«

»Wer ist Oscar?«

»Alecs Enkel, auf den ich während der Woche aufpasse.«

»Heißt das, wir können uns zum Mittagessen nicht treffen?«

Ihr Herz pochte. »Nein. Aber er geht nachmittags in den Kindergarten.«

»Morgen?«

»Kurz nach eins hätte ich Zeit.«

»Wo sollen wir uns treffen?«

»Am besten eine Million Meilen weit weg.«

»Für ein Mittagessen auf dem Mars ist es ein bisschen kurzfristig.«

Schließlich verabredeten sie, sich in einem Kaufhaus in Cheadle zu treffen. Für ein romantisches Rendezvous war es zwar nicht sonderlich geeignet, aber zumindest war es ein sicherer Treffpunkt. Falls jemand sie sehen sollte, könnten sie immer noch vorgeben, sich zufällig getroffen zu haben.

»Ich weiß, dass du nicht billigst, was wir tun«, sagte er, als sie wie ein ganz normales Ehepaar zwischen den Porzellanregalen umherstreiften, »und ich weiß auch nicht, ob ich es gut finde. Ich weiß nur, dass ich dich einfach sehen muss.«

Sie stimmte ihm zu, fügte aber eine, wie sie hoffte, begründete Warnung hinzu: »Es wird nicht lange dauern. Wahrscheinlich ist es nur eine Laune. Das geht vorbei, und dann kehrst du zu Amanda und ich zu Alec zurück.«

»Das glaube ich keine Sekunde«, erwiderte er.

Tief im Inneren war auch sie nicht überzeugt davon.

Sie glaubte auch nicht, dass sie die Kraft aufbringen würde, den heutigen Abend durchzustehen. Sobald sie und Tony sich nur ansähen, müsste sicher jedem im Zimmer klar werden, was zwischen ihnen lief.

Sie zog sich fertig um und ging hinunter zu Alec, der seinen Anzug bereits gegen ein pfirsichfarbenes Hemd und eine leichte Hose gewechselt hatte. Er wirkte jünger als fast fünfzig Jahre.

Er schaute von seiner Zeitung auf und pfiff anerkennend, als er sie sah. »Sehr hübsch«, bemerkte er zu dem neuen Kleid, das sie gekauft hatte, nachdem Tony wieder ins Büro gegangen war, »die Schwangerschaft bekommt dir offensichtlich, du siehst entzückend aus. Eine strahlende Schönheit.«

Sie wandte sich schuldbewusst ab, überzeugt, dass für ihr Strahlen nicht die Schwangerschaft, sondern die Aussicht auf einen Abend mit Tony verantwortlich war.

Tony konnte immer noch nicht fassen, was da vorging. Es war wie ein verrückter Alptraum, aus dem er nicht erwachte. Amanda war irgendwie erschreckend verändert. Er wünschte, er wüsste, was in sie gefahren war. Seit sie diese Abendeinladung vorgeschlagen hatte, verhielt sie sich seltsam. Er hatte sich verzweifelt bemüht, sie von diesem Vorhaben abzubringen, aber sie hatte nichts davon wissen wollen.

Am Dienstagabend – dem Tag, als er sich mit Kate getroffen hatte –, hatte Amanda verkündet, sie wolle ihre Nachbarn noch einmal zum Abendessen einladen. Entsetzt hatte er gesagt, was ihm als Erstes in den Sinn kam: »Ich kann nicht, ich muss an dem Abend lange arbeiten.«

»Aber du weißt doch noch gar nicht, von welchem Abend ich spreche«, hatte sie erwidert, »außerdem habe ich mit deiner Sekretärin gesprochen, am Freitagabend hast du frei. Ich habe schon mit allen gesprochen, sie haben alle Zeit. Mit Alec habe ich mich am Telefon lange unterhalten, er ist ein sehr netter Mann. Hast du gewusst, dass Kate schwanger ist? Ich hatte ja keine Ahnung! Alec klang, als ob er sich wirklich freue, noch einmal Vater zu werden.«

»Da habe ich was anderes gehört.« Damit hatte er sich böse verplappert, was Amanda sofort aufgriff, vermutlich in der Hoffnung, eine saftige Klatschgeschichte zu hören.

»Was meinst du?«, fragte sie.

»Ach nichts, ich bin nur sicher, dass Alec mal gesagt hat, er wolle keine Kinder mehr.«

Am nächsten Morgen hatte er Kate angerufen, um zu hören, wie sie die Einladung aufnahm. Halb wünschte er, sie würde in letzter Minute kneifen und behaupten, sie fühle sich nicht wohl, aber das hieße das Schicksal zu versuchen, denn er wollte nicht, dass es ihr nicht gut ging. Seine andere Hälfte wünschte, dass sie käme, damit sie sich wenigstens sehen konnten. Kate dachte genauso wie er.

Und nun waren sie also wieder zu sechst beisammen. Bis auf Alec, der unbeschwert wie immer wirkte, waren alle offenbar etwas angespannt.

Josh und Jessica wirkten deutlich stiller als sonst, besonders Josh war eindeutig nicht auf der Höhe. Er hatte schon seine Gabel fallen lassen, ein Glas umgestoßen und kam nur langsam mit dem Essen voran. Tony fiel auf, dass Jessica ihm hin und wieder besorgte Blicke zuwarf. Vielleicht brütete er ja eine Krankheit aus.

Kate sah wie immer strahlend schön aus, aber auch sie war still und trug nur etwas zum Gespräch bei, wenn Amanda sie direkt ansprach.

Und was Amanda anging – wenn Tony es nicht besser wüsste, würde er annehmen, dass sie jedes Mal, wenn sie in die Küche huschte, irgendwelche Drogen schnupfte. Sie wirkte, als stünde sie unter Hochspannung, und jagte ihm eine Höllenangst ein.

Plötzlich hörte er, wie sie Kate am anderen Ende des Tisches fragte, wann sie und Alec vorhätten zu heiraten. Starr vor Schreck wartete er auf Kates Antwort.

»Denn das haben Sie doch sicher vor, nicht wahr?«, insistierte Amanda, »besonders jetzt, wo Sie schwanger sind. Ein so nettes Paar wie Sie sollte das Richtige tun und die Verbindung besiegeln. Ein Paar, das mehr verliebt wäre als Sie, habe ich noch nie erlebt, stimmt's, Tony?«

»Abgesehen von dir und mir«, sagte er aalglatt.

»Hahaha.« Amandas schrilles Lachen ließ alle frösteln. »Hör sich das einer an, was für ein Gerede. Aber zurück zu Ihnen, Kate, Sie haben meine Frage noch nicht beantwortet.«

»Ich ... ich weiß eigentlich nicht recht«, sagte Kate zögernd.

Alec griff ein, da er Kates Unbehagen spürte. »Die Entscheidung liegt vielleicht bei mir«, sagte er jovial.

Jessica lachte. »Gefährliche Worte in der heutigen Zeit der Gleichberechtigung, Alec. Es gibt keinen Grund, weshalb Kate nicht Ihnen einen Antrag machen sollte.«

Amanda wandte sich an Josh. »Und wie würden Sie sich fühlen, wenn Jessica Ihnen einen Antrag machte, Josh? Würden Sie sich freuen oder entmannt fühlen?«

Josh trank seinen Wein und betrachtete über den Tisch hinweg nachdenklich Jessicas Gesicht. Ihre Augen waren dunkel, fesselnd und überaus selbstsicher, und sie grinste ihn auf die ihr eigene herausfordernde Art an. »Ich würde mich freuen«, sagte er leise, »und ... und ich würde ja sagen.«

Plötzlich wurde es ganz still im Raum. Jessica und Josh sahen sich unverwandt in die Augen.

Bis Amanda, wie Tony fand, mit der Sensibilität eines Nashorns – nein, eines Nilpferds wie ihre Mutter und Bradley Hurst – aufsprang und erklärte: »Zeit für den Käse. Seien wir doch mal ganz offen und tauschen die Plätze und die Partner – sozusagen.«

Tony starrte sie an. »Was?« Hätte sie eine Partie Strip-Poker vorgeschlagen, es hätte ihn weniger überrascht.

»Das macht man so bei Dinnerpartys«, erklärte sie, »das sorgt für eine bessere Interaktion zwischen den Gästen.« Sie ignorierte seinen erstaunten Blick und fing an, das Geschirr abzuräumen. Als sie zu Josh kam, sagte sie: »Sie haben Ihren Schokokopf ja kaum angerührt. In Zukunft müssen Sie Jessica aber dazu bringen, dass sie sie durchfüttert – und dass Sie Ihnen beibringt, nicht so tollpatschig zu sein.«

Noch nie hatte Jessica einen Menschen absichtlich geschlagen, wenn man den Vorfall in der Vorschule nicht mitzählte, als sie einem Mädchen ihre Schultasche auf den Kopf schlug. Aber nun war sie überaus versucht, aufzuspringen und Amanda Joshs Dessertschale ins Gesicht zu schleudern. So fest würde sie das Schälchen in diese gekünstelte Fassade schmettern, dass die Glasur abblättern würde. Wie konnte sie es wagen, Josh derart herablassend zu behandeln!

Falls die Bemerkung ihrer teuflischen Gastgeberin Josh kränkte, so ließ er sich äußerlich nichts anmerken. Jessica war stolz auf ihn. Auf dem Weg hierher hatte er ihr gesagt, er wolle nicht, dass ihre Nachbarn von seiner MS erführen. »Kannst du dir vorstellen, was diese grässliche Frau zu mir sagen würde? Vermutlich würde sie mir erklären, das sei alles nur eine

Frage der Einstellung, und ich solle mich gefälligst zusammenreißen.«

Amanda brachte das Geschirr in die Küche und dachte im Stillen, dass Tonys Miene, als sie Kate nach ihren Heiratsplänen fragte, einfach unbezahlbar gewesen war. Unbezahlbar.

Der Schock.

Das Entsetzen.

Die Eifersucht!

All das sprach aus seinem Gesichtsausdruck. Was war er doch für ein schwerfälliger Dummkopf, sich so zu verraten.

O ja, der Abend war eindeutig ein Erfolg. Und er war noch nicht vorbei. Noch lange nicht.

Sie hatte keine Ahnung, ob die scharfzüngige Jessica und ihr hinkender Miesepeter über Tony und Kate Bescheid wussten, aber um das herauszufinden, hatte sie sie schließlich eingeladen. Doch im Grunde wünschte sie, sie hätte es nicht getan. Bei der herzzerreißenden kleinen Szene, die sie gerade zwischen den beiden erlebt hatte, war ihr speiübel geworden.

Andererseits genügte dazu aber auch schon Kate, die dasaß wie ein harmloses Unschuldslämmchen und alle überzeugte, sie sei der Gipfel engelhaften Liebreizes. So viel Heuchelei war einfach zu viel! Es geschah diesem Flittchen eigentlich nur recht, wenn sie geradewegs ins Wohnzimmer marschieren und erklären würde, dass sie genau wusste, was lief. »Wer ist denn nun eigentlich der Vater Ihres Kindes, Kate?«, konnte sie zum Beispiel fragen. »Alec oder Tony? Vielleicht haben Sie ja auch Josh schon ausprobiert?« Dann würde sicher auch Jessica ihr überlegenes Grinsen vergehen.

So verlockend der Gedanke auch war, die Gesellschaft derart aufzumischen, war sie noch nicht bereit zu einer so direkten Konfrontation. Sie verfolgte einen besseren Plan. Seit ihre Mutter ihr die Augen geöffnet hatte, war ihr genug Zeit geblieben, um über ihre Möglichkeiten nachzudenken. Sobald ihre Wut sich gelegt hatte, war ihr für den Bruchteil einer Sekunde in den Sinn gekommen, es wie Hillary Clinton zu machen und die Augen vor Tonys Seitensprung zu verschließen. Das wäre eine Möglichkeit, die Zügel fest in der Hand zu halten. Aber es entsprach nicht ihrem Wesen, die verzeihende Ehefrau zu spielen, und außerdem war Tony es gar nicht wert.

Am meisten faszinierte sie, dass sie sofort geahnt hatte, wer »die andere Frau« war. Komisch. Ohne dass es ihr bewusst geworden wäre, musste sie bemerkt haben, was zwischen Tony und Kate lief. Und seit sie gezwungen war, ihre unterbewusste Wahrnehmung anzuerkennen, waren ihr unzählige Dinge aufgefallen, die man nur als belastende Indizien bezeichnen konnte. Tonys Kreditkartenabrechnung, aus der hervorging, was das Seidentuch gekostet hatte, das er in Devon unbedingt für Kate hatte kaufen wollen, war äußerst verräterisch. Kein Wunder, dass er so ein Theater über den Vorschlag gemacht hatte, Kate eine Dose Toffee mitzubringen. Ein bisschen gebräunter Zucker war wohl kaum dazu geeignet, eine Geliebte zu beeindrucken. Aber der wohl stichhaltigste Beweis für ihre Affäre war womöglich die Tatsache, dass Kate schwanger war. In dieser Hinsicht würde sich die Wahrheit schon noch erweisen.

Als Amanda aus dem Wohnzimmer Gelächter hörte, nahm sie die Käseplatte, die sie schon vorher angerichtet hatte, und einen Korb mit Haferkeksen und Crackern und ging zur nächsten Runde wieder hinein. »Also, nun seht euch das an«, sagte sie, »Sie haben zwar alle die Plätze gewechselt, aber irgendwie hat es nicht richtig funktioniert. Jessica und Josh sitzen gut, das gebe ich zu, aber Kate, tauschen Sie doch mit Alec den Platz, dann sitzen Sie neben Tony. Ja, so ist es viel besser. Mal sehen, ob das den Verkehr zwischen uns beflügelt.« Sie lachte. »Das war nicht zweideutig gemeint.«

»Das hat auch niemand so verstanden«, erwiderte Tony

scharf. Hatte sie draußen in der Küche Koks geschnüffelt oder was? Und wenn schon? Ihm war es mittlerweile egal. So lange sie ihn das verbotene Vergnügen genießen ließ, so dicht neben Kate zu sitzen, konnte sie von ihm aus machen, was sie wollte. Er war Kate nun so nahe, dass er sich kaum zu bewegen wagte aus Angst, sie zu berühren.

»Erzählen Sie doch mal, wie Sie mit Ihrem neuen Buch vorankommen, Jessica«, schlug Amanda vor, als sie ihr die Käseplatte reichte.

Jessica nahm sich ein Stück Shilton. »Tut mir Leid, Amanda, ich fürchte, das geht nicht. Ich spreche nie über meine Arbeit, solange ich nicht damit fertig bin.«

»Wie langweilig. Aber sagen Sie, schreiben Sie oft über Untreue?«

»Ich ...«

»Ist dir was im Hals stecken geblieben, Tony? Kate, reichen Sie Tony doch mal die Wasserflasche, er sieht aus, als ob er gleich ersticken würde. Entschuldigung, Jessica, reden Sie weiter, Sie wollten gerade sagen ...«

»Ich wollte gerade sagen, dass ich darüber ziemlich ausführlich in *Auf frischer Tat ertappt* geschrieben habe.«

»Ach wirklich? Dann müssen Sie mir das Buch unbedingt mal ausleihen.«

»Das ist noch etwas, das ich nie tue. Sie müssen sich das Buch schon selbst kaufen, ich brauche nämlich die Umsatzbeteiligung.«

Amanda starrte Jessica wütend an.

Im Gegenzug gähnte Jessica und schaute demonstrativ auf ihre Uhr.

Kapitel 44

Als Jessica die Augen aufschlug, hatte sie ein unerklärlich schlechtes Gewissen. Erst dann fiel ihr auf, warum. Sie hatte gerade von Gavin geträumt.

Sie hatte mit ihm im Bett gelegen – nun ja, mehr als das, aber sie wollte nicht an Sex mit einem Mann denken, den sie nicht mehr liebte.

Als sie sich umdrehte, war Gavin schlagartig verschwunden, und neben ihr lag der Mann, den sie liebte.

Josh.

Sie betrachtete sein Gesicht, das zuweilen verletzlich offen und sensibel sein konnte, andere Male dagegen verschlossen und abweisend wirkte. Liebevoll strich sie ihm mit einem Finger über das Kinn, den Hals und die nackte Brust. Da sie nicht viel für stark behaarte Männer übrig hatte, gefielen ihr Joshs feine Härchen ausnehmend gut. Bei ihrer Berührung regte er sich, ohne aufzuwachen. Ihr fiel ein, was er am Abend zuvor bei Tony und Amanda gesagt hatte. *Ich würde ja sagen.*

Wirklich?

Diese Szene hätte sie nicht besser schreiben können. Es waren Augenblicke reiner Magie. Sein Blick hatte sie so sehr verzaubert, dass sie sich am liebsten auf der Stelle vor ihm auf die Knie geworfen hätte. Aber Amanda hatte dem ein Ende gesetzt.

Diese Frau besaß wahrhaftig kein Herz.

Aber offenbar war Sensibilität ohnehin kein Phänomen, mit dem Amanda auf vertrautem Fuße stand.

Jessica konnte mit ihren schnoddrigen Bemerkungen über ihre Schriftstellerei durchaus umgehen. Eines Tages würde sie sich an ihr rächen und sie als Vorlage für eine Romanfigur nehmen. Aber ihr Verhalten Josh gegenüber stand auf einem völlig anderen Blatt. Am liebsten wäre Jessica ihr wegen ihrer Taktlosigkeit an die Kehle gesprungen und hätte sie so lange geschüttelt, bis ihr die Zähne und die Augen ausfielen. Nur aus Respekt vor Joshs bewundernswerter Fähigkeit, Amanda einfach zu ignorieren, hatte sie sich zurückgehalten und ihre Wut gezügelt.

Nach diesem äußerst ungewöhnlichen Abend war Josh mit zu ihr gekommen, und sie waren gleich schlafen gegangen, da Josh sich wie gerädert gefühlt hatte. Allmählich konnte Jessica nachvollziehen, wie das Leben für ihn wohl sein musste. Langsam war er die Treppe hinaufgestiegen, hatte sich ins Bett fallen lassen und war augenblicklich eingeschlafen. So hatte sich ihr keine Gelegenheit mehr geboten, ihn nach solch prickelnden Details auszufragen, wie, was er eigentlich damit gemeint hatte, als er erwiderte: *Ich würde ja sagen.*

Wichtiger war jedoch, ob sie ihm überhaupt einen Antrag machen würde.

Dazu war es zu früh, sagte sie sich. Sie kannten sich noch nicht lange genug.

Wie lange mussten sie sich für so etwas wohl kennen?

Und hatte ihr Zögern etwas mit seiner Krankheit zu tun?

Nun hör aber mal, sagte sie sich abwehrend, natürlich nicht.

Nein, sie befanden sich einfach noch im Anfangsstadium ihrer Beziehung. Erst mit der Zeit würde sich herausstellen, ob sie eine gemeinsame Zukunft hatten.

Sicher, in ihren Büchern verliebten sich die Menschen bis über beide Ohren und wussten schon nach wenigen Kapiteln, dass sie füreinander geschaffen waren. Aber das waren Romane. Das wahre Leben war anders. Reale Menschen brauchten eine Ewigkeit, um sich auch nur zu entscheiden, ob sie die nächsten fünf Minuten miteinander auskommen konnten, von den nächsten fünfzig Jahren ganz zu schweigen. Und wenn es anders war, dann überlegten sie, ob es nicht ratsam wäre, abzuwarten und zu sehen, ob nicht noch ein Besserer daherkäme.

War das nicht so?

Hatte Gavin das nicht ständig getan?

Verdammt, jetzt war sie doch wieder bei Gavin angelangt.

Dass er in ihrem Unterbewussten so präsent war, lag vermutlich an dem angekündigten Besuch von Jack und Helen, der alle möglichen Erinnerungen bei ihr geweckt hatte.

Als ihr einfiel, dass Jack und Helen heute kommen wollten, schlüpfte sie vorsichtig aus dem Bett und schlich auf Zehenspitzen nach unten. In vier Stunden wollten sie hier sein, und bis dahin musste sie das Haus noch etwas in Ordnung bringen.

Sie musste auch überlegen, was sie ihnen zu essen anbieten sollte.

Sie öffnete den Kühlschrank, um sich Anregungen zu holen.

Hm ... nicht sonderlich vielversprechend.

Der Tiefkühlschrank barg auch keine größeren Eingebungen. Es sei denn, sie käme damit durch, ihnen eine Tiefkühlpizza und anschließend ein Magnum zu servieren – eins für sie alle.

Zum Teufel! Sie musste also auch noch in den Supermarkt fahren. Jessica stöhnte. Einkaufen und Kochen gehörten zu ihren meistgehassten Hausarbeiten. Lieber würde sie vierzehn Tage lang eine öffentliche Toilette in Ägypten putzen. Okay, das war vielleicht übertrieben, eine Woche würde auch reichen, aber welchem normalen Menschen machte es schon Spaß, in den Regalreihen eines Supermarkts nach Möglichkeiten zu suchen, seinen Magen zu füllen? Zuweilen sehnte sie sich wirklich nach der Schlichtheit des kleinen Lebensmittellädchens im Familienbesitz in Kassiopi zurück. Je weniger Auswahl, desto einfacher war das Einkaufen. Und Jessica war sehr dafür, sich das Leben einfach zu machen.

Sie brühte sich eine Tasse Tee auf und setzte sich mit dem Kochbuch an den Küchentisch. Es war ihr einziges Kochbuch, das Anna ihr vor Jahren geschenkt hatte. Was sollte sie kochen? Sollte sie so verrückt sein, Jack und Helen Moussaka zuzubereiten? Oder Roastbeef und Yorkshire Pudding, was genauso daneben war?

Nein. Helen war auch ohne halb rohes Fleisch schon durchgedreht genug.

Also dann Lammbraten. Das war doch bestimmt nicht schwierig, oder? Sie konnte neue Kartoffeln dazu kochen, die machten nicht so viel Arbeit. Moment mal, jetzt geriet sie in Gefahr, zur Heuchlerin zu werden. Es war Ende September, und sie war nur auf neue Kartoffeln gekommen, weil der Supermarkt, dem sie gerade seine allzu große Auswahl vorgeworfen hatte, sie bestimmt auch außerhalb der Saison anbot. Bleib bei deinen Prinzipien, sagte sie sich. Dann gab es eben Röstkartoffeln; die machten zwar etwas mehr Arbeit, aber es würde sich lohnen. Und dazu Stangenbohnen und Zucchini, beides Gemüse der Jahreszeit.

Als ihre kurze Einkaufsliste fertig war, trank sie ihren Tee aus und goss sich und Josh noch einen Becher ein. Dann ging sie mit den beiden Bechern nach oben. Als sie wieder ins Bett schlüpfte, wachte Josh auf.

»Hi«, sagte sie und küsste ihn auf die Stirn. »Ich habe dir Tee gebracht.«

Er setzte sich langsam auf. »Wie spät ist es?«

»Zeit, dass ich mit dem Staubsauger herumwirbele. Jack und Helen kommen um eins.«

Er schaute auf die Uhr. »Dann ist ja noch viel Zeit.«

Sie reichte ihm den Becher.

Er griff danach, zögerte dann aber. Jessica entdeckte, dass seine Hand viel schlimmer aussah als am Abend zuvor und fest zur Faust verkrümmt war. »Ist es noch schlimm?«, fragte sie.

»Ja.« Er nahm die Tasse mit der anderen Hand. »Um welche Zeit soll ich verschwinden?«

»Was?«

»Na ja, du willst doch sicher nicht, dass ich hier bleibe, wenn deine Freunde kommen.«

»Wer sagt das?«

»Das habe ich nur angenommen.«

»Da liegst du falsch, Crawford. Ich möchte, dass du sie kennen lernst. Eigentlich sollte ich auch Mum zum Mittagessen einladen, sie ist immer gut mit Jack und Helen ausgekommen, wenn sie mich auf Korfu besucht hat.«

»Wenn das so ist, möchtest du, dass ich für euch koche?«

»Möchte der Papst, dass wir alle Katholiken sind?«

Er grinste. »Soll ich das als Ja verstehen?«

»Als lautes, deutliches Ja.«

»Und was magst du gern?«

»Abgesehen von dir?«

»Ich fürchte, ich passe nicht in den Backofen, Jessica.«

»Spielverderber. Ich hatte gedacht, ich versuche es mal mit Lammbraten, aber du bist der Koch, du darfst entscheiden. Sag mir, was du brauchst, und ich kaufe es ein.«

»Gut, wir fahren zusammen einkaufen.«

»Möchtest du nicht lieber hier bleiben und ...« Sie brach ab.

»Was?«, fragte er gelassen. »Ausruhen, wolltest du sagen?«

»Himmel, nein. Ich wollte dich zum Aufräumen einteilen.«

Er ließ es ihr durchgehen, da er einsah, dass die Situation für Jessica nicht einfach war. »Ich gehe lieber einkaufen, das Saubermachen kannst du übernehmen.«

»So.« Jessica kam in die Küche, die Hände voller Staubtücher, leerer Kaffeetassen und Tageszeitungen der vergangenen Wochen, die sich in allen Ecken des Hauses angesammelt hatten. »Jetzt soll noch jemand hier ein Staubkörnchen aufstöbern. Hmm ... das riecht gut.«

»Das ist der Knoblauch und das Rosmarin am Lamm«, sagte Josh und schaute von dem Hackbrett auf, an dem er sich mühsam durch einen Berg Möhren, Kartoffeln, Zucchini und Zwiebeln arbeitete.

»Und was hast du damit vor?«, fragte Jessica, die näher kam, um zu sehen, was er gerade tat.

»Das Gemüse wird mit Thymianzweigen in Olivenöl gegart.«

»Köstlich. Einen Mann wie dich findet man nur einmal unter einer Million, Crawford. Kann ich was helfen?«

Er sah zu, wie sie die alten Zeitungen in den Abfalleimer warf, das Putzzeug in den Schrank unter der Spüle räumte und sich die Hände wusch. Er rang mit seinem tief verwurzelten Drang, sich allein durchzukämpfen, doch obwohl er die Finger seiner rechten Hand allmählich wieder strecken konnte, wusste er, dass ihm die nötige Kraft und Geschicklichkeit fehlte, sich durch den Gemüseberg zu arbeiten. »Wenn du willst, kannst du mir helfen, das Gemüse zu schneiden.«

Jessica trocknete ihre Hände und kam zu ihm. Am liebsten hätte sie gesagt: »Na, das war doch gar nicht so schwer, oder?« Aber sie traute sich nicht. Was gerade zwischen ihnen passiert war, stellte vermutlich einen kleinen Meilenstein dar. Josh hatte seinen Stolz für einen Augenblick überwunden. Ob er bereit war, das auch weiterhin zu tun, war fraglich.

»Jetzt zeig mir, wie du das Gemüse haben möchtest«, sagte sie. »Große Stücke oder kleine?«

»Mittlere.«

»Das hätte ich mir denken können.« Sie machte sich an die Arbeit.

»Nein, so nicht. Achte darauf, dass die Stücke etwa gleich groß sind, sonst sind einige schon gar, wenn andere noch hart sind.«

»Dann zeig es mir, du Besserwisser.«

Er stellte sich hinter sie und legte seine Hände auf ihre. »So macht man das.«

Sein Atem kitzelte sie im Nacken, und als er seinen warmen Körper an sie schmiegte, fiel ihr die Szene aus dem Film *Ghost* ein, in der Demi Moore bei nächtlichen Töpferarbeiten Hilfe von einem Paar zusätzlicher Hände bekommt. Jessica musste kichern.

»Was ist so komisch?«, fragte er.

»Du, du lenkst mich ab.«

Er knabberte an ihrem Ohr, was sie nur noch mehr zum Lachen brachte. »Hör auf, sonst schneide ich dir die Finger ab.«

Er nahm ihr das Messer aus der Hand und drehte sie zu sich um. Aus seinen dunklen Augen sprach unverhohlenes Verlangen. Plötzlich fand sie, dass dies der richtige Augenblick sei, ihn zu fragen, was er gestern Abend gemeint hatte, als er feststellte: *Ich würde ja sagen.*

»Josh, gestern bei Tony und Amanda ...« Weiter kam sie nicht. Das Geräusch eines Autos, das langsam auf den Hof bog, kündigte an, dass Jack und Helen gerade im falschen Moment eintrafen.

»Ich muss sagen, du siehst verflixt gut aus«, erklärte Jack, während er sich noch ein Glas Wein aus der Flasche einschenkte, die Helen mitgebracht hatte.

Sie saßen in der Küche, und Jessica gab sich alle Mühe, das Gemüse richtig klein zu schneiden, während Josh Anna abholte.

»Warum das so ist, steht wohl außer Frage«, sagte Helen grinsend. »In deinen Briefen hast du nie erwähnt, dass es in deinem Leben einen neuen Mann gibt, aber allzu oft hast du ja auch nicht geschrieben«, fügte sie ein bisschen beleidigt hinzu.

Jessica lachte. »Wenn ich in meiner Freizeit nichts anderes getan hätte, als dir ständig zu schreiben, hätte ich wohl kaum Gelegenheit gehabt, mir einen so gut aussehenden Mann zu angeln, oder?«

»Wie Recht du hast«, bestätigte Helen, »Bessere sind kaum zu finden. Und warum ist er noch nicht in festen Händen?«

»Aus dem gleichen Grund wie ich, nehme ich an«, antwortete Jessica spitzbübisch. »Er hat auf die Richtige gewartet.«

Helen steckte den Finger in den Mund. »Reich mir doch bitte mal jemand den Eimer.«

Jack grinste Jessica an. »Das Alter macht sie richtig zynisch. Möchtest du auch etwas Wein?«

»Ja«, sagte Jessica, legte das Küchenmesser beiseite und nahm das Glas, das er ihr reichte. »Ich habe keine Ahnung, was Josh mit diesem ganzen Gemüse vorhat.«

Helen starrte sie mit großen Augen an. »Erzähl mir nicht, dass er auch noch kochen kann.«

Jessica bedachte Helen abermals mit einem schelmischen Grinsen. »Aber sicher. Dieses Essen kocht er.«

Helen sah Jack mit einem Schau-gut-hin-und-lerne-daraus-Blick an und sagte: »Na ja, dann kann Gavin ja seine Hoffnungen wohl endgültig begraben.«

»Was?«, fragte Jessica, als sie den vielsagenden Blickwechsel zwischen ihren Freunden bemerkte.

»Ach nichts«, tat Helen die Frage ab und stibitzte sich ein Stück Möhre.

»Na komm schon, du verheimlichst mir doch was. Jack, sag du es mir.«

Aber Jack starrte nur verlegen auf seine Schuhspitzen.

Helen kaute genüsslich auf ihrer Möhre. »Ach, was soll's? Es ist nichts Besonderes, wir haben Gavin nur versprochen, bei dir ein Wörtchen für ihn einzulegen, wenn wir hier sind.«

Jessica blieb der Mund offen stehen. »Was für ein Wörtchen?«

»Hör zu, Jessica, es tut ihm wirklich Leid, wie er sich benommen hat.«

»Ha!«

»Nein, lass mich ausreden. Einen reumütigeren Mann als ihn kannst du dir gar nicht vorstellen. Silikon-Sally ist von der Bildfläche verschwunden, und Gavin ...«

»Und was, Gavin?«, drängte Jessica.

»Und Gavin wollte, dass wir vorfühlen, ob es eine Chance auf Versöhnung gibt.«

»Das hört sich an, als ob wir verheiratet wären.«

»Wenn du nicht so überstürzt und beleidigt abgehauen wärst, könntet ihr vielleicht schon verheiratet sein.«

»Helen, ich glaube dir kein Wort. Er hat mich betrogen. Und das sicher dreimal. Und du weißt verdammt gut, dass ich nicht seinetwegen von Korfu weggegangen bin.«

»Wie du meinst, Jessica, aber ich habe ja schon gesagt, Gavin hat sich geändert und möchte sich wieder mit dir versöhnen. Er will ...«

»Du kannst ihm sagen, dass es zu spät ist. Egal, was er mir zu bieten hat, es würde nicht reichen.«

»Und was würde reichen?«

Jessica nahm das Küchenmesser und stach es in ein Stück Kartoffel. »Ich möchte eine feste Bindung. Ich möchte gebraucht werden. Ich möchte das Gefühl haben, zu einem Menschen zu gehören, der auch zu mir gehört ... der ohne mich nicht leben könnte.«

Helen stellte nachdrücklich ihr leeres Weinglas auf die Arbeitsplatte. »Du lieber Himmel, Jessica, das ist doch nur was für Romane!«

»Das ist mir egal. Es ist das, was ich will. Weniger interessiert mich einfach nicht mehr.«

Kapitel 45

Alec war schon lange zur Arbeit gefahren. Kate lag auf dem Bett und wartete, dass die Übelkeit nachließ. Mit geschlossenen Augen konzentrierte sie sich auf den Entschluss, den sie am Morgen um fünf Uhr gefasst hatte, weil er ihr als einzig mögliche Lösung erschien.

Da sie nicht hatte schlafen können, war sie ins Wohnzimmer hinuntergegangen und hatte in einem Sessel am Erkerfenster gesessen und zugeschaut, wie der Morgen graute. Als sie den Himmel betrachtete, wo sich ein Streifen zartrosafarbenen Lichts durch die Schwaden kobaltblauer Dunkelheit Bahn brach, drang plötzlich etwas Klarheit in die Finsternis ihrer Verwirrung, und mit ihr kam die Erkenntnis, dass sie dem ganzen Wirrwarr, den sie in ihr Leben gebracht hatte, noch heute ein Ende setzen musste. Es war an der Zeit, ehrlich zu Alec zu sein. Sie durfte ihn nicht weiterhin so schlecht behandeln. Das war unfair. Sie musste ihm sagen, dass die Gefühle, die sie anfangs zusammengeführt hatten, nicht ausreichten, um sie zusammenzuhalten. Von Tony wollte sie ihm nichts erzählen, das war nicht nötig. Tony war nicht der Grund, dass sie ihn verließ. Er war nur ein Symptom, nicht die Ursache für das Scheitern ihrer Beziehung.

Aber nicht nur Alec musste sie die Wahrheit sagen, sondern auch Tony.

An jenem grauenhaften Abend vergangene Woche bei Tony und Amanda, der sie überzeugt hatte, dass Amanda ihnen auf die Spur gekommen war – für dieses ganze Gerede von Untreue und Partnertausch musste es einen Grund geben –, war ihr klar geworden, dass das, was sie tat, falsch war. An jenem Abend war sie schockiert und beschämt zu Bett gegangen, entsetzt über ihre eigene Falschheit und all die Lügen, die sie erzählt hatte. Sie verabscheute, was aus ihr geworden war.

Sie hatte keine Ahnung, wie Tony reagieren würde, wenn sie ihm sagte, dass sie ihn nicht mehr sehen wollte. Aber ihm musste klar werden, dass sie Alec nicht verließ, um den Weg für ein Zusammensein mit ihm frei zu machen. Tony war verheiratet. Was immer er für Kate oder sie für ihn empfinden mochte, er hatte eine Ehefrau, die sie nicht einfach ignorieren durften.

Und ebenso wie Tony für Hattie verantwortlich war, trug sie die Verantwortung, das Richtige für das Baby zu tun, das sie erwartete. Sie wollte, dass die ersten Schritte, die ihr Kind ins Leben tat, sich auf Liebe und Anstand gründeten, nicht auf Betrug und Unmoral. Ihr Kind sollte keine Mutter haben, die sich vorwerfen musste, die Ehe einer anderen Frau zerstört zu haben.

Kate öffnete die Augen, obwohl die morgendliche Übelkeit noch nicht ganz abgeklungen war. Aber sie konnte nicht den ganzen Tag im Bett bleiben, schließlich wollte sie sich in kaum einer Stunde mit Tony treffen. Entschlossen, die Drohungen ihres Magens zu ignorieren, stand sie auf und ging nach unten. Aus dem Dielenspiegel schaute ihr ihr müdes, bleiches Gesicht entgegen. Das schlechte Gewissen, sagte sie sich. Schuldgefühle und Scham. Das geschieht dir recht.

Wie verabredet trafen Kate und Tony sich auf dem Parkplatz eines Pubs, den keiner von ihnen je besucht hatte. Anonymität war schließlich das A und O eines heimlichen Stelldicheins.

Als Erstes fragte Tony: »Ist alles in Ordnung? Du bist weiß wie die Wand.«

»Mir geht es gut«, sagte sie, obwohl es nicht stimmte. Das sind nur die Nerven, redete sie sich ein. Was du Tony sagen willst, macht dich nervös.

Draußen war es zwar warm, aber da es in dem Pub ungemütlich und kühl wirkte, bestellten sie ihre Getränke und suchten sich einen kleinen Tisch in einer Nische neben einem sanft glimmenden Kaminfeuer, wo ein großer, kräftiger Mann undefinierbaren Alters auf einem Stuhl saß, der viel zu klein für ihn war. Unter seinem Filzhut lugte buschiges Haar hervor, und er hielt ein fast leeres Bierglas in den riesigen Händen. »Schöner Tag, was?«, nickte er ihnen zu.

»Sehr schön«, antwortete Tony lächelnd.

»Soll so bleiben, habe ich heute Morgen im Radio gehört.«

»Das ist gut.«

Der Mann rutschte auf seinem Stuhl hin und her. »Na ja, gut und auch wieder nicht gut. Ein bisschen Regen könnte nicht schaden. Überhaupt nicht. Es könnte uns Schlimmeres passieren als ein ordentlicher Schauer.«

Kate stöhnte innerlich. Wieso waren sie ausgerechnet heute an dieses lästige Kneipenfaktotum geraten, das sie mit seinem Gerede über das Wetter nervte! Als ihr Blick Tonys begegnete, merkte sie, dass er mühsam ein Lachen unterdrückte, und als Reaktion auf seine strahlende Miene dachte sie, wie sehr sie ihn vermissen würde. Aber diesen gefährlichen Gedanken schob sie beiseite. Sie durfte jetzt nicht schwach werden. Jetzt nicht.

»Soll ich uns etwas zu essen bestellen?«, fragte er.

Sie nickte, obwohl ihr viel zu schlecht war, um zu essen.

»Das Essen taugt hier nicht viel«, mischte sich das Kneipenfaktotum ein. »Zu viel nasses Grünzeug auf dem Teller für meinen Geschmack. Die Forelle würde ich mir auch sparen. Die ist nie frisch. Der Lachs auch nicht.«

»Kate, bist du sicher, dass alles in Ordnung ist?«

»Das Hühnchencurry ist nicht schlecht.«

»Kate?«

»Glauben Sie mir, mit dem Hühnchencurry sind Sie noch am besten bedient.«

Tony ging allmählich die Geduld aus. Er warf dem Mann einen ärgerlichen Blick zu und hoffte, ihn damit zum Schweigen zu bringen. Dann wandte er sich wieder an Kate. »Was ist los? Du siehst furchtbar aus.«

»Ich weiß nicht«, antwortete sie und stand langsam auf. »Ich bin gleich wieder da.«

Er schaute ihr nach, als sie durch das Lokal ging, und musste an die morgendliche Übelkeit denken, an der Eve während der Schwangerschaft gelitten hatte. Doch selbst Eve hatte nie derart gespenstisch ausgesehen wie Kate jetzt. Er trank von seinem Mineralwasser und dachte darüber nach, was er Kate beim Mittagessen sagen wollte.

Nach Amandas seltsamem Verhalten am Freitagabend hatte er sich das ganze Wochenende dazu durchgerungen, sich der Wahrheit zu stellen: Er wollte die Scheidung. Natürlich würde er sich Amanda gegenüber großzügig zeigen – und mehr als das. Sie sollte alles bekommen, was sie wollte. Zwar hatte er das Gefühl, dass sie keinen Augenblick zögern würde, die Bedingungen für ihre Trennung sehr zu ihren Gunsten auszuhandeln. Doch solange er seine Freiheit bekam, konnte sie verlangen, was sie wollte. Es dürfte nicht einfach werden, wieder allein für Hattie zu sorgen, aber dafür würde er schon eine Lösung finden. Wie er es auch betrachtete, die Situation wäre auf jeden Fall dem Irrsinn vorzuziehen, in dem er augenblicklich lebte.

Und vielleicht, vielleicht würde seine Freiheit ihm die Möglichkeit schaffen, Kate mehr zu bieten, als er es im Augenblick konnte.

»Wie's aussieht, ist Ihre Freundin abgehauen«, stellte das Kneipenfaktotum mit kehligem Lachen fest. »Vielleicht hat sie die Küche gerochen und es sich noch mal überlegt, ob sie hier essen soll.«

Tony rang sich ein Lächeln ab und schaute auf die Uhr. Er saß nun schon fast zwanzig Minuten allein am Tisch und machte sich allmählich Sorgen. Gerade überlegte er, was er tun sollte, als eine Frau zu ihm trat.

»Sind Sie Tony?«, fragte sie.

»Ja.«

»Ihre Freundin hat mich gebeten, Ihnen auszurichten, dass sie draußen auf Sie wartet. Ich glaube, Sie sollten sie zum Arzt bringen. Sie sieht gar nicht gut aus.«

Tony lief hinaus und fand Kate am Wagen. »Das Baby ...«, flüsterte sie mit großen, ängstlichen Augen, »ich glaube, ich verliere es.«

Er fuhr zum nächstgelegenen Krankenhaus. Obwohl er fast nichts über Fehlgeburten wusste, sagte ihm sein Instinkt, dass es wohl kaum eine Chance gab, Kates Kind zu retten.

Während er im Krankenhaus wartete, erfragte er bei der Auskunft die Telefonnummer von Alecs Firma. Dann gab er dort Bescheid, wo Kate sich befand. Ganz egal, was er für Kate oder Alec empfinden mochte: Alec musste erfahren, was passiert war, schließlich war er der Vater des Kindes.

Kurz nachdem Tony diese Anrufe erledigt hatte, kam eine Krankenschwester und teilte ihm mit, was er bereits vermutet hatte. Er setzte sich zu Kate ans Bett und hielt ihre Hand. Aber sie wollte nicht mit ihm sprechen.

»Ich habe Alec Bescheid geben lassen«, erzählte er ihr. »Ich nehme an, dass er bald hier sein wird.«

Sie nickte benommen.

»Möchtest du, dass ich bleibe?«

Sie schüttelte den Kopf und schloss die Augen. Tränen liefen ihr über die bleichen Wangen auf das weiße Kissen. Sie drehte den Kopf weg und entzog ihm ihre Hand.

Leise ging er hinaus.

Er konnte jetzt nicht zurück ins Büro.

Noch nicht.

Da er allein sein wollte, fuhr er auf die Autobahn, auf der erstaunlich wenig Verkehr war. Er fuhr sehr schnell, hatte den Großraum Manchester bald hinter sich gelassen und erreichte die ersten Ausläufer der Moorlandschaft, die ihn weiter lockte. Als die Ausfahrt 21 angezeigt wurde, bog er hinter einem großen Transporter ab, schlängelte sich durch die vertrauten Straßen von Milnrow und hielt schließlich am Hollingworth Lake. Abgesehen von einem roten Nissan Micra, in dem ein älteres Ehepaar saß und etwas Heißes aus einer Thermosflasche trank, war er allein.

Hierher war er als Junge oft gekommen. Samstagmorgens war er oft mit seinen Freunden aus Rochdale hergeradelt. Jetzt erschien ihm die Entfernung ziemlich weit, aber damals hatte er darüber gar nicht nachgedacht. Seine Mutter hatte ein Paket Butterbrote für ihn und seine Freunde mitgegeben, über die sie hergefallen waren, sobald sie den See erreicht hatten. Dabei hatten sie Steine ins Wasser geworfen. Einmal war eine wütende alte Frau aus ihrem Haus gestürmt und hatte mit ihnen geschimpft, weil sie angeblich die Enten erschreckt hätten. Danach hatten sie sie nur noch Oma Quackquack genannt.

Wie erwachsen sie sich damals vorgekommen waren.

Und wie schlau.

Sie hatten sich alles zugetraut.

Wie verdammt schwierig das Leben sein konnte, hatten sie damals nicht geahnt.

Tony starrte auf das sich kräuselnde Wasser des Sees und dachte an Kate und den Verlust ihres heiß ersehnten Kindes. Und weil er wusste, wie schwer sie dieser Verlust treffen würde, war er überzeugt, dass sie ihn davon ausschließen würde.

Wenn sie das nicht ohnehin schon getan hatte.

Jetzt wünschte er, er hätte im Pub die Gelegenheit genutzt, ihr zu sagen, dass er sich von Amanda scheiden lassen wollte. Hätte sie das gewusst, hätte sie sich im Krankenhaus vielleicht nicht von ihm abgewendet.

Seine einsamen Grübeleien wurden abrupt durch das Klingeln seines Handys unterbrochen.

Es war Vicki, seine Sekretärin. »Tony, wo um alles in der Welt stecken Sie denn bloß? Sie haben in zehn Minuten eine Besprechung.«

Verdammt! Das hatte er ja völlig vergessen. »Sagen Sie ab«, sagte er.

»Welchen Grund soll ich angeben?«

»Gar keinen.«

»Ich habe noch eine Nachricht von Ihrer Frau für Sie«, sagte Vicki. »Sie lässt ausrichten, dass sie Hattie heute nicht von der Schule abholen kann.«

»*Was?!*«

»Tut mir Leid, Tony, aber das soll ich Ihnen bestellen.«

»Hat sie keinen Grund genannt? Keine Erklärung?«

»Offenbar ist heute ein Tag, an dem die Leute nichts erklären wollen«, stellte sie schnippisch fest. »Kommen Sie heute noch ins Büro?«

»Nein. Wir sehen uns morgen.«

Er schaute auf die Uhr. In einer halben Stunde war Hatties Unterricht zu Ende. Tony rief zu Hause an, um zu hören, was mit Amanda los war. Keine Antwort. Dann rief er in der Schule an und bat, Hattie dazubehalten, bis er käme.

Er fuhr schneller als erlaubt, schlängelte sich mit seinem

Porsche durch den mehrspurigen Verkehr und fragte sich die ganze Zeit, was Amanda nun wohl wieder im Schilde führen mochte.

Als er und Hattie schließlich nach Hause kamen, wartete die Antwort schon auf sie.

Amanda war fort.

Und alle Möbel mit ihr.

»Sind wir ausgeraubt worden?«, fragte Hattie, schmiegte sich mitten im leeren Wohnzimmer an ihren Vater und suchte nach seiner Hand. Alles war verschwunden – die Möbel, die Stereoanlage, das Fernsehen, das Videogerät, die Bilder an den Wänden, der Krimskrams, sogar die Topfpflanzen.

Tony las Amandas Brief, den er auf dem Boden des leeren Schlafzimmers gefunden hatte. Er zerknüllte ihn zu einem harten Ball und schleuderte ihn auf den Boden – wenigstens hatte sie die Teppichböden dagelassen.

»Nein, wir sind nicht ausgeraubt worden«, sagte er, als ihm plötzlich klar wurde, dass er seine Tochter beruhigen musste. Lächelnd nahm er sie auf den Arm, warf den Kopf in den Nacken und lachte schallend, dass der leere Raum davon widerhallte. Als er Hatties verunsicherte Miene sah, drückte er sie fest an sich und küsste sie. »Ich habe einen Bärenhunger. Lass uns in die Stadt zu McDonald's fahren.«

»Wirklich?«

»Darauf kannst du wetten! Du darfst dir aussuchen, was du willst. Gurken, Pommes frites, alles.«

»Wird Amanda dann nicht böse?«

»Amanda wird es nie erfahren.«

Eigentlich hätte Tony das Gefühl haben müssen, zum ersten Mal seit Monaten wieder frei durchatmen zu können, als er in dem ultrasterilen, klimatisierten McDonald's saß, aber ihm war völlig klar, dass der Tritt in die Lendengegend, den Amanda ihm verpasst hatte – so sehr er ihm langfristig auch zustatten kam –, sein Hauptproblem nur beschleunigt hatte: nämlich allein für Hattie zu sorgen.

Über das Tischchen hinweg betrachtete er seine Tochter, die kurz den Blick von dem dicken, klebrigen Milchshake nahm, den sie mit einem Strohhalm trank. Sie war offenbar kein bisschen erschüttert über die Mitteilung, die er ihr im Auto gemacht hatte: »Amanda hat beschlossen, dass sie nicht mehr bei uns bleiben möchte.« Damit sagte er auf elegantere Weise das Gleiche, was Amanda ihm in ihrem Brief geschrieben hatte, der mit den Worten anfing:

Ich habe nur mitgenommen, was ich meiner Ansicht nach verdient habe. Du kannst ja versuchen, dich mit mir anzulegen, aber das würde ich dir nicht raten. Ich lasse mich wegen Ehebruchs von dir scheiden – ich weiß über dich und Kate Bescheid. Du wirst nur noch über meinen Anwalt von mir hören. Du sollst wissen, dass es der größte Fehler meines Lebens war, dich zu heiraten.

»Aber warum hat sie denn alle Möbel mitgenommen? Das ist doch ungerecht«, hatte Hattie ganz vernünftig gefragt.

»Vielleicht haben sie ihr so gut gefallen«, hatte Tony geantwortet. Rückblickend musste er sagen, dass er sie ihr schon lange überlassen hätte, wenn er geahnt hätte, dass er Amanda dadurch früher loswurde. Er konnte nicht leugnen, dass sie jedes Recht hatte, erbost zu sein, nachdem sie in Erfahrung gebracht hatte, dass er drauf und dran war, mit Kate eine heftige Affäre einzugehen – denn das, was zwischen Kate und ihm vorgefallen war, ließ sich zwar nicht als Ehebruch im eigentlichen Sinne des Wortes bezeichnen, aber die Absicht war dennoch vorhanden. Unter günstigeren Umständen wäre er ohne jeden Zweifel mit Kate ins Bett gegangen. Allein schon der Gedanke weckte in ihm das Verlangen nach ihr.

Er fragte sich, wie es ihr gehen mochte, und hoffte, dass Alec sich gut um sie kümmerte. Alec gegenüber empfand er weder Eifersucht noch Feindseligkeit, nur den Wunsch, dass er Kate würde trösten können, wo sie es so dringend brauchte.

»Deine Pommes werden kalt«, sagte Hattie und kitzelte ihn mit einem Pommes frites an der Nase.

Lächelnd aß er weiter und beneidete seine Tochter. Sie hatte wirklich keinerlei Sorgen.

Genauso war es ihm als Kind ergangen, als er damals Steine in das Wasser des Hollingworth Lake geworfen und hinter ihrem Rücken Oma Quackquack ausgelacht hatte.

An diesem Abend gegen halb sieben lag Kate nicht mehr im Krankenhaus, sondern zu Hause im Bett, umsorgt von Alec, der ständig um sie bemüht war, ihre Bettdecke glatt strich, ihr die Hand streichelte und die Kissen aufschüttelte.

Eigentlich musste sie nicht im Bett liegen, aber Alec hatte darauf bestanden. »Ich bin nicht gewillt, auf dich zu hören, Kate«, hatte er gesagt, nachdem er sie aus dem Krankenhaus nach Hause gebracht hatte, und sie ins Wohnzimmer wollte. »Jetzt bin ich zuständig und ich möchte, dass du ins Bett gehst und dich ausruhst.«

Wie sollte sie sich denn ausruhen, wenn er ständig um sie herumwieselte?

Sie wusste genau, dass er sich nur so eifrig betätigte, damit sie die Erleichterung in seiner Miene nicht sah. Aber sie hörte sie auch aus seiner Stimme heraus. Bei jedem sanft schmeichelnden Wort, das er sagte, hörte sie, wie froh er war, dass sie nicht mehr schwanger war.

»Wir fahren weg«, sagte er, als er abermals die Bettdecke glättete, »nur wir beide, in ein hübsches, ruhiges Hotel, wo du dich gründlich verwöhnen lassen kannst.«

Musste er unbedingt sagen *nur wir beide*?

»Ich fahre mit dir in das herrliche Hotel in Bath, von dem ich dir erzählt habe. Wir machen lange Spaziergänge und abends sitzen wir am Kaminfeuer und trinken Champagner. Na, wie gefällt dir das?«

Gar nicht, dachte sie. Sie hatte keine Lust wegzufahren. Aber sie wünschte, dass Alec sie endlich allein ließe.

»Da gibt es ein Himmelbett und einen Whirlpool, so groß wie ein kleines Schwimmbecken. Es wird dir gefallen.«

Gab es denn keine Möglichkeit, ihn zum Schweigen zu bringen?

Doch, es gab eine.

»Alec«, sagte sie und schaute ihm fest in die Augen, »es tut mir sehr Leid ... und ich wünschte, es gäbe eine nettere Art, es zu sagen, aber ich glaube, tief im Inneren wissen wir beide, dass es zwischen uns aus ist.«

Kapitel 46

Josh erkannte Tonys Wagen und Hattie auf dem Rücksitz sofort. Kurz darauf sah Tony Josh im Rückspiegel und grüßte mit einem Handzeichen. Den restlichen Weg bis Cholmford Hall Mews fuhren sie hintereinander, und als Josh vor seinem Haus geparkt hatte, ging er zu Tony hinüber, um sich noch einmal für das Essen neulich abends zu bedanken. Es war ihm zwar kein echtes Bedürfnis, Amanda zu danken, aber er empfand eine gewisse Solidarität mit Tony – verdammt, der Mann brauchte doch ein bisschen freundliche Unterstützung, da er eine so seltsame Frau ertrug.

»Wie geht's?«, fragte er.

»Kommen Sie rein und sehen Sie selbst.«

Drinnen starrte Josh verblüfft die leeren Wände an. »Was zum ...«

»Amanda ist weg«, sagte Hattie strahlend. Dann ging sie hinauf in ihr Zimmer.

»Sie hat mir die Bude leer geräumt«, sagte Tony, als sie allein waren. »Trinken Sie zur Feier einen mit mir?«

Verdutzt sah Josh zu, wie Tony eine Flasche Scotch aus einem der Küchenschränke holte. »Den hat Sie Ihnen also dagelassen?«

»Ja, das billige Gesöff hat sie mir gelassen, das anständige Zeug hat sie mitgenommen.« Er schenkte großzügig in zwei

Plastiktassen ein, die Walt-Disney-Figuren zierten. »Entschuldigen Sie, dass ich keine Gläser habe«, sagte er, als er Josh die Tasse reichte, »aber die hat sie auch mitgenommen, und das Porzellan, aber zu ihrer Ehre muss ich sagen, dass sie Hatties Sachen hier gelassen hat.«

»Ich möchte ja nicht neugierig sein, Tony, aber hat Sie Ihnen einen Grund gesagt? Hatten Sie eine Ahnung, dass so was kommen würde?«

»Sie hat herausgefunden, dass ich mich mit Kate treffe.«

War Josh bislang nur verblüfft gewesen, so war er jetzt fassungslos und trank einen großen Schluck Scotch. »Sie und Kate«, sagte er verwundert, »Sie meinen, Sie ...?«

Tony nickte. »Obwohl eigentlich noch nichts zwischen uns passiert war.« Er erzählte von sich und Kate und sagte Josh, dass Kate heute Nachmittag ihr Baby verloren hatte. »Ich glaube, sie wird mit mir Schluss machen. Das schlechte Gewissen wird sie dazu treiben, jemandem die Schuld zu geben, und offensichtlich bin ich der Sündenbock.«

»Da haben Sie ja einen ziemlich ereignisreichen Tag hinter sich«, sagte Josh. »Ich weiß gar nicht, was ich dazu sagen soll. Waren Sie der Vater?«

Tony schüttelte den Kopf. »Nein. Wirklich nicht. Ich habe Ihnen doch gesagt, dass zwischen uns eigentlich gar nichts war.«

»Weiß Alec von Ihnen und Kate?«

»Ich glaube nicht. Aber ich habe auch gedacht, dass Amanda nichts wüsste. Offensichtlich wusste sie es aber doch.«

Josh schaute sich in der Küche um. »Offensichtlich. Und was jetzt?«

Tony leerte seine Tasse. »Das ist mein großes Problem. Ich muss ein Kindermädchen auftreiben, das sich jeden Tag um Hattie kümmert, wenn sie aus der Schule kommt.« Er fuhr sich mit der Hand durchs Haar. »Aber so habe ich wenig

Hoffnung, kurzfristig für diese Woche noch jemanden zu finden. Dann muss ich für die Zeit eben früher aus dem Büro kommen.«

»Gibt es denn niemanden, den Sie um Hilfe bitten können? Großeltern?«

»Alle tot.«

»Und was ist mit anderen Müttern an Hatties Schule?«

»Sie geht erst seit kurzem in diese Schule. Ich könnte nicht mal sagen, mit wem sie befreundet ist, geschweige denn wie die Mütter heißen.«

Josh überlegte für eine Weile. »Wie wäre es mit Jessica? Sie könnten sie fragen – nur bis Sie eine Regelung gefunden haben.«

Jessica und Josh winkten Tony zu und fuhren durch den Torbogen hinaus.

In der letzten Stunde hatten sie Tony geholfen, nachdem Josh und er zu Jessica gekommen waren, um ihr zu erzählen, was passiert war, und sie zu bitten, Hattie vorläufig von der Schule abzuholen. »Würde es Ihnen etwas ausmachen?«, hatte Tony gefragt. »Es ist mir sehr unangenehm, Ihnen das aufzuhalsen.«

»Kein Problem«, hatte Jessica geantwortet. »Aber was können wir jetzt im Augenblick für Sie tun? Wenn Sie kein einziges Möbelstück mehr haben, sollten Sie sich ein paar von meinen Möbeln borgen.«

Obwohl Tony erklärt hatte, Hattie und er kämen schon zurecht, hatte Jessica darauf bestanden, dass sie zu dritt Jessicas kaum benutzten Esstisch und drei Stühle zu Tony brachten, und Josh hatte eine Grundausstattung an Geschirr beigetragen. Jessica hatte Tony noch eine Matratze angeboten, da er ja nun kein Bett mehr besaß, aber er hatte abgelehnt und erklärt, in der Garage stehe noch ein altes Campingbett.

Das suchte er gerade, als sie ihn verließen. Das Haus hatte Amanda zwar von oben bis unten leer geräumt, aber die Garage hatte sie entweder vergessen oder sie war barmherzig genug gewesen, Tony den Rasenmäher, Leitern und die Pfadfinder- und Campingausrüstung zu lassen. Aber Jessica konnte sich vorstellen, dass Amanda wenig Verwendung für ein altes Zelt und eine Kiste mit Blechtöpfen hätte. Sie wirkte nicht wie eine fröhliche Camperin.

»Du bist doch nicht böse, dass ich Tony angeboten habe, du könntest dich um Hattie kümmern?«, fragte Josh, als sie durch die Kastanienallee fuhren.

»Nein. Nein, gar nicht. Wieso fragst du?«

»Du warst so ... na ja, ein bisschen still bei Tony.«

»Das richtige Wort, nach dem du suchst, lautet: verdattert. Ich kann das mit Kate und Tony immer noch nicht fassen. Ich wusste zwar, dass Kate sich Sorgen über Alecs Reaktion auf seine Vaterschaft machte, aber ehrlich, ich hätte gedacht, dass sie das miteinander klären und alles in Ordnung kommt. Hattest du eine Ahnung, was da lief?«

»Keinen Schimmer. Glaubst du, dass es am Freitagabend darum ging?«

»Bestimmt. Amanda muss gewusst haben, was los war, und wollte Tony und Kate auf den Zahn fühlen. All das Gerede: *Wann wollen Sie und Alec denn nun heiraten?*« Sie ahmte Amandas Stimme nach. »Das war nur ein Trick, um Tony das Messer in den Rücken zu jagen und Kate zu quälen.«

»Aber wie hat Amanda bloß die ganzen Möbel aus dem Haus schaffen können, ohne dass es jemand gesehen hat?«

»Wenn du mal darüber nachdenkst, war das gar nicht so schwierig. Sie wusste, dass Alec und du bei der Arbeit sein würdet, und wenn du dich an Freitagabend erinnerst, hat sie sowohl Kate als auch mich gefragt, was wir diese Woche vorhaben. Ich fand es schon ziemlich merkwürdig, dass sie ausdrücklich nach heute fragte.«

»Du hast Recht, sie hat mehrmals nachgehakt. Kate hat gesagt, sie trifft sich mit einer Freundin zum Mittagessen ...«

»Die Freundin war Tony.«

»Und du hast gesagt, du fährst zum Einkaufen nach Wilmslow. Ich nehme an, dass du das auch wirklich getan hast«, sagte Josh grinsend.

Sie erwiderte sein Grinsen. »Crawford, du hast mich erwischt. Schließ mich ein und wirf den Schlüssel weg.« Plötzlich war ihr Lächeln wie weggewischt. »Verdammt und zugenäht!«

»Was? Was ist denn?«

Jessica trat auf die Bremse und hielt abrupt vor der Brücke über den Kanal. »Sieh dir das an! Nun sieh dir das doch an! Was treibt sie denn jetzt schon wieder?«

Josh folgte Jessicas Blick und entdeckte Anna im Halbdunkel auf den Stufen, die vom Garten auf den Treidelpfad führten. Er grinste in sich hinein. Die arme Frau hatte sich wohl vor den wachsamen Blicken ihrer Tochter sicher gefühlt, nachdem Jessica ihr schon vor einigen Stunden ihren täglichen Besuch abgestattet hatte.

Bevor Josh etwas sagen konnte, war Jessica ausgestiegen und lief auf das Gartentörchen zu. Sie stürmte zu ihrer Mutter, und Josh hörte sie sogar aus dieser Entfernung schreien:

»Bist du jetzt völlig verrückt geworden? Ich habe dir doch gesagt, du sollst dich nicht anstrengen.«

Josh stieg aus und hinkte langsam hinter Jessica her. Er hatte einen langen Tag hinter sich, und sein Bein hatte ihm die meiste Zeit Ärger gemacht. Die Sachen zu Tony zu schleppen war auch nicht gerade förderlich gewesen. Als er Jessica endlich eingeholt hatte, die gerade Anna den Besen aus der Hand riss, spürte er kaum noch den Boden unter seinem linken Fuß.

So war er nicht gerade in Bestform, um Jessicas herrischen Anwandlungen die Stirn zu bieten. »Jessica!«, rief er, »mein Gott, lass doch deine Mutter in Ruhe.« Seine Stimme hallte laut und diskordant in der stillen Abenddämmerung über den Kanal.

Jessica starrte ihn so zornig an, dass er schon glaubte, sie wolle mit dem Besen auf ihn losgehen. Zur Sicherheit nahm er ihn ihr ab und lehnte ihn an Annas Schubkarre.

»Das geht dich gar nichts an«, zischte sie wütend.

»Ach, jetzt spiel dich nicht so auf und lass deiner Mutter etwas Luft zum Atmen.« Dann wandte er sich an Anna: »Sollen wir für einen Moment ins Haus gehen, nur wir beide?« Und als Jessica mitkommen wollte, sagte er zu ihr: »Ich habe gesagt, nur wir beide, Jessica.«

Sobald er und Anna in der Küche waren, versagte sein Bein ihm den Dienst. Er stolperte und fiel rückwärts gegen die Tür.

»Josh!«, schrie Anna, »ist alles in Ordnung?« Sie holte ihm einen Stuhl. »Was kann ich für Sie tun?«

»Nichts«, stöhnte er, setzte sich und rieb sein taubes, schmerzendes Knie. »Bitte ... nur kein Aufhebens.«

»Das würde mir im Traum nicht einfallen, wo wir beide doch so arme Verbündete sind.«

Er rang sich ein Lächeln ab.

»Draußen sah es so aus, als ob Sie ziemlich wütend auf Jessica wären«, sagte Anna besorgt, »Sie nehmen ihr das doch nicht übel, oder?«

Er starrte sie verständnislos an. »Wie meinen Sie das?«

»Ich meine, Sie sollten nicht zu streng mit ihr sein. Wenn sie die Beherrschung verliert, ist das nur ihre Art zu zeigen, wie sehr sie einen Menschen liebt.«

»Das weiß ich«, erklärte er ernst, »ich kann es nur nicht ertragen, wenn sie Sie behandelt, als ob Sie gar nichts mitzureden hätten ... das kommt meiner Lage zu nahe.«

Sie drückte sanft seine Schulter. »Machen Sie sich um mich keine Sorgen, Josh. Ich weiß mit Jessica umzugehen. Mit ihren Wutausbrüchen komme ich schon zurecht.«

»Gut. Dann sagen Sie mir, wo Ihr Handy ist.«

Sie wandte sich schuldbewusst ab.

Er seufzte. »Na kommen Sie, Anna. Es war abgemacht, dass Jessica Sie in Ruhe machen lässt, wenn Sie dafür Ihr Handy ständig bei sich haben. Denken Sie dran, es war meine Idee, dass Sie ein Handy bekommen. Wenn je etwas Ernstes passieren sollte und Sie keine Hilfe rufen könnten, würde Jessica mir das nie verzeihen. Und darauf kann ich gut verzichten.«

»Es liegt da drüben«, gab Anna zerknirscht zu und deutete auf das Fensterbrett, das voller Kleinkram stand. »Ich vergesse es immer. Ich habe mich noch nicht daran gewöhnt.«

Josh deutete mit dem Kopf auf die Hintertür. »Schnell, sie kommt. Stecken Sie das verdammte Ding in Ihre Armschlinge.«

Anna lief rasch durch die Küche. Es war gerade rechtzeitig.

»Na und?«, fragte Jessica, als sie in die Küche kam.

»Was, na und, Liebes?«, fragte Anna harmlos.

»Ich habe dir schon mal gesagt, du sollst mich nicht Liebes oder Liebling nennen, das macht mich unglaublich misstrauisch. Was habt ihr beiden hier drin ausgeheckt?«

Mit großer Mühe stand Josh auf. »Es ist alles geregelt, Jessica. Anna war nur ein paar Minuten draußen und hatte ihr Handy bei sich, wenn es also Schwierigkeiten gegeben hätte, hätte sie sich melden können. Stimmt's, Anna?«

Lächelnd zog Anna den Beweis aus ihrer Armschlinge. »Siehst du?«

Jessica schimpfte, da sie keineswegs überzeugt war, dass alles in Ordnung sei. Wie konnte Josh es wagen, sie derart zu gängeln? Für wen hielt er sich eigentlich? Sich um Anna zu kümmern war ihre Aufgabe, nicht seine. Mit welchem Recht mischte er sich ein?

»Habt ihr was Nettes vor?«, fragte Anna, bemüht, das Thema zu wechseln, da sie merkte, dass Jessica nicht nur auf sie, sondern auch auf Josh wütend war.

»Ich stelle Jessica meinen Eltern vor«, erklärte Josh.

»Ach, dann will ich euch nicht länger aufhalten«, sagte Anna. Bei Jessicas derzeitiger Laune mochte Gott seinen Eltern beistehen, dachte sie, als sie den beiden nachwinkte.

Jessica war fest entschlossen, auch weiterhin wütend auf Josh zu bleiben, aber als sie sah, wie mühsam er ging, schlug ihr Zorn in Sorge um. »Josh, lass uns lieber sofort nach Hause fahren. Du hast vorhin gesagt, dein Bein sei ein bisschen steif und ich soll fahren, aber du kannst ja kaum laufen.«

»Als ob mir das jemand sagen müsste, Jessica! Jetzt halt den Mund und gib mir deinen Arm.«

Sie half ihm in den Wagen. »Und jetzt?«, fragte sie, als er auf dem Beifahrersitz saß. »Nach Hause?«

»Nein. Zu meinen Eltern, wie geplant. Und glaub bitte nicht, du könntest mich genauso herumkommandieren wie deine Mutter.«

Da Jessica sich nicht traute, darauf zu antworten, bemühte sie sich, ihre Laune zu verbessern, um einen guten Eindruck auf Joshs Eltern zu machen. Denk an etwas Schönes, befahl sie sich, als sie den Motor anließ. Sofort fiel ihr Korfu ein, und sie stellte sich vor, im kristallklaren Wasser unterhalb ihres Häuschens zu schwimmen und auf der Terrasse mit Helen und Jack etwas zu trinken und einen vollkommenen Sonnenuntergang zu genießen. Sie dachte an Helens und Jacks Besuch am vergangenen Wochenende. Trotz des Gesprächs über Gavin – was Helen zu diesem Thema gesagt hatte, glaubte Jessica keine Sekunde – war der Tag recht angenehm verlaufen. Helen war gut in Form und flirtete heftig mit Josh. Zu ihrer Überraschung und Freude ließ Josh sich darauf ein, und bevor er wusste, wie ihm geschah, machte Anna mit und bezeichnete ihn als Schweinehund. »Es macht mir ja nichts aus, Sie mit meiner Tochter zu teilen, aber mit einer verheirateten Frau – das geht zu weit!« Jessica und Jack zogen sich zurück, um die Küche aufzuräumen, und überließen es Josh, sich allein gegen Anna und Helen zu wehren.

»Ich rate dir: Vergiss Gavin«, sagte Jack, als sie die Spülmaschine einräumten. »Josh ist bei weitem der Bessere von beiden.«

»Danke, Jack, das finde ich auch«, antwortete sie, gab ihm einen dicken Kuss, und wurde dabei von Helen erwischt, die sofort ins Wohnzimmer stürmte, um Josh mitzuteilen, dass er nun frei sei, und ihn zu fragen, ob er sich ein Leben in der Sonne mit einer reifen Frau vorstellen könne. Er antwortete, er brauche nur fünf Minuten, um seine Sachen zu packen, und ob Anna denn mitkommen könne.

Den ganzen Tag hatten sie viel gelacht und sich gut unterhalten.

Anders als jetzt, dachte Jessica elend. Wie mochte sich der Abend wohl noch gestalten?

Noch bevor William und Constance Crawford Jessica auch nur gesehen hatten, waren sie zu einem Urteil über die Frau gekommen, mit der ihr jüngerer Sohn sich angefreundet hatte. Was sie von ihr gehört hatten, gefiel ihnen. Natürlich hatte Charlie seine Eltern in dieser Richtung beeinflusst, da er ihnen in allen Einzelheiten erzählt hatte, was er von Joshs früherer Freundin hielt. Er war ebenfalls bei seinen Eltern, als Josh und Jessica dort eintrafen, und öffnete ihnen die Tür. Auf Anhieb sah er, in welcher Verfassung sein Bruder war, gab sich aber alle Mühe, es zu ignorieren.

»Hi«, begrüßte er Jessica mit einem Kuss auf die Wange. »Du sollst also schon unter die Lupe genommen werden?«

Er führte sie ins Wohnzimmer, wo William und Constance neben dem Kamin standen. Constance kam als Erste auf die jungen Leute zu, gab Josh einen mütterlichen Kuss, stellte leicht tadelnd fest, er sehe müde aus, und reichte Jessica die Hand. »Ich bin Constance und das ist mein Mann William.«

Jessica fühlte sich auf Anhieb wohl in Constances Gesellschaft. Sie vermutete, dass Joshs Mutter jünger war als Anna, vielleicht Anfang sechzig. Sie hatte etwas beneidenswert Anmutiges und Charmantes an sich, war groß gewachsen und verstand es offensichtlich, sich gut anzuziehen. Jessica war zwar keine Expertin und konnte den Stil des einen Modedesigners nicht von dem eines anderen unterscheiden, aber sie vermutete, dass Constances Hemdblusenkleid keine Ausverkaufsware aus einer Billigboutique in der Fußgängerzone war. Die cremefarbene Strickjacke, die sie über die Schultern gelegt hatte, war vermutlich aus Kaschmir und hatte wunderschöne Perlmuttknöpfe. Ihr graues Haar war in elegantem Schwung aus dem Gesicht gekämmt und schien allein durch Willenskraft seine Form zu halten. Jessica fragte sich, warum ihr Haar sich nie so benehmen konnte.

Als sie William die Hand schüttelte, bemerkte sie sofort, dass der Vater, was die Ähnlichkeit der beiden Crawford-Jungs anging, das fehlende Bindeglied zwischen seinen Söhnen war. Er sah immer noch blendend aus. Er bestand darauf, dass Jessica sich neben ihn setzte, was sie ihm nicht verwehrte.

Charlie, der am anderen Ende des Wohnzimmers Getränke einschenkte, zwinkerte ihr zu. »Die Oldies trinken Sherry, und was möchtest du, Jessica?«, fragte er.

»Das Gleiche, bitte.«

Er trug die Gläser herüber und reichte sie rum.

Dann wandte er sich an Josh, der bislang noch kein Wort

gesagt hatte und mit zurückgelegtem Kopf in einem Sessel saß. Er wirkte zerschlagen und hatte dunkle Ringe unter den fest geschlossenen Augen. »Bier, Josh?«

Er öffnete die Augen und nickte.

»Möchtest du lieber auf dem Sofa sitzen, Joshua?«, fragte Constance.

Er sah sie nachdenklich an. »Wieso?«

Nervös blickte Constance zu ihrem Mann und dann wieder zu Josh. »Ich ... ich dachte nur, da hättest du es vielleicht bequemer«, sagte sie kleinlaut.

»Ich sitze gut hier.«

Aber es war offensichtlich, dass er sich nicht wohl fühlte, und nachdem er einen Schluck Bier getrunken hatte, schloss er erneut die Augen.

»Also, Jessica, wie wir gehört haben, sind Sie Schriftstellerin.«

Jessica lächelte William an und war sich darüber im Klaren, dass sie mit oder ohne Joshs Zutun ein gewisses Mindestmaß an Konversation aufrechterhalten mussten.

Sie tat ihr Bestes, und Charlie ebenso. Gemeinsam hielten sie den Abend in Gang. Ab und zu schaute sie zu Josh hinüber und wünschte inständig, es möge ihm besser gehen. Verstohlen betrachtete sie die vielen Familienfotos ringsrum. Constance und William waren zu Recht stolz auf ihre Söhne, deren jeweiliges Entwicklungsstadium auf den Fotos festgehalten war: von zahnlosen Babys über förmliche Schulkinder bis hin zu erwachsenen Männern. Auf einem kleinen Tischchen neben Jessica stand ein einzelnes Bild von Josh. Sie schätzte, dass es ihn mit siebzehn oder achtzehn Jahren zeigte. Er trug ein weites Sweatshirt und eine John-Lennon-Sonnenbrille und sah aus wie ein milchgesichtiger Popstar. Sein Haar trug er ganz ähnlich zurückgekämmt wie heute, und ihr fiel auf, dass es wie bei Constance natürlich in Form blieb. Selbst in diesem jugendlichen Alter wirkte er schon so attraktiv wie heute, und wenn Jessica ihn damals als kichernder Teenager in der Schule gekannt hätte, hätte sie sich bestimmt bis über beide Ohren in ihn verliebt und seinen Namen in sämtliche Schulhefte geschrieben.

Im Laufe des Gesprächs merkte Jessica, dass Constance und William sich angestrengt bemühten, ihren jüngeren Sohn nicht ständig anzustarren, auch wenn aus ihren Mienen deutlich die Sorge sprach. Sie fragte sich, wie sie wohl damit fertig werden mochten, Josh so zu sehen. Jessica hatte keine Ahnung, wie es war, Mutter zu sein, sie konnte nur ahnen, wie Eltern die starke Bindung zu ihren Kindern erlebten. Aber sie zweifelte keine Sekunde daran, dass Constance ihren Sohn am liebsten in ihre Liebe gehüllt und seine Schmerzen weggezaubert hätte.

Denn das hätte Jessica als seine Geliebte am liebsten getan. In den vergangenen Wochen, seit Jessica Josh hatte erleben dürfen, wie er wirklich war, empfand sie eine beschützende Liebe, die manchmal bedrohliche Formen annahm – diese grauenhafte Amanda hatte Glück gehabt, dass sie den Abend neulich überlebt hatte ...

Josh hatte sie im Auto völlig zu Recht gewarnt, ihn nicht so herumzukommandieren wie ihre Mutter. Doch am meisten beunruhigte sie, dass sie nicht wusste, wie sie das ändern sollte. Und wenn sie nicht bald einen Weg fand, konnte das durchaus ihre Beziehung belasten.

Alec war fest entschlossen, sich einzureden, dass nur der Schock der Fehlgeburt Kate dazu gebracht hatte, ihm vor ein paar Stunden zu sagen, dass es zwischen ihnen aus sei.

Er saß hinter verschlossener Tür und ohne Licht unten in seinem Arbeitszimmer – bei einer fast leeren Flasche Glenlivet. Er schenkte sich noch ein Glas ein. Kate war nur durcheinander und aufgewühlt. Wenn sie morgen aufwachte, würde sie sagen, es täte ihr Leid, sie habe es nicht so gemeint. Und er würde ihr antworten, er verstehe das und es sei vergeben und vergessen.

Er leerte sein Glas und schob es fort. Das alles konnte er sich einreden, aber tief im Inneren wusste er, dass Kate nur die Wahrheit ausgesprochen hatte.

Sie hatte ihn durchschaut. Natürlich hatte er sich nicht wirklich damit abgefunden, dass sie ein Kind erwartete, das er lieben und ernähren sollte.

Ja, er war erleichtert, dass es so ausgegangen war. Bedeutete das wirklich eine solche Sünde? War es so schlimm, dass er seine Partnerin ganz für sich haben wollte?

Verdammt! Er wurde in ein paar Wochen fünfzig, wieso zum Teufel sollte er da noch einmal Vater werden?

Er schenkte sich noch einmal nach, trank das Glas in einem Zug aus, legte den Kopf auf den Tisch und fiel sofort in trunkenen Schlaf.

Kate war schon um fünf Uhr wach. Bis halb sieben hatte sie ihre Kleider in zwei große Koffer gepackt. Die restlichen Sachen würde sie später abholen.

Sie saß auf der Bettkante und überlegte, was sie jetzt tun sollte. Am liebsten wäre sie sofort gegangen, aber sie wollte Alec nicht verlassen, ohne sich von ihm zu verabschieden. Sich ohne Abschied davonzustehlen erschien ihr zu grausam. Das konnte sie ihm nicht antun, das hatte er nicht verdient.

Leise schlich sie nach unten, da sie nicht wusste, wo Alec heute Nacht geschlafen hatte. Als sie am Arbeitszimmer vorbeikam, hörte sie ein Geräusch. Sie nahm allen Mut zusammen und öffnete die Tür. In dem kleinen Zimmer stank es nach Alkohol. Alec öffnete gerade das Schiebefenster über seinem Schreibtisch. Er drehte sich um und starrte sie an. Er sah grauenhaft aus: die Augen blutunterlaufen, das Gesicht aschgrau.

»Soll ich uns Kaffee kochen?«, fragte sie.

»Ich mache das schon«, sagte er.

Sie biss sich auf die Lippen. Selbst bei ihrem Abschied war er immer noch rücksichtsvoll.

Sie saßen in der Küche auf den gewohnten Plätzen einander gegenüber. Kate fiel der Morgen ein, als sie ihm gesagt hatte, dass sie schwanger war.

»Es hat wohl keinen Sinn, dich zu fragen, ob du es dir anders überlegt hast?«

»Es tut mir Leid«, sagte sie. »Wirklich.«

Er nickte. »Mir auch.«

»Du warst immer so wunderbar zu mir, Alec, ich werde immer ...«

»Nein«, sagte er mit einer abwehrenden Handbewegung. »Bitte nicht, es ist schon schlimm genug, ohne dass du mir so etwas sagst wie: Ich mag dich, aber ich liebe dich nicht.«

Atemlos beobachtete sie, wie er seine Tränen zurückhielt. Er hätte es nicht besser ausdrücken können. Denn genau das empfand sie für ihn. Am liebsten hätte sie seine Hand genommen, aber sie wusste, dass es ihn nur verletzen würde.

»Wohin gehst du?«, fragte er barsch.

»Zu Caroline.«

»Natürlich.« Er schaute sie an. »Sie hat mich nie gemocht, nicht wahr?«

»Nein.« Es hatte keinen Sinn, ihn anzulügen.

Schweigend tranken sie ihren Kaffee. Dann stand sie auf. »Ich denke, ich gehe jetzt. Ich muss mir ein Taxi rufen.«

Er schüttelte den Kopf. »Eine letzte Bitte des Verdammten«, sagte er.

Sie runzelte die Stirn. »Du bist kein Verdammter, Alec.«

»Das zu beurteilen überlass nur mir.«

Sie setzte sich wieder. »Was denn?«

»Ich möchte nicht zusehen, wie du gehst, bitte warte, bis ich zur Arbeit gefahren bin ... bitte.«

Kapitel 47

Jessica gehörte ohnehin nicht zu den Menschen, bei denen alles wie am Schnürchen lief, doch an diesem Morgen war alles noch chaotischer als sonst. In einer Stunde sollte das BBC-Team kommen, um mit ihr die Fernsehaufnahmen zu machen, und wenn sie sich nicht beeilte, würde sie nur mit einem Handtuch bekleidet und schreckensbleicher Miene im Nachmittagsprogramm erscheinen.

Sie war früh aufgestanden, hatte sich die Haare gewaschen und geföhnt und mehrere Versuche unternommen, es etwas modischer zu frisieren als sonst, musste es aber schließlich aufgeben. Deshalb sah sie aus wie immer: wie eine Wilde.

Jetzt konnte sie sich nicht entscheiden, was sie anziehen sollte. Auf dem Bett lagen verschiedene Kleider und etliche Strumpfhosen ausgebreitet. Auf einem Kissen befand sich eine Kollektion blickdichter Strumpfhosen, die von kugelsicher bis windabweisend, von schwarz bis dunkelgrau, matt bis glänzend reichte. Auf dem Kopfkissen daneben lag eine Kollektion durchsichtiger Strumpfhosen in allen erhältlichen Schwarztönen sowie in Gerste, beige und Natur für den natürlichen Look.

Für jeden anderen Anlass hätte Jessica einfach die erstbeste Strumpfhose gekauft, die ihr in die Finger geraten wäre, aber weil heute ein wichtiger Tag war, bemühte sie sich nach Kräften, der Rolle der erfolgreichen Romanautorin gerecht zu werden – wie immer diese Spezies zu Hause auch aussehen mochte. Bevor sie zum Einkaufen nach Wilmslow gefahren war, hatte sie die seltsame Vorstellung gehabt, eine Strumpfhose sei einfach eine Strumpfhose. Doch dann war ihr klar geworden, wie Unrecht sie hatte: In der Zeit, die sie nicht in England verbracht hatte, entwickelte sich der Kauf solcher Nebensächlichkeiten offenbar zu einer Wissenschaft. Wahrscheinlich gab es Universitäten, die zu diesem Thema Seminare anboten.

Sie hatte nicht erwartet, dass ihr Einkaufsbummel ihr Spaß machen würde, aber zumindest hatte sie gehofft, eine gewisse billige Befriedigung darin zu finden. Schließlich war nicht jede Frau unterwegs, um sich für eine Viertelstunde Fernsehruhm aufzumotzen. Aber wie so oft lag sie mit ihren Erwartungen weit daneben. Billige Befriedigung gab es nicht, nur teure.

In der Abteilung für elegante Damenoberbekleidung bei Hooper's gefiel ihr ein schickes, sachliches Kostüm in Schwarz, aber eine eifrige Verkäuferin, die sofort über sie hergefallen war, hatte andere Vorstellungen und wollte sie zu einem Ständer mit knallgrünen Kleidern bugsieren. Nachdem es ihr gelungen war, das Mädchen abzuschütteln, schlängelte sie sich auf Umwegen zu dem Ständer mit Totengräberschwarz durch.

Die Preise waren geeignet, Jessica vor Schreck tot umfallen zu lassen, aber das Stimmchen der Versuchung in ihr sagte: *Mach schon, gönn dir was, schließlich dient es beruflichen Zwecken.* Schwierig wurde es, als sie sich nicht entscheiden konnte, ob Rock oder Hose. Beides passte ihr wie angegossen. Die Stimme der Versuchung flüsterte ihr ein, es könnten ja noch weitere Fernsehauftritte folgen, und dann käme ihr ein zweites Outfit gerade recht. Dann ging es nach unten in die Schuhabteilung. Natürlich gab es keine Schuhe, die sowohl zur Hose als auch zum Rock passten. Zwei Paar Schuhe später, als die Stimme der Vernunft schon fragte, ob es ihr noch gut gehe und ob sie sich nicht lieber mal hinsetzen sollte, drängte Jessica weiter in die Strumpfabteilung. Am Ende war es das Einfachste, so viele Strumpfhosen mitzunehmen, wie sie nur tragen konnte, und sich zu Hause zu entscheiden, welche sie anziehen würde.

Aber nicht einmal das war einfach. Sie war der Entscheidung noch keinen Schritt näher gekommen als gestern.

Eigentlich hätte sie Josh nach seiner Meinung fragen können. Er hatte einen guten Geschmack, wenn es um Kleidung ging, das war schließlich sein Beruf. Doch auch, wenn er nicht in dieser Branche tätig wäre, besäße er vermutlich ein Gespür dafür, das Beste aus seiner Erscheinung zu machen. Ganz egal, was er anzog, ob schwarze Jeans und T-Shirt oder einen modischen Anzug mit kleinem Stehkragen, wie er ihn zu Mos Party getragen hatte, er sah immer aus, als habe er gerade für die Titelseite von *GQ* Modell gestanden. Jessica fragte sich, ob er wohl je über ihr mangelndes Interesse an Kleidung enttäuscht war. Falls ja, hatte er es noch nie gezeigt. Sie betrachtete die Kleider auf ihrem Bett und überlegte, ob ihm ihre Auswahl wohl gefallen würde. Es war eine Schande, dass es jetzt zu spät war, ihn um Rat zu fragen. Schon vor einer halben Stunde hatte sie seinen Wagen vom Hof fahren hören.

Nach dem vergangenen Abend erschien es ihr ohnehin geschmacklos, Josh in etwas so Banalem wie der Kleiderfrage um Rat zu bitten. Der Ärmste, er musste sich bei seinen Eltern furchtbar gequält haben.

Zweimal, als sie im Laufe des Abends an Joshs Miene ablas, dass seine Schmerzen schlimmer wurden, hätte sie fast vorgeschlagen, nach Hause zu fahren, aber aus Angst, dass ihre Sorge ihn nur ärgern würde, hatte sie es in letzter Minute doch gelassen. Seine Eltern waren offensichtlich ebenso bemüht wie sie, Josh nicht zu verärgern. Das galt auch für Charlie. Den ganzen Abend fragte ihn keiner, wie es ihm ging. Keiner bot ihm Hilfe an, als er fand, es sei Zeit zu gehen, und mühsam aufstand. Keiner sagte ein Wort, als er in der Diele stolperte. Und das lag nicht etwa an ihrer Gleichgültigkeit, vielmehr hielten sie sich taktvoll an seine Vorgaben: Wenn er nicht darüber reden wollte, wie es ihm ging, dann würden sie es auch nicht ansprechen.

Sollte das immer so bleiben?

Bedeutete eine langfristige Beziehung mit Josh, dass sie ihn ständig wie ein rohes Ei behandeln musste, aus Angst, ihn zu verärgern?

Wollte sie das wirklich? Nach dem ständigen Hickhack mit Gavin brauchte sie wirklich eine unkomplizierte Beziehung, in der sie endlich sie selbst sein durfte. Ihr fiel ein, was Helen ihr von Gavin erzählt hatte. War es tatsächlich möglich, dass er sich geändert hatte? Und wenn ja, warum hatte er ihr das nicht selbst gesagt?

Der Gedanke an Gavin weckte in ihr die Erinnerung an ihre erste Begegnung. Sie hatte mit Helen am Strand gesessen, die ausnahmsweise einmal still gewesen war, da sie sich auf ihr Gemälde konzentrierte. Ganz langsam war ein kleines Segelboot in Sicht gekommen, und als es sich der Küste näherte, erkannte Jessica einen sonnengebleichten Blondschopf und einen bronzefarbenen Körper. Auch Helen hatte ihn gesehen. »Jessica, du sabberst, lass die Zunge im Mund.«

Sie schauten zu, wie er aus dem Boot sprang und es auf den heißen Sand zog. Da sonst niemand am Strand war, stand zu erwarten, dass sie miteinander ins Gespräch kommen würden. Er kam herüber, schob seine Sonnenbrille auf die Stirn und betrachtete Helens Gemälde. »Sehr schön«, sagte er. Dann setzte er sich neben Jessica in den Sand, als hätten sie nur auf ihn gewartet. »Ich heiße Gavin. Möchten Sie mit auf einen Segelturn durch die Bucht kommen, damit wir uns besser kennen lernen können?«

Du liebe Güte! Aber er war so süß. Seine sorglose Art machte es ihr leicht, sich in ihn zu verlieben.

Doch an Gavin war eben alles sorglos und unbekümmert gewesen, wie auch ihr eigenes Leben früher. Entsetzt stellte Jessica nun fest, dass sie sich in einem Winkel ihres Herzens ein bisschen nach diesem Leben zurücksehnte. Seit sie nach Cholmford gekommen war, erschien ihr alles, womit sie zu tun hatte, so intensiv – die Beziehung zu ihrer Mutter, ihre Schriftstellerei, das Verhältnis zu Josh ...

Vor allem Josh.

Jessica wusste nicht, ob sie damit zurechtkommen würde.

Dieser Zweifel hatte sie gestern Abend bei der Rückfahrt aus Prestbury beschlichen. Da Josh deutlich hatte spüren lassen, dass er allein sein wollte, parkte sie so nah wie möglich vor seiner Haustür und half ihm ins Haus, indem sie ihm ihren Arm reichte. Aus Angst, das Falsche zu tun oder zu sagen, blieb sie nur noch kurz bei ihm, denn sie hatte seinen Zorn an dem Tag schon einmal erlebt und verspürte nicht das geringste Verlangen nach einer Wiederholung. Verwirrt und verunsichert in ihren Gefühlen für Josh ging sie nach Hause und rief ihre Mutter an, um zu hören, ob alles in Ordnung war.

Und um sich zu entschuldigen. »Es tut mir Leid. Ich bin ziemlich auf dich losgegangen, was?«

»Das bist du allerdings«, antwortete Anna. »Wie geht es Josh und wie war der Abend?«

»Gemischt. Ich erzähle es dir ein anderes Mal. Jetzt will ich erst einmal schlafen.«

»Ja, du brauchst deinen Schönheitsschlaf für den großen Tag morgen. Du kommst mich doch abholen? Ich möchte auf keinen Fall den ganzen Spaß verpassen.«

Das Klingeln an der Haustür riss Jessica aus ihren Gedanken. Sie schlang sich das Handtuch fester um und ging öffnen. Innerlich betete sie inständig, dass es nicht schon das Fernsehteam war.

Aber es war Kate.

Jessica betrachtete verwundert Kates bleiches Gesicht und die beiden Koffer neben ihr. »Ach du liebes bisschen«, sagte sie, da sie gleich ahnte, was passiert war. Sie ließ Kate herein. »Das Leben ist plötzlich für uns alle ziemlich kompliziert geworden, was?«

»Zwischen Alec und mir ist alles schief gelaufen«, sagte Kate. »Ich habe ihn verlassen.«

»Ich weiß. Oder besser: Ich habe mir schon gedacht, dass es so kommen würde.«

»Wirklich?«

»Josh und ich haben gestern Abend mit Tony gesprochen«, erklärte Jessica. »Das mit dem Baby tut mir Leid.«

Kate schluckte nervös. »Du musst mich für einen schrecklichen Menschen halten, dass ich mich so schlecht gegenüber Alec benehme.«

»Ach Blödsinn«, antwortete Jessica bestimmt. Sie sah, dass Kate den Tränen nahe und völlig von Schuldgefühlen zerfressen war. »Komm doch mit nach oben, dann können wir uns unterhalten, während ich mich für die Fernsehaufnahmen fertig mache. Das Team muss jeden Moment kommen.«

»Ach du je, das hatte ich ja völlig vergessen! Dann lasse ich dich besser allein, ich will dich auf keinen Fall stören.«

»Das tust du gar nicht. Ich brauche deine Hilfe. Jemand muss mir sagen, was ich anziehen soll.« Damit zog Jessica Kate am Arm mit nach oben.

Und während Kate hilfreiche Vorschläge machte, fragte Jessica sie behutsam nach den Ereignissen des gestrigen Tages aus.

»Es ging alles so schnell«, sagte Kate leise. »Eben war ich noch schwanger und im nächsten Moment wusste ich, dass es vorbei war. Es hat nicht besonders wehgetan ... der eigentliche Schmerz war das Wissen, dass ich nichts tun konnte, um es zu verhindern. Ich war so hilflos!« Sie nahm ein Taschentuch vom Nachttisch und wischte sich die Augen.

Jessica nahm sie in die Arme. »Ich habe keine Ahnung, was du durchgemacht hast, Kate, also werde ich mich hüten, dich mit Platitüden zu überschütten. Aber willst du nicht heute hier bleiben?«

»Bin ich denn nicht im Weg?«

»Vermutlich schon. Aber es wird bestimmt lustig und lenkt dich ab.«

Kate hatte eigentlich vorgehabt, zu Caroline zu fahren und den Tag allein in der Wohnung ihrer Freundin zu verbringen, bis sie von der Arbeit kam. Sie vermutete jedoch, dass sie sich nur noch elender fühlen würde, wenn sie allein wäre – sie würde dann nur über Alec und das Baby grübeln. Rasch verbannte sie diese Gedanken aus ihrem Kopf und sagte sich, dass ihre Schwangerschaft noch gar nicht lange genug gedauert habe, um eine solche Trauer zu rechtfertigen. Körperlich erholte sie sich bereits – bis auf eine gewisse Müdigkeit und Schwäche schien das Leben einfach weiterzugehen, als ob nie ein Baby in ihr entstanden wäre –, aber ihre Gefühle waren nicht bereit, zur normalen Tagesordnung überzugehen. Am liebsten hätte sie weinend geschrien: *Das ist nicht fair, gebt mir mein Baby zurück!*

Im Krankenhaus hatte sie sich gewundert, wie alltäglich alles zugegangen war. Die Ärztin und die Schwester hatten sie zwar nett und freundlich, aber zugleich auch sehr nüchtern behandelt. Vermutlich mussten sie so sein, da sie ständig unzählige Frauen in ihrer Lage erlebten. Die Ärztin hatte erklärt, ihre Fehlgeburt sei ohne Komplikationen verlaufen. »Um sicher zu sein, sollten Sie in den nächsten Tagen noch einmal zu Ihrem Gynäkologen gehen. Es könnte sein, dass eine Ausschabung notwendig wird, falls die Blutungen zu lange anhalten.«

Und das war's. Es war alles vorbei. Sie war nicht mehr schwanger. Es war, als hätte sie lediglich eine besonders starke Periode gehabt. Als sie aufschaute, merkte sie, dass Jessica immer noch auf eine Antwort wartete. »Gut. Ich bleibe heute hier, aber nur, wenn du sicher bist, dass ich nicht allzu sehr störe.«

»Toll«, strahlte Jessica. »Dann brauche ich mich wenigstens nicht darum zu kümmern, dass für das Fernsehteam ständig Kaffee da ist. Das kannst du machen. Himmel, nun hör sich das einer an: Wie ich dich herumkommandiere! Wahrscheinlich solltest du besser die Füße hochlegen.«

Kate schüttelte den Kopf. »Es geht schon. Es ist mir sogar lieber, mich zu beschäftigen.«

»Bist du sicher?«

»Völlig.«

»Wenn das so ist, könntest du mir einen Riesengefallen tun und meine Mutter abholen.«

»Tut mir Leid, aber ich habe meinen Wagen nicht hier.«

»Kein Problem, du kannst meinen nehmen. Wo ist denn deiner?«

»Er steht noch vor dem Lokal, wo Tony und ich gestern zu Mittag essen wollten.«

»Ach«, sagte Jessica, »hast du da gemerkt, dass etwas nicht in Ordnung ist?«

Kate nickte und schaute beschämt aus dem Fenster.

»Bist du wirklich sicher, dass es richtig ist, Alec zu verlassen, Kate?«

Kate schaute wieder zu Jessica. »Ich liebe Alec, aber nicht so ... nicht so, wie ich für Tony empfinde.«

»Und wie ist das?«

Kate schlug die Augen nieder und fingerte an Jessicas Ohrringen herum, die auf dem Bett lagen. »Ich weiß nicht, ob du das verstehen würdest.«

»Versuch es doch.«

»Ich glaube, der Unterschied ist, dass ich mich bei Alec fühle wie ein kleines Mädchen, während Tony mir das Gefühl gibt ...«

»Eine Frau zu sein?«

Kate wurde rot. »Bin ich so leicht zu durchschauen?«

»Nein«, lachte Jessica. »Ich bin nur überdurchschnittlich intelligent.«

Nun lächelte auch Kate und sagte: »Ich verlasse Alec nicht wegen Tony. Oder vielmehr: Ich verlasse ihn nicht *für* Tony.«

»Weißt du eigentlich, dass Amanda gestern ausgezogen ist?«

»Was?«, fragte Kate verdutzt.

Jessica setzte sich zu Kate aufs Bett. »Die böse Hexe muss wohl über dich und Tony Bescheid gewusst haben und hat gestern im Laufe des Tages das ganze Haus leer geräumt.«

»Das glaube ich einfach nicht!«

»Doch. Sie hat alles mitgenommen, bis auf Hatties Sachen und das Zeug in der Garage.«

»Ich glaube es nicht.«

»Du wiederholst dich, Kate.«

»Aber wie konnte sie das machen? Und ausgerechnet mit Tony!«

»Ich sage ja nur ungern, was ohnehin offensichtlich ist. Aber ich könnte mir vorstellen, dass es etwas damit zu tun hat, dass er sich eine Auszeit von der Ehe genommen hat, um sich mit dir zu treffen.«

Kate war entsetzt. Was hatte sie nur angerichtet? Sie hatte sich mit Tony eingelassen und damit nicht nur ihre Beziehung zu Alec, sondern auch Tonys Ehe zerstört.

Als ob Jessica ihre Gedanken lesen konnte, sagte sie: »Du darfst nicht die ganze Schuld an Amandas Entscheidung auf dich nehmen. Tony hat gewusst, welches Risiko er einging. Ich habe den Eindruck, dass er über das, was vorgefallen ist, nicht gerade am Boden zerstört ist.«

Kate überlegte, ob sich jetzt etwas änderte, weil Tonys Ehe in die Brüche gegangen war. Nein, sagte sie sich bestimmt. Daran durfte sie gar nicht erst denken. »Aber was ist mit Hattie?«, fragte sie, als ihr plötzlich einfiel, dass ihr Verhalten auch Auswirkungen für das kleine Mädchen hatte. »Wer soll sich jetzt um sie kümmern?«

»Nun, sie haben mich eingespannt, sie heute Nachmittag von der Schule abzuholen, aber weiß der Himmel, wie ich das schaffen soll, wenn die Aufnahmen bis dahin nicht im Kasten sind.« Jessica wandte lauschend den Kopf. »Ich höre einen Wagen! Das sind sie, und ich bin noch nicht fertig!« Sie lief ans Fenster. »Ach, es ist nur ein Taxi. Hast du eins bestellt?«

»Ach Gott, ja. Ich gehe runter und sage Bescheid, dass ich es vorerst nicht brauche.«

Um die Mittagszeit sah es so aus, als habe sich das Fernsehteam auf Dauer bei Jessica eingenistet. Einige Möbel waren beiseite geschoben und durch mehrere schwere Stative mit starken Scheinwerfern ersetzt worden. Überall auf dem Boden standen Unmengen glänzender Metallkoffer herum, aus denen sich noch größere Mengen Kabel und Zubehör ergossen.

Am meisten Angst jagte Jessica der Monitor ein, den Rodney, der Produzent, während der gesamten Aufnahmen unablässig kritisch im Blick behielt. Rodney liebte seine Arbeit offenbar, denn er bestand darauf, die einzelnen Szenen ständig noch einmal zu wiederholen. Außerdem kam er für Jessicas Geschmack viel zu gut mit Anna aus. Die beiden benahmen sich wie alte Freunde.

Kate machte in der Küche Getränke und Sandwiches für die Crew zurecht, während Anna, Rodney und seine junge Assistentin Mel sich wie die Ölsardinen im Arbeitszimmer drängten und auf den Monitor schauten. »Schauen Sie mal, Anna!«, rief Rodney lebhaft, als er den Teil des Interviews noch einmal abspielte, den sie während der letzten beiden Stunden aufgenommen hatten. »Sehen Sie, wie Jessica die Augen verdreht, als sie diese Frage beantwortet? Das wirkt im Fernsehen grauenhaft, sie wird aussehen wie Marty Feldman. Das müssen wir unbedingt noch mal drehen.«

Mel machte sich eine Notiz auf ihrem Klemmbrett, und Anna sagte: »Das mit den Augen macht sie immer, wenn sie nervös ist, das war schon so, als ich sie früher bei etwas erwischte, was sie nicht tun sollte. Manchmal macht sie es auch, wenn sie wütend ist.«

»Danke, Mum«, sagte Jessica und stand aus dem Sessel auf, in dem sie während des Interviews gesessen hatte.

Der Kameramann grinste sie verständnisvoll an, und der Tontechniker nahm seinen Kopfhörer ab und sagte: »Wer braucht eigentlich Eltern?«

»Ja, wirklich.«

Beim Mittagessen in der Küche besprachen Rodney und Mel die Szenen, die sie als Nächstes drehen wollten. Mel war dafür, Jessica zu zeigen, wie sie in kreativer Einsamkeit durch die Felder und Wälder der Umgebung streifte, aber Rodney hatte sich von Anna verleiten lassen. »Ich finde, wir sollten dem Zuschauer zeigen, wo alles angefangen hat. Lasst uns ein paar Szenen in dem Haus drehen, in dem sie aufgewachsen ist, vielleicht nehmen wir sogar ihre Mutter mit dazu.«

»Ach, finden Sie wirklich?«, fragte Anna entzückt.

Jessica verdrehte die Augen, doch dann fiel ihr Marty Feldman ein.

Rodney war hingerissen von Willow Cottage. »Es ist perfekt«, schwärmte er, »seht euch nur die herrlichen Spiegelungen der Weiden im Wasser an!« Doch als er die alte Schaukel entdeckte, umrankt von Rosen in der letzten sommerlichen Blüte, brodelte sein künstlerischer Überschwang in einem wahren Mahlstrom der Ekstase über. »Jessica, Jessica, schnell, hierher, setzen Sie sich für mich auf die Schaukel!«

»Wenn Sie nicht aufpassen, sorgt er dafür, dass Sie aussehen wie aus einem Gemälde von Fragonard«, spottete Mel hinter ihrem Klemmbrett mit säuerlicher Stimme. Sie ärgerte sich offensichtlich, dass sie sich mit den Feldern und Wäldern nicht hatte durchsetzen können.

»Irgendwas stimmt noch nicht«, sagte Rodney enttäuscht, als Jessica auf der Schaukel saß.

»Die Kleidung passt absolut nicht«, warf Mel selbstgefällig ein.

»Jessica, in dem Kostüm wirken Sie viel zu streng. Seien Sie ein Schatz, fahren Sie nach Hause und ziehen Sie sich um, geht das?«

»*Umziehen?*«, kreischte sie. Hatte dieser Mann überhaupt eine Ahnung, was die Klamotten gekostet hatten? Streng! Das konnte er gleich haben, wenn er nicht aufpasste!

»Ja, schlüpfen Sie für mich in was Weiches, Fließendes, Sommerliches«, sagte er unbeirrt. »Ich weiß, es ist Herbst, aber da nehmen wir uns ein bisschen Freiheit heraus. Mel, fahr bitte mit Jessica und hilf ihr, den richtigen Look auszusuchen. Ein langer, wehender Schal wäre ein hübscher Touch.«

Mel fuhr mit Jessica in dem Mietwagen, mit dem das Team aus London gekommen war, nach Hause. Als Kate ihnen die Tür öffnete, fiel Jessica Hattie ein. »Verflixt, was machen wir bloß? Hattie muss in einer halben Stunde abgeholt werden, und Cecil B. DeMille ist noch lange nicht fertig.«

»Ich könnte sie ja abholen«, bot Kate an.

»Du bist ein rettender Engel, Kate, wirklich. Ich widme dir auch mein nächstes Buch.«

Passend gekleidet in ein schlichtes Baumwolltop und ihren längsten und durchsichtigsten Rock – den nicht sie, sondern Mel ausgesucht hatte –, kam Jessica wieder nach Willow Cottage, wo ihre Mutter gerade kunstvoll mit einer Harke vor der Kamera posierte. Im Hintergrund brannte sogar ein kleines Laubfeuer. Jessica bemerkte, dass Anna ihre Armschlinge abgenommen hatte und so stand, dass man ihren Gipsverband nicht sah.

»Ihre Mutter ist ein Naturtalent«, erklärte Rodney, als Jessica über den Rasen stapfte – *wessen Augenblick des Ruhms war das hier eigentlich?*

Als Nächstes drehten sie die Schaukelszene. Es dauerte fast vierzig Minuten, bis sie Rodneys Vorstellungen entsprach und er mit dem zufrieden war, was sein treuer Monitor ihm zeigte. Mittlerweile zitterte Jessica vor Kälte. Dafür würde Piers bezahlen, beschloss sie.

Die Aufnahmen gingen weiter.

Und weiter.

Jessicas Kindheit wurde in allen erdenklichen Phasen, Formen und Facetten beleuchtet, die Rodney einfielen. Sie filmten sie in ihrem alten Kinderzimmer, mit ihren Schulzeugnissen, die Anna aus einem voll gestopften Küchenschrank hervorzauberte. Sie musste die Bemerkung ihres Englischlehrers über ihre grauenhafte Rechtschreibung und Grammatik vorlesen – »wir möchten dem Zuschauer zeigen, dass jeder Mensch Schriftsteller werden kann«, begeisterte sich Rodney wenig taktvoll. Sie filmten sie, wie sie sich ein Foto ihrer Vorschulklasse anschaute und auf ihr Konterfei deutete, das in den Reihen der Schwarzweiß-Gesichter das kleinste, hässlichste und magerste war.

Und erst als all diese demütigenden Pfade ausgiebig erkundet waren und Rodney überzeugt war, Willow Cottage erschöpfend gewürdigt zu haben, erklärte er, jetzt könnten sie aufhören und nach London zurückfahren.

Nicht ein einziges Mal fiel eine Bemerkung wie »alles im Kasten«. Es war enttäuschend.

Nachdem die Filmcrew fortgefahren war, borgte Jessica sich einen alten Mantel von Anna und ging zu Fuß nach Hause. Es war fast halb sieben, als sie dort ankam. Kate saß gemütlich mit Hattie, die sich in ihren Arm geschmiegt hatte, im Wohnzimmer auf dem Sofa.

»Ich bin fix und fertig«, sagte Jessica und ließ sich auf den nächstbesten Sessel fallen. »Erinnere mich dran, dass ich nie wieder so eitel sein will, so was noch mal zu machen.«

»Eine Tasse Tee?«, fragte Kate lächelnd.

»Ja, bitte. Das wäre herrlich. Ich gehe nach oben und ziehe mich um. Ich friere mich in diesen Sommerfähnchen zu Tode.«

Sie kam jedoch nur bis zur Treppe, da es an der Tür klingelte. »O Gott, was ist denn jetzt schon wieder?«

Es war Tony. »Hat alles geklappt mit Hattie?«, fragte er besorgt. »Tut mir Leid, ich konnte nicht früher kommen. Ich war den ganzen Nachmittag in einem Meeting.«

»Keine Sorge, ihr geht es gut, sie war in mehr als fähigen Händen.«

Hattie kam in den Flur gelaufen. »Daddy, Daddy, rate mal, wer mich von der Schule abgeholt hat.«

Er hob sie hoch und schwang sie herum. »Ich weiß, wer dich abgeholt hat, es war Jessica. Das war doch sehr nett von ihr, nicht? Wir haben Glück, so hilfsbereite Nachbarn zu haben.«

»Nein, es war nicht Jessica, es war Kate.«

»Kate?« Tony drehte sich um, da er Schritte hörte, und als

Kate im Türrahmen erschien, stellte er Hattie langsam auf den Boden. Ihm fiel nichts ein, was er sagen konnte.

Aber Jessica hatte solche Szenen schon geschrieben und kannte den Text genau: »Hattie, was hältst du davon, wenn wir beide zum Abendessen für alle Fisch und Pommes holen fahren und Kate deinem Vater einen Drink macht? Er sieht so aus, als ob er einen vertragen könnte.«

Kapitel 48

Nach Jessicas und Hatties plötzlichem Aufbruch war es gespenstisch still im Haus.

»Wie geht es dir ... wie fühlst du dich?«, fragte Tony zögernd und so leise, dass die unbehagliche Atmosphäre zwischen ihnen nur noch wuchs.

»Gut«, antwortete Kate.

Er nickte und schaute auf seine Schuhspitzen. »Das ist schön. Ich bin froh. Froh, dass bei dir alles in Ordnung ist.« Er zog sein Jackett aus und hängte es sorgfältig über die Sofalehne. Es war schrecklich. Wieso konnte er nicht mit ihr reden? Wieso hatte er solche Angst? Die Antwort war einfach. Ein falsches Wort von ihm, dann würde er Kate sicher für immer verlieren.

»Und dir?«, fragte sie.

»Mir?«

»Ja, dir.«

Er zuckte die Achseln. »Alles in Ordnung.« Er ging zur Terrassentür und tat, als schaue er in die Dunkelheit, aber er sah nur sein eigenes Spiegelbild, das ihn nervös anstarrte, und drehte sich wieder um. »Nein«, sagte er abrupt, »das ist gelogen, gar nichts ist in Ordnung.«

Sie sah ihn besorgt an. »Jessica hat mir von Amanda erzählt. Es tut mir Leid, ich habe nicht gewollt, dass es so kommt.«

Tony starrte sie verständnislos an, bis ihm ihr Irrtum klar wurde. »Nein, nein, du verstehst das nicht. Dass Amanda die Dinge selbst in die Hand genommen hat, war das Beste, was mir passieren konnte.«

»Also, warum ...«

Er trat zögernd auf sie zu. »Warum dann nicht alles in Ordnung ist?«

Wieder ein paar Schritte. »Gestern im Krankenhaus dachte ich, du würdest mir die Schuld geben ... uns die Schuld geben für das, was passiert ist ... und dass du mich vielleicht nicht wiedersehen willst.«

Sie schlug die Augen nieder.

»Ich habe Recht, nicht? Genau das hast du gedacht.«

»Nicht ganz«, sagte sie leise.

Er war ihr jetzt so nahe, dass er sie fast berührte und ihr leichtes, duftiges Parfüm roch.

»Ich habe Alec verlassen«, sagte sie und schaute ihn an.

Nichts hätte Tony mehr überraschen können. Er trat einen Schritt zurück und sagte das Erste, was ihm einfiel: »Warum?«

»Weil ich mich, ohne es zu wollen, verändert habe. Ich bin nicht mehr die Richtige für ihn ... und er ist nicht mehr der Richtige für mich.«

Tony sah fort und wagte kaum daran zu denken, was das bedeutete. Hatte er doch noch eine Chance? War es möglich, dass sie noch einmal ganz von vorn anfangen konnten? Würde Kate das wollen? Glaubte sie, dass sie füreinander die Richtigen sein konnten? Eine erstaunliche Woge des Mitgefühls für Alec stieg in ihm auf. Was musste er durchmachen? Als er sich wieder Kate zuwandte, merkte er, dass sie ihn genauso eingehend musterte wie an dem Tag in der Kirche.

»Was ist?«, fragte er unbehaglich, »warum siehst du mich so an?«

»Ich habe nur überlegt, ob ich dich je wieder lächeln sehen werde. Du wirkst so ernst.«

Er schüttelte den Kopf. »Ist es ein Wunder, dass ich ernst bin, Kate?« Nervös lief er im Zimmer auf und ab. »Hör zu«, sagte er mit einem Schlag auf die Rückenlehne des cremefarbenen Sofas. »Ich bin ein einfacher Mensch und kann nicht gut reden. Ich kann das nicht in schöne Worte packen. Aber ich sage es trotzdem. Ich muss wissen, wie es zwischen uns steht. Ich will dich zu nichts drängen und ... und ich weiß, dass du Zeit brauchst, um über Alec wegzukommen, aber ... aber darf ich dich ab und zu sehen? Ich möchte es noch einmal richtig machen.«

»Richtig?«

»Ja. Wir haben uns unter den falschen Umständen kennen gelernt. Ich möchte, dass wir ganz von vorn anfangen. Ich möchte dich zum Essen ausführen, auf Teufel komm raus mit dir flirten, dich nach Hause bringen und die nächsten vierundzwanzig Stunden ständig bei dir anrufen und mich danach verzehren, dich wiederzusehen. Wie hört sich das an?«

»Für jemanden, der nicht gut reden kann, klingt das himmlisch.«

Er blieb stehen und starrte sie an. »Wirklich?«

Sie nickte, trat zu ihm, strich ihm sanft über das Kinn und küsste ihn.

»Bitte, hör nicht auf«, sagte er, als sie seinen Mund freigab.

»Ich fürchte, ich brauche Luft«, sagte sie lächelnd.

Er zog sie fester an sich. »Übrigens, wo wohnst du denn jetzt?«

Um zu antworten, hob sie den Kopf von seiner Schulter. »In Knutsford. Ich bleibe bei einer Freundin, bis ich etwas finde. Als Erstes muss ich mir Arbeit suchen. Ich nehme an, du hast nicht vor, mich bis dahin zu engagieren?«

»Was, bei Arc Computers?«

»Nein, du Dummchen. Du brauchst doch ein Kindermädchen, das sich nach der Schule um Hattie kümmert. Das könnte ich doch gut machen.«

Zu ihrer Verwunderung schüttelte er bestimmt den Kopf. »Nein. Das kommt nicht in Frage.«

»Warum denn nicht? Es wäre doch perfekt.«

»Das geht nicht. Alle würden sagen, dass ich dich ausnutze.«

»Und wer sind alle?«

Wieder schüttelte er den Kopf. »Die Leute.«

»Also, ich habe keine Probleme damit.«

»Aber ich. Ich will nicht, dass du mein bezahltes Kindermädchen spielst.«

»Dann bezahlst du mich eben nicht.«

»Jetzt wirst du wirklich albern.«

»Und du nicht?«

Er ließ sie los und setzte sich. »Ich möchte einfach, dass es zwischen uns richtig läuft, Kate«, erklärte er. »Bei Amanda habe ich alles falsch gemacht, und ich habe keine Lust, die gleichen Fehler noch einmal zu begehen.«

»Gut, dann ist ja alles geregelt. Ich hole Hattie morgen von der Schule ab.«

»Hast du nicht gehört, was ich gesagt habe?«

»Ich habe dich gehört, Tony. Laut und deutlich habe ich gehört, wie du dir das Leben unnötig schwer machst.« Sie setzte sich zu ihm aufs Sofa. »Ich biete dir an, auf Hattie aufzupassen, weil ich sie sehr mag, und zufällig ist sie die Tochter des Mannes, den ich sogar noch mehr mag.« Sie küsste ihn, und als er sich ihrem Kuss hingab, wurde ihm klar, dass es sinnlos war, mit Kate zu streiten. Sie hatte sich offensichtlich entschieden.

Jessica kroch ins Bett wie eine Frau, die unter Schlafentzug litt. Sie war völlig erschlagen. Starruhm war ganz und gar nicht so, wie er geschildert wurde, zumal wenn die eigene Mutter vom Starruhm besessen war und man sogar noch den ganzen Abend durch die Gegend gefahren war, um einen Schnellimbiss aufzustöbern. Sie und Hattie hatten es bei fast einem halben Dutzend probiert, die alle erst um acht Uhr öffneten, was einem wenig nutzte, wenn man schon um sieben einen Bärenhunger hatte. Schließlich hatten sie einen gefunden, und als sie wieder nach Hause kamen, saßen Kate und Tony strahlend wie die Honigkuchenpferde auf dem Sofa.

Die junge Liebe stand beiden offen ins Gesicht geschrieben, und Jessica freute sich für sie. Sie setzten sich mit Fisch und Pommes frites in die Küche und machten dazu eine Flasche Wein auf. Nach dem Essen fuhr Tony Kate zu ihrer Freundin nach Knutsford.

Der einzige Wermutstropfen für Jessica war, dass Josh nicht dabei war. Sie hatte mehrmals versucht, ihn telefonisch zu erreichen, um zu hören, ob er herüberkommen wollte, aber er ging nie an den Apparat, nicht einmal über seine Handynummer. In seinem Haus war es ebenso dunkel wie bei Alec, und da sein Wagen nicht auf dem Hof stand, konnte sie nur annehmen, dass er länger arbeitete oder bei Charlie war.

Jessica sank in die Kissen und freute sich auf einen ruhigen Nachtschlaf, den sie redlich verdient hatte. Aber er sollte ihr verwehrt bleiben. Kaum hatte sie die Augen geschlossen, da klingelte das Telefon. Es war erst Viertel vor elf, aber so spät rief trotzdem selten jemand bei ihr an. Sie nahm den Hörer ab und sah vor ihrem geistigen Auge wieder einmal ihre Mutter in Nöten.

Aber es war nicht Anna.

»Gavin!«, brüllte sie ins Telefon und fuhr auf.

»Ja, hier ist der Bursche, den du mal gekannt hast. Armer Gavin, ich kenne ihn gut. In diesem Fall sogar sehr gut.«

»Hast du getrunken?«

»Nur ein kleinwinziges Fläschchen Metaxa oder zwei.«

»Was willst du, Gavin?«

»Ach, Jess, weißt du das nicht?«

»Nein, Gavin, das weiß ich nicht.«

»Dich, Jess. Ich will dich.«

»Du hast deine Chance gehabt und hast sie verschleudert«, sagte sie boshaft.

»Aber ich habe mich geändert, Jess.«

»Dann beweise es mir.«

»Ich habe mir einen Bart wachsen lassen.«

»Was?«

»Du weißt schon, so haariges Zeug, das Männern im Gesicht wächst.«

»Igitt. Warum?«

»Ich dachte, es würde die Frauen fern halten.«

»Und, wirkt es?«

»Nein.«

»Gute Nacht, Gavin.«

»Du bist hart, Jessie Lloyd.«

»Vielen Dank. Hast du noch mehr Komplimente für mich auf Lager?«

»Ach, komm schon, Jess. Ich versuche dir zu sagen, dass ich mich geändert habe und bereit bin, mich fest zu binden.«

»Ich nehme an, du erwartest tatsächlich von mir, das zu glauben.«

»Warum denn nicht?«

»Lass es uns mal klarstellen: Du willst mir sagen, dass du bereit bist, dich auf Kinder und Slipper und einen Ford Mondeo einzulassen?«

»Mal langsam, Jess, ich meinte ja nur, dass ich bereit bin,

mich auf ein Leben mit regelmäßigem Sex und jeden Tag einer frischen Unterhose einzulassen.«

»*Ha!*«

»Würde es nutzen, wenn ich für dich was singe? Früher hast du es gemocht, wenn ich im Bett für dich gesungen habe.«

»Wir sind jetzt aber nicht zusammen im Bett«, fuhr sie ihn an.

»Ach, Jess, du bist richtig verbittert geworden.«

»Ich bin nicht verbittert!«

»Also, dieser neue Kerl behandelt dich offensichtlich nicht gut, sonst würdest du nicht so hart klingen.«

»Was weißt du über Josh? Ach, ich kann's mir denken, Helen hat dir von ihm erzählt.«

Es entstand eine lange Pause.

»Also, antworte mir, Gavin.«

»Ich versuche, übers Telefon wie ein begossener Pudel zu gucken, deshalb sage ich nichts.«

Plötzlich musste Jessica lachen. »Gavin, geh schlafen. Wenn du mich anrufen willst, dann tu es bitte nüchtern.«

»Aber ich bin viel romantischer, wenn ich ein bisschen angeheitert bin, dann kann ich besser reden.«

»Darüber lässt sich streiten.«

»Jess?«

»Ja.«

»Ich liebe dich, Jess.«

»Nein, Gavin, das tust du nicht. Gute Nacht.«

Kapitel 49

»Ich sehe keine andere Chance für dich«, sagte Charlie beherzt.

Es entstand eine bedrohliche Stille, in der Joshs Wut so greifbar war wie der starke Duft des Kaffees, den Charlie gerade zum Frühstück gemacht hatte. Josh las verbissen weiter die Titelseite der *Financial Times*.

Ebenso offenkundig wie die Wut war die tiefschwarze Wolke der Depression, die sich über ihn gesenkt hatte. In solchen Zeiten war Charlie einfach ratlos. Soweit er wusste, hatte Josh vor seiner MS nie an Depressionen gelitten und launisch hatte er sich allenfalls gezeigt, wenn er einen Kater hatte.

Aber nun war es anders. Ein Glas Alka-Seltzer half hier nicht weiter. Charlie wusste, dass es kein sofort wirksames Mittel gab, wenn die Depression seinen Bruder erst einmal fest im Griff hatte. Manchmal dauerte sie nur ein paar Stunden, andere Male konnten es Tage sein. In einer Zeitschrift hatte er einmal einen Artikel über einen Mann gelesen, der seine Depressionen nie ganz abzuschütteln vermochte. Der arme Kerl hatte sie mit einem Parasiten in seinem Magen verglichen, der ihn von innen her auffraß.

Gott sei Dank war es bei Josh noch nicht so schlimm.

Charlie schenkte Kaffee ein und schob seinem Bruder den

Becher über den Tisch. Er stellte ihn bewusst neben seine linke Hand, da er sah, dass die rechte zu verkrampft war, um etwas halten zu können.

Josh schaute immer noch nicht von der Zeitung auf.

»Du musst dich dem stellen, Josh«, sagte Charlie entschlossen, das Thema weiterzuverfolgen und seinen Bruder dazu zu bringen, sich das Offensichtliche einzugestehen. »Du hast ein Stadium erreicht, wo du einen Stock brauchst.«

Josh sagte immer noch nichts.

Das war auch gar nicht nötig. Charlie sah auch so sehr gut, was im Kopf seines Bruders vorging. Er wusste, dass diese Krankheit für Josh ungemein demütigend war. In seinem Alter einen Stock zu benutzen musste seinem Stolz einen verdammten Schlag versetzen. Wahrscheinlich wäre das für ihn ein Zeichen, dass er sich seiner Krankheit geschlagen gäbe, statt weiter dagegen anzukämpfen.

Dennoch würde er seine Einstellung ändern müssen, ihm blieb keine andere Wahl.

Am vorigen Abend nach der Arbeit, als alle anderen schon fort waren, war Charlie in Joshs Büro gegangen, um mit ihm über ein paar Ideen für die neue Kollektion zu sprechen. Josh arbeitete sich gerade zentimeterweise durch den Raum zu einem Kleidungsstück vor, das etwa sechs Meter von ihm entfernt auf einem Kleiderständer hing.

Gegen Joshs Willen bestand Charlie darauf, dass sein Bruder über Nacht mit zu ihm nach Hale kam. Während der Fahrt fragte er Josh, wann er das letzte Mal beim Arzt gewesen sei. Darauf hatte Josh lediglich geantwortet: »Ich weiß, wie ich mich fühle, ich brauche keinen Arzt.«

Als Charlie nun die brütende Miene seines Bruders sah, kam er zu dem Schluss, dass er lange genug geschwiegen hatte. Josh würde ihm zuhören und sich danach verhalten müssen.

»Ich glaube, dass es dir helfen würde«, sagte er.

Josh stellte seinen Kaffeebecher ab. »Woher willst du das denn wissen?«, sagte er vorwurfsvoll.

»Es ist nur logisch«, kämpfte Charlie weiter, »es ist sinnvoll, mit einem Stock hättest du mehr Halt und würdest nicht mehr ...«

Josh warf die Zeitung auf den Tisch. »Also, dann lass uns doch gleich Klartext reden. Warum erst einen Stock kaufen? Besorgen wir mir doch sofort einen Rollstuhl! Würdest du dich dann besser fühlen?«

»Es geht nicht darum, wie ich mich fühle.«

»O doch, genau darum geht es! Du kannst es nicht leiden, mich im Büro herumkriechen zu sehen. Es ist dir verdammt peinlich.«

»Das ist nicht wahr.«

Den ganzen Tag ging Charlie seinem Bruder in der Firma aus dem Weg. Er wusste, dass sie sich nur wieder streiten würden, sobald er auch nur sein Büro betrat. Er sah keine Möglichkeit, ihm zu helfen. Offenbar war sein Bruder fest entschlossen, die Tatsachen zu ignorieren, die ihm ins Auge sprangen. Irgendetwas oder -jemand musste Josh klar machen, dass es Möglichkeiten gab, ihm das Leben zu erleichtern. Vielleicht konnte Jessica ihm helfen. Ob sie zu ihm durchzudringen vermochte?

Da er Jessicas Telefonnummer nicht hatte, ging er zu Mo, die einmal für Josh bei Jessica angerufen hatte. Mit ein bisschen Glück hatte sie die Nummer irgendwo notiert.

Mo sammelte besessen Zettel und Papiere aller Art. Auf ihrem Schreibtisch herrschte ein ebenso großes Chaos wie in der riesigen Schublade, in der sie alles Mögliche aufbewahrte. »Ich bin ziemlich sicher, dass ich sie noch habe«, sagte sie zu Charlie und holte einen Stapel Zettel aus der Schublade hervor. Ganz hinten fand sie einen dicken Stoß Telefonnotizen, in dem sie nach einigem Suchen fündig wurde. »Warum fragen Sie nicht einfach Josh danach?«

»Weil ich sie hinter seinem Rücken anrufen will, also kein Wort darüber, okay?«

»He, Sie wollen ihm doch wohl Jessica nicht ausspannen, oder? Wenn Sie das vorhaben, können Sie mir die Nummer gleich wiedergeben. In der Beziehung habe ich schon genug Unheil angerichtet, auch ohne dass ich Ihnen Beihilfe leiste.« Sie versuchte, ihm den Zettel aus der Hand zu nehmen.

»Natürlich nicht. Ich brauche nur ihre Hilfe. Also, denken Sie daran, kein Wort zu Josh.«

Da Jessica nicht zu Hause war, hinterließ Charlie eine Nachricht auf ihrem Anrufbeantworter.

Jessica war in Willow Cottage. Sie hatte mit Anna eingekauft und verstaute gerade Essensvorräte für mindestens ein halbes Jahr in Kühlschrank und Schränken. Zum einen wollte Jessica damit ihr Gewissen beruhigen, zum anderen hatten George und Emily heute Morgen angerufen. Sie waren gerade von einer Urlaubsreise an der irischen Westküste zurückgekommen, und als sie von Annas Unfall erfuhren, beschlossen sie auf der Stelle, sie für ein paar Tage zu besuchen.

Es war Jessica sehr recht, da nun jemand im Haus wäre, der ein Auge auf Anna haben könnte. Nicht Emily, da sie genauso leichtsinnig war wie Anna, sondern der grundsolide George, der nach vierzig Jahren als Anwalt mit dem Spezialgebiet Personenschaden zuverlässig und umsichtig war. Nur zu gern vertraute Jessica das Wohlergehen ihrer Mutter einem fähigen Mann an, der für ihre Heimwerkermätzchen ebenso wenig übrig hatte, wie er ihr Bungee-Springen erlauben würde.

»So, jetzt ist alles weggeräumt«, sagte Jessica. »Soll ich noch schnell für heute Abend etwas kochen, wenn George und Emily kommen?«

»Um Himmels willen, nein!«, rief Anna. »Was haben sie dir getan, dass sie eine solche Strafe verdient hätten?«

»Du bist entzückend, Mum.«

»Ich weiß, ich tue mein Bestes. So, und jetzt fahr nach Hause und lass mich allein. Ich habe einiges zu erledigen, und auf dich wartet sicher ein Buch, an dem du weiterarbeiten musst. Küsschen, Küsschen, tschüssi und so weiter.«

Jessica fuhr bedrückt nach Hause. Eigentlich wäre sie gern noch ein bisschen geblieben, um sich mit ihrer Mutter über Gavins Anruf vom Abend zuvor zu unterhalten. Aber es war albern, weil es an sich nichts zu bereden gab.

Oder doch?

Hatte sie sich nicht die halbe Nacht unruhig hin und her gewälzt und an Gavin gedacht? Noch nie hatte er ihr gesagt, dass er sie liebe. Ob nüchtern oder betrunken, das Wort Liebe hatte nicht zu seinem Wortschatz gehört. Also warum, warum musste er es ausgerechnet jetzt sagen? Wieso hatte er es nicht schon vor Monaten über die Lippen gebracht, als sie es von ihm hatte hören wollen?

Auf ihrem Anrufbeantworter waren zwei Nachrichten. Sie hoffte, dass eine von Josh sein möge, wurde aber enttäuscht. Die erste war von Charlie, der sie bat, zurückzurufen, und die zweite war ... von Gavin.

»Jetzt bin ich nicht betrunken, Jessica, ehrlich.« Seine Stimme klang vom Anrufbeantworter verzerrt, hohl und blechern. »Und denk dir, ich habe es ernst gemeint, was ich gestern Abend gesagt habe. Nicht, dass du verbittert oder hart bist, sondern das andere. Du weißt schon, als ich gesagt habe, na, du weißt schon, als ich gesagt habe, dass ich ...«

Die Technik hatte Gavin jedoch nicht ausreden lassen, worüber Jessica einigermaßen erleichtert war. Von Gavin zu hören, er liebe sie, ohne dass er die Unterstützung von einer Gallone Metaxa gehabt hätte, wäre zu viel für sie gewesen.

Sie ließ Charlies Nachricht noch einmal abspielen und rief ihn dann an. Sie hörte sich an, was er zu sagen hatte, und als sie verstand, was er von ihr wollte, sagte sie: »Ich will es versuchen, Charlie. Aber um ehrlich zu sein, ich glaube nicht, dass er auf mich hören wird.«

»Aber du wirst es versuchen?«

»Natürlich, nur solltest du nicht deine gesamten Hoffnungen auf mich setzen. Wenn du schon nicht zu ihm durchgedrungen bist, kann ich mir kaum vorstellen, dass ich damit Erfolg habe.«

»Es ist einen Versuch wert, Jessica. Aber ganz gleich, was du ihm sagst, lass ihn nicht wissen, dass ich dahinter stecke.«

»Okay.«

»Und hör mal, ich möchte ja nicht unnötig Alarm schlagen, aber ich habe den Eindruck, dass es ihm schlechter geht. Gestern Abend konnte er kaum bis zum Wagen gehen. Ich weiß nicht, wie er hätte zurechtkommen sollen, wenn ich nicht da gewesen wäre. Und noch eine Warnung ...«

»Charlie, hör auf, du tust ja so, als ob Josh ein Minenfeld wäre!«

»Das ist keine schlechte Beschreibung für seine gegenwärtige Laune.«

»Wie meinst du das?«

»Sagen wir mal so, seine Laune hat sich seit neulich abends bei meinen Eltern nicht gerade gebessert.«

»Geht es ihm tatsächlich schlechter?«

»Würde ich schon sagen.«

»Armer Josh.«

»Das habe ich schon öfter erlebt. Es ist, als ob er in einen Sog geriete, der ihn in die Finsternis zieht. Das Einzige, was du tun kannst, ist bei ihm sein und akzeptieren, dass es unmöglich ist, das Richtige zu tun oder zu sagen. Du musst einfach für ihn da sein, sozusagen als schweigende Unterstützung. Ich wünschte nur, ich würde mich selbst daran halten. Leider habe ich es heute Morgen geschafft, ihn gründlich gegen mich aufzubringen.«

»Wer sagt denn, dass es mir nicht genauso geht?«

»Zu dir hat er eine andere Einstellung, Jessica. Ich bin nur sein nervender großer Bruder.«

Nach diesem Telefongespräch versuchte Jessica, sich innerlich auf ihre Arbeit einzustimmen, konnte sich aber nicht auf ihr Buch konzentrieren, was eigentlich nicht verwunderlich war. Ihre Gedanken schweiften zwischen Gavin, der so frei und locker mit ihren Gefühlen gespielt hatte, und Josh hin und her, der Gefühle in ihr geweckt hatte wie kein anderer, obwohl er doch selbst genug Probleme hatte.

Obwohl sie ihn erst kurze Zeit kannte, hatte er in ihr eine ungewohnte Seite angesprochen. Wenn er nicht gerade mit seiner MS kämpfte, war er genau das Gegenteil von Gavin: sanft und sensibel, rücksichtsvoll und scharfsinnig und überaus liebevoll. In ihm hatte sie die perfekte Ergänzung zu ihrer eigenen, zuweilen etwas schroffen Persönlichkeit gefunden. Ihr war zudem klar, dass ihre Gefühle für ihn nicht von seinen Gefühlen für sie abhängig waren. Es war fast so, als sei die Liebe zu ihm Erfüllung genug. War es das, was man selbstlose Liebe nannte?

Wenn ja, dann war es auch in diesem Fall völlig anders als mit Gavin. Je mehr sie geglaubt hatte, Gavin zu lieben, desto mehr hatte sie gewollt, dass er ihre Liebe erwiderte. Aber das hatte er nie getan.

Bis jetzt, offenbar.

Falls sie ihm glauben durfte.

Aber sie wollte nicht an Gavin denken. Er hatte sie heute ohnehin schon viel zu lange beschäftigt.

Jessica griff nach dem Telefon und wählte Joshs Handynummer, die sie auswendig kannte.

Er klang distanziert.

»Rufe ich in einem ungünstigen Moment an?«, fragte sie, weil sie dachte, dass vielleicht jemand bei ihm im Büro sei.

»Ich habe ziemlich viel zu tun«, sagte er.

»Ach.« Auf eine so abweisende Reaktion war sie nicht vorbereitet. »Ich habe gestern Abend versucht, dich zu erreichen.«

»Ich war über Nacht bei Charlie.«

»Ach.« Innerlich krümmte sie sich zusammen. Was war nur los mit ihr? Es war ihr Beruf, mit Sprache umzugehen, und jetzt brachte sie nichts Sprühenderes heraus als ein *Ach.* »Es gab gestern Abend ziemlich viel Aufregung«, sagte sie, um etwas Leben in ihr einsilbiges Gespräch zu bringen. *Wieso hatte er sich nicht nach ihrem großen Tag der Fernsehaufnahmen erkundigt?*

»Ach ja?«

Na großartig! Jetzt fing er auch schon damit an.

Sie erzählte ihm von Tony und Kate.

»Schön für sie«, sagte er desinteressiert.

Joshs Mangel an Interesse ärgerte Jessica. Er ist müde, beruhigte sie sich, als sie auflegte. Wie Charlie gesagt hatte, er ist eindeutig in einem Stimmungstief.

Wie stellte Charlie sich vor, dass sie Josh überreden sollte, zum Arzt zu gehen? Ganz zu schweigen von dem anderen Thema, das sie heute Abend ganz beiläufig ansprechen sollte – ach, übrigens, Josh, ist dir schon mal in den Sinn gekommen, dass ein Stock vielleicht ganz praktisch wäre?

Bislang hatten sie kaum miteinander geredet. Es hatte nicht einmal einen Kuss oder eine flüchtige Umarmung gegeben.

Nichts.

Rein gar nichts.

Die Atmosphäre war ausgesprochen frostig. Noch ein

bisschen kälter, dann könnten sie das Eis voneinander abkratzen.

Jessica schaltete den Fernseher ein, um eine Ablenkung zu schaffen. Aber eines jener zahlreichen Krankheitsdramen war nicht gerade das, was sie brauchten, vor allem, da es von einem kleinen Mädchen handelte, das an Muskelschwund starb. Schnell schaltete sie den Fernseher wieder aus.

»Was hat dir daran nicht gepasst?«, fragte Josh und schaute sie merkwürdig an.

Sofort erkannte sie die Falle, in die er sie locken wollte. »Bei Männern in Kitteln und Mundschutz kriege ich eine Gänsehaut«, sagte sie. »Möchtest du noch ein Glas?« Zum Teufel, er war aber wirklich sehr empfindlich und wartete offensichtlich nur darauf, dass sie etwas Falsches tat! Charlie hatte Recht. In seiner gegenwärtigen Gemütsverfassung war Josh wirklich das reinste Minenfeld.

Sie holte die Flasche Wein aus der Küche, schenkte den Rest in ihre Gläser und stellte die leere Flasche unter den Tisch. Dann setzte sie sich neben Josh. Sie musste ihn zum Reden bringen. Bisher war es ihr immer spielend gelungen, einen leichten, scherzhaften Ton anzuschlagen, aber heute war sie anscheinend nicht einmal zum harmlosesten Geplauder imstande. Was war nur mit ihr los?

Schlagartig wurde ihr klar, dass es an ihrer Reaktion auf Joshs Sog lag, wie Charlie es genannt hatte: Er zerstörte ihr Selbstvertrauen und jagte ihr Angst vor ihm ein. Sie musste da raus. An Joshs Stimmung konnte sie vielleicht nichts ändern, aber an ihrer musste sie arbeiten.

Zögernd nahm sie seine Hand. »Josh, sprich mit mir. Du hast kaum den Mund aufgemacht, seit du gekommen bist.«

»Was soll ich denn sagen?«

»Ich ... ich weiß nicht.«

»Na ja, dann weiß ich es auch nicht.« Er zog seine Hand

fort und griff nach dem Weinglas, das er in einem Zug leerte. Als er es wieder auf den Tisch stellen wollte, verschätzte er sich in der Entfernung, und das Glas fiel mit einem leisem Plop auf den Teppich.

Jessica machte keinerlei Anstalten, es aufzuheben – so viel hatte sie inzwischen gelernt. Sie sah zu, wie er das Glas aufhob und sorgfältig vor sich auf den Tisch stellte.

»Siehst du, ich habe es ganz allein geschafft«, sagte er. »Nicht schlecht für einen Behinderten, findest du nicht auch?«

Jessica war drauf und dran, entweder aus der Haut zu fahren oder in Tränen auszubrechen. Und da Tränen nur etwas für Heulsusen waren, nahm sie Zuflucht zu ihrem altbewährten Ausweg. »In Ordnung, das reicht!«, schrie sie und sprang auf. »Mir reicht's. Ich habe mich bemüht, rücksichtsvoll zu sein. Ich habe versucht, geduldig zu sein. Ich habe sogar versucht, das zu tun, worum dein Bruder mich gebeten hat, aber genug ist genug. Ich bin kein geduldiger Mensch, ich habe ein Temperament wie ... wie ein ... ach, ich gebe es auf, Vergleiche waren noch nie meine Stärke, aber lass dir eins gesagt sein: Ich habe nicht vor, mich in aller Ruhe von dir als Sandsack missbrauchen zu lassen. Verstanden?«

Er starrte sie aus dunklen, schmalen Augen und mit verkniffenem Mund an. »Was meinst damit, dass mein Bruder dich um was gebeten hat?« Seine Stimme war beängstigend leise.

Plötzlich war Jessicas Wut gedämpft. Verdammt, sie hatte Charlie verraten.

»Hat Charlie dich etwa angestachelt?«

Sie schluckte nervös. »Nein.«

»Du lügst.«

Wieder schluckte sie, dieses Mal, weil ihre Wut erneut hochkochte. »Na gut, du hast Recht. Und was ist dabei?«

Er starrte sie immer noch an. »Das habe ich mir doch gedacht«, sagte er kalt. »Da hattet ihr beide also ein vertrauliches Gespräch hinter meinem Rücken?«

Jessicas Wut meldete sich nur noch stärker zurück. »Gott, du bist so mit dir beschäftigt, so voller Selbstmitleid, dass du gar nicht merkst, was du den Menschen antust, die dich lieben! Deine armen Eltern leben in der ständigen Angst, etwas Falsches zu sagen, und was Charlie betrifft, er will dir so gern helfen, dass er sich ein Bein abhacken würde, wenn er wüsste, dass es etwas nützte! Ja, Charlie hat sich solche Sorgen gemacht, dass er mich gebeten hat, mit dir zu reden. Na und? Ist das wirklich ein Verbrechen? Das beweist doch nur, wie viel ihm an dir liegt.«

Josh grinste böse. »Erzähl mir nicht, dass du mich überzeugen solltest, es sei an der Zeit, einen hübschen kleinen Aufkleber an meinem Wagen anzubringen und mir das neueste Zubehör für Behinderte zu kaufen. War es das?«

»Wenn du dir ein Bein gebrochen hättest, hättest du keinerlei Probleme, Krücken zu benutzen«, platzte sie heraus. »Und jetzt sag mir bitte, wo der Unterschied ist.«

»Der Unterschied, Jessica, falls du das noch nicht kapiert hast, ist, dass ich eine verdammte Krankheit habe, die mich langsam, aber sicher umbringt!«

»Das Einzige, was dich umbringt, ist dein verdammter Stolz, du arroganter Sturkopf!«

Kalter Zorn sprühte aus seinem Blick. »Danke, dass du mir das sagst, Jessica. Ich werde es mir merken für die Tage, an denen ich keinen Fuß vor den anderen setzen kann. Ach, das ist schon in Ordnung, werde ich mir sagen, Jessica meint, es sei nur mein Stolz, der mich am Gehen hindert, das hat nichts mit dem allmählichen Zusammenbruch meines Zentralnervensystems zu tun.«

Mühsam und unbeholfen stand er auf. Jessica wandte sich ab, da sie ihn nicht anschauen konnte. Es tat ihr zu weh.

»Ich denke, wir haben genug gesagt«, sagte er, als er endlich stand. »Eigentlich haben wir wohl alles gesagt, was zwischen uns überhaupt noch zu sagen ist, aber das klingt selbst für eine Romanautorin sicher zu abgeschmackt und klischeehaft.« Aus seinem Ton sprach Bitterkeit und Verachtung.

Als er fort war, warf Jessica sich aufs Sofa und grub das Gesicht in das Kissen, an das er sich gelehnt hatte. Als sie sein Aftershave im Stoff roch, kamen ihr die ersten jammervollen Tränen, die bald in heftiges Schluchzen übergingen.

Wie hatte sie ihn so anschreien können?

Wie hatte sie ihn so verletzen können, wo sie ihn doch so liebte?

Warum hatte sie nicht versucht, ihn aufzuhalten? So schwach und erschöpft, wie er war, hätte sie ihn mit dem kleinen Finger zurückhalten können.

Die Antwort lag klar auf der Hand und grenzte an Ironie. Genau das, was sie Josh vorgeworfen hatte, hatte sie davon abgehalten, sich zu entschuldigen. Ihr Stolz und ihre Wut über die Art, wie er sie und alle behandelte, die ihm nahe standen, hatte seine Liebe zu ihr zerstört.

Sie hatte ihn verloren.

Selbst wenn er je wieder mit ihr reden würde, was sie stark bezweifelte, gab es kein Zurück. Das Gesagte ließ sich nicht zurücknehmen.

Sie ging zu Bett und weinte sich in einen unruhigen Schlaf, in dem Bilder sie quälten, wie Josh die Hand nach ihr ausstreckte und sie ihm den Rücken kehrte.

Ende

Kapitel 50

Während der unerschütterliche und zuverlässige George nach Holmes Chapel fuhr, um zur Bank zu gehen und sich die *Times* zu holen, nutzten Anna und Emily die Gelegenheit, rasch ein Stündchen im Garten zu arbeiten. Sie nahmen sich die Ecke gegenüber der Hintertür vor, weil Anna versicherte, dort könnten sie Georges Wagen rechtzeitig hören, um ins Haus zu schlüpfen und so zu tun, als hätten sie nichts Gefährlicheres gemacht, als Geschirr zu spülen. Ihre Freude an dem Wenn-die-Katze-aus-dem-Haus-ist-tanzen-die-Mäuse-auf-dem-Tisch-Spiel wurde durch Annas Sorge um ihre Tochter getrübt.

»Glaubst du, Jessica würde mit mir reden?«, fragte Emily, während sie die Grabegabel in die feuchte, weiche Erde stieß und darauf wartete, dass Anna den Gladiolenspross heraushob.

»Du kannst es ja mal versuchen, wenn du willst«, antwortete Anna und achtete sorgfältig darauf, den Spross nicht zu zerdrücken, während sie ihn von Erde befreite und den Stängel bis auf gut einen Zentimeter zurückschnitt. »Aber um ehrlich zu sein, ich glaube nicht, dass es etwas nutzt. Ich habe Jessica noch nie so erlebt. Sonst ist sie nicht so verschlossen. Wir haben immer miteinander reden können, aber dieses Schweigen ist furchtbar.«

Emily betrachtete die besorgte Miene ihrer Freundin. »Bist du sicher, dass du nicht überreagierst?«

Anna schüttelte den Kopf. »Ich weiß, was du denkst: Ich habe mich daran gewöhnt, sie um mich zu haben, und jetzt werde ich nicht damit fertig, dass sie abgesehen von mir noch anderes im Kopf hat. Aber so ist es nicht. Wirklich nicht. Ich war es gewohnt, dass Jessica weit weg von zu Hause lebte und unabhängig war – so habe ich es ja auch gewollt –, und in all den Jahren habe ich mir nie Sorgen um sie gemacht. Das brauchte ich auch nicht. Wenn wir mal eine Zeit lang wenig Kontakt hatten, konnte ich mich immer darauf verlassen, dass alles in Ordnung ist. Frag mich nicht, woher ich das wusste, aber es war so.«

»Und jetzt ist es nicht so?«

»Nein. Es ist, als hätte sie mich ausgeschlossen.« Tränen stiegen ihr in die Augen. Sie wischte sie mit dem Ärmel ihrer alten Gartenjacke ab. »Ich hätte nie gedacht, dass ich sie so vermissen würde oder mir solche Sorgen um sie machen könnte. Vielleicht ist das ja die Strafe, weil ich es ihr so schwer gemacht habe, als sie sich bemüht hat, für mich zu sorgen.«

Es war fast eine Woche her, seit Jessica ihrer Mutter von dem Streit mit Josh erzählt hatte, der ihre Beziehung beendet hatte.

»Ich will nicht weiter darüber reden«, hatte Jessica gesagt, als sie am vergangenen Samstagmittag herübergekommen war, um mit Emily und George essen zu gehen. »Ich erzähle dir nur, was passiert ist, damit du nichts Dummes sagst.«

Als sie nachmittags dann allein in der Küche von Willow Cottage saßen, entlockte Anna ihrer Tochter mit Samthandschuhen ein paar Einzelheiten.

»Ich habe den Eindruck, ihr braucht euch nur beieinander zu entschuldigen«, bemerkte Anna. Sie mochte Josh und hatte ernsthafte Hoffnungen gehegt, dass er eines Tages ihr Schwiegersohn werden könnte. Sein Verlust machte sie seltsam traurig.

Aber Jessica schüttelte mit Tränen in den Augen den Kopf. »Ich habe heute Morgen versucht, ihn anzurufen, aber er wollte nicht mit mir sprechen. Ich habe versucht, mich zu entschuldigen, aber er war so kalt ... so unnachgiebig. Und jetzt lass uns bitte nicht mehr darüber reden. Es ist vorbei, und ich muss mich um meine Arbeit kümmern. Ich sollte jetzt besser gehen. Grüß George und Emily von mir.«

Und dann lief sie fast aus dem Haus. Seitdem hatte sie nicht einmal angerufen. Jetzt war es umgekehrt: Anna meldete sich bei ihrer Tochter, um zu hören, wie es ihr ging. Aber meist hatte Jessica den Anrufbeantworter eingeschaltet, und die wenigen Male, die Anna sie erreichte, behauptete Jessica, sie sei zu beschäftigt oder zu müde, um mit ihr zu reden.

»Soll ich mal zu ihr fahren, wenn George zurück ist?«, drängte Emily.

Aber Anna hatte keine Gelegenheit mehr, ihr zu antworten. »Schnell, da kommt er«, sagte sie, zog rasch die Gartenhandschuhe aus und drückte ihrer Freundin die Schachtel mit Gladiolen in die Hand. »Bring sie in den Schuppen auf das oberste Regalbrett! Ich gehe hinein, lege die Füße hoch und tue, als ob ich ein Nickerchen machen würde.«

»Jess, ich kann nicht mehr schlafen, ich muss immer an dich denken.«

»Wieso willst du schlafen? Es ist doch erst vier Uhr nachmittags.«

»Ich meine ja nicht jetzt. Ich spreche von nachts, wenn ich im Bett liege.«

»Dann nimm eine Tablette. Hilf mit ein bisschen Chemie nach.«

»Bist du jetzt unter die Drogendealer gegangen, Jess?«

»Hör zu, Gavin, ich bin einfach nicht in Stimmung.«

»Ich kann mich nicht erinnern, dass du das je zu mir gesagt hättest. Wenn ich mich recht erinnere, warst du immer verrückt danach.«

»Lass mich in Ruhe, Gavin.«

»Das meinst du nicht ernst. Das weiß ich genau.«

Er hatte Recht. In letzter Zeit war Gavin der Einzige, mit dem Jessica reden konnte, ohne am Ende in Tränen auszubrechen. Im Laufe der vergangenen Woche hatten seine albernen Späße und seine Blödeleien sie regelrecht aufgerichtet.

Er hatte am Samstag angerufen, einen Tag nach ihrem Streit mit Josh, und sie hatte ihm erzählt, was passiert war.

»Ich bin nicht sicher, ob ich mir anhören will, wie du über den anderen Kerl redest«, hatte er erklärt.

»Dann ruf mich nicht an«, hatte sie ihm schluchzend geantwortet.

»Soll ich kommen und ihn für dich verprügeln? Würde es dir dann besser gehen?«

»Nein.«

»Was würde dir denn helfen?«

»Ich weiß es nicht.«

Am Mittwoch hatte er gesagt: »Ich höre dich ja gar nicht schniefen, heißt das, du bist über den Kerl hinweg oder wieder mit ihm zusammen?«

Am Donnerstag hatte er gesagt: »Warum gönnst du dir nicht mal Urlaub? Kram dein Eimerchen und die Schaufel raus und komm zu mir.«

»Rede keinen Stuss, ich muss arbeiten.«

»Ach, komm schon, Jess, diesen Schund schreibst du doch im Schlaf.«

Am Freitag hatte er sie abermals gedrängt, zu ihm zu kommen. »Es sind jetzt kaum Touristen hier, wir hätten den Ort ganz für uns. Ich könnte mit dir im Boot rausfahren.«

»Ich hasse das Segeln, das weißt du doch.«

»Wir könnten Liebe machen, wenn dir das lieber ist. Das würde dir gut tun, weißt du, als Therapie und Heilmittel.«

»Ist das deine neueste Anmache?«

»O nein, da habe ich noch was viel Besseres auf Lager.«

»Verschone mich damit, bitte.«

Und heute war Dienstag, und Gavin beklagte sich, dass er nicht schlafen könne. Auch sie hatte in letzter Zeit nicht viel geschlafen.

Sie fragte sich, ob Josh wohl gut schlief.

Es war elf Tage her, seit Josh mit ihr Schluss gemacht hatte, und seitdem hatte sie ihn nur ab und zu flüchtig von weitem gesehen. Jeden Abend, wenn sie in ihrem Arbeitszimmer saß, wartete sie, bis er nach Hause kam. Abend für Abend beobachtete sie, wie er sich mühsam vom Wagen zur Haustür schleppte. Nicht ein einziges Mal drehte er sich um und schaute in ihre Richtung. Nicht ein einziges Mal nahm er ihre Existenz zur Kenntnis.

Aber für sie existierte er immer noch. Jeden Abend löste sein Anblick die widersprüchlichsten Gefühle in ihr aus: Wut, Kränkung, Reue, vor allem aber ein überwältigendes Gefühl der Liebe. O ja, sie liebte ihn immer noch! Sie wünschte, sie könnte es ihm sagen. Aber wahrscheinlich würde er ihr nicht glauben. Sein Stolz und seine Wut würden ihn hindern, zu akzeptieren, dass sie ihn bedingungslos liebte, dass seine Krankheit keinen Einfluss auf ihre Einstellung zu ihm hatte, dass sie nur eine andere Facette seiner Persönlichkeit war, an der ihr mittlerweile so viel lag. Es würde ihr nichts ausmachen, dass ihre gemeinsame Zukunft voller Unsicherheit wäre – schließlich konnte kein Mensch sich darauf verlassen, dass seine Zukunft klar umrissen und gesichert war.

Aber es hatte keinen Sinn, das alles immer wieder durchzugehen. Sie musste sich der Wahrheit stellen, dass Josh sie nicht sehen wollte, und deshalb hatte sie sich entschlossen, einen Flug nach Korfu zu buchen. Da der erste Entwurf zu *Eine flüchtige Affäre* fast fertig war und George und Emily noch eine ganze Woche in Willow Cottage bleiben wollten, konnte sie mit dem beruhigenden Gefühl wegfahren, ihre Mutter in sicheren Händen zu wissen. Außer mit Jack und Helen hatte sie noch mit niemandem über ihre Pläne gesprochen. Aber nun erzählte sie es Gavin.

»Toll!«, sagte er. »Ich räume ein bisschen auf und beziehe das Bett frisch.«

»Nein, Gavin, ich wohne bei Helen und Jack.«

»Du bist vielleicht ein Witzbold, Jessica.«

»Es ist wahr. Frag sie. Es ist alles geregelt.«

»Gut, dann hole ich dich wenigstens am Flughafen ab.«

»Okay, das wäre nett.«

»Jess?«

»Ja.«

»Ich beziehe trotzdem das Bett frisch, ja?«

Anna war fassungslos.

»Was ist los?«, fragte Emily, als Anna den Telefonhörer aufgelegt hatte und wieder zu ihren Freunden ins Wohnzimmer kam.

»Es war Jessica«, erklärte sie, »sie geht wieder zurück zu diesem Dummkopf Gavin.«

»Was, zu dem Burschen auf Korfu?«, fragte George, schaute von seinem Kreuzworträtsel in der *Times* auf und sah Anna über den Brillenrand hinweg an.

»Zu ebendem.«

»Für immer?«, fragte Emily.

»Sie sagt, sie fährt nur für ein paar Tage.«

»Ach, na ja, das kann ja nicht sonderlich schaden«, sagte George und konzentrierte sich wieder auf sieben senkrecht.

Anna war alles andere als überzeugt. »Diese Insel und dieser Kerl haben sie schon einmal verzaubert. Warum sollte dieselbe Kombination nicht abermals wirken ... und sie bleibt für immer da?«

»Wann fährt sie denn?«

»Morgen.«

Anna hatte sich noch nie in das Leben ihrer Tochter eingemischt, aber sie hatte keinerlei Bedenken, es jetzt zu tun. Es ist Zeit, sich zu revanchieren, dachte sie, als sie zum Telefon griff. All die Jahre, in denen ich meinen Mund gehalten und sie ihre eigenen Fehler habe machen lassen, sollten doch wohl einiges zählen. Sie wählte die Nummer und wartete.

Und wartete.

Verdammt, wo steckte er denn? Warum ging er nicht ans Telefon?

Josh ignorierte das Klingeln seines Handys. Wer es auch sein mochte, er wollte nicht mit ihm sprechen. Er las weiter den Stoß Spezifikationen aus Hongkong.

Endlich hörte das Klingeln auf. Erleichtert nahm Josh die Brille ab und putzte sie. Er war unglaublich müde.

Seiner Arbeit müde.

Seines versagenden Körpers.

Seiner Versuche, Jessica aus seinen Gedanken zu verbannen.

Auch Charlies war er müde.

»Um Gottes willen, ruf Jessica an und sag ihr, dass es dir Leid tut!«, hatte Charlie ihn gestern angebrüllt, »dein Leben ist schon schlimm genug, auch ohne dass du dir das auch noch antust.«

Es war ein Rat, den er weder hören wollte noch brauchte.

Selbst seine Eltern hatten ihn angerufen – er konnte sich denken, wer sie ins Bild gesetzt hatte. »Bist du sicher, dass du das Richtige tust?«, hatte seine Mutter ihn gefragt. »Sie ist doch so ein nettes Mädchen.«

Was keiner von ihnen begreifen konnte, war, dass all das keinen Sinn hatte.

Josh wusste, dass vieles, was Jessica ihm an den Kopf geworfen hatte, der Wahrheit entsprach. Er hatte seine Familie oft gekränkt, und da er nicht wusste, wie er das ändern sollte, würde er vermutlich auch weiterhin alle kränken, die ihm nahe standen.

Ich habe nicht vor, mich in aller Ruhe von dir als Sandsack missbrauchen zu lassen, hatte Jessica gesagt. Diese Worte hatten ihr Schicksal besiegelt. Er wollte die Beziehung mit Jessica nicht fortsetzen, weil er ihr doch nur wehtun würde, und dazu liebte er sie zu sehr.

Wieder klingelte sein Handy. Er starrte es an und nahm immer noch nicht ab.

»Willst du es den ganzen Tag klingeln lassen?«

Charlie kam ins Büro und ließ sich auf den Stuhl Josh gegenüber fallen. »Na und, geh ran.«

»Nein.«

Als das Klingeln aufhörte, runzelte Charlie die Stirn. »Vor wem hast du Angst?«

»Vor niemandem«, sagte Josh scharf.

»Du lügst.«

Josh lehnte sich zurück. »Bitte nicht schon wieder eine Predigt.«

Das Handy fing abermals an zu klingeln. Charlie schnappte es vom Schreibtisch und nahm das Gespräch an. »Nein, hier ist nicht Josh, ich bin sein Bruder Charlie. Ach, hallo, Mrs Lloyd. Ja, unsere Stimmen sind sich sehr ähnlich. Warten Sie, ich gebe Sie weiter.«

Josh schüttelte den Kopf und winkte ab.

»Tut mir Leid, Mrs Lloyd, er ist ziemlich beschäftigt, kann ich ihm was ausrichten oder soll er Sie zurückrufen?«

Das folgende Gespräch war kurz und bündig, und nachdem Charlie es beendet hatte, reichte er seinem Bruder den Apparat und sagte: »Ich schlage vor, du sprichst mit Jessica, bevor es zu spät ist.«

»Wie meinst du das?«

»Offenbar ist ein ehemaliger Freund aus der Versenkung aufgetaucht und hat sie überredet, wieder nach Korfu zu kommen.«

Josh schaute ihn erschrocken an, fasste sich aber rasch wieder. »Will sie da leben?«, fragte er ruhig.

Doch Charlie hatte die Angst in der Miene seines Bruders gesehen. »Ich weiß es nicht. Ihre Mutter hat nur gesagt, dass Jessica morgen früh den ersten Flug nimmt.«

Josh schwieg, stand langsam auf und ging durch das Zimmer. Vor einer großen Tafel blieb er stehen und strich über die Muster elastischen Jeansstoffes, die an den grünen Filz geheftet waren. »Und was habe ich damit zu tun?«, fragte er.

»Was glaubst du wohl? Fahr nach Hause und rede mit Jessica. Sag ihr, was du für sie empfindest. Sei ausnahmsweise mal ehrlich.«

»Ehrlichkeit hat mich dahin gebracht, wo ich jetzt bin.«

»Das glaube ich dir keine Sekunde.«

»Wie du willst.«

Charlie schlug mit der Faust auf den Tisch. »Es geht nicht darum, was ich will!«

»Gut, also misch dich nicht in mein Leben ein.«

Charlie sprang auf. »Ich wünschte, verdammt noch mal, dass ich das könnte! Ich wünschte auch, ich würde dahinter kommen, was zwischen dir und Jessica eigentlich schief gelaufen ist. Sie ist die erste Frau, die wirklich Eindruck auf dich gemacht hat, und du lässt sie einfach so gehen! Ich weiß ja nicht, worüber Jessica und du im Einzelnen gestritten habt, du hast mir schließlich nicht alles erzählt, aber ich wette, dass es was mit deinem verdammten Stolz zu tun hat.«

»Du bist ja nur so versessen darauf, dass zwischen Jessica und mir alles in Ordnung ist, weil du hoffst, dass du dann aus dem Schneider bist«, fuhr Josh ihn an.

»*Was?*«, explodierte Charlie.

»Es stimmt doch! Du hättest es am liebsten, dass ich gut mit Jessica verheiratet wäre, damit du dir keine Sorgen mehr um mich machen musst, weil das dann eine andere für dich tut.«

Nackte Wut ließ Charlie erbleichen. Ihm war übel vor Zorn. »Wirf mir nie, nie wieder etwas so Abscheuliches vor«, spie er aus und machte auf dem Absatz kehrt, doch dann überlegte er es sich anders und schlug Josh plötzlich und ohne Vorwarnung die Faust ins Gesicht.

Erschrocken schaute er seinen Bruder an, der am Boden lag. Es dauerte ein Weilchen, bis ihm klar wurde, was er getan hatte, und eine weitere Weile, bis er begriff, wie leicht Josh niederzuschlagen war.

Josh war schwindelig und er schmeckte Blut in seinem Mund. Vorsichtig tastete er seine Lippen ab und betrachtete die Hand, die Charlie ihm reichte.

»Ich werde mich nicht einmal dafür entschuldigen«, sagte Charlie, als Josh aufgestanden war. »Du hast es mehr als verdient.«

Josh holte ein Taschentuch heraus und drückte es gegen seine Unterlippe. »Ich kann mich nicht erinnern, dass du mich je geschlagen hättest«, sagte er erschüttert und setzte sich, das Taschentuch immer noch am Mund. »Gehe ich dir wirklich so auf die Nerven?«

Charlie schob die Hände in die Hosentaschen und sagte

schlicht: »Ja. Es kommt öfter vor, als mir lieb ist, dass ich dich am liebsten windelweich prügeln möchte.«

»Und was hat dich bisher davon abgehalten?«

Charlie zuckte die Achseln. »Jemanden zu schlagen, der am Boden liegt, ist nicht gerade anständig, nehme ich an.«

»Du meinst, bis jetzt hast du dich aus Mitleid beherrscht?«

Charlie lief im Zimmer auf und ab. »Warum muss das Wort Mitleid bei dir so abfällig klingen? Schau doch mal im Wörterbuch nach: Es bedeutet, das Leid eines anderen nachzufühlen. Ich kann nicht dagegen an, dass ich so empfinde. Du bist schließlich mein Bruder.«

Josh schloss die Augen. Ihm drehte sich immer noch alles im Kopf, und er war nach wie vor erschüttert, dass Charlie ihn tatsächlich geschlagen hatte. Was war nur aus ihm geworden? Was für ein Ungeheuer hatte die Krankheit aus ihm gemacht? Er kannte sich selbst nicht wieder.

»Es ist doch nicht falsch, dass Menschen sich aufrichtig um dich sorgen, Josh«, hörte er Charlie sagen. »Das nennt man Liebe. Und genau das empfindet Jessica für dich.«

Er schlug die Augen auf. »Ja schon, vielleicht hast du Recht«, sagte er trocken. »Aber es ist vorbei. Wir haben Schluss gemacht. Und das ist mein letztes Wort zu diesem Thema.«

Aber Charlie war fest entschlossen, seinem Bruder das Gegenteil zu beweisen.

Jessicas Taxi kam unchristlich frühmorgens um zwanzig vor sechs. Es war noch stockdunkel, als sie von Cholmford Hall Mews wegfuhr. Als der Wagen die schmale Brücke über den Kanal überquerte, warf sie noch einen Blick auf Willow Cottage und dachte an den Abend, an dem sie nach England zurückgekehrt war. Es kam ihr vor, als sei es eine ganze Ewigkeit her, so viel war seitdem passiert.

Aber in Wirklichkeit stimmte das nicht.

Die letzten Monate hatten sie nur so stark in Anspruch genommen. So war die Liebe eben. Wenn sie einen erst einmal erwischte, hielt sie einen fest und erweckte den Eindruck, als würde sie nie wieder loslassen.

Aber manchmal tat sie es doch.

Und dies war so ein Fall.

Am Flughafen bezahlte sie das Taxi und ging zu der langen Schalterreihe in der Abfertigungshalle. Sie musste nur kurz in der Schlange warten, dann ließ sie ihr Gepäck abfertigen und suchte ein Café, wo sie frühstücken konnte. Aber so, wie sie sich fühlte, war es unwahrscheinlich, dass sie auch nur einen Bissen herunterbringen würde. Ihr knurrender Magen ließ keinen Zweifel daran, dass er keineswegs froh war, so früh schon gestört zu werden.

Josh öffnete die Haustür. »Was zum Teufel machst du denn hier?«, fragte er verschlafen und desorientiert – es war sechs Uhr morgens, und vor der Tür stand sein Bruder. *Warum?*

Charlie ignorierte Joshs Frage, kam herein und schloss die Tür hinter sich. »Wasch dich, rasier dich, zieh dich an und komm mit.«

Josh wollte etwas sagen, aber Charlie hielt ihn mit erhobenem Zeigefinger zurück. »Kein Wort. Verstanden?«

Oben im Badezimmer blieb Charlie neben Josh stehen. »Du hast da eine Stelle vergessen«, sagte er, als er seinem Bruder beim Rasieren zuschaute. Doch dann merkte er, dass Joshs Hände zitterten und zu steif waren, als dass er sich richtig rasieren konnte. »Komm, lass mich mal«, sagte er.

»Ich weiß genau, was du vorhast, Charlie«, sagte Josh über das Surren des Apparates hinweg.

»Gut, dann mal los.«

»Es funktioniert nicht. Das weiß ich. Dazu ist es zu spät.«

»Im Augenblick kann ich mich nicht mit deinem Pessimismus rumschlagen. Okay, das war das Rasieren. Jetzt putz dir die Zähne und tu dir was Unwiderstehliches ins Gesicht, während ich deine Klamotten hole. Was glaubst du, worin würde Jessica dich gern sehen?«

»Nach dem, wie ich sie behandelt habe, am liebsten in einem Sarg, vermutlich.«

»Teak oder Mahagoni?«

Als Charlie den Wagen geparkt und den Motor abgestellt hatte, nahm er einen wattierten Umschlag vom Rücksitz und reichte ihn Josh. »Ein Geschenk. Mach es auf und fang nicht an zu streiten.«

»Du Mistkerl«, sagte Josh, als er sah, was es war. Aber statt wütend zu reagieren, wie Charlie gefürchtet hatte, inspizierte Josh den zusammenklappbaren Gehstock resigniert.

»Ich habe ihn aus Dads Katalogen bestellt. Wenigstens ist er schwarz und passt zu deinem Image.«

»Verdammt beschissenes Image.«

»Da ist auch ein Zettel mit ein paar Adressen drin, zu denen du Kontakt aufnehmen kannst.«

Josh holte ein Blatt Papier aus dem Umschlag, las und steckte es wortlos in seine Jeanstasche.

Nachdem sie den Wagen abgeschlossen hatten, probierte Josh den neuen Stock auf dem Weg zum Aufzug gleich aus. Als Charlie den Aufzugknopf drückte, öffnete sich die Tür auf Anhieb. Während sie in den fünften Stock fuhren, schaute Josh abwechselnd auf die Uhr und kaute auf seinen Wangen.

»Ganz ruhig, wir schaffen es schon«, sagte Charlie. »Ich habe vorher angerufen, der Flug wird frühestens in einer halben Stunde aufgerufen.«

»Und was ist, wenn sie schon durch die Passkontrolle gegangen ist?«

»In Filmen passiert das nie«, sagte Charlie leichthin, weil er seine eigene Anspannung mildern musste.

Als der Aufzug hielt und die Tür aufging, blieb Josh wie angewurzelt stehen. »Ich kann nicht. Was ist, wenn sie nicht mit mir reden will?«

Charlie ergriff seinen Ellbogen und half ihm hinaus. Er wusste keine Antwort auf die Frage seines Bruders, denn selbst er hatte Angst, dass Jessica ihnen den Rücken kehren und einfach in ihr Flugzeug steigen würde.

Sie suchten sie überall, konnten sie aber nicht finden. Sie schauten bei W. H. Smith zwischen sämtlichen Regalreihen voller Zeitschriften und Bestseller. Dann gingen sie zu Boots und anschließend hinüber zum Body Shop. Nirgendwo war auch nur eine Spur von ihr zu entdecken.

Niedergeschlagen und elend wollte Josh schon aufgeben, aber Charlie war dagegen. »Ich habe eine Idee. Komm.«

Jessicas Magen drohte mit dem Schlimmsten. Für jeden normalen Menschen gäbe es nichts mehr zu überlegen. Die Entscheidung war gefallen. Der Flug war gebucht, sie befand sich am Flughafen und sozusagen auf dem Weg nach Korfu.

Wirklich? Sollte sie wirklich fliegen?

Wenn sie in dieses Flugzeug stiege, würden daraus gewisse Konsequenzen erwachsen. Das wusste sie einfach.

Sie wischte sich den Schweiß von den Handflächen und der Oberlippe. Meine Güte, war sie nervös! So elend vor Unsicherheit hatte sie sich seit jenem schrecklichen Tag bei Piers in London nicht mehr gefühlt. Und wie damals war sie auch jetzt bereit, die Entscheidung über ihr Schicksal einer Toilette zu überlassen.

Einer verdammten Toilette! Ich bitte dich!

Spülen oder nicht spülen, das war hier die Frage.

Das ist nicht der richtige Augenblick für Scherze, rief sie sich streng zur Ordnung, denk ganz ruhig und rational über die Fakten nach.

Wenn die Spülung beim ersten Drücken funktionierte, würde sie bleiben, wo sie war – und das hieß in Cholmford, nicht auf dem Flughafen Manchester, stellte sie zur Sicherheit klar – und sie würde mit Josh reden. Sie würde ihn zwingen, ihr zuzuhören. Er musste einfach akzeptieren, dass es ihr Leid tat.

Und wenn die Spülung nicht funktionierte, würde sie nach Korfu fliegen.

Das war ja wohl ziemlich klar, oder?

Sie streckte die Hand nach dem Griff aus und wusste, dass sie nur noch Sekunden von einer Entscheidung trennten. Einer wichtigen Entscheidung.

Wow! Ein hauchdünner Moment. Und die zweite Möglichkeit sollte gar nicht weiter bedacht werden? Keine Definition, wofür Korfu eigentlich stand? Sollten den Geschworenen die umfassenden Fakten vorenthalten werden? Sollten sie nicht erfahren, dass ein paar Tage Faulenzen auf Korfu, um die Wunden zu lecken, in Wirklichkeit nur ein Vorwand waren, um beim ersten Anzeichen von Schwierigkeiten zu kneifen und sich geradewegs wieder ihrem früheren Liebhaber in die Arme zu werfen?

Jessica sah sich schuldbewusst um. Und wenn schon? Was war dabei? Die Lage war doch ziemlich klar. Josh wollte sie nicht. Gavin wohl.

Außerdem konnte ein bisschen Trost nicht schaden. Denn mehr wäre es ja nicht. Mittlerweile verstand sie mit Gavin umzugehen. Sie würde sich nicht von diesem beleidigten Kleine-Jungs-Schmollmund einwickeln lassen, wenn er bei ihr seinen Willen nicht bekam. O nein, die Zeiten waren vorbei. Sie war inzwischen wesentlich stärker als die Frau, die Korfu im Sommer verlassen hatte.

Ja, dachte sie sarkastisch, du bist wahrhaftig eine starke Frau, so stark, dass du die Entscheidung über deine Zukunft einer Toilette überlässt.

Kein Grund, boshaft zu werden.

Dann mach schon!

Sie atmete tief durch und griff nach der Spülung.

»Miss Jessica Lloyd, bitte zum Treffpunkt gegenüber vom Lufthansa-Schalter.« Die nasale Stimme aus dem Lautsprecher versetzte Jessica sofort in Panik. Ihrer Mutter war etwas passiert. Sie hatte einen Herzanfall, und George und Emily versuchten sie zu erreichen. Sie wirbelte in der engen Toilettenkabine herum und stieß mit dem Kopf gegen die Tür.

»Miss Jessica Lloyd, bitte zum Treffpunkt gegenüber vom Lufthansa-Schalter.«

»Sei still, du dumme Kuh«, brummte Jessica verhalten, während sie am Türschloss herumfummelte, auf der Stirn eine hühnereigroße Beule. Dann stürmte sie aus der Damentoilette durch die Ankunftshalle. O Gott, wie hatte sie auch nur daran denken können, ihre Mutter allein zu lassen? Wie egoistisch von ihr.

»Wo ist der Lufthansa-Schalter?«, schrie sie eins der Mädchen am Schalter der British Airways an.

»Geradeaus und dann rechts.«

Jessica lief weiter, bog um die Ecke und blieb abrupt stehen.

Zuerst sah sie Charlie, dann Josh. Mit einem Schlag wurde ihr klar, dass mit ihrer Mutter alles in Ordnung war und die Herzprobleme nur bei ihr lagen. Ihr Herz raste, als wolle es ihr die Brust sprengen.

Charlie strahlte sie an, sagte etwas zu seinem Bruder und ging.

Josh kam langsam auf sie zu. Und das war auch gut so, denn Jessica war von der ganzen Aufregung so benommen, dass sie glaubte, nie wieder einen Schritt tun zu können – und ihre Aufregung wurde noch durch die Wirkung verschlimmert, die sein Anblick wie immer auf sie hatte. Sofort trocknete ihr Mund aus. Sie fand, er habe noch nie so begehrenswert ausgesehen. Er trug seine üblichen schwarzen Jeans und einen weiten Pullover mit V-Ausschnitt über einem weißen T-Shirt und erinnerte sie an den jugendlichen Herzensbrecher, den sie auf dem Foto im Haus seiner Eltern gesehen hatte.

Dann bemerkte sie, dass er einen Stock benutzte.

Einen Stock? Hatte Charlie es doch geschafft, zu ihm durchzudringen?

Ihr fiel auch auf, wie ängstlich er wirkte.

Schließlich stand er so nahe vor ihr, dass sie die leuchtenden Farbsprenkel in seinen wunderbar braunen Augen sehen konnte und ihr Magen sich zu einem Knoten schlang, wie sie ihn als junges Mädchen bei den Pfadfinderinnen gelernt hatte. *Warum war er hier? Wollte er ihr zum Abschied winken? Oder ...*

»Du hast dich geschnitten«, sagte sie und senkte den Blick von seinen Augen zu seinem Mund.

»Charlie hat mich geschlagen.«

»Was hat er gemacht?«

»Er hat gesagt, ich hätte es verdient.«

»Hatte er damit Recht?«

»Ich glaube ja.«

»Dann ist es ja gut. Ich bin mit der Überzeugung aufgewachsen, dass man immer bekommt, was man verdient.«

»Kluger Rat. Und was hast du angestellt?«

»Ich?«

»Du hast dir am Kopf wehgetan.«

Sie befühlte die Beule an ihrer Stirn. »Dir entgeht wohl nichts, Crawford?«

»Ich hoffe sehr, dass du Recht hast.«

Seine Stimme war plötzlich so leise, dass das Pochen in Jessicas Brust nur noch stärker wurde. Sie wagte kaum zu fragen: »Wieso bist du hier, Josh?«

»Ich dachte, das liegt auf der Hand.«

Sie schluckte. »Eine Frau bekommt alles gern richtig erklärt, besonders wenn sie Schriftstellerin ist.«

Plötzlich grinste er. Es war das erste richtige Grinsen, das sie seit einer ganzen Ewigkeit an ihm sah. Wenn das so weiterging, würde *sie* bald am Stock gehen.

»Da sieht man mal wieder, was ich für ein Glück habe, mich ausgerechnet in eine Schriftstellerin zu verlieben.«

Verlieben! Er hatte verlieben gesagt. Gab es doch noch Hoffnung?

»He, es gibt Schlimmeres. Ich könnte zum Beispiel Beamtin sein und es in dreifacher Ausfertigung schriftlich haben wollen.«

Er schüttelte den Kopf. »Glaub mir, Jessica, es kann gar nichts Schlimmeres geben, als dich zu lieben.«

»Ich weiß nicht recht, wie ich das verstehen soll.«

Er atmete tief durch. »Hör zu, es tut mir Leid, wie ich dich behandelt habe und was ich alles gesagt habe, bitte ... Ich will nicht, dass du gehst.«

»Nicht mal für einen Urlaub?«

»Nein. Ich kann den Gedanken nicht ertragen, dass du mit diesem Typen, diesem Gavin, zusammen bist. Oder mit irgendeinem anderen Mann. Ich liebe dich. Und ... und ich brauche dich mehr, als ein anderer dich je brauchen könnte. Vielleicht ...« Er brach ab und schlug die Augen nieder.

»Vielleicht was?«

»Vielleicht brauche ich dich zu sehr.«

Tränen brannten ihr in den Augen. *Er liebte sie. Er brauchte sie.* Das hatte noch nie ein Mann zu ihr gesagt. Keiner. Und es war alles, was sie hören wollte. »Du kannst mich gar nicht zu sehr brauchen«, sagte sie, schlang die Arme um seinen Nacken und küsste ihn.

Als sie sich schließlich wieder losließen, sagte er: »Ich bin fix und fertig, können wir uns hinsetzen?«

Kapitel 51

An einem winterlich kalten Abend Mitte November hatten sich alle bei Josh versammelt, um per Video Jessicas Viertelstunde des Fernsehruhms zu genießen.

Alle, bis auf Jessica.

Sie war zwar dabei, erwartete aber im Gegensatz zu den anderen nicht, dass es ihr auch nur eine Sekunde lang Spaß machen würde, sich im Fernsehen zu sehen. Entschlossen, den gefürchteten Augenblick so lange wie möglich hinauszuzögern, öffnete sie die erste Flasche Champagner, die Josh eigens für diese Gelegenheit gekauft hatte.

»Ich finde, es sind ein paar Toasts angebracht«, erklärte sie, als sie die Gläser herumreichte.

»Ach ja?«, sagte Anna, »trinken wir auf was Besonderes?«

Jessica sah, wie Anna einen hoffnungsvollen Blick auf ihre linke Hand warf. »Ja«, sagte sie, »ich finde, als Erstes sollten wir feiern, dass dir heute Morgen der Gips abgenommen wurde und man dir trotz aller gegenteiligen Anstrengungen ein Gesundheitszeugnis ausgestellt hat.«

»Kann ich das schriftlich von dir bekommen, Jessica, Schatz?«

»Übertreib's nicht, Mum.«

Josh erhob lachend sein Glas. »Auf Anna und ihr Gesundheitszeugnis.«

»Was ist ein Gesundheitszeugnis?«, fragte Hattie ihren Vater leise, nachdem sie einen Schluck aus ihrem winzigen Glas getrunken hatte und das Prickeln ihr in die Nase gestiegen war.

»Das erkläre ich dir später«, flüsterte er zurück. Dann legte er Kate den Arm um die Schultern und sagte: »Ich finde, wir sollten Kate zu ihrer Halbtagsstelle gratulieren, die ihr früherer Arbeitgeber ihr angeboten hat.«

»Das sind ja wunderbare Neuigkeiten«, sagte Jessica. »Wann hast du es erfahren?«

»Gestern.«

»Und nach der Art, wie sie dich vorher behandelt haben, hast du ihnen nicht gesagt, sie könnten sich ihren Job sonst wohin stecken?«

Kate lachte. »Nein, dazu bin ich viel zu praktisch veranlagt.«

»Du meinst, du bist zu nett«, wandte Jessica ein.

»Eigentlich nicht. Ich brauche die Stelle und außerdem kommen mir die Arbeitszeiten fürs Erste sehr entgegen. So kann ich mich weiter um Hattie kümmern.«

Jessica strahlte Kate, Tony und Hattie an. »Also, auf euch drei und eure gelungene Regelung.«

Sie erhoben erneut ihre Gläser.

»Entschuldigt«, sagte Anna, als es vorübergehend still wurde, »aber ich halte die Spannung nicht länger aus. Ich brenne darauf, die Mutter einer Bestseller-Autorin im Fernsehen zu sehen. Wie wär's?«

Jessica krümmte sich innerlich. »Müssen wir wirklich? Können wir nicht erst noch einmal anstoßen?«

Anna stöhnte. »Worauf denn jetzt noch? Auf das Wetter?«

Jessica überlegte. »Ich weiß: auf die neuen Leute, die nächste Woche in Nummer drei einziehen. Mögen sie so ...«

»... verrückt sein wie du«, sagte Josh. »Dann haben sie wenigstens eine Chance, hierher zu passen.«

Jessica schnitt eine Grimasse. »Ich wollte sagen, mögen sie so entzückend sein wie du, Geliebter.«

»Bitte!«, mischte Anna sich nun wirklich entnervt ein. »Bevor wir alle vor Alter dahinsiechen, könnten wir uns nicht endlich das Video anschauen?«

»Okay«, willigte Jessica widerstrebend ein, »aber nur unter der Bedingung, dass ich die Fernbedienung und sämtliche Kissen bekomme, um mich dahinter zu verkriechen.«

»Du kannst dich ja auch hinter dem Sofa verstecken, wie du es als Kind immer getan hast, wenn du Angst hattest«, sagte Anna. »Und jetzt komm, ich will sehen, wie mein Garten wirkt.«

Anna setzte sich in den Sessel, der dem Fernseher am nächsten stand, Kate und Tony auf den Boden, Hattie auf den Schoß ihres Vaters und Jessica und Josh auf das Sofa.

Jessica schaltete den Videorekorder ein und wünschte, sie hätte sich am Abend zuvor nicht auf die lächerliche Abmachung mit Josh und ihrer Mutter eingelassen – da Josh arbeiten musste, als die Sendung ausgestrahlt wurde, hatten Anna und er darauf bestanden, niemand solle sie sich ansehen, bevor sie sich das Video heute alle zusammen anschauen könnten. »So, ich warne euch, wenn jemand lacht, schalte ich aus«, sagte Jessica.

»Nun mach schon!«

Amanda machte sich für eine Party zurecht. Als sie den Föhn ausschaltete, hörte sie ihre Mutter unten mit ihrem Vater streiten. Das war nichts Ungewöhnliches, aber sie hatte es völlig vergessen, bis sie Tony verließ. Damals hatte sie gedacht, es sei eine gute Idee, für ein paar Monate bei ihren Eltern unterzukommen, aber das fand sie heute nicht mehr. Kein Wunder, dass ihr Vater nur in der Vergangenheit lebte. Er hatte ihre ungeteilte Sympathie. Und sobald sie eine neue Stelle gefunden hätte, wäre auch sie wieder fort.

In der kommenden Woche warteten mehrere Vorstellungsgespräche auf sie, und da sie bei einer Firma bereits zum zweiten Mal ein Gespräch hatte, war sie recht zuversichtlich, bald wieder eine Vollzeitstelle zu erhalten.

Bis dahin musste sie sich um die Scheidung kümmern. Bislang hatte Tony sich recht anständig verhalten und sämtlichen Forderungen nachgegeben – nach allem, was sie für ihn getan hatte, konnte sie das ja wohl auch von ihm erwarten. Die Hälfte des Hauses sollte sie bekommen, sobald es verkauft war, und außerdem noch ein stattliches Sümmchen als Ausgleich für ihren Verdienstausfall, als sie zu Hause geblieben war und sich um Hattie gekümmert hatte. Natürlich hatte sie auch die gesamten Möbel noch eingelagert, die nur darauf warteten, dass sie sich in einer neuen Wohnung einrichtete.

Als sie ihre Anwältin gefragt hatte, ob es nicht lohnend sei, auf mehr zu drängen, hatte die Frau ein wenig enttäuschend geantwortet: »Mrs Fergusson, ich rate Ihnen, aus der Sache herauszukommen, solange Sie die Nase vorn haben.«

Nun ja, vielleicht hatte ihre Anwältin ja Recht. Es würde ihr nichts nutzen, wenn sie zu habgierig erschiene. Nicht, dass sie sich für habgierig hielt. Ihrer Ansicht nach sollte Tony durchaus bereit sein, ihr zu geben, was sie verlangte, weil er ein schlechtes Gewissen hatte. Er hatte sich keine Mühe gegeben, ihre Ehe zu einem Erfolg zu machen, und hatte sich nur allzu bald in die Arme einer anderen geflüchtet. Wer weiß, wie lange sie noch im Dunklen getappt hätte, wenn ihr Vater Tony und Kate damals in Holmes Chapel nicht in flagranti erwischt hätte!

Als Amanda mit ihrem Make-up fertig war, ging sie hinunter. Ihr Vater war nicht zu sehen, aber ihre Mutter saß im Wohnzimmer und sah sich einen Naturfilm an. Amanda drehte sich der Magen um, als sie beobachtete, wie ein Panther eine Gazelle fraß. Sie schauderte. Raubtiere, wie schrecklich.

Alec feierte seinen fünfzigsten Geburtstag zwar nicht, wie er geplant hatte, mit Kate in Venedig, aber er genoss den Abend dennoch. Seine Gesellschaft beim Abendessen erwies sich als anregend, und mehr hatte er auch nicht erwartet.

Es war ihm nicht so schwer gefallen, über Kate wegzukommen, wie er gedacht hatte. Anfangs hatte er sich selbst Leid getan und sie zurückhaben wollen. Er hatte nicht anders gekonnt, als sich ziemlich jämmerlich zu verhalten und Jessica und Josh wegen Kate in den Ohren zu liegen. Sie brachten viel Geduld für ihn auf und verhielten sich sehr taktvoll. Als er erfuhr, dass Kate sich hinter seinem Rücken mit Tony getroffen hatte, war er gedemütigt und eifersüchtig. Aber in gewisser Weise hatte ihr Betrug ihm geholfen, über sie wegzukommen. Ein bisschen Wut stärkte die Entschlossenheit doch sehr.

Mit der Zeit und dem wenigen, was er von Jessica erfahren konnte, änderte sich seine Reaktion auf das, was zwischen ihm und Kate vorgefallen war. Erschüttert musste er feststellen, dass er Kate und Tony tatsächlich Glück wünschte. Er hoffte, sie werde eines Tages die Kinder bekommen, die sie sich so sehr wünschte. Er war sogar dankbar, dass Tony und nicht ein Fremder Kate an dem Tag ins Krankenhaus gebracht hatte, als sie ihr Baby verlor.

Mittlerweile begriff er, dass er sich hauptsächlich in Kate verliebt hatte, weil es ihm geschmeichelt hatte, dass sie sich für ihn interessierte. Welchem Mann wäre es anders ergangen? Sie hatte sein angeschlagenes Selbstwertgefühl verhätschelt und getätschelt – denn dass Melissa ihn verlassen hatte, hatte ihn mehr mitgenommen, als ihm damals klar geworden war.

Kate gab ihm das Gefühl, doch kein solches Katastrophengebiet zu sein, wie er gefürchtet hatte. Eigentlich hatte er für Kate keine Liebe, sondern eher Dankbarkeit empfunden. Und einem anderen dankbar zu sein macht verwundbar – man fühlt sich diesem Menschen verpflichtet, weil man sich seiner Liebe kaum würdig erweisen kann.

Melissa gegenüber hatte er nie Dankbarkeit empfunden, viele andere Gefühle zwar, aber verpflichtet hatte er sich ihr nie gefühlt. Vielleicht lag es daran, dass sie sich als ebenbürtig ansahen. Seit sie die Firma Thistle Cards gemeinsam aufgebaut hatten, hatten sie immer gut zusammengearbeitet – selbst während ihrer Scheidung hatte die Firma unter ihrer gleichberechtigten Partnerschaft stets solide dagestanden. Was das Geschäft anging, waren sie immer einer Meinung und besaßen ein untrügliches Gespür dafür, was der andere gerade dachte.

Aber heute Abend ging es nicht ums Geschäft, und das hieß, das er keine Ahnung hatte, was in seiner Frau eigentlich vorging. Melissa gehörte zu den verschwiegensten Menschen, die er kannte. Über persönliche Dinge redete sie so gut wie nie. Letzte Woche hatte er mit Ruth telefoniert, und als seine Tochter sich einmal für kurze Zeit nicht über Kate beklagt hatte – »Ich fühle mich richtig im Stich gelassen, Dad, anständige Kindermädchen sind so schwer zu kriegen« –, hatte sie ihm erzählt, dass Tim mittlerweile der Vergangenheit angehörte. »Sag ja nicht, dass ich dir was erzählt habe, aber Mum hat ihn rausgeschmissen. Sie hat gesagt, sie könne ihn nicht mehr ertragen. Er hätte eine zu hohe Meinung von sich und eine zu schlechte von anderen.«

Das war Alec neu. In der Firma hatte Melissa kein Wort darüber verloren. Allerdings erwartete er auch nicht, dass sie sich ihm anvertraute.

Während sie nun die Speisekarte studierten, beschloss Alec,

Melissa die Gelegenheit zu geben, ihn ins Bild zu setzen. »Und wie läuft es mit dir und Tim?«, fragte er so unumwunden, wie er nur wagte, versteckte sich dabei jedoch hinter der Speisekarte.

»Welcher Tim?«

Alec sah sie lächelnd an. »So ist das also?«

Sie erwiderte sein Lächeln nicht, sondern schaute weiter in die Karte. »Ich glaube, ich nehme die Seezunge.«

»Keine Vorspeise?«

»Nein. Aber nimm du ruhig eine, ich nasche dann bei dir.«

Alec war versucht zu sagen: »Wie in alten Zeiten«, aber eine solche Bemerkung verdiente es, ins Lächerliche gezogen zu werden, und sie würde es mit Sicherheit tun – den Tag über mochten er und Melissa sich zwar ständig mit Postkartensentimentalitäten beschäftigen, aber nach Feierabend konnten sie beide nur ein begrenztes Maß davon vertragen.

Sie bestellten ihr Essen, und Alec schenkte den Wein ein.

»Bleibst du in Cholmford?«, erkundigte sich Melissa.

»Ich habe mich noch nicht entschieden.« Anfangs hatte er gedacht, er müsste ausziehen, weil er es nicht würde ertragen können, Kates Wagen vor Tonys Haus zu sehen, aber als vor Haus Nummer zwei das Schild »Zu verkaufen« aufgestellt wurde, hatte er sich entschlossen, vorerst dazubleiben. Es hatte keinen Sinn, wegzulaufen, wenn es bald nichts mehr gab, wovor er weglaufen musste. Außerdem mochte er das Haus, von allem, was da passiert war, einmal abgesehen. Es war jetzt sein Zuhause.

Melissa erhob ihr Glas. »Übrigens: Herzlichen Glückwunsch zum fünfzigsten Geburtstag.« Sie holte ein kleines Päckchen aus ihrer Handtasche.

»Für mich?«

»Für wen sonst?«

»Das wär doch nicht nötig gewesen.«

»Erspar dir die Bescheidenheit und mach es auf.«

Er packte das Geschenk aus. Es war ein billiges Notizbuch von der Sorte, mit der die Chinesen den Markt ständig überfluteten. »Ehm ... danke«, sagte er.

Sie lachte. »Ich weiß genau, was du denkst, Alec.«

»Wirklich?«

»Du fragst dich, wie du mir für so ein hässliches, billiges Geschenk danken sollst, stimmt's?«

»Natürlich nicht.« Dann musste er grinsen. »Okay, du hast Recht. Hast du mir dazu einen teuren Stift gekauft?«

Sie schüttelte den Kopf. »Das ist das Geschenk, nimm es oder lass es sein.«

»Oh, ich nehme es auf jeden Fall, einem geschenkten Gaul ... du weißt schon.«

»Es liegt bei dir, was du damit machst, aber es ist symbolisch gemeint.«

»Inwiefern?«

Sie griff nach ihrem Weinglas. »Erinnerst du dich? Als ich dich verlassen habe, sagte ich, ich sei es leid, immer dasselbe Buch zu lesen.«

»Ja, daran erinnere ich mich gut. Es hat mich sehr gekränkt.«

»Es tut mir Leid, dass ich dir wehgetan habe, Alec, aber ich habe es gesagt, weil es die Wahrheit war ... damals.«

Alec hatte das unbehagliche Gefühl, zu wissen, was Melissa als Nächstes sagen würde, und er war sich keineswegs sicher, wie er darauf reagieren sollte. »Und jetzt?«

»Nun ja, sagen wir mal, seit dem und nach allem, was wir durchgemacht haben, dürften wir uns wohl beide ziemlich verändert haben.«

»Du meinst, wir seien gereift wie ein guter Wein?«

»Lass uns das mit den Metaphern nicht übertreiben.« Sie lächelte. »Was ich sagen will, ist, dass du jetzt ein anderes

Buch bist, das ich mit Interesse vom Regal nehmen würde. Ich bin bereit, das Risiko einzugehen ... und du?«

Er lehnte sich zurück und betrachtete sie nachdenklich. »Ich finde, du hast ganz schön Nerven, Melissa«, sagte er bedächtig.

»Aber das hast du doch immer so an mir gemocht«, konterte sie. »Du hast immer gesagt, dass du meine Charakterstärke bewunderst.«

»Und wie kommst du darauf, dass ich nach allem, was du mir angetan hast, auch nur in Erwägung ziehen könnte, es noch einmal mit dir zu riskieren?«

»Schließlich hast du mich heute Abend zum Essen eingeladen.«

»Um der alten Zeiten willen, wie man so schön sagt.«

»Nun ja, es könnte ja auch ein Anfang sein.«

»Meinst du das ernst, Melissa?«

»Wir könnten zumindest mal sehen, ob es funktioniert.«

Alec schüttelte den Kopf. »Ich weiß nicht. Wir sind nicht mehr dieselben wie früher, es wäre ...«

»Das ist es ja. Es wäre anders.«

»Ich weiß trotzdem nicht. Und was ist mit Sex?«

»Was, jetzt sofort?«

»*Melissa!*«

Sie grinste. »Auch das wäre anders. Ich nehme an, du hast von Kate den ein oder anderen neuen Trick gelernt. Ich habe von Tim mit Sicherheit einiges gelernt. Alec, ich kann es nicht fassen, du wirst ja rot!«

»Hör zu«, sagte er und nahm ihre Hand. »Ich bin ein altmodischer Bursche, der allmählich spürt, dass er alt wird. Ich bin mir nicht sicher, ob ich dem gewachsen bin.«

»Unsinn. Das lernst du nach und nach schon noch.«

Er lächelte, dann lachte er sie an. »Du bist ziemlich erstaunlich, weißt du das?«

»Das habe ich schon öfter gehört. Und wo wir gerade beim Thema sind, du bist auch gar nicht so schlecht. So, und wo bleibt meine Seezunge? Ich habe Hunger.«

Er lachte wieder. »Auf diese Frage muss es eine schlagfertige Antwort geben, aber ich bin zu verblüfft, als dass sie mir einfiele.«

»Gut. Und jetzt schenk mir noch ein Glas Wein ein und lass uns auf die Zukunft trinken.«

»Nein, ich weiß einen besseren Trinkspruch: Trinken wir darauf, dass es besser ist, bei dem Teufel zu bleiben, den man kennt.«

»Du alter Narr, du.«

»Du kannst wieder rauskommen«, sagte Josh, als Jessicas Gesicht vom Bildschirm verschwand und der Moderator sich den fraglichen Vorzügen eines Hausarrests zuwandte.

Jessica ließ das Kissen sinken. »Ich schwöre, das war ich nicht. Ich habe nicht die Hälfte davon gesagt. Das müssen sie nachher drübergeschnitten haben. So lächerlich kann doch niemand klingen.«

»Du hast das alles gesagt, ich war dabei«, sagte Anna. »Ich habe es gehört und auch gesehen. Ich war ziemlich gut, oder? Das mit dem Laubfeuer kam ziemlich toll rüber, finde ich.«

»Ihr wart beide wunderbar«, sagte Kate großzügig.

»Ja, ein richtiges Duo«, stimmte Tony zu.

Jessica stöhnte: »Mein Anspruch auf Ruhm besteht im unkomischen Part eines Duos – die Stichwortgeberin.«

Josh drückte ihr die Hand. »Du warst gut, ehrlich.«

»Und was ist mit der Szene auf der Schaukel?«

»Das war das Beste überhaupt«, grinste er. »Die schaue ich mir später noch mal an.«

Sie schnitt eine Grimasse. »Dafür kannst du jetzt in die Küche gehen und uns was zu essen holen. Und zur Strafe komme ich mit und helfe dir.«

»Kann ich irgendwas helfen?«, bot Kate an.

»Nein, ich will Josh allein herumkommandieren«, antwortete Jessica.

Er stand auf, und Jessica ging langsam hinter ihm her. Als sie in der Küche waren, hörten sie, wie die übrigen das Video noch einmal anschauten und dabei laut lachten.

»Mum war ziemlich gut, nicht?«, sagte Jessica, während Josh den Backofen öffnete und eine große Platte mit Hähnchenschenkeln à la Cajun herausholte, auf ein Holzbrett stellte und mit einem scharfen Messer prüfte, ob sie gar waren.

»Perfekt«, sagte er.

»Ach, komm schon, so toll war sie auch wieder nicht.«

»Das bezog sich auf die Hähnchenschenkel, aber du hast Recht, Anna hat ihren Part wunderbar gespielt. Du aber auch.«

»Wirklich? Meinst du das ernst?«

Er sah sie stirnrunzelnd an. »So verunsichert habe ich dich ja noch nie erlebt. Ist alles in Ordnung?«

»Ich glaube, ich könnte es gebrauchen, dass mich jemand ganz fest in den Arm nimmt.«

Er schob die Hähnchenschenkel wieder in den Ofen und streckte die Arme aus. Wie ein kleines Mädchen ließ sie sich von ihm umarmen und trösten. »Schon besser?«

»Fast.«

Besorgt streichelte er sie. Ihm wurde plötzlich klar, dass es ihm in letzter Zeit sehr gut gegangen war und er sich kaum Gedanken darüber gemacht hatte, ob das auch für Jessica galt. Sie wirkte immer so stark, selbstbewusst und zuversichtlich und war ihm eine solche Stütze, dass er sich mittlerweile ganz auf ihre Vitalität verließ, um seine eigenen Tiefs zu überwinden. Vielleicht war es ja zu viel für sie? Saugte er ihr die

Energie ab? Tat es ihr schon Leid, dass sie bei ihm eingezogen war?

Eine Woche, nachdem er verhindert hatte, dass sie nach Korfu flog, hatte er vorgeschlagen, zusammenzuziehen. Es war ihre Idee gewesen, dass sie zu ihm zog statt umgekehrt. »Dein Haus ist größer als meins und hat die schönere Aussicht«, hatte sie in ihrer üblichen unumwundenen Art erklärt, »lass uns ausprobieren, wie es funktioniert.« Er fand, dass diese Regelung sich großartig bewährte. Jessica arbeitete tagsüber im Arbeitszimmer ihres eigenen Hauses und kam über den Hof, wenn er aus der Firma heimkehrte. Er fand die Regelung ideal.

Aber vielleicht täuschte er sich ja. Möglicherweise waren ihr seine Probleme zu viel, woraus er ihr wohl kaum einen Vorwurf machen konnte, da sie ja selbst ihm manchmal zu viel wurden.

Nein, das stimmte inzwischen gar nicht mehr. Das Leben mit Jessica und die Geborgenheit in ihrer Liebe hatten viel dazu beigetragen, seine Sicht zu ändern. Es gab zwar immer noch Zeiten, in denen ihn panische Angst vor der Zukunft überfiel, was wohl nur verständlich war – Jessicas Liebe konnte schließlich kein Wundermittel sein, aber sie wirkte durchaus lindernd. Sie hatte seine Selbstachtung wiederhergestellt, was wiederum sein Verhältnis zu seinem Bruder und seinen Eltern und auch zu den Mitarbeitern in der Firma, selbst zu Mo, erleichterte. Sie behandelten ihn mittlerweile nicht mehr wie ein rohes Ei. Vermutlich hatten sie sich immer nach ihm gerichtet, und da er nun lockerer war, konnten sie es ebenfalls sein.

Eines Tages hatte er seine Mutter zum Mittagessen ausgeführt, um sich bei ihr zu entschuldigen und die Kluft zu überbrücken, die er so rücksichtslos zwischen ihnen aufgerissen hatte. Anfangs war es ihm schwer gefallen, die richtigen Worte zu finden, weil er es sich angewöhnt hatte, die Wahrheit vor ihr zu verbergen. Schließlich hatte er sich überwunden, sie um Verzeihung zu bitten. »Da gibt es nichts zu verzeihen«, hatte sie erwidert, aber die Tränen in ihren Augen hatten ihm gezeigt, wie sehr er sie gekränkt hatte.

Seine seelischen Fähigkeiten, mit seiner MS umzugehen, waren unleugbar besser als früher, und das war wohl nur gut so, denn sie machte keinerlei Anstalten zur Besserung – sie wurde aber auch nicht schlimmer, um es mal positiv zu sehen. Sein Bein war nach wie vor steif und machte ihm gelegentlich sehr zu schaffen, aber mit Hilfe eines Physiotherapeuten, den er neuerdings aufsuchte – und nicht zu vergessen durch die Unterstützung des verflixten Stocks, den Charlie ihm geschenkt hatte –, konnte er sich inzwischen wieder etwas freier bewegen. Nicht ein einziges Mal hatte Charlie gefrotzelt: »Das habe ich dir doch gesagt«, aber Josh wusste, dass es ihm auf der Zunge lag, was ihn amüsierte.

Es amüsierte ihn auch, wenn Jessica sich mit Hochdruck bemühte, in die Rolle der Florence Nightingale zu schlüpfen. Inzwischen hatte er eine perfekte Möglichkeit gefunden, sie davon abzubringen. Statt in die Luft zu gehen, nahm er sie einfach in die Arme und küsste sie, bis ihr der Atem wegblieb. »Eine Schande, dass *ich* das bei ihr nicht machen kann«, hatte Anna gesagt, als er ihr erzählte hatte, wie er Jessicas bevormundende Anwandlungen unterlief.

Jessicas direkte Art hatte ihm auch geholfen, einen Schritt zu tun, den er mittlerweile für sie beide als wichtig erachtete. Damals am Flughafen hatte Charlie ihm zusammen mit dem Stock die Adresse der MS-Gesellschaft gegeben und Namen und Telefonnummer eines Mannes, der der Selbsthilfegruppe der MS-Kranken dieser Region angehörte. Zuerst hatte Josh nichts davon wissen wollen – was sollte er mit Leuten gemeinsam haben, die sich zusammensetzten, um darüber zu reden, wie krank sie waren? Er hatte jedoch nicht damit gerechnet, dass Jessica die Dinge in die Hand nehmen würde. Ohne sein Wissen rief sie bei der Telefonnummer an, die Charlie ihm gegeben hatte, und lud den Mann auf einen Drink zu ihnen ein.

Er kam eines Abends spät zu ihnen. Sein Name war Chris Perry, und erst als Jessica ihn Josh vorstellte, merkte er, was sie hinter seinem Rücken getan hatte. Allerdings konnte er ihr aus zwei Gründen nicht böse sein: Zum einen liebte er Jessica mittlerweile zu sehr, um ernsthaft wütend auf sie zu sein, und zum anderen trug der Mann, der sich die Mühe gemacht hatte, ihn aufzusuchen, ein Kleidungsstück, das die meisten Menschen bewegt, sich von ihrer besten Seite zu zeigen – so auch Josh.

»Entschuldigen Sie, dass ich so spät komme«, sagte er, während er sich setzte und das Glas Wein nahm, das Jessica ihm anbot. Er trank in großen Zügen und zog seinen steifen Priesterkragen aus. »Sie erlauben doch?«, fragte er und warf den Kragen auf den Tisch. »Ich trage dieses verflixte Ding so ungern, aber ich war gerade bei einer Frau, die glaubte, dass es in ihrem Haus spukte. Sie brauchte ein bisschen kirchlichen Beistand, aber natürlich war keine Spur von einem Geist zu sehen, es waren nur laute Nachbarn. Aber reden wir weniger von mir und mehr von Ihnen, Josh. Wie geht's?«

Reverend Chris Perry war Anfang vierzig, anglikanischer Priester, verheiratet, hatte einen kleinen Sohn und war vor seiner – relativ leichten Form von – MS ein begeisterter Hobbyhöhlenforscher gewesen. »Die einzige Höhle, in die heute noch komme, ist die Grube, die ich mir selbst von der Kanzel aus gegraben habe. Nichts eignet sich so gut wie ein umstrittener Vikar, um den Pöbel aufzubringen.«

Auf den ersten Blick hatten Josh und Chris wenig gemeinsam, im Laufe des Gesprächs entdeckte Josh jedoch immer mehr Übereinstimmungen. Trotz des scheinbaren Schwungs, den Chris an den Tag legte, spürte Josh, dass er sich ebensolche Sorgen um die Zukunft machte wie er selbst. »Ich finde es nicht so schlimm, eines Tages möglicherweise im Rollstuhl zu sitzen«, sagte er, als er zwei Wochen zuvor Josh zum ersten Mal mit in die Selbsthilfegruppe nahm. »Aber den ganzen Mist, der damit zusammenhängt, den kann ich nicht ertragen. Wenn du nicht gehen kannst, halten die Leute dich sofort für hirntot.«

Diese Sicht teilten alle, die Josh an jenem Abend in der Selbsthilfegruppe kennen lernte. Wenn er geglaubt hatte, das Einzige, was diese Menschen verbinde, sei ihre deprimierende Liste von Leiden und Wehwehchen, dann hatte er sich geirrt – vielmehr verband sie ein lebhafter Sinn für Humor, der sie aufrecht hielt und ihnen gegenseitig Unterstützung und Verständnis bot. Josh war beeindruckt.

Und ein bisschen beschämt. Er hatte noch viel zu lernen.

Das sagte ihm auch Chris auf der Heimfahrt nach dem ersten Abend in der Gruppe. »Es geht nicht nur darum, zu lernen, wie man mit der Krankheit umgeht, sondern zu lernen, über sich selbst zu lachen. Eine Krankheit wie MS hat die Tendenz, in uns die schlimmsten Seiten zutage zu fördern. Es ist eine Herausforderung, das zu überwinden und das Beste in uns auszugraben. Ganz egal, wie tief Sie auch graben müssen, Josh, machen Sie nur ja immer weiter.«

Wenn Josh darüber nachdachte, fand er das eine ziemlich große Herausforderung, und er war sich keineswegs sicher, ob er sich ihr gewachsen fühlte. Andererseits hatte er sich in den letzten Tagen tatsächlich bei dem Gedanken ertappt, wie glücklich er war. Und das bedeutete an sich schon einen Riesenschritt nach vorn.

Plötzlich war er sich jedoch nicht mehr so sicher.

Was hatte es für Folgen, wenn Jessica nicht glücklich sein sollte? War es möglich, dass sie sich im Stillen immer noch nach ihrem alten Leben auf Korfu sehnte? Glaubte sie, in Wahrheit dorthin zu gehören? Zu Gavin ... einem Mann, der nicht halb so viele Probleme hatte wie er? »Ist irgendwas nicht in Ordnung?«, wagte er Jessica schließlich doch zu fragen.

Sie hob den Kopf von seiner Schulter. »Nein, eigentlich nicht. Wieso fragst du?«

»Ich habe mich nur gefragt, ob du es vielleicht doch nicht so gut findest, hier eingezogen zu sein.«

»Wie komisch, dass du so was sagst. Ich bin gern hier. Anders möchte ich es gar nicht haben.«

»Und warum machst du dann so ein langes Gesicht?«

Sie seufzte. »Man nennt das, sich selbst sehen, wie andere einen sehen. Ich bin völlig schockiert. Ich habe im Fernsehen furchtbar ausgesehen und geklungen.«

Er war erleichtert, dass sich zwischen ihnen nichts geändert hatte. Alles war in Ordnung. Er küsste sie. »Jetzt weißt du ja, was ich jeden Morgen ertragen muss, wenn ich dich neben mir liegen habe.«

»Du bist wirklich reizend. Und jetzt geh wieder an deinen Backofen.«

»Nein«, sagte er und hielt sie fest. Er fand, dass jetzt ein geeigneter Augenblick sei, Jessica zu zeigen, was sie ihm bedeutete. »Ich hätte gern, dass du mich etwas fragst.«

»Hmm ... du hättest gern, dass *ich dich* etwas frage? Das klingt ein bisschen vertrackt. Kannst du mir einen Tipp geben?«

Er nickte. »Die Antwort auf die Frage kennst du schon, die habe ich dir an jenem grauenhaften Abend damals bei Tony und Amanda bereits gegeben. Erinnerst du dich?«

Sie sah ihn unsicher an. Dann dämmerte es ihr allmählich:

das flackernde Kerzenlicht, sein Blick und der atemberaubende Moment, als er betont hatte: *Ich würde ja sagen.* Sie schluckte. »Du meinst …?«

»Ich weiß, ich bin keine sonderlich gute Partie, ein Mann, der hinkt und am Stock geht und …«

»Jetzt verkauf dich nur nicht unter Preis, Crawford«, sagte Jessica grinsend, »ich weiß, was du wert bist.«

Auch er grinste. »Habe ich also eine Chance, dass du mir je die entscheidende Frage stellst?«

»Mögen Kaninchen Rosinenbrötchen?«

Verwirrt runzelte er die Stirn. »Du meinst Möhren?«

»Hey, wer stellt hier die Fragen? Jetzt sag mal, muss das mit Kniefall und allem Drum und Dran sein?«

»Ich denke schon. Entweder richtig oder gar nicht«, lachte er.

»Du meinst, so?«

»Ja, das sieht schon ganz gut aus.«

»Also dann mal los.« Sie schaute zu ihm auf und räusperte sich. »Joshua, willst du …« Weiter kam sie nicht, da das Telefon laut schrillte.

»Ich hoffe, das hat nichts mit Schicksal zu tun«, sagte Josh, während Jessica enttäuscht aufstand. »Ich gehe ran, du kannst schon mal das Essen servieren«, sagte er.

Er ging ans Telefon und legte bald darauf die Hand über die Sprechmuschel. »Es ist Piers, soll ich ihn ins Arbeitszimmer durchstellen und hier weitermachen?«

Während Jessica an den Apparat im Arbeitszimmer ging, wünschte sie, sie hätte Piers nie Joshs Telefonnummer gegeben. »Hallo, Piers, ich hoffe, Sie haben einen guten Grund für Ihren Anruf, er kommt mir nämlich verdammt ungelegen.«

»Ihnen auch einen guten Abend, Jessica.«

»Jetzt werden Sie nicht sarkastisch, Sie haben mir gerade

den wichtigsten Augenblick meines ganzen Lebens verdorben.«

»Na ja, wenn ich Sie noch ein bisschen länger aufhalten darf, kann ich Ihnen sagen, weshalb ich anrufe: Sie waren gar nicht mal schlecht heute Nachmittag im Fernsehen. Gar nicht schlecht. Eigentlich sogar fast schon gut. Eine Schande, dass Sie alles verderben mussten, indem Sie auf der Schaukel Ihr Unterhöschen gezeigt haben.«

»Wie nett von Ihnen, mir das zu sagen, Piers.« Würde er sich nie ändern? Konnte er ihr nicht einfach mal ein uneingeschränktes Kompliment machen?

»Sie hören wieder von mir.«

»Hoffentlich nicht so bald. Gute Nacht.«

Als Jessica wieder in die Küche kam, nahmen sich alle gerade etwas zu essen. Sie hatten eine weitere Flasche Schampus aufgemacht und waren offenbar bester Laune. Sie fragte sich, ob ihre Gäste sie und Josh wohl vermissen würden, wenn sie sich für ein Weilchen davonschlichen. Er kam zu ihr und fragte leise: »Alles okay?«

»Wie geht es deinem Bein?«, flüsterte sie.

»Wie bitte?«

»Schaffst du einen kleinen Spaziergang?«

»Wohin?«

»Nur bis in das Wäldchen.«

»Gibt es einen bestimmten Grund?«

»Ich möchte mit dir allein sein und beenden, was wir eben angefangen haben.«

Sie setzten sich auf ihre umgefallene Eiche, wie sie sie mittlerweile nannten. Es war kalt und stürmisch, der Vollmond schien ab und an zwischen dicken schwarzen Wolken hindurch, die Äste schlugen im Wind und das Laub raschelte.

»Es ist wie in einem Gruselfilm, findest du nicht?«, sagte

Jessica schaudernd, als sie in den bewegten Himmel schaute. »Jetzt fehlt nur noch ein heulender Wolf, dann ist die Szene komplett.«

»Und ein paar verwehte Nebelschwaden.«

»Vincent Price in einem schwarzen Umhang, abgesetzt mit blutroter Seide, wäre auch ein hübscher Akzent.«

»Peter Cushing auch.«

»Christopher Lee sollten wir nicht vergessen.«

»Und was ist mit Boris Karloff?«

»Den auch, wenn du willst.« Josh legte Jessica den Arm um die Schulter und zog sie unter seinen dicken Mantel. Er fragte sich, ob ihr allmählich Bedenken gekommen seien. »Du bekommst doch keine kalten Füße, oder?«

Sie grinste ihn an. »Du willst mir doch wohl nicht ausreden, dir einen Antrag zu machen?«

Plötzlich schaute er sie ernst an. »Ich würde dir keinen Vorwurf machen. Wir können schließlich nicht so tun, als ob meine Probleme keine Auswirkungen ...«

Sie legte ihm den Finger auf die Lippen.

»Und was ist mit Gavin?«, murmelte er.

Sie zog ihre Hand fort. »Ich kann es nicht fassen. Du musst wirklich verzweifelt sein.«

»Er hat sich sehr aufgeregt, als du nicht nach Korfu gekommen bist. Wie oft hat er dich angerufen?«

»Viel zu oft. So, können wir jetzt bitte mit den Ausflüchten aufhören und tun, wozu wir hergekommen sind? Und um uns einzustimmen, fangen wir mit einem Kuss an.«

»Hört sich an, als hättest du das schon öfter gemacht.«

Lachend küsste sie ihn. Schließlich schaute sie ihn an und sagte: »Tut mir Leid, es hat keinen Zweck, ich kann es nicht. Ich habe es mir anders überlegt.«

Er sah sie erschrocken an. »Aber ...«

»Keine Panik. Im Grunde meines Herzens bin ich wohl

doch ziemlich altmodisch. In meinen Büchern muss der Antrag vom romantischen Helden kommen.«

Er seufzte erleichtert. »Wenn das so ist, bleibt mir wohl nichts anderes übrig. Miss Jessica Lloyd ...«

»Ja!«

»Ich bin noch nicht fertig. Würdest du ...«

»Ja!«

»Mir ...«

»Ja!«

»Die Ehre erweisen ...«

»Ja!«

»Mich zu heiraten?«

»Ja, ja, ja, ja.«

»Gott sei Dank.«

»Und was machen wir jetzt?«

»Wir gehen nach Hause. Ich friere mich hier zu Tode.«

»Du bist so romantisch, Crawford.«

»Aber süß, findest du nicht?«

Sie half ihm auf die Füße und reichte ihm seinen Stock. »Auf dem Rückweg können wir ja schon mal unsere Hochzeit planen. St. Paul's Cathedral wäre ganz schön. Wir sollten im großen Stil denken.«

»Ja. Und wenn die Kathedrale ausgebucht ist, begnügen wir uns mit Westminster Abbey.«

»Und Charlie kann Trauzeuge sein.«

»Natürlich. Und Helen könnte deine Ehrenmatrone werden.«

»Und Chris könnte uns trauen, was hältst du davon?«

»Gute Idee. Zum Teufel mit Konventionen: Anna kann dich zum Altar führen.«

»Glänzend. Das macht sie bestimmt liebend gern.«

»Ich kann es kaum abwarten.«

»Ich auch.«

»Jessica?«

»Ja?«

»Wo sollen wir wohnen?«

»Bei dir natürlich. Warum sollen wir umziehen? Ich habe das Gefühl, genau da zu sein, wo ich hingehöre.«

Ende.

Man könnte allerdings auch sagen:

Der Anfang